张艳荣

春风文艺出版社
·沈阳·

图书在版编目（CIP）数据

葵花街/张艳荣著．—沈阳：春风文艺出版社，2024.1
ISBN 978-7-5313-6567-9

Ⅰ．①葵… Ⅱ．①张… Ⅲ．①长篇小说—中国—当代 Ⅳ．①I247.5

中国国家版本馆CIP数据核字（2023）第193933号

春风文艺出版社出版发行
沈阳市和平区十一纬路25号　邮编：110003
辽宁新华印务有限公司印刷

责任编辑：姚宏越　周珊伊	责任校对：于文慧
封面设计：鼎籍设计　王天娇	幅面尺寸：155mm × 230mm
字　　数：355千字	印　　张：24.5
版　　次：2024年1月第1版	印　　次：2024年1月第1次
书　　号：ISBN 978-7-5313-6567-9	
定　　价：45.00元	

版权专有　侵权必究　举报电话：024-23284391
如有质量问题，请拨打电话：024-23284384

第一章

　　冰凌花，严冬的标志，这是我每天早晨必看的风景。整个冬天，这风景都在我家的窗户上演。要说这冰凌花，结得最好看的要数南面的窗户，冲阳面，相对暖和些，结薄薄的一层冰凌，刚好显出花儿来。那冰凌形成了树木花草，高山流水。这是正面看，你再歪着脑袋看，奇怪了，那些树木又变成了公鸡、大象、房屋，还有小孩儿，有的竟然牵着大人的手。没等你看完，太阳照在了窗玻璃上，窗户上的冰凌花融化了，那大象就缺一条腿了，公鸡也少了翅膀。北窗户就没法看了，厚厚的一层霜雪，里面是冰，冰上结着霜，瞅着都冷，寒气袭人。北窗户融化得也最慢，有水流到窗台上，我就用抹布堵住那些水，别让水流到炕上，炕一般搭在北面，连着北窗户。我总认为，葵花街的一天就从清晨的冰凌花开始。
　　葵花街没啥特殊之处，它就是凤翔县城的一条街，冬天冰天雪地，夏天大雨泡天。这是在中国地图中处在"鸡头"位置的边疆县城。说到边境线，那就要提到一个地方，叫嘟噜河，凡是前往凤翔县方向的车辆行人，都要经过嘟噜河边防站检查，不是仅仅检查完身份就拉倒，还需要凤翔县这边的人开着介绍信来接人。我为啥这么早，又这么兴致勃勃地提到嘟噜河边防检查站，因为它跟我们家有关，跟我的出身有关。不是故弄玄虚，而是确实玄虚，它关乎着我爹是谁。

凤翔县城面积不大，抽一袋烟的工夫从县城中心就走到郊区了。夏天，周边种植大片的葵花，一直种到山边，和山连在一起。葵花皮实，落籽发芽，不惧旱涝，沾土壤就生长。葵花街的各个角落也见缝插针地长着葵花，不像是人为种的，更像它们自己冒出来的，抑或，谁嗑毛嗑的时候掉落了一粒或者几粒，到了春天就暗自发芽了。每到秋天，葵花子刚成熟，时常看见街上有人手捧着个比脸盘还大的葵花盘，边走边嗑毛嗑。

葵花街是凤翔县最繁华的街，理发店、照相馆、招待所、饭馆和百货大楼都在正街上，而铁匠铺、木匠铺、弹棉花铺都在葵花街的后街。还有糖果厂、水泥厂、木材厂。再后面，就是各单位家属院的趟房了。所谓的趟房，就是一溜红砖起脊房，一趟能有六七家，每家中间只隔着一道墙；各家的院墙是用木板子夹的，有半人那么高。所以，谁家的院子里有什么都一目了然；谁家吃啥饭隔壁都能闻到味；谁家两口子半夜吵架，不用等到早上大伙就都知道了。早上推开门，走到院子里，稍微歪下头，从窗户就能扫到别人家屋里的人影。

葵花街就是这样一个平静中带着躁动的地方，各色人物，粉墨登场。看似在展示一幅生活的多元画卷，实则暗流涌动。上学的时候，我就没记得自己写过作业，因为那时的我正忙于逃学、打架、卖呆儿。我好奇地看着葵花街的人们，在他们中间困苦着、孤独着、嬉笑着，有时还学着思索。人的转变，最先转变的是精神，还是物质？这个问题是别人问我的，太深奥，我也不想答。我的童年裹挟在葵花街人中间，随着时光的流逝，和葵花街的人们一起，或沉沦，或脱颖而出。

要提葵花街，那要先从我家说起，我是在葵花街出生的。我家住在水泥厂的趟房里，隔壁住着我杨叔——杨景升。整个家属院，他起得最早。他扫完院子，第一件事就是喊我的名字。他冲着我家院子喊："志龙，该起来了，上学。"每天早晨一成不变。我从热乎乎的被窝里先钻出头来，再揉着眼睛抬起头，含混不清地答："知道了，起来了。"这嘟囔声小得连我自己都听不见，我都不知道，杨景升在院子里咋听见的，更别提那时他还哗哗地扫着雪。莫非他长了顺风耳？他说他当兵的时候，是炮兵，眼睛尖，耳朵也灵。我就像被他驯服的小狗，无论多么不情愿，听到口令，还是立刻从热被窝里爬起来。最艰难的不是爬起来，而是穿棉裤的时候，棉裤冷落了一晚上，像铁一样凉，把腿伸进去，冰凉刺骨。我没被室内冰冷的空气冻哭，却总是被冷棉裤冰哭了。我穿戴整齐，先看窗上的冰凌花，惊奇地发现，昨天出现大象的地方，今天出现了老虎，还张着大嘴，能看见根根尖牙。

大雪又封门了，我推了几下，没推开。但我听见了铁锹铲雪的声音，不用着忙，每次大雪封门，都是杨景升从外面把我家门上的雪铲干净，顺手把门打开。然后他再返回自己家，把屋门的雪铲干净，把门打开，随着再喊一声，志龙，起来了，上学。

严冬真有严冬的样儿，白天飘着小雪，觉得还不够劲，晚上再来场大雪纷飞。大风号叫，更增加了夜的寂静。齐活儿，早晨大雪就把门封了，雪有二尺深，多邪乎。下雪的早晨，杨景升打扫完我家院子里的雪，再打扫自己家院子里的雪，我知道他啥意思，我大姐豆粒和二姐麦穗都要上学，他打扫干净了，她们爱啥时候上学，就啥时候上学，不耽误事。多数时候，他是先用铁锹铲出一条道，把门周边的雪铲净。等我出门看，院子里已被他铲出一条"战壕"，我顺着这条用雪堆积的战壕，背着书包上学。有时我刚跑到大门口，他会喊住我：志龙，上学赶趟，过来，我做了好吃的。他说完，扭头进屋，我不吱声，但准跟着进屋。摘掉棉帽子，坐在炕桌边，等好吃的。油炸馒头片，肉丝炒苤蓝丝。太好吃了，我狼吞虎咽地造，他不吃，在旁边自言自语："多招人稀罕的小子，就应该是我儿子，愣他妈被杜山虎抢去了。"这话可能在我不会说话的时候他就絮叨吧，听着不陌生，以至于现在耳朵听出了茧子。他说他的，我吃我的，各不相干。有时候我听急眼了，就说，你不会再生一个我，气气他。他立马大笑，拍拍我的头，你小子懂啥？唉，没那么容易呀！

003

杨景升和我家的关系，已经是公开的秘密。那个时候，也就是这个故事真正的开头，还没有我呢。

水泥厂的杨景升最冤，他每年都是先进工作者，把全部的精力和时间都用到了抓革命、促生产上。凤翔县属于移民县城，这里的人，几乎都是1949年前后从关里来的。1949年前，是逃荒来的；1949年后，是建设北大荒来的。1949年后从安徽、河南、山东来的比较多，大多是男人。还有，战争结束后，军队的整编团、整编师开进北大荒，建设北大荒。但有个弊端，老话说得好哇，成家立业，先成家，再立业，既然要扎根这片黑土地，当然要先成立个家庭。要命的是，这里只有清一色的爷们儿，没有女人，上哪儿成家去呀。杨景升也不例外，他是水泥厂的先进和骨干，但他一样说不上媳妇。那不要紧啊，每个人都有老家啊，老家有爹娘叔婶亲戚朋友给说媳妇哇。杨景升的老家是山东的，爹娘好不容易给他说个媳妇，但千里迢迢的，两头都见不着面，为了相个媳妇还得专程跑回山东，那也太奢侈了。一是社会主义建设要紧，没那闲工夫，二是经济上紧，没坐火车的路费。

已经有经验了，大多数都这样，老家给介绍的对象，大姑娘自己，或者亲戚陪着，拎着大包小裹投奔而来。前来投奔的大多是农村姑娘，听说能嫁给个工人，吃商品粮的，又听说那东北遍地的大豆、高粱，抓起一把土能攥出油来，只要勤快，饿不死人，遍地的粮食。到这儿了，见到介绍的男人，不管丑俊，都跟着过。不过咋整，还能回去呀？不都这么过的嘛，也过得挺好嘛。杨景升是个挺前卫的人，也是有见识的人，按说他不该走这包办婚姻的路，可是没办法，他不走就说不上媳妇，说不上媳妇老家的亲人就不干。唉，他确实也到了谈婚论嫁的年龄了。

山东老家给杨景升好不容易说个媳妇，尽管是带着两个孩子的，也已经不错了，老家的人费了很多心思找到的这个媳妇。这个女人叫夏彩莲，带着两个闺女，男人生病死了。家里打信只是告诉杨景升哪天接站，并没说是带着孩子的寡妇。自从接到信，杨景升的心也是喜悦的，他甚至在夜深人静的时候想象着这未来媳妇的模样。此刻的想，倒是跟爱情不贴边,因为压根也没见到人。但这样更放大了想象力,一会儿想象像朵花儿似的美丽,一会儿想象胖得像口缸。不管哪样,杨景升都想好了,他都要,人家大老远的奔来了,哪能不要呢?既然信上同意了,那就不能反悔。不管咋的,能给我做个热乎饭。想到这儿,他哑然而笑,这也算一种不可思议的爱吧。想过也就想过了,第二天投入工作中,无论什么想法在工作面前都变得微不足道。

夏彩莲从山东坐牛车、赶火车,再坐汽车,奔赴叫凤翔县葵花街的地方。夏彩莲是从佳木斯下的火车,又从佳木斯登上的汽车。夏彩莲倒没嫌乎路途遥远和颠簸,她在心里一个劲儿地感慨,中国真大呀,真像歌唱的那样,辽阔的祖国。她还庆幸自己,多亏了这么个事,走出了山东那个小村庄,才看见了外面的世界。她身边坐着俩小姑娘,一个五岁,叫豆粒;一个三岁,叫麦穗。别看她是两个孩子的娘,今年也就三十岁。俩孩子问:"娘,咱们这是去哪儿呀?"夏彩莲随口说:"找你们爹去。"两个不谙世事的小女孩儿欢呼跳跃,哦!找爹去喽!

当夏彩莲下了火车,踏上佳木斯的大地,铺天盖地的大雪迎面而来,着实吓住了夏彩莲。天啊,她从小到大哪见过这么大的雪呀。她身上背着大小包袱,手里拉着两个孩子,年轻的母亲紧赶慢赶,登上了去往凤翔县葵花街的汽车。那辆大客车,像个到了岁数的老牛,喘息着,叮当响着,向前爬行。雪花迅速落满了挡风玻璃,雨刷也扫不动了,没精打采地竖在挡风玻璃上,坏了。

汽车跑到半道误住了,车里立刻冷得像冰窖,好在快到嘟噜河边防站了。司机喊大伙,快下车,在车上能冻死。前面就是嘟噜河边防站,走不上二十分钟。

仗着年轻,夏彩莲身上背着大小包袱,怀里抱着小的,手里拉着大的,在风雪中艰难前行。雪花落在脸蛋上、嘴上和眉毛上,落在脸蛋上和嘴上的雪花融化了,落在眉毛上的冻成了冰。大女儿豆粒滑倒了,又被母亲提溜起来,卡得满嘴是雪。豆粒含着满嘴的雪问:"娘,我爹咋还不来接咱呢。"

夏彩莲不假思索地说:"你爹在嘟噜河边防站等咱呢,咱得快走,别你爹等不到咱,再回去了。"

于是,孩子的两条小腿倒腾得更欢实了。因为爹在前面等她呢,爹手里一准拿着好吃的。俩孩子把爹想成了无所不能的人。

终于到了嘟噜河边防站,那是在路边的两间房,像个岗楼。有边防战士荷枪实弹站岗。旅客都进了边防站的屋里,在屋的正中间,有个大铁炉子,木头桦子烧得噼啪响,铁炉烧得通红。铁炉子很简单,就是铁油桶一锯两半,扣在地上,再抠两个窟窿眼,一个安炉筒子,一个坐水壶。通红的铁炉子上,水壶冒着热气,瞅着都暖和。带茶缸子的人可以倒水壶里的开水喝,再续上水接着烧。

电话是从嘟噜河边防站打到水泥厂办公室的,叫杨景升接人去。杨景升望着外面飘飞的大雪,思量片刻,迅速做出决定,由杜山虎替他去接人。他太忙了,抽不开身,正值建设社会主义紧要时期,全国各地都等着要水泥呢。杨景升是技术员,又是机修工,更是生产突击队带头人,怎么能走得开呢?哪有时间啊?那神情,那架势,大有缺了他这颗螺丝钉,整个厂子要停摆的势头。

杜山虎是谁?杜山虎不是别人,也是水泥厂的职工,是让厂领导头疼的二流子,最主要的,是杨景升的帮助对象。杨景升先进,杜山虎落后嘛。

杨景升到厂办公室开了介绍信,塞给杜山虎,让他赶着马爬犁去嘟噜河接夏彩莲。杜山虎问:"夏彩莲是谁呀?"杨景升遮遮掩掩地说:"是老家介绍来的。"杜山虎也不知是故意的,还是真不明白,接着问:"老家介绍的啥呀?"杨景升烦躁又来气,介绍的媳妇。杜山虎拉着长声哦了声,又问:"咋没听你说过呢?"杨景升说:"你没听到的事多了,赶紧去吧,废啥话呀。"这活好,杜山虎欣然接受。他愿意在外面跑跑跶跶的,不愿意闷在水泥厂里,埋头苦干,像杨景升似的,没劲。这大雪天啊,只能赶马爬犁,啥汽车在大雪地里都得误住。

嘟噜河检查站,旅客围着大铁炉子烤火,有站着的,有坐着的。乌泱泱的,像掉进了蛤蟆湾。夏彩莲带着两个孩子,也站在炉子边烤火。就得抢地方烤哇,天太冷了,在屋里都冻脚。

正在这时，边防站的大门开了，一股凉风裹挟着雪花刮来。是杜山虎来接夏彩莲了。他进门看见这么多旅客，也分不清谁是谁呀，即使能分清，他也不认识谁是夏彩莲哪。他粗着嗓子喊："夏彩莲，谁是夏彩莲。"旅客们像听到了口令，好像他们都是夏彩莲，唰，回头看，看手里拎着个马鞭子的这个男人，大咧咧，横晃着，向他们走来。他们闪出一条道来，杜山虎就站在这条酷似夹道欢迎的道上，他又重复喊了一嗓子，谁是夏彩莲。

我是，夏彩莲答道。声音很小，因为她的力气都用在了眼睛上，她使劲地看着眼前这个魁梧的男人。她曾跟媒人打听过，给介绍的这个关外男人长啥样？有照片吗？她想相看相看。媒人说，你想啥呢，现在是你挑三拣四的时候吗？你是结过婚的女人，别把自己看得那么金贵了，只要不瞎不瘸、四肢健全的男人就行呗。还照片？没有，过日子人家，谁有那闲钱照相。也就是仗着你年轻，给你说这个亲，年轻又咋样？你带着俩孩子呢。赶紧起身去关外，去晚了，连这个男人也找不到。媒人的意思，你连相看的资格都没有。唉，这哪是媒婆呀，就是一毒舌呀。夏彩莲无数次在心里想象过这个关外的男人，是胖的？是瘦的？是丑的？唯独没想到英俊。而今，男人活生生在眼前出现，第一眼看见眼前的男人是魁梧威猛，第二眼魁梧变成了高大英俊，第三眼又是那么年轻而朝气蓬勃。他刚才的喊声又是那么嘹亮、霸气。看那五官，浓眉、大眼、大嘴、高鼻梁，看那身量，大高个。整个人长的，典型的寒冷地区东北男人粗犷豪放的美。特别那豪气和热情，配得上这冰天雪地的凛冽。这个男人还冲夏彩莲咧嘴笑了笑，是那种顽皮坏坏的笑，竟还带着一丝丝不好意思，真真地迷倒了夏彩莲。心里立刻荡漾成了鲜花盛开的春天，她陶醉在这春天里，幸福蔓延在心田。因为想象中的这个男人，和现实中的男人反差太大，这个男人的粗犷豪放的美，再加上这冰天雪地，一下冲昏了夏彩莲的头脑，她感叹，她来得值得。

孩子们听到有人喊她们娘的名字，那一定是爹了。在路上憧憬了那么长时间的爹，终于出现在面前了。俩孩子向杜山虎飞奔，一人抱一条大腿，不住地喊，爹爹，爹爹。

　　这声声的爹爹呀，哎哟，杜山虎这心啊，忽悠软成了一汪水。愣大个儿男人，眼睛热乎乎的，竟有叫眼泪的东西要流淌。他忍住了眼泪，心里这个埋怨啊，你说这个杨景升啊，他也没说女人是带孩子来的呀，说了我给孩子准备点好吃的呀。他搜遍了全身，从衣兜里搜出一把糖，慌忙塞到两个孩子手里，那慌乱劲，真像第一次当父亲。这是他去糖果厂借马爬犁，老乡塞他兜里的，他还没舍得吃。等他再抬头，与咫尺之遥站着的夏彩莲四目相对，杜山虎立刻就被眼前那双漂亮的温情的水汪汪大眼睛迷住了。杜山虎活到三十几岁，虽然至今光棍一条，但没被哪个女人迷惑住，确切地说，没为哪个女人怦然心动过。

　　也许是这几日的路途艰难，再加上刚才在雪地里的绝望和无助，夏彩莲看见眼前这个接自己的男人，所有的委屈涌向心头，化作泪水，在眼圈里转悠。夏彩莲最迷人之处就是那双眼睛，用她那莹莹闪亮的泪眼凝望，多硬的心都能在她的凝望中融化。

　　杜山虎在心里流里流气、色眯眯地说了句，这小媳妇颇有姿色呀！

　　杜山虎也是看了夏彩莲莹莹闪亮的泪眼后改变主意的。为啥这就是他杨景升的媳妇，为啥什么好事都可着他一个人来？反正都没见过面，那我和这个小媳妇先见的面，她有情，我有意，为啥我俩就不能组成家庭？那没准杨景升还嫌乎人家带着"拖油瓶"呢。他一天天的，啥都要个认真严谨、精益求精、标准高，要不能年年先进工作者呀！

　　夏彩莲铁定认为，眼前这个壮实的男人，就是她的男人，要不咋能来接她呢。但她还是顺口说了句，"你是杨景升？"不像是问，像低语轻声。其实，夏彩莲知道问得都多余了，像例行公事。两个孩子嘴里含着糖，仰头看着他俩，小声喊着：爹爹，娘。

　　杜山虎没说是，也没说不是，他含混应声：嗯。就这个可怜巴巴的、弱弱的"嗯"字，先淹没在两个闺女喊爹娘的奶声奶气中，后淹没在杜山虎的动作中，他不由分说，抢过夏彩莲身上的大小包袱，套在自己背上、脖子上，然后弯腰抓起两个孩子，两个胳膊向上那么一颠，嘿，一个胳膊一个抱在怀里。这时候，他倒是无比坚定，口齿清楚地说："走，咱回家。"他转身，带头走在前面，夏彩莲小鸟依人般地跟在后面，就差手牵着杜山虎的后衣襟了。她还没忘了回头看一眼身后的旅客们，并莞尔而笑。那是幸福、温暖的笑，仿佛在显摆，看，俺的男人来接俺了，俺有靠山了，俺回家了。

不管这个男人"嗯"与"没嗯"，具体咋回答的，咋"嗯"的，夏彩莲根本没听，也无须听啊。她的心思根本没用到这儿，看见这么好的男人，她恨不得立刻跟他回家。刚才不是说了吗，她已经被这突如其来的幸福和喜悦冲昏了头脑。刚踏上东北的土地，先被这漫天的大雪征服了，又被眼前的男人震撼了，两加劲，拨动了她的心弦，她瞬间爱上了东北这宽广无垠的土地。真应验了那句话，因为有你，任何事情都变得有意义。说句最到位的话，她找到了，终于找到了属于自己的男人。来的时候，媒人还嘱咐，男人不傻不茶的，你就跟啊，该将就，就得将就啊。可千万别回来，你带俩孩子回农村咋整啊。这从想象中的低要求，突然上升到现实中的高标准，她逮着了，逮着就不能放手哇。要说这男人怎么给夏彩莲震撼了，说出来你可能都不信，流里流气、霸气、豪气、匪气、痞帅，不管是褒义还是贬义，都无关紧要了，一股脑儿冲击到了夏彩莲，直接爱了，省略了缓冲。没必要缓冲啊，爱了就是爱了，这是媒人介绍给她的男人，不，是老天爷发给她的小老爷们儿。要不咋说，男女之间这第一眼多么重要，第一眼对上了，指定花好月圆。第一眼碴楞，往下咋相处都白搭。

坐上马爬犁，一条被子给娘儿仨盖上。杜山虎坐在爬犁前边，鞭子甩得山响。雪花漫天飘飞，大地白茫茫蔓延无限。马爬犁像在雪上飞，马脖子上的铃铛声和着孩子们的笑声，穿透雪雾，传得很远很远。

快马加鞭，到凤翔县葵花街的时候还不到晚饭时间，也就是下午四点多钟。杜山虎把马爬犁停在了葵花街的向阳饭店，这是葵花街最大的饭店，是国营的。杜山虎有个小私心，这个点吃饭的人少，免得人多眼杂。赶紧进饭店吃饭，吃完回家，小门一关，爱谁谁。趁杨景升下班之前回家，不然，就得领进杨景升的家。中间就隔一道墙，只要他在家，我家飞进个苍蝇他都能看见。假如这些都不考虑，那她们娘儿们也真饿了，先吃饭。

进了饭店，杜山虎拣着现成的点。酸菜炖血肠，就在大锅里煨着呢，咕噜咕噜冒着热泡。说是酸菜炖血肠，里面还炖着五花肉、冻豆腐。汤汤水水一半大盆酸菜炖血肠，冒热气，烫嘴。外加一小盆小鸡炖蘑菇，里面还加了粉条。小鸡炖蘑菇也是现成的，在另一个铁锅里煨着。两盆菜上桌，又上来一盘子热气腾腾的白馒头。孩子们伸手先抓馒头，手印正印在馒头上，这都不知道几天没洗手了，嘿，吃吧，不干不净吃了没病。夏彩莲一看进的是大饭店，嘴里说着，这太浪费了，咱回家吃吧，我会做饭。一边眼睛看着桌子上的五花肉，根本没有挪窝的意思。在心里唏嘘，真是对我好的男人，真舍得给我花钱吃喝呀，行。

两盆菜吃得底朝天，剩两个馒头，夏彩莲用手绢包了说拿回家吃。行，会过日子。杜山虎也在心里来个行。这顿饭，杜山虎是豁出去了，为了她娘儿仨，值个儿。那么大老远的，跑到东北来了，就算我给娘儿仨接风了。

吃饱饭，杜山虎立刻拉着娘儿仨直奔水泥厂家属院。他尽量走小道，免得碰见人问问叨叨的。杜山虎就像被鬼迷了心窍，他完全抛却了杨景升是他师傅这回事，他的处境，他的感觉，就是做梦娶媳妇，一丝不差。而夏彩莲也把他当成了自己的爷们儿，丝毫不怀疑，她再也没问：你是杨景升吗？多余了。

两个孩子吃饱了，这会儿困得滴里当啷的，夏彩莲说着，等到了家再睡，这才没睡在爬犁上。

夏彩莲是当娘的人了，看见第一次见面的这个男人对自己的孩子这样好，那好不是装出来做样子的，而是从心里好，她能感觉出来。今天在向阳饭店他也是尽着她娘儿仨吃，都是硬菜，得花他半个月工资。她认定了这个男人，她还暗暗庆幸，自己命好，他不嫌弃她带着孩子，当时媒人说了，带两个孩子的事先不说，提前说了，十有八九不成，不说一准一个成，当见了面，啥都好说，人都有个见面之情。

来时，夏彩莲心还直提溜着，这男人不会嫌弃她带孩子吧，如果那样，她立马打道回府。唉，真让媒人说着了，见了面，万事大吉呀。媒人就是有经验，听媒人的准没错。夏彩莲暗自庆幸，遇到这样知冷知热的男人。而杜山虎咋想的呢，他对这两个孩子不是没有顾虑，转念一想，你杜山虎是个啥呀，皇上啊，有人跟就不错了，还挑肥拣瘦的。带着两个拖油瓶怕啥，说明这个女人没毛病，能生孩子，将来我们要有自己的孩子。再说这俩孩子嘴多甜啊，见面就叫爹，哈哈，我当爹了，也是当爹的年龄了，好，进门就当爹。从今往后，我就是爹了。

　　进屋，杜山虎把炉子捅着，火墙子渐渐热乎，屋里也跟着暖和了。这是两间房，间壁成的三间房，外屋是炉子和灶台，一间大屋，一间小屋。孩子们吃饱喝足，再加上旅途颠簸，已经困得不行了。夏彩莲进屋就脱鞋上炕了，两个孩子依偎在她腿上睡着了。杜山虎进屋先捅着炉子，开始温炕，家里也没有多余的被褥。

　　安顿完两个孩子睡下，也只剩一个枕头，一条褥子，一床被子。杜山虎看着这一床被子，再看着夏彩莲，耸下肩，摊开手，带着神秘、歉意和羞怯地笑笑。男人的那种羞怯是如此打动人心，夏彩莲也半掩着脸，羞红了脸，并嘻嘻地笑出了声。杜山虎赶忙嘘，意思别惊醒了孩子，然后他指指东屋，抱起被子，带头走在前面，夏彩莲跟在后面。杜山虎把一个枕头、一条褥子、一床被子铺在炕上。月亮却不知道好歹地挂在了窗外，想要挤进屋里，被玻璃挡住了。月亮不肯罢休，赖在窗外不肯走，把清辉洒在炕上，洒在那床被褥和枕头上。杜山虎这时想起，没拉亮电灯，他伸手摸墙上的灯绳，想把电灯拉亮，给夏彩莲照个亮。不料，夏彩莲按住了杜山虎的手，并爬上炕，拉上窗帘。哈！那窗帘少皮没毛的，拉到东面西面露着，拉到西面东面透亮，干脆拉在中间。月亮的清辉依然从窗帘的缝隙洒进屋里，他们就在月亮的清辉中钻进一条被子，那样顺理成章，那样水到渠成，自然得如瓜熟蒂落。因为只剩一条被子，成熟的男人和女人的身体，无形中紧紧相拥，肉体加情感上的燃烧，热血沸腾，抑或缠绵悱恻，那都是再正常不过了。

等杨景升加班再下班,已经后半夜了。杨景升加班到后半夜,这是稀松平常的事。他回到家,屋里依然冷冷清清,冷锅冷灶。依然的冷清,忽然让他想起来了,杜山虎替他去接媳妇了呀。也是呀,这小子接完人咋没去上班呢?他自己又哑然失笑了,就这小子,因为各种小事请假,恨不能一天不上班,让他去嘟噜河接人,他更有理由不来上班了。也是哈,那人接哪儿去啦?咋没送到我家来呢?杨景升不担心杜山虎进不来他家,因为他家的钥匙是压在窗台的砖下面的,杜山虎家的钥匙是压在门口的石头下面的。

第二章

　　媳妇被杜山虎接家去,杨景升也算活该,这时候你才想起媳妇,你说,心得多大。其实杨景升在工作上心思非常缜密,为啥在接媳妇上就粗心大意了呢?他其实是打心眼里敌视这种所谓的包办婚姻,他总认为自己是有先进思想的新社会青年,他也认为自己是见过世面的人,他是军人出身,自认也算见过世面,他也向往自由恋爱,花前月下。可老家的爹娘不允许,不是不允许他自由恋爱,而是他已经三十好几了,等不及他自由恋爱了。老家的爹娘认为,如果自由恋爱需要付出昂贵的时间代价,那宁可不要自由。说得也对,爱情这件事,迟到或者早到,与你见过世面和身份高低没多大关系,主要看缘分吧。对杨景升来说,人来了,不得不接啊。他这工夫想起来接媳妇的事,已经不错了。他想,一定是杜山虎把人接他家去了。是呀,人生地不熟的,新媳妇到他家待会儿也无可厚非。话说到这儿了,这会儿杨景升还不熟悉新媳妇叫什么名字,得使劲想才能想起来,信上说叫夏彩莲。而这时候的杜山虎,早已经一口一个彩莲地呼唤着了。
　　杨景升先把炉子捅着,等炉火旺起来,他才到杜山虎家去接人。

熟门熟道，跟进自己家似的。杨景升推门，没推开，从里面插上了。他心想，这小子从来不插门，这咋还插上门了。这时候他来，说句不爱听的话，杜山虎和小媳妇相当于过上小日子，生米煮成熟饭了。杨景升就趴到窗户上往屋里看，趴在挡窗帘的地方，他心里这个纳闷啊，你说这小子还挡上窗帘了，你一个大男人谁稀罕看你呀，啥前儿也没见他拉窗帘啊，真是稀奇。他转念一想，对呀，夏彩莲指定在他家呢，有女人，哪能不挡窗帘呢？杨景升在窗外这样自问自答。月光洒满整个小院，也洒满了外窗台。院子里落满了雪，外窗台也是雪，月光洒在雪上，泛着银白的清光，夜像是水晶做的，但显得清冷。他无数次地走在雪夜中，从没留意月光洒在雪地上的情景，清冷清冷的，但又是那么冰清玉洁的美。对了，我不是到杜山虎家赏月色的。他轻拍两下窗户，压低嗓音喊："唉，杜山虎，你接的人呢？"

杜山虎压根没睡，夏彩莲倒睡得呼呼的，一路上车马劳顿的。他怕惊醒夏彩莲，掀开被角，慢慢溜出被窝，趴到窗台上。就这样，两个男人隔着一层玻璃进行对话。

杜山虎没睡有两层意思：第一层，他是等杨景升呢，心得多大能睡着，你这等于是截和，也算偷了人家的媳妇，让你接媳妇，你接到自己家炕头上来了，不讲究，怎么着都是理亏。既然事都办了，就得想办法应对。第二层呢，激动，亢奋，家里一下添了三口人，热闹，甚至热闹得闹心。这样一个鲜亮亮的女人躺在自己的被窝里，傻子才能睡着呢。夏彩莲睡着了，她是过来人，有经验了。况且她带着俩孩子，坐牛车，换汽车，倒火车，坐爬犁，铁人也困乏了。而杜山虎，连恋爱都没谈过，直接入洞房了。这样过山车似的经历，不失眠就怪了。什么叫好日子可一天过了，这就是。什么叫做梦娶媳妇，这就是。

杜山虎知道杨景升指定来找人，他已经在心里预演了各种应付杨景升的办法。如果杨景升前半夜回来就不好说了，你能不让他进屋吗？进屋了，见到人了，事揭秘了，那夏彩莲就说不定是谁媳妇了。如果他后半夜来，就好说了，就绝对不能让他进屋，那咋说咋是了。夏彩莲只要在我这屋里过一夜，呵呵，对不起，谁也别想领走。现在已经是后半夜了,杜山虎趴在窗户玻璃上小声说:"都几点了,睡了,明早来吧。"他又嘟囔了句,"这时候,非冻感冒不可。"话含糊,但意思清楚。他多半是说,这时候出去,非感冒不可。谁出去呀?夏彩莲哪。对窗里窗外的两个大男人来说,夏彩莲这个女人最娇惯啊,不能让她这个时候出去,感冒了怎么办。杜山虎清楚,杨景升能理解,更能听清楚。但他不能把话说全了,主要怕夏彩莲听出一二三来。

果然,杨景升心领神会,他感觉这会儿脚指头冻得跟猫咬了似的,这还穿着大头鞋呢,这才多一会儿啊。哎呀,东北的冬夜呀,冻得鬼都龇牙。杨景升善解人意地说:"行吧,我明早来。"杨景升不是没有顾虑,但他对杜山虎的人品还是有把握的,从没见他跟哪个大姑娘小媳妇扯犊子,也没啥闲言碎语。尽管他工作上吊儿郎当、不思进取,这跟人品是两码事。再者,我是他师傅,谅他也不敢。他家两个屋,一个人一个屋呗。刚才他借着月光看西屋了,炕上有一个被窝。西屋的炕是不挨着窗户的,在北面,从中间间壁开,成个小屋。其余的部分和外屋连接,变成厨房。他所看到的西屋,只能是模糊的一个被窝铺在炕上。西东屋的炕倒是挨着窗户,但拉着半拉咔叽的窗帘,也影响视线。

窗里窗外都陷入静默,杨景升看看夜空中的月亮,又看看脚下的雪,挪动了几步,轻声叹口气,还是走出了杜山虎家的院子。脚下的雪,踩得咯吱咯吱响,在夜空下传得很远,更显出雪夜的空寂。

杜山虎把耳朵贴在窗玻璃上,听着远去的脚步声,长长舒口气,跌坐在炕上。他蹑手蹑脚地重新钻进被窝,刚躺下,夏彩莲说话了,"喂,谁呀?干啥呀?"

"呀,彩莲,你醒了。"杜山虎心扑腾扑腾地跳。

"嗯,"夏彩莲说,"他咋问你接的人呢?"

要不说,啥事都该着,有些话是不该省略的。如果杨景升说,你接的夏彩莲呢?提一下名字,那夏彩莲能不起疑心吗?可是,杨景升就没提。可能,这时候他又想不起接的媳妇叫啥名了。只好说,接的人呢。即使想起来叫夏彩莲,此刻他也叫不出口,生。是陌生,是生涩，是距离。

杜山虎在黑暗中转动着眼珠子，迅速地想着对策，他说："啊，我们单位保卫科的人，家属来了，基本上都要到保卫科登个记，没啥。咱这不是边境吗？说白了也就是走个形式。"他又补充了一句，"这个保卫科的人啊，他就住在家属院，离得近。明早我跟他说声补个登记就行。"

这最后的补充太重要了，堵住了夏彩莲的所有疑虑。

夏彩莲翻个身说："睡吧，太困了。"她打个哈欠，含混地带出一句，"你身上真热乎。"

杜山虎再也不敢搭腔了，他怕搭腔引出夏彩莲其他的问话，他可真答不上来了。他大气都不敢出，盼望着夏彩莲快点进入梦乡。果然，夏彩莲说完热乎那话睡着了，均匀的呼吸声，附在他的耳边，温热的呼气，吹拂在他的脸庞和脖子上。他感到从未有过的幸福和温暖，但他心里总有那么个小石头子儿硌得慌，让他的心忙叨，难以平静。那就是杨景升，明天，明天就要来临了，天总有亮的时候。杜山虎心里七上八下地想着，难以入睡。他从窗帘缝望着外面，惨白的月光从窗帘缝挤进屋里。他心想，今晚的月光咋这样亮呢？后来也不知道啥时候睡着的。他在睡梦中，仿佛听到了下雪声和刮风声，凛冽得很。

天还没放亮，杜山虎就听到了院子里的铲雪声。两个孩子起得早。豆粒自己穿上衣服，又帮妹妹麦穗穿上衣服，手拉着手，走到杜山虎面前，齐刷刷叫杜山虎爹。杜山虎乐得就找不到北了，许诺两个孩子，吃完饭上葵花街百货大楼买新衣服去。说是百货大楼，一共二层楼，算是葵花街最高的楼。豆粒和麦穗拍手喊好。夏彩莲在做早饭，嘴不对心地埋怨，你就惯着她俩吧。

冬季的早晨来得晚，是早晨了，大人孩子都起床了，该干啥干啥。但天还未亮，屋里亮着电灯，光线柔和，显得屋里暖意融融的。屋里荡漾着孩子们的笑声，暖意主要是来自孩子的笑声。

外面铲雪的声音越来越近，像似到了门口。杜山虎去推门，门推不开了，莫非夜里下雪了，大雪封门了，昨晚看月亮挺大的呀。这东北的冬天，瞬息万变啊。杜山虎连着推第二下门的时候，门咣当开了，一股寒风挟带着雪花拥进屋里。紧接着走进来一个人，他拍打着身上的雪，说："好大的雪啊，我给你铲开了一条道了。"当时的杨景升万万没想到，他这一铲就铲了一辈子。往后的日子里只要下雪，他就来老杜家的院子铲雪。

锅里的水在炉子上沸腾着，夏彩莲手里抓着挂面，正想往沸腾的水里溜挂面，就看见了一大早闯进屋的这个男人，杨景升。她愣怔地看着他，忘记了溜挂面。

杨景升戴着一顶棉军帽，帽耳朵是挽上去的，系得利利整整。穿了一身黄绿色军装，有些旧了，但穿在他身上格外精神。杨景升一米八五的个头，站在门口，傲然屹立。他像进自己家屋似的，拍打完身上的雪，径直走进西屋，坐在写字台边上的椅子上。豆粒和麦穗靠着炕沿站着，稀奇地看着这个不速之客。显然，她们是不高兴的，这个人的到来，扰乱了早上的进程，要不现在娘已经煮好面条吃饭了，吃完饭爹说要带她们去葵花街的百货大楼买新衣服。豆粒和麦穗看着杨景升想，他咋还不走哇。

杨景升看着这两个小姑娘，以为杜山虎接错人了，外屋是有个女的在做饭，热气乎乎的，看不清脸。杜山虎跟着进屋了，杨景升问杜山虎，"这是谁家的孩子？"

"我家的，"杜山虎觉得不妥，又用手指着外屋，"她家的。"杜山虎在心里惊呼，杨景升居然不知道夏彩莲带着孩子。那说明，他对夏彩莲知之甚少，也可以说漠不关心。压根没放心上，那就别怪别人了。

杨景升沉着脸问："你接的人呢，到现在你也没说明白，你还能干点啥不？"

"接的人在这呢，"夏彩莲进里屋，站在杜山虎身边，"你是厂里保卫科长吧，我们吃完早饭，就去厂里登个记。"

夏彩莲往杨景升面前这么一站，杨景升屏住了呼吸，心却怦怦撞击着胸膛。眼前的这个女人，身材高挑，细眉大眼的，特别是那两条大辫子，乌溜溜地搭到腰间。她不用说话，就那双亮晶晶、水灵灵的大眼睛，瞅着你，就能把你心温暖、融化。他在葵花街就没见过这么鲜亮的女人。对，不能说漂亮，也该说鲜亮。那两个小姑娘，想必是她的孩子，家里打信来没说呀。可是，一般女人结了婚都不留辫子了，大姑娘才留两条辫子。算了我不猜测了，直接问。

"你是夏彩莲？"杨景升从椅子上站起来，整整军帽，整整衣服。这身衣服可真精神，他平时是不穿的，穿帆布工作服，过年过节，或有重大活动，才拿出来穿。他今天穿，是因为实在也是没有像样的拿得出手的衣服，第一次见新媳妇，怎么着也得穿得体面点吧。也是对别人的尊重。能够拿得出手的，只有这套军装。

夏彩莲也望着杨景升，回答："我是夏彩莲。"心想，他咋知道我叫夏彩莲呢？

"你知道我是谁吧？"杨景升急切地问。

夏彩莲摇头，先说不知道，又说知道，你是厂里的保卫科长。

"我不是，我是杨景升。"杨景升气愤地看着杜山虎，意思是这件事你怎么解释？关于保卫科长的事，不用问，指定是杜山虎不知道因为啥，瞎编的。这个人编瞎话是有一套的，就这么个人，没办法。

杜山虎倒是释然了，窗户纸捅开了，也就见亮了。他也就不用伪装和煎熬了。他先把豆粒和麦穗抱到另一间屋里，大人们的事，孩子不宜掺和。

看杜山虎没反驳，夏彩莲明白这是上错炕了，跟错人了。想起昨晚跟杜山虎一个被窝，说的那些悄悄话，她捂着脸，哇地哭了。她这一哭，杨景升觉得肝肠寸断，他上去拉住夏彩莲的手："走，回家。"

夏彩莲的手虽是拉在杨景升的手里，可她人是往后拽的，羞羞答答的，不是那么情愿跟着走。杜山虎看见这个情景，他是不能上去拉夏彩莲的，但他昨晚睡不着的时候想了，明天，无论如何不能让杨景升把人领走，无论出现什么情况。今天也是奔着这个目的来的，那咋的，实在不行，他就和杨景升抢人，反正现在还没出他的屋，啥都来得及。他打开那屋的门，把两个孩子抱在怀里，跑出来，对两个孩子说："豆粒、麦穗，他是坏人，要抢你们的娘。"

豆粒、麦穗哭喊："娘你别走，娘你别走。"

说实在的，杨景升不怎么待见这两个小丫蛋，如果看不见这两个小丫蛋，那夏彩莲在他心里就是大姑娘，有她俩在身边喊娘，夏彩莲立马就变成别人家的小媳妇，甚至可以说是曾经的小寡妇。杨景升还真无法适应，特别听到两个孩子口口声声喊夏彩莲娘；他实在是不适应了。

挣脱了杨景升的手，夏彩莲扑来抢孩子，那杜山虎咋能让她抢着嘛，这俩孩子可是他的制胜法宝。杜山虎悲切地说："彩莲你走吧，孩子不能走，我舍不得。"

还没等夏彩莲抓住孩子，杨景升抱住了夏彩莲，继续往门口拉。豆粒和麦穗高一声、低一声地哭，哭着喊娘。杜山虎还絮叨，等你娘回来，咱去百货大楼买新衣服。

这要是把娘拽走了，就不能买新衣服了，娘可不能被这个坏人拉走。豆粒、麦穗杀猪般地哭。夏彩莲有心和杨景升走，谁说女人不好色，夏彩莲第一眼就相中了杨景升，小伙子，真精神。可是杜山虎这一路上对她们娘儿们真是没的说，实诚，贴心贴肺。对孩子这个好，像亲爹，甚至比亲爹还亲，何况自己又和杜山虎过了一夜。夏彩莲再一次挣脱了杨景升的手，为难地看着说："以后再说，孩子哭得厉害。"

杨景升始终没说，你带着孩子跟我一起走。

"你先回吧。"夏彩莲眼里含着泪花，说不上是对杨景升不舍，还是对孩子心疼，"我跟他说清楚了，我自己到你那儿去。"这个他指的是杜山虎。还能怎么说清楚，那不就是夏彩莲的缓兵之计嘛。杨景升听明白了，但他自己骗自己，说明他心里也有犹豫的迹象，但不好明说，正好借助夏彩莲的嘴，给自己一个缓儿。说白了，再斟酌。

杨景升想，也行，免得孩子哭老婆叫的，让外人听见也不好。他杜山虎也知道咋回事了，我已经来要人了，谅他也不敢再留人了。杨景升真是高估了自己的能力，也高估了杜山虎的觉悟。先缓缓吧，他对夏彩莲说："东面隔壁就是咱家。"

不承想，杨景升这一缓，晚了三春。所以，杨景升以后的日子除了当先进，就是在争夺夏彩莲中拉锯。偏偏他两家是邻居，水泥厂家属院是趟房，抬头不见低头见。

　　杨景升踏着积雪走回家，早饭还没吃，但他不觉得饿，他以前可不是这样，一顿饭不吃都饿得慌。他呆坐了会儿，心里怅然。他开始从头捋，山东老家打信来没说夏彩莲带着两个孩子，那是怕我不同意，不管咋说，我也是嘎嘎纯的小伙子，论身份论地位，普通人里还是偏上等的。再怎么着急，也不能找个二婚的。是，说明了，我未必同意，所以家里隐瞒了这事。告诉我也无妨啊，那我直接告诉不用来了，也算省心了，不会像现在这样闹心。你说我咋就那么忙呢，难道地球离开我就不转了吗？连接新媳妇的时间都没有，一年三百六十五天，就豁出来一天难道就不行吗？如果我自己去接，哪还会出现这样的笑话，如果我看见她带俩孩子，心里有顾虑，当机立断，在嘟噜河就打车票让她们回山东了。唉，现如今出现这种尴尬的局面，说不出口哇，真是好说不好听啊。可夏彩莲真是俊啊，鲜亮亮地俊啊。唉，只在戏台子上，看那唱戏的，有一见钟情的桥段，现实生活中，没见谁一见钟情啊。这回算是让我摊上了，我见了夏彩莲，我的小心脏啊，哎呀，我的心啊，那个跳啊。我觉得我的脸火烧火燎地烫，指定红得像炉膛里的火。夏彩莲那腰身，那脸蛋，那溜溜黑的麻花辫，葵花街上你就地毯式地找，没有。真的是对夏彩莲一见钟情，什么叫爱情，那些长篇大论讲爱情的人，未必有我的体验，狭路相逢，我遇到了爱情。可我和爱情撞个满怀，最后胜的却是杜山虎。杨景升在心里埋怨着，折磨自己，左右为难，摇摆不定。他如果了再如果，既要了还要，他把自己折磨得体无完肤，自己跟自己一问一答地对话。他就纳了闷了，啥时候自己这样犹豫不决过？这爱情、这男女关系真是人生的大课题。杨景升想着想着，实在想不开了，他就给自己吃宽心丸，我是为社会主义建设做贡献的人，以工作为主是我的光荣，国家建设正需要水泥，怎么能耽误？好了，不想这些了，男子汉大丈夫，儿女情长先放一边。他看了眼手表，到点了，先上班去。夏彩莲说了，她自己回来。他没觉得这是在自己骗自己，他就想着，快点去上班，快迟到了。他从工作开始，就没迟到过。他收起悲伤，起身上班。无论什么烦心事，只要归结到工作和先进上，一切烦恼都迎刃而解。

走在大雪纷飞的葵花街上。街面上的雪有到大腿深的，有刚过脚踝的，还有刚打扫干净的，露出坚硬的地面。友谊照相馆就坐落在葵花街上，每天早晨开门最早。这是国营照相馆，按理说到点开门就成，但每天都早开门半个小时。今天也是，友谊照相馆门前的雪已经打扫干净。每天起早开门扫雪的人叫黛梦娜，单身，听说是上海人，她是怎么到这个边陲小县城的，谁也不知道，谜一样。她跟杨景升看似年龄相仿，但谁也不知道她到底是二十几岁，还是三十几岁，多少年她一直保持那个漂亮模样，也是谜一样。杨景升走到照相馆门口，跺跺脚上的雪，刚想继续往前走。黛梦娜推开照相馆的门说："杨景升，你爱人不是来了吗？今天不歇班啊？"

她听谁说的，传得可真快。杨景升心说，他说不上对她有何反感，可能是不爱听她说话用书面语吧。整个葵花街，只有她这样说话。像刚才，她用了"爱人"这样的词。葵花街都称呼媳妇、老婆、那口子。

"不歇，国家用水泥，供不上。"杨景升用手揉揉脸，北风正打在他脸上。

黛梦娜嘴角向上扯了下，轻蔑的口气："你就不能心里装点自己的事呀？"听这话，黛梦娜和杨景升还算熟悉，他们也是从照相认识的。黛梦娜每年快到过年的时候都会给水泥厂的先进工作者照相，到水泥厂去照。正巧，杨景升几乎每年都是先进工作者。

黛梦娜这人就这样，对别人的关心和关切，向来用轻蔑口气来说。可她个人的工作却也是勤奋的。就是长了一张冷嘴，不招待见。杨景升不想与她详细解释，也没法解释，只好故作潇洒地扬长而去。

第三章

　　水泥厂在葵花街的最东边，算是到了城边郊区，木材厂也在那一片。那里有个大旷场，也叫楞场，往关里运输的木材都从这里装货。这个堆放木材的楞场能有十多平方公里那么大，分不清木材厂和这个堆放木材的楞场是否属于一个单位。凤翔县不通火车，林场的木头要先运到凤翔县这个木材厂，然后再装上大挂车运往佳木斯，再把木材装上火车，运往全国各地，每天都有几十辆大挂车停在楞场里，等待装木头。天天总是从那楞场传出劳动号子，那是工人往大挂车上抬木头，那些木头是一水的红松，直径都在四十厘米左右。

　　往大挂车上抬木头是非常累的活，杨景升驻足在楞场边上，看着整齐排列的红松、落叶松，被大雪覆盖着，像起伏的山丘。今天雪大，往日早有林业工人喊着号子往大挂车上抬木头了。想想这样火热的场景，杨景升心里立刻豁然开朗，他大踏步地走进了水泥厂。

　　只要踏进水泥厂，杨景升就热血沸腾，马上投入火热的生产工作中。至于早上的不愉快，至于夏彩莲，早抛到了九霄云外。

　　不用猜测，杜山虎没去上班。杨景升离开他家，他就知道，他上班指定是不赶趟了。他首先要应对来自夏彩莲的质问，他要解释，要回答。特别是豆粒和麦穗，嚷着上街买新衣服。两个孩子看夏彩莲没被坏人拐走，这会儿又高兴地追逐、嬉笑。他要满足孩子们的心愿，所以呀，他怎么能上班呢？杨景升那指定是要上班的，天上下刀子他都得去，何况才掉下个夏彩莲啊。

雪下了一夜，现在放晴了。冬日的阳光照耀着如银的雪地，从雪地反射回来的阳光，照得人睁不开眼睛。夏彩莲透过窗户，看着外面的雪景，看着这铺天盖地的雪。她心里不免有些沮丧，我怎么到关外来了？这么大的雪，这么冷的天。我还能回山东关里老家吗，可回去又能咋样呢？一个寡妇，带着两个孩子，难啊。夏彩莲望着窗外，是为了不搭理杜山虎，自从杨景升迈出这个家门，她的心也跟着飞了出去。而她的腿为什么没有轻举妄动，跟着走呢。因为她是过来人，她深深地知道，出一家进一家不是那么容易，一旦迈出这个家，这个她已经过上日子的家，这个充满孩子笑声的家，就很难再回来了。不是所有的家都充满孩子的笑声。

豆粒和麦穗喊饿了，由于杨景升的出现，那把面条到底也没下上。下面条的事，这会儿就别指望夏彩莲了，自从见到杨景升，知道了杨景升才是应该接她的男人，她的心已经难以平静了，只剩下呆呆地望着窗外的雪。杜山虎麻溜地准备饭，哄着豆粒和麦穗吃饱了，他又小心地劝夏彩莲吃饭。他自己哄孩子吃的时候，已经吃个半饱了。夏彩莲回答他像吃了个枪子，说不吃。杜山虎说，你不吃，我也不吃。夏彩莲最受不了这个，一个五大三粗的男人，不吃饭，怎么扛得了哇？不像女人，身子轻，饿个一顿半顿的没啥，可男人不行啊，他们站着就是一座山啊。夏彩莲回头瞪杜山虎一眼，很快又转向窗户，看着外面。她说，吃啥吃，光气都气饱了。这话从字面上看，是真生气了，气得还不轻。但从她的口气，从她的轻飘飘的眼神，你能意会到，她在撒娇，她有抱怨。这就好办了，你可以哄她，你可以言听计从。杜山虎在夏彩莲之前从来没有过女人，他竟然无师自通地学会哄女人了，连他自己都惊讶。

023

夏彩莲转过脸看他，泪水涟涟地呵斥："你个骗子。"

杜山虎唯唯诺诺地说："你看我哪儿像骗子？"杜山虎绝对不能承认自己是骗子，可事实在这儿明晃晃摆着呢，表面看他确实像个骗子。当时他领了杨景升交给他的任务，可他内心，真没有一点弯弯绕。他就是兴高采烈地接受了这个任务，无论多大的暴风雪，都比在水泥厂好得多。他赶上马爬犁，心里狂呼，让暴风雪来得更猛烈些吧，我要去嘟噜河接人去啦，哈哈。一开始，他真的没想夏彩莲，事先没有什么不可告人的预谋。至于后来的质的发展，那不是他理智所能控制得了的，但绝对是遵从内心的情感。这算骗吗？

"那你为啥说你是杨景升？"夏彩莲用手指着他。

杜山虎无辜地说："天地良心啊，我从来没说过我是杨景升。他杨景升是个啥大人物哇，我要冒充他呀？笑话。"

"那我问你是杨景升，你嗯啥？"夏彩莲到这儿还是不死心，可以说，两个男人都有点不舍得。夏彩莲用她这种特殊的不舍得，在两个男人间游走。

杜山虎假装回忆着，他是想，说啥能遮过去，他辩解："我是嗯来着，但彩莲，你也不能不让人嗯吧。哦，我想起来了，是豆粒和麦穗抱住了我的腿，喊我爹来着，你看，对了。那俩孩子喊我爹，我不能不'嗯'着吧，我是'嗯'来着，这没错。但我这个'嗯'，跟你那个'嗯'没关系。我当时甜蜜得蒙头转向了，我都没听清楚你问的啥，就让有了两个闺女的喜悦冲跑了。"他摆出小学生做错事的神态，"其实吧，我老家也给我介绍个对象，我以为你是呢。"

这解释完全驴唇不对马嘴，可夏彩莲信了，她下意识地强迫自己全信。某种程度上，她还是封建的女人，认为自己已经和杜山虎过了，就不能再回到杨景升的身边了。尽管错了，也只能将错就错。夏彩莲细想，对呀，杜山虎没理直气壮地说过他是杨景升啊。想到这儿，她悠悠地看了眼杜山虎，"我饿了。"

"快点，吃饭去。"杜山虎立马拉着夏彩莲的手，"看你，你不吃饭我也不敢吃呀，我也饿了。"他净说好听的，他已经吃半饱了。

豆粒和麦穗吃饱了，从这屋跑到那屋，撒欢儿。夏彩莲看着花儿一样的女儿，一颗悸动的心，忽然释然了。她大口吃着饭，问杜山虎，你不去上班啊。杜山虎嘴乐得合不拢，说不去了，就陪着你们娘儿仨。杜山虎说到做到，带着娘儿仨去葵花街买新衣服。杜山虎就这样，有钱就花，没钱再掂对，花了上顿，不操心下顿的。这不，前段时间，在杨景升的监督和督促下，连续上班，从未无故旷工。刚开了几个月的满勤工资，正赶上夏彩莲的到来，钱够，就这么长脸。

东北天儿冷，杜山虎给豆粒和麦穗买了棉猴，带帽子的那种棉大衣，给夏彩莲买件线缇的红花儿对襟棉袄，棉衣扣是盘的纽襻。还买了条蓝色涤卡裤子，带熨烫笔直的裤线。她试穿的时候，营业员都被惊艳到了，哎呀妈呀，老美了，再配条红围脖就更美了。杜山虎摸摸兜里的钱，还够条围脖的钱。再说，在东北，女人哪能没有条像样的毛线围脖呢，美丽还保暖，买。他搜出了兜里全部的钱，一毛一分都加上了。夏彩莲手里捧着红围脖，爱不释手，嘴里却说着："山虎哇，咱不买了，太贵了。我那条围巾还能将就着戴。"说不买，但手上就是抓住红围脖不撒手，眼睛就没离开手里的红围脖。

"啥不买呀，买，我媳妇戴上这红围脖，在葵花街那么一走，那也没谁了，老带劲了。"杜山虎说着，把钱递给了营业员。

钱都交了，夏彩莲把手里的围脖围到脖子上，立刻显得脸色是那样的红润。杜山虎看着，合不拢嘴，一个劲儿地说："好看，真好看。"

营业员也说，这女人葵花街头一份漂亮了，贼拉拉地美呀。

杜山虎听了这话，他自己倒不好意思了。一个胳膊抱个孩子，扭头对营业员说："我媳妇，还有啥说的。"

夏彩莲的脸偎着围脖，暖意从心里洋溢而出。她跟在杜山虎的身后，小声说，像是埋怨，也像是担心，她说："山虎，你把钱都给俺们娘儿们花了，看往下咱吃啥。"

杜山虎脱口而出："吃的好办啊，去杨景升家吃呀，他光棍一条，他也吃不了。帮他吃算是抬举他了。"他也不拍着良心问问自己，人家杨景升这光棍是谁造成的，还不是他杜山虎造成的吗？原本人家应该

025

是一家四口的。他安慰夏彩莲说："别上火，我明天就去上班，挣钱去。"他这人就这样，自己过也是，有钱就花，从不攒钱，花完了再说，他顶烦那种守财奴似的人。他有时候在想，杨景升一天班也不缺，星期天他也上班，只要加班就有他，那他挣的工资，怎么花呢？愁得慌不？大概他也不花，没机会花呀。杨景升总是说，我没成家，行，我来加班。有不想加班的，或者家里有事的，都愿意找他顶替，或者串班。他从没说过不字，真的像一颗永不生锈的螺丝钉，像永远运转的齿轮。热火朝天的水泥厂，就是杨景升的家啊。生产的水泥供不应求，祖国建设，哪能没有水泥呢？架桥梁、盖楼房、修电厂，凡是建设，都离不开水泥。

今天下午，杨景升是按时下班的。因为快五点的时候，他的心猛然跳动了一下，他忽然想起，他是有家的人了，他有媳妇了。并且，还带着两个孩子。想到两个孩子对他的排斥，他心里掠过一丝凉意。他忽然想起，夏彩莲还在杜山虎家，今天杜山虎没来上班，主任问过了，他还替他打了马虎眼，说他感冒了，早上还给他请个假。他都不知道，自己怎么突然间二百五到这种地步。哦，还有，夏彩莲说她要自己回家的，钥匙就放在窗台的砖头下面，杜山虎知道的，她能进屋。想到这，他在心里叮嘱自己，按时下班。这不，他才按时下班的。

走在葵花街上，天色已经黯淡了。北方的冬天，天黑得早。他先到副食商店称了二斤肉，晚上包饺子，或者炖酸菜。他特意买的是五花肉。葵花街的雪已经打扫干净，没来得及打扫的，也已经踩瓷实了。街边上堆着高高的雪堆，时不时地冒出个胖胖的雪人。红红的大鼻子，安的是胡萝卜。两个黑眼睛，滴溜溜的，安的是黑石头子。脖子上围的红围脖，是红色的布条子。嘿嘿，离老远一看，这雪人还真像那么回事。

路过友谊照相馆，正赶上黛梦娜下班锁照相馆的大门，她喊住杨景升，还表扬他今天下班很早哇，问他，要不要到她家里喝杯咖啡。黛梦娜更像在友谊照相馆等他，因为她的脸已经冻得通红，不像刚从屋里出来的，还不停地倒腾着站在雪地上的双脚。她头上蒙了条俄罗斯大披肩，这俄罗斯披肩好，可披在肩上取暖，在户外，还可以蒙在头上御寒。谁也不知道她这条俄罗斯披肩是哪里买的，好像她在葵花街出现的那天就有。她家确实有咖啡，有人看见她在家喝过。整个葵花街也没有卖咖啡的，最权威的百货大楼都没有，你说她在哪儿买的呢？听说她是在哈尔滨中央大街那儿买的，我不信，为了喝个咖啡，至于大老远地跑到哈尔滨吗？有人尝过，咧着嘴角说，咖啡那玩意儿有啥好的，恶苦，跟中药似的。杨景升犹豫了片刻说，改天吧，家里有客。他想说，家里有媳妇，临时改说家里有客。黛梦娜抿嘴笑了下，那表情说不上赞成还是质疑，她裹紧了头巾，转头向前方走去。杨景升在她身后看了两眼，她的花色披肩真大呀，裹在头上，披肩角还耷拉到腰。杨景升也转身向家的方向走去，他俩正好是相反的方向。

　　杨景升到家一看，早晨门锁的什么样，还是什么样。他没有立刻翻拿砖头下的钥匙，而是抱有幻想地看了眼窗台上的砖头，然后小心翼翼地翻开砖头，钥匙依然静静地躺在那里。他用钥匙打开房门，进了屋，他还向里屋张望了几眼，并在心里呼唤了声，夏彩莲。只有冷锅冷灶回答他，这屋里只有他自己。但他此刻却没想到夏彩莲的两个孩子，也没想到，夏彩莲和两个孩子是不能分割的一个整体。他把五花肉放在菜墩子上，转身走出家门，异想天开地到杜山虎家去领人。

　　炉子上烧着水，呼呼冒着热气。杨景升拉开杜山虎家房门，热气扑面，杜山虎一家正在吃晚饭。在西屋，杜山虎盘腿坐在炕里，两个孩子坐在一边，夏彩莲坐在炕沿边，给杜山虎添饭。杨景升看着饭桌上的饭菜，不禁轻蔑地哼了声，别看吃得热火朝天的，其实饭桌上是稀饭和炖冻白菜，白咪啦的，没点油星，更别提肉了。但他们脸上的喜悦是那样灿烂，吃糠咽菜算什么，她们有新衣服了，有新围脖了。杜山虎绝不是故意给娘几个吃这饭食的，而是真没钱了，最后的钱也买红围脖了。夏彩莲坐在炕边，一条腿盘在炕上，一条腿耷拉在炕沿边上，正盛一碗稀饭放在杜山虎的桌前。杨景升看她给杜山虎端茶倒水的动作就来气，心话，杜山虎算老几，在我面前狗屁不是，就是个二流子。杨景升拉上夏彩莲的手，"走，回家吃肉去。"

夏彩莲脚落到地上，不走，手任杨景升牵着，先抬头泪眼汪汪地看了看杨景升，后沉默不语。还是豆粒和麦穗的哭声打破了凝固的空气，豆粒和麦穗认识杨景升了，这个从来没对她们笑过的男人，来了就抢她们的妈妈，她们也条件反射般地，见到杨景升就喊："爹爹，我不走哇。"豆粒和麦穗，一个拉杜山虎胳膊的，一个拽杜山虎衣襟往怀里钻的，就劲儿鼻涕眼泪抹杜山虎一身。

开始是没听到哭声的，光听到喊声了，喊声比哭声大。杨景升听到这俩丫头的哭喊声就来气，没好气地说："得得，谁稀罕让你俩走。"

夏彩莲的手还在杨景升的手里握着，夏彩莲也没有松开，或者挣脱的意思，低眉顺眼的，像是站不住了，歪斜在杨景升的怀里了。后来豆粒和麦穗哭得更厉害了，两个丫头的哭声是此起彼伏。杨景升严重怀疑，是杜山虎把两个孩子掐哭的。

掐孩子这招应该说，水泥厂的男人都会，架不住门卫老刘总讲啊，老刘爱讲故事，最经典的就是牛郎织女天仙配。天上的七个仙女到人间河里洗澡，她们的裙子就脱在了岸边。牛郎那时候是光棍，正愁找不到媳妇，他从河边走，正看见七个仙女在河里洗澡，嬉笑打闹。他迅速躲在树后面窥视，各个仙女真是美若天仙，他从没见过这么美的姑娘。他就想，这要是给我当媳妇那该有多好哇。一想到她们是仙女，他心立刻凉了半截。她们洗完澡是要飞到天上去的，来去都是一场空。他就想，怎么能留住其中一个呢？他看着岸边的七堆衣服，心里飞快地想，她们即使要飞到天上去，也是要穿上衣服，然后才能飞的。仙跟人是一样的，都是要穿衣服的。那我把她的衣服藏起来，看她咋飞走。想到这儿，牛郎真就偷偷摸摸把其中一条裙子偷来，藏到树后。他静静地等，等到她们沐浴完。仙女们都找到自己的裙子穿上，准备飞走。可是，老七的衣裙不见了，她只能继续待在水里，眼睁睁看着其他的仙女穿上衣服飞走。其他仙女不走不行啊，有时间规定的，超过这个时间点，谁都飞不走，上不了天了。等那六个仙女飞走，只剩下七仙女，牛郎从树后面走出来，把衣裙还给了七仙女。可是，她是飞不到天上去了，只好和牛郎回家过日子，后来他们有了一对儿女。

趁牛郎不在家，王母娘娘把七仙女接回了天上。等牛郎回到家，不见了七仙女，他用箩筐挑着两个孩子，追上了天去。追倒是追上了，但是，七个仙女一字排开，给他规定时间，让他辨认谁是七仙女，认不出来，滚回人间。这上哪儿认出来呀，仙女们穿着差不多的衣裙，模样也长得一样美，再加上慌乱。根本认不出。他急得差点哭出来，急中生智，他照着孩子身上掐了好几把，给孩子掐得哇哇哭。这招真灵，谁心疼，谁就是孩子的娘。果然，牛郎认出了七仙女，因为，她看见孩子哭，自己也心疼得流泪了。

这个故事，杜山虎也听了无数次，因为他总去门卫偷懒。他活学活用，用到了夏彩莲身上，当然同样灵。夏彩莲听到孩子的哭声，她把手从杨景升的手里狠狠地抽出来，看了眼孩子，又看了眼杨景升说："我和孩子是分不开的。"刚才她也听到了，杨景升说，不稀罕接孩子走。这时候，听到孩子的哭声，杨景升也无动于衷。

是，杨景升听得真真的，听到两个孩子撕心裂肺的哭声。他没说话，脸色严肃，眼睛只看着夏彩莲，想在她脸上盯出答案。

"你回吧，将错就错吧。"夏彩莲重新坐到炕沿上，"就不留你吃饭了，吃得不好。"女人有了孩子，就像母狼，护崽子，谁对她的崽子好，她就愿意跟谁好。很简单的道理，可杨景升把这么简单的道理复杂化了，他是想从头恋爱，和一个姑娘和一个女人恋爱，而不是和一个母亲恋爱。某种程度上，他是恋爱完美主义者，说得再专业一点，他憧憬爱情，向往爱情，追求爱情。只可惜，他遇到的恋爱对象是有多重身份的，他在这多重的身份中，只分辨出夏彩莲，其他的，他从心理上，强迫自己忽略。在这场恋爱中他忽略了豆粒和麦穗，他自认为对爱情无关紧要，但恰恰相反，对夏彩莲来说，孩子们是最重要的。对杨景升来说，这种忽略，有种自欺欺人和掩耳盗铃的戏剧性，有种可笑的得过且过的侥幸心理。但事实就是事实，活生生在那儿摆着，无论你试图穿插，或者迂回，都无法绕行。杨景升一脚踢在这事实上，发出的不是悦耳的金属声响，而是哭声和怨气。

杨景升实在不想听孩子们的哭声，更不愿意看杜山虎那无辜而又流露你奈我何的意思的眼神。杨景升愤然离开了杜山虎家，但两家离得太近了，院子只隔一道墙，那墙矮得连狗都挡不住。这次，杨景升没有从杜山虎家大门出去，再进自己家大门，他直接从墙上跳到自己家院子。他愤怒地开自己家门，又愤怒地拎上菜墩上的五花肉，再从院墙跳回杜山虎家院子，拉开房门，一步就进到了杜山虎家吃饭的西屋。他愤愤地把那块五花肉，闪着油光的五花肉，拍在他们吃饭的桌子上，还震翻了一只碗。这速度，不像到自己家拿的，倒像从杜山虎家外屋菜板上拿的。

杨景升表情是愤愤然的，回来还保持愤愤然，就这速度，他还没来得及消气。杨景升今天没穿军装，显然，是穿蓝色工作服回家的，没换军装。他是着急见到夏彩莲。他穿蓝色工作服一样精神，腰板挺拔，走路生风。这次回来，他好像什么都没看，只是为了放下肉，他气愤而默默地走了，这次他是正常地推开房门，也没翻墙。夏彩莲没顾上收拾震翻的碗，跟在杨景升的身后，别误会。她不是跟杨景升走，而是送送杨景升，出于礼貌，也是出于对他的恋恋不舍。杜山虎可不管夏彩莲送不送杨景升，他们啥关系跟他杜山虎没关系，至关重要的是家里的老婆孩子有肉吃了。

外面已经漆黑一片了，杨景升下班的时候还是亮着的，冬天，天黑得是早哇。夏彩莲送到大门口，她刺溜滑了下，险些摔倒。杨景升稍微停下脚步，略微回头看了眼，看夏彩莲扶住了大门框，他就拐进了自己的大门，进到院子，开门进屋。夏彩莲扶住门框，在灯影里目送他进屋。

这时候，夏彩莲才觉出冷，她扶住门框的手，冻粘在了勒门框的铁丝上，她小心轻动手指，把手从冻着的铁丝上拿下来。她走进屋，看见杜山虎和孩子们正眼巴巴等着她，那块五花肉还在桌子上。夏彩莲拿起那块五花肉，放在菜板上，切成小块，把马勺放在炉子上，刺啦刺啦做上红烧肉了。屋里豆粒和麦穗闻到了肉香，杜山虎告诉孩子们，等着吃红烧肉吧。豆粒和麦穗高兴得在炕上翻开了跟头。

第四章

　　一共二斤肉，做熟了也没多点儿。夏彩莲盛了多半给杨景升送去，杜山虎像是没看见，他只顾着照看豆粒和麦穗吃肉，他自己还倒了点北大荒白酒，说他就吃一块肉，喝点汤就行。

　　夏彩莲端着热气腾腾的碗出门，红烧肉的香气弥漫在院子的冷空气里。她紧走几步，怕红烧肉凉了。打开杨景升的家门，电灯亮着，电灯的光亮更显得屋里寒冷。杨景升坐在屋里的椅子上，桌子上摆着茶缸，里面的水冒着微弱的热气。屋里太冷了，才能看见茶缸里的微弱的热气。夏彩莲把红烧肉放到桌子上，两个馒头放在盘子里，说，吃饭吧。杨景升抓起馒头，说真饿了。夏彩莲到外屋拿了筷子递给杨景升。这些动作，再自然不过。谁也没有客套，谁也没有寒暄。夏彩莲说，你这屋太冷了。杨景升说，等你再来，这屋就暖和了。这顿红烧肉，不是夏彩莲狗窝存不住干粮，她是想留到明天吃。他们已经吃过晚饭了。可是，她知道，杨景升还没吃晚饭呢。正好，连夜炖出来，也新鲜。两个馒头是中午没舍得吃的，熥热了，连同红烧肉，一块端给杨景升吃。

要不咋说，打下啥底，就是啥样嘛。从那以后，杨景升只要买了鸡呀，鱼呀，肉哇，先拎进夏彩莲的家门，压根也不往自己家拎了。夏彩莲只要做了好吃的，饺子呀，包子呀，红烧肉哇，就会端到杨景升家。反正，有啥好吃的，少不了杨景升的。

别以为孤男寡女在一个屋里，特别是漆黑的冬夜，就会发生点什么。夏彩莲把红烧肉放在桌上，给杨景升拿了筷子，就出门了，他们的关系这会儿纯洁得没法，杨景升也没送夏彩莲，冲着她的后背说："告诉杜山虎，明天准时到厂子上班，不然他要被开除了。"

夏彩莲认真地说，知道了。

夏彩莲回到自己家，带进一股寒气。杜山虎什么也没问，只是招呼她快趁热吃红烧肉，夸她手艺好，做得比饭馆里的红烧肉还地道。他给夏彩莲也倒了半碗白酒，说天冷，喝了暖和。那天晚上，他俩喝嗨了，到最后，喝了交杯酒。豆粒和麦穗吃饱了，嘴上还带着油，就歪倒在炕上睡着了。酒足饭饱，夏彩莲忽然想起，她说，你明天上班吧，要不开除你了。杜山虎说，是杨景升说的吧，他最能假积极，行，我明天上班。这他俩才放下酒碗，收拾着睡觉了。

像安了雷达，当杨景升早上上班经过友谊照相馆时，黛梦娜正从照相馆大门出来。她连招呼都没打，直接说："哦，可怜的杨景升，昨天你的新媳妇还是没回家呀？"

"她会回家的。"杨景升继续向前走，没有停下脚步的意思。

黛梦娜的花色披肩是随意披在肩上的，寒风凛冽，吹落了披肩的一角。她追了几步杨景升说："有时间你来照相吧，我给你照，好吗？"

杨景升继续走，眼睛看着前方说："以后再说吧。"

"照片能帮你留住青春的岁月。"黛梦娜像是对着葵花街说。

杨景升听到她说的话，心动了，他想照了寄给山东老家的亲人。

只要杜山虎按时来上班，门卫老刘就会问：喂，山虎子，有啥高兴的事吗？杜山虎也就神秘而又高兴地说：高兴的事多了去了，去糖果厂，我老乡给我拿一包白糖呢。我这几天正上火，唉，你别说，冲了几次白糖水，见效。甜，真败火啊！其实，他这里是掺了水分的高兴事，也许他老乡真给他糖了，但可能是几个糖块。如果真给他一包白糖，那他老乡就得自己掏腰包。要不他就说，哦，我这几天没上班，我去搞点副业，看见了吧，他指了下那边的木材厂，看那些抬木头的了吧，抬一上午木头，顶上这半拉月了。老刘问，你去抬木头了？杜山虎说，去了，你看我后脖颈子，都压出包了。还没等老刘看，他梗着脖子走远了。

今天杜山虎上班来得早，老刘问他有啥高兴的事，他这次是不用吹牛的，现成的。有高兴的事，天大的高兴事。我成家了。那天我去嘟噜河接新媳妇，在厂里开的介绍信。你忘了？

老刘煞有介事地想一会儿，说，想起来了，不对呀，你是替你师傅杨景升去接的新媳妇哇，跟你有啥关系呀？你也就是出趟差呗。

杜山虎会瞪个眼睛，嘲笑老刘四六不懂，白活这么大年纪，那是谁的媳妇哇，又没结婚，连恋爱都没谈，充其量就是朋友。朋友知道吗？就像你和我，朋友如同工友，嗨，还赶不上工友呢。

这时候，老刘会溜缝了，那就是同志关系。

杜山虎不耐烦地纠正他，跟同志更扯不上了，她都没工作，就一家庭妇女。

老刘听杜山虎说，新媳妇是家庭妇女，立刻觉得杜山虎和新媳妇很相配。

所以说呀，杜山虎神采飞扬，谁是谁的媳妇哇，那都得从头来。新社会，新国家，恋爱自由，婚姻自由。所以，我就自由了。

就杜山虎这番言论，老刘细咂摸，杜山虎说得有道理。以前也见他吧啦吧啦的海阔天空地瞎吹，你别说，这次的见解还真通透。老刘和杜山虎非常投脾气，主要杜山虎总到门卫来偷懒，跟老刘下象棋消磨时间。

杨景升到了工作岗位，看见杜山虎已经穿上工作服，戴着口罩，准备工作了。这天上午，杨景升安排好杜山虎的工作后，自己只顾埋头干活，约等于没搭理杜山虎。杨景升不想跟他说闲话，没啥可说的，说了也是吵嘴。

从今天开始，可以说，葵花街的人都知道了，杨景升的媳妇夏彩莲，变成了杜山虎的媳妇。

传说有各种版本，有的说，夏彩莲在嘟噜河就跟杜山虎好了，有的说是接回家，没相中杨景升，跑到杜山虎家的。也是从那天开始，杨景升准备彻底放弃夏彩莲，天涯何处无芳草，为啥非得她夏彩莲。从开始他反正是排斥这种婚姻的，简直荒唐。杨景升是这样想的，也是这样做的。他觉得应该接近黛梦娜，为什么不可以呢？他有个小觉察，黛梦娜也不知为啥，跟他打好几回招呼了。可能以前也有，他是没在意。杨景升想，黛梦娜洋派跟我有啥关系呀，她冷艳又跟我有啥关系嘛，我找的是爱情，只要她愿意，她同样也寻找爱情就可以了。他以前也是被黛梦娜身上的毛病一叶障目，那所谓的毛病无非只是洋派、冷淡和孤傲。那碍着谁啦？人家本来有资本孤傲和冷艳嘛。杨景升决定从今天开始他要放弃夏彩莲，再说，他也管不了那两个厉害的丫头，他也接受不了那两个丫头。

话是这么说，可两家是邻居，低头不见抬头见。杜山虎上班的热情度，十天一大关。家里进了三口人，有时吃了上顿没下顿。夏彩莲又没有工作。杨景升光棍一条，他总不能家里有余粮，不给邻居吃吧。夏彩莲没来的时候，杨景升和杜山虎就私人关系来讲还不错，在工作上和生活上他总是帮助杜山虎，要不也不能让他去接夏彩莲啊。杨景升看不下去几口人吃了上顿没下顿，他也就断不了给杜山虎家拎半袋面，拎二斤肉了啥的。夏彩莲只能说感激的话，杜山虎说，有啥谢的，反正他也吃不了。

那时候我还没出生，等我出生热闹和误会事就更多了，现在事情的发展还是比较单一，解决起来相对简单些。

就在杨景升一边帮助我家，一边和黛梦娜进行着暧昧朦胧时，他却不知道，夏彩莲依然对他充满不切实际的幻想。说实在的，夏彩莲很容易被满足，尽管杜山虎吊儿郎当，也就是当地人说的二流子，这还是和他过上日子才发现的。管他二流子还是吊儿郎当，那有啥呀，对她对孩子真心实意，她就知足了。可老天还更眷顾她，刚要揭不开锅了，就派杨景升送米送面来了。有时夏彩莲趴在窗户上望着外面的雪花想，我这是哪辈子修来的福气，有两个男人疼。她想到这儿，脸腾地红了，像着了火，她暗骂自己不知羞，但心是那样温暖。这时候，她还不知道友谊照相馆有个叫黛梦娜的女人，似乎在接近杨景升。夏彩莲来的时间短，对葵花街的人和事不熟悉，再说是冬天，冰天雪地的，她很少去葵花街溜达。她望着这灰蒙蒙、光秃秃的冬天想，等春天来了我也去葵花街工作。她美滋滋地想，在百货大楼卖货不赖呀。但她就没想到，在计划经济时代，想在这些国营企业、集体企业找工作不是那么容易的。夏彩莲此刻是那样向往春天，不光是春天要到葵花街上工作，她特别想看葵花街上盛开的葵花，这是杜山虎跟她说的，葵花街的美丽，是满街的葵花。过了春天，到了夏天，看葵花。

葵花街的人都在热议杨景升和黛梦娜恋爱了。这样的传说绝不是空穴来风，有人看见他俩抱在一起，亲嘴了。如果让黛梦娜说，那叫亲吻。葵花街的老爷们儿是不相信的，他们宁可相信这是造谣，那么冷傲的黛梦娜会看上杨景升？一个小跑腿子，最像样的衣服就是那身旧军装。在葵花街人的心中，黛梦娜不食人间烟火，就是恋爱她也不会亲嘴，就是结婚她也不会生孩子。杨景升和黛梦娜的风流韵事，是从友谊照相馆流出的。杨景升这几天，有故意穿军装上下班的嫌疑。不过年，不过节，你穿哪门子军装啊。他每天上班下班都路过友谊照相馆，这几天雪大，都是步行，平常杨景升是骑自行车的。步行更好哇，有充足的时间和空间接触照相馆。要不，骑自行车，噌地就骑过去了。有啥企图，还得特意下自行车，人为制造机会的痕迹太明显。

冬日的傍晚稍纵即逝，五点下班，杨景升迅速脱掉满是水泥灰尘的帆布工作服，换上旧军装，穿上那双磨掉毛的大头鞋。戴上那顶方正的棉军帽。他刚穿戴整齐，杜山虎从他的身边经过，用眼睛余光斜了眼，并哼了声。不等杨景升有啥反应，他已经扬长而去。但他那眼神，分明是洞察一切的意思。杨景升跟他不一样，如果跟他斤斤计较，那他不也成了落后分子。

走在冬日的傍晚，黑夜如影相随。当杨景升走到友谊照相馆，天渐黑了，影影绰绰看见一个人影，在照相馆门口转悠，但那披肩的颜色，太抢眼了，即便在黯淡中，也能发出红色的光。杨景升看见这红色的光，他知道，那人影是黛梦娜。他便加紧了脚步，像赴约要迟到的人，急促而兴奋。走近了，确实是黛梦娜，在拿着把扫帚，打扫门前的雪。已经无雪可打扫了，一看就是做样子。杨景升真希望她现在就进屋，免得两个人成双成对进屋，或者偷偷摸摸、鬼鬼祟祟进屋要好得多，也自然得多。免得别人看见了说闲话。也怪自己，从未自动踏进照相馆一步，那就别怪黛梦娜守株待兔了。黛梦娜见到他没说话，先是笑了。杨景升看见黛梦娜的笑，温暖得像是从心里盛开了一朵花儿。他停住脚步，眼神在远方，在天空游荡。黛梦娜看光笑他是理会和领略不了了，伸手吧，是呀，实在不行就要加手势了。黛梦娜从披肩里伸出一只手，温柔地向门的方向推着杨景升。她是心里着急，但手上的动作还是小幅度的。杨景升恍然大悟，对呀，他今天是有备而来的，咋到真章又忘记了，他是主角啊，难道入戏这样难吗？杨景升在黛梦娜的推动下，半推半就地进了照相馆。

  屋里是亮着灯的，那黛梦娜不是要关门下班了，她是估摸着点，特意在门口等杨景升的。屋里的光线很亮，亮如白昼。杨景升不禁看了眼电灯，很漂亮，光是银白色的，有点像月光。这是他第二次进友谊照相馆，第一次是照工作照，一寸照片，也是穿的军装。那次杨景升自我感觉良好，因为，照一寸照片，没什么摆拍之类的要求。在他照完之后，刚想起身，黛梦娜喊住了他，不要动，她换了个幕布。照相用的幕布多种多样，有高楼，有公园，有庭院，有大厅，有花草，有夕照。黛梦娜换个高楼大厦的幕布，景色摩登，又额外支上灯光，给杨景升拍个斜身的二寸照片。洗相的时候，能洗更大尺寸的。大概是照了两张：一张是戴军帽的，一张是不戴军帽的。由于帽子把头发压得贴在了头皮上，她还用梳子把头发梳起，呈现蓬勃的弧度。他的头发原本浓密，且带自来卷，很容易被唤醒。他梳的是三七分的大背头，很有派头，且英俊潇洒。照的时候，他是想问的，为啥还要照侧身的，不是就照一张免冠照片吗？他还是没问，指定是有啥用，或者就这么照，问那么多干啥，又没额外付出啥代价，说实在点，也没让多交钱。是的，那两张二寸照，是黛梦娜自掏腰包照的。那时候，照相都是有胶卷的，一天照几张，用多少胶卷是有数的。摄影师照每一张相都是聚精会神、精益求精、个保个，可以说，从不浪费一片胶卷。这需要摄影师的眼力和技术。

进了屋的黛梦娜，好像已经与世隔绝了，她长长舒口气，脉脉含情地看着杨景升，一时不知说什么好。而杨景升却来一句，"你没啥事，我先走了。"置身于这样空旷的屋里，只有他们俩，他甚觉不自在，总觉得有一双眼睛从门缝，或者窗缝觊觎着他们。

黛梦娜焕发精神，用平常给人拍摄照片的口气说："怎么没事呢，我不是跟你说了吗？我要给你拍照片。"

"我不需要拍照片啊。"杨景升看了眼自己穿的干净的军装，"有必要照吗？一个工人，又不是演员，照啥相啊。"

黛梦娜摆着照相机说："很有必要，一是我们照相馆要拍几组时代的形象照片，你是我选中的人，算是模特儿吧，反映一个时代人的变化和发展。二是我们橱窗里的照片……"这话她说了一半，这是真事，照相馆的橱窗里的照片几年没换了，要换一批新人的照片，以此招揽顾客。这话她不能说，说把他的照片挂在橱窗里，展览一样，让大家评头论足，指手画脚，招揽顾客，他指定不干。

那样说加上"时代"，杨景升欣然接受。他是先进工作者，只要是对社会有益、对国家建设有帮助的事，他愿意付出。有时代在前面摆着呢，他愿意为之做出贡献，豁出他这张脸也无妨。现在他放平心态，任由黛梦娜摆布，当然是摆放姿势，拍照。

相机是那种蒙着红布的照相机，黛梦娜给杨景升摆好了姿势，再走到照相机跟前，对着杨景升喊着，"来，啊，看我这儿，对，头再向左偏一点，唉，对，好，照了呀，看这，别眨眼睛，妥了。"黛梦娜照着，还一边说着，"还要照你穿工作服的照片，哪天你穿工作服来。"

黛梦娜又给杨景升换上中山装，上衣兜那儿还别着一管钢笔。她帮杨景升穿着，往他胸前别钢笔的时候，黛梦娜似乎摸到了杨景升的

037

心跳。钢笔别好了,她还是把手扶在那里,好一会儿也没挪开。杨景升任她抚摸着,挺直腰板。黛梦娜情不自禁地偎进他的怀里,双臂环抱着杨景升,这次真的是聆听他的心跳,披肩滑落在身后的地上,映得地板红了一片。杨景升也抱了她,他想起了夏彩莲,已经不是他媳妇了,他一个大老爷们儿,总不能赖在人家夏彩莲家吧,夏彩莲明确地告诉他了,她要和杜山虎生活。也好,他要开启自己的新生活,从头开始,他就不信了,他一个溜光水滑的大小伙子,还找不到爱情了。他搂住了黛梦娜,而且搂得相当紧。

第五章

　　杨景升和黛梦娜的恋爱传说在葵花街传扬开了，不胫而走。传说精彩，而细致入微，像是亲眼所见。当从葵花街传到我母亲夏彩莲的耳朵里时，她对着杨景升的院子呸了口，说："我也会。"忽然她觉得她的一条胳膊抬不起来了，不好使了。她正端着洗脸盆往外倒水，连水带盆和人一并摔倒在院子里。她向杨景升家的院子看，空空如也，门上一把锁。是哈，他已经有几天没到这院来了，当然，他那份肉和面也没往这院拿。别看这"我也会"三个字，分量之重，是从心里喊出来的。如果夏彩莲没有听到杨景升的恋爱传说，她可能一辈子这样和杨景升相安无事地相处下去。而这个恋爱传说激发了她"我也会"的潜能。她会什么呢？会像黛梦娜一样向杨景升抒发爱意绵绵。她从心里唤醒自己，同样是女人，为什么我不可以？再说，杨景升原本是介绍给我的男人，我们未成为夫妻，那不是我的错，是老天的错，是暴雪的错，是加班的错，是月色的错。夏彩莲总结了这么多错，唯独不是人的错。这个观点真是至关重要哇，这个人是指杨景升和杜山虎，她把人看得独一无二，优秀而熠熠生辉。而恰恰她忽略了自己，殊不知，女人的嫉妒心啊，在碰撞到某一燃火点上，一触即发，不可收拾，并裂变放大到无限可能。夏彩莲爬起来，一跃，跳到杨景升家的院子，从窗台的砖头下面拿出钥匙，打开门，进了杨景升的屋里。她把杨景升家里里外外打扫了一遍，枕巾床单，换下来的工作服，她都洗了。都洗完了，她把手在围裙上擦了两把，坐在杨景升家的炕上，呜呜地哭了一阵子。

豆粒和麦穗不知道啥时候来的，俩姐妹拉着夏彩莲的手，央求着说，娘，咱回家啊，饿了，爹爹也该下班了。

是呀，杜山虎该下班了。杜山虎现在是很难按时下班了，也不知道他下班后要去哪里玩，玩什么？但他总有去的地方，狐朋狗友也多。但无论他啥时回来，锅里都给他热着饭菜。杜山虎自觉性也提高了，自从夏彩莲和孩子们进了这个家门，他不再旷工，那工作之余再不让他放松，他觉得太郁闷了，会疯的。夏彩莲不生气，由着他，带着两个孩子嫁人，她深感亏欠杜山虎的。何况，杜山虎没说啥三七四六的话，对她们母女那叫一个热情。

要不咋说，人比人就得死呢，不能比。同样是下班回来晚，杨景升是为社会主义建设而加班加点。而杜山虎呢，是和狐朋狗友聚会，闲逛。整个葵花街没有他不熟悉的地方，哪怕犄角旮旯。每一个葵花街的人没有他不认识的，包括人家背后的家庭状况。更不要说葵花街的花边新闻了，他总是第一个知道。水泥厂的领导说，你当普通工人真是屈才了，应该当新闻工作者，当记者啥的。厂里也有新闻广播站，但是真让他干这文质彬彬的工作，他又缺少文化了。

据说，杨景升和黛梦娜在友谊照相馆的投怀送抱，也是杜山虎从门缝看见的。他在修车棚里玩了会儿象棋，又到向阳饭店后厨打了会儿扑克。饭店没那么忙碌，每天那么几桌，累不着人。没人管他饭，他还得回家吃饭。当他路过友谊照相馆时，看屋里还亮着灯。心里立马冒出怪话，哪都有像杨景升这样的积极分子，这时候还加班？一个照相馆，有啥要紧任务加班的，假积极。好奇心驱使，他趴在橱窗看了会儿，橱窗里都是照片，橱窗玻璃根本不通屋里。他从关着的门缝往里看，影影绰绰的，像是看见了人影，红色的披肩落在了地上，披肩他认识，是黛梦娜的，冬天见她总披着御寒，另一个人他没看清。但他心里又马上冒出来一个人的名字，杨景升。都传说，黛梦娜对他有意思。他猜的，是杨景升。

从杨景升家回来，夏彩莲心里像长了草，乱糟糟的。她是个明白人，既然你已经跟了杜山虎，那就放手杨景升，让他奔自己的前程，让他有自己的女人。可是，想归想，到了真章上，真是万般不舍。按理说，杨景升跟你夏彩莲没有任何关系了，你从山东来葵花街的时候，只知道了名字，知道名字有啥了不起吗，知道名字的多了，都要结婚吗？但她就是转不过这个弯来，她这个知道名字区别于别人的知道名字，这名字是铁板钉钉与她有婚约的丈夫哇，虽然没结成夫妻，但在她心里，那是砸折了骨头连着筋的关系呢。这么说，真就不讲理了，哪儿连着筋呢，啊，杨景升给你送几次面、肉，就连着筋了？那是人家可怜你，家里一下子进了三口人，杜山虎又是吃了上顿不管下顿的主儿，那是怕你夏彩莲饿着。什么大道理夏彩莲都懂，但她就觉得，舍得给她吃喝的人，对她最好。可能是在老家饿怕了，的确，夏彩莲踏上东北辽阔的大地，仿佛走进了无边的世界，这无边的世界藏着无尽的宝藏。她要在这黑土地上，生根发芽，枝繁叶茂。首先，她要牢牢抓住杜山虎和杨景升，这是她踏上这片广袤的土地紧紧依靠的两个人。就像靠着两座大山，踏实而有指望。

在友谊照相馆偷窥秘密的杜山虎回到家，想把这件事告诉夏彩莲，但是出于两个原因他没说。一是他没看清那个男的是谁，女的也是看个地上的红披肩。二是没凭没据说是杨景升，不道德，那叫造谣。所以，从那晚上开始传黛梦娜和杨景升好上的事，不是杜山虎传出去的。他想告诉夏彩莲的目的，是让她对杨景升死心，杨景升有心上人了，他是想把夏彩莲牢牢地拴在自己的身边，斩草除根，扼杀住她对杨景升的非分之想。但思前想后，他还是没告诉夏彩莲，像没事人似的，掀开锅，吃着夏彩莲给他热的饭菜。他幸福得没法说，每当他掀开锅的时候，看见热气腾腾的饭菜，他心里就美滋滋地想着"田螺姑娘"

到我家了。吃完饭,两个丫蛋儿围着他,左一声爹右一声爹地喊他,他心里像喝了蜜样的甜,早把红披肩那事忘了。

但今天晚上情况却不同,夏彩莲包的饺子,盖在锅里是两碗。两碗也不奇怪,他家里有好吃的,指定有杨景升一份,无可厚非,谁叫人家总送咱家米、面和肉了。吃商品粮,杜山虎有粮本,油哇,面哪,都要凭粮本到粮库去领,杜山虎一个人的粮本,四个人吃,明睁眼露不够吃呀。杨景升他一个人吃不了,几乎都拿到杜山虎家了。奇怪的是,到月底了,家里没多少白面了,而且,杨景升挺长时间没来了,忙着谈恋爱呢。杜山虎掀锅盖的时候,麦穗就跟在他身后,吸着鼻子说,真香啊。杜山虎也没在意,平常麦穗就馋,爱吃,但她吃饱了,也就是那么一说。杜山虎把一个饺子放进麦穗嘴里问:"麦穗,你吃饭了吗?"

麦穗咽着饺子说:"吃了。"

吃了,都吃的饺子,杜山虎就放心了,自己把饺子端到里屋的写字台上,狼吞虎咽地吃开了。而麦穗还是眼巴巴地看着他吃,杜山虎又给她个饺子,麦穗吃着饺子说:"爹爹,饺子真好吃呀。"她伸手又往碗里抓。

夏彩莲进屋正看见,扯过麦穗就打,"叫你嘴馋,叫你嘴馋。"

杜山虎就拦着,这是干啥呀,夏彩莲从来不打孩子,她是最心疼孩子的。杜山虎也是对孩子好,才打动她芳心的。麦穗哭着诉说:"我没吃饱,爹爹,我吃的不是饺子,喝的是棒米面粥。"

杜山虎就喊夏彩莲,"把锅里那碗饺子拿来给孩子们吃,我吃一碗就够了。"

夏彩莲制止说:"不行,那碗是给杨景升留的。谁也不能吃。人家总往咱家拿面、肉的,给人家留碗饺子,咋啦?"

她这是不容杜山虎分辩啊,一碗饺子,杜山虎不跟夏彩莲理论。反而,听夏彩莲这样说,杜山虎觉得有道理,这是个有情有义的善良女人。

有好吃的,夏彩莲从来都是先尽着孩子吃。这次夏彩莲包饺子没让孩子吃,是因为面不够了,只做了两碗饺子。光给杨景升留一碗饺子,让杜山虎喝棒子面粥,从各方面都说不过去。所以,为了公平起见,杨景升和杜山虎一人一碗,只是亏了孩子。

杜山虎也疑心啊,不年不节的,在面不够的情况下,还非得愣整出两碗饺子。这老娘们儿是有目的的,她这是在巴结杨景升啊,想用实际行动感化杨景升啊。这是听着啥关于杨景升的消息了,我也没说呀,这回我的嘴挺严的呀。可这葵花街就这样,有点芝麻大的新闻,也要宣扬成西瓜大,能不传到夏彩莲耳朵里吗?传了又能咋的,杨景升想恋爱谁,想娶谁,那你夏彩莲都只能是干瞪眼。你已经是杜山虎的媳妇了,事实在那摆着呢,不服就是犟。杜山虎也没吃饱,咋吃呀,孩子都没捞着吃饺子。豆粒当姐姐,就格外懂事,有好吃的让着妹妹,就像今晚,她也馋饺子,但她不吃,也不说。问她,就说我吃饱了。还会看大人的脸色,乖巧,这孩子懂事得让人心疼。杜山虎知道豆粒也没吃饺子。他抱过豆粒,让豆粒吃饺子。豆粒说,爹爹工作累了,爹爹吃,豆粒不吃。杜山虎感到惭愧啊,挺大个男人让孩子吃不起饺子,难道说,杨景升不帮咱,咱就真吃不上饭了吗?

天更黑了,夜晚的冬天,更加寂静,能听到大地冻裂的嘎巴声。两个孩子已经睡着了,杜山虎盘腿坐在炕头上,夏彩莲坐在炕沿上,耷拉着两条腿。看样子,等不到杨景升她是誓不睡觉啊。杜山虎自知自己理亏,相当于打麻将的时候他给杨景升截和了。他是属于三天相不破的人,人长得高大威猛,嘴角有时挂着顽劣的笑,给人一种粗犷豪放的感觉。但他在厂里是有名的二流子,不务正业,吊儿郎当。生活了这么长时间,夏彩莲也看出来了,但悔之晚矣。也不能说后悔,夏彩莲不后悔,杜山虎二不二流子,跟她夏彩莲没关系,杜山虎就是对她和孩子掏心掏肺地好,她吃了上顿没下顿,她半夜半夜地等他回家,她愿意。可是相比杨景升,杜山虎是逊色了不少,唉,这就是命啊,谁叫杜山虎捷足先登了呢。如果接她的是杨景升,她先上了杨景升的炕,她也会死心塌地地和杨景升过日子。想到这,她忽然打个冷战,她爱上的两个男人,到这会儿,她哪个男人都舍不得。这太可怕了，也太难堪了。让别人知道了，会骂她不要脸。

都说男人好色，女人就不好色吗？哪个女人心里不藏着个男人，她们一样躺在自己男人的身边，想着捞不到手的别人家的男人。越捞不到手，越觉得那味道迷人，越是心醉。杜山虎可不是什么开通的人，他恨不得把夏彩莲揣进自己的怀里，走到哪儿带到哪儿，不让任何男人看见，现实吗？不可能的。但有一点，他在心里默许夏彩莲想杨景升，夏彩莲完全可以第二天就跟杨景升回家，但夏彩莲念着一日夫妻百日恩，没有撇下他杜山虎。那你还不允许人家夏彩莲想想杨景升了，未免太不近人情了吧。想归想，想也白搭，等杨景升成了家，也就掐断了她夏彩莲所有的念想。现在让她尽情地想吧，尽情地吃着碗里，望着锅里的吧。杜山虎想到这儿，释然的心，立马就亮堂。他关切地说："彩莲，睡吧，坐那儿凉。"

夏彩莲也不看他，回他说："凉不凉的，碍着你哪儿了？"

这是气不打一处来呀，杜山虎像想起了什么，忙说："对了，我下班的时候吧，杨景升说加班，估计一夜都不能回来。"他真不知道杨景升是否加班，同时哄骗夏彩莲，让她早点睡觉，明天，锅里那碗饺子就便宜俩丫蛋儿了。让他杨景升吃？喝西北风去吧。

"你俩不是一个班吗，那你咋不加班呢？"

"我，哼，从来不加班，又不给加班费。他先进，别跟我比。"杜山虎仰躺在炕头上。

夏彩莲的气像是消了，她柔声说："那更应该等等杨景升了，万一他回来了呢，冷锅冷灶的，饿着肚子睡觉，多遭罪啊。"她叹口气，"咱得将心比心，他把面、肉都拿咱家来了。"又来了，这一套。

"厂里有食堂。"杜山虎那意思，饿不着他，别瞎操心了。他想告诉她，杨景升没准已经在黛梦娜的温柔乡里卿卿我我呢，话到嘴边，又压到了舌头下面。

哎，杜山虎不说，夏彩莲倒问了，"你听到啥了吗？"还没等杜山虎答话，她接着说，"杨景升他不管咱们了。"

这话咋说的，咱过日子跟他杨景升有啥关系。杜山虎听着有点来气，但不适合发威，这要是外人这样说，他早就削他了。这回他不是没来得及答话，而是保持沉默，因为有些气愤。

"我都听到风言风语了，他和葵花街那个梦啥娜的，有一腿了，山虎子。"夏彩莲带着哭腔说的。她这一句山虎子，把杜山虎的心喊软了，因为就像找不到着落的孩子，发出的求救。就差说，山虎子，杨景升他不要咱们了。杜山虎想要发火的，但他哪里还有发火的爆发力呀，他就想把受了委屈的夏彩莲搂在怀里，跟她说，还有我呢，我是你亲老爷们儿。可是他没行动，他目前的紧要任务是惊醒梦中人，让她明白杨景升不再是你夏彩莲的什么人了，如果非要说是你什么人，他只停留在信中，跟现实已经剥离。你那碗饺子，喂狗，都别喂他了。

杜山虎干脆说："你说对了，他和黛梦娜，啊，友谊照相馆的黛梦娜，你听明白了吧，搞对象了，发展很快，已抱在一起了。你不用等了，他今晚不会回来了，没准去黛梦娜家了。"他一口气说完，等着夏彩莲的反应和下文。他想夏彩莲会大哭大叫，或对着他大吼，骂他是骗子。他都忍，原本从哪方面说都是他骗了人家，无论有多少冠冕堂皇的理由。

第六章

　　却不料，这个话音落后，立刻陷入一片寂静，屋里的空气也立刻冰冷了，似乎掉下根针也能震耳欲聋。是的，震耳欲聋的声音真的来了，真不争气，就这个时候，院子里响起了脚步声。院子里，还有外面的路上，尽管打扫了雪，路上的积雪也踩硬实了，但人的脚踩在这样的硬壳样的雪地上也咯吱咯吱响。恰恰在这个时候，院子里响起了脚步声。夏彩莲跳下炕，掀开锅，端上那碗饺子，奔出房门。果然是杨景升，走在他自己家的院子里。从窗台砖下摸出钥匙，开门进屋。夏彩莲隔着矮墙压低声音喊了声："杨景升，你回来了。"

　　杨景升很正常地说："啊，回来了。"随后进屋了。

　　夏彩莲小跑着，追到了他门口，杨景升还是进屋了，她也跟进了屋。杜山虎听见夏彩莲掀锅的声音，又听见开门的声音，再听见她落在院子里的脚步声，然后他下地，趴在窗户上往外看。窗户上早就结满了冰凌花，他哈口气，用手在那完整的冰凌花上揉开了一个小圈，他把眼睛贴上圆圈，向院子里看，模模糊糊，他看见夏彩莲端着碗，颠颠地往院外跑，当她拐进杨景升家院子，就看不见了。他披上棉袄，刚想出去，炕上传来麦穗的哭声。他冲到炕边，轻轻地拍着麦穗，哦哦，睡觉了，麦穗，哦哦。他心里想，罢了，随她去吧，她从现在开始不跟我过，我也没办法。但他很想知道他们俩现在说点啥，他坐在炕上，拍着麦穗，贴在墙上听，隔壁就是杨景升的屋。什么也听不见，他骂一句，他妈的，这墙挺厚哇。他不想出去的另一个原因是，麦穗睡觉爱毛愣，有一次睡毛愣了，没穿棉袄，光着脚跑到院子，冻感冒了。夏彩莲不在屋，这大冬天的，他要看着麦穗。而隔壁的杨景升，看见夏彩莲端着饺子进屋，先是愣住了，他以为隔着院墙，问他一句就算了，没想到，这大半夜的，她只身一个女子，跑进只身一个光棍男人的房间，像什么话嘛。杨景升把她堵在外屋，就没想让她进里屋。夏彩莲硬生生挤进屋，把饺子递给他说："快吃，饺子，我特意给你包的。尝尝，香不香。"

"你咋还进屋啦？"杨景升不接饺子，质问的口气。

"我又不是进你一回屋了，咋啦？我还上炕坐着呢。"夏彩莲不把自己当外人的样子。

杨景升自嘲地笑着说："这是半夜，好吗？你咋不寻思寻思呢？"

"半夜咋了，我又不是来干别的，我是给你送饺子。拿着，快吃，还热乎呢。"夏彩莲理由充分的样子，倒显得杨景升心里有鬼、多心。

"我都吃过晚饭了。"杨景升推说。

"挺大个男人，还能撑着你呀。"夏彩莲拿起一个饺子，就往杨景升嘴里塞。杨景升没来得及躲，饺子已经塞进嘴里了。

杨景升想我还是接着吧，看架势，不吃，她一晚上都不会走。他接过饺子碗说："好，我吃，你回吧。"

夏彩莲腾出了双手，得劲了，径直往屋里炕上走，"我不忙，孩子们都睡下了。"

杨景升躲开炕，把碗放在桌子上，坐到椅子上。夏彩莲坐在炕沿上，挥着手说："你吃你的，老香了。"

"我吃，"杨景升拿着筷子吃饺子，这要是不吃，看样子，她一时半会不走哇，"你回去吧。"

"不忙，你吃你的。"夏彩莲坐在炕沿上，耷拉着两条腿，不把自己当外人地说。

在黛梦娜家就没吃饭，他只喝了一杯咖啡。杨景升这会儿还真饿了，肚子咕咕叫。夏彩莲真行，还听见了，特别招人烦地说："还说不饿呢，我都听见你肚子叫唤了。"杨景升就臊得没法儿。

杨景升是上黛梦娜家去了，黛梦娜问他你吃了吗？杨景升能说没吃吗？他说吃了。黛梦娜说那好，你吃了，我给你冲咖啡。她就冲了两小杯咖啡，那玩意儿看着像红糖的颜色，杨景升以为指定像红糖似的挺甜呗。黛梦娜用小勺子搅着咖啡，一边说："这咖啡呀，最好不要放糖，放了糖就变味了，不放糖味正，焦煳香。"黛梦娜把一杯咖啡递给杨景升又说："开始是喝不惯的，时间长了就喝出味道了。"

杨景升接过咖啡，学着黛梦娜的样子，呷了口，像中药，恶苦。他真想吐了，又一想，这是黛梦娜拿出珍贵的咖啡招待他，怎么能吐了呢？别显得太土包子了。黛梦娜津津有味地呷着咖啡，问杨景升，"怎么样，还喝得惯吧，在哈尔滨中央大街那买的。"

杨景升使劲咽下堵在喉咙的咖啡，假装很惬意、很享受地说："哼，好喝。"他是饿着肚子跟黛梦娜谈恋爱，他是在单位加班了，任务不多，很快完成了。因为早晨上班的时候，在照相馆门口遇到黛梦娜，四周无人，黛梦娜跟他约好了，晚上到她家。杨景升说行，可能，大概，也许，要加班，那样会晚一点儿时间。黛梦娜含情脉脉地说，我等你。说完，她看了眼四周，转身闪进照相馆。

晚上，杨景升加完班，时间不晚，才七点多钟，单位是有食堂，但他想吃饭又得耽误时间，别让黛梦娜等得太久了。他还有个小渴望，黛梦娜约他下班后去她家，一定是给他准备了晚餐，不说丰盛吧，怎么着也会是精心准备，她那样生活精致的女人，定有美味佳肴。可是，黛梦娜见到他，抬腕看了下手表，问，你吃饭了吗？杨景升很快答，吃了。完了，他们就喝咖啡了。杨景升这人有个特点，苦不怕，累不怕，就怕饿。吃饱了，加一个通宵的班都不在话下。饿着肚子，他什么也干不下去，包括谈恋爱。他早就想从黛梦娜家回来了，因为他太饿了,他想夏彩莲做的饭,他想,夏彩莲一定给他留饭了。每次都这样,只要他加班,不管他在单位吃没吃饭,她都会给他端来热腾腾的饭,就是棒米面大饼子,也是热乎的。此刻,他在黛梦娜家里,他想夏彩莲做的饭了。

就在杨景升想夏彩莲的热饭时,黛梦娜在跟他畅想着未来,畅想着理想,并具体到,他们结婚后,如何更有质量地生活,如何劳逸结合地工作,还想到了旅行。还说,旅行结婚,不把钱花在庸俗的婚礼招待上。黛梦娜对他们婚后的生活充满了希望,对杨景升也是恋恋不舍,几次暗示,他可以住在这里,他可以住在外屋的沙发上。

杨景升回到家,见到夏彩莲端着饺子来,他为啥排斥,说实话,他认为已经没有资格吃夏彩莲做的饭了,他想饿一晚上,来惩罚自己的。他甚至觉得对不起夏彩莲,没脸吃夏彩莲做的饭。于是他拉硬,说不吃。

现在杨景升狼吞虎咽地吃完了,说夏彩莲,这回你可以回了吧。他站起来,有逐客的意思。

夏彩莲这才进入主题,问:"听说你跟照相馆那个女的扯不清。"

"啥叫扯不清啊?我们在谈朋友。"杨景升对她的用词不当很反感。这个人用词就是不加考虑,拿过来就说。像他把谈恋爱,换成了谈朋友。用词恰当,不伤面子。最主要的,说谈恋爱,觉得夏彩莲一时半会儿理解不了。他觉得,这样说,没毛病。

"朋友还用谈吗?"夏彩莲心平气和,但忍着怒火。

杨景升捅开天窗说亮话,"我和黛梦娜处对象了。"

夏彩莲开始流泪,无声的,"那我咋办呢?"

杨景升摊开双手,无语呀,这跟我有关系吗?杨景升只好说:"时间太晚了,你赶紧回去,明天我要上班呢。"

夏彩莲抓紧机会说:"我不同意你和照相馆那个女人。"

真是可笑,这是我的事,我的自由。杨景升不想跟她啰唆,还有这样不讲理的女人,你是我什么人啊,我跟谁恋爱、结婚,跟你有半毛钱关系吗?但这话他都是在心里愤慨的。他拉着夏彩莲,往外走,走到杜山虎家，一脚踢开门，把夏彩莲推进屋里，关上门，大踏步走回自己家。心话，我就和黛梦娜恋爱，就和黛梦娜结婚，谁也管不着。你是谁呀，你就是我信里的媳妇，只是个名字，你不是要上杜山虎的炕吗？成全你。他杜山虎能跟我比吗？我先进，他落后，你真是有眼无珠。真是的，我还能让你拖拉我一辈子了，趁我小伙子利整，我再找个比你强的。黛梦娜就比她强，人家有工作会拍照，人家洋气爱喝咖啡，人家千回百转还知道哈尔滨。能比吗？再比你都掉土里了。他感慨完了，打个饱嗝儿，嗯，这饺子是比咖啡抗饿。他觉得先是胃里暖和，脚暖和，身子也暖和。嘿，这人啊，无论多么强壮，不吃饭就是一堆糠，真是人是铁饭是钢，一顿不吃饿得慌，还是夏彩莲疼人啊。想到这个疼人，他立马给自己打住，想都不屑于想，谁还不会包个粗俗的饺子。

哈哈，别看杨景升现在这样高喊着要和黛梦娜咋样咋样，恋爱呀，谈对象啊，由于我的出生，彻底毁灭了他要和黛梦娜结婚的梦想。他们真是小瞧了我母亲夏彩莲，那样大雪纷飞的冬天，一个女人带着两个孩子来投奔未谋面的丈夫，确切地说是介绍的未谋面的对象，是何等的勇气。在带着豆粒、麦穗两个小累赘的情况下，还能让我爹杜山虎一见钟情，夏彩莲不只是美丽动人。

吼吼，杜山虎在里屋捂着嘴笑，他听到院子里咯咯的脚步声，趴在窗户上看，模糊地见两个人影，他心想，这是啥情况？不待他细想，只听外屋门开了，"你赶紧进屋。"这是说夏彩莲，随着把她推进屋。杨景升对着屋里低吼了声，"看好自己家老娘们儿。"门砰地关上了。这是说给杜山虎听的。

夏彩莲半天没进里屋，不知道她在外屋捣鼓啥。杜山虎推开里屋门，看见夏彩莲蹲在黑暗里。杜山虎忙迎上前，扶起她，手冰凉，这是没人疼啊，你这不是自找苦吃吗？杜山虎抱起她，拉灭西屋的灯，把门关上，豆粒和麦穗在西屋热炕上睡觉呢。他抱着夏彩莲进了东屋，来的第一天，他们就是在东屋的炕上睡的。他把夏彩莲放在炕上，自己也跳上炕，和夏彩莲钻进一个被窝说："看见了吧，还得是自己家老爷们儿受使唤，指望着别人家的白搭。"

一条白白的胳膊搂住了杜山虎，香气袭人。杜山虎陷入了来自夏彩莲的温柔乡里，他想起了他和夏彩莲的第一夜，他想起了在嘟噜河的车站，所有的幸运一股脑儿砸在他头上，他幸福得无边无际。夏彩莲拱进他的怀里，呢喃着说，真暖和。

窗外又下雪了，雪打在窗户上沙沙响。风号叫着，在院子里盘旋。冬夜更黑了，雪花在这黑夜里尽情地飞舞，以哪种姿态落入人间都是最优美的，只可惜，只为夜舞蹈。

屋里也黑得吓人，他俩如漆似胶后，听着外面风的号叫，夏彩莲说害怕，杜山虎更抱紧了她，说有我在，你这辈子都不用怕。她就在杜山虎的怀抱里，渐渐进入梦乡。

第七章

　　后来，我问过母亲，你是用什么手段让黛梦娜败下阵来的。我母亲说，哪有什么手段，姻缘吧，赶上了，赶巧就在那里等我了。是有个人无形中帮了我，这人叫林桦树，他是林场的人，早年间，大汽车少，运输还靠马车，他最开始是赶马车的，都叫他车老板。我不解地问，那黛梦娜是那样清高又孤傲的人，怎么能跟他有联系呢？听到母亲说这段，我甚感为黛梦娜惋惜。那车老板算哪根葱，充其量就是个赶马车的。母亲说，不是黛梦娜跟他有关系，而林桦树跟葵花街凡是有点姿色的大姑娘小媳妇都打连连。

　　林场大木头先运到凤翔县葵花街的木材厂，然后再运往佳木斯。到了佳木斯就好说了，火车呀，汽车呀，都能运往全国各地。一般是大汽车运输木材，那年头，汽车金贵，汽车少，就用马车补充。车老板是赶马车的老板。在汽车作为奢侈品的年代，赶马车的人，相对吃香。不用干活，坐在马车上吆喝就行。林桦树赶巧赶上了马车，按理说，年纪轻轻的，赶什么马车呀，整天嘚、驾、喔、吁的，没出息。可他愿意干这活，轻巧，不用出大力，其实，他有开汽车的技术。汽车当时有两种，一是那种绿皮的大解放，带车斗，林场运人运货，都用大解放；二是运大木头的汽车，叫大挂车，光有车头，平板车节上装了能拦大木头的铁护栏。大解放、大挂车太少了，他捞不着开，赶马车也挺好，仅次于开大解放和大挂车。

作为一名林场工人，你得伐木吧，你得植树造林吧，你得扛大木头吧，你得育林打带吧。打带就是夏天的时候，把在山上栽种的树苗周围的野草用大镰刀砍了，好让树苗充分地接受阳光的照耀、雨水充足的滋养，这样小树木才能伸展躯干枝条茁壮成长。要不那野草的疯长，慢慢就把小树苗欺死了。先不说打带这活多累，光说那蚊虫叮咬你就受不了。打带要在太阳最毒辣的夏天进行，小兴安岭深林处，无论晴天阴天，蚊子、大瞎虻成群结队，叮咬得你无处躲无处藏，苦不堪言。再说伐木吧，像洗脸盆那么粗的红松，要在冰天雪地里伐木，参天大树哪里是那么好伐倒的？伐木也是个技术活，还有危险性。当车老板，远比这些活轻巧，但不怎么被人看得起。说来也怪，开大解放，就让人高看一眼，赶大马车，特别是年轻人，就让人觉得没啥出息。所以，林桦树的个人问题也就迟迟解决不了。那些大姑娘小媳妇别看找他打唠闲扯行，真到真章上，还真得掂量掂量，考虑考虑。人家姑娘宁可找个普通林业工人，哪怕是打带的伐木的，说明工作扎实，勤快，慢慢地努力，总能当上技术员啊，书记员啊，办公室主任啥的。给人希望，那是有盼头。再说，车老板都是半大老头儿干的活，他一个年纪轻轻的小伙子，干这活，懒，前途一眼望到头了。

林桦树爱干净，不爱干活，他认为，车老板这活最适合他干。

他人长得也干净，双眼皮，大背头油光锃亮。比一般人穿得利整。过了三十，他不想娶媳妇了，他喜欢跟小媳妇偷偷摸摸的感觉，甚至喜欢被发现的感觉，被人发现挨打是免不了，这种挨打的感觉他也喜欢。他有点文化，听说还是高中毕业，会背诵几首唐诗，卖弄点毛笔字，过年的时候给各家写对联和大福字，有几个小媳妇暗地里喜欢他。我说过，林桦树双眼皮，男人长这样一双漂亮的眼睛，你不当电影演员，那就是多余的，除了会撩小媳妇，别的啥用没有。看东西，用得

053

着长一双这样画儿一样的眼睛吗？他吧，还有个最大的毛病，撩妹不娶妹，俗话说，这叫跑骚。你要说哪个小媳妇真跟他私奔，啥也不顾了，舍家撇业跟他跑，跟他不做露水夫妻，做真正夫妻，也不知道是有没有那个胆啊，还是就是不想长久，反正，他准打退堂鼓。他赶马车搞运输这个行当，也为他这个撩扯、跑骚提供了有利的条件。

　　走的地方多，见识广，眼界开阔。一张口，天南地北、时事新闻、天文地理、国际国内无所不知。不知道的，以为他林桦树是大学教授呢。一盒友谊牌的雪花膏，一盒万紫千红的香脂，一条杭州产的纱巾，外加几个蛤蜊油，就会让哪个女人跟他悄悄地好上一阵。他只要一阵，拿捏得恰到好处，多了累赘，少了遗憾，他从中得到了前所未有的骄傲和惬意。他就想这么浪着，那个浪啊，给了他无限的神秘感。

　　为啥说，林桦树拿捏得恰到好处，多了累赘，少了遗憾？是看跟他好的小媳妇快要离不开他了，非他不行了，要离婚跟他结婚了，这时候，他果断、立马撤，稍微撤慢了，就沾身上了。当然有纠缠不清的女人寻死上吊，大不了被人家老爷们儿揍一顿拉倒。林桦树在江河屯林场上班，这个林场离县城比较近，从山上伐下的木头多数是松木，像红松、落叶松，直径都在四五十厘米，都要大挂车拉，大挂车就相当于大解放，不带车斗。大挂车只有前后两个大铁抓，大红松装上车，也就是搪在前后两个铁抓上，木头在车上一根根排整齐，隆起像个小山样，两排铁抓，两个一组对着抓上，再用铁丝拧成绳子，捆牢固。大挂车载着红松原木，开进凤翔县，经过葵花街，拉进木材厂的楞场，那里堆积如山的各种木材，等待着运到佳木斯，运到哈尔滨，运过山海关，运往全国各地。

　　像杨木、柞木、桦木、水曲柳、黄波椤，这些比较小的木材，也是要运走的。运输工具不配上大汽车，只能用马车运输。这些木材运到葵花街的木材厂，加工成各种木器。像水曲柳和黄波椤，是打家具的最好木材，竖着破成板子，打立柜，打箱子，打高低柜，打炕琴。那花纹一圈一圈的，多样而又规整地散开，非常漂亮，且木头节子还少，可以说，根本就没有木头节子。至于杨木和桦木，烧火都懒得用它，囊，不抗烧。至于柞木嘛，长不大，养它一千年也就碗口粗，但它木质硬，花纹也好，可以做板凳啊，做爬犁呀，做镐把、铁锹把，都是上乘的木头。柞木有个最大的好处，放倒的柞木等二年会长木耳。柞树上长出的木耳，肉头儿，筋道，味正。

  林桦树赶的马车不光是运输木材，还运输各种东西。像从葵花街往江河屯林场运输粮食、石灰、水泥、劳保用品、药品、器材。有时，赶上林场的家属进凤翔县城，为了节省客车的车票钱，也会蹭他的马车坐。有时林桦树能从葵花街百货大楼跟前拉一车老娘们儿，都是进城买东西的。有的没赶上客车，有的不舍得买票的，见到林桦树的马车从百货大楼跟前过，一窝蜂地迎上去，截住他的马车，他只好勒住马缰，停住马车，一脸的无奈，嘴里说着，你们这帮老娘们儿啊，不要命了，让马蹄踢着咋整。就有人接茬儿，只要你不炕蹶子，俺们啥都不怕。如果他是早晨进凤翔县送货，正赶上回去不拉货，空车，那可得了，这帮老娘们儿连人带大包小裹的，往马车上爬呀，没等进江河屯林场，离老远就听见老娘们儿的笑骂声了。马车上都是结婚生娃的女人，应该说是妇女，泼辣，能干，敢说敢爱。妇女们拿林桦树开涮，荤的素的，林桦树都能应对，还乐在其中。妇女们说他是万花丛中一点绿，说他是葱花，虽少，但没它不行。说白了，林桦树就爱往女人堆里扎。你比方说每年过年，林场扭大秧歌，人家男人都打鼓，打镲，他倒好，抢两把小扇，舞着，扭着，就钻进了女人的秧歌堆里。逮着对心思的小媳妇，他嬉皮笑脸跟人对着扭。一副手绢一把小扇，扭到高兴处，浪不丢儿地开唱，二人转小调让他唱得有滋有味。

  在有的女人眼里，林桦树真性情，洒脱。

  要说，这样一个林桦树咋能和黛梦娜有所联系呢？从他们的脾气秉性和社会地位，在茫茫人海中，打着灯笼也联系不上啊。上哪儿说理去呀，唉，就联系上了，你能咋的吧。这联系上，多少还与我母亲夏彩莲有关联。

  要说林桦树与黛梦娜一点关联没有也不确切，林桦树只要往凤翔县城运输木材，必经过葵花街的友谊照相馆，才能运到木材厂。林桦树什么人啊，眼睛尖着呢，他赶着马车，经过友谊照相馆次数多了，总能有遇到黛梦娜的时候。头几次看见黛梦娜站在照相馆门前，跟一个人打招呼，还看见她正打开照相馆的门。他认识黛梦娜，无论她和多少人站在一起他都认识，因为她总是披着一件俄罗斯大披肩，红底碎花的，碎花的颜色五颜六色，绿的叶，红的花，粉的花，黄的花，橘的花，花团锦簇。披肩展开是四方形的，折叠上是三角形的，随意披在肩上。那头大波浪的鬈发，就披散在肩上的大披肩上。别的大姑娘小媳妇儿，不是梳两把小刷子，就是两条大辫子，再就是梳个飒爽英姿的五号头，结了婚的小媳妇，也梳两条大辫子，但这两条大辫子是要盘在脑后的，也很好看了，毕竟是麻花辫盘成的呀。我母亲夏彩莲就梳这样的两条麻花辫，然后盘在脑后。夏彩莲生了我之后，她就有三个孩子了，每天手忙脚乱，她就想把从当姑娘开始梳的大长辫子剪掉，留像其他妇女的五号头，用两个黑色的头卡子，一边卡一个，省得头发从两边掉到眼前和脸边，利索又好看。夏彩莲的两条乌黑油亮的大辫子垂下来能搭到腰，我听说，阻止她剪掉辫子的竟然是杨景升。奇怪不？

像黛梦娜那披肩鬈发，在葵花街算是独一无二、标新立异了。那当然了，黛梦娜的冷艳在葵花街也是无人不知无人不晓啊。更当然了，黛梦娜是葵花街男人可望而不可即的大美人。林桦树是谁呀，虽然他不是葵花街的人，但相当于葵花街的人，甚至比葵花街的人还了解、熟悉葵花街。大到葵花街的百货大楼、理发店、照相馆，小到葵花街的一个胡同，住家户。甚至可以说街边上的一棵葵花，一根小草和一朵蓝色的小花他都熟悉。对黛梦娜，目前虽然未和她说过一句话，但不耽误对她的向往，和对她的全部知晓。如果说他想接近她是为了和她恋爱，那就错了，和她结婚，那更不是他的性格，他就想和她搭讪一下。他一直等待一个这样的机会，他信心百倍，因为他过去每次想和一个素不相识的女人搭讪，结果从没失望过。只不过，像黛梦娜这样各色的女人会费点劲而已。

今天林桦树正好又路过照相馆，路上都是积雪，好在轧出了车辙。他的马车跑在路面上也不那么费劲。马身上已经跑出了汗，根根马毛挂着霜雪，每匹马都像雪白的马。马喷气，遇到冷空气变成了白色的雾，马身上也冒着雾，整个雾气腾腾的。林桦树坐在马车上，赶马，甩着大鞭子，啪啪地响。他嘴也没闲着，时不时地喊着驾。他嘴里呼出的气遇到冷空气一样变成了雾，他还留着规整的小胡子，都挂了霜。天那么冷，凛冽的寒风刮得嗖嗖响。但林桦树和他的马车整体远看，犹如腾云驾雾一般，在葵花街奔驰。这一幕正让黛梦娜看见，她可能从照相馆的窗户看见的，可能也不全是，一般这样的天气，玻璃窗户上都挂着冰凌花，看不清外面。不管咋说，反正黛梦娜看见了，再者，黛梦娜还有着记者的敏锐，她总能捕捉到葵花街的新闻和新景象。

先说黛梦娜脖子上挂着照相机，冲出了照相馆的房门，她都没来得及关门。照相馆的大门是对着开的门，特别是冬天，打开风很大，每次黛梦娜出门都会随手关门。今天，黛梦娜冲出照相馆的门，身后的门就那么大开着，她的披肩，一个角搭在左肩上，另一个角拖在雪地上，她举起了相机，对准了林桦树的马车，咔嚓、咔嚓按了两下快门。这个时候，她不认识林桦树，更不知道赶马车的人是谁，她只是捕捉到了这个景色，她就想把它拍照下来，保存下来。黛梦娜从小喜欢摄影，她这个照相机具体是怎么来的，谁也说不清，是她的私人财产，照相馆里只有一台立式照相机。据说，这是她姥爷传给她的，她姥爷早年在俄罗斯做生意，在哈尔滨中央大街有商铺，主要卖俄罗斯商品，小到俄罗斯糖块，大到貂皮大衣、唱片机、照相机……后来又听说，她姥爷领着一大家子出国了，具体去哪个国家不详，好像只有一个姑姑在哈尔滨。也没人关心这台相机的来历，就好像这台照相机和她与生俱来似的。某种程度上，黛梦娜充当了葵花街的摄影记者的角色。没人要求她这么做，是她作为摄影者的自觉和职责。

坐在马车上的林桦树，驾、驾，喊着，他把鞭子在空中甩得山响，把街边杨树上的雪震得哗哗落，可能黛梦娜听到这不一样的雪落声才注意到这辆马车。他早看见黛梦娜了，请不用猜测他咋看见的，明摆着，每次路过照相馆，他都会留意的，即使黛梦娜不出现在门口，他依然行注目礼。他看见黛梦娜向他举起相机了，至于按了几下快门，他不懂，但指定是照他和他的马车了。黛梦娜只按了两下快门，因为胶卷金贵。

  林桦树的马车经过照相馆，一溜烟儿似的到木材厂，卸了木头，给马卸套，拴在空场地，饮马、喂马。然后，他拍打着身上的雪花和料草，从头上摘下皮面帽子，顺手在大腿上摔打了几下，帽子上的霜雪纷纷飘落，他又戴在头上。又看了下脚，脚上是一双翻毛大头鞋，鞋前脸是浅棕色翻毛牛皮的，鞋帮是绿色硬帆布的，鞋里是柔软的羊毛。在葵花街，男人能拥有这样一双翻毛大头鞋，那是何等的牛啊。这是他往佳木斯运送木材时，在佳木斯买的。他这人就这样，宁可不吃不喝，也要买穿的戴的。就说他的皮棉帽子吧，那也是非常讲究的，面是黑色羊皮的，毛是整齐的深褐色。当地的狗皮帽子，他是不屑于戴的，不好看。他找了个干净的地方，跺跺鞋上的雪。他跟木材厂的人打声招呼，让他帮着照看马，就往外走。木材厂的人问：你干啥去？他头也没回地说：爱干啥干啥，你管得着吗？木材厂的人说：这啥人啊，谁管你了，就是问问。这一天天的，穷干净，瞎臭美。

  这话说得一点也不假，林桦树这人就是穷干净，瞎臭美，要不总有小媳妇喜欢他呢，他是会撩，也具备了撩人的基本条件和资本。他吹着口哨，向照相馆的方向走去。街上的雪刚轧出车辙还没来得及扫。这时候也就七点半吧，铺在地上的雪是那样的干净。有的女人拿出棉毛大衣，在雪地上翻滚拍打，那时候没有干洗，也没甩干，即使用水洗干净了，也立时干不了，谁家都没有多余的大衣，有的就穿个大棉袄。那呢子大衣更是不能用水洗的，洗了变形缩水，没法穿了。像呢子大衣呀，棉大衣呀，一冬天都是赶在下大雪的日子，选干净的雪、优质的雪，在雪地上拍打。那雪断不会沾在大衣上的，却把大衣上的灰尘吸附掉。有的女的，干脆解下脖子上的围脖，在雪地上翻滚拍打，然后抖搂干净,再戴脖子上,继续赶路。林桦树走在白雪铺就的路上,格外神清气爽。今天他要去友谊照相馆照相。

路上林桦树遇到了夏彩莲,这时候,他们根本不认识的。但林桦树还是多看了夏彩莲一眼,夏彩莲的棉袄太显眼了,大红的,在雪白的雪地映衬下,夺目地红。夏彩莲大概是出来买油条的,她右手拎着三根油条,用细纸绳捆着。她不想在外面待时间长了,都没戴围脖,她的两条长辫子都没来得及盘上,就那么搭在腰间。天冷,她走得又快,就显得走起路来一扭一扭的。两条大辫子也来回地飘着。她和林桦树擦肩而过,林桦树正吹着口哨,吹着一曲欢快的歌曲。就在擦肩而过的瞬间,林桦树不自觉地打个口哨。夏彩莲打个趔趄,她小声、惊愕、短促地说:吓我一跳。然后,闪身走人。林桦树嬉皮笑脸的,在心里说了句,这小娘儿们还挺浪,以前咋没见过。林桦树号称熟悉葵花街每一个角落。这样擦肩而过而已,林桦树根本没当回事,夏彩莲更没把他放在眼里,过后在心里还狠狠地骂了句,臭流氓。她在心里,凡是会吹口哨的都是臭流氓。夏彩莲确实是到向阳饭店买的油条,她要给杨景升包饺子,因为没肉,就用油条充当肉的角色,她在山东老家经常这样做。用新鲜的韭菜,在锅里炒上个鸡蛋,捣碎,再掺上切碎的油条。山东老家那还不叫油条,叫馃子。跟油条差不多,但还是有区别。馃子也是跟油条一样的油炸,是长方形的,中间划开两道,炸出来很脆,喷香,掺在韭菜馅里更耐滋味。因为馃子被油炸得金黄倍儿脆,掺在韭菜馅里,既饱蘸了韭菜馅儿的汤汁,又不被韭菜馅儿汤汁泡透,那是何等的美味啊。油条就逊色得多了,但葵花街没有这样的馃子,油条一样可以充当美味。

杨景升也是山东人,特爱吃面食,饺子是他的最爱。因为没有肉,好久没包饺子了。夏彩莲买油条不是为了早餐吃,是为了晚餐包饺子,等着杨景升下班回来吃。大冬天的,是没有韭菜的,但夏彩莲用破木头板子钉个槽子,放在冲阳的窗台上,割了些韭菜和蒜苗,已经有一虎口长了。这些韭菜、蒜苗掺在白菜里借味,也是很新鲜的,准保杨景升吃了这顿想下顿,嘻嘻。夏彩莲真可谓用实际美味吊着杨景升的胃口。夏彩莲的吊胃口才是实实在在的吊胃口，区别于其他人嘴里的吊胃口，他们那是用语言或者某种行为吊胃口，当然不如夏彩莲的吊胃口来得直接和实惠。

友谊照相馆的门前已经被扫出一块空地，雪堆在门口的旁边，看着，着实不美观。林桦树看了眼雪堆，他拿起铁锹，铲起雪，把雪铲到了路边。这样，整个照相馆的门前已经全部空出来了，显得是那样的整洁、宽敞。他在铲雪的时候，黛梦娜从窗户看见了，她没招呼，好吧，任他铲去吧。有时候是杨景升铲雪，他上班路过照相馆，下雪天他就把照相馆门前的雪铲干净，推到路边。今天，可能是时间来不及了。黛梦娜自己把门前的雪铲除一小块，等着再慢慢地归置。不想，来这么个人，还真不认识。刚才她是照相了，照的是林桦树的马车和雪景，照的是一种意境，是也照到了林桦树，是景的一部分，脸根本是不清楚的。

林桦树打扫完雪，摘下黑色皮帽子。黑色皮棉帽子看着就高档，黑色皮铮亮，像刚打了油。他赶车的时候，把帽子耳朵放下来，护住面颊，整个看上去是黑色的皮帽子。像现在，他是把帽子耳朵挽上去，绳系在帽子顶，看上去，是利整的棕、黑色皮帽子，咋样都很酷。林桦树摘下皮帽子，拍打着身上和裤子上的雪，他看了下那双翻毛大头鞋，把皮帽子倒到左手，他用右手掏出裤兜里的手绢，是一条雪白的手绢，角有一朵蓝色的小碎花。他就用这条雪白的手绢，擦着那双大头鞋上的雪。我说过，林桦树如果穿了双新鞋，他恨不能抬着脚走。这也是他为啥要当车老板，爱干净。

黛梦娜倒要看看，这个人想干啥。黛梦娜在窗户那看，林桦树的一举一动她都看在了眼里。林桦树铲这一阵子雪，再运到路边，脸上已经冒汗了。林桦树擦完鞋上的雪，把手绢叠起来，埋汰的地方叠在里面，又装进兜里。他是准备回去再洗，他是不想在照相馆洗，怪麻烦人家的。他脸上的汗就没擦，他拎着帽子走进照相馆。迎面走来了黛梦娜，按理说，黛梦娜是应该站在一边的，不应该积极地迎接来照相的人。今天她更应该站在柜台里，等着开票，开完票再给客人照相。

因为今天开票的小爪又请假了，所以黛梦娜还要兼顾开票。黛梦娜迎接是为了递给林桦树一条雪白的毛巾，让他擦擦汗。这是再简单不过的事了，人家给你扫了那么多雪，累得脸上都是汗。对黛梦娜来说，最主要的是，她看他用手绢擦鞋，还是那么白的手绢。林桦树接过毛巾，也没客气，像是多年的好友，不见外。他擦了脸，还擦了脖子。他把毛巾递给黛梦娜说，我洗洗吧。黛梦娜说，不用，我自己洗就行。林桦树说，那多不好意思呀，都把毛巾弄埋汰了。黛梦娜说，嘿，没事，你还帮我扫雪了，小爪今天不在，我都不知道啥时候能把雪扫干净呢。谢谢你呀。

那时候，很少有人说谢谢，林桦树听来是那么文雅而新奇。他心里窃喜，谁说黛梦娜难以接近，这不接上头了嘛。但他心里明白，即使接上头了，也是因为他帮着扫雪的功劳。这是他所没想到的情节，属于临时加戏。林桦树也知道他高兴得太早了，黛梦娜跟他说话的时候，通篇都是平静的语气，黯淡的脸，说直白点，没表情，更谈不上一丝笑容。到此他对黛梦娜已经失去兴趣，无所谓呀，他就是来照相的，他本来也是要照相啊。林场要办工作证，要一寸照片。同时，他也想照个二寸照片，上色的。反正来一次，都照了吧。他原打算，今天照个一寸的，明天照个二寸的，这样能多接触几次黛梦娜呀。现在看见黛梦娜的平静，他想还是算了，没意思，把时间耗费在她身上不值当的。那宁寡妇宁灯儿多贴心，那仙桃嫂子多黏人。这会儿他奇怪地想起宁灯儿和仙桃了，其实就是暗示自己，他这不缺黛梦娜这号冷冰冰的人。想到这些，林桦树也就随便坐在了凳子上，等着黛梦娜给他拍照。

灯光打亮了，林桦树坐在了聚光灯下。但黛梦娜总觉得不利索，按理说，照那么个一寸照片，还非得整个景色呀。对，黛梦娜对照相是精益求精、一丝不苟。林桦树这套行头在外面，那帅酷。黑色的皮帽子，蓝色毛领棉大衣，军绿色涤卡裤子，一双崭新的翻毛大头鞋。但照一寸照片，都让这些行头占去了空间，看不到人了。黛梦娜端详着林桦树，很认真。林桦树都不敢直视她的眼睛了，他林桦树啥时候不好意思过呀。他林桦树就像摆在柜台里的精品物件，正被买主黛梦娜端详着、审视着、思量着，好不好带走。黛梦娜的眼神太正式、太关注和太认真了，看得林桦树直发毛。林桦树刚想起身不照了，黛梦娜不容置疑地说："你把帽子摘了，把大衣脱了，照相馆有外套，你可以选一件穿上。"

"好吧，听摄影师的。"林桦树摘掉帽子，脱掉大衣。刚想起身选外套，却被黛梦娜喊住："别动，这样挺好。"

林桦树看照个相也挺麻烦的，这个摄影师照得非常认真且专注，对待工作态度端正。关键黛梦娜太漂亮了。他临时决定，再照个二寸上色的。

皮帽子压得林桦树的头发有些瘪，黛梦娜拿把木梳，给他把头发梳起来。也没费多少劲，他的头发密实，梳几下便蓬松了。头型是三七开的，三这边头发稍短，七那边头发稍长。不管长还是短，都是那样利整，显得人是那样的精神抖擞。也不用穿什么外套了，林桦树穿了件浅灰色的粗线毛衣，外面套了件深棕色毛坎肩，是大图案，大花纹。坎肩是鸡心领的，中间织的是一排大菱形块，两边对称的是两排麻花劲。毛衣和坎肩，都是手工编织的。黛梦娜欣赏着坎肩上的大花纹，菱形块和麻花劲，心里赞叹，这得是多巧的媳妇编织的呀，赶上艺术品了。她当然不知道林桦树还没结婚。

黛梦娜给林桦树梳完头，目不转睛地继续端详，说："好，就这样，别动啊。"她慢慢往后退，退到照相机的位置。

林桦树疑惑地问："你不是让我穿外套吗？"

"别动，不用了，穿毛衣就挺好。"黛梦娜说，"来，坐直，头也摆直，往右偏一点，好，看我这里，注意，拍了，好了。"

林桦树后悔不迭地问："咋的，这就照完了，我都没笑。"

黛梦娜已经没有了刚才欣赏的眼神，冷冰冰地说："挺大个老爷们儿，笑啥。"

林桦树还是积极为自己争取，说："我应该穿外套哇！"

黛梦娜不屑地撇下嘴角说："这毛衣毛坎肩多有品位。"她那神色，你都不知道,说的是真心话还是说反话。

品位是个啥东西嘛,林桦树皱着眉头说:"最起码,你应该给个信号,喊茄子、辣椒啥的。二寸上色的,也照完啦?"

"对不起,这是照相馆,不兴喊茄子、辣椒。"黛梦娜冷着说,"好了,照完了,一周后来取照片。"

第八章

  这就是林桦树和黛梦娜的第一个回合，林桦树败下阵来。这段对话，让林桦树觉得，冷，屋里冷，身上冷，比外面的雪还冷。他只想快点走出照相馆，她黛梦娜真是天仙，不食人间烟火的天仙。这天仙咱惹不起，走人。原来是想撩闲、撩骚，他对女人的一贯伎俩，不是不好使，而是不想撩了。在这扯啥，我赶紧上街，去百货大楼，给林场的几个女人买针头线脑儿、秋衣衬裤、花布床单……他穿上大衣，戴上皮帽子，连声招呼没打，往外走。他顺手掏出大衣兜里的字条，这是进城头一天晚上就给他的字条，上面写着，谁家谁家要买啥。字条是一个展开的烟盒，上面还标着，谁家拿了多少钱。天冷，林场的女人也就懒得进城了，但寒冷阻挡不住生活的脚步。他展开看了眼，又揣进兜里。这时候，人已经走出了大门。
  黛梦娜没觉出有啥异样的，跟每一个照相的顾客一样，照完相走人。取相的纸袋上，写着林桦树。但她不知道他是干什么的，以为他也是凤翔县葵花街的人。
  林桦树的惯用套路，在黛梦娜那里都没有施展的空间，他也懒得施展，对黛梦娜的种种好奇和遐想，都随着凛冽的寒风，吹到了九霄云外，林桦树反倒有了种无债一身轻的感觉。他正去往葵花街百货大楼，大伙给拿的钱在大衣里怀里。百货大楼是林桦树最爱来的地方，这里热闹，货品琳琅满目。今天他到百货大楼还有个小目的，给仙桃嫂买礼物，仙桃嫂要过生日了。

其实他不愿意给大伙带东西，有时给的钱不够，他还得自己垫上。垫上也行，有的人还不搭情、不搭意，认为是应该的。林桦树还抱屈呢，啥应该的呀，我不就是冲她抛了几个飞眼嘛，有意没意碰了碰她手，是碰的时间有些长了，那能咋的呀，再好看，也已经是结婚生娃的老娘们儿了，碰两下能咋的吧，那男女还握手呢。

抱屈也白搭，垫上的钱就不给了，爱上哪儿告去上哪告去。他有时候也申冤，不能总让我搭钱啊，我的钱也不是大风刮来的。伶牙俐齿的妇女就会撇嘴呲打他，苍蝇不叮无缝的蛋。他咧着嘴叫苦不迭呀，哎呀妈呀，我倒成了无缝的蛋了。他也骂自己，活该，谁叫自己爱撩扯了。他也下决心，再也不给这帮老娘们儿捎东西了。可这大冷天的，他又不忍心拒绝了。他就是拒绝也白扯，买东西的纸单和钱往他跟前那么一扔，看着办吧。他还得仔细收好，钱丢了，他赔得更大发。

林桦树走进百货大楼，他直接奔女人爱去的柜台，啥头卡啊，纱巾啊，手绢啊……他照着货单买，在买一条碎花的纱巾上用的心思比较多，他挑了几条不同花色的，最后还是选了条素花的。卖货的售货员调侃林桦树："小林子呀，这么用心，买给相好的呀，我帮你参谋啊，这个好看。"

林桦树生气地从她手里把纱巾夺过来说："会说话不，啥叫相好的，我还没结婚呢，人家还是小伙子呢，应该说对象，或者女朋友。真是的。"

林桦树是百货大楼的常客，售货员都认识他，自然说话也就随便了。售货员也不让份儿，"哎哟，三十大几的小伙子，啧啧。就你那对象，除了小媳妇就是寡妇的，那也叫对象？对象那是要准备结婚的，你那个能跟你结婚吗？你那叫……"后面有个人，小声接茬："搞破鞋。"

那句难听话谁也不好意思说，最后还是说出来了，逗得几个女售货员咯咯地笑，已经挑不出来是谁说的了。百货大楼也是国营的，售货员大多是三十好几四十多岁的女职工。可不，对林桦树说话也就随便得多。但大家都没有恶意，有的售货员大姐还给林桦树介绍对象。细思考，人家林桦树条件也很硬核啊，林场正式职工，吃商品粮，挣工资。虽说是赶马车的老板，但人家也是有驾驶证的，只不过林场的大解放汽车少，捞不着开车。

刚开始的时候，林桦树热情洋溢地相看对象，只是因为各种原因，都没成。后来也就懒得看了，再后来，人们认为他是个赶车的老板，没啥出息。反正也是，也怨他自己，谁再给他介绍对象，他就敷衍着说，以后再说吧。

现在林桦树又到布匹柜台，蓝色涤卡、绿色涤卡、花色的确良、小棉布，各色布料，扯了一摞子。他管卖布料的售货员要了块布头当绳子，捆上。他抱着，连路都看不见了。也烦啊，嘟囔，这是该她们的，还落不着好。卖布料的售货员还夸他是个热心肠的人。他对夸他的人调皮地挤下眼睛，又奔到卖鞋的柜台。买完这堆东西，已经不早了。

林桦树到向阳饭店点了一盘饺子，狼吞虎咽地吃完，直奔木材厂。套上马车，急慌地往江河屯林场赶。木材厂的人说，着啥急呀，这么大的雪，住一晚呗。林桦树来的时候，是想住上一晚，等第二天早上回。但他照完相，心里莫名地不悦。这回他可见识了传说中的黛梦娜，没有宁寡妇热情，也没有仙桃嫂温柔，冷得像块冰。这种女人，就把冰焐化了，也焐不热她的心。

林桦树赶着马车回到林场，这架势，他像个走街串巷的货郎了。他拿着字条，宁灯儿给他看着货，他念到谁，谁来拿东西。大伙围在他的马车边上。都是女人，咋咋呼呼的。有林场的男人从马车边走过，呵呵笑着说，没整，这林桦树，就有女人缘，整天一帮老娘们儿围着他转。

仙桃嫂也抱着孩子站在边上，她不吱声，她也没捎东西，她没闲钱买这些花里胡哨的玩意儿。林桦树看见她了，隔着那些人的脑袋，对着她歪下脑袋，笑笑，那意思，让她等会儿。仙桃微笑着，羞涩地把脸躲进孩子脸后。东西快分完了，大伙也都拿着自己的东西往家走。宁寡妇拿着自己的花布，用胳膊拐了下林桦树，小声说："想吃啥，我给你做。"

林桦树说："不用了，我累了，我也带了吃的。"

宁寡妇白他一眼，"不去拉倒。"她转身走。

那条素花的纱巾没放在刚才的大堆里，他放在了背着的绿色军挎里了。他从军挎里拿出素花的纱巾，对着仙桃晃了下。仙桃向林桦树走去，也没客气，直接拿到手里。仙桃想来着，这个时候推让，容易引起怀疑，还不如大大方方地接着。

谁承想，宁寡妇这时候正回头，看见了接在仙桃手里的纱巾。浅灰色碎花的，又素净，又显得干净。

宁寡妇跑上前，一把抓过仙桃手里的纱巾，骂了句："真不要脸，你花钱了吗？"

仙桃不说话，看着宁寡妇。林桦树从宁寡妇手里又夺回来，"这是人家仙桃嫂让我捎的。"

"糊弄谁呀，那纸单上根本没有她的名字。"宁寡妇说。

林桦树把纱巾塞进仙桃手里，"拿着，回家吧。"

别看宁灯儿跟仙桃说话恶狠狠的，转脸跟林桦树就和颜悦色了，"小林子，跟我回家，我给你做口热乎的。"说着，帮他牵马，"把马车先送林场里去。"

宁灯儿是寡妇，可她热情、奔放，想对林桦树好，不藏着，不掖着，一个劲儿地好，她是真心想和林桦树结婚，她没碍着谁，她是寡妇，没男人，她大张旗鼓地爱着林桦树，这在江河屯林场家喻户晓。他俩那点破事，大伙都不爱议论了，只是他和仙桃的事，还值当拿出来议论一番。仙桃表面看着温柔，可她心里长牙。也是猜测呀，没啥证据，她那个得脑血栓、半瘫在床的男人，比她大十五六岁，还家暴，在农村这都不算啥，不就是打老婆嘛。怎么说农村呢，江河屯有一半是农民，不属于林场，叫农林队。从这一点上，宁灯儿又占优势，宁灯儿是林场正式职工，在食堂做饭。

还说仙桃吧，从结了婚就挨打，男人喝了酒打得她更狠。仙桃忍着，寻思有了孩子就好了，谁承想，有了孩子打得更狠。她家老爷们儿爱喝大酒，散装的烈性白酒，最低六十度。瓶装的也买不起呀，架不住天天喝呀。这老爷们儿，边打边骂，老夫少妻，早晚是人家的。我还不如把你打死，省得我死了，你再搞破鞋。

骂得可难听了，仙桃不言语，任打任骂，都说仙桃贤惠。可是突然有一天，男人瘫痪在床。医生检查过了，说是饮酒过量。大伙都猜测，是仙桃做的手脚。也有人替仙桃说话，这回好了，省着仙桃挨打了。确实呀，那个男人腿脚不利索、言语不清，还想着伸手打仙桃，嘴里哇啦哇啦还骂。这时候，仙桃的暴脾气也凸显，能动手不吵吵，一脚蹬他个跟头。骂人，上去两个大嘴巴子。她手里抱着孩子，多数用脚。如果有人来了，她会忙不迭地放下孩子，去搀扶男人。拍打着身上的土，你在炕上躺着得了呗，非得追着我打，你现在还能追上我吗？赶紧躺炕上去，吃啥喝啥，我给你拿。真不省心。男人可逮着来人了，赶紧申冤诉苦，指着西屋连比画带哇啦，只有仙桃能听出他骂的话，这个骚老娘们儿，她在这西屋的炕上，就这炕上，炕上啊，养汉，她是个养汉老婆。

仙桃不怕他哇啦，因为他说的相当于外语，没人懂。外人啊，只看见她仙桃给男人拾掇得干干净净。这婚，仙桃离不了，农村想要离婚谈何容易，尤其是在老爷们儿生病的时候。仙桃压根也没想到离婚，她要想离，早在男人打她第一天的时候就离了。在农村，出一家进一家，哪么容易呀。现在，她想给自己找个拉帮套的，这个，在咱这屯子，不丢人。机缘巧合，林桦树出现了。仙桃早就听说这人了，赶马车的，爱撩扯，林场工人，挣工资。最难能可贵的是，他压根不结婚，就喜欢跑骚，爱好这口。这太符合仙桃找拉帮套的条件了，所以，仙桃已经暗暗盯上林桦树了。林场工人有啥了不起的，架不住我仙桃惦记，早晚惦记到手。

　　林桦树是爱撩扯，但也撩扯不到她仙桃这儿啊，撩扯也讲究个旗鼓相当、并驾齐驱呀。她一个农村小媳妇，没资格呀。仙桃不惧，仙桃是谁呀，外柔内刚，连她家那个暴徒都让她以柔克刚，收拾得卑服的，何况一个爱撩扯的小哥儿呢。人就怕啥都不爱好，这难办，只要有爱好就好办。仙桃是穷，仙桃是卑微，但仙桃有仙桃一样的容颜，年轻貌美，且温柔贤惠。有孩子怕啥呀，孩子是她的希望，孩子是她唯一活下去的理由，孩子也是她不向生活低头的动力。有了孩子的女人，更有女人的韵味。既然生活不给她机会，那她就自己向生活要机会。

　　属于农村这边的农林队和林场中间隔着一条大道。这算啥嘛，又不是隔着一道墙、一座山。早就听说，林桦树总给林场的女人从凤翔县葵花街捎东西。只要他的马车从葵花街回来，就围上一帮女人。那她仙桃也是女人啊，谁也没说不让她到跟前去。约莫着林桦树的马车快来了，她就把头发梳得溜光，穿戴整齐，到马车跟前，卖呆儿。她没钱捎东西，但她缺少很多东西，林桦树带回来的所有东西她都缺少。这就奇怪了，一个不捎东西，总来看热闹的女人。站在不远不近的地方，看着林桦树，眼神有时专注，有时羞涩，有时躲闪。对爱撩扯的林桦树来说，心有灵犀一点通啊。她来干啥？不捎东西，光看，看啥？看人呗，人是谁？林桦树呗。

　　时机到了，林桦树以为他抓住了时机，其实不知是仙桃为他织的网。林桦树走到仙桃跟前，对她笑嘻嘻地说："你不是林场的吧。"

　　"不是，那边农林队的。"仙桃细声细气地说。

　　"你没捎东西，老来干啥？"

　　"看呗。"仙桃微低着头说。

　　"看啥？"林桦树有意挑逗了。仙桃脸红了，低眉顺眼，欲言又止。林桦树接着说："看我呀？"

　　"嗯哪。"仙桃嗯哪得可好听了。

　　"嗯哪啥，我有啥好看的。"

"就好看。"仙桃话里带着撒娇的意思。

林桦树热情燃烧啊,嘿嘿,这娘儿们比我还会撩啊,"哪儿好看?"

仙桃扑哧笑了,"嘴好看。"

林桦树努下嘴,迅速做了个吻的动作。

仙桃用手半掩下脸,愠怒,像个小女孩儿,"你坏。"转身跑开。她的身姿似春风中摇摆的柳枝,轻盈、招摇。

林桦树望着仙桃跑远的身姿自语,"真招人稀罕。"

万事开头难,这不接上头了,往下的事,便顺理成章了。

林桦树和宁灯儿勾搭的事,没啥曲折可炫耀了,也够不上大伙嚼舌头的资格。宁灯儿是寡妇,比林桦树大四五岁,带着两个孩子,和公公婆婆住在一起。林桦树和宁灯儿结婚,这个家才算完整。不在一起,也无可厚非,人家林桦树还是小伙子,不管林桦树跟多少个女人有一腿,人家毕竟没有婚史。不和宁灯儿结婚也是明智之举,那得多缺心眼,给自己找这么多啰唆。林桦树和宁灯儿眉来眼去在先,仙桃是后来者居上,宁灯儿当然不服气,羡慕嫉妒恨仙桃。

要说林桦树爱撩扯,他也就是和宁灯儿关系比较近乎和长远,后来又自动加入个仙桃,关系就变得较为复杂了。以前没有仙桃加入的时候,他的感情生活相当清晰,工作态度也非常热情。结婚这个事他压根没想过,他非常享受你有情来我有意的味道。他自我美言,恋爱的味道。谁说他那叫恋爱呀,我呸。而林桦树觉得那就是恋爱,光恋爱,没有结婚的压力,多么惬意啊。在林桦树的词典里,恋爱是这样解释的,真正的男欢女爱,有权利朝三暮四,有权利这山望着那山高,有权利吃着碗里望着盆里,有权利脚踩两只船。他可以和任何一个他喜欢的女人恋爱上那么一阵子,他说,他是属蝴蝶的。有时候,他所谓恋爱,因一顿胖揍而告终,他跟有夫之妇钻棒米地了,哪有不透风的墙,被人家男人打一顿在所难免。他自知理亏,从不恋战,三十六计,走为上。

有时也遇到认真的主,被男人发现了,也死活要跟他在一起,私奔也行。这时候,林桦树是铁定要撤了,他跟女人揉碎了掰开了讲大道理，什么影响了，前途哇。实在不通，他还有撒手锏，拿出当初的承诺，说好的，不影响双方的家庭。他哪有啥家庭啊，这条就是给别人预备的。林桦树这点好，跟谁好的时候，死心塌地，从不亏了女家，什么好吃的、好用的，他能买得起的，送。给女人送礼物，他都送出经验了，什么样的女人，喜欢什么样的礼物，有时花最少的钱，也能讨最大的欢心。他买礼物啥的也便宜，赶着马车，总有运输的任务。他卸完货，马车拴在木材厂，那儿的院子大，不管是不是往木材厂送木材，他都把马车拴在木材厂，然后他再去街里，葵花街的百货大楼他光顾得最多。这样，他每次去都要路过友谊照相馆。

第九章

　　一个星期到了，林桦树心里想着呢，想着去照相馆取照片。一寸照片没啥奢望的，工作照，咋照都傻。二寸照片他是要求上色的，他对二寸照片是充满向往的。这还是他第一次想照个二寸照片上色的，男人嘛，谁没啥事照相啊。有一次，他去佳木斯送木材，正好路过一个照相馆，那临街面的橱窗里，都是男人的彩色照片，没有女人的照片。他抬头看照相馆的名字，男人照相馆。敢情这照相馆是专门为男人照相的，哎呀妈呀，这男人得多闲得蛋疼，总来照相啊。再看那橱窗里的男人照片，多半是半身照，那可不是二寸照片，最起码也得有一尺吧。谁说只有大眼睛双眼皮的男人英俊，你看那小眼睛的男人，一样光彩照人。说归齐，都是照片照得好，合着不管是大眼睛还是小眼睛，到了照片上，再是上色的照片，那都是电影演员王心刚啊。你看那电影《侦察兵》里的王心刚，戴着白手套，摸一把炮口傲慢地问："太麻痹了！太麻痹了！你们的大炮是怎么保养的？"真带劲。

　　从佳木斯回来，林桦树就想着照相的事，心想，凭啥我不照相啊，照，要照彩色的，趁着我年轻。一尺多的就算了，太贵了，照个二寸的已经够豪华了。再说，一寸的，没人给你整景。

　　昨天下午来的凤翔县送木材，林桦树看天太晚了，住在木材厂了。第二天早上，照相馆开门他就来取照片了。刚走到照相馆门前，看见一个穿红棉袄的女人站在橱窗跟前看。林桦树没理会这个女人，也跟着看橱窗。其实他也不是因为这个女人看照相馆的橱窗，他是跟风。条件反射，谁到照相馆不先欣赏橱窗里的漂亮照片。他跟这个女人并排站在橱窗前面，聚精会神地看照片。林桦树骤然发现，橱窗里的照片换了，恍惚来到了佳木斯的男人照相馆，橱窗里虽然不是纯一色的男人照片，但男人的照片居多，并占据了重要和显眼的位置。他正在欣赏呢，唉！这个男的挺精神，绿军装，头戴棉军帽，还有一张穿灰色中山装的，上衣兜还别着两管锃亮的钢笔。这颜色上的，跟真的似的，不，比真的艺术。嗨，敢情这是一个人啊，还照两张，这得多趁钱。哎哟喂，这张照片是谁家的小伙子呀，眼睛是小了点，但不伤大雅，更帅气呀，看，三七分的大背头，看那毛衣，看那坎肩。搭配得多好看啊，微侧身。那神态，像什么来着，对，三十年代上海滩的文艺青年。林桦树看着橱窗里的两个男人的照片，在心里无限感慨。他脑海瞬间闪现，不对呀，这个穿毛衣的不是我吗？对呀，是我呀。他脱口而出："这照片照的，带劲！"

　　"啊，我呸，狗屁带劲。"穿红棉袄的女人是夏彩莲，她正在看杨景升的大照片呢。她也觉得照得带劲，是杨景升带劲。但给照相的人，她不待见。今天来，就是找照相的人说道说道的。

　　林桦树斜睐着眼睛看夏彩莲，嘲笑、不屑，接茬儿，"你骂谁呀，我看你是找削啊。"

　　夏彩莲也不是善茬子，"有捡吃捡喝的，没见到捡骂的。"

　　"那张照片是我，干啥你骂我。"林桦树指着自己的照片。

　　别人照片夏彩莲不管，她也不看，她只关心杨景升的照片，还镶到大街边上的橱窗里了，在这展览，就怕人家看不见啊。这不公开了吗？"你的照片，真是大言不惭啊，"她转脸指着林桦树，这回面对面了，"你也配。"

说他不配，简直是侮辱他的人格呀，我林桦树咋不配了，那么多女人喜欢我。林桦树急赤白脸地说："睁开你的眼睛好好看看，那就是我，我就是照片。"他也使劲看着夏彩莲，"哦，在哪儿见过，想起来了，上个星期，对，有一星期了，那天早上下大雪，你就是穿这个红棉袄，手里拎着几根油条。唉？是长辫子。哦，盘起来。"林桦树噼里啪啦说一堆，也不管对方是啥表情。

夏彩莲特瞧不起他，嘴里啧啧着，"谁跟你认识呀，要不要脸啊，看人家长得俊就瞎联系呀。真有意思。"她真懒得理他，她来照相馆是有正事的，搭理他呢。夏彩莲骂完林桦树，径直推开照相馆的大门，进屋了。

"谁不要脸啊，啥玩意儿啊这是，不知好赖呀。"林桦树有点蒙，他也想起来，自己来干啥的，来取照片的。他也就随后进照相馆了。

夏彩莲抹搭一眼林桦树说："你咋还跟进来了？"

"你以为你是谁呀，跟你？我来取照片。"林桦树摆出不屑和她说话的神态，走到柜台那。小爪正给他找照片。

黛梦娜裹着披肩，没抬眼睛，"你要照相，先开票。"明显是在说夏彩莲呢。

林桦树看着纸袋里的二寸照片，除了小点，跟橱窗里的一模一样。他太爱这张照片了，同时，对黛梦娜也刮目相看，她不是照相的师傅，是摄影师。夏彩莲没答话，让林桦树岔过去了，"那个，啊，"他不知道怎么称呼黛梦娜好，"黛梦娜同志你好。"他这么称呼，缘于上次黛梦娜说的那句谢谢。"黛梦娜同志你好，能把橱窗那张大照片送给我吗？"

"不能，这是我们照相馆新换的样品照片。"黛梦娜严肃地说，"你如果不同意悬挂你的照片，我们尊重你的意见，可以拿下来，换上其他人的。"

林桦树忙说："不，不，那倒不用。"他心想，挂在橱窗里，我来回走可以看啊，也是赚了嘛。

夏彩莲听他俩说话，一时沉默。黛梦娜又说了句，"你要照相先开票。"

这好像又说她，夏彩莲接话，气恼地说："我不照相。"

小爪说："那你不照相，我们要工作了，碍事。"

林桦树说："是呀，你快走吧，这不是百货大楼，随便溜达。"

"你给我滚一边去，有你啥事呀。"夏彩莲说林桦树，"我到这来是有事。"

她对着黛梦娜，"把杨景升的照片给我，给我……摘下来，我要拿回家。"

小爪问："那你是他什么人啊？"

夏彩莲我……我了半天，也没说出是他什么人来。林桦树看着她嘻嘻地笑，明显是嘲笑她，是什么人还不知道吗，这还需要支支吾吾。林桦树用波棱盖想想就知道，这个女的和照片的那个男人是啥关系，这事他反应得特快，因为曾经有人问过他和那个女的啥关系，他也不知道咋回答。拿不到台面上来，那女人有男人，说到底，是他林桦树勾引人家女人。这种男女关系咋说嘛，很难对答如流。支吾一会儿，才能编出关系的体验林桦树当然是深有体会。

果然，夏彩莲扭捏了下身子，晃了下脑袋，眯着眼睛，理直气壮地说："我，我是他邻居。"

哈哈，林桦树响亮地笑，他没有恶意，就是觉得好玩儿。林桦树不但爱撩，还贫，他斜棱着眼睛问："邻居算啥关系呀？"

小爪很认真地说："不算。"

夏彩莲不想搭理这两个装傻充愣的家伙。她看出来了，说了算的还是黛梦娜，这还是她第一次看见黛梦娜，长得漂亮嘛，自不必说，而且洋气。那有啥呀，那张漂亮的脸上冷得能下霜，别说男人见了不喜欢，女人也不爱看这张冷冰冰的脸。夏彩莲不惧黛梦娜的漂亮，只要活在人间，都得食人间烟火，哪个男人愿意守着冰冷的漂亮脸蛋过日子。她走到黛梦娜跟前，柔中带刚地说："你是黛梦娜吧，请你把杨景升的照片还给我。"连她自己也感到惊讶，用了还给我。是呀，一个邻居，有这么大的权利和资格吗，是值得怀疑。那又咋样呢，来了我就不怕怀疑了。

黛梦娜的状态，犹如隔山观虎斗似的，仿佛，他们的对话和眼前发生的事，跟她没一点关系，视而不见。她正在有条不紊地调试照相机。刚才这个女人点她的名字了，她不得不答话了，但她回答得简洁，"必须本人同意。"意思是你说的不算，照片不能摘，你也拿不回家。

"那我自己摘。"夏彩莲就往橱窗那里走，橱窗都封闭着呢，外人很难看出，从哪里打开。

小爪就是个十七八岁的小小子，个子倒是够高，但单薄，毕竟算是个大孩子，光顾着长个了，肉没跟上趟。晃荡晃荡的，风一吹能倒的样子。他冲出了柜台，拦住了夏彩莲，嘴里说着："我们好不容易镶嵌上的，你可千万不能摘。那窗户是死的，打不开。"

夏彩莲看着黛梦娜，故意说给她听："那我砸开它。"

黛梦娜还是连头也没抬，不屑一顾。她慢悠悠地说："损坏公物要赔偿。"

此时，夏彩莲静止不动，静音、愤怒、憋气，后面紧跟着是爆发。

通过和黛梦娜的两个回合的接触，林桦树虽然不大待见黛梦娜，但挺敬佩她的。敬佩她工作认真，敬佩她敬业，敬佩她摄影技术。刚才他也看了那张上色的二寸照片，效果超出了他的想象，他从没照过这么带劲的照片。当然了，他也没照过几次相。但这是最好的一次。就冲这，他要给黛梦娜打圆场，给台阶。

林桦树拦在了夏彩莲面前，他个子高，又壮实，像座山似的挡住了夏彩莲，他用讨好的口气："唉，你别把我的照片整坏了。这里面还有我的照片呢，我愿意放里面展览，让葵花街的女人都看，看我，我长得帅，我长得俊。"他又贱兮兮地说："我还没对象呢，万一谁家的姑娘看见照片，看上我呢。你可别把我的照片整坏了，耽误老事了。"

夏彩莲憋不住笑了，连黛梦娜都笑了，她是侧过脸笑的。小爪嘻嘻地笑，又哈哈地笑。照相馆头一回笑声朗朗。

只有林桦树不笑，无辜地看着他们笑。那意思，我是认真的。林桦树想快点把夏彩莲整走，如果任由事态发展下去，那黛梦娜指定不是个儿。林桦树伸出手掌指着门口,这比用一个手指头效果好得多,用整只手指着门口是请的意思,请进,请走。现在当然是请走的意思,"唉,这位大姐,你该上班了吧,别迟到了。快去上班吧。"

夏彩莲忽然平静地说:"我也没工作呀。"

林桦树又犯老毛病了,爱联系,爱挂钩,"呀,你这么年轻,哪能没工作呢。"

"说得倒现成,上哪找工作去呀?"夏彩莲噘着嘴说。

林桦树说:"没工作干临时工啊,死心眼呢。我知道哪儿招人,还主要招老娘们儿。林场苗圃,林场没工作的家属,基本都到林场苗圃上班。但不是坐办公室呀,在苗圃育苗,说白了,干活。"

林桦树说的是真事,苗圃开春上班,冬天闲着,都是临时工。干一春天一夏天活,育出的树苗,供应各个林场栽树、育林。像林场,很多家属都是关里来的,她们一般都不是正式工人。这些家属只要勤快,总能找到工作。像苗圃,都是家属在那育苗。还有糖厂,凤翔县周围,地大物博,还是盛产甜菜的好地方。葵花街的糖厂用的原材料都是当地取材。当地的甜菜,秋天从地里起出来,直接进了糖厂。制作成了各种水果糖,最后一道工序是把糖块包上糖纸。包糖纸这活都是女人,这活轻快,但得能坐得住,收入也低。流水线两边都坐的是女人,流水线上走着糖块,每个人伸手就能拿到糖块。糖纸摊在左手心,右手拿糖,放进糖纸里,糖纸对折,包住糖,两只手的大拇指,捏住糖纸,对着一扭,齐活。包糖这种工作,也大都是没有正式工作的家属来做。

提到工作,夏彩莲立马精神抖擞,她正苦于找不到工作。她不想整天在家待着,豆粒和麦穗也大了,她想出去工作,也能挣点钱,贴补家用。不就是每天做点饭吗?那还算个活呀,下了班,回家做呗。

这时候,林桦树给夏彩莲介绍工作的事基本上没有黛梦娜和小爪的事了。又来照相的了,一位年轻的母亲抱着层层包裹的孩子,是给孩子照百日照的。布景啊,道具呀,都要换。黛梦娜和小爪开始忙活。夏彩莲此刻的心思都在给她介绍的工作上了,追着林桦树问,听说苗圃冬天不上班，那就算了。林桦树说糖果厂还招人呢，包糖。来来，你出来，到大街上，我告诉你，糖果厂在哪儿。他俩说着，走出照相馆。林桦树最不该做的，就是临出照相馆，他还跟黛梦娜打了声招呼，"梦娜，谢谢，我走了哈。"那口气好像他俩多熟悉、多亲密似的。

就这"梦娜"俩字，夏彩莲听得真真的。一个到照相馆照相的人，男人，亲昵地喊人家大姑娘梦娜？这俩人指不定有啥猫儿腻。夏彩莲这趟照相馆走的，窝一肚子火，杨景升的照片没要来，还让那个黛梦娜冷若冰霜地气够呛。这还不能和杨景升说呢，没准杨景升跟那个赶马车的林桦树差不多，也愿意把照片放在橱窗里展览。你说这些小老爷们儿咋都那么能浪呢，杨景升也一样，他要是不撩扯黛梦娜，能把他的照片挂橱窗里展览？哎哟，照得那个嘚瑟，确实好看。夏彩莲回到家想得就美了些，如果杨景升那两张大照片挂在自己家，那该有多美呀，想起来就看一眼，想起来看一眼。可惜呀，这个黛梦娜不给呀。也不知道杨景升是咋想的。不管咋说，还是有收获的，我去糖厂包糖块，这不需要啥技术，计件，包了多少糖块，到秤上称一称多少斤，就发给多少钱。跟杜山虎商量下，我去糖厂包糖。到点我就回家做饭，啥都不耽误。那咋也比上地干活轻快，地里那么重的活我都扛了。唉，嫁给杜山虎我是享福了。不对，我应该是嫁给杨景升的，算了，不跟自己较劲了。

给那个婴儿照完百日照，黛梦娜坐在椅子上喝口水。她这才想起刚才那两个捣乱的人，哦，已经走了，终于消停了。小爪说："师傅，今儿还多亏了林桦树哇，把那个叫夏彩莲的支走了。要不，可够咱受的。唉，你说，师傅，那个夏彩莲和劳模杨景升是啥关系呀？她一个邻居就来兴师问罪？"

"没那么夸张，只不过来了解情况而已。"黛梦娜说，她又耐人寻味地自问，"邻居？"

小爪说："邻居也没有权利来要照片啊。"

黛梦娜现在静下心来，觉得林桦树有些眼熟。在哪儿见过呢，但肯定没见过，她从没和什么车老板打过交道，林桦树也是第一次到照相馆照相。

小爪又说:"师傅,你给哈尔滨画报投的稿采用了吗?"

黛梦娜说:"还没信呢。如果采用,会给我寄画报的。对了,这两天你在照相馆盯着点,我要去各个厂子,给劳动模范拍照。"

"师傅,你为啥要受那累呢?这是记者的事。"小爪说,"还不讨好,你自己还往里搭胶卷。"

黛梦娜冷着脸说:"你这么年轻,思想要先进。我是用影像记录社会,我愿意,喜欢,不计较那么多。"

小爪又问:"师傅,你是要去给杨景升拍工作照吗?"

黛梦娜微笑着说:"你的问题可真多呀,不光去水泥厂,糖果厂、木材厂都去。"她表面说得轻描淡写,心里也在打问号,杨景升和夏彩莲到底是啥关系呢?

第十章

　　橱窗里的美男照,一直激荡着林桦树的心。没想到哇,林桦树的照片也能挂在照相馆的橱窗里。他在佳木斯男人照相馆看到的情景,让他羡慕不已,现在是心想事成啊,自己的照片也挂上了。他赶着马车,在回江河屯林场的路上,反复思考,黛梦娜为啥就选了我的照片?她没给我留下好印象,我也没给她留下啥念想。那就说明我自身条件硬实,长相出众,那摄影师的眼睛多独到哇,发现了我。这往下,啥宁灯儿,啥仙桃,都别给我起刺儿,不服,去葵花街照相馆看我的风采。他又多了吹牛的资本,在撩扯女人的道路上,又多了炫耀的项目和本钱。

　　这回他想,到林场把马车卸套了,不去宁灯儿家了,从今往后都不去宁灯儿家了,每次都吵吵要结婚的事,跟她掰扯,当初讲好的,俩人只管相好,不谈终身大事,她也是答应的。可现在变卦了,说当初归当初,现在有感情了,非结婚不可,要别人瞧见说闲话。

　　宁灯儿可不怕说闲话,就说是寡妇门前是非多,这不磕碜,有是非,说明她宁灯儿还有魅力。那人老珠黄,准保啥是非都没有了。宁灯儿可不怕别人说哪门子闲话，她是看林桦树和那个仙桃小娘儿们忒腻歪，那关系怕是要发展。以往吧，林桦树跟她好，偶尔也来个小插曲，不碍的，三分钟热度，凉得快。这回黏糊的时间长，感情深。听说，他那工资，可花到仙桃家一半了。仙桃家可是个无底洞，在个农林队，老爷们儿半瘫，啥也干不了，仙桃侍弄个孩子，更是没个来钱道。光剩姿色了，人家的姿色还就真值钱。宁灯儿越想越来气，不行，我得让林桦树跟我结婚，断了仙桃的念想。宁灯儿这样一闹，林桦树对她很反感，觉得给他套了枷锁，让他无法飞向自由的天空。其实，他跟宁灯儿没有实质性的关系，谈情说爱是有，搂搂抱抱也有。真到了那事上，林桦树还真就谨慎了。宁灯儿实验过，紧要关头他就刹住车了，宁灯儿还质疑他，是不是那方面有毛病啊。他哈哈笑着，调侃说，我是卖艺不卖身。他也时常怀疑自己，真的那方面有缺陷，直到和仙桃有了那事，是那样的美妙，他才知道自己是男人，顶天立地的男人，那一刻，他是那样的感谢怀里的仙桃，恨不能把她融化，融化进自己的心里。

  划拉划拉他撩扯的这几个女人，他真就只上了仙桃的炕。跟仙桃他也不是干柴烈火，仙桃是肚子里长牙的人，外柔内刚，她要想让林桦树就范，那真是小菜一碟。一个家暴的男人，稀里糊涂地半瘫了，想再举起拳头都难了。仙桃喜欢林桦树的仗义，他是提前跟她说了，绝不会跟她结婚的，让她想好了。仙桃说，她还不想离婚呢，你就是想结婚也没门啊。那林桦树就放心了，爱归爱，情归情。但他从没亏欠过仙桃，知道仙桃日子过得紧巴，他把每月的大半工资都花到这个家了，他是可怜仙桃。上次仙桃过生日，他想着给她买礼物，一条素花的纱巾。这些仙桃都记在心里了，她感激、感动，还感叹自己没福气，咋就没跟这样的男人结婚。她都想好了，如果真遇到这样的男人，她要用整个生命去爱他，只要对她好，他愿意撩扯就撩扯去，她绝不怪他。眼下，她也不是没有目的，这日子她一个人真没法过，她是想找个拉帮套的。

  过去在农村，拉帮套不磕碜。就说仙桃的农林队吧，同样和林场在一个屯子里，都叫江河屯。中间只隔一条大道，把农林队和林场隔开。但农林队和林场体制是天壤之别，林场是开工资，吃商品粮，伐木，也植树造林，管理、保护眼前的小兴安岭。而农林队属于农村、农民，开荒、种地。漫山遍野的松树、桦树、柞树……跟农民无关。并且，农民想上山伐木家用，那要经林场的同意。所以，农民只可以上山捡些失去生命力的干木头和一些干树枝。但别忘了，东北地大物博，有辽阔的土地。农民有种不完的土地，耕种的土地是论垧的，不论亩，论亩基数太小了，没法论了。一垧约合十五亩。在辽阔土地上耕作的农民，劳动是非常繁重的。要不咋说，在过去的农村，拉帮套不磕碜呢。家里没有壮劳力，或者家里这个劳力不顶事，真就没法过。比如说，你常常能听到有人这样唠嗑：你看那谁谁家，多亏了老赵，帮着她家，要不她家真没法过。就她家那推倒爬不起来的病秧子老爷们儿，这家早散架了。你看今年秋上，老赵帮她家早早把黄豆、棒米收回来了，还拉回来那么多过冬的柴火。一般这个"老赵"是没家没业的跑腿子。就是以前在集体土地上的农民，每家也都有自己的自留地和开荒地。每年秋天收回来的黄豆和棒米，是很可观，但把收成的黄豆、棒米整回家里，要费很大的力气。用地排车子拉，是人套上绳子拉。从地里往家拉车的乡间路是泥泞的，地排车掉进坑里，套上牛都拉不出来。在东北的农村，家里必须有壮劳力。

再说仙桃和林桦树，关键是，林桦树他愿意吗？仙桃哇，她的心可是真高哇，高到云彩上去了，蹦高都够不着哇。找拉帮套的，不就是为了帮你过日子吗？那林桦树能给你拉帮套，是拉帮套一时，不定啥时候闪人了。这人鬼迷心窍，撞南墙都不回头。鬼机灵的仙桃，想一辈子把林桦树拴在身边，给她拉帮套。她也考虑到了，说出来，林桦树会飞的，连面都见不到了，形同陌路。取消这非分之想，林桦树还能上她的炕，与她对饮几杯，聆听他说江河屯以外葵花街、佳木斯、哈尔滨的新鲜事。

这次从葵花街回来，林桦树把马车送到林场，他先去了宁灯儿家。他从百货大楼给宁灯儿买了一身衣服，给孩子们也买了衣服，给老人买了酒和肉。他大包小裹地往宁灯儿家走，看见的人议论，林桦树这是要跟宁灯儿结婚啊，这宁灯儿是真有本事呀，那叫啥来着，美梦成真。有人就喊他："唉，林桦树，你这大包小裹的，是搬家，还是要结婚啊？"

林桦树大声说："滚一边去，你见过铁树开花吗？"

宁灯儿给林桦树做了猪肉炖粉条，大葱炒鸡蛋，还烫了一壶北大荒白酒。盘腿坐在炕桌边等林桦树，全家人都等着林桦树吃饭。吃饭期间，林桦树和这家人其乐融融。饭后，宁灯儿把林桦树叫到自己的屋里，跟林桦树说，炕烧得可热乎了，今晚在这住吧。林桦树很为难地说，早晚是要说的，我不想耽误你，我给不了你一个家。你提出和我结婚这事，我实难做到，你别怪我。当初我跟你说过，我是不会结婚的。你这一大家子，确实需要一个男人，宁灯儿，好好找个男人吧，我不是啥好鸟儿。这你是知道的，我在林场的名声不好，你也是知道的，可谓臭名远扬。你选择和我交往，是有心理准备的。所以，我不能给你一个家，你也不用怪我。怎么给你一个家嘛，我声明过，不结婚。今晚，咱们做个了断。做你男朋友的日子，到这儿，戛然而止了。林桦树有点文化，这话说的，不是高中生，最起码也是初中毕业。如果他是个粗俗的人，哪有那么多女人会买他的撩骚。况且，他即使撩，也有自己的操守和底线。就像他和宁灯儿，不能给予，便及时悬崖勒马。

"和着，你今天拿来好吃好喝的是鸿门宴啊。"宁灯儿噌地从炕上站起来，拿着炕笤帚撒林桦树，"我去你的戛然而止。"

林桦树躲着往门口走，"告诉你呀，宁灯儿，君子动口不动手。我可从来没打过女人，我这人是非常爱护女人的，每个女人都是一朵花儿，需要呵护。"

"我看你是狗尾巴花，我让你说的比唱的好听，我让你骗人，你个大骗子。"宁灯儿用枕头摔林桦树。

林桦树已经走到门口，手把着门把手说："你再这样不理智，我只好走了。"

宁灯儿跳下炕，光着脚追他，上去抱着他说："我就是个咋呼的纸老虎，我是吓唬你呢，你别怕呀。林桦树，就没有挽救的余地啦？"

"没有，岂能儿戏。"林桦树决绝地说，他说儿戏，悲哀的是，他没意识到，他在儿戏。

宁灯儿是真想和林桦树相好，她也知道林桦树的心思，她俩不会有结果的，但是，不能就这么饶过他，这也叫相好，白背一相好的坏名声。你说我俩都守身如玉，谁信啊。即使有人信，那我宁灯儿也太完蛋了。那叫啥来着，偷鸡不成蚀把米。不说我偷人了吗？怎么着也得坐实了，否则，丢不起那人。宁灯儿哄着林桦树说："你看这样行不，现在已经半夜十点多了，你回去吧，还得烧炕，怪冷的。你就在我这炕上将就一晚，咋样？"

"不行！"林桦树支棱起眼睛，"你这是考验我呢吧，给我下套呢。"

宁灯儿来脾气了，"行，就算我考验你了。你如果睡在我的炕上，咋没咋的，我服你。明天我立马放行。"宁灯儿狠狠地看着他，"否则，你别想出这门，我和你同归于尽。"

林桦树想想，住这儿就住这儿。在东北过年，到谁家打扑克、喝酒啥的，大半夜，可不就和衣睡在人家炕上。主家看着怕着凉，顶多给搭上个被。那有啥呀，那半大小子，有时候，睡人家一炕。说明这家人缘好。他刚来林场的那会儿，过年的时候，也是时常睡在别人家炕上。林桦树看宁灯儿眼睛里冒火星子，她说同归于尽，也是没准儿的事儿，这架势，虎劲上来了，命真搭这儿，不值当的。就说今天吧，我那照片照得那么俊朗，没照这上色的二寸照片时，我真不知道自己还这么上相，等夏天的时候，我穿上的确良衬衫再去照。

"那行，你说话可算数。"林桦树跟宁灯儿敲定，"如果今晚我在这炕上睡，咱俩井水不犯河水，你放我走。咱俩往后，是一个林场的职工，好朋友。"

宁灯儿昂着头回答："一言既出。"

林桦树接："驷马难追。"

他们俩的手，有力地握在一起。

两床被褥铺在炕上，铺的时候紧挨着。林桦树捞到了炕梢，他说在炕梢睡。宁灯儿随他，只要在这炕上睡就行，就不信，有不吃腥的猫。

　　关掉电灯，上炕睡觉。林桦树钻进被窝，真热乎哇。这是烧了多少火呀，炕梢都这么热。电灯关了，屋里一片漆黑。下雪了，下的是雪粒子，云遮住了最后一颗星星，雪粒子打在窗户上咔啦咔啦响。宁灯儿把自己的被褥，捞到了炕梢，嘴里小声说，我也爱睡炕梢，炕头太热，容易上火。

　　林桦树没搭腔，很响地掉转身，脸冲墙，把个后背给宁灯儿。心里默念着，快点天亮吧。

　　挺了能有一个小时，宁灯儿听到了，从林桦树对着墙的嘴里发出的呼噜，轻微，均匀。林桦树如芒在背，睡不着，他故意打呼噜。意思告诉宁灯儿，我睡着了，你也甭想七想八的了，赶快睡觉吧。

　　宁灯儿可不是省油的灯，她费这么大劲，好不容易给他整炕上了，哪能轻易放过呀。有枣没枣打一竿子再说。她一不做，二不休，反正也丢回人，丢个值当的。她蛄蛹蛄蛹就钻进了林桦树的被窝，贴着林桦树的后背，胳膊搂住他的腰。本来炕就热，宁灯儿整个人黏糊在他的后背，他有种热血沸腾、火烧火燎的感觉。这样长此以往，除非烤煳了，否则指定出事。也出不了啥大事，无非发生男女关系。可这关系一旦发生了，想抽身，就没退路了。明天早晨，就得给宁寡妇当老爷们儿，听她使唤了。林桦树为了分散精力，便让自己任性地胡思乱想着，他突然想象到，他林桦树爱上了照相。想到等到夏天，他要穿白色的确良衬衫照相，他心里仿佛流过一条清泉，凉凉爽爽的，呼吸都畅快了。可是，如果说艺术照，目前只照了这个上色的二寸照片。照之前，他想照好了先拿给宁灯儿显摆显摆，让她夸赞一番。真的拿到照片，他觉得，谁都不懂他了，谁都没有资格看他的照片。怎么想到照片，他心里起了文艺范儿了，竟有一丝丝悲凉呢。

　　"你犯规了。"林桦树推开宁灯儿，一本正经地说，"如果你这样，我有权终止在这炕上睡觉的协议。"

"啧啧,还协议,把你文雅的,去你的狗屁协议。"宁灯儿踹他一脚,回到自己被窝,都不知道是被他气哭了,还是气笑了。宁灯儿躺在枕头上,静下心来,听着窗外雪打窗户的声音,释然了。眼前要珍惜这样特殊的、独特的同床共枕,知足了。你林桦树再能耐,再尥蹶子,你也没跑出我的手掌心,不还是乖乖地睡在我的热炕上。外人能知道什么,美在我心里,同时,我给自己争回脸面。她用手摸摸林桦树的脸,眼窝很深,高鼻梁,嘴也阔。让她惊奇的是,她摸到了泪水,林桦树哭了,他在默默地流泪。这个花心的男人,无论他是否离开我,他都是有情有义的男人。宁灯儿这样想着,她也想哭,可是她没有眼泪。也许生活的磨难过早地把她的眼泪夺走了,她心里竟有一丝甜,她对着黑漆漆的窗户,会心地笑了,无声的。

天终于亮了,宁灯儿也在盼望着天亮。林桦树从被窝里爬起来,问宁灯儿:"灯儿,你佩服哥儿们不?咱俩可说好了,这叫口头协议,算数的呀。"

"你给我滚,滚。"宁灯儿这会儿哭了,"你个王八犊子,花心大萝卜,别让我看见你,看见一次骂你一次。"

林桦树穿鞋,跳下炕,"灯儿,就算我对不起你呀。谁跟我都过不上好日子,那是坑你呢。你早离开我,早幸福,我不是啥好玩意儿。"林桦树摸兜,拿出五十元钱,放在炕上。说过年时,买点猪肉啥的。

五十块钱,不少了,两三个月的工资,他都不知道,下几个月咋过,反正也能蹭着饭。

宁灯儿就觉得憋得慌,她无话可说。她还憋得慌了,哇地大声哭起来。宁灯儿的公公婆婆虽然不住在一起,但住在隔壁的院子里,林场的家属院,也是那种趟房,中间隔着一道墙。宁灯儿爆发性的哭声,在这冬天静谧的早晨,直接灌进了隔壁院的公公婆婆耳朵里。他们急忙往这院跑,正遇到林桦树慌张着推开屋门往外跑。

那不用合计,宁灯儿哭闹,跟林桦树指定有关,她哭你跑,干啥不哄啊。昨晚在这住的,老两口子不说,不等于不知道哇。林桦树就被俩老人揪住了,咋回事?林桦树慌忙解释,跟我可没关系。

谁信啊，你把自己择巴得可干净。什么玩意儿啊，提上裤子就不认账了。

俩老人一起上，给林桦树这顿捶巴。

闹腾的动静可不小，各位邻居都扒头看，没人拉架，活该。林桦树因为这事，挨打不是一回了，不长记性。

往后，大伙还纳闷呢。有人问宁灯儿，林桦树都睡你家炕头了，咋不看见他来了。林桦树和宁灯儿分开，应该是宁灯儿宣扬的。宁灯儿说，老话说得好哇，是骡子是马拉出来遛遛，那不遛遛咋知道是个啥玩意儿。我宁灯儿把他给蹬了，我家要的可不是好看不中用的骡子。是我把林桦树给甩了。

宁灯儿已经想开了，不想开又能咋样，林桦树本来就是花心大萝卜，即使在他这棵树上吊死，也拴不住他的心。强扭的瓜不甜，他到处跑骚，还不够跟他操心的。这样向外宣扬，是我宁灯儿把林桦树蹬了，也算为民解恨。我也开启新生活，如果就和林桦树这么不死不活耗着，谁还找我呀。有心跟我好，也不想上前了。宁灯儿想到这儿，甚觉大快人心，到处宣扬林桦树的埋汰事，张扬自己与林桦树快刀斩乱麻实在是英明决策。她清醒地认识到，自己要找的是丈夫，一同和他撑起这个家，找的不是爱情，浪漫爱情能当饭吃吗，不能。她已经失去了拥有浪漫爱情的资格，也好，这是向苦苦寻找的爱情告别。是告别的时候了，青春稍纵即逝，趁着年轻，给自己找个丈夫吧。现在宁灯儿可劲地埋汰林桦树，解恨。闹腾一阵子，也就过去了，归于平静。细想，林桦树也不欠啥，临了，还把身上仅有的五十块钱留给了她。凭啥不要哇，要得理直气壮，让他喝西北风去吧。宁灯儿告别了她的浪漫情怀，痛失她对爱情的幻想。

林桦树是浪漫的，他总能想出办法，用精致的小礼物打动他心仪的女人。从这件事也可以说，每个女人都珍藏着一份浪漫，也许有的女人一辈子从不曾浪漫过，但你不能说，她不渴望和憧憬浪漫。

林桦树总有一条手绢带在兜里，有时是蓝色格子手绢，有时是白色手绢，他也喜欢给女人买手绢。他的手绢总是洗得干干净净，叠得四四方方，揣在兜里。让人都怀疑，他是否在用这些手绢。

水泥厂家属院里，自从来了夏彩莲，各家门前那条路，总是扫得很干净。夏彩莲扫自己院子的时候，帮着杨景升把院子也扫了。你扫也行，她扫到窗根底下，就趴在窗户上往屋里看。她以为就她勤快，起得早。殊不知，她的这个动作，已经被其他家属看见了，传为笑话。偷看，有说偷窥的。夏彩莲可不这样认为，是习惯动作，扫到那了就想往窗户里看看，估计每个人都有这个欲望。她说还是出于关心，看杨景升起床没，别耽误了上班。开始杨景升还跟她急眼，掰扯，你这样影响极坏。夏彩莲说我不怕影响。杨景升说我怕，我还要上班，工作人员要有形象，有素质。

杨景升说得对，影响极坏。窗户上是有窗帘，可一般谁家也不拉窗帘啊。他一个男人在家睡觉，拉啥窗帘啊，不怕人看啊。但他这会儿怕夏彩莲看，对杨景升说，夏彩莲是特殊人物，得防备着点。他是想跟她拉开点距离，特别是在跟黛梦娜有了进一步发展之后。说到发展的方面，一是照相，二是去她家喝了咖啡，三是拥抱。至于下一步如何发展，那他也无法预料，有无限可能性吧，可以往大草原宽广里想，也可以往潺潺流水里想，更可以往万花丛里想。是一个开放式结尾，相对轻松，也相对紧迫。杨景升和夏彩莲则不同了，可以说，是一个结尾，没路，死路一条。人那过上小日子了，人那炕上有爷们儿。你算哪根葱啊。杨景升只能另辟蹊径，谁说不行，这是他的自由和追求，是他追求爱情自由的权利。

这时，只有夏彩莲说不，但这声不，谁都没听见，只有夏彩莲听见了，是从心里发声的，声音之大，撞得她心生疼。夏彩莲没有那么勤快，她是为了掩盖特意扫杨景升家院子，让大家伙看看，夏彩莲勤快，连家属院所有的门前都扫了，还差邻居杨景升家吗？扫了吧，这才能显出夏彩莲的勤快和不计小节。杨景升再为扫院子的事吵吵嚷嚷，那你就是小题大做。至于趴窗户往屋里看的事，那是习惯动作，哪个老娘们儿基本都爱趴窗户往屋里瞅。

从照相馆回来，夏彩莲深受启发。黛梦娜那冷冰冰的表情是不招人待见，可她工作起来的样子那是非常的美，严肃又认真。女人一定要工作。她对杜山虎说，她要去糖厂包糖。杜山虎说，包糖那活吧，累还磨叽，挣不了几个钱。包糖那就是冬天忙，到了夏天，糖厂职工就够用了。你又没活干了。夏彩莲说，夏天我去苗圃育树苗去呀。这不，接上溜了。杜山虎比去糖厂还反对，那是在野外劳动，风吹日晒，几天你那脸就爆皮了，不去。夏彩莲说这不行，那不成，行，你给我找蹲办公室的活，你给我找照相馆的活。杜山虎困惑地看夏彩莲说，我自己还没蹲办公室呢，唉，咋又扯到照相馆啦？你去照相馆了，干啥去了，找杨景升吗，还是找黛梦娜，还是照相？杜山虎一连串的问，把她问蒙了，她有一肚子火要发，她有一肚子答案要回答他，可此刻，她啥都不想说。杜山虎连珠炮般地继续说，夏彩莲你说你，刚进几天城啊，就不满足现状了，你这叫忘本。咱现在不是挺好嘛，有吃有喝，饿不死的，比上不足比下有余。彩莲，你就在家，把我们爷几个伺候好，小日子过得多美呀。夏彩莲怼他一句，对，你还能在外面疯，招猫惹狗。杜山虎瞪着眼睛说，净瞎说，谁说的，我找他拼命去。

夏彩莲懒得理杜山虎，说不出个里表来。她拿定主意了，这个冬天不去糖厂，也行，明年夏天，去苗圃干活。

杜山虎看夏彩莲不说话了，他想了想，夏彩莲啥时候对葵花街这样了解了？她指定是遇到啥人了。他问夏彩莲，是不是谁跟你说啥了。夏彩莲赌气地说，是，遇到一个人，叫林桦树，是他告诉的，家属都去糖厂包糖，去苗圃育苗。杜山虎像见到鬼似的看着夏彩莲，你以后别搭理这个人了，是林场赶马车的，把自己整得溜光水滑，像开大汽车的。专门调戏有姿色的小老娘们儿，一撩一个准。这家伙还是自来熟，不是葵花街的人，胜似葵花街的人。

说来很奇怪，林桦树就是以这样的方式，进入了我家和杨景升家的视野。

第十一章

　　以上说的，还有我现在说的，这些故事都发生在我没出生的时候。
　　以前扫院子，是杨景升的事，他勤快，我母亲没来的时候，杜山虎家院子都是杨景升扫。等夏彩莲带着豆粒和麦穗进入杜山虎家，那院子里就热闹非凡了。豆粒和麦穗也没啥玩具，穿戴暖和了，跑到院子里挖雪、堆雪人，铁锹、木头桦子、瘸腿的小板凳、破碗碴子等等吧，凡是能拿动的，撒得满院子都是。这种情况，杨景升扫得更勤快了。从前是不定时，几天扫一回。现在这么乱，一天扫一回。院子里的扫帚声响起的时候，杜山虎还躺在被窝里呼呼呢，听到这唰唰的扫帚声和归拢东西的叮当声，杜山虎烦叽叽地翻转身，唉，能不能睡个消停觉。而夏彩莲则翻身起床，她要给杨景升做口热乎饭，当然，不光是给他一个人做，给全家都做。
　　杨景升在和黛梦娜谈朋友，这是杨景升亲口承认的，谈朋友等于恋爱。咬文嚼字的，都明白。正因为夏彩莲明白，黛梦娜从此成了她心里的梗，无形中，早晨扫院子的活她接手了。表面上说，是让杨景升早晨多睡会儿，要不她也早起做饭，不费事，一块都做了。暗里则是为了便于经常去杨景升的院子，借此形式，每天查看杨景升屋里屋外的情况。杨景升想和夏彩莲撇清关系，咋都不那么容易，比方说，早晨吧，夏彩莲做好了热乎的早餐，端到你屋去了，你还能不吃，泼出去？不识好歹是小事，浪费粮食是大事。吃了夏彩莲做的早餐，心存感激吧。反正，乱，心乱。

不管咋说，杨景升的生活要继续。山东老家又打信来了，信的大意是，问询他和夏彩莲过得挺好吧。又嘱咐宽慰了几句，带去的那两个孩子不碍事，多两个孩子没啥，不就多两双筷子嘛。你们还年轻，有自己的孩子是早晚的事。再就是，很纳闷，从夏彩莲去了，再也收不到你们的信，甚是想念。

杨景升和夏彩莲像是约好了，回的信都含糊其辞过得挺好的，各方面都好，勿念。唯一没明确，跟谁过的。这种事也不怪他俩，这不是一句两句能说明白的，再说也匪夷所思。在信里哪能说清楚嘛。弄不好越描越黑，更极端地想，关里很有可能立马杀过人来，七大姑八大姨的，公说公有理的，没准把目前的组合也给拆个稀巴烂。杨景升和夏彩莲属做贼心虚，这种解释也不恰当，应该说同病相怜。不管做贼心虚还是同病相怜，对杨景升是亏了点，没过上两口子的小日子，愣装作过得挺美，这叫啥事呀，憋屈不？没地儿说理去。

杨景升还有件麻烦事，老家要他们的全家合影。这都不是啥要紧的事，以后再照吧。目前他的紧要任务是，重新组建自己的家庭，到那时候，再跟老家说明情况，老家也不至于太失望，也许还为他感到高兴，找个利手利脚的大姑娘，咋也比找个二婚妇女强百套。

那就加强和黛梦娜的联系吧。从那个晚上在黛梦娜家喝咖啡回来，杨景升再没见到她。他是想见黛梦娜，可是老也抽不出时间。快到年底了，杨景升又被评为先进工作者。他更要严格要求自己，积极努力工作。每天起早贪晚骑自行车从照相馆过，这几天也没见到黛梦娜，可能也是年底照相的人多吧。老家来信也说，太远了，关里关外的，你们不能回来过年，那就照个全家福寄回来吧。你看，这不是快过年了，不能团聚，就开始要照片了嘛。凤翔县这吧，属于边境了，紧挨着黑龙江。这又属于北大荒，属于移民县城，大多数人来自关里，且都在这边安家落户了，所以，很少有回老家过年的。那时候的人们想安稳固定，从没有过年过节大量迁徙的景色。

黛梦娜这些天确实忙，她有点和杨景升怄气，从哪儿来个夏彩莲，上来就要照片，理直气壮的，问她和杨景升啥关系，还说是邻居。纳了闷的，邻居居然如此的理直气壮，简直不分青红皂白。黛梦娜坐等杨景升给她个解释和交代。这么想着，她要让杨景升主动上门解释，而不是不经意在门口遇到她，必须引起他的高度重视，严肃对待，让他以后注意。如果这次不刹住他这个威风，以后还不定整出几个邻居。

最先忍不住的是小爪，他看着外面晴朗的天说："师傅，刚才我看见杨景升骑自行车过去了，都没往咱照相馆看一眼。以前，他不都到门口下自行车？"

"又没下雪。"黛梦娜冷静地回答。

这小爪懂，每次杨景升走到这下自行车，那是下雪了，扫雪。没下雪，自然不用下自行车了。大概是给杨景升找理由，还是给自己争面子。小爪忽然想起什么了，"唉，师傅，你不是要去照相吗，今儿天挺好的。"

"这几天忙，你自己在照相馆里能行不？"黛梦娜看着窗户外面，"是呀，几天没下雪了。"

"师傅，听你这话，是盼着雪呀。"小爪笑着说。

黛梦娜听了这话，没恼，偷着笑了声，光说了句，你呀！便忙着拿照相机和背包，穿上大衣，把披肩裹在头上，推门走出了照相馆的大门。阳光刺眼，她用手背挡了下眼睛，主要是阳光照在雪上，反光。尽管是这样灿烂的阳光，但天还是嘎巴嘎巴的冷，小风抽冷子地刮，凛冽的，刺透皮肤。出来得急，忘戴手套了，手指头一会儿就冻硬了。她边走边搓手，把两手插进衣服袖子里。水泥厂在葵花街的大西边，算是出城了，离照相馆稍远了些。黛梦娜低估了天气，以为那么晴朗的天气，那么灿烂的太阳，不会太冷。等她到了水泥厂，手已经冻僵。门卫已经认识她了，因为她经常来拍照，给工人拍照，给厂房拍照。

开始都以为她是记者，她说和记者一样啊，摄影师的职责就是用影像记录世界。这个长相有点像俄罗斯人的姑娘，见到一次，下次指定能记住，据说黛梦娜的外祖母是俄罗斯人。

　　办公室主任把黛梦娜领到办公室，让她在大铁炉边烤烤火。铁炉子上坐着烧水的铁壶，呼呼冒着热气，瞅着都暖和。主任给她倒了一茶缸子水，喝不喝的，捧在手里，先暖暖手。黛梦娜说明了来意，她来给先进工作者拍照。还没等黛梦娜说完，主任像火燎屁股似的跑出去。接着，杨景升风尘仆仆奔进办公室，后面跟着主任。黛梦娜见到杨景升来，忙起身，把大茶缸子放在桌子上，伸手和杨景升握手。必要的礼仪嘛。杨景升也伸手握住了黛梦娜的手，"手这么凉，咋，没戴手套哇。"这会儿，杨景升双手握住了黛梦娜的双手，握手变成焐手了。

　　听了这话，主任以为是自己的错，赔着笑脸说："这我还用热茶缸子给焐了半天呢。"

　　手的温度是传递爱意的助燃剂，暖流顺着手传递到心房，乃至全身。手已经暴露了杨景升的急切和渴慕，手已经点燃了黛梦娜的热血。她的手已经燃烧了，脸也发烫。这几天心的冷寂和低落的情绪，现在被杨景升的热情燃烧得荡然无存。她连忙抽出手，主任还在跟前看着呢，她看着主任说："我是想拍照他们工作的场景。"

　　主任说，那没问题。杨景升回到工作岗位，还有几位先进工作者，正在劳动。

　　黛梦娜走进了车间，有的作业是在野外露天的地方。黛梦娜拍起照来从不畏艰险，今天冷，但天气晴朗，拍照效果非常好。黛梦娜用披肩把头包裹严实，镜头正对着杨景升，他正拿着大虎口扳子修理机器。有开铲车的，有往车上装水泥的，有把一袋子一袋子水泥码放整齐的。

　　胶卷是珍贵的，在黛梦娜面前，冻僵的手无所谓，寒冷无所谓，每一个镜头必须是一次成功。

　　临回去时，杨景升把一副新棉手闷子挂在黛梦娜的脖子上，这副新棉手闷子他没舍得戴，锁在工具箱里了。棉手闷子是只有大拇指的那种，用个一米多的细绳，把两个棉手套连接在一起，挂在脖子上。不戴的时候，手闷子挂在脖子上也丢不了。干活的时候，还可以把棉手套背到身后，借助那个绳，两个手套相互一搭，老老实实待在身后，不耽误干活。黛梦娜把照相机放进挎包，手伸进棉手闷子，"真暖和呀。"她又小声说，"想着，找我要哇。"

杨景升咧嘴笑着，示意他知道了。

身后的工友们替他答，唉，知道了，啥时候去拿呀。

黛梦娜没像其他小姑娘那样不好意思，掩面啊，窃笑啊，羞红脸啊。她是大方地向这帮工友挥挥手，友好道别。

水泥厂门卫的常客是杜山虎，为了逃避劳动，他总往门卫跑，蹭茶水喝。门卫老刘的茶水没少让他喝。老刘问他，来照相的了，你跑我这来干啥？杜山虎说，这跟我有啥关系，我又不是劳模。他把木象棋盘呱嗒打开，象棋都在象棋盘里呢，他啪啪地摆象棋，来，杀一盘。

象棋盘是木板盒子，不玩的时候，对折，两块板之间用两副折页连着。象棋落在木质棋盘上啪啪响，过瘾，很有战斗力。正杀得起劲呢，杜山虎这会儿嘴里也没大没小了，嘴里嚷着，老刘你不行了，我飞象，我炮打马，我将军，完了，老刘你死定了。杜山虎正"马走日，象走田，小卒子一去不回返"地嘟囔呢，老刘从窗户看见黛梦娜正从厂里走来，老刘撂下象棋，开门往外走，杜山虎跟在后面，不知道咋回事，以为老刘发现啥了，看他那神色，像谁扛了袋水泥偷出厂了。

老刘热情地问候："哎呀，姑娘，你这是照完了，回去呀。"

黛梦娜应答："哎，刘大爷，您忙着。"

杜山虎看着黛梦娜，他和黛梦娜不熟悉，也没说话。但杜山虎背后对她可不陌生，谁晓得黛梦娜是否也了解他呢。黛梦娜目不斜视地往前走，杜山虎在她身后说了句："你是专门来给杨景升照相的吧。"

黛梦娜停顿了下脚步，头也没回地往前走去。

杜山虎自嘲，喊，没稀得搭理我。

老刘说，讪得慌吧，撩闲你也不找对人。

下班后，杨景升骑着自行车，想了各种到黛梦娜那里要棉手闷子的方法。正因为黛梦娜是个非常讲究形式的女人，杨景升自然不能冒失，堂而皇之地向她要棉手闷子。他懂黛梦娜的要棉手闷子的弦外之意，正因为有弦外之意，他才要想出最恰当的理由和办法见她呀。都骑到照相馆门口了，看见透出的灯光，小爪下班后准离开，那屋里只剩下黛梦娜了。他想下自行车，但这时候肚子饿得咕咕叫，他饭量又大，他怕再到她家去喝苦咖啡了。是，这咖啡都让他喝白瞎了，没品出醇，没品出甜，只品出苦了。关键，不顶饿呀。万一在一起，俩人离得又近，让她听到我肚子咕咕叫的声音，太丢人了。要是让夏彩莲听到肚子叫，她会说，饿了吧，快点，我给你做饭去。你要说不饿，她会说，啥不饿肚子都叫唤了。算了吧，我还是先回家吧。天儿冷，上一天班了，回家吃口热乎饭。他今天不奢望夏彩莲给他做饭，做了他也不吃，话都说开了，我要独立生活，以前我不是独立得挺好嘛，凭啥她来了，就要吃她做的饭，不吃，坚决不吃。

夏彩莲早把晚饭做好了，杜山虎先回来的。进屋说，吃饭吧，今天也不知道咋的了，太饿了。

豆粒和麦穗每人拉住杜山虎的手喊爹爹。

夏彩莲把吃饭的圆桌支上，筷子碗的放上，顺嘴说："等会儿吧，等杨景升一块吃吧。天冷，端他屋里就凉。等他回来，一块吃吧。"

杜山虎坐在炕沿，等着吃饭。"杨景升晚上不定回来吃饭了，还不得去黛梦娜家吃呀。那女的到我们水泥厂给劳模照相去了，没戴手套，杨景升借给她棉手套了，估计下班得去拿手套吧。那拿手套就白拿呀，咋不得吃点饭。"杜山虎像是说遥远的一件事，这事跟他家还没任何关系，说也行，不说也行，说着玩儿吧，慢条斯理的。

"你呀，总能整到那小道消息。"夏彩莲显然不爱听他这话，"那也等等，不差他这一人吃饭，多双筷子呗。"

真是啪啪打脸啊，话音刚落，院子里传来自行车的响动。杨景升那破自行车吧，颠嗒一下，铃铛就跟着响。两家院子挨着，杨景升即使进自己家院子，那响动也跟进杜山虎家院子一样。夏彩莲腿才快呢，推门出去，喊了声，"杨景升，你回来了，到这院来吃饭吧，端过去就凉了，给你带份儿了。"

"不用了，"杨景升往自己院子里推自行车，闷着声说，"我还得点炉子呢。"

"你那炉子我都给你早点着了，你快点吧。咋的也得吃饭。"夏彩莲也不管其他人家能否听见，直着嗓子喊。杨景升怕影响不好，左邻右舍的，听到了。忙搭腔，敷衍地说："行，你回屋。"

夏彩莲啪嗒把门关上了，回屋了。冷啊，她出来着忙，光着脑袋，又没穿大衣。杨景升也不能尽着待在院子里，冻着，太冷了。

敷衍也是答应夏彩莲了，如果紧着不去，夏彩莲一准还来喊，再说，俩孩子等着吃饭呢。他不上桌吃饭，其他人也不能吃呀。他进屋，屋里是烧得挺暖和。他简单地洗把脸，肚子叫得更厉害了。到那边院吃饭去，天塌下来也得吃饭啊。

杨景升刚进门，杜山虎说，你真是大爷呀，请都请不来。豆粒拍着手喊，是杨大爷来了，吃饭喽。麦穗也跟着拍手。

一股饭菜香味飘进里屋，杨景升不禁说了句，真香啊。他是真饿了。夏彩莲在外屋正掀锅盖呢。没啥好饭，炖了一锅白菜，切了几片五花肉，放了土豆块，上面还码了粉条。铁锅的周边贴了一圈饼子，有的饼子出溜进菜汤里了，热气腾腾的。夏彩莲把饼子用铲子铲到盘子里，又把这锅菜搅匀和了，临出锅，撒了几滴香油。整整一小盆，端上桌，都别省着吃，一人一个碗，菜盆里有饭勺，盛碗里吃。

就这饭菜诱惑吧，实惠吧，饼子带着金黄色的嘎巴。杨景升抓起一个饼子，先咬了一口，夏彩莲先给杨景升盛了一碗菜，放在他跟前。热腾腾，香气扑面。他用感激的眼光看着，看的不是某一个人，而是前面的地方，或者看这一桌子人。夏彩莲说，快吃吧，趁热。都别剩啊，下顿热完可不好吃了。

这顿饭，杨景升吃得满头大汗，他擦着汗，不好意思地说，这会儿暖和过来了。

看杨景升晚上下班这时候回来，杨景升绝对没去黛梦娜那儿。夏彩莲敢打包票，这个杜山虎哇，也不知道他安的是啥心。夏彩莲心里想着，心里美着，心里责怪着。这晚，这冬夜的漫长，却在她心里别有一番滋味地度过了。

什么也不如一顿饱饭来得实惠，只有吃饱了，身心才能尽情地舒展。杨景升进屋来吃饭的时候，是缩着膀子，等他吃饱饭，是阔步走回家的。他回去躺在热乎炕上，也许是供氧充足的缘故，激情亢奋，思维快捷。这时他又想起了黛梦娜，各种假设在他脑海里翻腾。他想象啊，黛梦娜在照相馆等到他晚上十点多，到半夜了，他还没来。黛梦娜生气了，哭泣了，回家一个人喝咖啡。他又在心里暗暗下决心，下次我一定吃饱饭陪她喝咖啡。他这样胡思乱想着不知不觉地睡着了。

第二天，天还像昨天一样晴朗，但比昨天还冷。杨景升在夏彩莲的瞩目中，骑着自行车去上班。夏彩莲的眼神，恨不能把自行车飞转的车轮子钩住。杨景升都感觉出来了，后背被眼睛钩子钩得横七竖八的，生疼。杨景升的自行车快骑到照相馆的时候，习惯地放慢速度。在白雪皑皑的大地上，黛梦娜的红色披肩格外显眼，艳丽得像一面旗帜，这面旗帜飘荡在杨景升的心里，从昨晚就飘荡了，因为昨晚他梦见了这红披肩。远远望见，黛梦娜站在照相馆门前，向杨景升这个方向张望。杨景升愈加放慢了骑车的速度，他在心里揣度，她要怎样？问我为啥昨晚没找她，我该咋回答，我饿了，先回家吃饭了，太土，在黛梦娜那里，恋爱的人，还用吃饭吗？

还没想好，杨景升的自行车已经骑到照相馆门口。黛梦娜站在门口，他必须下车呀。黛梦娜走到杨景升跟前，她手里居然捧的是棉手闷子。要命的是，这紧要的关头，杨景升想到的是，如果是夏彩莲等他，手里拿的准是热乎的食物，豆包、馒头、大饼子，中间还夹点咸菜。嘴里絮叨着，没吃早饭吧，趁热吃，吃了饭菜有劲干工作啊。他正胡思乱想呢，黛梦娜把手套递到他手里，他此刻就显得格外愣怔。他一个手扶住车把，一手拿着棉手套，疑惑地看着黛梦娜，心想，这是不让我去拿了。那就是关上希望的大门了呗。

黛梦娜推了下他的自行车，让他注意了，精力集中。黛梦娜说：

"手套还给你了，回去看看手套里面。听到没，一定要看看。好了，走吧。"

此地不宜久留，不定多少眼睛看着他俩呢。杨景升像接头的地下工作者，对上暗号，迅速离开。他一路上都没敢看手套里面，但心里又是如此惦记手套。他加快了骑车速度，路上遇到熟人，想要躲避什么似的，连招呼也不打，匆匆而过。

到了水泥厂，他抓住手套，走到工具箱跟前。他先把工具箱打开，准备看完手套里面，立刻把手套锁起来。他四下里看了眼，再向手套里瞄准看了一眼，伸手进去，拿出两张电影票。他心跟着怦怦直跳，心里默念着，电影票。他看了眼时间，是晚上六点的。他舒口气，谢天谢地，黛梦娜没生气。

第十二章

再到葵花街送货,林桦树总觉得有个奔头,友谊照相馆。他要看那张放大的自己的照片,能有一尺多吧,阔气,电影明星也就这待遇吧,比他在佳木斯照相馆看的照片还高端、气度宏伟。林桦树享受那种挂在照相馆橱窗里的感觉,这把他美得,尾巴已经翘到天上去了。只要走到这里,他总要看上几眼。即便赶着马车,不管看见看不见,都要向照相馆行注目礼。不着忙的时候,他就会停下马车,停下来看。他有个钱夹,里面没有几张人民币,他把那张二寸照片放在了钱夹的透明层里。每当看见照片,就会想起黛梦娜,他都会无奈又饶有兴趣地摇下头,傲慢啊!没照这张上色的照片时,他从未觉得自己如此的英俊,从镜子里咋没看出来呢,镜子和照片是有区别的,区别在哪里?镜子里的自己太真实了,照片上的自己多艺术范儿。突然间,他坐在马车上再赶马车,都会备感自卑。忽然他有了理想,是生活的理想,是工作的理想。我要去开大挂车,去开大解放,运输红松、落叶松。我抢不上,那是因为我工作表现得不积极,是我安于现状。我可以先开拖拉机呀,拖拉机的活又脏又累,我去开。

林桦树再到照相馆，观看完自己的大照片，他推门进了照相馆。他这次来，是送给黛梦娜一份礼物，因为黛梦娜给他照了那么帅的照片，也让他第一次认识了自己。黛梦娜正给一个女孩儿照生日照，小姑娘非常甜美，十二三岁，她边照，边焦急，说是体育课，她请假跑来的。小姑娘天真的神态，让林桦树想起自己的少年时，他这么大的时候更天真，理想是开飞机。怎么活到现在反而失去理想了，丧失了追求理想的能力了，越活越回楦了。小姑娘照完，风一般地跑出了照相馆。黛梦娜还请他坐，玩笑着说，怎么，又来要你的照片了？林桦树说不是，他想送给她个礼物，以示谢意。林区，也没什么礼物送她的，送她个洗衣板。这是他自己手工刻的洗衣板。女同志都爱干净，总洗衣服。

　　黛梦娜接过洗衣板，这洗衣板雕刻得可真精致，刻的是波浪的纹路，最上面，没刻波浪的地方，雕刻了两条对着游的金鱼。黛梦娜看着手里的洗衣板说，精美呀，艺术品，怎么舍得真用它洗衣服。林桦树说，嘿，没事，用这洗衣板狠狠地洗衣服，如需要，我再给你刻嘛，这太容易了。感谢你给我照那么好看的照片，突然我活得有底气了。我的大照片，挂在了县城里的国营照相馆，牛。

　　黛梦娜莞尔而笑："谢谢，那我不再客气了，收下了。"

　　哈哈，林桦树爽声笑着："快收下吧，要不我会以为你嫌弃呢。"他环顾四周，看小爪，又看黛梦娜，搓着手，闪着眼睛，笑着，想要说话又不想说的样子。

　　小爪嘿嘿笑着说："你有啥话就说呗，嘿嘿啥呀。"

　　"明明是你嘿嘿，还说我。"林桦树笑话小爪，"我是有话要说，但跟你说没用。"他转向黛梦娜，"梦娜同志，你这个摄影师不想去大林区看看吗？等春天来了，山上绿了，你应该去林场照相啊。给我们林业职工、家属们照相。特别家属们，进一次县城不容易。"他越说越起劲，"梦娜同志，你给我照的上色的照片，哎呀，俺们林场看了，都可羡慕了。我跟他们吹呼了，我说友谊照相馆的摄影师我认识，是我好朋友，到时候我请到咱们林场，给你们照相。"林桦树看着黛梦娜，像个做错事的孩子,伸下舌头,扮个鬼脸,"小爪,你也去,到那好开票啊。"

小爪心活了,没心没肺地说:"师傅,咱去不?我还没去过林场呢。"

黛梦娜抿着嘴,嘴角上翘,笑而不语。林桦树看见黛梦娜脸上的笑意,只能说笑意,心里说,哦,她也会笑啊,笑容很美。继而,他又在心里骂自己,臭流氓,又撩扯人,也不分谁。这女子,神圣不可侵犯啊。他从挎包里拿出个小布袋,放到小爪柜台上说:"这是新打的松子,可香了,补脑子。"

然后,林桦树快步往外走,走到门口了还说着,我走了,走晚了,回林场就黑天了。

小爪对黛梦娜说,这人挺有意思呀。

这一天过的,杨景升有时恍惚,有时亢奋。水泥输送带有点不畅通,他修了两遍都没修利索。总觉得两张电影票揣在他里怀里,像有两只小猫爪子在抓,令他心神不宁。杜山虎盯着他看,说你情况不对啊,不在状态呀。他拿着工具,把传送带修好了。

杨景升一脸愁容地说,可能感冒了,下班我去诊所拿点药吃。

感冒就感冒,还可能。杜山虎大咧咧地又去门卫了。杨景升喊他,你别去门卫偷懒了,有人反映了。

晚上是五点下班,今天杨景升早就收拾利索了。他把工作服脱掉,换上了干净的衣服,穿上军绿色的棉大衣,戴上棉帽子。气温比白天低了,他把帽耳朵放下来,盖住了耳朵和脸。他临出厂门的时候,还摸摸上衣兜,电影票在呢。门卫老刘见到他,跟他打招呼,喂,杨景升,穿这么利整,干啥去呀?杨景升回他,哪天不利整。他跨上自行车,向厂外奔去。他是想去商店买点吃的东西,晚饭是来不及吃,可他摸兜,没钱,还没开工资呢,这几天,总在夏彩莲那吃饭,他的钱都买肉哇、面了。供应本上那点供应粮食哪够哇,在市场买的高价的。夏彩莲每次看见他买来米面的,都说,可别破费了,你的钱也是有数的,粮本的面早就买完了,你这是从哪儿买的,又是买高价的吧?你看我们娘几个把你拖累成什么样子了，真是过意不去。夏彩莲的过意不去，返回来的，就是变本加厉地对他好。

骑到照相馆，快五点半了。杨景升跳下自行车，按响车铃铛。黛梦娜从屋里跑出来。挎着包，穿着毛领大衣，裹着披肩。杨景升骑上自行车，叉着两条大长腿，等着黛梦娜坐到后座。黛梦娜个头高，她很优雅地坐上一条腿，稍微一动，稳稳地坐在了后座上。她一手拽着披肩，一手搂着杨景升的腰。这些动作是那样的流畅而自然。刚搂上腰的时候，杨景升腰部颤抖了下，车把跟着打个弯，又马上回正。黛梦娜在后车座也晃了晃，胳膊搂得更紧了，并问道："怎么啦，景升？"她还调侃了句："是我太重了吗？"

"啊，不是，不是，躲闪个冰疙瘩。你没事吧？"杨景升连忙说。

黛梦娜悠扬地说："我好着呢，快骑吧，别晚了。"

"晚不了，"杨景升的心都要飞扬了，"坐好了呀，我要加速了。"

自行车飞快地在葵花街上飞奔，这天，无雪无风，路上的雪早已打扫干净，自行车骑得沙沙响。冬天，黑得早，路旁有零星的灯光，他俩骑车的样子照在路上，拉得老长。骑到了葵花街人民电影院，已经有人陆续地进电影院了，电影院门前有个广场，非常宽敞。杨景升找个靠边的地方停自行车，黛梦娜在电影院门口等他。杨景升把自行车锁好，跑步向黛梦娜走来。他俩手拉着手走进电影院。找到自己的位置，正在中间，靠后排，越往后，看电影的人越少。他俩坐在一排座位的中间，两边也没几个人。

刚坐下不到五分钟，电影院的灯关了。而杨景升的心居然随着关灯的黑暗而下沉，沉浸到了无边的黑暗里，整个电影院像巨大的黑幕，把他笼罩在了里面，使他透不过气。电影开演，那束放映的光，像把黑暗撕开一条缝，露出了曙光。随着曙光的出现，杨景升长长舒口气。黛梦娜似乎感觉到，她握住了杨景升的手，说还好吧。杨景升也凑到她耳边小声说，没事，挺好。

电影是《早春二月》，有感人的地方，黛梦娜跟着哭，还怕杨景升看出来，压抑着，隐忍着。其实杨景升已经觉察出她受感动了，但他觉得这是电影,有什么好哭的。要命的是,此刻,他饿得要命,那就忍受着吧,好歹把电影看完,对得起买的电影票。可是,肚子不争气,咕噜咕噜叫唤。真丢人。他恨不能现在坐在他身边的是夏彩莲,省得难为情。夏彩莲他自然不怕了,他会直截了当地说饿了,没啥可遮遮掩掩,饿了就是饿了。可现在坐在他身边的是照相馆的摄影师黛梦娜,优雅、知性,肚子叫、打喷嚏、吃饭吃得急头白脸,这都不能表现出来。

　　黛梦娜一定是听到杨景升的肚子叫唤了,她从挎包里拿出一包饼干,递给杨景升,说你吃吧,饼干。杨景升拿到手里,纸袋包裹着,总共有巴掌那么大,想必里面也没几块饼干。杨景升实在不忍下嘴,他又递给黛梦娜,说不饿。黛梦娜声音有点急了,小声说:哎呀,你就吃吧。

　　这会儿,杨景升倒开窍了,那我俩一起吃。

　　好哇,黛梦娜把饼干接到手里,她先拿出一块饼干递到杨景升嘴里,杨景升下意识地躲闪了下,最后还是张嘴接住了饼干。这样吃了三块,他这回是真下不了嘴了,直接说不吃了,因为越吃越饿。黛梦娜也陪着他吃饼干,一块饼干吃了很久。当时杨景升就想,黛梦娜她吃饭吗?即使吃饭,吃多少,吃猫食吗?猫食太不雅了,应该说不食人间烟火。想到这,杨景升眼前浮现的不是电影画面,而是夏彩莲盛的一碗热腾腾的饭菜。不是杨景升饭桶,干一天活了,水泥厂,有限的几个坐办公室,剩下的几乎都是体力活。再说杨景升正是壮年,饭量大实属正常。他饿了,他想吃饭。他当然想吃饼干,可是就那么一点,而且是用两个手指捏着,送进你嘴里,咋吃。此刻,吃已经不是解决温饱问题了,而是一种吃的形式和感觉,是浪漫爱情的一部分。杨景升命令自己聚精会神看电影,分散饿的注意力。果然奏效,被剧情里的男女情谊所感染,杨景升主动握了黛梦娜搭在他这边椅子把手上的手。哦,女人的手哇,柔软而又修长,带着凉意。

　　电影终于放映完了,杨景升的感觉是,这电影咋那么长呢。电影一演完,他的肚子又开始叫唤了。他急忙往电影院外走,尽量和黛梦娜拉开距离，省得她听见。黛梦娜在后面还说，唉，你咋走这么快呀。杨景升没停下脚步，直接奔到停放自行车的地方，打开锁，已经骑在车上，等着黛梦娜上车。黛梦娜快步走着，抬腿上车，又稳稳地坐在后座上。她说：看你，这么着急。杨景升说：晚上冷，怕你冻着。

这小嗑唠的，挺有关心之意的。跟啥人学啥事，话音外透着无微不至。杨景升的自行车又飞快地奔驰在葵花街上，向着黛梦娜家奔去。这个点，饭店都关门了，即使不关门，他兜里溜光的也请不起吃饭。他想把黛梦娜送回家，他也快点回家，整点吃的，填饱肚子再睡觉啊。

自行车停在了黛梦娜家门口，杨景升就那么叉着腿，支着车子。黛梦娜从后座上跳下来，她走到车把跟前，面对着杨景升，现在车头是冲外的，那架势，随时骑车出发。杨景升还是骑在车上，说你进屋吧，明天还上班呢。黛梦娜挡在他的车前，可能不是故意挡的，说得很诚恳，都到门口了，怎么着也得进屋坐会儿。看杨景升犹豫，黛梦娜说：看你又不是没来过。

话都说到这份儿上了，进屋坐会儿，不会饿死人的。杨景升想到这，骗腿儿下车，把车锁上，率先进屋。杨景升站在屋中央，没有坐下的意思。黛梦娜屋里的炉子是用煤火闷着，拉开闸门，火苗便会蹿出来。黛梦娜把披肩和大衣挂在衣服架上，招呼杨景升坐。杨景升屁股坐在椅子边上，又是随时走的架势。火苗蹿得真快呀，她家的炉子是特制的吧，坐在炉子上的水壶又哧哧作响了。杨景升刚想起身告辞，黛梦娜从抽屉里拿出一个精美的盒子，笑盈盈地说："不饿了吧，刚才吃饼干了。"

哎呀我的妈呀，那饼干还不够塞牙缝的呢。杨景升心里疾呼，可他嘴上却说："嗯，不饿。"

只见黛梦娜从盒子里拿出两个小包装，同样精美。是纸袋，她撕开纸袋，倒进两个瓷杯里。这瓷杯杨景升认识，上次就是用这个瓷杯喝的咖啡。杨景升想，这次是啥？糖，奶粉，那也行。喝了能暖胃。

炉子上的水壶不响了，只呼呼冒热气。水开了。响水不开，开水不响嘛。黛梦娜提起炉子上的水壶说："你尝尝这个咖啡，配比好了，糖啊什么的，都混在一起了，很省事。"她把开水倒进两个瓷杯子，"我想会适合你的口味，偏甜口，口感挺好，都不像咖啡了。"

杨景升先咧下嘴，苦不堪言的样子，心话，又来了。瞅那包装，挺贵吧，你有那钱，煮点面条好不好。

随着缕缕的热气，从瓷杯里冒进杨景升的鼻子，嗯，是有一股甜香味道。黛梦娜坐下，端起桌上的瓷杯子，用小勺搅动了两下。杨景升也端起瓷杯子，刚送到嘴边，黛梦娜说等等，她把小勺伸进杨景升的瓷杯子也搅动了两下，说行了，喝吧。杨景升想喝的兴致和欲望立刻荡然无存，他端着瓷杯子，看着黛梦娜。只见黛梦娜表情和动作，是饶有兴致，嘴唇刚贴在杯子边，轻轻呷了口，对着杨景升说，嗯，味道纯正，只是甜了点。杨景升喝了一大口，他是小心着喝的，还造进去一半。剩下的那半，他是看黛梦娜喝的，她不喝完，他自己绝对不能喝完。可算喝完了，杨景升觉得，现在他不但饿，还更渴了。没喝咖啡的时候吧，光饿，不渴，这可好，还加上渴了。

黛梦娜把瓷杯子放在桌子上问："怎么样，比上次喝的如何。"

杨景升想，喝你个破苦咖啡，咋的，还得总结心得体会？杨景升实在无话可说，他点点头，笑笑，算作回答吧。杨景升太渴了，他不爱说话还有这个渴的原因，舌头粘在口腔里。他也不管那套事了，拎起水壶，要往瓷杯里倒水喝。黛梦娜见状，拿过瓷杯子说，等等，把这里面的咖啡根儿涮了，再倒水，要不，不是味。干脆，杨景升也不喝了，说不渴了。骑上车，说话的工夫就到家了。黛梦娜问，那你要回去呀。杨景升往外边走边说，我回去了，你休息吧。

这回黛梦娜没留，只是跟着杨景升往门口走，杨景升刚把门推开个缝隙，黛梦娜毫无征兆地从后面抱住了他。把脸贴在他的后背上说，我一个人住得很孤单。杨景升心噗噗地跳，他真想回头狠狠地抱住她，不走了，把她抱到床上，她屋里有张床，他没坐过，看上去，很软。他每当看见那张床，软弹软弹的，他恨不能把她摔在床上，往下他不敢想了，再想，他准成流氓了。烦人，这时他的肚子咕噜咕噜又响了，算了，人都说温饱思淫欲，真不假，谁饿着半拉肚子想床上的事。我现在饿的，怕是连她也抱不动了。

为了不让黛梦娜听见他肚子叫唤，他掰开了黛梦娜的手，又说了句"我回去了"，便头也不回地出屋了。他麻利地打开锁，骑上自行车向着黑夜飞奔而去。

家属院一片漆黑，进家属院的路是小石头子铺成的，难免也有大点的石头子，颠得自行车嘎啦嘎啦响。已经是夜里十点多了，这个时候每家基本都睡了。

北方的冬夜是寂静的，也是孤寂的，除了冷，还是冷。晚上，人们偎在热炕上，慢慢地入睡了。

夏彩莲家也黑灯了，杨景升特意往夏彩莲家那边看了几眼，大门也插上了。杨景升推开大门进到院子，有种羞愧的感觉。仿佛无颜面对夏彩莲，这么晚回来，也没打声招呼，就这样擅自回来这么晚。他还提心吊胆，怕推开屋门，夏彩莲正坐在屋里等他，又渴望着夏彩莲等他，那定是有热乎乎的饭菜。

晚上没吃饭，看了电影，又在黛梦娜家耗费了那么多精力，再加上骑了这么远的自行车。他浑身已经冻透了，前胸贴后背了。他把自行车靠在院子里的墙上，推门进屋，热气扑脸，还是家暖和呀。他那冻得半麻木的思维又缓过冻来了，屋里有热乎气，那她在屋呢。他随手拉开灯，两个屋走了遍，小声喊着，夏彩莲，夏彩莲。空寂的回声，在夜里回音。他到外屋，想给自己整点吃的。炉子火还有余热，坐着锅。他掀开锅盖，有两个两掺的馒头，就是馒头里掺了玉米面。一碗炖豆腐。杨景升眼睛有点热辣辣的，心里装着小感动。他一手掐着两个馒头，一手端碗，端到里屋的桌子上，一口气吃完。如果有人这时候问他，什么是幸福，他会说，现在就是幸福，两个馒头和一碗豆腐。

黑暗中始终有一双眼睛在注视着杨景升，那是夏彩莲的眼睛。豆粒和麦穗早就睡着了，杜山虎说他感冒了，夏彩莲给他找了两片安乃近，晚饭后，他就吃上了。可奇怪了，吃晚饭的时候，夏彩莲没吵吵要等杨景升，杜山虎也感到奇怪。夏彩莲是在杜山虎的言谈里猜到，杨景升晚上约会黛梦娜去了。杜山虎说他下班看见杨景升骑着自行车，在厂门口见到他也不说话，问他干啥去，他说感冒了，去卫生所。这家伙，最近总是神经巴拉，挺大个老爷们儿，感个冒还去啥卫生所，也是服了。这时候的杜山虎对杨景升和夏彩莲的细微之处，没脾气。夏彩莲一个老娘们儿，家里蹲，外面的世界没见识，也生不出啥新鲜撒手锏，只不过整口热乎饭菜，我就不信，能收买了杨景升的心。那家伙，心气高着呢，只不过他隐藏得深，不表现出来，不像我，喜怒哀乐都在脸上挂着。如果夏彩莲长得俊，又是不带两个丫崽子的大姑娘，你看他杨景升，拼了命也得跟我抢。那夏彩莲呢，她是觉得过意不去，对不起杨景升，这又不是过家家，上错了炕，跳下去，再重新上。基于这种情况，她寻找一些补偿罢了。这俩人啊，都蹦跶不到哪儿去。我先放他俩五百米，蹦跶吧，就像那风筝，飞得再远，绳还在我手里哈哈。想到这些，杜山虎的觉睡得愈加香，沾枕头就着。

偌大个家属院，仿佛睡不着的只有夏彩莲。是的，整个家属院都熄灯了，可夏彩莲心里却燃烧着一盏灯，灯光透过窗户照向家属院的石子路，照进杨景升家的院子，透过墙壁，照进杨景升家屋里炉子上的锅里。夏彩莲在心里默念着，杨景升啊，你无处躲藏。熄灯后，夏彩莲和杜山虎并排躺在炕上，杜山虎吃了感冒药，很快入睡了。炕上很热，夏彩莲披上棉袄，从被窝里爬起来，偎到窗户跟前，把半拉呼啦的窗帘更宽阔地打开些，窗外的寒气，穿过冬夜，渗透窗户玻璃，浸在夏彩莲的身上。她裹紧了棉袄想，杨景升得多冷啊，这大冬夜。不用猜，他这前儿不回来，那准是跟黛梦娜在一起，那他吃饭了吗？上次他可没吃饭。黛梦娜不吃饭，能仙儿活着，杨景升你成吗？

杨景升进家属院的第一声铃铛响，她听到了。她趴到窗户往外看了，可惜呀，啥也看不见。外面漆黑一片，准是阴天。再黑的夜，她的目光也能跟着他走进院子，走进屋里，直到他的房门关上，她的心才获得片刻的歇息，她的眼睛就那么看着窗外的黑夜。猛然，有个念头冒出她的脑海，我再生娃，就生个男孩儿，送给杨景升，不是送，是送给他做伴。那他每天的行踪，都能通过孩子，传递给我，包括他这么晚回来是到哪儿去了。她这么想着，回转身子，往炕下爬。突然，杜山虎的脚钩住了她的腿。杜山虎嘴里梦呓着，咕噜的啥玩意儿，夏彩莲也没听清，反正杜山虎还在睡梦中。她想拔腿，那大脚，把她腿钩得死死的。夏彩莲屏住的呼吸放松了，算了，她钻进温暖的被窝。杜山虎的前胸，像一面火墙子，烧烤着她的脸和身子。她在这温暖的被窝里，渐渐地进入了梦乡。

同样在漆黑的夜里看见千里之外的是杨景升，此刻，他的胃里已经有了两个两掺面的馒头，他的肢体，包括思维，已经像沐浴在春风中，缓缓地苏醒。他躺在自己的热炕上，已经看见了黛梦娜家的宽大柔软的床，甚至看见了黛梦娜穿着滑溜的睡裙躺在柔软的床上。杨景升是在这样养眼的幻想中入睡的，睡得香甜，美妙。

天不亮，夏彩莲起来做早饭了。她把早饭做好，天刚放亮，她拿着笤帚扫院子。几天没下雪了，有啥可扫的，嗯，她就扫。笤帚扫在地皮上，声音格外响。自己家院子扫完，她到杨景升的院子扫，故意先扫窗户那，象征性地扫两下，她趴在窗户上看。正看见杨景升光着腿穿棉裤，一条大光腿耷拉在炕沿上，另一条腿往裤子里伸。你看也就罢了，她还喊了声："唉，起来了。到那边院吃去吧，端过来就凉了。"

杨景升像受惊吓的兔子，嗖地用另一个棉裤腿捂住裆部，那条光腿还耷拉在炕沿下。他光顾裆部了，哪还顾得上那条光腿呀。

你看吧，可有意思了。这夏天吧，男人光个腿，那不算啥，司空见惯。你看这冬天，都把里面的肉裹得严严实实，冷不丁的，露出一条男人的光腿，也挺吓人的呢，还略带诱惑。特别在穿裤子的时候，一个女人，看一个男人穿裤子，咋说都不好听，也不好看。夏彩莲也一样，她看见了一条男人光溜溜的腿，另一条正往裤腿里伸，立刻脸红了，她骂了句，流氓。这句流氓她骂得解恨，捎带脚骂杨景升昨晚约会的事。

杨景升捂着裆部，看着窗户上的那张脸，不动，还往里看。他想等脸移开再继续穿裤子。夏彩莲很快走了，也没扫这边的院子。杨景升麻利穿上裤子，洗漱完毕，就到这院来吃早饭了。如果他来得晚了些，夏彩莲会端着碗颠颠给他送来。这时候，正是家属院男女老少都起来活动的时候，有蹲在院子里刷牙的，有抱柴火做饭的，有上厕所的。如果看见夏彩莲端碗往他这院来，又得议论纷纷。关键现在他和黛梦娜谈恋爱呢，葵花街的人有耳闻。再跟夏彩莲迎来送往的，属实惹人议论纷纷。杨景升也想好了，行啊，吃点饭就吃点吧，等他和黛梦娜确定了关系，结了婚，所有的谣言都不攻自破。到那时候，还吃她夏彩莲的啥饭啊？请我都不吃了，黛梦娜会为我做一日三餐的。这边门一锁，我到黛梦娜那边的软床上住去了，这火炕我不睡了。你也甭给我扫院子了，窗户你可劲趴吧。杨景升在心里发这些牢骚，总而言之，未来可期，不和夏彩莲这个农村老娘们儿一般见识。

第十三章

　　林桦树从葵花街农机局买了几件拖拉机零件，他正修理厂部院里的拖拉机，这拖拉机趴窝一年多了。他跟林场场长说好了，等把拖拉机修好了，他开拖拉机。场长说，你不赶马车了，那活多轻巧哇。林桦树说，让老头儿们赶吧。我把拖拉机修好了，用拖拉机运输木材不一样吗？场长说，行，你修吧。

　　有时，林桦树依在拖拉机旁，看皮夹里自己的二寸照片，边欣赏边自恋。他认为，照片比他本人真实，并充满希望。

　　林场的人见到林桦树问：你说的照相馆摄影师啥时候来呀？我们可都等着照相呢。大冷天，不去凤翔县了？林桦树很有把握地说：来，指定来。像你说的，大冷天的，咋来？等春天来了，我去接摄影师。

　　农林队这边也向他打听来照相的事。他都耐心地跟他们解释，一准来照相的，那个摄影师我认识，看我的面子她也来。

　　宁灯儿还向林桦树打听，有一半原因是想找他说会儿话，也是想挽回昔日的恋情。宁灯儿看他那爱搭不理的样子，还赶不上跟别人热情呢。最后再问他啥，都不吱声了，光看着她。这把宁灯儿气的，"你瞅啥？"

林桦树怼她："你不瞅我，我就瞅你了？"

宁灯儿眯着眼睛厉声快语地说："你再瞅我试试？"

"我瞅你咋的吧？"林桦树不让份儿，都说好分了，还找碴儿。

啪，宁灯儿上去给林桦树一个嘴巴子。宁灯儿抹搭下眼皮，大义凛然地说："能动手的，尽量不用废话。知道不？对你这种人。"

林桦树手捂着脸，像个熊包。其实在东北，流传一句话，好男不和女斗，彰显男爷们儿不动手打女人的范儿，哪家男人打女人，很让人瞧不起，被唾弃。包括男女间开玩笑，男人不论是在语言上，还是在动作上，都是适可而止，绝不能占了女人的上风。如果用下流的话占了女人的上风，会被上升到是男人道德败坏的程度。

宁灯儿看着熊包样的林桦树，心里后悔不迭，咋还动手了呢？这回这一嘴巴子，彻底把这心爱的小老爷们儿打得无影无踪了。但她还拉硬地问："咋的，不服哇？"

林桦树继续捂着脸，哼哼冷笑了两声说："不敢，我不扶（服）墙，就服你。"

宁灯儿笑了，但眼泪瞬间流了满脸。

林桦树丝毫没有委屈的样子，却是欢快地说："我们这回彻底两清了，各不相欠。"他郑重地转身，转得是那样轻松。迈开步子，向前走去。他走路的样子，走得嚣张，丝毫不慌。

宁灯儿望着林桦树的背影，心说，他彻底解脱了。她冲着他的后背喊："林桦树，仙桃没安好心，她就是个狡猾的骚狐狸。她的狐狸尾巴都露出来了，你没看见啊？你防备着她点，你听见了没？"

寒风听见了，嗷嗷叫着，向宁灯儿扑过来，她的眼泪在寒风中，冻在了脸上。

祸出在那张二寸照片上。上了色的照片，让人赏心悦目。林桦树有一次去仙桃家，每次去直奔西屋，这次也不例外。是傍晚，仙桃正在东屋吃饭，林桦树已经在林场食堂吃完饭了。他在屋里坐着也是闲着无事，他先拿出桃木小梳子，照着墙上的镜子梳头。梳完，把桃木梳子放进兜里，碰到钱夹了，他打开钱夹看里面的照片。咋看咋喜欢，这人本来就自恋，爱打扮。他看着照片想，哪天再去照一张，来个四寸的，我自己打个镜框，镶上，挂在我宿舍里。他看得专注，想得入神，以至于仙桃进屋贴在他身边，跟他共同欣赏照片，方才感觉到身边有人。他埋怨说："咋跟猫似的，走路一点动静没有，吓我一跳。"

"那是你心里有鬼，看自己照片还这么入神。"仙桃翻着眼睛说，"是想旁的女人了吧？"

收起照片，把钱夹放进衣兜里。林桦树懒得接仙桃的话茬，他想告诉她另一件事，"仙桃，最近你别上我宿舍去了。"

仙桃不会像宁灯儿那样大发雷霆，或冲动扇耳光，她永远都是轻风细雨，"为啥呢，我想你了呀？"

"想我了也不能去。"林桦树强忍着耐心，"宁灯儿最近心情很坏，脾气也很大，你明白吗？"

仙桃用撒娇的语气，"她都说把你踹了，你还护着她。跟她有啥关系呀，她算哪根葱啊。"

听仙桃柔柔的语气，林桦树不忍跟她发火，但说话的内容，句句带刺。林桦树说："我回去了，从今天起我们都不要见面了。"

仙桃无限心疼、无限细致地看林桦树的脸，"哎哟，让我看看你的脸，打肿了，还是打红了。有人看见宁灯儿打你嘴巴子了。到底是你不要脸，还是她不要脸。"

"我林桦树从来不打女人，包括你。说话给我注意点。"

"好吧，我干脆把话说完吧，"仙桃悲伤地说，"就说你刚才看的那张二寸照片，是上色的。我刚才看到的，以前我没看过，可林场几乎都看见了。你为啥不给我看，说明你心里没有我。"说到这仙桃哽咽着哭了，"听说，那个给你照相的是个女的，可漂亮了，还挺能浪。"

林桦树起身便走，"那又咋的，你怎么变成这样了。真烦人。"

看林桦树真要走，仙桃拉住他的胳膊，央求道："桦树，我们娘儿俩离开你可活不了呀。刚才我说的都是气话，我是怕你离开我。我哪儿配得上你呀，我就是那小草，你是大树，让我依靠你吧，你权当可怜我吧。"

林桦树抱住仙桃，她那样瘦弱、无助。林桦树为啥不让仙桃到他单人宿舍，宁灯儿扬言，要抓他俩现行。宁灯儿说你跟谁搞破鞋我不管，你就跟仙桃不行，她比狐狸还骚，比狐狸还狡猾，你整不过她。所以，林桦树不是怕宁灯儿，而是想躲躲她的暴脾气。你既然不理解，算了，我只好撤了。林桦树最怕仙桃这样服软，赖唧唧的，哭得梨花带雨。他从钱夹里拿出几十元钱，递给仙桃，给孩子买奶粉吧。仙桃捧着钱，细声哭着："桦树，你是来帮我的，你咋知道孩子已经没奶粉了呢？那我把钱再给你吧，你再去葵花街给孩子带奶粉吧。"

林桦树说："不用，这钱你拿着，我去葵花街再给孩子买。"

仙桃趴他耳朵上说了几句悄悄话，林桦树笑着说，你就这点招人稀罕。

冬季是伐木、运输木材的最好季节，林场工人几乎都上山伐木去了。小兴安岭，无尽的宝藏。一人搂不过来的落叶松、红松，一车车运到凤翔县的葵花街木材厂，再运到鹤岗、佳木斯，装上火车，支援国家建设。林桦树是开上了拖拉机，但他还是不能运输重量级优质木头，他大多数时间是在山里作业，把伐倒的落叶松、红松从零散处运到归堆的楞场，然后，大挂车才停靠在楞场，再由工人把木头抬上大挂车。

有一次，宁灯儿问林桦树，那时候俩人还好得跟一个人似的呢。宁灯儿问，你说咱们的木材都支援国家建设了，那木材都运哪儿去了？你整天走南闯北的，比俺们窝在山沟里的人有见识。林桦树嘿嘿笑着说："这个问题好答，简单。咱们的红松都运到关里去了。咱们的大挂车，一车一车运到鹤岗火车站、佳木斯火车站，再装上火车，火车隆隆叫着，一眨眼的工夫运关里去了。"宁灯儿还是不解，她困惑地问，最好的红松、落叶松、樟子松、黄波椤都支援国家建设，不让咱们用。叫你么说，国家在关里呀？这个问题让林桦树一时语塞，但他必须回答她，因为，他是走南闯北的人。他说，你看你咋就不明白呢？咱这儿也是国家，你看啊，凡是木材路过的地方都是国家。木材从江河屯林场，到葵花街，再到佳木斯，最后到关里。关里关外，我们国家可老大了。宁灯儿似懂非懂地说，我明白了，桦树，你知道的可真多，我只知道你。有你，世界就老大了。

每当有人这样夸赞，林桦树便幸福得无边无际。他对自己的讲解很满意，答出了国家的内涵和外延。这样想来，他也自豪，他是林业工人的一员。《我为祖国献石油》这首歌曲已成为石油工人心灵的写照，但也是林业工人豪迈的革命热情，不但激励着一代代石油人，同样激励着一代代林业工人。他们是投身祖国石油建设，我们是投身祖国林业建设。用天不怕、地不怕的壮志豪情，也谱写林业工人的感人乐章。林桦树想唱歌，他把《我为祖国献石油》歌词稍微一改，唱出了自己的豪迈。

  锦绣河山美如画，
  祖国建设跨骏马。
  我当个林业工人多荣耀，
  风雪雷电任随它，
  我为祖国献木材……

激励林桦树放弃赶马车这个轻巧活的动力，最先是这首歌颂工人的歌曲，后来是二寸上色照片。

月黑风高，用来形容江河屯的夜晚再恰当不过。那悠长的乡道，道边站立的铁硬的树干，一排排起脊的房屋，这些熟悉的景色，在冬天寒冷的夜晚里，都变得狰狞而冰冷。林桦树踩着积雪，穿过林场的街道，来到农林队这边的草房。整个夜晚静寂得只听见脚踩在雪上的咯吱声。他轻轻地推开仙桃家的大门，穿过院子，又推开仙桃家的屋门。绕过外屋的灶台，进入西屋。他摸黑上炕，刚脱下鞋，仙桃就一把把他捞进被窝。这还是他第一次在仙桃家过夜，以前，都是仙桃偷偷摸摸去他的单人宿舍。他已经很久没沾女人了，让宁灯儿闹的，兴致全无。这段时间，宁灯儿把他收拾靠了，他最怕的情景是，宁灯儿躲在他家的哪个角落，趁他和仙桃亲热时，像猫一样蹿出来，扑向他。好在宁灯儿的粗暴，只是泄愤，不是纠缠。

炕的热乎气扑面而来。迅猛地点燃了林桦树的情欲，相比他的单人床，炕真是宽敞而又温暖。仙桃像条鱼，在他身上游来游去。林桦树喜欢她是有道理的，仙桃温柔起来，真像水一样。当两个人都平躺在被窝里时，林桦树是心满意足的。他抚摸着仙桃光滑的肌肤，想小憩一会儿。而这时的仙桃，特别精神，复原了理智。自从宁灯儿到处宣扬，是她把林桦树踹了开始，她心里就没底。宁灯儿越嘴硬，越说明是林桦树把她甩了。但没毛病，谁都知道，林桦树早就宣扬了他是不结婚的。跟谁他都这么说，他是爱挂钩，愿者上钩。开始的时候，他也跟仙桃说了，你可别认真，我是不结婚的，大伙都说我混蛋，我二流子，甚至有人说我流氓。你就当我都是。况且，仙桃可不是林桦树撩来的，是仙桃勾引的林桦树。可是这不能成为林桦树的理由，活该，谁让你不禁勾引了。仙桃的条件不如宁灯儿，要不宁灯儿知道林桦树跟仙桃搅在一起了，为什么如此气愤不已，因为听说仙桃比跟她还先进了一步，已经睡进一个被窝了。仙桃趁林桦树现在高兴，细声细气地问："桦树，咱俩都这样好了，你有啥打算吗？"

林桦树不假思索地说："哦，没啥打算，过一天算一天呗。"

仙桃问："你喜欢我吗？"

"喜欢啊。"林桦树答。

"那你答应我，永远不离开我。"仙桃的话跟得可快了。

林桦树说的话也快，"不一定啊。"他缓口气，"我一个跑腿子，四海为家的。说离开就离开。"

仙桃搂住他的脖子，"这就是你的家，答应我永远不离开我。我给你生儿子。"

林桦树真是夜里见鬼了，还生儿子，这是他从没想过的事。他惊慌失措地从被窝里坐起来。"这可不行，当初我已经和你说好了，你想让我在你家过一辈子，那绝对不可能。打住。"他摸裤子，慌乱地穿上。

　　仙桃绝望地抱住他，"我离开你是活不了的。"

　　"你想清楚了吧，"林桦树掰开仙桃的手，"我是一匹谁也拴不住的野马。"

　　仙桃柔声带刺地说："你已经上了我的炕，我也上了你的床。"

　　林桦树也不想好了，"我上的炕多了。"他下地穿鞋。

　　"你别走，我话还没说完呢。我知道你的心不在宁灯儿那儿，也不在我这儿，是在照相馆。每天看你的照片，其实是在看照相馆里的那个女人。"仙桃压抑着声音，"我说对了吧，照相的是个女人。"仙桃为她猜对了既兴奋，又难过。

　　林桦树思维瞬间凝固，他的思维凝固在上色二寸照片上。而他的眼睛瞬间飞越，从这漆黑的屋里，飞越到葵花街。即使飞越到葵花街，也没飞越到黛梦娜的身上，他不配，人贵在自知之明。而是飞越到葵花街照相馆的玻璃橱窗上，那里挂着他的大照片，来往的人都能看见。但凡有心的人，见到这么漂亮、帅气的照片都会驻足片刻，欣赏美丽，赏心悦目。他自己也一样，他是因为在佳木斯看见了这样风格的照片，才回来照的嘛。想到葵花街，他觉得这个屋黑暗得已经像个囚笼了，他快在这囚笼的黑暗里窒息了。

　　林桦树抓起大衣，挣脱了仙桃搂抱的胳膊，往外屋奔。不小心，踢了一个盆子，哐当一声，差点把他绊倒，他扑在了门上，门哐哐响着开了。他狼狈、趔趄地跑进院子，身后传来孩子哇哇的哭声，夹杂着男人呜啦呜啦的喊骂声。在这寂静的夜晚，声音刺耳、瘆人。林桦树简直是落荒而逃，他连回头的勇气都没有。

　　夜空如此的宽阔，繁星满天。这后半夜的夜空是美得令人胆寒，每颗星星闪着寒光，显得那样璀璨夺目，在林桦树的眼里如大城市的霓虹灯。他有一次跟着大挂车往哈尔滨运输木材，卸车后，到中央大街去过。正是夜晚，霓虹灯照耀着中央大街，天上也是挂满了星星，如银盘般的月亮，也帮着星星闪烁。但还是霓虹灯更加璀璨，而此刻江河屯的繁星赛过了霓虹灯。林桦树在这空旷的夜空下，在这璀璨的星光下，大踏步地走着。他从心里发出一句话，今晚的月光真干净。后来，他在这干净的月光下，轻快地奔跑。寒冷的夜风，灌进他的嘴里，痛快，透心凉的痛快。

第十四章

  关于杨景升和黛梦娜谈恋爱的事,夏彩莲从不过问,问也白问。但夏彩莲得到了一个规律,杨景升无论回来多晚,他在黛梦娜那都没吃饭。她每次扣在锅里的饭菜是有数的。比如上次,给他放了两个两掺的馒头。第二天是在夏彩莲家吃的早餐,喝了两碗小玉米楂子粥,外加两个菜包子。那昨晚的两个馒头就不可能是早晨吃的了。他们都上班后,夏彩莲拾掇完自己家,到杨景升家拾掇,碗都没刷,筷子放在碗上,剩个菜根。两个馒头没了,不可能是飞了,更不能是喂狗,指定吃到杨景升肚子里,他昨晚回来能有十一二点了,愣没吃饭,奇怪吧。这俩人是饿着肚子谈恋爱,那黛梦娜仙儿,行。那杨景升呢,正是能吃的时候,她领教了杨景升饿了吃饭的风采,啥叫狼吞虎咽啊,这词过时了,那叫吃得急赤白脸。那还有一种可能,黛梦娜抠门,不舍得给杨景升吃饭。不能够哇,都知道,黛梦娜清高,视金钱如粪土。饿着肚子,咋谈?说句不好听的,亲嘴都没劲。夏彩莲想到这儿,自己扑哧笑了,觉得自己够损的。老话说得好哇,饱暖思淫欲,他这连饭都没吃,还思啥恋啊,还想啥爱啊。我看,瞎子点灯白费蜡,瞎耽误工夫。夏彩莲第一次以一个过来人的身份自居,她经过,她啥都明白,所以分析得头头是道。夏彩莲想好了,也想开了,你在外面恋吧,爱吧,无论你回来早晚,总有一款适合你的饭菜等候着。我就不信喂不熟你,狗喂习惯了,见到了主人还知道摆摆尾巴呢,何况是人呢。夏彩莲感觉自己充满了希望,她在希望里找到了光明,并沉浸在甜蜜的遐想中。

山东老家又给杨景升打信来了,又强调,给家里寄全家福照片的事。杨景升处在两难的境地:得跟夏彩莲说吧,她得跟他合影,带上两个孩子;得跟黛梦娜说吧,葵花街就这么一家照相馆。一个县城,一个照相馆不错了。咋说?这事跟谁说都别扭。夏彩莲那儿吧,拉着杜山虎的媳妇,给自己照全家福。单独跟夏彩莲说,偷摸把相照了,夏彩莲还以为我杨景升又回心转意了。他刚把她这段撂下,开启新恋情。而且如果照相,就得让黛梦娜照,这情景不禁推敲啊。刚跟黛梦娜有那点可怜的爱情吧,整不好就会被扼杀在摇篮中。

这个照相的问题,对杨景升确实是个大问题。他看见夏彩莲就会想起这件事,想提不能提,让人真闹心。看不见,暂且忘到一边。这几天,他回避夏彩莲,不去她家吃饭。他合计了,在夏彩莲和黛梦娜之间,权衡利弊,最有可能的是他和黛梦娜结婚,因为他和夏彩莲发展下去,根本没有出路。那么,有了正确的选择,照相的事换个角度,就好办了。他兴高采烈地去找黛梦娜,正是中午下班时间,黛梦娜在照相馆休息,小爪也在,看到杨景升,他识趣地到里屋休息去了。杨景升看这是个好机会,他是踩着点来的。事情顺利的话,正好抓小爪给照相。他心里想得美,脸上洋溢着笑。他把老家来信的事说了,但他叙述当中把夏彩莲忽略不计了,只说了老家的要求,既然回不了老家过年,把和媳妇的合影寄回家,聊以慰藉老家人对你们的牵挂和思念。他说为了让父母宽心,他谎称在东北已经结婚了。

黛梦娜听了半天,听明白了。你是让我顶替你媳妇的角色和你合影,寄回老家。杨景升为黛梦娜能听明白而感到高兴,跟聪明人说话就是省事。那就快请小爪给咱俩合影吧,照相的钱我出哇。黛梦娜说,你等会儿，这事听着别扭，我们一没订婚，二没结婚，三没登记，我就跟你头对头来个合影，关键寄回你老家，还得充当你媳妇。不行，那我不跟结婚了似的嘛。你怎么能想出这样……荒唐的办法呢？其实她想说，这样卑鄙的办法。你和父母实事求是地说呗，你在谈恋爱，还没结婚。黛梦娜此刻还未完全了解他和夏彩莲的关系，上次夏彩莲来要杨景升的照片，说是杨景升的邻居而已。黛梦娜这样一个女人怎么形容呢，既简单，又复杂。有时她简单得像纯真的少女，眼里只有她认为的阳光。有时复杂得像俄罗斯方块，层层转，层层猜，错综复杂，难见庐山真面目。是呀，黛梦娜说得有道理，再有道理，在杨景升这儿也解决不了问题。可他也不想解释他和夏彩莲之间的关系，无意义呀，而且百害无一利，何苦呢？

说到荒唐，杨景升反过来想，确实荒唐，人家一个大姑娘，没结婚，就冒充你媳妇，缺心眼的人才会同意。

等小爪从里间走出来，看见杨景升闷闷不乐地耷拉个脑袋走到门口了，他刚想打招呼，杨景升已经推门出去了。小爪对黛梦娜说："师傅，你俩说的话，我听到了一些，照个相嘛。关里关外的，那么老远，隔着万水千山。老人要张合影，照就是了，有啥大不了的事。"

黛梦娜拉着脸说："冒充他媳妇，我又没结婚，不能胡来。"

小爪认为："那你不是早晚嫁给他呀，只不过早了一张合影嘛。"

"你还小，你懂啥？"黛梦娜说，"女人结婚，一定要考验好了，恋爱是恋爱，真要结婚啊，是要慎重的，不能有一点马虎。"

小爪赌气说："好吧，你考验吧，等你考验好了，人家早成别人的新郎了。"

黛梦娜愠怒道："小爪，你怎么说话呢，没大没小的。说话要慎重。"

小爪调皮地说："是呀，师傅，你可真到结婚的年龄了。我娘说了，结婚就是个冲动，结了就结了，不结，还不定等到猴年马月呢。"

小爪关于婚姻的大讨论，孰是孰非，有待后来论断。

近几日，杨景升多数在单位加班，那晚饭有着落了，也省得到夏彩莲家吃饭了。以前夏彩莲还问杜山虎，为啥杨景升总加班啊？杜山虎答：他是先进，他喜欢加班，也必须加班。夏彩莲问：你咋不加班呢？杜山虎敷衍，我这几天身体难受。夏彩莲说：你可得了吧，膀大腰圆的。后来杜山虎说：加班轮不到我。夏彩莲也就懒得问了，随他去吧。不管杜山虎加不加班，是不是先进，她都对杜山虎笑脸相迎，给他做饭，给他暖被窝，给他拾掇屋子。杜山虎对她们娘儿们几个是真好哇，豆粒和麦穗在炕上玩翻头绳，看见杜山虎进屋，跳下炕，拉着胳膊喊爹爹。杜山虎也从没让孩子们空欢喜，他总能从兜里掏出糖块、饼干。一个苹果掰开，一个孩子一半。实在没啥带回来的零嘴，他兜里揣个萝卜，也不能让孩子们扑空。萝卜咋了，倍儿脆的，俩孩子吃得也甜。基于这些情况，夏彩莲也就不再比较杜山虎和杨景升加班的事了。

　　眼不见，心不烦。杨景升这几天，争取努力加班。主要他是不想见到夏彩莲，他也知道，这叫自欺欺人，暂时回避。夏彩莲也感觉出杨景升的反常，他在躲避她，见面也有意避开她的眼睛。这天，她吃完晚饭，把两个孩子打发睡觉了，她到杨景升的屋里等，看你几点回，我要问问，哪儿得罪你了，为啥不理人啊？杨景升八点回来的，时候不算晚。夏彩莲开门见山地问他，咋回事，你为啥总躲着我？杨景升也没绕弯，见到你，有个事非得要求你办，见不到，我暂且把这事忘记，也免去了心烦。杨景升把老家要全家福照片的事跟夏彩莲说了，说完他心里敞亮了。你夏彩莲爱答应不答应吧。夏彩莲先看着杨景升，眼神快活，又咬着下嘴唇，眼睛快速地转了几下，表情有笑意，最后她龇牙笑着，眼角上挑，那意思，咋样，有你求我的时候吧？她轻松欢快地说："哎呀，多大点事呀，不就是借我们娘儿仨照个相嘛，照，我们还没照过合影呢。到时候，给她们小姐儿俩再来张合影，行吗？"

　　杨景升恨不得抱起她，浑身有使不完的力气。心情顿时豁然开朗，困扰他多日的难题，在夏彩莲这儿迎刃而解。这要不是晚上的话，他想现在就拉着她们去照相。俩人约好，明天上午十点在友谊照相馆碰面。杨景升还强调，不见不散。夏彩莲使着小性子说："放心吧，还怕你不去呢。别像上次似的，去嘟噜河，让别人替你去接。"夏彩莲揭了杨景升的短，又把暧昧的彩球踢给他。暖意融融，又嗔怪连连。这暧昧的彩球，杨景升接也不是，不接也不是。他看着别处说："明天上午十点，我指定在照相馆等你。赶紧回去，睡吧。"

夏彩莲不犟，应着。自然地摸了下炕热不热，顺手把炕琴上的被卧捞下来，铺在炕上。看那架势，这是她的炕，她要在这睡似的，一副女主人的姿态和豪迈。她拍拍铺好的被和褥子，爽快地带着命令的口吻说："行了，睡吧。"

这不多余嘛，杨景升那么大的人了，自己会铺褥子、被窝。但由夏彩莲完成这套炕上的动作，味道迥异。是，味道，连杨景升都闻到和体会到那味道了，他只是竭力排斥这味道。

今天早晨，天气寒冷，晴天。杨景升骗腿儿骑上自行车，刚路过杜山虎家院子，他有意向院子里看，昨晚和夏彩莲约好的，今天上午十点照相，他希望见到夏彩莲，跟她再叮对一下。夏彩莲正站在院子里，手里拿着洗脸盆，这是出来泼洗脸水。她正站在院子里，向外看。杨景升右手握车把，腾出左手，向夏彩莲挥舞了下，迅速向前方骑去。夏彩莲依然站在院子里，她的视野里看不见杨景升了，她才回屋。

这一上午，夏彩莲给两个女儿洗脸洗头，抹香香。给姐姐豆粒梳两个麻花辫，系上红绸子头花。给妹妹麦穗梳两把小刷子，系上粉绸子头花。穿上新衣服，拾掇得干干净净。两个如花儿的女儿蹦着高喊，妈妈，要过年了吗？夏彩莲也高兴合不拢嘴，不是的，孩子们，咱今天去照相。孩子们也跟着瞎咋呼，哦，照相去喽。夏彩莲又打扮自己，先把两条大辫子编得整齐了，辫梢系上红头绳，盘在脑后。她用小镜子，对着大镜子照脑后，板正，隐约看见红头绳。额头上，梳着薄薄的头帘，隐约露出白皙的额头。她又围上那条红围脖。看了眼墙上的挂钟，刚敲过九点，又稍微等了会儿，她牵着两个女儿的手，走出了家门。要早点出门，做啥事都要打个提前量，带着孩子走着去，路上难免耽搁。但也不能太早了，到了照相馆，杨景升还没到，她先到了，说个啥。特别那个冷着脸的黛梦娜，问她，咋回答。

早上的时候，杨景升路过照相馆，真看见黛梦娜了。他想跟她说声，来照相的事，又一想，没必要的，没事找事。谁都可以来照相，也是她的工作，他和夏彩莲来照相，当然也是公事公办，开票照相。至于从个人角度来讲，提前也征求过她意见，她不同意跟他合影，那他只好借夏彩莲来照了，反正是假的。

夏彩莲掌握的时间恰到好处，她是约莫着时间，她没有手表。路上孩子们尽情地玩了会儿，小脸儿冻得通红。杨景升刚到照相馆，夏彩莲也到了，几乎是同步。今天该着走点，黛梦娜刚好不在照相馆，只有小爪。杨景升进门问了句，黛梦娜不在吗？小爪说，不在，去邮局了，说是往哈尔滨寄信。杨景升差点大呼，太好了。小爪急于表现自己，杨哥，要照相我能照。

对，照相。杨景升刚说完，夏彩莲领着两个女儿进来了，豆粒喊：哦，照相喽。麦穗看见杨景升，喊，杨叔叔，你也照相吗？

小爪愣住了，是一起来的？还是先后来的？或是赶巧来的？那就让小爪先愣一会儿吧。杨景升抓过豆粒、麦穗，争分夺秒的样子，拉过两把凳子，把夏彩莲拉到凳子上，按她坐下，他自己也麻溜落座，豆粒麦穗一边站一个，速战速决的样子，指挥着小爪，"快来，照吧。"

这摆拍的一系列动作，是应该小爪来做的，大人咋样坐，孩子咋样站，都是在摄影师眼里安排好的，啥时候轮到被照相人安排了？而杨景升这样的摆拍造型，正是小爪想要的，那就没必要重新摆了。小爪用照相机对准这一家四口，说，靠近点，小朋友笑一笑，看这里，照了，注意，瞅这，好了。

刚才，无论是一家四口造型，还是小爪拍照，一切都是秒成。杨景升匆匆忙忙刚想走，说请了一会儿的假，这一会儿到底是多长时间，不知道。那不行啊，说好给小姐儿俩合影。杨景升看起来慌忙得忘了，经过夏彩莲提醒，杨景升恍然大悟，照，照，对了，还没开票交钱呢。小爪可乐和了，如果黛梦娜在，轮不到他照，黛梦娜说他还得历练历练。这会儿，她不在，只好由他照了，过瘾。小姐儿俩的合影小爪也给拍好了，小爪还一个劲地夸小姐儿俩长得漂亮，上镜，还建议，每年都要拍张合影。

　　杨景升不知出于什么心理，他自己也无法解释。照完相了，黛梦娜还没回来，他长长舒口气，谢天谢地。他拉上俩孩子，快步往外走，都没跟小爪道谢，匆忙忙走出了照相馆。夏彩莲必须跟着走了，仨人走在前面，她没必要再留在照相馆了。到了外面，豆粒问：杨叔叔，我们现在去干啥去呀？杨景升从兜里掏出五块钱，塞进豆粒手里，看着夏彩莲，对豆粒说："领着妹妹，跟你妈妈去百货买好吃的去吧，啊。"他向夏彩莲挥手，"快去，去吧。领孩子们去玩儿吧。我去上班。"他蹬开自行车撑子，连连向夏彩莲挥手。夏彩莲像是心领神会，牵着两个孩子的手，快步向百货大楼的方向走去。杨景升心满意足地骑上自行车，飞奔在葵花街上。他的心，前所未有地轻松。

　　路边的行人，穿着大衣，戴着棉帽，女人裹着围脖，匆匆地踏雪而行。寒风凛冽，天空却很辽远。也许那些压抑的冬云，被凛冽的寒风吹散。在行走的人中，杨景升看见了裹着红色披肩的黛梦娜，他俩是相向而走，中间隔着马路，黛梦娜没看见杨景升。杨景升认出她，是因为她的红色披肩太惹眼。杨景升心想，幸亏她没注意到我。自行车骑得更加飞快。

　　什么事都是赶巧了，赶巧黛梦娜去邮局寄信，杨景升到照相馆照相。赶巧黛梦娜回到照相馆，杨景升的合影已经照完，连人都不见影了。黛梦娜进照相馆正看见有几拨儿人在排队照相。小爪独当一面的样子，又开票，又照相。师徒俩忙碌到中午吃饭的时候才都照完。黛梦娜表扬了小爪，看样子已经出徒了。说他胖还喘上了，小爪沾沾自喜地说："我早就出徒了，师傅，就是您不放心罢了。"

　　黛梦娜温和地说："小爪，谦虚使人进步哇。不但要掌握照相技术，也要掌握洗相技术。我看了，上次洗的照片还不错。"

　　"谢谢师傅的栽培，我完全可以独当一面。"小爪信心满满，"今天照的相片，我来洗。师傅，您歇歇。"

　　听着小爪的话，很暖心，黛梦娜说："小爪啊，将来谁家姑娘嫁给你，可是享福了。这样贴心啊。"

被师傅夸的，小爪那个心花怒放啊。小爪今天过得充实，在繁忙、喜悦加自豪中度过。为啥说自豪呢？今天，小爪自己独立完成照相和洗相的全过程。他也许忙忘了，忘告诉黛梦娜，杨景升和夏彩莲带着两个女孩儿来照全家福的事。呸！呸！咋能说全家福呢，杨景升和夏彩莲又不是两口子。可是，他们照的确实是全家福哇。小爪是下班回家晚上才想起这事的，他想着，明天跟师傅说声。等到了明天，见到黛梦娜，因为别的事又把这事冲淡了。可能小爪也是有意淡忘吧，他觉得哪件事都比这事重要。杨景升的用意，小爪知道个大概，开始想和黛梦娜拍合影，充当他媳妇，糊弄他娘。黛梦娜坚决不答应，他就找了邻居夏彩莲和两个女孩儿。小爪想，这更真，有孩子才像全家福，比找黛梦娜合影强。小爪在心里还挺同情杨景升的，孝顺啊，为了让他娘舒心，唉，也是煞费苦心啊。那你黛梦娜不成人之美，有乐于助人的。这都无关紧要，都是假的，不影响杨景升和黛梦娜的爱情发展和美好向往。

直到全家福洗出来，杨景升到照相馆来取照片，黛梦娜才发现这张和谐美满的"全家福"。也甭后悔，即使早发现了，也不能私自毁掉，这是国营照相馆，必须对每一位顾客负责。

照片抓在黛梦娜手里，她瞟了眼，第一眼就认出，自称杨景升邻居的夏彩莲，居然还有两个孩子。夏彩莲笑得甜美，杨景升严肃而不失温和，俨然幸福的一家人。她心里哇苦哇苦的，妒忌和羡慕并存，啃食着她的小心脏。她的胃抽搐地疼了一下，一股酸水涌上喉咙。杨景升嘻嘻笑着，从她手里拿过照片，麻溜装进包里。小爪跟着悬着的心也落地了，他是生怕师傅把照片撕了，照得那么完美，他为自己的照相技术大赞。嘻嘻赔着笑脸的杨景升装上照片往门外走，说信早写好了，就等照片往老家寄呢，他现在去邮局寄照片去，去晚了，照片会晚启程一天。他向黛梦娜和小爪致谢，对黛梦娜夸赞小爪照相技术突飞猛进，名师出高徒，连带也把黛梦娜夸赞了。黛梦娜尴尬地咧下嘴，狠狠地剜了一眼小爪。

看得出，杨景升非常满意和高兴，他哼着"锦绣山河美如画"，迈着轻快的步子走出了照相馆的大门。小爪也替杨景升高兴,终于可以向老娘交差了。

黛梦娜责怪小爪,背着她,偷摸把合影给照了。小爪冤屈呀,师傅哇,都是赶巧了,恰巧您不在照相馆,那我还说是杨景升侦察好了,趁您不在来的呢,您信吗?我会照,能不给照吗?我那天照相还是洗相,可都是在您允许下完成的。黛梦娜单手捂住额头,痛苦万分,片刻后又说,那不对,当时你咋没跟我说这事呢?小爪这时候才发现,人的申辩能力是无穷放大的。他说,师傅那天您也看见了,照相的人太多了,您又知道,我这个人脑子缺根弦,记个一两件事还差不多,恰巧,全家福照的事,在一两件事之外,属于第三件事,忘了。再说,就这事,现在说和当时说有啥区别?杨景升那时候,他是顾客,他要照相,他要和夏彩莲照全家福,你还能让人家出示户口本吗?没这个权力呀。

行,小爪,你还拿我当你师傅吗?你变得伶牙俐齿了。黛梦娜说小爪,同时也是恨自己,偏偏选那个时间段去邮局。

小爪忙赔不是,师傅您消消气。我给您赔不是,但我也没错。小爪又嘟囔了一句,谁叫您不和杨景升合影了。他以为,黛梦娜没听见,其实听见了,听得真真的。黛梦娜懒得吱声了。

像是心照不宣,杨景升和夏彩莲谁都没向杜山虎提起照全家福的事。杨景升只是把豆粒和麦穗的合影给了夏彩莲,全家福那张没给。夏彩莲管杨景升要,想留个纪念,自己留着,谁都不给看。杨景升说都寄回老家去了,家里亲戚多。夏彩莲问,你自己没留一张,给我看看就行。杨景升说没留。杨景升送给夏彩莲一盒万紫千红润肤脂,是个大圆盒的,面上图案是黑底繁花。夏彩莲笑靥如花,她接过润肤脂,打开,上面有一层银色的锡纸,她隔着锡纸,闻着,说真香啊。又仔仔细细盖上说:"我收下了,我正想买呢。冬天我和孩子们总冻裂手。"她伸出手背,给杨景升看,"看我手背,裂开口子了,正好,抹手,抹脸。"

"擦脸用雪花膏,等我再开了工资给你买上海产的友谊牌雪花膏,紫罗兰香粉。"杨景升看着夏彩莲的手，那小手背上，竟是些小细口子，"我的脏衣服，以后你别洗了，我自己能洗。"夏彩莲轻快地说："看你说的，那点活儿，还是事呀，看你把我娇惯的。你别管了，只管上你的班，当你的劳模。"

　　杨景升早就不让她给洗衣服了，确实不是客气，他打心眼里不想用她洗衣服了。洗外套还行，可她是逮着啥洗啥。衬衣衬裤洗了，还不算，居然洗了内裤。他是怕她洗内裤的，更多时候，脱下来便洗了。那前提是晚上脱下来，能连夜洗了。怕的是早晨换下了的内裤，着急上班来不及洗，他要手忙脚乱地想法儿把内裤藏好。还好，前一两次躲过了夏彩莲的搜索，有一次就没有那么幸运，恰巧那天还有点小状况，早晨醒来，内裤里有遗留东西，他想起来了，昨夜做了个羞羞的梦，唉，没出息呀，他给自己找理由，成长了。他又损自己，都多大岁数了，还成长。他把内裤藏了起来，等着晚上回来洗。可是，等他下班回来，刚进家属院，就看见他院子里的晾衣绳上，高高地挑着他的那个内裤，是浅蓝色的，这个颜色咋那么难看呢，当初是咋买的呢。杨景升走到院子里，站在蓝色裤衩旁，注视着，他有意看了眼裤衩的裆部，那里洗掉啦？她洗的？他一连在心里问了好几个问题，都得到了解答，正确答案只有一个，是。他立刻把眼光移开，不忍目睹。他狠劲把裤衩从晾衣绳上拽下来，低着头走进屋里。

　　这是他第一次跟夏彩莲提出要求："你以后不要洗我的衣服。"

　　夏彩莲拍打着身上的尘土说："没事，累不着。顺路一块洗了，不费事。"

　　杨景升憋了半天，涨红脸说："你不要洗我的内裤。"

　　"裤衩呀？"夏彩莲说得比他直白，裤衩就裤衩呗，还内裤，"嘿，我以为多大事呢。"夏彩莲拍打着两手，像是手上有面粉似的，低头，又仰头看着杨景升，"没事，我不在乎。"

　　"我在乎！"杨景升低声吼。

　　夏彩莲斜眼笑眯眯地看着，像是想在杨景升脸上看出点啥破绽、啥文章，然后小声贴心地说："多大点事呀，正常。"那意思，我是过来人，我见多识广。

　　杨景升整个人感觉更加无地自容。他的心理阴暗，更显得夏彩莲光明正大，心底无私天地宽。

　　这次是第二次跟夏彩莲说，衣服不用她洗了，借着她手裂的缘由。杨景升心想，这盒香脂送的，整个还了全家福的人情，又剥夺了她洗我衣服的权利。却不料，夏彩莲那么固执，继续洗，非洗不可。

　　照全家福这事，就算是这么风平浪静地过去了。豆粒和麦穗照相，小孩子图一时高兴，过了那个时候，早忘到脑后去了。豆粒和麦穗的合影，夏彩莲欣赏够了，夹到闲书里，根本没往镜框上镶。到底是避谁？防谁？也许是绕着不必要的麻烦走吧。杨景升这次给夏彩莲打满分，善解人意。

第十五章

东北的冬天漫长得让人怀疑春天是否会来，即使会，是否会冻死在半路上，抑或迷路在白茫茫的雪地上。

飘着小清雪的上午，林桦树又来葵花街的照相馆了，他先驻足在橱窗前，欣赏自己的大照片，心里美得像开出了花儿。他走进照相馆，站在门口，跺跺脚上的雪，拍打着身上的雪，说这天真冷，小风刮得像刀子，冻得鬼龇牙。

小爪说，你可别说得那么吓人，没看见鬼龇牙，看见你龇牙了。可能是今天天儿冷，屋里没照相的。黛梦娜坐在炉子边上看一本厚书，听这俩人对话，听笑了。林桦树摘下挎着的书包说，前几天上山拉木头，打了点松塔，嗯，真没少出松子，可实成了，我给你俩带来了。在个小布袋里装着，能有五六斤。林桦树对小爪说，你倒出来，布袋我还要，等下回好再带呀。小爪连说谢谢，找个包，把松子倒进包里。林桦树把布袋装进书包里。书包是洗得发白的军挎，带个红五角星。林桦树又说，黛梦娜同志应该多吃点松子，补脑子，你做的是脑力活。他从挎包里拿出一张报纸，是《佳木斯日报》。他展开说，你看这是你

129

拍摄的照片，登报了。这是在林场场部办公室看到的，我去那找几张旧报纸用，看到了这张报纸。你看，这下面标着你的名字。

黛梦娜有这张报纸，报社给她寄来了。她是用影像记录社会和历史，这是她自费、自愿这样做的。无形中，给自己这样一份责任，她给自己找的理由是，因为她是时代进程的记录者。

黛梦娜看着报纸，刚想拿过来看。林桦树说，这可不能给你，我要留作纪念。他特显摆地笑。小爪说，这跟你有啥关系呀，别在这照张相就攀亲戚，这每天照相的多了。

林桦树神秘地笑着说，那可不是我攀亲戚，是亲戚找到我门上了，就这么巧，无形中，我成明星了。不对，是黛梦娜的摄影模特儿。小爪说，外面的风可挺大，别刮了舌头。林桦树不服气的样子，非得跟小爪掰扯个真理，小爪你仔细看好了，你看这张照片，赶马车的人是谁？你仔细看。小爪凑近报纸看，再看林桦树，惊呼，啊，是你？对呀，是你。

听到这儿，黛梦娜也站起来，凑近报纸看，是，是林桦树。黛梦娜又凑近林桦树看，像个买卖牲口的经纪人，看这牲口长到几口牙了。这哪儿还是高冷的黛梦娜的做派呀，因为她的眼前，忽然浮现那个如梦如幻如童话的冬天的清晨，白茫茫的雪野，浮现葵花街的房屋、树木、店铺，一辆马车，疾驰而过。马蹄嗒嗒踏在轧硬的路面上，随着马车上的各种响铃，真是别有一番风味。黛梦娜想起那个她冲出照相馆抢拍的镜头。黛梦娜说，谢谢你，赋予大自然这么美妙的镜头。

林桦树夸张滑稽地像舞台表演那样，张开双臂，又把右手很绅士地捂在胸前，给黛梦娜鞠躬，"很荣幸，能当你的摄影模特儿。"

小爪不经大脑地说："缘分啊。"似乎说得突兀又画蛇添足，他伸下舌头，胆怯地看了眼黛梦娜。

真巧。

林桦树绘声绘色地说："你可以去江河屯林场拍照啊，拍那里的林业工人，我们林业工人也有劳模。"他缓和了声音，"但我不是劳模，我也不想当，我也当不上。嘿嘿。"

小爪来精神头了,"你们林场真那么渴望我们去照相吗?"

"那当然了,林场家属进趟城不容易,特别是冬天。"林桦树眉飞色舞,"你们也算送照相上门,为人民服务。去一趟林场,顶你们半月照的相。"

黛梦娜想了会儿说:"我们只能周六和周天去,平时我们必须营业。"

林桦树拍手叫好:"行啊,天晚了,可以住在我们林场招待所。我给你们联系车,林业局车队每天早上去江河屯林场拉大木头,下午回葵花街。"

好奇心驱使,小爪着急地征求意见:"师傅,那咱这个周六去吧,再晚了,就过年了。"

黛梦娜说行。林桦树说他今天去林业局车队订车,跟车去,还不用花车票钱。一个驾驶楼里能坐两个人,你们俩坐一个驾驶楼,我坐另一个车,到时候我来接你们。没事,我头一天晚上来,住在木材厂,不花钱,都是我朋友。早上咱们一起去林场。林桦树说着,急忙往门口走,说去车队,他走到门口还说,我今天回去可撒信了,让林场那帮老娘们儿准备好新衣服,准备照相,哈哈。

等林桦树走出门去,黛梦娜跟小爪说,这个人可真快乐。

葵花街的冬天是寂静的,街上稀稀拉拉走着几个人。天太冷了,看着路挺平整,路面一层硬雪,人走在上面打滑。还不如雪天呢,下雪,路不滑,踩在雪上,像是踩在毛毯上。但就这路面,杨景升也敢骑自行车,他已经习惯了,骑车技术高。下班,路过照相馆,他看屋里亮着灯,准是黛梦娜洗相片还没回家呢。他推门进屋,黛梦娜从暗室走出来,看是他,脸上的表情,不温不火,站着,看了他一会儿,才请杨景升坐下。杨景升说:"这个周天,我请你吃饭吧,我开工资了。"

杨景升是应该请黛梦娜吃饭了,人家喝了他好几次咖啡了。刚开了工资,他想尽快请黛梦娜吃饭,否则,这工资,不定啥时候就支援杜山虎家了。没办法,两家人邻居住着,不能看着他家缺粮少油的吧,两个可爱的小姑娘，正长身体的时候。开始杨景升是不大喜欢孩子的，不是自己的孩子，硬要喜欢，是很困难的。但时间长了，两个小姑娘像小燕子似的，喊他杨叔叔，有好吃的也嚷着给杨叔叔留着。唉，人心是肉长的，有感情了，他怕孩子们饿着，吃得赖，耽误长个头。夏彩莲很好哇，我是说为人处世上，有点热情过了头，但总比掉个脸子强啊。而且她还乐于助人，就说上次照全家福的事吧，她是急我所急呀，二话不说，照，有啥嘛。问题解决了，虽说人家结婚了，生了孩子，可是对女人来说，名声一样重要哇。但为了我的父母，她把这所谓的名声，抛到九霄云外。这样说，不是说黛梦娜不好哇，黛梦娜甚至比夏彩莲强百倍，从各方面衡量，她俩不在一个起跑线上。黛梦娜漂亮、洋气、知性，并带着一丝神秘之美，我当然爱这样的韵味之美，有几个男人喜欢带烟火气的女人？

"哦？请我吃饭？请问，以什么名义请我吃饭呢？"黛梦娜语气温和，但句句都是问号，让人听着难受。而且，以什么名义，挺难回答的。杨景升心里问，难道你不知道以什么名义吗？我们在谈对象啊，难道我领会错了吗？

沉默也许是最好的回答，杨景升腼腆了，又抬起脸看黛梦娜，希望她能答应和他去吃饭。无非吃个饭吗，要那么难吗？还要回答问题。杨景升回答的和想的不一样，想的是，你是和我处对象啊，说的是，"向阳饭店红焖肘子好吃。"主要，杨景升这几天，也是馋肉了。

黛梦娜皱下眉说："周六、周天我和小爪去江河屯林场照相去。"她说的也是实情。

对杨景升说，借口，找拒绝的理由。拒绝也行，痛痛快快说呗，给别人出题，让人答了一溜十三遭，像猫逗老鼠似的，答完，你才说不去。最起码，给打个分数啊，答得是否正确。黛梦娜是在怄气，自从上次照的那个全家福，她心里像梗个东西。她再没提起，不代表这事儿在她这烟消云散，她想要杨景升一个合理解释。但杨景升看黛梦娜不提这事，他当然不提了。这件事解决了，他心里舒畅，仿佛扫清了他通往爱情道路的障碍。他没想到，会给黛梦娜造成心理阻碍。所以，对黛梦娜漫不经心的态度，他只当是她的性格。现在她说去林场照相，她热爱摄影，崇尚摄影，林场艰苦，为了摄影，她一样义无反顾地前往。这时候，杨景升忽然想和她同去，为她背背扛扛。杨景升说："正好，我也休班，我陪你去吧，大冬天的。"

"林场来人接，我和小爪同去，你不用担心的。"黛梦娜像似说了谎，她把这件事说得像是公事公办，也没说出林桦树的名字，可能认为没必要。

杨景升放心了，"那你多穿点衣服，林场冷。"他看了眼外面，已经黑天了，"现在去吃饭啊，狠实地吃顿肉。"他拍着上衣兜，意思这儿有钱。

黛梦娜说她吃过饭了，以后再说吧。

杨景升的热情迅速冷却，他听外面刮风了，不禁打个寒战，接着，胃部抽搐了下，他饿了。以免在黛梦娜面前再肚子叫，他转身出门，骑上自行车，消失在夜色中。

晚上这个点，六点多钟，走进家属院，即使是夜晚，也能看见各家各户屋顶上冒出的烟，这时候，不是做饭，就是烧炉子、烧炕。每次杨景升看见房顶的炊烟，心里就无比的温暖。别看他的屋里没人，自从夏彩莲来了，他的屋里一样炊烟袅袅。傍晚，夏彩莲给他烧炉子烧炕。这炉子炕的，点早了，浪费柴火，浪费煤的，屋里没人。她是约莫着杨景升快下班了再点，这样就能暖和到天亮了。

今天他从照相馆回来，刚进家属院就跳下自行车了，他爱看房顶上烟筒冒出的烟，这就是人们常挂在嘴上的人间烟火吧。走到夏彩莲家门口，稍停了会儿，看着自家房顶的炊烟，还有各家窗户散出的灯光。咦，他的家也亮着灯啊。冬夜的寒冷和黛梦娜的冷漠一扫而空，炊烟和灯光先烤灼、温馨了他冻僵的脸，家真遥远，家在眼前。吃啥红焖肘子呀，黛梦娜不待见。杨景升正感慨呢，夏彩莲一头推门出来，她系着围裙，站在门口拍打一番。正看见杨景升推着自行车，站在大门外。她快人快语地说："正好，吃饭。快把自行车放下。"

这会儿，杨景升没客气，而是爽快地答应着。

饭菜已经摆上桌了,杜山虎还没回来。杨景升坐在桌边说,等等吧。麦穗小啊,嚷着饿了。夏彩莲说,吃饭,给他的饭热锅里,咱吃,一样的饭菜。杨景升预感到,杜山虎可能又到哪儿喝酒去了。自从夏彩莲进这个家门,没见杜山虎出去喝过酒,也没见他喝醉过。今天发工资,因为他迟到,有时中间不请假,人不见影了,扣了一部分工资。听说他跟办公室主任干起来了,好像还动手了,但没打到对方,拉开了。等他知道信跑去,杜山虎早不见人影了。杨景升边吃饭边想,要不要告诉夏彩莲这事呢?还是不告诉了吧,不起啥作用,她还担心。他在外面待够了,就知道回来了。

也真是难为夏彩莲了,没肉,她在炖白菜里放了油条,切成段,放进锅里和白菜粉条、土豆一起炖,但有肉香味,是放了荤油。另一个菜是拌的小咸菜。腌制的咸菜,用凉水浸泡,没有了盐分,再用酱油、白糖和醋重新拌,比新鲜菜还好吃。里面有萝卜丝,有胡萝卜丝,有香菜段。

杨景升吃得很香很饱,他说,明天他买肉回来,中午就送回来。他又问夏彩莲,买猪肘子,你会红烧肘子吗?夏彩莲咯咯笑着说,你只要能买回来,我就能红烧出来。杨景升眼睛温暖得有些湿润了,他说,那行,我就买肘子了。豆粒、麦穗,明天吃红烧肘子喽。豆粒和麦穗拍手喊好哇好哇。豆粒说,那明天要等爹爹一起吃。夏彩莲轻声说:好孩子,孝顺。

寂静的葵花街冬夜,偶尔有几声狗叫,那是从后街家属院里发出来的。杨景升吃过饭,稍坐了会儿,跟夏彩莲说了下水泥厂里的趣事,便回自己的屋了。夏彩莲看出他强忍着疲劳,也催他回屋休息的。夏彩莲看出杨景升有心事,乐和也是强装出来的。杨景升临回屋还在考虑,不用担心,杜山虎那么大个男人了,不会有事,用不了一会儿就能回来。

狗叫就几声,有气无力的狗叫声,好像应付差事,作为一只狗,来人了不得不叫就是了。这通常是听到熟人来了狗叫的方式。夏彩莲听到这狗叫声,披上棉袄,打着手电走出门去。是杜山虎,正扶着自己家的大门框，像抱着亲人，在哪儿呕呢。夏彩莲二话不说，把他扶回家。杨景升听见了，趴在窗户上看着，看见了夏彩莲打的手电筒光，忽高忽低的。他听见夏彩莲把杜山虎扶进屋，关上门的声音。他这才重新躺回到炕上，蒙头大睡。

　　杜山虎进屋，歪斜着，走不成直线。他还把手放在嘴上，意思是小声点儿，俩娃睡了。夏彩莲把他扶西屋，给他脱鞋，把他放到床上。这才说，你还知道惦记着俩娃，念叨了一晚上，好不容易哄睡了。你先躺一会儿，我去给你溜面条，汤汤水水的，喝了解酒。杜山虎愧疚地说，媳妇，你别对我这么好，我不是啥好玩意儿。面条留给孩子们吃吧，给我吃白瞎了。夏彩莲没理睬他前面说的话，只说，她们吃好的时候在后面呢。她话还没说完，人已经到外屋做面条去了。

　　这会儿，杜山虎躺在炕上，又饿又冷，光喝酒了，没吃饭。夏彩莲很快端着一海碗面条进屋，杜山虎早就闻到香味了。夏彩莲端着碗，拿着筷子，来，快吃，热乎的面条。杜山虎坐起来，歪在墙上，身后垫着枕头，夏彩莲端着碗，喂他吃两口。他心里喊，真享福。面条汤上漂着葱花和油花，还漂着一个卧鸡蛋。杜山虎感动地说，媳妇哇，你别这样惯着我，我不禁惯啊。你知道吧，我出去喝酒了，又不是功臣。夏彩莲温柔地瞪他一眼，哪个老爷们儿不喝点酒？下次别喝多就行了呗。快吃吧。杜山虎委屈了，媳妇哇，我可饿了，可冷了，媳妇哇，你疼我呀。你摸摸我肚子，冰凉的，你摸摸。都前心贴后心了。夏彩莲伸出温暖的手，摸他的肚子，是，真凉啊。杜山虎自己端着碗吃面条，吃到那个鸡蛋的时候，他说，媳妇，你咋那么败家呢？还卧鸡蛋给我吃。

　　夏彩莲的手就那么放在杜山虎的肚子上，她的手都冰得凉了，杜山虎的肚子才有热乎气。一碗面条进肚了，酒醒了。杜山虎掏出这个月的工资，扣掉了一半，他说，对不起你娘几个。夏彩莲也说，是够气人的呀，扣得这么多。杜山虎拉着夏彩莲的手说，彩莲，你说这话真给我解气。他拉着夏彩莲钻进了被窝，夏彩莲打他一下，醒酒了，你脚还没洗呢。杜山虎耍赖，媳妇，我洗不动了。夏彩莲说，我给你

135

洗。她端来脸盆，水温正好，给杜山虎洗脚，洗着，洗着，杜山虎一把抓住她，拉她进被窝，水洒了一地。这回，杜山虎再没放夏彩莲出被窝。

外面的风呼啸着，刮得大门咣当咣当响。

夏彩莲问："明天会下雪吗？"

杜山虎说："不管它。"

"那你管啥？"

"就管你。"

"哎呀，压疼我了。"

"嘻嘻……"

第十六章

　　星期六应该再开一上午门,但是林业车队去江河屯林场的大挂车早晨就开拔。黛梦娜决定,这个周六上午关门,门上贴上字条,说明情况。早上七点半,两辆大挂车停在了照相馆门口。林桦树跳下车,敲照相馆的门。黛梦娜和小爪穿得暖暖和和的从屋里走出来。小爪头戴厚棉帽子,黛梦娜头上也裹着披肩。林桦树说黛梦娜,你这不行了,山里风硬,没事,我宿舍有个新棉帽子,从佳木斯买的,给你戴。

　　早晨的空气冷得都呛人。坐进汽车驾驶楼,里面也铁冷。小爪说这也太冷了,他也不管那些啥规矩了,抱着黛梦娜,嘴里说,这样是不暖和点。黛梦娜没说话,她自始至终没说冷。过去的大汽车,里面没有空调,开车的司机,冬天穿羊皮大衣,大头鞋。

　　大汽车在山里的公路上蜿蜒地行驶,每个车轱辘都拴着防滑铁链子,这汽车开在山路上,路上是轧硬的雪,路表面像冰面那样亮,像冰那样滑。带铁链子的车轱辘轧在冰面一样的路上,隆隆山响。驾驶楼里的车玻璃很快上了霜,小爪拿着抹布,紧着擦。司机已经习惯了,车前窗有巴掌大点的透明处,他也能开。小爪负责擦车玻璃,他胆小。

这车要是翻进山涧,肯定粉身碎骨。他没敢说出口,怕自己是乌鸦嘴。好在林场离葵花街不远,也就一个小时的路程。

到了林场,林桦树把黛梦娜和小爪领进了林场招待所,俨然主人的姿态,他走到哪儿都特别熟悉。跟管招待所的大姐说,已经跟场长打好招呼了,给开两个大点的房间。没等说去哪个房间,他先要求上了,靠东面的那两个南向的,暖和,冲阳,就那两个房间了。食堂也在招待所里,林桦树对管食堂的说,卢姐,给来三碗面条呗,我也没吃早饭呢。借摄影师的光,受累了卢姐。

他从兜里拿出两个头绳,是那种有弹性空心的,在辫梢上一圈圈缠的那种,扎在麻花辫梢上很结实,也叫玻璃绳。两个鲜艳的头绳,很长,每根捆扎一盘,很规整。他分别送给管招待所的和管食堂的两位姐姐,说回家给孩子梳头用,还说,县城里的姑娘都扎这头绳,可流行了。两位大姐姐笑眯眯地夸林桦树会来事儿,说你就放心吧,你的朋友就是咱林场的朋友,照相馆上门为咱林业工人照相,这是好事,一准照顾得妥妥的。另一个大姐说,我正想去供销社给闺女买头绳,你看我这忙的,革命工作重要哇,桦树你想得可真周到,都给买了。

又进来一个女同志,是给木头检尺的,也就是测量一车木头有多少方,这在林场可是香饽饽的工作,尺高尺低,几方木头下去了。她看见林桦树,当胸撑他一温柔拳,又在他脸上摸上一把,这才不见外地说,去趟葵花街,没给我带点啥呀?

下次的呀。林桦树不急不恼地说,他又夸赞一番,女人如何有魅力之类的话。然后说,对了,广播室你有钥匙吧,看让谁通知,咱林场来照相的了,上这来照相吧,就今天一天,明天就回去了。那个女的说,你问我就对了,我有钥匙,我给广播。林桦树嬉皮笑脸地说,有劳了,我还有事,回头再唠。他帮着提着东西,领黛梦娜和小爪进房间休息。

刚坐下不一会儿,三碗冒尖的炝锅荤烫面条端进屋,每碗还有一个卧鸡蛋。

黛梦娜说吃不下啊。林桦树说必须吃,剩下是浪费,林场要罚他的钱。还有，只要大喇叭一广播，这一天都别想停下，那照相的会络绎不绝，累，所以，必须吃饱。明天任务更加艰巨，我领着你俩参观林场，先参观厂区，然后我开着拖拉机进山，看林业工人伐木劳动场景。这些景物，你想拍啥就拍啥。然后，不回招待所了，直接从山上跟拉木头的大挂车回葵花街。明天把东西收拾利整，都带着，放拖拉机上。明天拖拉机为你俩服务，我已经跟场长说妥了。

小爪呼呼吃着面条说，林桦树你快别说了，我听着都累得慌，你这哪是叫我们来照相了，抓劳工啊。

黛梦娜半真半假地也说起了笑话，我们俩就交给你了，全由你做主。

啊？啊！林桦树傻呵地啊了两声，他调皮地说，愿为小爪他师傅效劳。赴汤蹈火，在所不辞。

小爪哈哈大笑。

笑啥，赴汤蹈火，这不是让冷给冻出来的词嘛，蹈火，暖和。林桦树找理由。

大喇叭响了，播送了好几遍："林场的职工家属们请注意了，好消息，好消息。林场来照相的了，是葵花街友谊照相馆，请大家抓紧时间来照相。过了这个村，就没这个店了，只照今天一天，明天回葵花街了。友谊照相馆，友谊照相馆。"

友谊照相馆出名啊，大伙听到这个通知，欢天喜地。拿出准备过年穿的新衣服穿上，梳洗打扮。

这大喇叭声可响亮了，一根电线杆上绑三个喇叭，你说声音能不大吗。不但林场的都听见了，农林队的人也都听见了。大伙还奔走相告呢，老热闹了。都知道，是林桦树请来的，他早就把大话放出去了，给大伙把葵花街友谊照相馆的摄影师请林场来，给大伙照相。他从钱夹里拿出那张二寸照片，晃着给大伙看，你看人家这照相技术，不次于佳木斯、哈尔滨照相馆的，你看这色上的，跟真的似的。比真的还好看，哈哈。你看，我是不是可上相了，比我本人帅吧？

吹呼完了，有人想把照片拿手里仔细看。他可不舍得让人拿，看

139

你手埋了吧汰的，拉倒吧，搂一眼得了。

这家伙，自从照个上色的照片，就不知道咋的了。大家都以为他吹，从来没见过友谊照相馆的到咱这山沟里来照相，那可是国营照相馆。不管大伙信不信，这个消息不胫而走。今天听到照相的真来的，就知道林桦树办真事了，这小子还真行。

照相的地方也安排在了林场招待所，也就是小爪的房间。他们刚准备好，就上人了。有抱孩子来的，有领孩子来的。这些孩子，在招待所走廊里，有打的，有闹的，有哭的，有笑的，抱孩子的、领孩子的大老娘们儿，嘴里喊着王大嫂、李大婶的，都抬高八度说话，生怕别人听不见。也是，人声鼎沸，正常声音说话根本听不见。

来的人多，照相慢啊。有照全家福的，有兄弟姊妹照合影的，有给孩子照百天的，有照生日照的，都要求在照片上留字。在照相边、角上写字，总而言之，在不影响人像的地方写字，要根据照相人的情景、年龄、情趣写，如写上：青春、友谊、生日快乐、姐妹好……在字的下方，落上年月日。有的是照相人自己要求写上什么字，有的是摄影师洗照片给写上的。小爪开票，还忙着摆造型。后面的人得等着，等不耐烦了，就喊，咋那么慢呢？

林桦树打下手，帮着抱抱孩子呀，维持秩序呀，间或喊两嗓子，哎呀，安静，安静，你们别吵吵了，啥都听不见了。

喊完安静，能消停一小会儿，过后又是重演，比刚才声音还大。有的家属还埋怨林桦树，你啥玩意儿啊，咋不早说呢？俺家老爷们儿今天上山伐木去了，要不俺们照全家福多好哇。

林桦树不让份儿，我不早就说了吗，你也不重视我讲话呀。

另一个女的又接茬儿说，你可拉倒吧，你也没说准日子呀，光说改天。你说，改天是哪天啊？都以为你满嘴跑火车呢。

宁灯儿从走廊的人堆里挤过来，手里牵着儿子，身后跟着婆婆公公。林桦树看见宁灯儿左腿肚子转下筋，不敢怠慢，他对走廊的人拱拱手，各位啊，让让啊，先让宁灯儿照，带老人来的。宁灯儿白他一眼，小声骂一句，鳖犊子。林桦树也小声说，照相的时候要笑啊，生气不好看，白花钱了。他更小声地说，你照完走，钱你别管了，我付钱。宁灯儿架不住三句好话，她抿嘴笑着，坐在椅子上。小爪给他们一家四口摆好，黛梦娜拍照。宁灯儿照完，没再啰唆，看那么多人等着，深觉得自己有面，抱上孩子先走了。林桦树拍着胸口，可下走了，他这个溜须打得值，要是宁灯儿开嗓骂起来，那就没完没了了。他在心里快活地说：快走，不送。

　　大伙看在是林桦树邀请来的照相的，给他面子，让宁灯儿先照了。同时宁灯儿也挣足了面子，有点捷足先登的快感。她神气活现、趾高气扬地离开了招待所。

　　宁灯儿消失在林桦树视线的时刻，林桦树痛快了。林桦树愈加热情地招呼大家照相，林桦树这点好，嘴甜，嘴里喊着，大姐、嫂子、老妹、婶子、大娘的。图快，先坐下，照完，再到小爪的桌边开票。在葵花街是先开票，再照相。黛梦娜只管看镜头，拍照。

　　按下葫芦又起瓢，林桦树高兴得太早了。仙桃头发梳得光亮，衣服穿得鲜亮，抱着孩子，不管不顾，嘴里念叨着，借下光，我有点急事呀，去去就回。她那意思，她有点事，不是来照相的，是来办正事的。林桦树离老远就看出是仙桃了，那条素花的纱巾围在她的脖子上，那是他买的。大喇叭通知的林场职工家属，根本没说带农林队的呀。人在眼前了，无法阻止，只能任其发展。

　　仙桃见到林桦树，甜甜地笑，抱着孩子坐在凳子上。坐得溜直，孩子坐在膝盖上，正把妈妈的脸让开，母女合影。在黛梦娜的镜头里，合格，可以拍照了，黛梦娜按下了快门。仙桃起身，把孩子塞进林桦树的怀里，反身又坐在凳子上，微侧身，正脸，腰板拔直。黛梦娜迅速按下快门，很好。

　　保持甜蜜的微笑，仙桃把孩子接到手里，向门口走。小爪看她要走，说把票开了。林桦树慌忙奔到小爪跟前说，不用，这个我开票。小爪嗤笑了声说，小伙子，挺有女人缘啊。林桦树脸腾地红了，他下意识地看看黛梦娜，眼神游移。黛梦娜倒没看他，正在擦拭镜头。

　　等在门口的两个半大妇女开骂，骚老娘们儿，还办事，办什么事，加塞。

　　林桦树劝说，少安毋躁哇，都能照上，啊，保证。早一会儿晚一会儿呗。记住，祥和，祥和呀。

　　又把大伙逗乐了。

　　中午，林桦树到食堂打的饭，他又多打了两份菜，端到屋里吃的。食堂伙食不错，有肉，主食馒头。中午就是个吃饭时间，没休息。中午食堂特意多做饭，这么多人，有的为了早照相，中午就在食堂吃了，都有饭票。黛梦娜说不累，这么多人还没照呢，别让大伙等着急了，中午接着照。

　　一直照到下午五点多钟，总算照完了。黛梦娜的腰也快直不起来了，她歪在床上小憩一会儿，说只要有人想照，都满足，好不容易来一回。大冬天的，去城里，拉家带口的照全家福，确实难。晚上有来照的也接待。

　　林桦树说，我看行，我替林场父老乡亲谢谢摄影师了。

　　小爪说，敢情你不累了。

　　林桦树说，对呀，晚上可以让小爪照哇，你不是出徒了吗？光说不练假把式呀。

　　那行，师傅，晚上我来照，您歇着。小爪很乐意。从上次给杨景升照全家福，黛梦娜没表扬过他。

　　晚上真来了两拨儿照相的，小爪给照的。到了七点多钟，估计没啥人了。林桦树把门关上，冻梨已经缓好了，剥下外面的那层冰壳，里面的冻梨又软又酸甜。林桦树说，呀，嗓子都冒烟了，快吃个冻梨，败败火。他给黛梦娜和小爪挑选了大个的。

　　就在这时候，有敲门声，声音很轻。林桦树起身开门，说谁呀，这么晚了，不照了。他开门，看了眼，忙闪身出去，把门带上。小爪好奇，轻轻把门打开一条缝，扒门往外看。咦，是上午照相会拿架的那个女人，这会儿没抱孩子，她和林桦树在走廊里说话。看样子，女人有些烦躁不安，在甩着手，林桦树安抚的手势，往外推她走，他俩一同消失在走廊尽头。小爪忙缩回脖子，看着黛梦娜，他吐下舌头。

但也没说看见啥了，黛梦娜靠在床边，也没问咋回事。过了能有五六分钟，林桦树进屋了，带进一股寒气。这是到外面去了，寒冷的冬夜，寒气吸附在身上，带进了屋里。能看出，他强装笑脸。他说，他先回去了，你们也早点睡，明天吃完早饭，咱们进山。把东西都收拾好，明早装进我开的拖拉机里。他嘱咐完就回去了。林场的职工宿舍在招待所旁边，他还说，有啥事可以喊他。

　　在林场的这个夜晚，黛梦娜虽然很累，但她难以入眠。第一次到林场来，跟她想的完全不一样，人们乐观向上，热情好客。她拉开窗帘，向黑夜望去，从窗户透出的灯光，照亮了窗前的雪地，再往前望去，已经望不透了，漆黑一片。今天来，直接进了招待所，都没来得及看看林场的全貌。好在明天可以看啊。想明天，她应该早点睡觉，她命令自己躺在床上。

　　第二天，黛梦娜刚洗漱完毕。小爪和林桦树端着饭进屋了，吃完饭，把东西拎到了拖拉机上。林桦树说只拿着照相机，我领你们先在林场参观，看看我们社会主义的新林场。黛梦娜很遗憾地说："昨天照相的太多，胶卷没拿够。今天只是看，遇到有意义的场景，不拍照，真是失去意义了。我这次来，是想拍些记录社会进程的照片，而不是摆拍的室内照片。"

　　听到这里，林桦树十分诡秘地笑了几声，林桦树笑得别有用心，小爪看着他，"你啥意思，好像你能变出胶卷似的。"

　　"看你说的，瞧不起人不是，我咋就不能变出胶卷呢？"他笑着说，从背着的军挎里，拿出两个胶卷，晃着，"你看这是什么。"

　　小爪惊喜地喊："是胶卷。"

　　黛梦娜刚才看热闹，现在也喜上眉梢地噢了声。

　　小爪先把胶卷抢到手，好像抢晚了，林桦树不给他似的。小爪从提包里把照相机拿出来，问黛梦娜："师傅，相机里没胶卷了吧，我把胶卷上上了。"

　　黛梦娜说："上吧，今天，我们可以尽情地拍照了。林桦树，你这是从哪弄的胶卷呢？你是孙悟空会七十二变啊。"说完，自己先笑上了，并笑出了声。

小爪也惊奇地看黛梦娜，哦，我师傅还会说笑话呢。

这下给林桦树笑得满脸通红，像是他做错事了的样子。他是爱说话的人，这事他要说清楚。"我想到这件事了，正好去葵花街百货大楼，就买了胶卷啊，就这么简单。能用正好用啊，用不上，我也是想送给你们的，搁我这儿也没用。"

"林桦树，看你个大咧咧的男人，心却挺细。表扬。"黛梦娜镇静地说，都看不出，她是真表扬，还是假表扬。

林桦树一愣，不知道说啥好，他毕恭毕敬地说："我还要努力。咱们现在拿上相机出发，先参观场区。"

空气清新，太阳照耀，白雪铺满大地。林桦树带头走在前面，神采奕奕，斗志昂扬。他现在觉得自己权力老大了，场长发话了，让他陪好县城来的摄影师。

整个林场，分为两个部分：东边靠江边，是家属区，也是成趟的家属院，起脊的红砖房；西面是场部，办公人员都在场部。场部里有林场卫生所，有子弟中、小学，还有家属的豆腐坊。最引人注目的是，二层楼的工人俱乐部。林桦树说，林场放映电影，过年过节工人自编自演节目，都在俱乐部里进行。包括工人结婚，也在俱乐部里举办。林场开年终总结大会也在俱乐部里开。俱乐部里有个舞台，利用率非常高。

大挂车中午要回葵花街了，林桦树用拖拉机把他俩送到楞场大挂车那里，车上已经装了满满的木头。司机正用摇把子在车头上打火，只听轰隆一声，没打着。司机接着抡圆了胳膊使劲摇，轰隆，还没打着。林桦树说，我来。他握着摇把，吸口气，猛劲、迅速摇两圈。轰隆隆……打着火了。

这次去林场，遗憾的是没去成山上。林桦树说可以下次来，春天来更好了。黛梦娜和小爪坐大挂车回照相馆了。

杨景升说买猪肘子，第二天中午就买来了，他又返回去上班。这样不耽误夏彩莲做饭，晚上吃。昨晚豆粒还说，要等爹爹回来一块吃，杨景升担心杜山虎晚上在外瞎跑，让孩子们等着，他下午在单位见到杜山虎说，晚上下班早点回去吃饭啊，别让豆粒、麦穗等着。

杜山虎吹声口哨，算作回答，干活去了。

晚上，杜山虎回来得很准时，手里拎了瓶白酒。不用问，刚开工资，杨景升指定还买大肉改善生活。杜山虎对杨景升替他家改善生活心安理得，夏彩莲伺候他吃喝的，也应该。他也想了，趁现在享受几天他的改善生活吧，等他和黛梦娜结婚了，就不会往这个家里添补了。真恨自己呀，没他挣钱多，没他技术强。

红烧肘子上桌了，盛在一个大盘子里，盘子的沿有点高，正好拢住汤。夏彩莲故意多放点汤，蒸的大米饭，可以汤泡饭。一个猪肘子，五口人吃，肘子一准不够吃呀，有汤，相当于增加了肉嘛。猪肘子汤拌饭，多香啊。只看红烧猪肘子这颜色，够诱人的，色泽鲜亮，味香，肉烂还有韧劲。整个猪肘子摆在盘子里，谁都没舍得下筷子。夏彩莲说，咱们吃呀，这是吃的不是看的。豆粒和麦穗嗷嗷地喊："吃肉，饿了。"夏彩莲说："杨景升，你先吃。"杨景升用筷子把肘子分开，他高兴地说："来吧，豆粒、麦穗，开吃。"

东北的天儿冷，白酒一般都用开水烫过再喝，酒更醇，且暖胃。夏彩莲忙烫酒，把大酒盅放在一个放开水的大茶缸子里，一会儿，酒就温了。给杜山虎和杨景升一人倒上一杯。夏彩莲还炒了个白菜木耳，外加两碟小咸菜。杜山虎说了些葵花街的所见所闻，他的消息比较灵通，没事他就到处瞎逛。葵花街文工团在排练啥节目，理发店又有啥新发型。又说到照相馆，听说黛梦娜去江河屯林场照相了，你知道吗？杨景升说不知道。杜山虎说，你这都不知道处的啥对象啊，对象去哪了都不知道。杜山虎又问，打算啥前儿结婚啊？杨景升说这不用你操心。杜山虎可能实在没啥说道了，他说："唉，照相馆橱窗里挂着你的照片，我才发现，是挺那啥的哈。可是不知啥时候，里面又挂个男的照片，把你那个有点吧，比下去了，你信不？"

夏彩莲这点好，无论杜山虎说啥不着调的话，她从来不打断，也不指出错误，就好像这老爷们儿说啥都是好的，正确的，无可挑剔的。

你实在听不下去了，将就着点吧。杨景升实在不爱听他说话了，起身走了，不走也喝不过他。别说，黛梦娜说要去林场，没想到还真去了。他有点后悔，应该跟她去，给她帮帮忙啥的。嗨，光想着红烧肘子了，也是跟她置气，你不吃红烧肘子，看我能吃上不。好像她不吃饭似的，跟她在一起整天吊着个瘪肚子，饿得慌。

　　回到屋里，杨景升上来酒劲了，他倒在炕上想，周一上班，去看看黛梦娜。顺道看看橱窗里的那个男人，他看见过，但是忘了。提到黛梦娜了，杜山虎说得也对，黛梦娜干什么去了，我啥都不知道，是不像处对象的。这么想着，杨景升想，接下来他要表现，进度快点，他迫切想成个家。他呈大字形躺在炕上，炕上热乎，四围空寂。可能喝多了酒的缘故，他觉得臂膀里空落落的，他真想抱住点什么，可是，能抱住的只有空气。

第十七章

  我的出生是个错误，志龙这个名字是杨景升给起的，杜山虎才懒得给我起名。杜山虎骂我是野种，他指的这个野种的种，当然是杨景升的种。关于这个野种的种，我母亲从来不申辩，随别人说去，也随杜山虎说去。我的出生其实也是个错误，改变了我身边亲人的命运。说命运是有点大，应该说改变了人生轨迹。说实在的，我更希望我是杨景升的儿子，我也自认为是他的儿子，我的脾气性格，包括长相，我偷偷观察了，都特别像他。连夏彩莲都顺嘴说，这孩子咋捋着一条道跑到黑呢，咋那么像你杨爸呢。杨爸是我自己愿意叫的，你杜山虎不是说我是杂种吗？行，既然你不是我亲爹，那谁对我亲我就管谁叫爸。杨叔叫着叫着就叫杨爸了。杨景升说叫得对，你是我干儿子，等我老了，你得给我养老。

  再说些我没出生的事情，这样才能解释我的出现。

  上次杜山虎被扣工资后，并未激励他努力向上，而是让他更加自暴自弃。在水泥厂里他会无缘无故消失，多数去糖厂。跟那帮老娘们儿、大姑娘坐在一起包糖，这活儿轻巧，结算也快，包几斤给多少钱。

一天也挣不上块八角的。有几次，杨景升见到杜山虎，警告他说，你这样不行啊，办公室有传言，你再这样无故旷工要开除你。

　　听了这话，杜山虎踢飞了脚下的一个空酒瓶子，正踢到石头上，摔得粉碎。他这是摔给谁看？杨景升已经不和他一般见识，可以说已经习惯了，以前这样，现在也这样。水泥厂之所以安排他俩在一个组，名义上杜山虎是杨景升的徒弟，实际上是为了让杨景升带动下这个后进分子。可杜山虎那吊儿郎当的样子始终未改变。但有一样，他从来没顶撞过杨景升，在工友面前，很尊重这个组长。

　　按常规说，杨景升让杜山虎去嘟噜河接了趟未见面的媳妇，关键在未见面上，那也不妨碍夏彩莲是杨景升的媳妇，那接到屋自然就变成媳妇了。你杜山虎接来接去，接到你的屋去了，稀里糊涂变成了你的媳妇。这得多大的仇，多大的误会呀。这两个男人应该反目成仇、大打出手、不共戴天。可他们关起院门，关起房门，关起所有的门，仿佛家丑不外扬似的，偃旗息鼓了。只有厂子里的人知道此事，家属院都很少有知道原委的，也许他们还没到爆发的时候，也许根本没必要爆发。

　　杜山虎这个人吧，也不是不干工作，他是个爱动的人。长年累月在水泥厂工作，一眼望到边了，没劲，整天圈在厂子里，跟水泥和轰隆的机器打交道，很憋闷。他也骑自行车，但他的自行车应该说是杂牌子，是各种牌子废弃自行车零件组装的，是他求修车的老吴头儿组装的。在葵花街西面，二师招待所的旁边，有个修车摊，为了组装这辆自行车，杜山虎几乎每天都到那儿转一圈。修自行车的老吴头儿，身份是个谜，没人知道他打哪来，他每天摆个修自行车摊位，用个纸壳写着，修车不收费。那时候是不兴收费的，收费会有人找他，取缔他的修车摊。说是不收费，谁要是到摊上，补个胎，换个螺丝，修个车轮子辐条，怎么着也得给老吴头儿扔一毛两毛吧。不声张，默默地进行，整个葵花街，就这么个修车摊。你试试，把这个修车摊取缔了，骑自行车的人会有多麻烦，小来小去的修车活，找谁去？而杜山虎呢，到处闲逛，工资从没有花到半个月的时候，自然没钱买新自行车。平常，他有个啥螺丝呀，零件啊，工具呀，就送给老吴头儿。他跟杨景升学过电工，学过修理工，老吴头儿不会修理的地方，他帮着修理，还总无偿地送他零件。老吴头儿感激呀，但也不会说感激的话，就说，你自行车有啥毛病就拿来修啊，别客气。杜山虎说，我哪有自行车呀，买不起呀。老吴头儿拉他坐下，悄声说，我这有破的零件，我帮你组装一辆。他指指身后排车上的破自行车架子，说，看见了吧，我家里还有轱辘，到时候你多少给我点费用就行。你也知道，老哥没有生活来源，是吧，别声张。

　　这才是杜山虎要的结果，只要有零件，他就能组装。给老吴头儿这么长时间打溜须，为的是组装个自行车，咋也比买新的便宜多了。有了自行车架子，有了车轱辘，凑其他小部件也花了挺长时间。有些部位，他是拿到厂子里焊上的。中午，趁大伙都休息了，他偷着跑到车间焊的。一个自主组装的自行车诞生了，老吴头儿比杜山虎还高兴，这是他自从修自行车以来进行的最大的修理，也是最成功的修理。只是那车轱辘，那车带呀，是橡胶的嘛，老化得太厉害了，都是裂纹，一道一道的，没办法，补胎吧，可是补了这儿，没骑多远，那儿又漏气了，补不过来了呀。干脆，杜山虎把轮胎整成实心的了，不用打气。也不知他把轮胎充进了什么，多少还有些弹性，轮胎里面是实心的，骑着比较沉，但也比轮胎总瘪气强。反正杜山虎有办法，他在工厂待了这么多年，又跟杨景升学了这么长时间的技术，都用这了。老吴头儿也夸他，行啊，你绱鞋不用锥子，真（针）行。

　　从此，杜山虎也有了他的自行车，他自行车的后座，坐着夏彩莲，前面车大梁上坐着豆粒，麦穗抱在夏彩莲的腿上。杨景升的自行车可能开始的时候是新的，但现在已经变成了旧的，跟杜山虎组装的这辆，远看不分上下。杨景升的自行车从来没带过夏彩莲，原因无非是……谁也不是谁的啥。杜山虎不会亏了老吴头儿，分两次，给了他十元钱。老吴头儿高兴坏了，这些都是白来的，给点就行呗，还给这么多。以后你这自行车我包了，修哪儿都免费。老吴头儿还会个小手艺，会变戏法。比如说，一个小手绢，能在他手里变出各种小玩意儿。都管他叫老吴头儿，从没人叫过他的名字，连杜山虎也不知道他叫啥。这都太正常了，不上班不上学的，没人叫学名。比如说，三板子、二驴子、五拧子、大懒子，更甚者，孬蛋。嘿，不就是个代号吗，和张三、李四、王二麻子区分开来呗。

我还是听杜山虎说的，老吴头儿犯过事，隐姓埋名，流窜到葵花街。具体犯的啥事，杜山虎也不清楚。老吴头儿光棍一条，不娶妻，不生子，从来也不讲他从哪里来，要到哪里去，也不讲他的过去和将来，摆个修车摊，一年四季从不间断出摊。给车胎打气的气管子，就扔在旁边，路过的骑自行车人，跳下车，捡起气管子就打气，有的还能说一嘴，我用下气管子。大多数像用自己家的气管子一样，打完便走，声也不吱。他偶尔晚点出摊，第二天指定有人指责他，老吴头儿，你昨天干啥去了，车带瘪了，我寻思就到你这打气吧，谁承想你没来，这事整的，耽误老事了，你以后不能这么整啊，按时出摊。

就好像老吴头儿出不出摊，来不来晚，都要跟他请假似的，你给老吴头儿开工资了吗？但老吴头儿不恼，唯命是从的样子，讨好地指着气管子说，你打吧。那人扬脖子，跨在车梁上，打啥打呀，今天车带气杠杠的。

我小时候特别爱逃课，觉得逃课是个特别刺激的事，哪个时间节点上逃课，逃课被发现了用什么理由搪塞老师，咋样能逃课成功，逃课到哪儿去玩儿，这些都需要思考，不是每个同学都有智商和胆量逃课的。特别是那种偷偷摸摸的欢愉，揪心又享受。每次逃课，最后一站是到老吴头儿的修车摊点个卯，看见我，他直接递给我个马扎子，然后，他又看一眼我背的书包。

这个时候，老吴头儿的修车摊已经进行多种经营了，多了一项修鞋。我坐在马扎子上，看着他修鞋，不停地问，你结婚了吗？你为啥不结婚？你不想要个孩子吗？反正也是，你要是有我这样的孩子，也是件头疼的事，还不如没有。你住哪？你从哪里来？你老早、老早，二十岁的时候吧，你是干啥的呀？也修车吗？那你要是想结婚，想找谁结呀？我不停地问，不一定要他回答，他偶尔会笑一下。我可恨他

150

不问我，咋又逃学啦？他不问啊，我自己说，我说，我逃学了，今天回家一顿胖揍是免不了了。不过也没事，杨景升回家早，他会护着我。最后，我自己说得口干舌燥，停下歇会儿嘴。老吴头儿看我不说话了，他会讲故事，他的故事总是开门见山。一般的不都这样说吗？孩子，你听好了，我给你讲个故事。或者，我们缠着大人，给我讲个故事呗。这些废话我们这里全免了。我的话一旦告一段落，他那故事便开讲了。他讲的故事都可吓人了，有鬼故事、神故事，还有战斗故事。有时候，赶上我倒霉，杜山虎看见我听他讲故事，就上来踢我一脚，把我踢个人仰马翻的。有老师讲课你不听，跑这来听个糟老头子讲瞎话，他那故事我都会讲，他已经给我讲无数遍了，如果你想听，我讲给你听。你目前的任务是滚回学校上课去，完犊子的玩意儿，白吃饱，就是不好好学习。我从倒了的马扎子上站起来，屁股让马扎子硌得生疼。我梗着脖子怼他，我跟你有关系？我说完撒丫子跑了。他一般情况下是不追的，他追也追不上。

我跑了之后，他开始熊老吴头儿，埋怨老吴头儿不该用故事诱惑孩子。你寂寞，你去找个老太太，以前给你找多少个了，嫌这个老了，那个丑了，你咋不看看你自己呢，那脸的褶子都能夹死苍蝇了。老吴头儿反驳说，你别说那么恶心。

唉，老吴头儿，我严重怀疑你，你指定犯过事，你是怕坑了人家老太太，还有，你是怕老太太发现你的秘密。你别不承认。杜山虎连唬带蒙地说。

老吴头儿说，你以为我愿意给你儿子讲故事呢，他是缠着我没办法。还缠着我变戏法，趁我不注意，他把我的乒乓球踩瘪了，你看吧，在这儿呢。你这个儿子呀，真是个玩意儿。

他，小鳖犊子，他妈的是谁的儿子呀？杜山虎说完这话，转身走了。老吴头儿望着他的背影，望了半天。

杜山虎他没资格说我，所以我不服他，还说我能玩，他比我都贪玩。他可是大人了，杨景升说他活得随心所欲。他都不知道被几个厂子开除了。在水泥厂干的时间最长，还是因为杨景升罩着他，时刻提醒他，但他被水泥厂开除是早晚的事。

我每次逃学，约莫晚上放学了，也按时放学回家。但有一样，我是先回杨景升的家，以免挨打。学校的老师有时候会到我家告诉夏彩莲，你家杜志龙又逃课了。夏彩莲握着笤帚疙瘩等着我回家，非得打飞我不可。我都是翻墙，从那边的邻居家翻进杨景升家。钥匙嘛，不放在窗台砖下了，夏彩莲没收好几回了，我把钥匙放书包里，随时背着。我先猫在杨景升家，盼望着他早点下班，为我遮风挡雨。我躲在杨景升的身后，回家吃晚饭。夏彩莲看见我，二话不说，抄起笤帚疙瘩就打。杨景升伸出一只胳膊挡住，这么点的孩子，打坏了，放下。夏彩莲好像就等他这句话，喘着粗气，拿眼睛瞪我，但她是不敢打我的。我已经摸准规律了，只要杨景升沉着脸说，孩子是打大的吗？要教育。夏彩莲立刻停住高扬的手，顺服但还有怨气地说，你倒是教育呀。

我从来不管豆粒和麦穗叫姐姐，就叫名字。还总搞恶作剧，什么癞蛤蟆、蚂蚱子、毛毛虫，放在她们的鞋里，或者书包里。听到她们恐惧的呼叫声，我忍不住偷偷地笑。我已经习惯了夏彩莲和杜山虎的单打和双打。如果两个人在家，那就是男女双打，如果一个人在家，那就是单打。我也已经习惯了挨打，像杜山虎说的，一天不打你，肉皮子就发紧啊，是不是。

豆粒、麦穗看见我挨打，早忘了刚才的毛毛虫，她俩一起抱住我，喊着，别打弟弟，我们闹着玩呢。

这时候，杜山虎会稍微消消气，看他的两个宝贝闺女还好，并未吓着，也就作罢。杜山虎最见不得豆粒、麦穗受一点委屈，看见她俩，满眼的喜悦和幸福。再叫他一声爹爹，他那嘴笑的，能咧到耳根子。而我在他眼里，跟空气似的不存在，他从来没跟我和颜悦色地说过话，横眉冷对的，仿佛我是他前世的仇人。我不是叫志龙吗，意思是志向高远的龙。这是杨景升给我起的名字。他说，狗屁志龙，你都赶不上一条虫。谁说嫉妒是女人的专利，我的嫉妒心特别强。小时候，我嫉妒杜山虎对豆粒、麦穗好，忽略我的存在。那我就想法整点事情，让你看见我，你还有个儿子。杜山虎不是我干的每一个坏事都打我，如果我把癞蛤蟆、蚂蚱子、毛毛虫放进杨景升的鞋壳，放进夏彩莲的鞋里，他就懒得管了。

打了我，夏彩莲也是心疼的。她教育是这样的，志龙啊志龙，你咋就不长记性呢？你是属猪的，记吃不记打，你说你招惹谁不好，非得招惹你姐姐，那是你爹爹的心肝宝贝，打死你都不多余。

到我六岁的时候，杨景升还是一个人过光景，我多数是在他家住。夏彩莲说，去吧，给你杨叔做伴去。但我不知道从什么时候开始，叫他杨爸了。是他让我叫的，还是我自己情不自禁叫的，我自己也不记得了。我逃课的时候，有时候去友谊照相馆，给我最大的印象，是黛梦娜伸着长长的手指，夹着香烟，时不时地吸上一口，烟雾丝丝缕缕地绕在她白皙的脸庞。卷曲的头发，遮住了她半张脸。我从小就喜欢跟着杨景升，像甩不掉的小尾巴，只要他不上班，我总是跟他腻歪在一起。他有时候去照相馆，给黛梦娜带去两条烟，他不抽烟，每次把烟放在柜台都说，少抽点，对身体不好。

黛梦娜吐口烟雾，嘴角露出笑，那是苦笑，不屑的笑。杨景升喊我说，志龙，叫姑姑。我乖乖地喊她姑姑。

想知道，姑姑跟谁结婚了吗？林桦树。是不是惊掉了你的下巴？但这是事实。我说过，我的出生是个错误，改变了不止一个人的命运，而是几个人命运。黛梦娜架着胳膊，吸烟，悠悠地吐出一丝烟雾说，这孩子，可真有福，那么多人爱他。

爱，对六七岁的孩子，可是第一次听说，真的，我从没听谁说过爱你爱他这个字。我拉着杨景升的手，仰着脸看着杨景升的脸问，啥叫爱呀？

你这孩子咋那么多为啥呀？这一路上，你就没停过嘴。杨景升可能不知道怎样回答我，只好训斥我。他又对黛梦娜说，这孩子嘴碎。

黛梦娜看着我，她眼睛是那样的美丽，她说，先简单地说吧，爱，就是喜欢。

哦，是呀，杨爸可喜欢我了呢。我终于明白了，爱的意思。

黛梦娜把烟头碾灭在烟灰缸里，又仔细欣赏地看着我，她对杨景升说，这孩子长得可真像你呀。

那你说我长得英俊吗？我学着课本上的语言说。那时候，我还没上学，但杨景升总往家里拿报纸，是水泥厂办公室的旧报纸，他拿回家来，堆在炕梢。有时是睡觉前，他扯过一张报纸，就给我念，让我识字。我也没啥练习本，就在报纸的空隙，用铅笔写字。学完的报纸扔到另一摞。一时半会儿也学不完一张报纸，有时我咬着铅笔睡着了，杨景升还在那傻念呢。英俊这个词我记得牢，因为我总也记不住，杨景升急眼了，说，志龙，你看这样造句，你看我英俊吗？我是照搬过来。

黛梦娜惊喜地看着我，无限喜欢的样子，她把长长的卷发向脑后撩了下，又看了眼杨景升，像是征求同样的意见。她说，哦，英俊？你这么小的孩子啊，就知道英俊了。是的，你很英俊。

得到了认可和鼓励，我更来劲了，煞有介事地说，我是男孩儿，用英俊，女孩儿，用美丽。就像你，美丽。

是呀，在我能识别女人美与丑的时候，第一个映入我眼帘最美的女人就是黛梦娜。以至于，等我长大成人，到了恋爱的年龄，我也是以黛梦娜的美丽为标准看其他女人。

黛梦娜听到我说她美丽，她和杨景升相视而望，两个人同时爆发响亮的笑声。他们给我笑毛了，于是我也跟着呵呵地傻笑。

我好像实在没啥话说了，问：树苗呢？杨爸，我要和树苗玩儿。树苗是黛梦娜的女儿，和我同岁，我比她大一两个月吧。

黛梦娜说，树苗和她爸爸去林场了。

柜台上摆着一张树苗的照片，是木头框的，上次我听说，这镜框是树苗爸爸做的。树苗爸爸手可巧了，会刻洗衣板，会做镜框。树苗扎着两只牛角辫，扎着红绸子头花。脸蛋粉红，笑得可好看了。我踮着脚够镜框，把镜框拿在手里看，姑姑，你看树苗照得真好看。

"啊，好看啊，好看。姑姑也给你照一张。"黛梦娜看看我，又看看照片，对杨景升说，"你看这两个孩子长得挺像的，你看这鼻子，嘴，眼睛。"

"我看不像，"杨景升都没看，"眼睛一点都不像。"

我也认为不像，树苗的眼睛长得像黛梦娜。

可能黛梦娜顺嘴那么一说，好看啊，给你也照一张吧。我可当真了，我想照个和树苗一样的照片，也让树苗爸给我做个镜框。我拉着黛梦娜的手，摇晃着说："姑姑，你不是说要给我照相吗？"

"你怎么赖搭呢。"杨景升抱歉地对黛梦娜笑笑说，"你先忙吧，我走了。要不这孩子还不定整出啥事故，让你忙活。"

"老吴头儿会讲故事。"我又抢着说。

杨景升拉着我的手，看着黛梦娜说："看见了吧，这孩子说话跳跃式的，这一会儿又说上老吴头儿了，就是那个修理自行车的。跳得远吧。呵呵。"

黛梦娜拉着我坐在凳子上，"来来，姑姑给你照。这么英俊的小伙子，哪能不照相呢？"

我六岁那年，只照这一张照片，四寸，彩色，是那种上色的。这张照片还镶了镜框，是杨景升手工做的木头镜框，挂在杨景升的屋里。

我杨爸，在我心里是高大伟岸的，从小是我的偶像。

我说过，杜山虎活得随心所欲，他跟我妈结婚，也不能说是结婚，先搭伙过日子，后来就领个结婚证。头几个月正常，新鲜，心气高，后来原形毕露。整个葵花街没有他玩不到的地方。什么理发店、县文工团，都是他常去的地方。他说，县文工团那几个演员，歪瓜裂枣哇，唉，你别说，演李铁梅的还像那么回事，那大辫子甩的，利索。每当他这么说的时候，夏彩莲苦口婆心地打比方，你愿意看大辫子，我有哇，我的辫子放下来，能打到腰那儿呢。杜山虎说，那不一样，人家李铁梅的大辫子是一条辫子，扎着那么宽的红头绳。夏彩莲说，你要是喜欢，我也可以把两条辫子梳成一条啊。杜山虎就满不在乎地说，哎呀，我到文工团蹭看演出，不用买票，这回你明白了吧。夏彩莲说，你要看，咱也买票看呗。杜山虎摇头说，有那钱，给我闺女买糖吃呢。说到给闺女买糖，夏彩莲深信不疑，便也打消了其他想法，腿长在他身上，想去哪儿我是管不住，他只不过是贪玩。

正像杜山虎说的，文工团正式演出的时候他不去，要买票啊，演员那水平，他认为不值得。平时他溜进文工团排练厅，坐在角落的椅子上，看个够。他打听了，演李铁梅的叫倪铁美。名字听着跟李铁梅也差不多，人家就是为李铁梅而生的。倪铁美是文工团的台柱子。

杜山虎去理发店，如履平地，理发更是从不花钱。看着理发的小师傅闲着的时候，大咧咧地坐在椅子上，来，给我齐齐边。是呀，好意思要钱吗，就齐齐边。架不住，头发刚见长，就齐边。这样，他理发总也不花钱。

我也一度怀疑，我其实是他杜山虎的儿子，单凭贪玩这件事，我活脱脱地随他。就这他还口口声声骂我杂种。他还是这个二流子呢，还说我。想到我是杜山虎的儿子，你都不知道我有多沮丧，我想立刻改掉逃课的毛病，做个德、智、体全面发展的优秀学生。

第十八章

　　说到这儿，都想知道，林桦树因为啥和黛梦娜结婚的。
　　说到林桦树，还有个关键人物，仙桃。仙桃吧，温柔，热心，炽热，像她的名字，仙儿。这正是吸引林桦树的地方。可林桦树有前提，他是不结婚的。仙桃错就错在，她太急切地想得到林桦树，其实，她已经得到林桦树了，可她不满足，不自信，心慌，总觉得手里抓着一把空气。她想把林桦树据为己有，甚至长期霸占。她已经尝到了有林桦树的甜头，孩子有奶粉吃，她有新衣服穿，林桦树像新鲜的空气，像生命的氧气，她已经离不开他了。火上浇油的是，黛梦娜到林场来照相，就说是通过林桦树介绍来的，那林桦树是怎么认识的黛梦娜？有待商榷，黛梦娜来林场之前他们俩发生了什么，也有待商榷。但有一点是肯定的，林桦树那张二寸上色照片，是黛梦娜给照的。林桦树爱不释手，到底是爱自己的照片呢，还是爱给照相的人呢？仙桃更愿意相信，他是爱给他照相的人，所以才爱看自己的照片。这是有事实根据的，上次到她家里，就等吃饭的那么一会儿，况且，仙桃还没吃饱呢，就急慌地跑到西屋来和他相会，只见他手拿照片欣赏，对她的到来浑然不觉。今天得见黛梦娜，果然漂亮。是那种让人敬畏的漂亮，可能就是别人说的有气质吧，这是她仙桃跑着也追不上的气质。宁灯儿厉害吧，在林场是出了名的泼辣，敢爱敢恨的，对林桦树是一腔热情，万分钟情。但仙桃不怕，她有信心和招数，把宁灯儿甩在身后，更能把林桦树从宁灯儿的炕上，硬生生地勾引到她的怀抱。宁灯儿哭号，使性子，只不过是雷阵雨，声势浩大，转瞬即逝，不可怕。而黛梦娜是暴风雨过后的彩虹，遥远而多姿，绚烂而珍奇。即使消失在天边，也那么耐人寻味。特别是黛梦娜那照相的姿势，真是工作中的女人最美丽，女人的帅气是无法抵挡的。连女人都爱看，何况男人呢？

从黛梦娜到林场照相，林桦树始终不离左右，跑前跑后，果然是花心大萝卜。仙桃原先想，她的柔情能融化冰，咋的也能暖热林桦树的心。如果没有黛梦娜，她能，林桦树会跟她好一辈子。听说照相的来了，她是故意去的。她倒要看看，林桦树给不给她照。果然不负她的心愿，林桦树真给她面子，让她先照，还替她付钱。她心里稍微安慰了些。可照完相，黛梦娜的形象总是浮现眼前，像影子一样跟着她，搅扰得她抓心挠肝。她开始得寸进尺了，分秒必争，她走到走廊，要求林桦树晚上去她家吃饭。她说得挺客气，桦树，你安排完了，晚上去家里吃饭，我都准备好了，你爱吃的葱油饼。林桦树自然拒绝她了，必须不能去呀，他怎么能舍下黛梦娜呢？在人生地不熟的林场，不够意思呀。所以就有了俩人在走廊里的争执。小爪看见了，但不知说的啥。看样子俩人挺神秘的，像在吵架。这次争执，林桦树很伤心，他隐约看见了仙桃的另一面，也隐约感到，仙桃背后的算计会令他脊背发凉。

这令他脊背发凉的事终于发生了。仙桃有事没事总到林场去找林桦树，林场的领导是愿意林桦树早点成个家的，他已经是林场在婚姻上的老大难了。他一天不结婚，林场就一天不消停。就说前一阵子宁灯儿的事吧，闹得满城风雨，你招惹寡妇，行，这能说得过去，总比勾搭有夫的小老娘们儿强，那就将就着结婚得了呗。不的，几天新鲜，那宁灯儿能不闹吗？宁灯儿这人这点好，闹过去，出气了，也就饶了林桦树。再相见，仍然是同事、朋友，甚至是亲人，比一般人多了份亲情。而仙桃的爱上升到了极端，她的极端来源于地位的卑微，她没有工作，吃自家地里产的粮食，同在江河屯，中间隔条马路，便有了天壤之别。她有的不只是温情和青春，而她还有冷酷和自卑的心，用温柔和善良层层包裹，不让外人看出丁点的纰漏，如果不触碰，可能这辈子都不曾显露，连她自己都忘了这阴暗的一面。

偏偏林桦树触碰了，一触即发，仙桃整个人发生了震荡。林桦树不再去仙桃家了，他先是给仙桃的孩子买够一年的奶粉，放到仙桃家，匆匆离开。他吸取宁灯儿的教训，先不直截了当说拉倒，而是一点点淡化。仙桃多精明，多敏感啊，她的一对耳朵时刻支棱着，听着林桦树的动静，一颗心时刻悸动着，感知林桦树飞翔的方向，稍有偏差，那根紧绷的心弦就会嘭地爆断。

林桦树醒悟了，仙桃万万招惹不得，不然，他这辈子都会拴在这个女人身上。他还没想好该拴在谁身上，但绝不是仙桃。他和其他女人都是扯犊子，调剂心情，说好就好，说散就散，无牵无绊。最不该的是，他和仙桃改变策略了，他和她有了真事。跟宁灯儿，那样的诱惑他都把持住了，自己佩服自己，佩服得热泪盈眶。可是，他和仙桃曾经那样在炕上翻滚，至今回忆起，还炽热烤脸。

仙桃苦苦追问，苦苦相求。她越这样，林桦树越感到可怕。他心里喊，完了，我在林场无立锥之地了。仙桃索性住到林桦树的宿舍，林桦树没辙呀，行，你待这儿吧，我上班去。可他晚上总得回来吧，仙桃还在，用简易的煤油炉子给林桦树做好饭了。林桦树说，你这样我不会吃的，你想到了没有，你不回家，你家男人会饿死的，到那时候，你是杀人犯。仙桃妖艳地笑笑，那你就是间接杀人犯。林桦树不想说什么了，他此刻除了恨自己，没别的办法。

晚上，林桦树住到了招待所。但无缘无故住招待所是要花钱的，住一晚上行，时间长了，他消费不起呀。正赶上往葵花街运送木材，要得紧急，车队不但要把木材运到葵花街，还要运到佳木斯火车站。林桦树作为副驾驶，同去。林桦树想这下可有救了，来回要一周。等我回来，仙桃早回家了。

　　中间的时候，林桦树拉木头的大挂车在葵花街的木材厂暂短休整，他去了照相馆。有些时候没来葵花街了，他的照片依然摆在橱窗里，对着人来人往的葵花街，俊朗而庄重。他推门进屋，小爪在，说黛梦娜请假了。他是来给黛梦娜送报纸的，《佳木斯日报》。上面登有两张照片，一张是江河屯林场冬景，一张是林桦树和司机站在大解放前摇车把子，车上装的是木头，背景是木头堆成山的楞场。黑白照片照得真清晰呀，他们喷出的白雾状的哈气也显现出来了。林桦树看黛梦娜不在很失望，他把报纸留给小爪，说等黛梦娜来了看。但报纸不给他们，他要留作纪念。这份是他在佳木斯邮电局买的，林场的那份存档，场长不给。因为这事，场长第一次表扬他，说他这回算是为林场做贡献了，不管咋说，林场景色上报纸了。还表扬他，你小子头一回交往到正经人。小爪说，报纸我们有，你现在就可以拿回去。林桦树说，那不行，这是我拿来的报纸，意义不同，等我下次来再拿，现在我去佳木斯运送木材。哦，对了，多亏了这事，场长让我跟大汽车了，说我工作进步，现在是副驾驶。

　　往佳木斯运送木材期间，回林场几次装木材，装完车往凤翔县赶，根本没时间回宿舍。有时间回，林桦树也不能回，他在躲着仙桃，怕仙桃正在他宿舍，前面做的断舍离都白费了。

　　前前后后有一星期，运输任务才完成，林桦树中途是想去照相馆拿报纸，可是，车不在葵花街停留，急切回林场汇报。

　　回到林场，先到场部报到，汇报完成任务情况。又开了个会，领取下一个运输任务。散会后，到食堂吃饭。几天没见食堂和招待所的哥儿们姐儿们了，吃完饭，又和几个哥儿们姐儿们天南地北地唠会儿嗑。招待所的芸姐问：出去这么长时间，又是葵花街，又是佳木斯的，没给姐带点啥，可是芸姐想着你呢。

　　啊，我说嘛，林桦树大惊小怪地嚷着，我耳朵一整就发烧呢，原来是我芸姐想我了。他抓过芸姐的手，往自己胸脯上摸，芸姐，你摸我心这会儿还扑腾扑腾跳呢。林桦树借机摸两把芸姐的手。

芸姐笑骂着，滚犊子，啥时候都占便宜。

几个人哈哈笑。

临回宿舍，林桦树还调侃，芸姐，今晚给我留门啊。

行，看哪个犊子不敢去的。芸姐笑着发狠话。

林桦树边走边说，我怕了，怕姐夫打飞我呀，哈哈。芸姐，哪天，跟我车咱出去潇洒啊。

芸姐拉着长声说，哟，这是当上汽车司机了，握上方向盘了，那我可得打溜须。

那时候讲究，一有听诊器，二有方向盘。这都是上讲究的工作，有前途。

林桦树兴高采烈地回宿舍，他要躺在床上，好好地睡一觉，这几天真是太累了，相当于日夜兼程。他走到宿舍门口，看见从窗户透出了灯光，他以为，这是仙桃撒了，忘记关灯了，门也忘记锁了。锁不锁的，屋里也没啥。

林桦树吹着口哨进屋，抬头，迎面走来仙桃，怀里抱着睡着的孩子。林桦树碰见这样的情景，立刻倒吸口凉气，瞬间心生绝望。他连包还没放下，转身就想走。仙桃拉住他，带着哭腔说，你可回来了，你再不回来，我和孩子都要饿死了。

林桦树听到孩子饿，打开包，拿出面包和饼干。塞进仙桃怀里说，带着孩子回家吧，别闹了，明天我要上班，出差刚回来，我很累。

仙桃撇着嘴说，谁信啊，你是躲着我。但我对你是够意思的，为了维护你的名声，我哪都没去找，没去闹。

林桦树惊愕，没去闹？你这是要去哪里闹呢？仙桃，我们好聚好散，这我事先已经说好的呀。

仙桃举着面包说，你这是打发要饭的呢？

林桦树又从衣兜里掏出钱说，啊，要不我也是要给你送去的，拿着这些钱，现在我也就这些了。

我不是三岁孩子，仙桃冷笑，你要赔偿我损失费的，但绝不是这些。

你的意思是？林桦树反问仙桃，他更害怕了，仙桃要干什么？

仙桃脸色立刻变得温和而妩媚，柔声说道，我要你一辈子对我好，我的家就是你的家。今晚咱回家吧。

林桦树彻底绝望，他拎着包，转身离去，他去住招待所。

第二天，林桦树在招待所起得很早，洗漱完，到食堂吃早餐。他刚喝一口粥，还端着碗呢。仙桃抱着孩子坐到他身边，抓过馒头就吃，说，桦树哇，我还没吃呢，你咋不给我打饭哪？

食堂所有人的目光都集中在林桦树的脸上，大家也都知道林桦树爱撩骚，但从没见哪个女人找到他跟前，没遮没拦的，把自己曝光在大庭广众之下。如此泼辣女子，还从未见过。林桦树的脸腾地红到耳根，大家也不吃饭了，哈哈大笑，是笑林桦树还知道害臊了。宁灯儿这时候来打饭了，正看见仙桃在林桦树身边吃饭。林桦树慌乱地站起来，用近乎乞求的语气说，仙桃，你先回去，我给你把饭打回去。

仙桃扬着细声说，我不，我偏在这儿吃，你还要脸啊。

宁灯儿快步走到仙桃桌边，夺过她怀里的孩子扭头往外走，一边急忙大声说，你快点吧，你家老爷们儿出事了，快走吧，回去晚了，你是个杀人犯了。

这是宁灯儿给林桦树解围呢，骗仙桃。宁灯儿料到了，仙桃的老爷们儿一个人在家，也好不到哪儿去。

这次总算让宁灯儿糊弄过去了，那下次呢？林桦树细思恐极呀。宁灯儿见到他，看四下无人时，可劲损他，该，活该，你不就是吃这口吗？你不就是好这口仙儿吗？早就告诉你了，仙桃不是个省油的灯，是个狐狸精，你不信啊。这回好了。告诉你呀，赶紧跟她一刀两断。别被她吓唬住，她能把你咋的，你对我那能耐呢？

林桦树心想，宁灯儿损得对呀，无论如何，也要跟仙桃一刀两断。是呀，我要想办法呀，咋的也是跟仙桃好一回，他想借点钱，多给仙桃点钱，她带着孩子不容易。

可是林桦树想错了，仙桃又出新招了。她跑到场长那哭诉，提出的要求，又是青春损失费，又是精神损失费，反正各种费吧。这可不是林桦树借点钱的事，那得多借，顶算他两年的工资。

林桦树被场长一顿狠训，刚有点成绩就烧包，你跑骚，眼睛睁大点，就是撩骚，也得看看人品吧。林桦树自己先乐了，我还看别人的人品呢？我呵呵。我先看自己的人品吧。他第一次对自己有所认识。

借遍了整个林场，才凑够了仙桃要的损失费。

林桦树并不恨仙桃，他认为仙桃做得狠，但做得对，哪个女人不为自己着想，既然人捞不着了，那捞点钱，也无可厚非。他是没钱，有钱也不会让仙桃闹到场部，被仙桃这样挤到墙角了借钱，了却这件事，然后慢慢还。

精明的仙桃，用钱算是彻底买断了和林桦树的情谊。她拿到钱，她的心更沉重，更伤心。她掂量了，这对林桦树算是个天文数字，他不可能拿出这么多钱，可他为了和她一刀两断，拿了。宁灯儿当着仙桃的面说，林桦树，你要是有种你就拿，别赖账，我第一个借给你钱。大伙凑凑，给。

掏心窝子对林桦树好的是宁灯儿啊，她豁达、开朗、不计小节，但总在细微处帮林桦树着想。她跟林桦树在一起的时候，那可真是纯粹的谈恋爱。现在她后悔呀，咋就没把林桦树拿下呀，好得跟一个人似的时候也有哇，那时候跟他钻一个被窝，他还能真往外推呀。不也是因为想着名声嘛，等着啥时候结婚了。真是糊涂哇，你都是结过一次婚的人了，还等那个形式。

如果这时候，林桦树还跟仙桃扯不断，如果还像以前，见到有姿色的小媳妇就撩扯，他怎么也进入不到黛梦娜和杨景升的生活圈。偏偏，他这时候，果断地和仙桃断了，宁可每月用工资还账，过饥寒交迫的日子。他这种撩扯、撩骚的日子，按下了终止键。

常言道，饱暖思淫欲。林桦树连吃饭都成问题了，他每天去食堂蹭饭，都没钱买饭票了，现在光剩下精神世界了。而林桦树的精神世界只剩下思索了，面前对林桦树来说，思索是最廉价的，不需要花钱。他欣慰的也是，他会思索了，思索的第一件事是场长说的话，也不叫说，是批评。让仙桃闹的，场长免去了他做副驾驶的资格。林桦树对场长说，我应该是驾驶员，我有驾驶证。场长批评林桦树，你刚有点起色，尾巴就翘到天上去，从赶车老板，到开拖拉机，啊，才当上副驾驶，就捅出个娄子来。这次任务又完成得挺好，刚表扬了你。

林桦树觉得场长这话说得欠佳，他半真半假地说，场长，哪是我捅娄子呀，是仙桃。场长无奈呀，半眯着眼睛，苦口婆心地说，林桦树哇，算我求你了，有你在这个林场，我是不带消停的。你也老大不小的了，赶紧找个正经女人结婚吧。你一天不结婚，你就撩扯一天，像今天这样，女人告到场部了，影响极坏。

鉴于场长说的话，林桦树在思考一道难题，人必须有婚姻吗？

感情的建立，有时需要一种距离，只有适当的距离，感情才会找到适当的机会释放。像黛梦娜和林桦树，看着是人生中的两条平行线，遥远得没有交点。这是彼此都明了的结局，过程可以忽略不计，想在一起做什么，都可以，说走就走，不经考虑，也可以说，没有那么多附加考虑。轻松，明了，因为无论过程有多少个不经意的交会都没关系，结局是两条平行线，还怕什么嘛。

没有压力，就没有动力。这话对林桦树来说，恰如其分。每月的工资，他告诉林场会计，从他这直接还账，他把账单交给了会计。工资到了他手里，等到还账的时候，怕是所剩无几了。还记得吧，他曾给赋闲在家的夏彩莲指出一条明路，夏天去苗圃干活，冬天可以去糖厂包糖。这都不是技术活，每年基本上都是临时工在这两个单位劳动，并完成所需的任务。林桦树在周天，或者其他不上班的时间，他就蹭车到葵花街的糖厂包糖。这回好了，一头钻进女人堆里了，可以尽情地撩闲吧，他反倒没有那份兴致了。他还是嘴比蜜还甜，姐呀妹呀地叫，可也只是为了让她们教他包糖，咋样包得快。

有时候，他偷摸顺两块糖，有时是过秤的送给他几块残次品，只不过形状不规整，但不耽误甜。他把这糖拿到照相馆，他是个爱显能耐的人，看我能吧，在糖厂包糖，都有人送我糖。小爪看他拿来的糖，往嘴里塞呀，哑巴着嘴说，嗯，甜，就是有股便宜味。林桦树顺便也把上次放在这儿的报纸拿走了，那神态，如获珍宝。

在糖厂，林桦树再一次遇到夏彩莲了，但林桦树当不认识，没必要认识，他的心思都在挣钱还账上了。夏彩莲看见林桦树好半天才想起来，在照相馆遇到他的，那个爱臭美的男人，照个相，挂在橱窗里，美得跟上了报纸似的。从这点看，杨景升要稳重得多，根本没把这事放在心上。这是夏彩莲观察到的，她还观察到，林桦树不照相也去照相馆，他去找谁呢？那还用说，找黛梦娜，为什么找黛梦娜，那就有待于研究了。小爪只是个开票的，偶尔也给照相，还是毛头小子，倒是挺爱说话的，林桦树联系他也有可能。夏彩莲认为，你不照相，还经常去照相馆，那不正常。就像林桦树，你欣赏你自己的照片，在外面的橱窗看就是了，看个够，没人管，你总借着看照片进入照相馆，便可疑。正因为林桦树明明认识她，偏偏装出不认识，爱搭不理的，上次在照相馆那嘚啵劲呢，使劲给黛梦娜打溜须，帮着黛梦娜挤对自己。所以，她认为林桦树有所反常，对他就愈加观察得多。

等夏彩莲看见杨景升，突发触景生情，杨景升跟黛梦娜谈恋爱呢，这杨景升当着她的面也是承认的，好像，当着她的面，必须承认，承认得斩钉截铁，不容反驳。那口气是告诉她夏彩莲，你愿意给我做饭，愿意给我烧炕，我不欠你的，我不隐瞒你，我光明磊落，我有心上人，我恋爱了，我恋爱的对象是黛梦娜，你别想得到我一丝一毫。而如今，林桦树为啥总去照相馆啊，夏彩莲倒是替杨景升愤愤不平，她强烈地认为，林桦树不配和黛梦娜交往。她是和黛梦娜交往不多，但一眼就看出，她是个雅致清高的女子。夏彩莲几次想把她看到的这个情况告诉杨景升，又不知道从何说起，想想还是算了，别添堵。

杜山虎的世界是广阔的，他能和夏彩莲一见钟情，说明他有一定的本事，这点，他甩杨景升十万八千里。二流子杜山虎，骑着他组装的自行车，跑遍了葵花街，他还驮着倪铁美，在葵花街肆意地穿行。倪铁美如果想去什么地方，他自告奋勇，驮着她前往。倪铁美在葵花街算是最风流的女子，她烫发，抽烟，穿高跟鞋在葵花街独一无二。她的笑像铃铛，从葵花街的东头响到葵花街的西头，拐个弯，余音绕到葵花街的南头。倪铁美送他三张免费看演出的票，倪铁美本来是要送他一张的，他说，要送就送三张，我要带我的两个闺女看。倪铁美倒也喜欢豆粒和麦穗，把自己的零食拿给豆粒、麦穗吃。倪铁美送的票，自然是靠近前排的佳座，听得清楚，看得真亮。每次去红旗剧场看演出，夏彩莲都给两个闺女打扮一番，干干净净，漂漂亮亮的。杜山虎骑着自行车，麦穗是妹妹，坐在前面，豆粒是姐姐，坐在后座。自行车座前面的横梁上，是用铁条焊接的小孩座位，用绳子把铁条捆绑在自行车前梁上，这样座位就牢固了，孩子坐上多稳当。不用驮孩子的时候，还可以把铁座位拿下来。每次夏彩莲都把爷儿仨送到大门口，看他们骑上自行车，骑出家属院那条道，她还在后面喊，慢点骑。

红旗剧场旁边有个卖店，每次到这看演出，杜山虎就先支上自行车，给豆粒和麦穗买点糖果和炒花生。他自己不舍得吃上一口，看着豆粒和麦穗吃，甜在心上，妥妥的慈父。连倪铁美看了都惊讶！惊叹！杜山虎你还有这样一面啊，做你的女儿好幸福哟。

每次看完演出，杜山虎骑着自行车，带着两个女儿，那是一路高歌到家啊。杜山虎唱《打虎上山》，豆粒和麦穗唱"都有一颗红亮的心"。到了家，豆粒还要站在炕上，学着李铁梅的样子，做个甩辫子的动作，有模有样地唱，我家的表叔数不清，没有大事不登门……这孩子也不嫌絮烦，一遍遍地唱，把自己唱困了，唱睡着了拉倒。

夏彩莲看着，笑着，自己带来的这两个孩子，原以为会遭嫌弃，谁承想遇到了杜山虎，把两个闺女惯得没边没沿。这么说吧，穷人家的孩子，宠成了公主。夏彩莲心里想，无论咋样，嫁给杜山虎是她和孩子的福气，这辈子她都守着他，不管穷富。

这样，全家人都知道，文工团有个女演员叫倪铁美。这个时候，全家都是欢喜地知道，也是高兴知道，豆粒和麦穗可以看免费的演出。这时候，她把杜山虎放在心上，把豆粒、麦穗放心上，又把杨景升放心上。唯独未把倪铁美放心上，她是谁呀，一个唱戏的。至于杜山虎为啥和她打连连，这个还好解释了，都不用杜山虎解释，夏彩莲都解释得清楚。只要不让杜山虎去水泥厂，哪儿他都爱去。老吴头儿修车摊，糖厂他哥儿们那儿，客运站，理发店，向阳饭店，又加上个文工团。水泥厂哪月的工资也开不全，他也觉得惭愧，他去这些地方，无非占点小便宜。去修车摊，组装了个自行车，去糖厂，他哥儿们总能给他点糖块，拿回家哄孩子，这不，去文工团，又有不花钱看演出的票。能咋的，她倪铁美还是倪铁美。夏彩莲有时说倪铁美是唱戏的，杜山虎纠正她，那叫人民艺术家。夏彩莲就撇嘴笑，连着还呸了两口，却没想到，倪铁美把她家搅起了小波澜。友谊的小船，说翻就翻了。

说翻就翻的友谊小船，是夏彩莲推翻的。她心话，我还真小瞧了你倪铁美了。我管不了你，我还管不住自己家的老爷们儿了？

说来也巧，该着杜山虎显身手。杜山虎正骑着自行车，带着倪铁美去百货大楼买几件饰品，晚上演出用。倪铁美哼着歌，不时爆发银铃般的笑声。杜山虎的自行车驮着这样一个风流女子，他自然嘚嘚瑟瑟了呀，给倪铁美讲笑话，逗得倪铁美咯咯地笑。路过老吴头儿的修车摊，杜山虎放慢了速度，喊了声老吴头儿，生怕老吴头儿看不见他自行车驮的是葵花街的名人。

这是在回去的时候出事的。在百货大楼买好了饰品，杜山虎买了两瓶宝泉岭汽水，当场让营业员起开瓶子对嘴喝，两人依着柜台喝完，把瓶子还给营业员。骑着自行车，倪铁美就问杜山虎，如果有一天，有人要打我，你敢为我打架吗？

倪铁美可能是实在没啥唠的了，就像我和你妈掉进河里，你先捞谁一样，问的都是无聊的问题。但对两个有好感并且目前还保持一定美好距离的人来说，这样无聊的问题，很有感染力呀。杜山虎打包票似的说，敢啊，那算个啥，上刀山下火海在所不辞。

倪铁美拍了下杜山虎的后背，夸赞，像个爷们儿样。

快到文工团了，拐过那条胡同就到了。每次是不走胡同的，就在葵花街上骑，走这条胡同快。杜山虎不知道又说了啥，倪铁美又咯咯地笑。有时候真是无巧不成书，怕什么就来什么。刚拐进胡同，呼啦从旁边出来三个人，其中一个人抓住车把，自行车趔趄一下，差点倒了。倪铁美跳下车，喊了声，二奎子，我不是跟你说了吗？少缠着我，咱俩没戏，让开。

二奎子斜着眼看杜山虎，对倪铁美骂骂咧咧，你这是又跟这小子好上了，挺快呀，我说咋把我甩了。

倪铁美说："你别瞎说，我们就是普通朋友。"

二奎子说："你上坟烧报纸糊弄鬼呢吧？离老远就听见你笑了，够浪的呀。"

杜山虎低吼了声，上车，我们走。

倪铁美就往后车座上坐，杜山虎愣往前骑。二奎子一拳头冲杜山虎脸打来，杜山虎闪开，正打在肩头。倪铁美也掉下车来，杜山虎索性放开拳脚，打吧。刚才还吹牛呢，在所不辞的，谁知道，赶这么寸，话音刚落，考验来了。杜山虎看这家伙三个人呢，指定打不过，到时候得掉链子呀，不行，我得想个招。杜山虎扭住二奎子的胳膊说："想打仗行，但得讲江湖规矩，咱们一对一，他们俩不能上。"谈到江湖，哪个男人不想在江湖上立棍，二奎子爽快答应：行。

这个行字还没落地，杜山虎出拳，搂在二奎子脸上。这一拳打得狠，二奎子眼前发黑，人发飘，脚下无根，向后倒退了几步，多亏了那两个哥儿们拦住了他，要不倒地上了。二奎子还没站稳，杜山虎猛虎下山般凶悍，三拳两脚，把二奎子彻底打趴下。杜山虎甩着手腕，提着气说："喊，我打你们还不轻松加愉快，打你个莺歌燕舞、潺潺流水。"

俨然把自己吹成了武林高手，杜山虎想把他们吓住、镇住。

那两个人看了，不干了，啥玩意儿啊，你口口声声江湖，合着你这是投机取巧啊。这两人又跟杜山虎咋呼起来了，这动静就大了，再加上倪铁美那高分贝的嗓门。葵花街派出所警察开着挎斗子摩托来了，也不问谁打谁了，把几个人塞进挎斗子，直接进派出所说理去。

多亏是星期天，水泥厂领导都不在厂里，是看门的门卫老刘通知的夏彩莲。门卫老刘和杜山虎比较好，杜山虎经常陪他下棋。老刘想，不是啥光彩的事，别通知厂办公室了，正好是星期天，追究起来，他也有理可说。

日子过得比较悠闲的夏彩莲，自从嫁到葵花街，这是第一次遇到大事。派出所，作为从山东来的农村妇女，听到这个派出所是何等的震惊。这时候能想到谁，这时候能依靠谁，只能是杨景升啊。她哭着跑到杨景升的屋里，上来一句："快点的吧，不好了，快点去救人啊，杨景升。"

"你别着急，啥事呀，你慢点说，救谁呀？杨景升愣住了。"

夏彩莲抓住杨景升的手说："我求你了，你快去救人，杜山虎让派出所给抓起来了。"

杨景升听了，也有些蒙，他知道杜山虎爱打架斗殴的，但不至于进派出所啊。他穿上外套，不看夏彩莲，不问原因，推上自行车，径直开门走人。夏彩莲跟到院子，哭出了声。杨景升回头跟夏彩莲说："你别着急，我去看看，有我呢。"

跟在后面的夏彩莲，抹着眼泪，嘱咐着："可得把人领回来，如果要钱，无论多少都答应，就是俺们娘几个不吃不喝，也要救他回家啊。你别看他平常穷横的，其实他最胆小。"

杨景升骑上自行车说："行了，快回屋吧，我知道了。"

葵花街派出所在葵花街偏东头，也还算是中心，可不是在街面上，在正街后面的一个开阔地上。有个适中的院子，停着派出所的吉普车和挎斗子摩托，还有零星的几台自行车。别说夏彩莲了，杨景升走进这个院子，还没进派出所办公室，心里也开始打鼓，但有啥好胆突的，他又没犯法，他是来接人的。这是杨景升第一次进派出所，以前都没到这办过事。

派出所的大光警察问杨景升：你是杜山虎什么人？

杨景升嗯了声说：家人。

他说完就后悔了，怎么能说是家人呢？太不恰当了，欠考虑。

大光警察看杨景升，那表情，刚想问。杨景升能猜出他问的是啥，家人？那怎么称呼啊？在大光警察问之前的那么一瞬间，杨景升又说："杜山虎是我徒弟，水泥厂的。"

从派出所接出杜山虎，走在前面的杨景升总是回头瞅杜山虎，不耐烦地说："快点走。"杜山虎说："你先走吧，我随后回去。"杨景升说:"那不行,我得把你交到夏彩莲手里才算完成任务了。"

杨景升看着杜山虎进了院门,他没进院子,直接往自己的院子走,他冲着院子里喊了声,夏彩莲。看到夏彩莲从屋里跑出来,然后,他面无表情地低头走进了自己家,把所有的一切,关在外面,爱咋咋的吧。

人领回来了,夏彩莲很高兴,也感激杨景升,但杨景升回自己家了,没搭理他们。杜山虎见到夏彩莲,立在院子里,谁也不知道是因为羞愧而没脸进屋哇,还是不想进屋。两个像小燕子一样的女儿,飞跑到杜山虎身边,拉着杜山虎的手,喊着,爹爹回屋。夏彩莲高兴,脸上还挂着几分怜惜,说着,饿了吧,我给你煮碗面。杜山虎吃完一碗热气腾腾的面条,脸上也恢复了血色,放下碗,喊了声,开吹,他们三个也不是我的个儿,让我打得满地找牙。跟我耍愣,也不打听打听我是谁。豆粒拍手,爹爹厉害。

夏彩莲的高兴只持续到杜山虎吃完面的那刻。她板着面孔,先训豆粒和麦穗,让两个孩子立正站在炕上,正式宣布,从今以后,谁都不许跟着爹爹去剧院看演出节目了,听见了没有?麦穗胆小,小声怯怯地说,听见了。豆粒瞪着眼珠子看杜山虎说,爹爹去我就去,不去?那看戏的票不白瞎了吗?她又转向杜山虎,爹爹,倪铁美可俊了,抹的红脸蛋,画的弯眉毛,眼睛可大了,闪闪发亮。

豆粒边说,边在自己眉毛上比画。

夏彩莲抡起巴掌打豆粒的屁股,豆粒杀猪般地哭。麦穗怕得蹲在炕角。豆粒喊:救命啊,救命啊。

隔壁的杨景升听见了,听是豆粒的哭喊,他都跳下炕了,又坐回炕沿上。心说,算了吧,打孩子,打给杜山虎看的呗。我去干啥?没意思,这个杜山虎也该挨收拾。再说,豆粒这孩子,总爱虚天画月亮的,巴掌刚扬起来,还没落下呢,她就开始号,针扎火燎的,不管。再说了,人家这是家务事,我擅自介入,算哪根葱啊!

杜山虎挡在了夏彩莲的面前,认真地说,你要打打我,拿孩子撒什么气呀。

你别着急呀，我是要挨个收拾的。夏彩莲气呼呼地说，我正式告诉你，从今往后，断绝和倪铁美来往。

我们是纯洁的友谊，我是见义勇为，我最看不得男人欺负女人了。杜山虎强词夺理的样子，又是认真对待的样子。

夏彩莲翻下眼皮，轻蔑地说，啥纯洁我不管，我最后告诉你，断绝来往。

杜山虎和倪铁美友谊的小船，就这样翻了。

第十九章

  时光转眼到了一九八三年。我小时候印象最深的是，我爹杜山虎穿个奇怪的裤子，喇叭裤。是他的两条工作服裤子改的。工作服裤子是蓝色帆布，像现在牛仔裤布料。但他的裤子奇怪在裤脚上，大喇叭，能钻进两条腿都富富有余。而屁股和腿又勒得绷绷的，肉都能蹦出来的样子。
  夏彩莲说我是从六岁以后长歪的，这个长歪不是指外表和身体，我长得挺直溜，大眼睛双眼皮，又帅又调皮。小腿细长，一看就能长高个。男孩儿长这样一双漂亮的眼睛，过分了呀。我这个长歪了，是指内在、淘气、叛逆、乱跑，也叫溜达街，我妈说我这点真随杜山虎。这话我听着诧异，杜山虎可是骂我是杂种啊，他骂我杂种也行，每次骂他都用一根手指指着墙那边杨景升的院子。我真想把他的手指撅折，让你指。杂不杂种的，我年龄小，不大懂其中的含义，但我知道是个磕碜话。每次他都这样骂我，我也深信不疑，我是杨景升的儿子，他才是我亲爸。至于啥叫亲的，我根本不知道。在我小时候，三天两头在杨爸那边过夜，有时候半夜大哭，吵着要找妈妈，杨爸没办法，半夜三更地来敲门，每次开门的都是杜山虎，接过杨景升怀里的我，我哭得愈加厉害，杜山虎高高举起我说，信不信，我摔死你。其实他是说给夏彩莲听的，这时候，杨景升一脚门里，一脚门外，杨景升把门里那只脚拔出来，转身往回走的时候说，你摔死跟我有啥关系，在你家。他其实说这话的时候，已经把我从杜山虎手里夺到自己手里。

夏彩莲在屋喊，谁敢。

杜山虎又小声说，行了行了，把我重新抱在怀里，抱进里屋说，这小鳖羔子太能哭，快放被窝里，暖和，冻得冰凉。他这是给夏彩莲打溜须，不是对我好。

到了六岁以后，我几乎都在杨景升那里睡，给他做伴。按理说，他那么个老爷们儿，也用不着我给他做伴，可是也不知道为啥，他可喜欢我了。莫非，他和我有同感，我们才是亲的？也是六岁的时候，杨景升带我见到了黛梦娜，在友谊照相馆。可能以前他也带我来过，但我记不得了。那是我第一次见到披肩鬈发，还是第一次见到女人叼着烟卷，也是第一次认识了跟我同岁的树苗。黛梦娜见到杨景升，好像必定要抽上一根烟。

每天晚上睡觉前，我都要逼着杨景升给我讲故事，他说不会讲故事，顺手拿过书架上的一本书，逮着哪页念哪页。书架极简单，是他自己用木板钉的。两尺长吧，三个隔断。有一个格放了几本文学读物，还有工作手册。另一个格放了几张报纸。都不知道哪年的报纸了，始终放在那个格里，我如果不嚷着讲故事，可能都不曾有人碰过。有时候，他也给我念报纸。有一晚，念完报纸，我应该睡觉了。杨景升也像大功告成一般，静等我入眠。但我那天特别精神，我突然问："杨爸，人家都有爸爸妈妈，为啥你家就你自己呀？你为啥不和黛梦娜姑姑结婚呢？你要是跟黛梦娜姑姑结婚，我就和你俩过，总也不回那个家了。"我指着那个院儿。

杨景升笑着说："你个小孩儿，咋竟唠大人嗑，你知道啥呀。我是要结婚的，只是我还没遇到那个人。但有一样，我不会和黛梦娜结婚的。志龙，以后要记住，不要说这话了。"

我不解啊，我就觉得杨爸每次见到黛梦娜，他俩站在一起，可像一家人了。我问："那为啥呀？"

杨爸摸摸我的头说："小伙子，啥都想整明白了。因为啊，黛梦娜和树苗的爸爸林桦树结婚了呀。"

我眨眼睛，想了会儿，好像是懂了，我哦了声说："你讲的故事不好听，老吴头儿讲的故事好听。"

杨爸说："那赶明儿志龙给我讲故事。"

我在杨爸念报纸的声中睡去了。

夏彩莲最大的理想，就是能有个正式的工作，像杨景升似的。但不能像杜山虎，他这个正式工人，早晚让他自己玩丢饭碗。她也劝过杜山虎，珍惜工作。可杜山虎当她面说行，过后，管不住自己爱玩的性格。杜山虎在水泥厂的工作，已经摇摇欲坠了。他的档案里，已经不知道有多少个警告，有多少个处分了。

我觉得自己不被待见的主要原因，是因为我还有个弟弟，叫成才。这个名字是夏彩莲起的，能看出来，她对成才给予多大的希望，就对我产生多大的失望。而杜山虎觉得成才这个名字是好，但不实用，他现在就认准了挣钱，他把成才改为成财了，发财的财。这个"财"实用，发家致富。杜山虎美美地憧憬，认真地说，我就借助我老儿子这个吉利的名字，发家致富。我比弟弟成财大三岁，自从有了成财，我更是杜山虎的眼中钉，肉中刺。成财真像他原来的名字似的，乖巧，聪明，从小会背唐诗宋词。三岁看老哇，人们都说成财将来一定有出息，是上大学的料。到我这儿，三岁看老就变成一碗凉水看到底，啥也不是，将来就是葵花街的小混混儿。杜山虎总骂我是白吃饱，好像他掐脖不吃饭似的。

夏彩莲始终干临时工，想要个正式工作难啊。有了我和成财之后，她连临时工都当不成了。有一次，夏彩莲要去街里买鸡蛋，她让我看会儿成财，她很快就回来。上班的，上学的，都走了，看孩子重担就落在我肩上了。夏彩莲用怀疑的眼神看着我，问："你到底能不能看啊？"我说："妈妈，你放一百个心吧，我能看好弟弟。你快去吧。"夏彩莲一步三回头地走出了院门，她把大门锁上了。

弟弟看不见夏彩莲，嗷嗷地哭。我说你别哭，哥哥给你画手表。豆粒就用圆珠笔给我画过手表。我从抽屉里翻出圆珠笔，给成财画手表。嘿，我画的手表比豆粒画的好。为了奖励自己，我说成财，我给你画眼镜。你把眼睛闭上。成财不听话，又嗷嗷地哭，我打他屁股。夏彩莲就这么打我屁股的，我认为打屁股是最疼的。成财果然让我吓唬住了，不听话就打屁股。成财闭上眼睛，我给他画了眼镜，但我看戴眼镜的人，像学校的男老师，都是长胡子的。我索性给成财画了胡子。嗯，这样，才和眼镜搭配嘛。

画完了，我让成财睁开眼睛，看好不好看。我先乐了，太好玩了。成财变成小老头儿了。我指着成财喊："三岁长胡子，看你小老样。"我拉着成财，走到穿衣镜前，让他也欣赏一下。他看了直接吓哭了，哭着喊："哥哥，成财呢？成财没了，成财丢了。我要找成财，我要找成财。"

成财不认识镜子中的自己了，嗷嗷哭，小孩儿本来就怕自己走丢了。这回，突然把自己整没了。我更笑了，我指着镜子中的成财，这就是你呀。他又大哭找妈妈，还真哭。把我哭烦了，又照他屁股打了几巴掌。边打边说，叫你打我，我打你儿子。我这通打，不是为了打弟弟，而是为自己报仇，向夏彩莲示威。当然，得在夏彩莲看不见的时候。

岂料，夏彩莲这时候进屋了，正看见我抱着弟弟打屁股。弟弟的小屁股上，落下了我小小的巴掌印。夏彩莲把我提溜起来就打，她边打边骂，你个小犊子，三天不打，你上房揭瓦。不，一天不打你就肉皮子紧啊。你把弟弟画成那样，圆珠笔油，咋洗呀。

我还辩解，就嘴上的胡子画得多了些。

嘴上的胡子我是转圈画的，很密实，因为学校戴眼镜的男老师的胡子是转圈长的，他刮了，也有转圈的黑印。

夏彩莲听了打得更狠了，给我打急眼了，我说，你再打我，我还打你小儿子。在我挣扎的时候，成财在旁边看热闹，我伸出一条腿，把他绊倒了，他大哭。夏彩莲放开我，去抱成财，我才得以脱身。我快步跑到院子大门口，用拇指和食指比成手枪，向夏彩莲瞄准。

夏彩莲抱着孩子追到院子，又往大门口追。我又跑到了大门外。夏彩莲喊："小兔崽子，有能耐你总也别回家啊。你等着啊。"

我最怕她说你等着，这是个未知的惩罚，具体惩罚到啥程度，未知，未知最可怕。反正呢，这个家我是不待了。我先跑到老吴头儿修车摊。老吴头儿先看我身后，是否跟着大人，见没有，他这个大惊小怪呀，志龙啊，咋回事？自己跑来的，你这么丁点的小孩儿，哎呀，这要是丢了可咋整。那就给人家当儿子去了。

老吴头儿给我拿过一个小板凳，我坐下。他又从旁边的箱子里拿出饼干，用纸包着。我真饿了，吃起饼干来。我吃了两块就不吃了，因为有股鞋油味。老吴头儿给我讲了一个故事，从山东来了三兄弟，到小兴安岭挖人参，看好的人参还没长大，给人参叶子拴上个红绳，怕人参跑了。等人参长大了，还是跑了。他们就找哇，好像是人参变成了女人，还是变成了小孩儿，我忘了。没讲完，老吴头儿讲故事跑题了，他说，志龙啊，你在我这儿等着，别乱跑了，等着你爸杜山虎来找你。

我说，你可别提这个人，我不想见他。老吴头儿就笑，你看你这说话的神态呀，还真像杜山虎。他们说你像杨景升，净他妈的扯。老吴头儿这不能多待，时间长了，别再真等来杜山虎，再说，我也不想听老吴头儿啰唆了，他讲的故事总是半拉咔叽的。我起身就跑，老吴头儿喊我，你别走哇，可别跑丢了。这点可真像你爹杜山虎，嗯，比你爹还能溜达呀，从小看大。老吴头儿摇头，他那是从我六岁看到老了，无奈又失望。在葵花街，一个修车老头儿都为我叹息上火。

我又去了友谊照相馆，这时候照相馆很少有人照相。现在，葵花街多了走街串巷照相的，或被约请到指定的地点照相。小爪也很少在照相馆，他自己也买了照相机，偷偷地接活儿。我进屋的时候，黛梦娜正坐在椅子上，长长的两根手指夹着烟，眯缝着眼睛看我，烟雾在她的眼睛旁缭绕。见到我，她向我招手。我走到她的身边，看着她。

看着墙上挂着的照片,大多是黑白照片。我说,姑姑,又没人照相,你为啥还在这儿等啊。她抽了口烟,悠悠地吐出烟圈,眼睛睁开说,你说对了,我等。我这不是把你等来了吗?

你不是等我,你是等我杨爸。我说。

黛梦娜惊得差点把烟掉在地上,她拉着我的手说,唉,你个小孩子,咋啥都懂呢?小孩儿要说小孩儿话。

她的眼睛又看着别处,悠悠地说,嘿,没有你的话呀,我和你杨爸就结婚喽。不要跟别人说啊,特别是你妈妈。

姑姑,你放心吧,我不会和我妈妈说的,她总打我。

黛梦娜抚摸着我的头说,咋的啦,又挨打啦?不管咋说,她是你亲妈。

我问,那杜山虎呢?是我亲爸吗?

黛梦娜不置可否地笑了笑,她从烟盒里拿出一支烟,在柜台上戳了戳烟头。为啥要戳戳烟头呢?她把烟卷夹在两根修长的手指间。打火机早握在我手里了,打火机始终放在柜台上,我早知道放打火机的位置,看她拿烟,我已经把打火机握手里,让手放在打火的位置,时刻严阵以待。黛梦娜手指夹上烟,便夹上胳膊。我麻溜打着火,给黛梦娜点烟。黛梦娜眯缝着眼睛,凑近火苗,点着烟,深深吸了口,吐出烟圈。这才夸我,真有眼力见,机灵的孩子。

烟已经点着了,我还是啪啪地打了两下打火机,火苗蹿得老高。黛梦娜说,别玩火,玩火尿炕,还浪费汽油。我可愿意给黛梦娜点烟了,不是给她打溜须,而是好玩儿,可能每个小孩儿都愿意给大人点烟吧。

我又问:"你家树苗呢?她不愿意和我在一起玩儿吗?总也看不见她,不会也烦我吧。"

哈哈,你看你这一套。哪那么多事呀。黛梦娜说:"树苗和她爸爸去江河屯林场了。"

我说:"下次去带上我呗,我很孤单。"

黛梦娜更乐了,你这么点孩子,知道啥叫孤单,我还没说孤单呢。

177

我拉着黛梦娜的手，恳求地说："姑姑，你是不是答应我了呀？"

黛梦娜说："好，我答应小志龙。"

那我就放心了，此地也不必久留，没意思，树苗也不在。其实，我是怕夏彩莲再找来。我想，夏彩莲给成财洗胡子，且得费一番功夫，用不上一块香皂，也得用半块香皂。她自然又恨上我，非找到我，来上一顿胖揍，要不咋能解她心头的恨。我转身要走，黛梦娜抓住了我，说我不能走，天快黑了。等着，杨景升快下班了，让我跟杨景升回家。如果到点了，杨景升不来，她送我回家。

晚上下班的时候，我听到了门口自行车铃铛声，很快，杨景升推门进屋了。他说："看店里亮着灯，进来看看。"黛梦娜说："你再不来，我就要送志龙回家了。但我要送志龙回家，夏彩莲免不了又得给我白眼。我可不愿意受这份气。"

我一个高蹦进杨景升的怀里，先嗷嗷哭了两声，我也不会哭。有时被夏彩莲打急了，我也就咧嘴瞪眼。杨景升搂着我说："哎哟，我们的小志龙咋还会哭了，这是没少挨打呀。"他看着黛梦娜，故意说："是你姑姑打你啦？"

我哭哑着声音说："姑姑对我好，是夏彩莲打我了，打得可狠了。"

黛梦娜说："这孩子跟你可是真亲啊，他和我待了这么长时间，都没说挨打的事。这孩子是个小男子汉。"

杨景升把我抱在他的腿上问："那你跟我说说，因为什么挨打吧。"

我很认真地把我的想法和做法说给杨爸和姑姑听，让他们给评理。

上午，我妈说要去街里买东西，让我看着弟弟。可弟弟光吭唧吭唧哭，我忽然想起了姐姐在我手腕上画的手表。我找出圆珠笔给弟弟画了手表，弟弟笑了。太好了，我再接再厉，又给弟弟画了眼镜，我自己看着都像真的。我这么聪明，为啥夏彩莲不表扬我，还总打我，向着弟弟。忽然我又想起学校戴眼镜的老师，他长着满嘴的胡子，弟弟戴了眼镜，没有胡子不真，我又给弟弟画了胡子。弟弟又哭了，我打了他，让他不知好歹。这时候吧，我又想起了夏彩莲打我屁股，我就打她儿子屁股。

我讲完了，委屈地问："杨爸，是不是不怨我打弟弟，是怨我妈打我，我才打弟弟的。"

杨爸和黛梦娜面面相觑，黛梦娜在偷笑，杨爸突然哈哈大笑。他笑看着黛梦娜说："志龙想法是正确的，为了逗弟弟开心。只是，打弟弟就不对了，更不能记恨你妈妈。"

黛梦娜不知道是被烟呛着了，还是笑岔气了，她咳嗽出了眼泪，她说："夏彩莲怕是要浪费一块香皂也洗不掉那圆珠笔油。"

我听了害怕了，夏彩莲最稀罕她的香皂了，都不让我用，让我用肥皂。我说那我可不敢回家吃饭了，杨爸咋办啊，夏彩莲非得打飞我，也有可能是男女双打，杜山虎打人可疼了。杨爸，我怕。

杨景升看我害怕的熊包样，着实心疼，他把我搂在怀里，抚摸着我的头说："不怕，你也没错，想法是好的嘛，还给她看孩子了呢，多大点孩子，还看孩子？没出大问题，理应表扬。"

杨爸，你表扬我一个呗。我听了来精神头了。搂着杨爸的脖子我撒娇啊，杨爸，晚上我不想去夏彩莲家吃饭了。

黛梦娜朗声大笑，志龙这孩子太有意思了，夏彩莲家不就是你的家吗？她是你妈妈呀。转而，她又无限忧伤地说："这孩子在你怀里可真幸福。"

杨景升深情地看了会儿黛梦娜，小声说："这孩子招人疼，可怜。"

黛梦娜低下头，我真以为她哭了。这有啥好哭的，咋还能悲伤成那个样子？反正她平常也这样，沉闷着，平静着脸。这会儿，她低声说了句，我家树苗……说到这里，她瞬间停顿。

我忽然想起，我是来找树苗的。我急忙问，姑姑："树苗回来让她找我玩啊。"

"好，等她回来的。"黛梦娜说。

我们临回去的时候，杨景升向黛梦娜说先送她回家，她说："你们爷儿俩先回吧，我再待会儿，还有照片要洗出来。"

我和杨爸离开了照相馆，我都说了，不想回夏彩莲家吃饭了。杨爸到百货大楼旁边的卖店去买了肉，说回去给我做饭，我俩在一起吃

179

饭。在回去的路上，我坐在杨爸的永久牌自行车后座上，心里美得没法儿说，两条腿在旁边悠荡着，时不时地和杨爸蹬自行车的腿碰上。我是骑在后车座上的，杨爸说，你小子小心点，别把脚游荡进自行车辐条里。

唉，知道了，我加小心着呢。我继续美美地悠荡着腿，我问："杨爸，这么晚了，那小卖店咋不下班关门呢。"杨爸说："那是个体户，是个人开的小卖店，为多卖钱，多开一会儿。你看这不把咱俩等去了，买了肉。"

那他开个卖店可真好，要不咱买不着肉了，杨爸，我要吃红烧肉。

好，吃红烧肉。杨爸的自行车骑得飞快。

这是秋天的夜晚，风凉爽，月明朗。进了家属院，月亮像是更亮了。我说："杨爸，别让你的车铃铛响。"杨爸说："我没按铃铛，这小路颠簸，把铃铛颠响的。"我说："杨爸，等我长大了，给你买新自行车。"我和杨爸正说着话，正高兴着呢，我也正想着，杨爸给我做红烧肉，吃到嘴里，满嘴流油呢。正想着，怎么气夏彩莲，不吃她的饭，却能吃香的、喝辣的。刚到大门口，杨爸就跳下自行车，推着我，看他的样子，慢推车，猫着腰，想也是偷摸地进自己家的院子。

刚进院子，我还没跳下自行车，只听一人大喊一声："小兔崽子，你还敢回来呀。"

喊话的人是杜山虎，他这是在院子里杵着，杵在灯影里，像个凶神恶煞，这是给他小儿子报仇来了。我不会让他得逞的，不回家，看他能把我咋的，让他干着急。我怼杜山虎刚才的话，我回不回来的，又没上你家，跟你有关系吗？

杜山虎要跳过院墙。杨景升上前一步，挡在了院墙边上，手做着阻止的手势。我抄起院墙角上的铁锹，双手紧握，也站在了院墙边上。我是男子汉，杨爸是为我出头，我不能当孬种。讲真的，此刻，我不惧他，有杨爸给我撑腰。

一条腿搭在墙头，杜山虎侧头怒视着我。杨爸说："你回屋吧，我和志龙不去你那院吃饭了，我自己做。"

"红烧肉。"我接茬说。

杜山虎把他墙头的腿撤到地上，拍打着两手，抬头看了下夜空，继续拍打着两手，指指我说："行，你还抄家伙，你等着呀。"

我把铁锹往地上咣当一扔，拉着杨爸进屋，把杜山虎晾在原地。我是怕夏彩莲出来帮腔，这时候，不用猜，她指定趴在窗户上往院子里看呢，杜山虎是她派出的先遣部队。等她出现，她可不管那套事，成财是她的命根子，她能把我直接薅过院墙，暴打。

进屋后，杨爸先把炉子捅开，准备做红烧肉。这点好，夏彩莲无论五冬六夏，总是把杨景升的屋烧得热乎乎的。夏天也一样，东北的夏天只有白天热，到了晚上还是凉的，温差大。所以，夏天也要烧炕烧炉子。杨爸脱下外套，洗手洗脸，然后洗肉切肉。我问杨爸，你会做红烧肉吗？杨爸说，你要是信不过我，就让你妈给做，我拿那屋去。我说还是拉倒吧，不给他们吃，杨爸，你做吧，做熟就行，肉咋也比大饼子好吃。杨爸说，那是，我指定能做熟。志龙，你就腆等好吧，红烧肉嘛，多放点酱油，再放点糖，剩下的，一些盐、花椒大料的，都放上，就不信不好吃。

杨爸埋头做红烧肉，赞赏我说得对。我俩在屋捣鼓这么半天，一定把夏彩莲着急坏了。每天这时候招呼杨爸去那院吃饭了，今天这是生我的气，连带上杨爸了。杜山虎指定把话都带到了，他俩在那屋做红烧肉呢，不会到这院来吃饭了。往常杨爸就是不到这院来吃饭，想自己做红烧肉，夏彩莲也会跑来帮忙，她知道杨景升笨手笨脚的，不会做饭。也是让她惯的，她从不让杨景升伸手做饭。今晚，她这是和杨景升杠上了，看你有能耐总也别来这院吃饭，有能耐总吃红烧肉。我反正是高兴，没有夏彩莲在眼前唠叨，指手画脚，真是美好生活啊。红烧肉做好了，香啊。可能肉金贵，杨景升做得格外精心，做出的红烧肉，色泽鲜艳，喷香可口，不亚于夏彩莲的手艺。我是没少造，只是杨爸吃到半路就不吃了，我问他为啥，他说吃饱了。哼，我知道他没吃饱。我说杨爸你吃吧，不用省给我吃，我快吃饱了。

等我吃饱了，杨爸说咱去那院啊，给弟弟送红烧肉去。我赌气地说，你去吧，我不去，你咋那么没志气呢？我都不想跟你混了。原来杨爸留出了半小碗红烧肉，放在了炉子边上。他端上红烧肉，问我去不去，我当然要去了，我自己留在屋里也没意思。有杨爸在，谅他们也不敢把我咋样。

进了屋，夏彩莲都没拿眼睛看我们。我躲在杨景升的身后，偷着观察屋里的人。最热情的是成财，他张着手喊，我要吃肉肉，眼睛盯着杨景升端着的碗。杨景升抱过成财说，来来，吃肉肉。我看了眼成财，捂着嘴，差点笑出声。杜山虎恶狠狠地说："看见没，这小鳖犊子，他还笑呢，气人不。"他又对夏彩莲说："行，你就惯着吧，我看他能出息个啥。"夏彩莲狠狠地剜了我一眼，看看杨景升，她扬起的巴掌落下了。我真的是憋不住乐，成财眼睛上画的眼镜，一个眼睛圈洗掉了，另一个还挂在眼睛上，显得他的眼睛一个大一个小，一个睁着，一个闭着。嘴上的胡子也没洗干净，黑乎乎的一小圈。他又贪吃，大口吃着肉，真是小老样，他要是手里捏着酒盅，那比杜山虎都老了，哈哈。我笑，成财也跟着笑，他是吃肉吃美了，哪知道是笑他。

夏彩莲开始数落，你说你杨景升，志龙整天跟你在一块，你倒教育教育他呀，你看把成财画的，到现在都没洗掉，那嘴上画得太深了，都洗不掉，一洗孩子就哭。得了，我也不洗了，慢慢掉吧。

杨景升不笑，有点认真，说，嗯，挺好，没事。

先说夏彩莲如何夺取了杨景升的爱吧。应该说，热情、挚爱打败了冷艳、文雅。杨景升每次和黛梦娜约会都是饿着肚子回来，要不喝一两杯咖啡，要不喝一壶茶。中间还要回答各种问题，你猜这是什么茶？你猜这是红茶还是绿茶？回复对了，她要跟你科普一遍喝这茶的益处和意义，此种茶多数生长在南方的什么地方，什么山上，如何采摘，如何冲泡。你回答错了，她也要科普一番，红茶和绿茶很好区别，有颜色直观就能看出。什么熟茶和生茶的区分和益处。杨景升端着茶杯的手都抖，说不上是饿的还是回答不上问题羞愧的。他表面谦虚地听着，内心极度反感，胃开始出现反应，想夏彩莲的大锅饭，飘香的大饼子，锅里炖着冒着泡的酸菜。香气四溢。到这个时候，杨景升必然找借口回家，他是凡人，他要吃饭。

那是个夏天，按理说，杨景升下班回来天是黑不了的。但他回来得越来越迟，天都黑透了，他才回转。他以为什么时候回来的，夏彩莲不知道，其实夏彩莲在窗户跟前早就看见了，只不过没去他那院而已。他进屋，先掀开炉子上的锅盖，香喷喷的饭菜盖在锅里。他是想不吃不动，以显示他已经和黛梦娜酒足饭饱，可是，欺骗不了自己的肚子，肚子饿，睡不着哇。谁管他三七二十一，他一口气，吃光了锅里的饭菜。

夏天的葵花街格外美丽，单说那葵花吧，都蹿出了一人多高，长在街道边上、公路边上、房山边上、厂房边上。朵朵葵花像是听到了号令，齐刷刷向着太阳开放。也不知道是谁种的，还是去年遗落的种子，反正，一到夏天，葵花突然间开放了，朵朵葵花真有大盘子那么大。当然葵花春天就发芽了呀，但没人理会，夏天突然开放了，人们才感觉葵花朵朵。就说水泥厂门口和周围吧，都开满了向日葵。照相馆房山头有块空地，每年都有向日葵怒放。每到这时，黛梦娜会拿着她的照相机，在这片葵花地里给照相的人拍照。我问过老吴头儿，葵花街是因为遍街的向日葵而得名吗？老吴头儿说也不全是，也可能是，到底从啥时候叫葵花街的，因为啥叫葵花街的，他也是说不清楚。那我就暂定是因为向日葵叫葵花街的吧。还可能是因为友谊照相馆而叫葵花街的，照相馆在葵花街的正中间，四面八方，基本上去葵花街的哪里都经过照相馆。葵花街最早开放的葵花是照相馆房山头的那片，那里一年四季都有葵花，冬天的时候，黛梦娜也留着那片葵花，让它们在风中枯萎，有种倔强、挺拔之美。现在还有专门在这片枯萎的葵花里照相的，衬托着皑皑白雪。

记得那是个葵花盛开的黄金季节，夏彩莲走在葵花开满天空的大地上，她的身后跟着杨景升。这里已经不是葵花街了，这里葵花茂盛广阔，相比这里，那葵花街就是零星了。这里是凤翔县的郊区，开着大片的葵花，与天边接连。谁都不知道夏彩莲来这郊区，是她临时决定来的，她骑着自行车，正好从苗圃回来，路过水泥厂，她跟杨景升

183

说过，哪天到城边上的农村买点粮食，家里的粮食每个月都吃不到头。夏彩莲和两个女儿都是农村户口，不供应商品粮。幸亏每月有杨景升添些，要不更不够吃。这些杜山虎是不关心的，以为每天他吃的饭是从天上掉下来的。这些困难，夏彩莲只能跟杨景升说，让杨景升替她想办法。其实不用夏彩莲说，杨景升已经把这些困难看在眼里，急在心上了。他和夏彩莲想到一块去了，到农村买粮食。他早有这份打算，只是不知道去哪个村买。杨景升跟厂里请个假，就同夏彩莲去了郊外的农村。夏彩莲说她已经打听好了，苗圃有从那个村里买的，还告诉了她哪家。他们路上很顺利，没有走冤枉路，到了那家，像是对暗号似的，说是谁让来的，都是托底的人，指定不往外说，家里孩子多，不够吃的。打着亲情牌，那人家说不是卖啊，这是送给亲戚。说是送给亲戚，一边伸手把钱接在手里，迅速塞进兜里。

　　买的是玉米面，还有点高粱米。总共能有三十斤，都捆在了杨景升的后车座上了。往回骑的时候，俩人都很高兴，没想到这么顺利。路过一片葵花地，中间的乡间路只够骑一辆自行车的，两边都是向日葵。也就下午两点多吧，太阳偏西，所有的葵花都一个方向，对着太阳。夏彩莲看着连天的向日葵说，来的时候咋没路过这葵花地呢。杨景升说，咋没路过呀，那是你没理会，光想着买粮食了。夏彩莲笑着说，是呀，我可担心了，你还是请假来的，来趟不容易，人家再不卖给咱，再说没有，那不白跑一趟吗？杨景升说，白跑一趟倒是小事，孩子们吃不到喷喷香的大饼子了。这次收获不小。

　　夏彩莲真是被这葵花地迷住了，这是她第一次看见这么大规模的葵花地。她也像向日葵似的，抬头直视太阳，这怎么下午的太阳还这么耀眼，她条件反射闭一下眼睛，躲避阳光，自行车突然骑进了路边的葵花地里。小毛道是高出地面的，骑进葵花地，相当于跌进了沟里。那情景，简直是人仰马翻。杨景升骑在后面，眼睁睁看见她骑进了沟里，他很想伸手拉住她的自行车，那是不可能的。但他的手是伸出去的，也跟着骑进了葵花地。杨景升的自行车没有跌倒，是真正地骑进葵花地，跌撞着，颠簸着，顺着垄沟，骑行了十来米，才歪斜着停下。

他连忙跑到夏彩莲身边，这时夏彩莲还坐在地上，歪头看着自己的脚脖子，蹭破了皮，正往外冒血。杨景升着急地说："伤到哪了吧？我看看。"

"没事，就擦破点皮。"夏彩莲轻松地说。

杨景升查看她的脚脖子，"呀，都出血了。疼吧。"

"别大惊小怪的，"夏彩莲亲切地看了一眼杨景升，"一点都不疼。你看，这葵花地多好看啊。"

杨景升从衣兜里掏出手绢，要给夏彩莲脚脖子的伤口包上。夏彩莲挡住了，"这不把手绢糟践了吗？没事，一会儿就好了，我肉皮可合了呢。"杨景升不听她那一套，硬是握住她的脚脖子，用白手绢给她包扎上了。

夏彩莲立马站起来，试着两脚说："哎，这回真不疼了。放心吧。"她四下看，"唉？你的自行车呢？粮食呢？"

杨景升手往葵花地里指，"在那里边呢。"

夏彩莲向葵花地里边的自行车跑去，她关心新买的粮食。自行车歪倒在地里，被几棵粗大的向日葵挡住了，粮食还妥妥地捆在后座上。

夏彩莲这才松口气，在她眼里啥也没有粮食重要。她刚才不是为向日葵所迷了吗，也迷了向日葵向往的太阳。所以，骑进了沟里。

现在走进了葵花地，里面浩瀚得像海洋。那股子茂盛劲儿，葵花叶子都有蒲扇那么大。那股子茁壮劲儿，葵花秆像小树般结实。葵花的根牢牢地抓在田垄上，狂风暴雨也休想把它们吹倒。风吹过，葵花叶子微微扇动，沙沙响。从天空零星飘落几瓣向日葵花瓣，嫩黄色的，懒懒散散地飘落在叶子上，垄台上……有一瓣飘落在了杨景升的头上。夏彩莲乐滋滋的，跷了两下脚才把杨景升那头顶的花瓣摘下来。她喜悦地笑着，新奇地说："杨景升，我还是头一次出这么远的门，我是说，自从来了葵花街之后。"她用手向前画个大圈，碰到了向日葵秆上，又纷纷落下了花瓣，"这么一大片葵花，我还是第一次见到，太好看了。"

真像夏彩莲说的，她是从农村来的，真没见识过什么美丽的风景。

185

如果不是从关里嫁到关外，她也许这辈子也难行万里路。那时候也没什么旅游哇之类的，即使有，夏彩莲也没那个条件去旅游。那么目前，这片葵花地，是她见过的最美的风景，着实震撼到了她。说她目光短浅也好，说她见识浅薄也罢，反正夏彩莲认为这是她见过的最美丽的风景。既然美丽，她要看个够，突然，她张开双手向更深处跑，这突如其来的动作，令杨景升措手不及，不知道发生了什么，夏彩莲怎么了，她为啥要跑？这样说来，身为工人的杨景升，还不如家庭妇女的夏彩莲来得浪漫。而此时的夏彩莲根本不知道浪漫，可能都没听说过浪漫这个词，她就想放纵自己一回。怎么了嘛，人活一世，还不如这向日葵炫目了？杨景升追上了夏彩莲，抓住了她的手，她故意不让他抓住，继续往更深处跑。杨景升终于抓住了她，不解还有些生气地问："你这是干啥呀，疯了吗？"

夏彩莲转过身，微笑着说："嗯，我就是疯了，我想疯一回不行啊？"

这还是杨景升第一次抓夏彩莲的手，这手温暖，不那么柔软，但肉乎乎，握着暖心。再看夏彩莲，他们离得是这么近。这么近距离地站着，在家属院有过，却从没觉得近，也从没有今天这个感觉，今天首次感觉俩人太近了。彼此的呼吸都能感觉得到。夏彩莲的人也是温暖的，她的脸因为刚才的跑而红扑扑的，额头冒着细汗，像刚出锅的馒头热气腾腾的香甜而温暖。杨景升这样忘情地看了她几秒钟，又硬把自己拉回现实生活中，振作精神说："快走吧，早点回去。"他也说不出更多早回去的理由，哪有什么要紧的事早回去办的？按理说，好不容易出来一趟，夏彩莲喜欢这向日葵，多在这看会儿也无妨啊。很明显，他这是找借口早回去。

"不的，"夏彩莲扭了下身子，嘟嘴，"我在这多待会儿，要回你回吧。"夏彩莲撒娇了，天啊。

撒娇的女人最可爱，夏彩莲的撒娇也是温暖的，她嘟起的嘴肉嘟嘟的，额头有细细的汗，她浑身散发着温暖。但杨景升还是把眼睛移开了，坚定地说："走吧。"他转身向自行车那走。夏彩莲在他身后哎呀了一声,捂着脚脖子蹲在地上。杨景升急忙跑过去,"怎么了,刚才不是说不疼了吗?"

"为了追你,刚又崴了一下子,正好崴在这个伤的脚脖子上了。"夏彩莲嘻哈着说。

杨景升弯腰查看,夏彩莲顺势搂住了他的脖子,"你抱我到自行车那儿吧。"

抱就抱呗,脚脖子崴了。杨景升双臂把夏彩莲托了起来,抱着她往前走。夏彩莲忽然把脸埋进了杨景升的怀里,搂在脖子上的胳膊也使了点劲。

有时候意境真的很神奇,促成了很多事,起到了激发和启发的作用,像酵母,引发热血澎湃。这时候,阵阵风儿摇曳着向日葵,金黄色的花瓣飘落,阳光透过向日葵洒进葵花地,一缕缕金色的阳光随着花瓣洒在夏彩莲的脸上。夏彩莲最能抓住大自然赐给她的景物,她正好把脸从杨景升的怀里挣脱出来,仰脸看着杨景升的脸,就劲,阳光和花瓣洒在夏彩莲的脸上,那张热气腾腾、白里透红的脸,喜庆而暖心,外带那么一丝丝妩媚。密实而又显得空旷的葵花地,仿佛只剩下他们两个人,天高皇帝远,可以为所欲为。夏彩莲狠狠地掐了一把杨景升的肉,甜甜地笑着说:"傻样,我本来就是你媳妇。"眼神中透着诱惑,说白了夏彩莲用眼神勾引杨景升。

就这句,我本来是你媳妇点燃了杨景升的欲火,不对,应该说是怒火。猛然间,他觉得委屈、窝囊、不公,夏彩莲说得不错啊,她是他的媳妇,好样的,像变戏法似的,变成别人的了,他都没来得及看表演,或者说,他都没资格看咋变的,已经是人家的媳妇了。害得他现在还得帮她养活孩子,还得自己再张罗着找对象。没办法,谁叫他裹进这团旋涡里了,命运硬生生地把他拽进了夏彩莲的生活,又不给他光明,凭啥呀?

杨景升把夏彩莲摔进垄沟里,是摔,他看见夏彩莲咧下嘴,轻皱下眉,指定是摔疼了,该,谁叫你这样戏弄我了。

杨景升和夏彩莲不约而同地,狠夕夕地向曾经的阴差阳错讨回公道。他们对时间、对岁月不服气,他们都那么渴望还原岁月,像终于获得了月光宝盒,能够随时变换过去和未来。有这样一个机会,真别错过,不然会遗憾一辈子。关键他们已经错过了一次机会,得到了深刻的教训。

向日葵花瓣纷纷飘落,阳光一缕缕的,是从西面斜着照在夏彩莲的脸上,她仰躺在大地上,尽情地享受着浪漫的下午时光。有阳光,有向日葵,有小河流水。她没看见小河,她是躺在大地上的时候,从大地上听到了小河流水声,这流水声,从她的手上、脸上、身体上抚慰而过,她一辈子都不想走出这片葵花地。杨景升都没来得及想各种后果,就被那纷纷落下的花瓣牵引着,此刻,他是那样的喜欢温暖的夏彩莲,温暖已经让他没有退路。他的心慢慢融化了,融化成小河水,渐渐地灌满他的全身。

杨景升从来没想过,有一天能和夏彩莲融为一体,在这之前,进入葵花地的时候都没想过,甚至,抱起夏彩莲的那刻也没想过,只有把她摔在葵花地的时候,那一刻,他想了,想得果断,想得非得不可。他很从容、很坦然、很激情。什么偷情,上一边去吧,他在光天化日下把这事做了,很爷儿们。他的第一次就应该给这个娘儿们,也应该属于这个娘儿们,没人配得上。他是把他的第一次,在无垠的葵花地,献给了这娘儿们。值,夏彩莲也奉献给了他女人的丰满和温暖。他喘着粗气躺在夏彩莲的身边,这才问,刚才摔疼你了吧?夏彩莲说,我愿意。

此时的杨景升是那样的心安理得,他无须感谢谁,也无丝毫所谓的愧疚。哈哈,爱和恨都宣泄了,能咋的吧。要感谢就感谢这无人烟的葵花地。他感到前所未有地爷们儿,特爷们儿。他是不稀罕揍夏彩莲,要是揍她,她都会逆来顺受的,会问我手是不是打疼了。他心满意足地看了眼身边和他并排躺着的女人,打心眼里暖心。此刻,他还有个卑劣的想法,他前期的所有付出,都捞回来了。但有一点说明,他所做的一切,都没有这样的打算,连一点点想法都没有,压根没有这个概念。并且,杨景升感到前所未有的超凡脱俗。在这里,他连这是在偷情都否定了。这见不得人的事都俗到尘埃里了，而他却觉得光荣到骨头里了。他的超凡脱俗是指蜕变，脱胎换骨，他成了真正的男人，从没有人这样需要他这个男人，依附他这个男人，仰仗他这个男人，他有着无穷的力量，无穷的爆发力，无穷的想象力，给他一双翅膀，他能飞行十万八千里。他甚至恬不知耻地认为，这是他的权利，男人的权利，可以说是夏彩莲赋予他的，也可以说是他自己赋予的。他都后悔，他为什么不早点行使这个权利，硬生生地把自己耽搁到这个岁数，简直是作为男人的耻辱。

　　出乎意料的是，此刻他想得这么多，这么亢奋，但他唯一没有想到黛梦娜。面对身边的夏彩莲，他又往她身边挪了下，头靠着她的头，眯缝着眼睛看从向日葵缝隙漏出的阳光，他是那样的心安理得而坦荡。夏彩莲咯咯笑了两声说："杨景升，你啥也别合计了，你这辈子就是该我的了。"夏彩莲说这话，有点蓄谋已久终于得逞的嫌疑。

　　杨景升不这样认为，他认为这话说得实在，强势的暖心。忽然他顿悟，幸福就是温暖。他拉起夏彩莲，说："走，回家。"

　　他们走到地头，杨景升猛地跪下，对着葵花地的天空和大地，磕了个头。

　　这次买粮食，成为夏彩莲人生中的最浪漫之旅。无论遇到多么烦心的事，只要想到那片葵花地，她的心便汪洋成幸福的海，漫延得无边无际。

第二十章

　　杨景升从葵花地回来,生活的轨迹依然如旧,没有偏离。每天去水泥厂上班,路过照相馆,他有时候下车,多数直接骑过去。下班的时候,从照相馆路过,看照相馆亮着灯,他就走进去,像是和半生不熟的人打招呼,寒暄。黛梦娜觉察出来了,觉得杨景升跟她轻描淡写地说话,咋的啦?为啥?前后不到两三天,咋变化那么大呢?黛梦娜问杨景升,你咋回事呀?不冷不热的。杨景升故作轻松地说,没啥呀,这不跟以前一样吗?就是这段时间水泥厂里忙,没工夫到你这来。黛梦娜说,咱不是正商量着结婚的事吗?你前段时候还奔着结婚劲劲儿的,这咋还躲躲闪闪的呢。杨景升说,叫你说的呢,我像个见不得人的小偷似的,别瞎想了,该结婚结婚。

　　说这话,杨景升是心虚的,他做好和黛梦娜结婚的准备了吗?未必。这个未必是他和夏彩莲在葵花地有过那事相关,他只要站在黛梦娜面前,黛梦娜那双漂亮而冷漠的眼睛看着他,他的心里立马升起寒意,随之而来的是畏惧。他觉得对不起黛梦娜,他应该向她道歉,求得她的原谅,再接着谈爱情。他真觉得配不上她冰清玉洁的爱情。他总想向她和盘托出，又恐伤她的心。黛梦娜说，要不咱先把结婚证领了，啥时候有时间，再办婚礼。杨景升嘴上答应着，说行，紧接着又来个但是，等过段时间，等厂里这次大会战完了，再办结婚的事。

这样，一两个月下去了，黛梦娜忽然想，她和杨景升好久没在一起喝咖啡了，或者看场电影。即使他到照相馆，也没有待上超过十分钟的，他这是太忙了。是呀，这么多年，杨景升每年都是先进工作者，基本上每年都是她到水泥厂给他拍上光荣榜的照片。人品好，有上进心，这是公认的。黛梦娜也检讨自己，杨景升对这方面腼腆，那我就主动点呗，这有啥嘛，都什么年代了。

这天早晨，黛梦娜特意早来照相馆，她不进屋，站在门口等着，等杨景升骑着自行车经过。果然，杨景升在晨光中骑着自行车来了。黛梦娜望着，杨景升骑自行车的姿势真带劲，像是憧憬，像是向着未来冲刺。杨景升也是离老远就看见黛梦娜，到了照相馆门口，杨景升跳下自行车，一副神清气爽的样子，朝气蓬勃。黛梦娜先拉住了杨景升的手，早晨，街上的人少，杨景升慢慢地把手抽回来。黛梦娜说，我特意在这等你，今天晚上下班，到照相馆来，咱俩一起到我家去。杨景升知道推托不了，爽快地答应着，骑上自行车走了。杨景升爽快地答应，是为了尽快地逃离黛梦娜，他特别怕那双清澈和忧伤的眼睛，在那双眼睛里，他看见了自己的庸俗和卑微。以前吧，也有点这样的感觉，但没有现在这么强烈。他心里也渴望拥有黛梦娜，漂亮、冷傲、有才华，又有份体面的工作。这样的女人，有谁会不爱呢？他杨景升如果不爱，那就是烧包，不知天高地厚。而黛梦娜对泱泱葵花街的这么多小伙子，只对我情有独钟，我应该感到骄傲和庆幸。杨景升想到这，自行车骑得飞快，恐怕有啥瑕疵让黛梦娜在身后看见。黛梦娜确实在身后看着呢，这个早晨她高兴，杨景升答应得那样爽快，是自己多心了，杨景升还是我原来的杨景升。黛梦娜望着杨景升远去的身影，眼睛跟着杨景升的身影走，直到那身影和葵花街融为一体。朝霞退去，阳光普照葵花街。

从那片葵花地回来，夏彩莲愈加好看了，她脸色红润，气色尤佳。

邻居几个老娘们儿见到她，大惊小怪地问，哎哟，夏彩莲你这是吃了啥补药了，你看这脸蛋又粉又嫩的，哪像个生了孩子的老娘们儿啊。

说着，那羡慕的眼神又往她的身上飘，打量着说，嗯，好像还胖了，胖得匀称。我就不赞成啥减肥，那老娘们儿没点肉膘还叫女人啊。

有个老娘们儿说，啥膘啊，你啥眼神啊，是有了吧？

啊，不像啊，胖得这么匀称。还这么好看，脸上一点雀斑都没有。

夏彩莲这点好，心大，她们爱咋说咋说，我过我的舒心小日子，跟谁也不挨着。整天把家收拾得亮亮堂堂的，把自己打扮得干净利索，她是没啥好衣服，但尽最大努力，让自己穿得漂亮些。她去百货商店，买布头，多买几块，回来掇对着给自己做衣服，给豆粒和麦穗做衣服。花花绿绿的，穿着还真好看。夏彩莲向来是皮肤好，没办法，爹妈给的，都省雪花膏了。再加上，心情好，相由心生，那脸蛋自然美，白里透红了。日子还得自己过，谁也不能替咱过日子。

傍晚，黛梦娜又在照相馆门口等，橘色的晚霞照在葵花街上，多了骑自行车的人，想必那都是下班的人吧。果然，杨景升从橘色的晚霞中向照相馆的方向骑来，黛梦娜已经看见了杨景升，一颗吊着的心，才悠悠地落下，随即一股喜悦涌上来，在她心里打转。她也想喜悦挂在脸上，但她不是那种欢天喜地的人。杨景升骑到照相馆，看见黛梦娜已经等在门口，手里拎着包，照相馆的大门都锁好。杨景升想，这是都准备好了，得了，啥话别说了，直接听安排吧。黛梦娜坐上杨景升的自行车才说，走，去我家吧。

杨景升想，去哪儿都无所谓，他已经做好了喝咖啡或者喝茶的准备。黛梦娜坐在杨景升的车后座，骑了一段时间，在没人的地方，黛梦娜用右手环抱住杨景升的腰，轻轻的，柔柔的，不动声色的，这个小动作，竟让杨景升心里泛起了微微的波澜。不自觉地，他腾出右手，抚摸了下放在腰那的小手，有点凉。他想给她焐焐，但骑自行车呢。

到了黛梦娜家，杨景升忐忑的心倒是释然了。黛梦娜的家布置得清新而洋气，窗帘是丝绒的，所有的桌子都罩着镂空的桌布，颜色也清新、淡雅。这样的空间，置身其中，像似置身在音乐中，是那种轻柔的音乐，比摇篮曲还要轻柔。杨景升就想，别的桌子上铺镂空的花布倒是行了，那吃饭的桌子，罩上这花布，还是带穗的花布，那不在那上面吃饭啊？沾上饭粒，滴上菜油，咋办呢？或者，黛梦娜压根不吃饭？杨景升一拍脑门，想起来了，黛梦娜光喝咖啡，哪来的饭菜呀，多虑了，哈哈。杨景升在心里暗暗嘲笑自己，土气，俗气。

那张吃饭的桌子，又换了一个桌布，上次是淡绿色的，今天是淡粉色的。这娇嫩的桌布整埋汰了，真是太可惜了。杨景升觉得，无论喝啥吃啥，他都想捧着碗蹲在地上吃呀，喝呀。

只听哗的一声，是黛梦娜掀掉了粉色的桌布，随意地扔在了一边，对站在屋地中间不知道坐哪儿的杨景升说："来呀，坐在这儿。"她指着桌子边上的椅子。

杨景升坐在了椅子上，心里敞亮了，这桌子，吃点啥，多得劲啊。他知道黛梦娜爱干净，他说去洗手。黛梦娜示意他坐着，很快，黛梦娜拿来了湿毛巾，递给杨景升擦手。杨景升用湿毛巾擦手，心里说，这待遇。

这次黛梦娜破天荒地问杨景升："咱们今天不喝咖啡了，咖啡喝没了，佳木斯也没有了，哈尔滨的还需要几天才能到。咱们今天喝……"

杨景升心里想没了，太好了。他又想，哈尔滨有，谁给她买呢？又谁给他送呢？嘿，管那么多呢，每人都有自己的生活。值得高兴的是，今天不用喝咖啡了，但还有茶呢，杨景升赶忙说："我不想喝茶。"

黛梦娜刚才的话没说完，他就抢着说，他是怕喝这喝那。黛梦娜接着问："我们是先吃面条，还是先喝红酒？"看杨景升有点蒙，解释，"红酒就是葡萄酒。"

杨景升想都没想说："先吃面条，我饿了。"这是杨景升头一次这样直截了当地提出要求，以往都是你看吧，啥都行，以显示他的随和，也掩饰他的俗气。他要是说，可别喝咖啡了，我就想吃饭。那多没情调啊。他宁可饿着肚子，也陪黛梦娜情调。现在杨景升坐等吃面条，吃饱了再喝啥他都不惧了。

一个四方的煤油炉子点着了，火苗很旺，哦，这个煤油炉子点着得非常快。先把油捻子拧出来，用火柴点着，蓝色的火苗蹿得很高。黛梦娜放上锅，倒油炝锅，放水，下面条，很快炝锅面条荷包蛋上桌了。

给杨景升盛面条的碗是大海碗，上面卧着两个荷包蛋。杨景升看见荷包蛋，食欲大增，吃得蜜口香甜。黛梦娜把自己的一个荷包蛋也夹给了杨景升，示意他吃吧。杨景升冲着黛梦娜憨憨地笑了下，埋头吃。

吃饱了，杨景升刚想打个饱嗝儿，看了眼环境，在黛梦娜家，他的饱嗝儿还是压在了舌头下。这是和黛梦娜交往以来，第一次吃这么饱，吃得心满意足，别看只是一碗面条。现在可以喝了，喝啥都行，咖啡、茶，来吧，正渴着呢。对，刚才还说喝红酒了，也行啊，还没喝过红酒呢。

两只大玻璃高脚杯放在了桌子上，杨景升好奇地看着，哦，这还是头一回用这么大的玻璃高脚杯。杨景升想，这得倒多少酒啊，少说也得半斤。这得霍霍多少酒啊。只见黛梦娜又把一个大玻璃杯子放在桌子上，倒上红酒，她说："这是醒酒，红酒要先倒进醒酒器，我家没有醒酒器，就用这个玻璃杯吧。"

杨景升心里想，喝个酒还这么多讲究，麻烦。

"喝红酒啊，喝的是个情调。"黛梦娜意味深长地看着杨景升说。

又来了，情调。反正是不管喝啥，都逃不掉这情调。杨景升心里说。

黛梦娜端起玻璃杯子，给两个高脚玻璃杯倒上红酒，可怜见的，就倒了高脚玻璃杯子底，费那么大劲，就倒这么丁点儿啊。还不够一口造的呢。

黛梦娜看出了他的疑问，给他解释说，这叫一盎司，喝红酒就这么喝。杨景升看黛梦娜端酒杯的样子是那么优雅而洋派，特别是她的红唇贴在透明的酒杯上，说不上什么感觉，对，性感，他有种冲动，很想冲上去，亲那红唇。杨景升学着黛梦娜的样子，也一盎司一盎司地喝。黛梦娜不厌其烦地给他斟酒，杨景升说，你就多倒点呗，怪麻烦的，还挺好喝的。黛梦娜说，红酒不能那么喝，没事。你喝吧，喝完了，我给你倒。

轰隆隆的打雷声传进了屋里，黛梦娜说，哎哟，要下雨了。杨景升说，夏天就这样，说下就下。没事，也下不大。今晚，杨景升不急着回家了，因为肚子饱了，光剩情调啊，肚子饱了，情调便好对付了。

说是下不大，老天爷能听他的呀，哗哗的大雨，敲得窗户玻璃啪啪地响，大暴雨呀。杨景升走到窗户前，看着外面的雨，自语，这雨下得也太大了，白天响晴的天，一点征兆都没有。我得走了，别一会儿更大了。黛梦娜说，这么大的雨，你走得了吗？杨景升眼神异样，对，是调戏的眼神，不走，还能住你这儿啊？黛梦娜低垂着眼睫毛，看着玻璃杯里的红酒说，有胆量你就住呗。杨景升心想，住这还需要胆量吗？黛梦娜招呼他，先过来吧，先喝酒。住这儿也不是没有地方，你可以睡沙发呀。

杨景升笑着说，也行，雨太大了我就住这儿。杨景升是过高地估计自己的抑制力了，我杨景升不想碰女人，就能做到坐怀不乱。

这雨真是太大了，风更狂。窗户是关着的，哐，吹开了。杨景升赶紧去关窗户，雨就劲打湿了半拉身子。一只袖子和半个大襟都湿了。紧接着，是闪电，紧贴着窗户那闪啊闪，像要冲破窗玻璃，冲进屋里，大开杀戒。黛梦娜连酒杯都没来得及放下，吓得靠进杨景升怀里。是这样的靠，杨景升正站着，黛梦娜是背对着杨景升，紧紧地靠在杨景升怀里，如果杨景升的双臂不环抱着黛梦娜的腰，他非被黛梦娜靠倒不可，你说这劲得多大，说明黛梦娜是真被吓着了。黛梦娜呢喃着："景升，景升，我害怕，是闪电，是要进屋劈我的吧。"

"别怕，你又没做亏心事，要劈也是劈我。有我，梦娜不怕。"

这是黛梦娜第一次这样懦弱、胆小，像个小姑娘般，小鸟依人。杨景升的英雄气概油然而生，他更紧地抱住黛梦娜，生怕她飞走了。他还从来没从后面抱过一个女人，别说女人，男人也没抱过。那种感觉，嗯，不同。就像黛梦娜这样人说的，浪漫，双栖双飞，在天愿作比翼鸟，在地愿为连理枝。对男人来说，这样抱着女人是拥有，全部，毫无保留，强制和霸道。

雨下得更猛烈了，电闪雷鸣。而夜却更黑暗和寂静了，寂静得只听到杨景升的呼吸声，像跟谁有仇似的，呼吸声粗犷而又有节奏。黛梦娜右手依然举着高脚玻璃杯，里面的红酒随着杨景升粗犷的呼吸声，在杯子里微微地摇荡着，但滴点未洒。黛梦娜身子不动，依然被杨景升紧紧地搂在怀里，她只是扭转了下头，就把杯凑近杨景升的嘴唇，殷红的酒顺着杨景升的嘴唇流进了五脏六腑。他在心里默念了声，滋润啊，觉得这酒不但滋润了他的五脏六腑，可怕的是连带着滋润了不该滋润的地方。杨景升曾有一瞬间像大男孩儿般的羞涩，但很快被酒的兴奋和玄幻冲昏头脑。他抱起了黛梦娜，只听高脚玻璃杯摔在地上破碎的声音，伴随着雨夜各种细碎声，雨打窗玻璃声，雨落树叶声，风摇风铃声，雨敲屋檐声……声声入耳，又声声寂寥，像交响乐，推波助澜……

等杨景升醒来的时候，已经是清晨五点了。黛梦娜睡在他的身边，还没起床，闭着眼睛，像是还在睡。他没敢动，使劲地想，最先想起来的是，昨晚做的梦，他梦见躺在自己家的炕上，睡得很肆意，主要是舒服，他还纳闷，我啥时候把炕安上弹簧了，咋这么软和呢？敢情，他这一宿是睡在黛梦娜家的席梦思上啊。这是杨景升第一次睡席梦思，他感觉不可思议，黛梦娜家怎么会有席梦思。这个席梦思还是黛梦娜告诉他的，记不得哪次来说的。他又想起来了，昨晚上下雨了。喝酒了，喝的是红酒。突然他翻个身，骂自己，咋还躺着呢，虎哇，彪哇，也不看躺哪儿了。他鲤鱼打挺坐起来，发现自己赤身裸体。完了，一切都完了，我昨晚上做了什么？他懊恼，悔恨。他已经确定了，他昨晚做了什么，无可挽回。他懊恼，是因为，在黛梦娜这儿，再也没有了退路。他慌忙穿上裤子、衣服，穿戴利索，黛梦娜还在床上躺着，说还早着呢，再睡会儿。

杨景升站在床前，满脸愧色地说："梦娜，我对不起你。昨晚我，我真是混蛋，我真是昏了头了。都是喝酒闹的，发生了这种事。"

黛梦娜如梦初醒的样子，从被窝里坐起来，忽然想起自己没穿衣服，用被把脖子以下都盖上，又滑落了，她赤裸着上身，靠在床上说："看你，这么害怕干什么呀，都给我吓一跳。咱们早晚不得在一块嘛。不叫你说厂子里忙，早把结婚证领了。"黛梦娜看杨景升愧疚的样，她心疼。

看黛梦娜这样诚心，杨景升一时不知道说什么好。也对呀，他们是正商量结婚的事呢。可是，杨景升总觉得哪儿不妥，欠着个茬儿，他都不敢想，他居然和那么高贵的黛梦娜睡在一张床上，还办了那事。他这是色胆包天，癞蛤蟆吃了天鹅肉。他诚心诚意地说："梦娜，我觉得，我配不上你。"

黛梦娜权当他谦虚了，"那你以后加倍对我好就行了。好了，别说这见外的话了，我已经是你爱人了。"她没说媳妇、老婆，或者你的人。她说爱人，听起来文雅。

黛梦娜又说："别在这表白了，你去做早餐吧，吃完早餐，咱一起上班。我有点累，再躺会儿。"

再说什么我后悔呀，我不是人啊，都苍白无力了，杨景升默默走进厨房，看案板上有挂面，煮面条省事。他想啊想，回忆昨晚，哪儿没搂住闸呢？不能啊，凭自己的毅力，哪能轻易地放纵呢？他和夏彩莲葵花地里的事，那是他想放水，谁也挡不住。再说夏彩莲，哼，他心里有数，她原本应该是他媳妇，她像野地里开的花儿，平淡无奇，不想看，就视而不见，睡她一百遍都没事，别说一次。也许事实会给他一记耳光。

哦，杨景升想起来了，他从后面抱住了黛梦娜，他喝了黛梦娜喂他的红酒。这红酒他妈怎么跟下了药似的呀，喝上酒就管用。现在怨天怨地都没用，怨自己吧。到这儿，他认命了，他这阵子躲来着，咋的也没躲过去，该着。

吃过早饭，杨景升和黛梦娜双双出门，自行车停在院子里，杨景升推自行车，腿叉在自行车上，等着。黛梦娜锁门，自然地坐到自行车后座上，杨景升骑着自行车出发，俨然一对小夫妻。

早晨的葵花街是清爽和忙碌的，上班的人大多骑自行车，步行的，骑自行车的，在晨光里穿行。

到了照相馆门口，杨景升停下自行车，他叉着腿，等黛梦娜下车。每天吧，小爪来得晚，今天他却来得早，站在照相馆门口，瞪大眼睛看着黛梦娜从杨景升的自行车下来，不打招呼，又瞪着眼睛看着杨景升骑走。转头跟着黛梦娜进屋，他惊奇又神秘地问："师傅，我看杨景升是从你家的方向来呀，你俩，昨晚，住一起啦？"

"小孩儿家家的，别瞎打听这事。"黛梦娜忙着手里的活，脸色有些红，眼睛还不看小爪。

别瞎打听，这话，相当于承认了，住一块了。小爪嘿嘿笑着，跟着黛梦娜说："祝贺师傅，终于有着落了。要不这一天天的，马拉松似的，啥时候是个头哇。这回好了，师傅，祝贺，杨景升终于开窍了。真替你高兴。"小爪疑惑地看黛梦娜，"哎呀，师傅，是真的吗？是真的，你胆可真大呀。"小爪絮絮叨叨。

黛梦娜亲切地白了小爪一眼，"这话说的，好像你师傅嫁不出去似的。"

"那哪能啊？"小爪开始贫嘴，"我师傅那是葵花街一大美人，没有之二。"

"那是。"黛梦娜咯咯地笑，"瞧不起谁呀。"

这笑声多甜蜜，小爪第一次听见黛梦娜笑出声。

"师傅，啥前儿能吃上您的喜糖啊，我这牙都快馋掉了。"

"哎哟，为了我们小爪的牙，我也得麻溜的。"一向严肃的黛梦娜也会说笑了。

杨景升和黛梦娜的婚期指日可待。

连照相馆都沉浸在一派喜庆的海洋中。每个来照相的人，黛梦娜都亲自笑脸相迎，有多半是小爪来拍照，但黛梦娜也帮着布置停当，万无一失。她还嫌小爪不够热情，给小孩儿照相首先摄影师要调动起情绪，表情丰富。

小爪蔫蔫地说，是，我不够热情，我又不结婚，我瞎热情什么呀。

林桦树很久没来照相馆了，最近在江河屯林场表现得很先进。因为仙桃的事而借的钱基本还上了，厂里没给他处分，算是照顾他了。钱还上，林桦树就不在糖果厂打零工了，多少会耽误林场的正事。林桦树还想重新获得驾驶员的身份，他喜欢开车。据说，黛梦娜还借给他钱了呢，那是林桦树实在没招了，他是真想和仙桃一刀两断，这样的女人，太有心计，让她讹上也认了，只要能断了。他看黛梦娜有点犹豫，可他心太迫切了，他也学会讹诈了，他苦着脸说："这事与你也有关系，就因为你去林场照相，我给你不辞辛苦地当马前卒。仙桃误会了，活不拉地讹我钱。整不好，这钱我给不上，林场就得处分我，开除我更麻烦了。就因为你这几十块钱，我变成无业游民了，你说可怜不？"林桦树心里明白，他跟黛梦娜有啥交情，上来就管人家借钱，叫借也得寻思寻思。所以他有必要赖上她。

"得了，你可别说了。"黛梦娜借给他钱买消停，"她讹你，你讹我呗。又不是不借给你，说那么多干啥呀？"黛梦娜把钱借给了他。

今天林桦树来还黛梦娜的钱，他知道黛梦娜不急着用钱，所以最后一个还的黛梦娜。林桦树无债一身轻啊，高兴。他面带笑容出现在黛梦娜面前，先把一包咖啡送给黛梦娜，说是在哈尔滨买的。黛梦娜说那我可不能收，挺贵的，多少钱，我给你钱。我正好没咖啡了，太及时了。林桦树说，那还客气啥呀，拿着得了呗。黛梦娜笑着说，我无功不受禄哇。林桦树说，咋没功呢，没有你借给我钱，就让林场开除了。黛梦娜说，一码归一码，快说，多少钱。林桦树说，就算我给你的利息。小爪看不下去了，看你俩像拉锯，我替我师傅收下。他从林桦树手里接过咖啡。

林桦树又从上衣兜里掏出几十块钱，他今天来主要是为了还钱。

小爪嘴快，他又替他师傅把钱接过说，你咋知道我师傅正用钱？太及时了，我师傅快结婚了。

林桦树愣怔了片刻，刚才还兴高采烈，现在脸色黯淡无光。

小爪转圈看林桦树的脸，"啥情况？瞅你不高兴啊？"

黛梦娜呵斥小爪，没礼貌，那样转圈看人家。

"竟瞎扯，我有不高兴吗？"林桦树对着黛梦娜说，"真心祝福你，到时候，我要参加婚礼，我还随份子呢。"

林桦树要回林场了，他慢悠悠地往门口走，走在门口了，突然驻足。他反身走到黛梦娜身边，从军挎包里拿出一包茶叶，递到梦娜手里说："你看，我差点忘了，还有给你带的茶叶，是茉莉花茶，可香了。你结婚，来客人用得上。"他笑了笑，开始贫嘴，"拿着吧，要不我总觉得欠你的人情，这回算是彻底还了，也算为你婚礼筹备出力了。"

黛梦娜接过茶叶，隔着包装纸，闻了下说，真香。谢谢啊桦树，我正需要茶叶呢。

林桦树的茶叶是想留给自己的，他来照相馆是来还钱，送给黛梦娜咖啡，这包茶叶不在送出去的范围。但听说黛梦娜要结婚了，忽然心往下沉，让小爪一嘲笑，他心忽然又飘荡到嗓子眼了。可能就觉得，黛梦娜结婚了，两个人无形中疏远了吧。可能以后来照相馆的机会也就少了吧，他想把茶叶留给黛梦娜，宁愿自己不喝。

有人到照相馆照相，林桦树悄悄地走出照相馆。他走在葵花街上，觉得街面比过去宽敞了，他往百货大楼的方向走，可是他忘了要买什么。他有点无着无落的感觉。忽然自己发现，他变了，很久不撩扯这个那个的了。可能是让仙桃气的吧。是呀，林场有几个人这样说了，其中有宁灯儿，她说，该，让仙桃讹你一回也对，治治你，再也不敢瞎撩扯女人了吧。可能是忙着挣钱还账，也可能是因为黛梦娜。自从黛梦娜到林场拍照，他的思想和心思，还有行动，都随着黛梦娜的方向走了，不知道是不是准确，可能是无形中发生吧。现在想来，梦一场，恍惚吧，就当一场梦。干啥跟人家走哇？你跑也跟不上趟啊。唉，人各有命，我呀，该咋过还咋过。

越到结婚的日子，杨景升越是清闲了。黛梦娜说了，咱们结婚，不用那么麻烦，也知道你怕麻烦，叫上几个亲朋好友，摆几桌就行了。她还嘱咐杨景升，你不用准备什么，铺的盖的，我那都是现成的，还有新的没用呢。她这话，是怕杨景升让夏彩莲给他准备什么，她结婚，不想用夏彩莲任何东西。她想跟夏彩莲撇清关系。她想好了，现在不跟杨景升计较，一旦结了婚，立马让他和夏彩莲断绝来往，那边家属院的门一锁，干脆就到我这边来过了。我就不信了，她夏彩莲还能撑到这边来。也不知道咋的了，黛梦娜总觉得夏彩莲横在他们中间，像个定时炸弹，随时都有爆炸的危险。所以，黛梦娜告诉杨景升关于结婚的事，凡事不求夏彩莲，结婚说简单就简单，说复杂就复杂，咱们把结婚看简单了，一切都轻松了。杨景升说，让你这么说的话，那我轻松了，啥都不用我管，那多好哇，那你可别怪我，不帮你筹备。黛梦娜深情地看了杨景升一眼，行，你就捡便宜吧，都有我，这么多年我在照相馆从来都没请过假，这次我请几天假，该买的，该用的，我来。到结婚那天你就出个人啊。黛梦娜说完，掩嘴笑了。

　　杨景升看黛梦娜说话的表情不像生气，那他把精力都投入工作当中了，反正也用不着他。黛梦娜又明确表示，不让夏彩莲插手。这样，杨景升寻思来着，如果告诉夏彩莲，就说不让她插手，她也得张罗，买这买那的，买来了，黛梦娜不要，难堪又浪费。为避免这样的局面，杨景升准备晚点告诉夏彩莲这件事。如果说不告诉吧，又说不过去，邻居住着，她也能知道。我都说过以后我的事你别管了，包括给我做饭。夏彩莲喊我一声，又抹搭我一眼，全当我是空气，算我啥都没说，所以还是不告诉她为好。

第二十一章

　　距婚期还有两三天的时候，夏彩莲拦住了杨景升，自行车一个轱辘都进院子了。夏彩莲开口说："我说这些日子你总躲着我，还不让我给你做饭了啥的。原来你是心里有鬼啊？"

　　杨景升继续往院子里推自行车，夏彩莲跟了进来，她也继续梗个脖子瞪杨景升，不依不饶的样子。杨景升说："干什么呢？莫名其妙。"

　　"你别揣着明白装糊涂，你是要结婚了吗？"

　　杨景升想，指定是杜山虎说的，他俩一个厂子，能不听说吗？杨景升心想，知道也挺好，省得我自己说了。

　　"是，我还不该结婚吗？很正常啊。"杨景升直说了。他支上自行车进屋了，没有邀请夏彩莲进屋的意思。

　　夏彩莲跟着进屋了，看了杨景升好大一会儿，嘴唇动了几下，欲言又止的样子，还是说了："你真决定结婚啦？"

　　"看你说的，这还有开玩笑的吗？"

　　"你就不考虑考虑我？"夏彩莲似笑非笑地说。

　　"笑话，我为什么要考虑你呀？我和黛梦娜结婚。"杨景升看夏彩莲眼里迸出了泪水,他瞬间想起了葵花地,他是嘴硬心虚,"啊,你放心,家里的事我还会管的,吃喝的,我还会添的。"说完这话,他很想扇自己一个嘴巴,说得没毛病,就不该说"家里"。这不把自己跟她混为一谈了吗,让她抓住把柄跟这个家更扯不清了。

夏彩莲哭着,但还挂着微笑,她温情地说:"算你有良心,想到这个家。"

杨景升叫苦不迭,果然让她抓住了把柄。那又能咋样,只能陪你到这儿了。你还能再找出什么理由,无非就这些。杨景升长长舒口气,他想,那么温柔又温馨的夏彩莲不会格外为难他的,也就这些发发牢骚,也是舍不得他吧。都到这份儿上了,黛梦娜就等着他婚礼出人了,他是不能拉松套的,只能硬起心肠扛过去。行了,让我顺顺当当把婚结了吧,我也想有个自己的家。

夕阳已经落下,晚霞又在西边的天际燃烧,红了西面的天,煞是好看。还没等看够,就渐渐淡去。几缕残存的亮光从窗户照进屋,照亮了夏彩莲的脸,忽地又黯淡了。夏彩莲就在这屋里的黯淡中默不出声,屋里不开灯,都有点看不清脸了。杨景升想不能就这么沉默啊,时候也不早了,他咳嗽了声,从椅子上站了起来,又坐下,烦躁不安的样子,他这是撵人呢。夏彩莲坐在炕沿上,调整了下姿势,把脚踏在地上,依靠在炕沿上。觉得这样牢固些,她不觉看了下窗外,是快黑天了。

屋里愈加黯淡了,夏彩莲清了下嗓子,随后她说的话完全出乎杨景升的意料,活活把杨景升镇得半天没喘过气来,直接从椅子上弹起来,又跌坐在地上。夏彩莲说:"杨景升,我怀孕了。"

当杨景升跌坐在地上,夏彩莲又追加了砝码。她说:"孩子是你的。"她走过去,搀扶杨景升,重新坐回椅子上。

屋里已经全黑了,夏彩莲想伸手拉灯绳,杨景升说,别开灯。

夏彩莲说,我回家做饭去了。她走出了房门,门咣当关上了,屋里只剩下了杨景升,喘息着,大口地喘息,黑暗从没像今晚笼罩着他,让他迷失了方向,也迷失了自己。风从窗户吹进屋里,他觉得脸上凉飕飕的，他摸了把，是眼泪。他回身扑倒在炕上，呜呜地哭。夜更深了，黑暗更浓。最厉害的茬在这等着他呢，他最有把握，最妥帖的，反而翻车了，真是啪啪打脸。

第二天早晨，杨景升去上班，不经意间向这院望了眼，破天荒的没有夏彩莲的身影。要不每天她都会腰里系着围裙，站在门口，望着家属院来往走动的人们，大人上班，孩子上学。杨景升骑上自行车，急速向照相馆奔去。

进了照相馆，正看见黛梦娜摆弄一对暖水瓶，她看见杨景升，问好看吗？是送给咱们结婚用的。杨景升满脸忧伤，一言不发，他走近黛梦娜，深情地凝视片刻，猛然抱住黛梦娜，紧紧的，黛梦娜快喘不上气了。杨景升已经泪流满面，黛梦娜看了也没往心里去，心想，这是咋的了，感动的，还是激动的？感动我把婚礼的一切都办妥了，他赚等现成的？激动的，就要结婚了，心潮澎湃？想到这，黛梦娜强腾出手，给杨景升擦眼泪，说你这唱的哪出哇，挺大个男人，快别哭了。黛梦娜的手拂在杨景升的脸上，杨景升抓住了她的手，握在手心里，突然吻了黛梦娜，然后他哽咽着说："梦娜，我不能和你结婚了，真的，我对不起你。随便你怎么处置我都行。"

一般的女人听到这些，肯定会说，你说笑话呢，骗人吧，真的假的？可黛梦娜没问，结合他反常的举动和表情，他不会开这种玩笑，因为马上就要结婚了，临了他真连人也不出了？黛梦娜不言语，她要等，等杨景升说出理由，看是多么天大的理由，黛梦娜想好了，无论他说出什么理由，她都要以死相逼，因为她丢不起这个脸，葵花街的亲朋好友都通知了，就等着喝喜酒了。

说吧，难说也得说呀，到这份儿上了，黛梦娜不言语，她在等你说出大天来呢。杨景升直说了，他不想拐弯："夏彩莲怀孕了，是我的孩子。"

黛梦娜没哭，也没闹，更没以死相逼。是呀，这种事，比天大呀。她心里恨，恨杨景升道貌岸然，她鄙视杨景升，她想破口大骂，她想一死了之。她的心立刻冷了，冷到了冰点，她浑身战栗，如果她有一把宝剑，她要行侠天下，从此与杨景升永不相见。她冷冰冰地看着杨景升，连一句话都不想给他。她那漂亮的长鬈发遮住了半张脸，更显得冷艳，她的眼神，能把人立刻变成冰。她软软地坐在椅子上，这才泪水长流。无论杨景升说什么她都听不见了，她指着门口，示意杨景升出去。她想把那两个暖水瓶摔在地上，但她已经无力去拿，心里也不想那样惊天动地。杨景升双手扶住她，忧伤地看着她。他们之间好像没有了语言，只有饱含深情的忧伤。黛梦娜依偎进他的怀里，哭出了声，"我们真的不能结婚了吗？"

"不能。"杨景升暂短地回答。

黛梦娜猛然奔到柜台，一把把暖壶摔到地上，响声快把房子震出洞了，杨景升的心也被震得支离破碎。黛梦娜狠狠地指着门口，有气无力地说："你给我走，你再不走，我把这照相馆点着。"黛梦娜觉得一口热气从心窝蹿进嗓子，心窝又闷又疼，她还觉得嗓子有点咸和辣。

这时小爪来了，小爪解救了杨景升，他招呼小爪照顾黛梦娜，他必须走，他在黛梦娜跟前，会把她气坏的。杨景升说，小爪，你照顾你师傅哇，我先上班去了。

杨景升刚出门，黛梦娜猛地吐出一口血。小爪吓坏了，赶紧往门口跑，去喊杨景升。黛梦娜喊住了他，不让他喊。小爪赶忙又跑回黛梦娜身边，扶黛梦娜坐在了椅子上，抱住黛梦娜，一个劲地说，咋的了，没事吧，咱去医院，走，我带你去医院，师傅。黛梦娜头搭在小爪的怀里，哭着说："小爪啊，师傅以后不知道怎么活了。杨景升他不和我结婚了，我被他扔在半道上了。"

小爪惊愕，这是咋回事嘛？他也不敢问为啥呀，看情景，指定这婚是结不成了。小爪意志坚定地说："师傅你别怕，还有小爪呢，到时候我养活你，我指定会有有本事的那天。"

黛梦娜握住小爪的手，百感交集，"小爪，有你这话，师傅心满意足了。行，等你成了家，我能给你看孩子。"

小爪像是真事似的，嗯嗯答应着，好像这样的生活就在眼前。

说出来大家可能都不相信，最终还是黛梦娜先于杨景升结婚的，结婚的对象，连黛梦娜自己都没料到。当杨景升跟她说，不能和她结婚了，那时候她心已经沉入谷底了，她想这辈子她都不会结婚了。什么叫心如止水，这回她算品味到了。可是，最善变的还是人心。两个月后，黛梦娜结婚了。杨景升听到这个消息，心绞痛了半天，他捂着心口，差点没背过气去，幸亏在室外，一阵清风拂面，让他在苦闷的心绞痛中缓过气来。杨景升想，黛梦娜这是结给我看呢，你不是不娶我吗？好，你看有没有人能娶我。我要嫁就嫁给葵花街最出名的人，撩遍葵花街女人无敌手的男人林桦树。

是，林桦树不在葵花街常住，但他撩扯女人的名声早就不胫而走。有段时间，在糖厂干临时工还传出了他招惹花花草草的事，百货大楼的服务员对他印象也颇深。

没有调查研究，就没有发言权。杨景升对黛梦娜结婚的事揣测得不对，他真是自作多情了，过高地估计了自己的魅力。

黛梦娜嫁给林桦树的原因说出来又得吓你一跳。按着杨景升和黛梦娜的婚期，林桦树如约而至，但扑个空，婚礼取消了。林桦树表情镇静，像是早在预料之中，抑或是，黛梦娜不食人间烟火，哪能结婚呢？林桦树看着眼中含泪的黛梦娜，百思不得其解。看她很伤心，那这个取消婚礼的一定是杨景升了呀？那会是为什么呢？可着葵花街找，黛梦娜人长得漂亮、高雅，工作又体面，杨景升他居然不乐意？行了，不费那脑筋了，眼前是黛梦娜伤心欲绝。他真不知道怎么安慰黛梦娜，他为了逗黛梦娜开心，说："我倒是省份子钱了。"他看黛梦娜拿他当空气，依然伤心，他又说："别难过了，天涯何处无芳草。"

黛梦娜抬头看了他一眼，满眼不屑与嘲讽，黛梦娜嘴角向上翘了下。那意思，你还能蒙上一句半句的呀。

林桦树看黛梦娜露出讥讽的表情，心里想，还行，变换表情了，他面露愧色地说："我这棵草长在深山，芳香别人也闻不到哇。多情却被无情恼。"说完，林桦树如梦初醒，心想，坏了，我这爱撩扯的毛病又犯了。在黛梦娜面前板了这么长时间，居然撩扯到黛梦娜头上了。

"呀，还挺文雅的。"黛梦娜低垂着眼帘说，口气平淡。

"就会这两句，全用上了。"林桦树假装谦虚。

黛梦娜正色道："让你白跑一趟，葵花街的人都通知了，你在林场，有点远，也就没通知你。"

林桦树调皮地笑笑，"亏了没通知我，要不哪有理由见到你呀，哈哈。"

黛梦娜苦笑了下，"有你这份快乐也难得。人啊，真就缺少你这份快乐。"

"那行了，你拜我为师，我教你笑，你教我照相。"林桦树自己呵呵地笑了，见黛梦娜懒得搭理他，便自我解嘲道："还是我合适呀，能学到照相。"

"林桦树，以后你别来了。"黛梦娜心烦，她讨厌说笑。而且，明睁眼露，林桦树生活不检点。所以，这个时候，她更应该远离林桦树，要不没结成婚，会让外人以为是她的原因，或者是因为林桦树。唉，算了，什么乱七八糟的。脑子乱了，生活也乱了。她这是有点迁怒林桦树，让他躺枪的感觉。

林桦树嬉笑着说："不对呀，这是国营照相馆啊，我来照相呢？"

怀孕，对每个未婚的女人来说，是晴天霹雳。黛梦娜怀孕了，她得知自己怀孕，震惊到丧失了语言能力，但有杨景升悔婚这碗烈酒垫底，怀孕这个霹雳休想震倒她。只可恨，这个怀孕的消息来得晚了些，如果杨景升告诉她，夏彩莲怀孕了，她会告诉杨景升我也怀孕了。那么，所有的烦恼和难题都是杨景升的了，他吃不了兜着走。黛梦娜发现怀孕的那天也是下雨，她正在家里，她愤然地穿上外套，拿上雨伞，准备冲出门去，扬扬自得地告诉杨景升，我怀孕了。她很想看他听到这个消息狼狈不堪的样子。刚打开房门，电闪雷鸣、风雨交加。她又关上房门，坐回到床上，愤恨地喘着气。她伤心，她无助，可就是没有一滴眼泪。眼睛热辣辣的，像是着火了。她想起了和杨景升在一起的那个雨夜，又是雨夜，绵长的雨呀，冥冥中雨是缘还是劫？她不信，她还能被雨隔阻。她要把自己怀孕的喜讯告诉杨景升，不等天亮。

雨瓢泼似的，黛梦娜顶着一把雨伞，风几次掀翻雨伞，她拼命抓住雨伞柄，从风里把雨伞拽回来。她的衣服湿透了，她不怕，只身走在葵花街的雨夜里，这条街她太熟悉了，别说雨夜，闭着眼睛都走不错。拐过葵花街就到水泥厂家属院了。一般的家是不挂门，不插门的。黛梦娜轻轻地推开杨景升家的大门，开门的吱扭声已经被雨声淹没。她又轻轻地推开房门，屋里亮着灯。杨景升看见是黛梦娜，惊讶地走上前，"你怎么来了，这么大的雨。衣服都湿了，冷吧。快上炕，炕上热乎。"

黛梦娜抹着脸上的雨水，她坐在了炕边上。杨景升拿出棉衣给她裹上，拿毛巾给她擦脸、擦头发。黛梦娜说："我今晚来，就是想问问你，再给你一次机会，你会选择和我结婚吗？"

杨景升只眨了下眼睛回答："不会。"话简短，越简短，越伤人。他这是不拖泥带水，不想误导黛梦娜感情了。

屋里立刻寂静了，窗外的雨小了，杨景升听到了风吹树叶的沙沙声。他想，跟前也没有树哇，哦，对了，那院有棵山楂树。

黛梦娜没想到杨景升回答得这么快，这么干脆，回答得不留余地。让她一时无语凝噎。她把手伸进炕上铺的褥子里说："炕挺热乎。"

"她烧的。"杨景升说。

她是谁？不了解的，真会问。可黛梦娜知道她是谁，她真想不知道，或者装傻充愣。她想把想说的话说出来，不然她顶风冒雨来干什么了？

杨景升平静地说："这屋也是她拾掇的，干净整洁。"

黛梦娜赌气地问："还有呢？"

"她人很温暖。"杨景升依然平静地说。

难道他听不出我问的是气话吗？他听出来了，故意这样平静。黛梦娜想到这，她不想说了，怀孕是自己的事，跟他杨景升没有关系了。她把"我怀孕了"这话堵在嗓子眼，终究没说出来。那她没有再待下去的意义了，而且，她也一分钟不想看见这屋子，这炕，这桌子，这锅碗瓢盆，都散发着夏彩莲的气息。她脱掉披在身上的棉衣，往门外走。杨景升拉住她，让她穿着棉衣，她的衣服还是湿的，外面凉。黛梦娜听话地披着棉衣，走在前面，杨景升送她。

两个人一前一后地走着，杨景升一直把黛梦娜送到了家门口。黛梦娜把大衣还给杨景升，转身往屋门走，刚走到门口，她又折返，快步走到杨景升面前说："你到屋喝杯茶吧。"

杨景升说："不了。你快进屋吧，外面太凉了。看你进屋，我就回去了，不然，我不放心啊。"

黛梦娜说："我冷，你抱我暖和暖和。"

"我们？"杨景升说，"哦，好吧。"

黛梦娜说："是，我们。"

杨景升深深地拥抱了黛梦娜，还轻轻拍拍她的背，温情地说："好了，就此别过吧，天晚了。你看你，身子抖得这么厉害，一定是冷了。"

再没什么可要求的了，黛梦娜优雅、冷静地转身，回她的家，她可以在那里尽情地哭泣。她转身的一刻，泪水流了满面。她多想再回头看看杨景升，她已经听到了杨景升离去的脚步，可是她控制住了，她真怕自己会抱住他不放手，让他很难抉择，她不忍心为难心爱的杨景升。

第二十二章

不承想，林桦树又来照相馆了，黛梦娜还想着上次怼他的情景，觉得自己真不应该。黛梦娜说："哎哟，我以为你不会再来了，没记仇哇。"

"我来有事。"林桦树背着手站着。

小爪说："啥事呀？"

林桦树说："啥事跟你小孩子有啥关系。"

"行，你等着，以后看你来我就插门。"小爪假装生气。

"我来真有事，黛梦娜，要不我不敢来。"林桦树认真地说。

小爪说："别听他蒙人，他假装的。"

林桦树从背后拿出几枝葵花，花朵有拳头那么大，可能是大葵花上长出的杈。几枝捆在一起，绿的叶，黄的花，真是漂亮。他举到黛梦娜面前说："送给你。愿你像这葵花一样，笑口常开。"

小爪拍手，"还真是呢，我师傅就是不爱笑。"

黛梦娜接过葵花说："谢谢你呀。"

小爪说："谢啥，这葵花又不是买的。哪儿都是。"

"这叫浪漫。"林桦树眼睛闪烁着说。

黛梦娜竟把小爪支走了,说你不是要去你同学那吗？刚才忙,你现在去吧。

小爪往外走,拍下林桦树的肩膀,"哥儿们,走人了,回见。听说你们林场那狗肉整得可好吃了,上次也不请我们吃。"

林桦树冲着小爪的背影愉快地说："下次去林场,哥请你吃狗肉。"

听到狗肉,黛梦娜皱下眉头,用手绢捂住嘴,干呕了几声。

林桦树关切地看着黛梦娜,给她倒了杯水。黛梦娜接过水杯,喝了几口,感觉舒服多了。她叫林桦树坐下,有话要跟他说。林桦树坐在椅子上,皮啦嘎叽地说,我听着呢,有啥指示。

黛梦娜看着柜台花瓶里的葵花,欲言又止。林桦树顺着她的眼神看过去,嗨,那小葵花是我顺着葵花街采的,现在满大街都是葵花,像小爪说的,别让我蒙了。

黛梦娜说,但没人采来送我,只有你。

听黛梦娜这么说,相当于夸他,他心里很高兴,但又觉得挺不好意思的,就做了这么点事。林桦树腼腆地笑了。

"林桦树,你说过,天涯何处无芳草。"黛梦娜问。

"啊,我说过呀。"

"还说,你这棵芳草长在深山,别人闻不到香。"黛梦娜看着林桦树的眼睛说,"还算数吗？"

"当然算数了,但,多情却被无情恼。"林桦树话中有话。

黛梦娜说："我现在多情了,还来得及吗？"

林桦树站起来,拉住黛梦娜的手,语无伦次,"黛梦娜,你是那么高傲的人,你现在说的这话,我有点理解不了,像在做梦。你能明说吗？你就明挑。把话摆在桌面上,让我听个明白,看个透彻。那样,我才敢接招哇。黛梦娜,这要是换了别的女人,那我会跟她绕的。可你不同,你能跟我说这话,是鼓足了勇气,你这样说一定是有很重要的事情。可能,我很了解你的心,可我不了解的是你现在面对的事。让我怎么帮你呢？"

"好吧，我跟你直说吧。"黛梦娜说，"如果你是向日葵的种子，我愿做向日葵的花瓣，我们在一起。你愿意吗？"

林桦树说："那我替你说吧，你是说，我林桦树和你黛梦娜结婚，对吗？"

黛梦娜的泪唰地流出了眼眶。

"你哭了，那是你不愿意，还是愿意？"林桦树期待着。

"我愿意。可是，我配不上你。"黛梦娜制止了林桦树要说的话，"你听我把话说完，你听好了，坐下，我怕我说完了，你站不住。我说完，你可以收回你刚才说的所有的话。"

林桦树倒是阻止了黛梦娜，他说："黛梦娜，还是我替你说吧，你怀孕了。"

黛梦娜惊讶的表情像是听到了别人怀孕了，又像是在听别人的故事，跟她无关。可是，现实中，这故事就发生在她身上，她得想辙。她的腿软得有点站不住了，但不能让别人看出她懦弱了，她优雅地坐下，小声说："你都知道了。那么现在你是怎么想的？"

"我愿意和你结婚，我还知道，你不是有难处怎么会和我结婚呢？我愿意做你的丈夫，这回你总该明白了吧？"林桦树明说了。

"你做了我的丈夫，但我不一定能爱你。"黛梦娜也说出了自己的心里话，她怕林桦树以后后悔。其实，她黛梦娜应该求林桦树，可她又把话唠得像是林桦树向她求婚。她心里也为林桦树叫屈，可她实在说不出"求"那个字。

"这像绕口令似的，爱不爱的事以后再说。最起码，我爱你。我也有缺点，我名声不好。"既然谈到爱了，林桦树最敢说爱了。他也惊讶自己，这次算撩吗？那要算的话，这次撩得值了。他在心里狠狠地扇自己一嘴巴。

黛梦娜说："我听说你名声不好了。"

林桦树说："我以后努力改。"

黛梦娜说："你尽力吧，改不改的我也没有意见。"

林桦树说："我想改，不，是一定改。"他嘬下嘴，"那你得鼓励我，管着我点，行吗？"他这是跟黛梦娜耍贱呢，贱贱的样子。

黛梦娜偷着笑了，"我支持你"。

林桦树大胆而又自然地拉着黛梦娜的手说："梦娜，你那么美，那么美。"渴望的样子，依然是贱贱的。

黛梦娜可能是被他的可爱感染了吧，小声说："算你说对了，不跟你犟。"

"哈哈，"林桦树高兴啊，"谁说你冷漠，也会说笑。不对，幽默，幽默对吧。"林桦树跟黛梦娜说话，已经调动他所有的文化细胞了。

转而，林桦树又郑重地说："梦娜，我会让你幸福的。"

"我不要幸福。"黛梦娜停顿了会儿，又用期许的眼光看着林桦树，"你能保密吗？"

突然，空气凝固，瞬间寂静。林桦树很快醒悟，摆出坚定信心的样子，"必须的呀，这不是你一个人的秘密，是我们家的事。"

但林桦树那神情，不太正经，他一副丰收喜悦的表情，占了老大便宜的嘴脸。黛梦娜冷笑了两声，哼了声说："看你像坏人。"

林桦树坏笑："是吗？那就对了，哈哈，我这个坏人时刻准备好了，和你一起承担生活中的风和雨。"

在葵花街上，两个最不应该走在一起的人，黛梦娜和林桦树结婚了。很多人问小爪，怎么回事？最蒙的要数小爪，就在他眼皮子底下，发生了如此的奇事。但他什么情况都不知道。现在想来，那天，黛梦娜是有意把他支出去。可是那也不能那么快呀，就那么一个上午，或者再加一下午，把结婚这么大的事敲定了。细想想，他俩都属于不正常的人，做出这样超常规的事情，也算搭界。他刚听黛梦娜说要和林桦树结婚的时候，坚决反对，林桦树做哥儿们相处没毛病，但是做谁的丈夫，很悬，他是最能撩骚的男人。

黛梦娜只有一句话，事已至此。

到底事已至哪个此啦？黛梦娜没说明，但那架势，像有人拿刀架到她脖子上，逼迫她结婚。要说，我师傅可也是够犟的了，小爪在心里这么说。

213

依着黛梦娜是不办婚礼的,她想的也对,她结婚是为了生孩子,说不定林桦树啥时候腻歪了,要离婚呢?或者,她自己不定啥时候也想散伙呢?这都说不准,没有感情基础。像小爪说的,林桦树是撩扯,把我撩扯到手的。

林桦树却说不行,结婚是人生大事,不办婚礼会引起别人猜忌的。本来他俩的结合就是个谜,猜不透的谜,再加上不办婚礼,更加深了别人的猜忌。也许,黛梦娜怀孕的事就泄密了。黛梦娜觉得林桦树分析得对。他俩约好,一同保守这个秘密。

婚礼是在江河屯林场的电影院里举行的,场长做证婚人,办得非常热闹。黛梦娜真没想到,林桦树还挺能张罗的,什么都没用她伸手,这回,她只是出个人。亏了举办婚礼了,作为一个女人,一辈子结婚,不办得风风光光的,属实遗憾。林桦树给了她一个美丽耀眼的婚礼,她在心里无数遍地感谢林桦树。

这着实把杨景升火烙坏了,他万万没想到,黛梦娜闪婚了。同时,他为自己的决定而感到庆幸和安慰,他没做错,黛梦娜其实真像夏彩莲说的水性杨花。说是庆幸,他心里也是醋意横生。他闹心和愤愤不平的另一个原因是你黛梦娜闪婚,或者跟我置气,你也要找个正常男人啊,林桦树是个什么东西,跟杜山虎半斤八两甭找钱,说他是个臭流氓一点不为过,那都是抬举他了。

夏彩莲说黛梦娜水性杨花,杨景升自从听到这话,就有意回避这句成语。扎心!这水性杨花他压在心里,从没向任何人说起过,他也根本没把夏彩莲的话当真。他承认,夏彩莲任劳任怨地为他做饭洗衣,照顾他的生活,是对他有好感。但她已经是杜山虎的媳妇了,这事实在那摆着,不承认就是犟。当黛梦娜向他送来橄榄枝的时候,他欣然接受,极力把夏彩莲从他的生活中择干净,但"剪不断,理还乱,是离愁,别是一般滋味在心头"啊。他有啥办法。夏彩莲对杨景升欲罢不能,所以,她看见他和黛梦娜谈对象了,自然嫉妒,女人嘛,她自然而然地会说黛梦娜的坏话,杨景升也就那么一听罢了。

现在，杨景升又想起夏彩莲说这话的情景。那天晚上，刚从黛梦娜家喝完咖啡回来，夜空清朗，月亮贼亮，繁星点缀。仿佛比白天看人还清楚。他刚进家属院就下自行车了，怕颠得车铃铛发出声响，引来夏彩莲观看。杨景升推着自行车，蹑手蹑脚刚推到夏彩莲家大门口，没等到自己家大门口，夏彩莲已经在大门里站着了，轻声说："才回来呀，没吃饭吧？一会儿我给你端过去。"

杨景升想既然看见了，那我就快速通过。杨景升快速通过的时候说："我吃过了，不用送了。"这口气和语言明显拒绝，能听出好赖话的人，早就知趣了。嗯，可能夏彩莲也知趣了，她没搭腔。

进到屋里，杨景升长长舒口气，觉得舒畅多了。他宁可今晚饿着，也不吃夏彩莲做的饭，他为什么不可以活得像黛梦娜那样淡雅、高洁和浪漫呢？那么今晚他要保持这份情愫，已经保持到现在了，再有几个小时就到明天了，那我就保持了一天，是有进步的。

正当杨景升仔细地洗脸的时候，夏彩莲正好进屋。杨景升满脸的香皂沫，他抬脸看夏彩莲，香皂沫渗到了眼睛里，杀眼睛。他眯缝着眼睛说，你咋又来了？我都说不吃了，已经吃过了。夏彩莲说，我给你拿的饺子，你趁热快点吃。她看杨景升眯缝着眼睛，咧着嘴，看着都怪杀得慌。她把饺子碗放在桌子上，麻溜地卷起袖子，扯过毛巾，湿水，一只手扶住他的头，另一只手给他洗脸。杨景升正好弯着腰，她三下五除二，把他脸上的香皂沫洗干净了，又用毛巾麻利地在他脸上擦干水。像姐，甚至像娘那样，亲切、自然地为他擦脸，拍打衣服上的灰尘，扯平衣襟上的褶皱，拉平衣服领子，等等。她帮忙干的看似是一些小事，实则是只有最亲密的人才有的举动。杨景升没办法，躲不过来，防不胜防。可怕的是，久而久之，他竟然也很享受这样的举动。这回也是，没等杨景升反应过来，脸已经洗完了。紧接着，夏彩莲麻利地把他窝在脖子里的衣领翻出来，拉平。这是因洗脸怕弄湿了衣领，随便窝起的领子。杨景升完全自己顺手能干的活，让她捷足先登了，没办法。

杨景升夺过夏彩莲手里的毛巾，那意思，谁让你洗的，真是大胆，

215

赶紧给我出去。可夏彩莲就是大胆了，她把站在外屋地的杨景升推进屋，按他坐在桌子边的椅子上，小跑着到外屋拿了筷子、酱油、蒜，把筷子放进杨景升手里，就差喂他嘴里了。他本来靠毅力是可以喝了咖啡不饿的，但喷香的饺子摆在他面前，勾起了他的食欲。他看着饺子，刚想说，我吃完饭了。夏彩莲忙说，我知道你没吃饭，光喝咖啡了，还只喝了一杯。那黛梦娜能仙儿活着，你不能，你是人，她不是人。杨景升听了这话，这不是骂人吗，抬头看着夏彩莲，刚想发火。夏彩莲接着说，她不是人，是仙女，她不食人间烟火，你跟她过不到一块去。这样的女人，水性杨花，我不是骂她，水性杨花，她只找人打连连，就是你现在说的谈恋爱，她能结婚吗？不能。杨景升反问，这就水性杨花啦？夏彩莲说，行，这是你逼我说的，我看见林桦树经常去她的照相馆。以前，我还看见她坐林桦树的马车，有说有笑的，就像是她第一次见到马车，像是第一次坐到马车，你说多会演戏。是，她指定跟林桦树不能有啥，那林桦树跷着脚，也赶不上人家黛梦娜，你听听这名，跟外国名似的。黛梦娜也就是跟他水性杨花一会儿，没啥，林桦树还不够资格。在夏彩莲这里，水性杨花又是另外一种解释，杨景升哭笑不得，说夏彩莲是纯粹的农村妇女吧，她还有自己一套独到的见解，挺气人。这时候，杨景升和夏彩莲还没有葵花地里的那事，相互之间说话还带有试探和委婉，绕几里地才落到想说的话题上。就像夏彩莲说黛梦娜，别看水性杨花不好听，她也是绞尽脑汁想出这个词，杀伤力强，但不失委婉。

　　话锋转变迅速，夏彩莲说，杨景升你没吃饭，咱不能跟仙女比，她可以不吃粮食。你个大老爷们儿，不吃饭，怎么能睡着觉啊，明天还得上班，说句不该说的话，你这相当于养活一大家子人家呢。说到这儿，夏彩莲脸颊绯红。这能是装的吗？不能够哇？羞涩的动作可以装，可是脸颊绯红却是无法装样子的。可你夏彩莲绯红得没有道理呀，到这会儿，你已经是两个孩子的妈妈，你是和两个男人同床共枕过的女人了。可能杨景升就喜欢这种有温度的人间烟火，尽管粗粝些，但来得实惠、受用。而黛梦娜当然也无可挑剔，沉静、飘逸，也温情，但她的温情底色悲凉且黯淡。

　　夏彩莲绯红着脸，端起碗，凑到杨景升的脸旁，香气扑鼻。杨景升接过碗，夏彩莲又把筷子递到手里。杨景升夹饺子，整个塞进嘴里，他大口嚼着饺子，心里大骂滚犊子吧，啥玩意儿优雅的。

第二十三章

　　我和树苗同一年出生，当然是我先出生的。我是出生在第二年春天的五月份，从我出生，杜山虎便上下左右地端详我，恨不能拿放大镜看。看我的眼睛鼻子嘴，都不像他，像谁？也不像夏彩莲，因为我实在是太小了，可能也算是营养不良，还是我母亲怀我的时候过于忧心忡忡？她不是担心我的死活，她是担心杨景升和黛梦娜突然不定哪天结婚。我出生时，只有五斤多点。也许还有一种可能，我母亲故意不吃饱，饿着，这样不显怀，显得我没有那么大的月份，这样她就能把怀我的时候掐算在杜山虎在家的时候。算了，我可不猜测夏彩莲为啥把我生得那么瘦小了，总而言之，她没安什么好心。打从一开始她就掐算时间，想证明我是杜山虎的儿子，不是杨景升的儿子。可时间亘古不变，她是改变不了的，只能从我的体重上找时间差。但我还是按着月份出生了，而我实在是太瘦弱了，看不出确切像谁。杜山虎开始回忆，在七八月份的那段时间，他不在葵花街，他是被水泥厂派出差了，到嘟噜河运送水泥，因为他对嘟噜河那条路熟悉，又有边防通行证。后来他就住在嘟噜河，负责往来运送水泥的业务，哩哩啦啦的，能有一个半月吧，直到嘟噜河那边水泥运送完毕。他中间是回来过几次，可毕竟这一个来月没怎么在家啊。能不引起怀疑吗？难道杨景升乘虚而入啦？不能够哇，他和黛梦娜都谈婚论嫁了，杜山虎能不合计吗？

我的出生，着实搅和得杜山虎心里翻江倒海，从看见我刚出生时皱巴巴的小脸开始，他就对我极其厌恶。要不咋说他怀疑得没道理，你还没看出我到底长得像谁，我到底是谁的种，你就打心眼硌硬我。行，我招谁惹谁了。

要不咋说，杜山虎瞎咋呼可能耐了，论到真章上，他就怵眯了。没根据，没把柄，你杜山虎怀疑吧。夏彩莲才不打怵他这一套呢，无论你怀疑一百遍一千遍，我只有一句话，这臭小子是你的，爱要不要。有能耐你就从这个家里滚出去，这是我的家。哈哈，杜山虎的家属院，彻底成了夏彩莲的家。多么讽刺呀，夏彩莲是带着两个女儿嫁给杜山虎的，走进了这个杜山虎的家，如今，这里变成了她的家。也是，杜山虎他就吃这套，他浑，他二流子，说啥都满不在乎。可他是属狗的，无论跑多远，跑几天，总忘不了回家。

关于我是不是谁亲生的事，从我出生那刻起，就悬而未决。杨景升从未参与这个话题，杜山虎也从未和他单独聊过这个话题。而杨景升一味地对我好，这引起了杜山虎的不满和更多的怀疑。

那么杨景升为什么对我好呢？这要从我未出生时说起。可能夏彩莲在怀我、生我的时候过于焦虑了吧，焦虑杜山虎的怀疑，焦虑杨景升与黛梦娜结婚，焦虑葵花地里的事万一透露了风声，让这脸往哪儿搁。她还有个更大的焦虑，怕再生个女孩儿，她已经一口气生了两个女孩儿了。生下我就没奶水，咋能有奶水嘛，那么多焦虑。没有奶水她自己也着急，生豆粒、麦穗的时候，喝口热水都生奶。这倒好，饿得儿子哇哇哭。我饿与不饿，哭与不哭，跟杜山虎都不挨着，可能我跟他天生犯相，他继续带着豆粒、麦穗满世界疯跑，好像是豆粒和倪铁美学唱歌跳舞呢，这事是瞒着夏彩莲的，因为杜山虎向夏彩莲保证过，不再和倪铁美打连连。但他狗改不了吃屎，他还说他是狼行千里吃肉，暗地里，他没事的时候还是去文工团看排练和演出。

我生下来瘦弱，之所以能活下来，多亏了杨景升。既然母亲没有奶水，那她哺育我的意义便减少了一半，这样的话，谁都可以哺育我，无所谓女人和男人。最初，我喝米汤和奶粉。奶粉是杨景升买来的，最早是买黑龙江最好的完达山奶粉，那是北大荒建设兵团奶粉厂生产的，确切地说，是个农场建的奶粉厂。后来有点吃不起了，夏彩莲看不过眼了，说这小崽子可不是吃一口奶粉能长大的，得细水长流。咱葵花街的糖果厂也生产奶粉，叫宝泉岭奶粉。杨景升说，我不是寻思完达山奶粉更好些吗？夏彩莲说，你就是觉得远道和尚会念经，我看葵花街的女人都买咱自己产的奶粉喂孩子，你呀，不能这样娇惯孩子。还真亏了葵花街糖果厂的宝泉岭奶粉，喂养了我这个可怜虫。可是无论咋样喂养，我还是瘦弱得像个小病猫。杨景升看着我可怜的小样，嘟嚷着这也不行啊，这么着，这孩子没多大活头哇。夏彩莲倒想得开，人各有命，是死是活听天由命吧。她那意思把我带到这个世界上，已经完成任务了。我不知道，她对我两个姐姐是啥态度，也像对我这样吗？弄不懂。

最难熬的是冬天，我在襁褓中，每天冻得瑟瑟发抖。每家都是烧煤炉子，有火墙子，按理说，屋里不该那么冷。有时，我冻得嘴唇发紫。这种情况，已经不是我是否能吃饱的问题了，又加上了寒冷问题。一旦我感冒，那指定是没个救，太瘦弱了。因为吃不饱，又冷，我是一晚上一晚上地像个小赖猫似的吭唧，夏彩莲已经不胜其扰，困得每天抬不起头来。杨景升突发奇想，他说他晚上带我，让我晚上跟他睡。夏彩莲想都没想就说，行，反正我也没奶水，他跟谁睡都一样。就是晚上你遭罪了，要喂奶粉，他还每晚上哭几次尿。杨景升说，这小子哭，一半是冷的。平时他穿的是皮大衣，是里面带毛的那种。他只要下班，就把我揣进皮大衣里，腰上扎个皮带，这样我指定掉不下去。钻进他的皮大衣，再加上他的体温，我果然不打哆嗦了，嘴唇也不紫了，也能畅快地喝奶粉了。有时，他把我贴在他的肉上，外面裹着皮大衣。有他体温的皮大衣里，像个保温箱，冬天，我是在杨景升用胸膛做的保温箱里度过的。那个冬天，每个晚上我就到杨景升的屋里，连同奶瓶、暖壶啥的，贴着他滚烫的胸膛睡觉，夜晚饿哭了，杨景升半夜起来给我冲奶粉，喂我喝上奶粉，然后我们俩又沉沉睡去。那个冬天，如果没有杨景升滚烫的胸膛，如果没有杨景升的皮大衣，如果我不是拱在他的皮大衣里，我可能早就没命了。有时我也会拱在他的肚皮上。我在杨景升袋鼠一样的兜里，居然长大长胖了。就相当于，杨景升又怀了我一次，我是两次怀胎出生的。杨景升看着我有了肉的脸说，这小兔崽子光喝奶粉也不顶呛了，眼瞅着这小子饭量见长啊。这得加强营养啊，不然前功尽弃了。

　　一个大雪飘飞的冬夜，杨景升冒着风雪闯进了夏彩莲的家。屋里带进一股寒流的同时，也带进了一股子羊膻味和血腥味。杨景升的肩上扛着一只羊，是带毛的。杨景升只穿着一件黄棉袄，他每天穿在身上的皮制军大衣不见了。这件皮大衣是他的宝贝，也是他军人生涯的念想，外是军绿色的，里儿是长毛羊皮的。他穿到厂子里，这些年，多少人想买他的这件军大衣，他都没舍得卖。

　　杜山虎迎上前，接过杨景升扛着的羊，说的第一句话是，你两天没上班了，还说我三天打鱼两天晒网，厂长可找你了。杨景升没有过多解释，我去整羊了。夏彩莲怀里抱着我，一声惊呼，杨景升，你的皮大衣呢？杨景升还是没有过多解释，换羊了。夏彩莲哇的一声哭了，你个败家老爷们儿，你咋能把皮大衣换羊呢？你冬天咋活？志龙还指望着你皮大衣活呢。杨景升拍打着身上的雪说，志龙长壮实了，等吃了羊肉，会更壮实的，他可以离开我皮大衣了。没事，还有羊皮褥子呢，他指着躺在地上的羊。

　　杨景升摘下头上的棉帽子，那是一顶棉军帽。他的头发已经被汗水湿透了，还冒着热气。这顶棉军帽和那件军用皮大衣自成一体，很搭，很帅，穿在杨景升的身上，四周白茫茫的雪野映衬着，那是真带劲。夏彩莲百看不厌。现在只剩下军帽了，怎不令夏彩莲无限忧伤？她号啕大哭，把我的两个姐姐哭得胆战心惊，也跟着泪水涟涟。夏彩莲哭着说，把皮大衣赎回来。杨景升说，那不是当铺，当是当铺，人家跟我讲的是绝当。夏彩莲哭得更厉害了。杨景升不管哭不哭的事，他招呼杜山虎收拾羊，羊肉切成块放仓房冻起来，羊下水收拾干净，烀出来，羊皮熟了，给志龙当褥子。

杜山虎用愤怒的语气说，羊肠子和羊肚子不能洗太干净，那样就没味了。

夏彩莲哭着，也用愤怒的声音说，你属猪的，就知道吃。也不问问，他杨叔是遭了多大罪，受了多大苦整来的羊。

原来杨景升是从江河屯整来的羊，他本来打算是当天去当天回的，可是雪大路滑，在回来的路上，又下起了暴雪，拉木头的大挂车在半道上不走了，是怕误在半路上。停在半路上是可怕的，因为通往凤翔县的路仅能容两辆车通过，还得一辆车停下，另一辆才敢缓慢地通过。这么大的雪，大挂车只能开进路边的大车店，等雪停了再走。但杨景升可不能等，谁知道这雪下到啥时候，再说这羊也不能等，放在屋里吧，怕坏了，埋在外面雪里吧，怕变成别人的羊。后半段路程，杨景升是用腿走回来的，幸亏路上还遇到了个赶马爬犁的，搭了他一段路，不然得把他累趴下。

这个冬天，这只羊救了我的命。家里人吃了几顿羊肉，剩下的好肉都冻在仓房里，留着给我吃。夏彩莲把羊肉剁成碎末煮在粥里喂我，羊肉暖着我的胃，羊皮暖着我的身，我在这个冬天，茁壮成长。

从我记事起，我就听夏彩莲念叨，你杨爸的皮大衣给你换羊了，太可惜了。妈妈咋就忘不了那件皮大衣，就在我眼前念叨。我真后悔，当年我就应该用两只羊把皮大衣换回来，唉，我没去换，两只羊，上哪儿去整啊？你都不知道，你小的时候，冻得嘴唇发紫，只要钻进你杨爸的皮大衣里，就缓过来了，瞪着小眼睛，滴溜溜地看着你杨爸。我说，妈，是不是你宁可我瘦死，你也要那件皮大衣呀？夏彩莲没有言语，悠悠地看了我一眼，并轻蔑地哼了声。

哦，说下我的名字的由来。我不是总病病歪歪的嘛，杨景升说，给他起个壮实的名字，叫志龙，志气的志，大龙的龙。夏彩莲惊呼，好名，但是，就不知道他能担得起这么大名不。

真让夏彩莲说着了，别说龙了，我连条虫都赶不上。唉，你说夏彩莲啊，你能不能说点好的，乌鸦嘴。

可能那只羊给我拱的，太壮实了，从那我再也没生过病。夏彩莲也总说，你的命是你杨爸用军用皮大衣换来的，好像我的命不值一件皮大衣。

那时候的工厂真是欣欣向荣，工人拿着微薄的工资，却干劲十足。水泥厂也不例外，那几年效益非常好，按理说，冬天是淡季，基本是处于半停产状态，可是厂里生产的水泥总也跟不上需要。所以，冬天水泥厂也加班加点地生产。杨景升从早晨去上班，晚上顶着星星才回来。杜山虎早就不在车间劳动了，他是不愿意整天和杨景升在一起工作，抬头不见低头见的。他的消极怠工，愈加衬托了杨景升的积极向上。他自告奋勇要去跑销售，是因为去年厂长派他去嘟噜河接送水泥的事，他觉得自己适合跑业务，最大好处是相对自由。那次接送水泥，他要与嘟噜河几个要水泥的单位衔接，其间还和几个单位的人成了好朋友。

水泥厂的厂长有些不放心地说，我们厂子将来要开拓的阵地可不光是嘟噜河呀，像佳木斯什么的，都要开拓。杜山虎胸有成竹地说，您放心吧，厂长，佳木斯啊，齐齐哈尔啊，我去开拓，我不怕苦。鉴于他上次去嘟噜河的经验，厂长同意了他的请求。

这样，杜山虎经常拎着一个黑色人造革的提包出差，神气活现，扬眉吐气。杨景升照样骑着他一晃三响的自行车去水泥厂上班，路过照相馆，时间来得及照样下车，冬天帮着打扫大门口的雪。他到照相馆的时间，永远来得及，因为他出门上班早。像是估算好了，到照相馆离上班时间绰绰有余。现在杨景升再到照相馆，与爱情已经无关，是真正意义上的革命友谊。黛梦娜已经结婚了，并有了女儿树苗。杨景升基本上不进屋，就是在照相馆大门口看见有什么活就帮一把，没有活，他就在门口转几圈，像是昨晚上在这丢了啥玩意儿，来找找。偶尔进屋，最先映入眼帘的是花。他每次看见花，心里都会狠狠地说，还真臭味相投，摆这花架子有啥用啊。是呀，他从来没送过黛梦娜花，无论啥花。每次柜台的花瓶里，要不是葵花，就是紫色的锯齿花和橘色的黄花菜花。这有啥嘛，这些花一看就是山上采的，不用花钱。林桦树有这个便利条件，他在江河屯林场上班，林场坐落在巍巍的小兴安岭脚下，到了夏天，漫山遍野的野花，要叫我采，比这采的鲜艳。那葵花更不要说了，遍地都是，连照相馆的房山头都是。杨景升在心里愤愤不平，黛梦娜就吃这套，浪漫、精致。浪漫能当饭吃吗？林桦树就是用这种所谓的浪漫，骗了多少女的，其中有黛梦娜。冬天，那花瓶也不闲着，插着达子香，满满的一大瓶。达子香是迎春花，春天的四五月份开放在山上。但把达子香插在花瓶里，屋里暖和，树枝上长花骨朵，慢慢地，花骨朵变成嫩粉色，等开放了，满屋飘香。外面大雪飘飘，屋里鲜花朵朵。这都是林桦树整的景。

　　林桦树见到过杨景升几次，有几次杨景升在门口，还是林桦树招呼他进屋的，说外面冷，进屋暖和暖和。杨景升果断进屋，有啥不能的呢？这是照相馆，谁都能来的。而黛梦娜见杨景升进屋，却对着林桦树冷冰冰地说，暖和啥暖和，这又不是你家热炕头，这是工作的地方。杨景升只好扭头出门，带着一身寒气进门，又带着一身寒气出门，没暖和到一丝一毫。其实，林桦树不是真心让杨景升进屋暖和，他心没那么大度，他恨杨景升，不光是情敌的事，而是他占据着两个女人的心，却跟谁都不结婚。这种男人的潇洒是他林桦树今生的追求。但他追求了这么多年，还立志当不婚贵族，却没寻觅到真爱，直到遇到黛梦娜，鬼使神差，忽然间，他就喜欢她这冷艳款，无法改变，他尝试过忘记黛梦娜。但他也深知，他撩黛梦娜的后果是结婚，不可能游走在若即若离的暧昧关系中。他给自己总结了，他的爱情是瞬间成长的，并势不可挡。

　　现在他对杨景升的大度是演给黛梦娜看的，别看他和黛梦娜结婚了，两个人始终是同床异梦，又糟蹋同床异梦这个好成语了。我哪儿配同床啊，到现在还没和黛梦娜同床呢。窝囊吧，是，但忍，总有一天我会赢得黛梦娜的芳心，让她哭着喊着为我生孩子。这心里的信念和美好愿景，激荡着林桦树向生活挑战，勇往直前。那么，第一，他先从对杨景升表现大度开始，他知道，黛梦娜和杨景升的爱都有结晶了，那不是一时半会儿"咔嚓"一声能了断的，必然藕断丝连。他不能大打出手，更不能讽刺打击，要敞开如大海般宽阔的胸怀，海纳百川。他得知夏彩莲所生的孩子，体弱多病，还是他给杨景升提供的信息，去江河屯整只羊啊，母亲喝了羊汤下奶，孩子喝了羊汤长膘。他是有经验的，江河屯谁家生了孩子没有奶水，孩子体弱，都整只羊吃。他给杨景升说喝羊汤这事时，是隆冬，早过了夏彩莲坐月子的时候，但不晚。杨景升决定去江河屯整羊，林桦树说了，江河屯不光有林场，前半街还有农林队，也就是农村。农民家里或多或少都养着活物，如羊啊，猪哇，鸡鸭呀。

后来黛梦娜坐月子时，也是没奶水，小树苗饿得整夜整夜地哭，谁说老娘们儿坐月子只能吃鸡蛋，那是没条件的人找借口。林桦树立刻在江河屯整了一只羊，喝了羊汤，立马下奶。哦，当然，老娘们儿这词不能搁在黛梦娜身上，她就是生十个孩子，也不能说是老娘们儿。是女士，是女神。

听说杨景升真去江河屯整羊的时候，林桦树心里乐开了花，去吧，去吧，赶上他倒霉的话，遇到暴风雪可跟我没关系。下大雪就不通车，凭他那艮脾气，急眼了会扛着羊往回跑，没准冻死在雪窝子里，也不是啥稀奇事。冻不死，也冻掉他半个脚指头。那可别怪我，我只是提供了哪里有羊的信息，我又不是管天气的天老爷。那算是老天爷替我报仇了。

林桦树的第二个手段是对小树苗疼爱有加。不能说是手段，对小树苗的这份疼爱可不是装模作样，是发自肺腑的疼爱。名字是他起的，他的名字叫林桦树，那女儿叫树苗。看得出，他是多么喜欢这个孩子。这样一来，黛梦娜身边的亲人都妥妥地搞定了，剩下黛梦娜更好说了嘛，关键林桦树欣赏黛梦娜的高冷和孤傲，一味地宠溺她的任性和矫情。他现在为黛梦娜默默做的一件事是，在百货大楼买了蓝白两色的毛线，求林场的一位嫂子为黛梦娜织一件毛衣，留过年的时候穿。所以，不急，他跟林场的嫂子说，慢工出细活。那时候的嫂子们、婶子们，个个都是巧手，织得一手好毛衣，像毛衣、毛裤、毛坎肩，各种织物吧，在她们的手里，都是妙手生花。她们是苦于没有毛线，如果有毛线，她们能织出花样百出的毛衣。特别是粗线织的毛衣，都可以当作外套穿。林场有的嫂子，不舍得戴发的劳保线手套，攒上几副手套，拆成线，织线坎肩、毛衣。林桦树求这位嫂子织毛衣，不让她白受累，也送给她能织一件毛衣的毛线。别的会织毛衣的嫂子羡慕不已，对林桦树说，下次再织毛衣找我这个嫂子给你织，比你那个嫂子织得好。其实也不全是为了林桦树的毛线，就是不给毛线，嫂子们也是会给织的。像林桦树以前穿的那套照相的毛衣毛坎肩，都是林场的嫂子们给织的，也没有送她们毛线啊，一样替他织，这在林场都不是个事儿。有的嫂子，常年手里不离毛针，跟你说话唠嗑，不耽误手里织毛衣。

  林桦树知道黛梦娜不喜欢大红大绿的颜色，天蓝色的毛线织毛衣，白色的毛线织毛坎肩。呵呵，就等着过年的惊喜吧。亲爱的黛梦娜，看你能拒绝我多久。哦对了，最重要的是努力提高自身素质和能力。这绝不是林桦树在喊口号，是他人生的奋斗目标。他在林场改掉了能撩骚的毛病，争取再回到驾驶汽车的岗位，那以前赶马车还是车老板呢，不能后退了呀。林桦树心里高呼，黛梦娜你就瞧好吧，有你把我往你被窝里拉的时候，今天的我让你爱搭不理，明天的我让你高攀不起，你瞅着吧。

第二十四章

　　夏彩莲始终没有正式工作，她冬天去糖厂包糖，夏天去苗圃育苗干活。幸亏没有正式工作，料理了四个孩子。到了二十世纪八十年代，杜山虎彻底翅膀硬了，他开始不着家了，那时候，他已经被水泥厂开除了。他自己说，是辞职。被开除的原因是杜山虎在跑业务期间，把别的厂家负责人揍了，不为水泥，不为货款，因为女人。这个女人大家也不陌生，还是倪铁美，要不夏彩莲咋说他狗改不了吃屎呢。无论杜山虎做多么出格的事，夏彩莲都毫无怨言，这句话是她骂杜山虎最狠的话。她骂完这话，眼巴巴看着杨景升，随之眼泪已经流到了嘴角。这时候，杜山虎已经被外地派出所拘留了，他用啤酒瓶子把那个骚老爷们儿开瓢了，缝了好几针。夏彩莲是禁止杜山虎和倪铁美往来，但是，豆粒还要跟倪铁美学唱歌跳舞哇，主要学习现代京剧唱腔。再加上豆粒又非常喜欢唱戏，不跟倪铁美学，找遍葵花街，还真没有赶上倪铁美水平高的老师。再说了，你跟哪个老师学，不花学费也得隔三岔五地给老师买点礼品吧，她家哪有那条件啊？而倪铁美却不同了，她不要学费，还给豆粒买好吃的呢，这便宜上哪儿找占哪？夏彩莲还埋怨杜山虎都是你给孩子领上这么条道。豆粒就认唱歌跳舞，学习在班里打狼，人家都说，学好数理化走遍天下都不怕，这学的是啥正经玩意儿啊？任凭夏彩莲说去，豆粒要学唱戏，杜山虎大力支持。这些年，他和倪铁美也没断了联系。

　　文工团逐渐不景气了，没人去剧场看"下一个节目"了，似乎像"我家的表叔数不清"和"小常宝"这样的现代京剧已经没有了听众，剧团也在思变、改革，连倪铁美也学唱了流行歌曲，居然还唱了二人转，《小拜年》《月牙五更》《西厢记》。像二人转这些曲目，倪铁美可以说一学就会，信手拈来，在歌唱这方面，她是有基础。她与真正二人转演员比，在唱功上不分上下，但论功夫和绝活却无法企及，那功夫和绝活是从小练的，非一朝一夕能练成的。唉，对付着整吧，赶着往前走吧。文工团几乎解散，演员各奔东西，也给安排了去处，比如，倪铁美被安排到了木材厂。让一名文工团的演员跟木板刨花打交道，结果可想而知。倪铁美上了一个月的班就不去了，从此开启了跑江湖的模式。有结婚、开业的，她去唱几首歌，中间带几个学生，其中有豆粒。这样也好，时间是自己的了，自由了。听说杜山虎在嘟噜河、佳木斯跑业务，她自然心动，也不管杜山虎是否同意，拎着包，在车站等着，跟杜山虎闯世界。

　　到了佳木斯，杜山虎先请倪铁美看了电影《小花》，杜山虎是讲义气的人，以前净蹭看文工团的节目了，外带两个小女儿，不说三张票吧，也是一张半票。早就听说《小花》如何的好看，最想看的是那里有爱情，大胆地谈爱情，可是倪铁美没舍得买票看。这次，在佳木斯，杜山虎请她看，她怎能不心花怒放？

　　在电影院看电影《小花》的时候，倪铁美整场电影全神贯注，生怕漏掉一个镜头，跟着剧情哭，跟着剧情笑，跟着剧情惆怅。特别里面的插曲《妹妹找哥泪花流》，听得她是激动万分，她说，为了这首歌，看这部电影都值了。这歌曲，是她以往都没听到过的旋律。她一向对歌曲入迷，等影片结束，这首影片插曲她也会哼唱了。走出电影院，倪铁美激动万分地说，等回葵花街，教豆粒唱。等学校再开联欢晚会，就让豆粒唱这个歌，那会轰动整个学校。

这时候的杜山虎当业务员，手里已经有俩钱了，他请倪铁美吃个饭，看个电影，那还是绰绰有余的。但杜山虎还是会过日子的，可能是受夏彩莲的影响，夏彩莲能用微薄的工资过有滋有味的生活。所以，他也仅限于请倪铁美吃个家常饭菜，看个普通电影。佳木斯已经有更高级品位的电影院，但票也贵，杜山虎断然不会请倪铁美去有软座的电影院看电影。他说了，要留着钱给他闺女豆粒学唱戏，那是艺术。豆粒学习差，但她热爱唱歌跳舞，并且一学就会。倪铁美说豆粒有天赋，将来可以上艺术院校。这也是倪铁美指点的，倪铁美曾说，学习好坏没关系，术业有专攻，都成学霸了，都考进清华、北大，那人家清华、北大还忙不过来呢。甭羡慕学习好的孩子，每个孩子都是小精灵，看你咋样培养了。只要你有钱，将来豆粒去哈尔滨、北京，学京剧，早晚成角儿。以前倪铁美说这话杜山虎深信不疑，可是现在，倪铁美这个所谓的角儿，搁以前在他们工人眼里，那就是大明星，可最后咋样？文工团解散了，高攀不起的倪铁美现如今跟着他混饭吃，跑江湖。但可能人最初的印象根深蒂固，倪铁美现在依然在他心里是角儿，须仰视才行。在豆粒的前途命运上，他信倪铁美的，他也深知，培养个艺术生是要金钱堆积的，但杜山虎有动力，挣钱，他誓要把豆粒培养成葵花街的艺术家。他曾跟夏彩莲说过，儿不儿子能咋的，那志龙爱他妈是谁的儿子，将来，我就指望着豆粒给我养老。麦穗听到了，噘着小嘴，羡慕嫉妒地说，爹爹还有麦穗呢，也给你养老。杜山虎哈哈大笑，哦，我二女儿乖，学习又进步，爹爹不拖累你。你将来一准是考大学的，是大学生，不需要爹爹了。爹爹只能是你人生路上的累赘。别羡慕你姐了，好好学习吧。

杜山虎对麦穗说的这些话，都是真心话，也可能是托词吧，不是不拖累麦穗，是他不想管那么多了，他只管豆粒。他还鼓励麦穗，我家二女儿考上大学，将来是要远走高飞的，哪能只窝在咱葵花街呢。哦，对了，我二女儿将来要当医生，你没听说嘛，一有听诊器，二有方向盘嘛，这都是有出息的职业，将来能发财呀，有前途。看夏彩莲一脸的蒙，杜山虎扑哧笑了，笑话夏彩莲蒙，啥也不懂，是金钱的钱。夏彩莲听了，不经意地怼他一句，你就知道钱。杜山虎很懂的样子说，那当然了，老婆，都啥年头了，二十世纪八十年代了，一切向"钱"看嘛，你这思想要提高了呀。杨景升一向对杜山虎的论调嗤之以鼻，嘴上功夫厉害，一个三番五次被单位开除的人，大谈挣钱，听着都玄乎。别说，最近杜山虎跑业务倒是挺出色，这几个业务员里，厂长还表扬杜山虎了，业务拓展得广，为水泥厂推销出去不少水泥。

倪铁美到了佳木斯，如鱼得水。她先是跟着杜山虎闲逛了几天，把佳木斯大大小小的街道都走了一遍，她差点惊掉了下巴。佳木斯是比葵花街超前了，有录像厅、歌厅、酒吧。虽然从门店看上去，简陋，不伦不类，但有新鲜事物，是她以往从没见过的新鲜事物，但她未敢进去半步。她不是不想，而是喜忧参半，犹豫不决。她回到招待所跟杜山虎说了，杜山虎拍着胸脯说，就这点能耐呀？改天我带你去，咱踏他个遍，咋样？倪铁美喜出望外，那太好了，我可等你请我了。等了几天没动静，倪铁美知道杜山虎抠门，他是攒钱给他女儿上艺术院校用。倪铁美理解，只要说是为了支持豆粒读艺术院校，倪铁美一百个赞成，这还是她出的主意，也欣赏她自己这个学生。

不安分有两种：杜山虎的不安分是做什么都不长久，喜欢瞎走瞎逛，最后是两手空空；倪铁美的不安分是心里时刻在躁动，喜欢看新鲜事物，好奇心极强，接受新鲜事物的能力超强，不安于现状，寻找一切机会挣钱，改变命运。倪铁美那颗躁动不安的心让她无法过那种默默无闻的生活，她愿意光鲜亮丽地站在舞台上，一展歌喉。她需要这样的载体，承载她的灵魂。她不能等杜山虎带她去歌厅、录像厅和酒吧了，那不定等到猴年马月。再说，她从跟杜山虎交往，就没想着要占他钱财上的便宜，因为他没钱，他还有老婆孩子要养活。她佩服杜山虎这德行，虽然人不咋的，但他仗义，不是自己的孩子，喜爱的真挚，在培养孩子学习上，不惜砸钱。她不指望杜山虎，到佳木斯来，杜山虎就是她到佳木斯的跳板，仅此而已。她还想着，等她挣了钱，要接济杜山虎呢。她有一副好嗓子，这就是去这类娱乐场所的通行证啊。她背着杜山虎，战战兢兢，先走进了歌厅……

　　说到杜山虎的德行，还让倪铁美最佩服的是，他俩的关系，是小葱拌豆腐一清二白。好归好，友谊归友谊，难舍难分也有，难道男女之间就没有纯洁的友谊了吗？有啊，就像杜山虎和倪铁美那样，人生道路崎岖多变，杜山虎需要倪铁美的相伴前行，市场经济的潮起潮落，杜山虎需要倪铁美超前的思想指引。那么倪铁美的点拨和指引都是正确的吗？未必，但杜山虎就需要她那稍微的点拨。他俩在某些事上是相互的跳板，相互的成就。如果说他俩的关系暧昧，只能说是倪铁美的一厢情愿。暧昧就暧昧吧，都不需要解释，特别不需要向外人解释，没义务，没必要。这点杜山虎和倪铁美是一样一样的臭脾气，一副玩世不恭、无所谓的样子。沉默，最有力地回答和驳斥那些窥视、猜疑的人。都说透过表面看本质，你看到的表面不一定是真事，这话放在杜山虎和倪铁美身上最正确。为了让倪铁美认清现实，杜山虎曾对倪铁美说过，他这辈子就认准夏彩莲了，是夏彩莲给了他人生的信心，是夏彩莲把他宠成了孩子，也把他宠成了英雄，也把他尊敬成了真正的男人。夏彩莲包容了他所有的缺点和优点，是在葵花街第一个最看得起他的人。无论日子多么饥荒，无论男人何时回家，她都是热气腾腾、温暖如春。所以，他受伤了，受气了，走投无路了，他第一冒出的念头就是回家。只有夏彩莲能给他一个家，一个温暖的家。

　　后来终于等到了杜山虎要请倪铁美吃饭，不是杜山虎请，他舍不得花那钱，是和他联系业务的一个工地上的业务员二库请吃饭。杜山虎答应倪铁美要请她这、请她那的，哪样也没兑现。好不容易逮着这个机会，咋也得带上倪铁美呀。

　　倪铁美去的那个歌厅，令她有些失望。这哪是什么歌厅了，其实是穷鬼乐园。没人伴唱，放的音响。天棚顶上拉几道拉花，吊几盏忽明忽暗的彩灯。但人却很多。这她都没和杜山虎说，她怕杜山虎说她。说她什么呢，反正不会给她好话。她去这一次歌厅，再也不想去了，别看她现在不登台了，也不是啥艺术人才了，但那种歌厅，是不配她的身份的。看人倒是来来去去的不少，生意挺火爆，但其中的有钱人还是少数。她闲不住，不去歌厅，她经常去这些地方转悠，看客流量，看大伙的穿着打扮。她看那些所谓酒店的地方，门口车也多，有轿车、小面包车、客货两用车。从车里下来的人，穿着体面。

男人们吆五喝六地到饭店吃饭很正常，但你带个女的去，味道多少就变了。你带的这个女的又不是你的媳妇，那更让人想入非非。吃饭的时候人是不多，那个业务员二库带他一个哥儿们，杜山虎带着倪铁美。一共四个人，倪铁美挨着杜山虎坐，二库都坐下了又起身说，那不行，咱得尊重女性，让这位妹妹坐在这儿。二库指着那个位置，这是个正位，在杜山虎和二库中间。倪铁美推让，说她不应该坐在那个正位上。二库坚持说，我做东，听我二库的安排。杜山虎没想那么多，他说，行，坐吧，没那么多讲究。杜山虎走到哪儿都想立棍，身边有倪铁美陪同吃饭，身价倍增，有面儿。二库这举动，是对倪铁美的重视，那就是对他的重视。三个男人喝的是白酒，二库劝倪铁美喝点啤酒，倪铁美推辞说不会喝。平时倪铁美和杜山虎在一起吃饭时，爱整点啤酒，杜山虎知道倪铁美爱喝啤酒，自作主张，服务员拿来六瓶啤酒，也不是啥高档啤酒，哈尔滨大绿棒子，实惠，好喝。杜山虎发话了，倪铁美也任二库给她斟满啤酒。那天大伙喝得很尽兴，倪铁美也没掖着藏着，啤酒一杯一杯地干，她是五瓶啤酒的量，杜山虎知道她的酒量，任她喝去。她还给杜山虎挡了几杯酒，其他两个男人羡慕嫉妒哇。这杜山虎是真有道行啊，领来这么漂亮的一个女人陪他喝酒。杜山虎爱显摆，爱嘚瑟，他提议让倪铁美唱首歌。唱歌对倪铁美来说，太小菜一碟了，立刻高歌一曲。她刚学会的《妹妹找哥泪花流》还无用武之地，刚好就唱这首流行歌曲。唱到"不见哥哥心忧愁"立马把二库镇住了，他固执地认为，倪铁美唱的这个哥哥，就是他，她找的哥哥也是他。从没听过这么好听的歌曲，流行歌曲的魅力，震撼到了他。倪铁美这就是专业歌唱家呀，无论是在舞台上唱歌，还是现在酒桌旁唱歌，她的表情是饱满的，歌唱是到位的。而二库认为倪铁美那多情的眼神是对着他二库的，他的心激动得怦怦跳。他很想拥抱倪铁美，抒发自己的感情，而面对这么多人，他克制、克制……这种克制让他快炸裂了。

高兴嘛，二库又多喝了几杯。酒喝到这时候，已经不用劝了，各自找酒喝，还找碴儿自罚三杯。杜山虎说去趟卫生间，屋里剩下三个人。杜山虎刚走出去，二库对他的伙伴说，你出去看看杜科长，他喝得不少哇。杜科长是杜山虎自己封的官，名片也是这样印的，杜山虎，业务科长。水泥厂没人跟他较真儿，他有自己的一套理论，这样好展开，推广业务。那年头，可以随便安个科长的职务称呼，也有利于抬高身价。

包间里只剩下倪铁美和二库，屋里瞬间宁静了，二库凝视了倪铁美片刻，冲动地握住了倪铁美的手，让倪铁美惊愕不已，狠命地往回抽手。二库力气大得吓人，他迅速瞅了眼门口，迅猛地抱住了倪铁美，两只手像钳子。倪铁美寻思她抽回手来也就得了，不想把事态闹大，可是这家伙得寸进尺，搂得倪铁美都喘不上气了。她本能地大喊，来人啊。啥叫闻风而动，杜山虎就有这本事，他骨子里像有爱打架的基因，包间里的动静他在卫生间也不知道咋能听到，耳朵咋那么长呢？咱也不知道他是在卫生间听到的，还是正回包间的途中听到的。他是手系着腰带跑进包间的，嘴里喊着："二库，你妈的，住手。"

二库太投入了，继续搂抱，连头都没回。杜山虎一手抓住二库的后脖领子，这时，另外那个小子也进包间了，喊着："唉唉，不能打人啊，咋打起来了，咋回事？"杜山虎抡圆了拳头暴打二库。那小子看干喊没啥用，上去抓着杜山虎制止。杜山虎以为那个小子来帮打架，他顺手抄起桌子上啤酒瓶子，照着二库的脑袋就是一啤酒瓶子。他想先干趴下一个再说，再对付那个小子。一酒瓶子下去，二库脑袋上的血就流了下来。是饭店报的警，四个人一并进了派出所。

结果还用说嘛，派出所通知了水泥厂，无论水泥厂还是杨景升，加上夏彩莲都没感到惊讶，他只是中间那段时间表现得不错，打架的事，迟早会发生，只是具体咋样发生，和谁打是无法预知的。杨景升主动找的厂长，说他去佳木斯那个派出所接杜山虎，到这个时候他也没问，到底因为啥打仗，跟谁在一起，因为啥，跟谁打。那些都没啥用，把人接回来是真格的。

　　要去佳木斯接人的头一天晚上，夏彩莲走进了杨景升的屋，她不知道杨景升要去接杜山虎，她是来求杨景升的，求他去接杜山虎，并把家里仅有的几十块钱拿来，交给杨景升。别怕花钱，钱都是人挣的，最要紧的是人。拿个几十块钱，还有资格说别怕花钱，杨景升感叹啊，无话可说，真是不是一家人不进一家门啊，俩人对付了。杨景升怎么能接她手里的几十块钱呢？家里的孩子们不吃不喝了吗？他已经把自己这些年的积蓄都带上了，这他没和夏彩莲说，他怕夏彩莲说客气话，他真受用不起。他就想自己默默地扛下来，不露一丁点疼痛的痕迹。因为他是男人，他不能看着夏彩莲有困难不帮助，娘儿们孩子的，在那眼巴巴地看着他，指望着他，咋的？冷眼旁观？所谓的不讲情面、公事公办？他做不出来，伸出援手是理所当然的。再说，他已经深陷其中了，已经没有挣扎的希望，黛梦娜已经结婚生娃了，他挣扎还能指望谁呢，又是为了谁呢？历史和命运的车轮已经把他赶到这儿了，他就得帮，包括给夏彩莲家送粮食，他不能眼看着孩子们饿着呀。这也算历史遗留问题吧，咋整？赶着往前走吧。盼望着，总有奔向幸福生活的时候。夏彩莲又给他织了件毛衣，是浅灰色的，照着林桦树照相馆橱窗里那张照片织的，她说早相中那件毛衣的花色了，只是让坎肩挡住了毛衣的花样。没关系，就照坎肩的花色织。这已经是第三件毛衣了，杨景升接过毛衣说，以前的那件还没穿坏呢。夏彩莲说，你不穿永远不带坏的。这是怨气，给你千辛万苦地织，你不穿，舍不得，还是嫌弃？夏彩莲是故意埋怨，她心知肚明的，杨景升是舍不得。杨景升腼腆地笑着说："在水泥厂干活，接触的是水泥，穿那么好的毛衣干啥？"

　　夏彩莲把新毛衣赌气似的塞进杨景升的怀里，"你去接杜山虎吧，别人去我不放心。"

　　"是，水泥厂领导派我明天去，我还没来得及告诉你呢。"杨景升把他申请去，说成了水泥厂派去的。当然也是公事公办，水泥厂怎么着也得派人去佳木斯。

夏彩莲苦笑了一下,"那可真是太好了,省得费口舌了。那明天就动身啊?"

杨景升回答说是。

夏彩莲连忙要回自己的家,她又折回身子说:"你明天穿上这件新毛衣,毛厚,暖和。这天说冷就冷了,去那么老远,省得冷了抓瞎。我回屋,给你整点吃的路上带。"

杨景升说不用,麻烦啥。夏彩莲说有啥麻烦的,我就是个做饭的人,要不我还有啥用啊?你别管了,我做好给你拿过来。要不你出门不舍得下饭店,就得饿肚子。

杜山虎出门夏彩莲从来是不用这样麻烦地带吃的,你给他带了也不会吃,不是到卖店买面包,就下饭店吃饺子,他在外面是不会亏待自己的。你就是给他做了什么油饼之类的面食,他也不会吃的,嫌掉价。

夏彩莲给杨景升煮了六个鸡蛋,烙了几张油饼。端到杨景升屋的时候,油饼还热气腾腾,香气四溢。薄薄的油饼,中间放了细葱花、盐、花椒面,凉了吃也不要紧,用开水泡了,有油,有咸味儿,跟烩饼一个味道。杨景升看着油汪汪的油饼说,不要那么多,给孩子们留点。夏彩莲一边说留了,一边帮杨景升收拾装吃的,穷家富路,咱已经没啥带的了,但是咋的也不能饿着呀,七尺高的男人,饿着哪受得了呀?

每当面对这样的情景,杨景升都不知道有多幸福。夏彩莲真是个知冷知热的好女人,每当这时候,他那颗躁动的心便释然了,就这样吧,咋不是活一辈子,原本这个女人就是我的老婆,谁叫我不珍惜了,不赖夏彩莲,我是该她的,还吧,还上了,省得下辈子再还了。她又是那么需要我,离开我,她拉扯着孩子们是没法过的。他看着夏彩莲,俊,那俊是发自内心的,不光俊美在脸蛋上,那俊还带着暖人心的温度,烫得人格外舒服。杨景升想到这些,心里宽敞得无边无沿,还要啥更好的生活,老天已经很眷顾我了。

第二天清晨,还有稀疏的星星挂在天空,杨景升已经出门了。他

235

背着包，里面有夏彩莲给烙的油饼，他现在都馋了。昨天晚上，夏彩莲嘱咐他，早晨起来就着热水，吃个油饼再坐车，肚子里没食儿爱晕车。油饼他没舍得吃，吃了个鸡蛋。他是轻手轻脚推着自行车出门的，他怕铃铛或者自行车嘎嗒作响，又惊动夏彩莲。有点事她就睡不着觉，可能女人都这样。果然，夏彩莲披着外衣，快步走到大门口，悄声问："这么早哇？"

杨景升继续推着自行车走，"坐头班车去。"

夏彩莲抬头看天说："天冷了，穿上新毛衣了吗？"

"穿着呢。"杨景升口气有点不耐烦了，"你快回去吧。"

"行，你快骑上自行车吧。"夏彩莲向他挥手，假装往回走，听着杨景升骑上自行车了，她又紧走几步，半个身子在大门里，脑袋伸到外面，张望着。

杨景升到了佳木斯才知道杜山虎打架的确切原因。这人是永远也改不了打架斗殴的毛病，就是跟夏彩莲结婚那一年改了，还不定咋憋得慌呢。又是为了倪铁美，啥时候把倪铁美整跟前了？你咋的，在外面当个小业务员，像人家倪的那样，再配个女秘书？行，真这么办了，比厂长牛大了。

二库可能被杜山虎打怕了，见到杨景升一个劲地说，狠人，闹玩扣眼珠子，下死手哇。为了一个女人，把哥儿们往死里削。二库脑袋溜溜缝了十针啊，一个脑袋能有多大呀。杨景升还没说，对杜山虎网开一面，他是一时冲动，请你原谅之类的话。二库打着哆嗦说："我没啥要求，我俩以后井水不犯河水就行。医药费他得给我报了，这种医药费是没人给报的。我都没敢让单位知道，你也要给我保密呀！"

杨景升听了，满口答应，连说谢谢。受害者，挨打的人，提出这样的优惠条件，没用杨景升费半点口舌，真是令杨景升喜出望外。他想快点处理完这件事，尽快打道回府。二库说出个医药费的数额，杨景升立刻把医药费给了二库，并让二库写了收据。另外他还特别要求二库，"给了你医药费，你就不能再追究杜山虎其他赔偿了，也就是针对这件你挨打的事，你不再找他的麻烦了，就此结清。"

二库哭丧着脸说："放心吧，我躲还躲不过来呢，还跟他扯这王八犊子，但愿这辈子都见不到他，你快点给我医药费吧。"他那个口气，还怕杨景升变卦。他深知道，想从杜山虎那拿走一分钱，比登天还难。他可以为自己花钱，为他的家人花钱，别人休想。如果他二库想跟他追究下去，要啥赔偿，他只能和你拼个你死我活，他就这么个混蛋玩意儿，滚刀肉。杨景升看二库这样急切，那就成全他吧，并让他在收据上下了保证不追究此事。杨景升这样做，绝不是他城府有多深，他是怕了，他再也不想给杜山虎收拾烂摊子。所以，他要把这事办得干净利索。

从派出所把杜山虎领回来，杜山虎见到杨景升一句话没说。昂着头，斜睬着眼睛，傲慢得不可一世，好像他是从皇宫出来似的。当杨景升说到把二库的医药费结了，这事就算完事了。杜山虎喊了声，他扯着一个嘴角说："咋不让他管我要呢，我跟他拼命。要钱没有，要命一条。"

杨景升气愤地说："打伤人了，赔医药费，那是天经地义。"

杜山虎也气愤地说："他欠揍，他要流氓，我这是见义勇为。"

杨景升有一百句话想怼他，想想还是算了，懒得再跟他废话了。杨景升想说他，你为了一个女人跟别人大打出手，你值得吗？你想过后果吗？你想过夏彩莲有多担心吗？这话都到嘴边了，他还是咽回去了。作为他的组长，他的师傅，他是应该教导他的，可是，他们现在的身份和关系起了微妙的变化，到了无话可说的地步，甚至心里有隐隐的歉疚。他们不也是因为一个女人嘛。女人啊！女人啊！男人的世界哪能离开女人呢？世界就是这么构建的，人类也是这么构建的。迎面的风狠吹了杨景升的脸，他瞬间镇静了。他心里责怪自己，我怎么又在这个自己围成的圈子里转悠啦？夏彩莲原本就是我媳妇，无可厚非，我坦坦荡荡，这跟他和倪铁美不是一回事。一股无名火腾地蹿到了他脑门，他大踏步地走在前面，把杜山虎甩得老远。看事情能一分为二的杨景升，也有一叶障目的时候。这个时候，在杜山虎和倪铁美关系上，他也被表面现象蒙蔽了。什么叫"你为了一个女人跟别人大打出手"哇？这个时候他忽略了杜山虎的仗义和侠气，也可能是被杜山虎气的。从杜山虎的角度出发，假如这个挨欺负的女人不是倪铁美，关键时刻杜山虎一样会出手。何况是倪铁美，必须削二库没商量，让他长记性，尊重女性。他明知道这一酒瓶子下去的后果，不是说要了二库的命，他手下有掂量、有数，打架都打出经验了，削他开瓢，还不能要他命。他说的后果，诸如名声、单位影响，特别是他跟倪铁美的关系更说不清道不明。但他一样会出手，他认为自己特爷们儿。有时候，真不知道杜山虎是被自己的自信和自以为是成全了，还是毁灭了。

眼瞅着过八月节了，佳木斯街里的小风刮得也挺硬。杜山虎只穿了件衬衫，看着像似挺冷，头发都根根竖立起来了。杜山虎说不冷，头发是风吹的。他手里拎的帆布提包鼓鼓囊囊塞的，看着装了挺多东西。那提包里指定有他的衣服哇，杨景升也不好问。死心眼，包里有衣服就穿上呗，不管，他又不傻。

看着人头攒动的候车室，杨景升忽然想起，倪铁美呢？对呀，倪铁美应该和杜山虎在一起，他是为了她进去的。她一个女人，不能把她一个人扔在这里，也得把她领回去。这次把她领回去了，她再有啥事杜山虎也就没责任了，哪怕她自己再来佳木斯，那跟杜山虎更没关系了。但这次不同了，必须把她一同领回葵花街。岂料，杜山虎说，倪铁美早回葵花街了。是他让回去的，他倒没想那么多，他是怕二库工地那些哥儿们报复，找她麻烦。开始倪铁美不走，等在派出所的门口，等他一起回葵花街。杜山虎说，你要是真对我好，赶紧、迅速离开佳木斯。就这样，倪铁美在他的指挥下回葵花街了。

这样说来，倪铁美回葵花街在杨景升之前啊，杜山虎还在派出所蹲着呢，那她回到葵花街就那么心安理得？人还在局子里，她怕给杜山虎造成影响，不敢贸然去水泥厂，最起码她得知会一下夏彩莲吧？她居然悄没声儿地躲了起来。这话杨景升也不屑和杜山虎讲，随他去吧，反正他把杜山虎全须全尾地带回来了，他的任务也就完成了。要不夏彩莲怎么能安心地过八月节呀？杨景升看着杜山虎拎着的提包问：

"提包里都是啥呀？有衣服你就拿出来穿，别冻着。"

杜山虎不冷不热地答："好贺儿。"他看了眼杨景升穿的新毛衣和干净的外套，"我不冷。"

八月十五的头一天，杨景升领着杜山虎踏上了葵花街的土地。这样说领着，有点侮辱杜山虎的智商，如果你给他充分的自由，他能踏遍祖国的大好河山。而现在，必须说领着，这是杨景升的任务，水泥厂赋予他的任务，夏彩莲赋予他的任务，艰巨不？他从佳木斯到凤翔县的葵花街，他是不错眼珠地盯着杜山虎，生怕出啥差错。你以为杜山虎干不出来呀？他们下了客车，杨景升再回头找杜山虎，早就没影了。杨景升叹口气，心话，到这儿，谅你也飞不出五百米。

杨景升独自走在葵花街上，天空还飘了会儿雪花，不大，零星的。街上的风很清爽，树叶也东飘一片，西飘一片。街边上，偶尔站立着几棵葵花，饱满的葵花子，已经压弯了头。有的半昂着头，地上落了一片葵花皮，那是让鸟给蹬了，鸟把葵花子嗑了大半。杨景升不经意间抬头看见了友谊照相馆，最先映入眼帘的是照相馆房山头的那片葵花，盘盘圆大，老远望去，就感受到葵花子的饱满。今天他看照相馆外墙，是那么的斑驳、陈旧，并透着沧桑。是呀，已经进入二十世纪八十年代，他看见葵花街上的理发店啊，副食品店啊，二师招待所啊……外墙焕然一新，都装点、粉饰了，换了样，说是叫重新装修，唯独照相馆还是老样子。这是个尖顶有些像俄式的建筑，具体是哪年建的不得而知。一九三几年的时候就有这个照相馆，据说是抗联的秘密联络点，在这里经营照相馆的也是个漂亮而摩登的独身女人。说她是抗联的负责人，着实把葵花街的人震惊了。被半条街的女人骂狐狸精的女人，整天雍容华贵，穿着长到腿弯的貂皮大衣，是黑色的，未经染色，原色貂皮大衣，价格可想而知，嫉妒死那些爱美又缺钱的太太。到最后，她居然是抗联战士？执行枪决的那天，下着鹅毛大雪，她就穿着那件黑色的貂皮大衣，穿一双黑色高筒靴，修长的手指架着细杆烟嘴，烟卷燃着，飘着丝丝香烟。她藐视地看着小日本鬼子，大义凛然。有人说，这个女人是黛梦娜的姑妈，这座小洋房是黛梦娜姑妈的私人财产。还有人说这个女人就是黛梦娜的亲妈。这些谁知道呢？黛梦娜从没提起过。从屋里通往那个尖顶有个暗道，那里有个阁楼，据说黛梦娜姑妈就是在那个阁楼发报的。还说那个阁楼死过人，阴森恐怖。那个阁楼的门到现在始终用砖封着，根本看不出那还有个门。

　　如今看，再配上这深秋的向日葵，照相馆更显得沧桑古朴，并透着股古典的洋气。那橱窗里，还摆放着杨景升和林桦树的照片，经过时间的考验和洗礼，更加的英气。这一刻，杨景升才发现，他原来是那样的英俊。刚才他路过副食品店，他买了六斤月饼，三斤五仁的，三斤青丝玫瑰的。黛梦娜只吃五仁的，他又专门买了两斤五仁的月饼，个另打了包。他走进照相馆的时候，黛梦娜正在暗室里洗照片，她听到了门响，走了出来。看见是杨景升，面露喜悦。看得出来，照相馆的生意不好，冷冷清清。他有半个月没来了，那是克制着，尽量不要再打扰黛梦娜的生活。可明天过八月十五了，他来看一眼。他从兜里拿出那包月饼说："五仁的，你尝尝。"

　　接过月饼，黛梦娜在鼻子上闻了一下，"真香啊，我正想去买呢。"她把月饼放在柜台上，看着他手里拎的提包，"出门啦？"

　　"嗯，给单位出个差。"杨景升敷衍，他不想说得详细。他看了眼四周岔开话题，"小爪呢？"

　　黛梦娜随意地说："请假了，好几天了。"听那口气像是小爪经常这样几天几天地请假。她从柜台上拿过香烟，弹出一支，点着。两只细长的手指夹着烟卷，轻轻地吸了口，悠悠地吐出烟雾。

　　杨景升往门外走着说："少抽点烟。"他又拿出两条香烟放在柜台上。

　　黛梦娜对他淡淡一笑。

　　刚进家属院，杨景升看见夏彩莲站在自家的院门口向这边瞭望。杨景升心里咯噔一下，杜山虎下车这是没回家呀？这事整的，就该拽着他，拎到这个院里。我这不是前功尽弃嘛。也是，半道就不该去照相馆。想到照相馆，杨景升心里便哐啦哐啦地疼，黛梦娜的笑容更少了，照相的寥寥无几，不像从前了。唉，她也不改革，也不像人家似的，整点新花样，就在那里原地等着。杨景升总以为是自己把黛梦娜害了，他后悔的是不该跟她有那么一段恋情，而不是后悔没跟她结婚。也许是我多虑了，黛梦娜就那个性格和那个表情，她也是两个孩子的妈了，小女儿比树苗小两岁，叫树叶。

　　人可有意思了，夏彩莲盼望着杨景升快点回来，望穿秋水似的，真见到人影了，也不知出于何种心理，四下张望了眼，麻溜躲回院里。杨景升已经看见了，哑然失笑。已经是四个孩子妈妈了，怎么还像小女孩儿捉迷藏似的。杨景升先进的夏彩莲家的院子，首先他要来交差。杨景升进院子，夏彩莲从院子往屋里走，杨景升知道啥意思，让他进屋说。刚进门，夏彩莲回转身，把门严严实实关上，问："咋的？人没领回来？"眼圈已经有泪花闪了。

　　"回来了，他和我一起下车的。"杨景升认真地说，"没事，不定去哪儿逛了，指定一会儿就回来了。"他又看了眼墙上的挂钟，"十一点半了，没人请他吃饭，他得回来吃饭。"

　　院子里传来了喊声，"哎，咋没人出来迎接我呀？我回来了。"

　　杨景升冲着院子歪下头，意思，咋样，来了吧？

　　最先跑出去的是豆粒和麦穗，一人拉一只胳膊，喊着："爹爹，你给我们买啥啦？"

　　麦穗又说："爹爹，这么冷的天，你咋就穿个衬衣呀。"

　　"不冷。"杜山虎说，"还是我二闺女关心我。"

　　豆粒抢着说："我也关心，爹爹，你给我买新衣服了吗？我的练功服，裤子都磨破了。"

　　两个女儿已经把他手里的提包拎在手里，往屋跑了。

　　夏彩莲迎面就说："你伤着哪儿了吗？咋又跟人家打仗啦？跟谁呀？"

　　"工地的，没啥事。"杜山虎敷衍，故作轻松，他对着正在翻提包东西的两个女儿努努嘴，又看了一眼杨景升。知道杨景升没跟夏彩莲说，是因为倪铁美打仗，够意思。他那表情的意思，别说，以后也别说。

241

豆粒喊:"爹爹,这里的衣服都是给谁买的呀,这么好看?"

杜山虎赶紧走过去,从里面拿出一套女孩儿的舞蹈练功服,说是给豆粒的。拿出一件小翻领,枣红色外套,是双排扣的,是给麦穗的。

好吃的也有,哈尔滨秋林红肠,哈尔滨秋林面包。夏彩莲说,闻着就香。

提包里再有什么,杨景升也不想看了。他心里嘀咕一句,自己挨冻。回来的车票是杨景升给杜山虎买的,杜山虎兜里已经没钱了。杨景升从包里拿出月饼,说是在葵花街的副食品店里买的,递给了夏彩莲,说有五仁的和青丝玫瑰的。

豆粒和麦穗高兴得拍着手喊,这像是过年了呢,有好吃的,有新衣服。

第二十五章

　　中秋节晚上，夏彩莲做了整整十个菜，杨景升买的月饼也摆在了桌子上。夏彩莲差遣我去那院叫杨景升，每当这时候，是无须喊的。约莫时间，他会在院子里不经意地走动，或者自行走到这院。今年这是咋的了，夏彩莲喊了几声没动静，才让我去那院屋里看看。

　　我进屋，喊了声杨爸，没人。到里屋，习惯性地坐在炕沿上，晃荡着两条腿。寻思，杨爸去哪儿了，大过节的？真不够意思，也不告诉我一声，就是不告诉别人，也得告诉我呀，这是不想和我好了。我竟有些失落。那时候，我可以失去全世界，但不能没有杨爸。他不回来吃饭，我也不想吃了，尽管家里准备的都是我爱吃的东西，也是平时吃不着。杜山虎还在佳木斯买回来了俄罗斯糖，糖纸花花绿绿的。这个糖块我吃了，奶油味儿的，又香又甜，还有点酸味。总而言之，好吃。我拿了一块，长方形的，用糖纸包着，能有咱们正常糖块儿的两个那么大。我把糖块儿放在了桌子上，等着杨爸回来吃。嗯，我看见桌子上有个字条，我认得上面的几个字：我去加班了。

　　我把字条拿给夏彩莲看，夏彩莲也没觉得惊讶，她把桌子上的一碗饺子和一块月饼放到写字台上，对我说："志龙，你晚上睡觉的时候端那屋去，等你杨爸加班回来吃。月饼你可别偷吃呀。"她把月饼用原来的包装纸裹了下。然后，她对豆粒和麦穗说："吃吧，快吃吧，孩子们都馋坏了。"

有大绿棒子的哈尔滨啤酒，有我们孩子们喝的橘香露，是汽水的一种，葵花街糖厂生产的。杜山虎这次坐到桌子边上，打开一瓶啤酒。他还给夏彩莲满上一杯，还说辛苦了老婆。他这是有意给夏彩莲打溜须，以防夏彩莲刨根问底，他在佳木斯到底跟谁打仗啦？因为啥？从杨景升的言谈举止和对夏彩莲的察言观色，他认为，杨景升没把倪铁美在佳木斯的事说出来。但不管咋说，他杜山虎理亏，堵住夏彩莲的嘴，一个劲地给她打溜须。昨天回来，他那提包像万宝囊。还装有给夏彩莲买的一个方形的头巾，厚的，羊毛的，正好冬天戴。夏彩莲说大冷天的，咋不给自己买个外套呢？杜山虎说，不舍得，给自己买就不舍得了。我就在旁边看着，我心想，他是装的，我看他每天穿得挺带劲的，不都是他自己买的吗？他是故意演给夏彩莲看的。可气的是，夏彩莲就吃他这一套，说明天给他到百货大楼买去。

唯独没有我的礼物，杜山虎看了我一眼，胡噜下我的头骂骂咧咧，"他妈的这小子，长个了。那，给你两块糖。"我接着了，就是那俄罗斯糖块，当时我就抓了块放嘴里了。

杜山虎嫌弃地拍我肩头一巴掌，"狗窝存不住干粮。"

我仰着脸翻着眼珠子反驳他，"你要是给我买双球鞋，我指定能存住。"我低头看自己的脚指头，已经从那双旧球鞋前头拱出来了。

"就是给你买双铁鞋，你也能踢腾出脚指头。"夏彩莲又把杜山虎的心声说出来了。

因为杜山虎给成财买了一双新球鞋，所以，我才提到球鞋，我是非常需要一双新球鞋的。成财那个小屁孩，他又走不了几步路，给他买鞋是浪费。我需要球鞋，你们俩人睁着眼睛看不到吗？偏心眼子。他俩咋就是我的爹妈呢？我讨厌他俩。

吃晚饭的时候，我吃了很多肉，我才不给他们省着呢。一瓶橘香露，我喝了半瓶，那半瓶我留着慢慢咂摸。

杜山虎说我，干啥啥不行，吃啥啥不剩。我用眼睛狠狠地看了他一眼，心想，你等着，我把你的自行车轮胎钉上钉子。杜山虎说，看你那眼神，又冒啥坏主意了。我吃饱喝足了，拿着我那剩下的半瓶橘香露，从外屋灶台边的筐里又顺了一瓶，拿到那院，准备晚上慢慢品尝，然后才拿饺子和那瓶哈尔滨啤酒。

杨爸不在屋里，太冷清了。我坐在炕沿上，悠荡了会儿腿，觉得没意思，寻思杨爸啥时候回来。心里埋怨起杨爸，不够意思，过节了还加班。我都怀疑他，是真加班还是假加班。我虽然还不懂一些什么人这关系那关系的，隐约觉得，他们关系不太对，要不杨爸要躲出去加班？我从桌子上拿过一个玻璃杯，往杯子里倒上橘香露，我可不想对着汽水瓶子嘴喝，我想像男人喝酒那样，咂巴着嘴品橘香露。这么品着，那半瓶橘香露品光了。这品挺费橘香露的呀。索性，把那整瓶的橘香露打开。我是这样打开盖的，我可不敢用牙咬，我的小牙长得还不结实，怕把牙崩了。我把那锯齿的瓶盖搭在椅子边上，磕，磕了几下，开了。也把椅子磕掉了一块肉，也就是木屑。我心里说，没事，磕得不大，杨爸看不出来。我接着有滋有味地喝，觉得嘴里空嘴嘛嚓的，干脆把那块月饼就了吃。见到吃的，我啥都忘了，自然也忘了这是留给杨爸的。

院子里终于响起了自行车声，是杨爸回来了。我的那瓶橘香露也喝得差不多了。橘香露和啤酒不同，喝啤酒可以边喝边上厕所排泄一下，而橘香露攒在肚子里，等到一定程度才能排泄。我现在觉得有点胀肚了，但没有撒尿的意思。看见杨爸，我才意识到，我已经把杨爸的月饼吃了。我没睡，愣撑着，等着杨爸。我的样子可能像喝醉了酒，杨爸说，咋的，你喝酒了？小样。我说，没有，我喝橘香露了。我还说，把他的月饼也吃了。杨爸说，吃了好，没事，我还有月饼给你留着呢。他说着，从外屋的碗橱里拿出一包月饼，四块，一斤。留着你上学吃，咋样？我使劲点头。杨爸说，现在睡觉吧。我撒娇了，我说不的嘛，八月十五；人家都赏月，我都没看今晚的月亮是啥样的。还有，我肚子胀得慌。杨爸说，你别说，我也没看今晚的月亮是啥样的，走，咱爷儿俩看月亮去。

院子里的月亮偏西，我就嚷着，去看在正头顶的月亮。杨爸就牵着我的手，跟着月亮走，走出了大门，走到葵花街上，月亮还是不在正头顶。葵花街有股甜丝丝的味道，杨爸说，是月饼味，也是成熟的葵花味。我就是不回家，追着月亮看。杨爸指着月亮给我讲嫦娥的故事，讲玉兔的故事，讲广寒宫的故事。我是走着睡着的，杨爸牵着我的手，我就那么走着睡着了，杨爸发现，是觉得我不说话了。我是趴在杨爸的背上回家的，睡得那个死呀，炮仗都崩不醒。

杨爸把我放到炕上，我继续睡。

第二天早晨，杨爸家院子里晒出了三条褥子，两床被子。可别提了，昨晚我喝的那一瓶子多橘香露，一点都没便宜别处，都撒到褥子上了，也就是说，我尿炕了。夏彩莲问杨景升这是咋回事？志龙没有尿炕的毛病啊。

昨晚睡得晚，我是实在困得不行了，才走着睡着的。杨景升把我背回家，放到炕上我就没醒过。第一泡尿尿在我自己的褥子上了，杨景升睡得迷迷糊糊的，感觉腿热乎的，醒了一看，好嘛，这小子尿炕了，还睡得呼呼的呢。杨景升没忍心叫醒我，给我换上他的褥子，行，不到一小时，又一泡。这一宿，杨景升都没怎么睡，我把被也尿湿了。

夏彩莲说，哼哼，志龙就是欠揍，提溜起来，一顿胖揍，立马就醒盹儿。她望着那湿呱呱的被褥说，晒也白晒，那尿是晒不干的，遇到阴天就返潮。夏彩莲赌气地快步走到这边院子，我以为她是来打我，赶紧躲到杨景升的身后，紧紧拉住杨景升的大手，那大手是那样的温暖有力。夏彩莲只是狠狠地瞪我一眼，她拽下褥子，就在院子里矮墙上，麻利地把褥子拆了。她要洗了，重做。

但我看见一个我不解的动作，夏彩莲从晾衣绳上把杨景升盖的被子拿下来，我看见她抱在怀里，像抱着孩子，她把脸埋在被窝里，很快又抬起头，那眼神，像是偷看了一眼杨景升。我看见杨景升的脸红了，低着头快步走进屋里。他俩啥意思呀？

水泥厂知道杜山虎是因为倪铁美打架的，杜山虎天真地认为，他安全地回来了就没事了，其实，事儿在后面呢。过了八月十五，杜山虎去上班，门卫老刘跟他招手，告诉他小心点，如果厂里对他有什么，嘴甜点，说点好话。杜山虎脖子一梗，哼了声。水泥厂研究杜山虎去留的问题，开的是车间主任以上的会议，杨景升已经是车间主任了。班子领导一致同意，开除杜山虎。其他车间主任级别的同志，都说没啥意见。杨景升开始也没发表意见，也就是没吱声。听到要开除杜山虎，觉得处理得重了。最后他说："各位领导，各位同志，我有点想法。杜山虎打架是不对，可是，他这也是属于路见不平，看见一位女同志，还是咱们葵花街的人，能不管吗？当然，方法是错误的。既然咱们厂子派我去接的他，在那他一直表现非常积极，听安排，听指挥。他自己也认识到了自己的错误。我作为他曾经的生产组长，为他求个情，请再给他一次机会，他还有老婆孩子要养活。"

杨景升说这话是冒着风险的，但他必须为杜山虎求情，除了他，没人帮他求情。他讲的都是实情，他去佳木斯接的杜山虎，他最了解情况，也最有发言权。他没什么可隐瞒，也没什么可夸张的，实事求是地说。他作为杜山虎的车间主任，理应仗义执言。各位车间主任听完杨景升的话，觉得有道理呀，咱们工人就是这样耿直呀，仗义执言，路见不平该出手时，绝不袖手旁观。厂长也认为杨景升说的有一定的理论高度，相反，要是他随风倒，明哲保身，倒让厂长看不起。求情归求情，开除是必然的。厂长也表态了，说如果水泥厂再留杜山虎，往后的日子他也不会安心工作，他已经跑野了，已经不安于现状了。只能开除了，厂里和他都安心，省去了麻烦。杨景升看厂长态度很坚决，他还是争取，"厂长，我今天多说两句，您看这样行吗？我也总看报纸，有的国营厂是这样办的，叫停薪留职，自谋职业。这将来会是一个趋势和潮流。"

厂长说："嗯，我也听说过，把报纸找来，送到办公室。我们紧跟政策，公事公办，尽量不留后患。无论给厂子还是给职工。"

就这样，杜山虎彻底离开了水泥厂，离开了他厌烦的工作，只不过在名义上是停薪留职。杜山虎可没像其他下岗的人似的，怕老婆上火，下岗了，每天还假装上班，然后自己找辙。他跟夏彩莲说，他可下解放了，将来他要在社会上大显身手。夏彩莲第一反应便是，你被水泥厂开除啦？哎呀，以后可咋过呀。杜山虎说，你别说那么难听，我是停薪留职。夏彩莲抱着一线希望问：那还给你开工资吗？杜山虎说，想啥呢？你都自由了，当然不开工资了。夏彩莲哭着说，那不还是跟开除一样嘛。杜山虎说，我没觉得有啥可惜的，那也叫工厂？整天一身土，一身泥的，还赶不上人家林业工人呢。你看着吧，就这水泥厂，农民都不稀的干。你没去佳木斯看，你也没见过世面，就这水泥厂、砖厂这活，工人都不想干了。

夏彩莲真是对杜山虎一点办法也没有，要不你想干啥？你有啥技术？

这话让夏彩莲说着了，不懂技术，不懂经商，不肯吃苦，走向社会，又能干啥？杜山虎自己要求的，他说在家做模范丈夫，看孩子做饭洗衣服，先从家里做起。夏彩莲心里得劲多了，她正好可以去糖厂包糖，难得杜山虎能收心，夏彩莲欣然接受。从此，他俩相当于换位思考了，让杜山虎也体验一下家庭主妇的艰难。

杨景升最近也很少回家，他根本也不回来吃饭了。有一次，他在上班的路上见到了急忙去糖厂的夏彩莲，他招呼夏彩莲坐到他后车座上。他跟夏彩莲说，有个工地正招人，他已经跟工地的头说了，让杜山虎去工地干活，谁都能干了，搬砖。他认为，杜山虎在家当家庭妇男不靠谱。他反问夏彩莲你说呢？夏彩莲天真地回答，我认为挺好，至少他不出去惹祸了。杨景升沉默了，不沉默他也接不上话了，这可能就是他与夏彩莲的距离吧。人类最大的优点之一，宽容。夏彩莲具备了宽容。

但夏彩莲回家还是把让杜山虎去工地干活的事说了。杜山虎不屑，我有上工地搬砖那能耐，何必从水泥厂辞职？夏彩莲想让杜山虎清醒，那不是辞职，是相当于开除。杜山虎脸挂不住了，说夏彩莲看不起他了，他要去流浪，让她眼不见心不烦。最后，还是夏彩莲给他赔不是，哄着他，让他继续在家里帮着照看家，当然了，要扭转老思想，在哪儿都是干工作，咱家确实需要人去工作啊，成财那么小。

有一次下午，我放学回家，一进院子我就听见成财哭叫。杜山虎正在做饭，我爱吃杜山虎做的饭，净做好吃的，他是有肉不吃素菜，有鸡蛋不吃白菜。我进屋放下书包说："喂，我帮你看孩子吧。"

"兔崽子，我就是喂呀？滚犊子，不用你。"杜山虎反而不知好歹骂我。

坏了，成财是脚朝上头朝下背在杜山虎的背上，鼻涕眼泪，淌了挺老长。我喊："成财快死了，鼻子淌血了。"我撒腿往外跑，我去找夏彩莲。刚跑出家属院，正看见夏彩莲下班回来。我失声地把看到的告诉了夏彩莲。等我和夏彩莲跑回家，成财已经抱在杜山虎的怀里，正站在院子里，迎接夏彩莲。成财鼻子不流血了，脸也干净了，还咯咯笑。杜山虎笑着对成财说："儿子，亲亲爹爹，去找妈妈。"

夏彩莲疑惑地看着我，又看着杜山虎，而送到她眼前的是成财的笑脸。哪呢鼻子淌血？哪呢大头朝下？夏彩莲扭头看我，眼露凶光，杜山虎眼露得意，完了，坏了，我被杜山虎整了，暗算了。夏彩莲伸脚踹我个四仰八叉，伸手抱成财，嘴里骂着，这两样同时进行的，"志龙，你咋那么能扒瞎呢？扒瞎都不带眨眼睛的，报虚灾。"

我像弹簧似的，抬起脑袋，坐在地上。看着夏彩莲抱着成财和杜山虎并排着往屋里走，我被抛弃在他们身后，我小声地骂了句，狗男女。这是我从电影里学来的台词，忘电影叫啥名了。

果然，杜山虎露出了狐狸尾巴。他在家待了能有七天吧，嗯，当了七天的家庭妇男，卷了家里两百元巨款。两百元对夏彩莲和当时的家里来说真是一笔巨款。他突然跑出去，消失了几天。他临走，把成财用绳子拴在炕里的窗户上，绳子另一头，拴在成财的腰上，绳子有一米长，不耽误成财在炕上玩，也保证他掉不到地上。这二百元钱，可是夏彩莲全部的家底。都给夏彩莲气完了，但夏彩莲没哭，大部分气的是生气把她的成财勒着了，想想都后怕。晚上吃饭的时候豆粒问，我爹爹呢？咋不吃饭啊？夏彩莲居然说，幸亏他把钱拿走了，要不在外面要遭罪的。她对我们说，你们的爹爹去找工作了。问她去哪儿找工作啦？她说你们别知道那么多了，反正，好男儿志在四方。

这都是啥回答呀？云里雾里呀，不明白。

我听着来气，赌气说："不明白。"

夏彩莲怼我一来一来的，"你都明白了，还上学干啥？滚一边去，还吃不吃？不吃，滚。"正吃饭，她把邪火都发我身上了。

夏彩莲呲嗒完我，继续吃饭。看她那个样子，是不打算找杜山虎了，我都不用猜她的心思，她是想，等杜山虎把钱花光了，主动就回来了。

第二十六章

  葵花街有变化了，每家店铺都有改变。唯独友谊照相馆，依然那样。我特别喜欢看那尖顶，每当早晨的太阳升起的时候，那尖顶镶嵌着一圈金边。晨光理发店，换新牌匾了，把理发改成了美发，现在叫晨光美发。多了两个新项目，烫发和焗油。小爪变化最大，他从友谊照相馆搬出去单干了，租了一个门面，照相馆不叫照相馆了，叫影楼。可他租的不是楼，也叫影楼。名字叫明星影楼，你看多敢叫啊。
  还有更加新鲜的事物呢。倪铁美租了歌舞团的两间房子，开起了录像厅。倪铁美胆子是大，步子也大。当初租歌舞团房子的时候，负责人还劝过她，你要想好了，房租是上打租，这一年到头，无论赔挣，单位的房租是不能少的，单位还指着这笔钱解决一部分员工的工资呢。倪铁美铁了心要租，她说不赖账。所谓的录像厅，就是放录像，比放电影还简单呢。倪铁美在佳木斯火车站等车的时候，进过录像厅，里面黑咕隆咚的，得待好长一段时间眼睛才适应。屋子不大，坐满了人。火车站有人吆喝，有需要早点上车的吗？可以免费看录像。但你得付给护送你早上车人员的服务费。倪铁美从佳木斯回来就在筹办这录像厅的事，至于杜山虎，她放心，会有人去解救他的，她何必丢人现眼到处呼吁人去救他，谁听她的呀？可能夏彩莲能听她呼吁，可是事因她而起，那被夏彩莲骂祸水、骂狐狸精是免不了的。所以，傻呀，找挨骂去，当然还是敬而远之为好。再说了，杜山虎犯的又不是死罪。她越不出现，越不掺和越好。

一个月过去了，夏彩莲偷偷地去找过杜山虎，但没找到。她是不好意思再跟杨景升说了，难道还发动杨景升去找吗？不可能了。杨景升已经跟夏彩莲说过，杜山虎是成年人了，他想跑出去，你就是找到他，他还有下一次失踪。他这个人也有长处，他是不会在外面干晃荡的，如果有工作，适合他，一定会做的。

夏彩莲自言自语，这么说，他是出去为我们娘几个谋生了。

一个月后，杜山虎以衣锦还乡的样子出现在院子里。他烫头发了，哎呀，是大卷，蓬松，有弹性，其中有一堆卷，自然而然地搭在右额头这边，遮住了半拉眉毛。头发还没都烫，后脑勺那的头发留着了，挺长，搭到肩头，直发。看着别扭。杜山虎的穿戴也大改模样了，上身穿了件红黑相间的大格衬衣，衬衫扣子从上面数，能有三颗没扣，露到胸口那儿。出彩的地方到了，穿一条牛仔裤，大喇叭的。他那双三接头的大皮鞋，只露个鞋尖。他的黑色夹克衫搭在肩上，一只手拽着。

着实把我镇住了，威武哇，酷帅啊。当时我就想，我快点长，长大了我也穿喇叭裤。夏彩莲眼睛放光，从她的眼神能看出，她也被自己家老爷们儿震撼了。杜山虎这身打扮显得年轻、潮流。在二十世纪八十年代，杜山虎是我们家第一个从思想上、行动上、穿着上改头换面的人，引领时代新潮流。夏彩莲对引领新潮流的杜山虎嘿嘿笑了两声，见他回家高兴的，哭中带乐地说："你没丢就行。"

"丢啥呀，我去跟人家合伙做生意了。"杜山虎得意扬扬地说，"看，好看吗。"他伸出一条腿，嘚瑟了两下，那大喇叭裤把脚底下一圈土扫干净了。

夏彩莲爱惜地上下打量着杜山虎，喜不自胜地念叨着："是比以前精神了，就是这喇叭裤太长，拖拉地，容易把裤脚磨烂。"她又拽拽杜山虎裂到胸口的衬衫，"当心闪着，风大，别冻出胃病。"

杜山虎很无奈呀，"哎呀，媳妇哇，那胃病是冻出来的吗？不懂别瞎说啊。你看，这一走动，呼扇呼扇的衣服，能看见里面的胸肌，展示胸肌，强、飒，懂吗？"

夏彩莲忽闪着眼睫毛，似懂非懂。她的笑是甜蜜的，是欣慰的，像是大姐，或者母亲的笑。她的笑又是无上欣喜、崇拜和荣耀的。杜山虎这身打扮，也还算衣锦还乡。杜山虎在夏彩莲的笑容里，大踏步地走进屋里，大喇叭裤随即带起一片尘土。夏彩莲看杜山虎的神态就猜到了，相当于荣归故里了。果然让夏彩莲猜到了，杜山虎腿又得很开地坐在椅子上，霸气得很。以前他是不坐那儿的，进屋坐到炕沿上。这回夏彩莲坐到炕沿上，眼睛专注地看他，生怕漏掉了哪个宝贵细节。是，这个细节对夏彩莲很重要，杜山虎先拿出两百元钱，很郑重地轻轻放在写字台上，他又用手拍了拍那两百元钱，笑嘻嘻地说："媳妇，你的钱，我偷着拿的，现在一张不少还给你。"

夏彩莲太需要这些钱了，一家子呢，哪一天不花钱啊？她立刻把钱揣进自己兜里，当然动作要快呀，杜山虎爱变卦，他也许跟你虚晃一枪，钱还你，你看看，不多不少，我是个讲信誉的人。那么好了，我还是个干事业的人，我需要钱开路挡子弹。他很可能又把钱收进兜里，嘻嘻哈哈地说，我再借这些银两用用。那就又羊入虎口、肉包子打狗了。夏彩莲趁热把钱揣裤兜里了，等会儿再藏起来。

杜山虎轻蔑而又嘲弄地笑笑，"你呀，夏彩莲，爱钱。那行，我再多给你二百元。"他欠欠屁股，从喇叭裤后屁兜里又掏出二百元，他的眼神是神秘的，眼角是上翘的，"看好了，钱，不容易，老爷们儿挣的。"

"哎呀，可不是咋的呢。"夏彩莲想伸手拿，又像是怕咬着手。

杜山虎说："钱不咬手。"

夏彩莲看了眼杜山虎，看不像是逗她玩，她才把钱拿起来，"这么多呀？都是咱家的呀？"

"但有一样,"杜山虎停顿了会儿,他认真地看着夏彩莲,"我这二百元钱,是给我大闺女豆粒上学用的。"

夏彩莲长舒口气,"原来是这样啊,她上个学还能用这么多钱啊,放心,我指定让你大闺女上学啊。"

"不是,"杜山虎纠正,"我是让豆粒寒暑假去哈尔滨学京剧。"

夏彩莲说:"不用那么费事,一个丫头,在这上几年得了。再说,去哈尔滨你知道找哪个老师学啊?"

杜山虎胸有成竹地说:"这你不用操心,一切都有我。倪铁美的老师在哈尔滨音乐学院当教授。倪铁美说,她这水平已经教不了豆粒了。"

夏彩莲把脸拉下来说:"又是这个狐狸精,她不带出好主意的。我的女儿我说了算,不学唱戏。"夏彩莲说这话真是伤杜山虎的心啊,一方面她是在提醒杜山虎,豆粒不是他的亲生女儿,他没有权力安排豆粒的人生。另一方面,她是心疼钱,为啥要拿去学啥无用无影无望的戏呢?还有,她恨倪铁美勾引杜山虎,连同把她的豆粒也勾引去了,鬼迷心窍的,跟她学啥唱歌跳舞。

沉闷了片刻,杜山虎站起来,要拿过夏彩莲手里的钱,"这得专款专用,我就要给豆粒学戏用,这个寒假就去哈尔滨学。京剧,葵花街已经没人能教得了她了,她是唱京剧的天才。"

夏彩莲故意问:"谁说的?"

"倪铁美。"杜山虎信心十足地说,"在京剧方面倪铁美是葵花街的权威。她说是天才,那就是天才。"在杜山虎眼里和心里,倪铁美就是葵花街的歌唱艺术家,他佩服倪铁美的艺术。虽然实际上她已经不是什么艺术家了,但她的艺术造诣和艺术水平已经远远超出了艺术家这个称谓。这是杜山虎对倪铁美的评价。而且,倪铁美还注重培养下一代,不计成本。比如豆粒,她被夏彩莲误解,但她说不能耽误了下一代。每个学歌唱艺术的孩子,开始学得是比较杂,什么唱歌跳舞一股脑儿地上。但在这个过程中,老师会发现她最大的特长,那就要注重学习这一特长。还是比如豆粒,一开始跟倪铁美学唱歌跳舞,什么校园歌曲呀，电影插曲呀，现代京剧"样板戏"呀，传统京剧呀，都学。慢慢地倪铁美发现，豆粒唱京剧最在味，嗓音也适合，这将是豆粒追求的艺术，也是豆粒将来大放光彩的艺术。尽管当前，用通俗的说法，京剧已经不时兴了，可是京剧艺术是国粹，是无法用时兴和金钱来衡量的。这些也是倪铁美对杜山虎说的，杜山虎佩服倪铁美的美学眼光，发现了豆粒是块熠熠生辉的金子。杜山虎和倪铁美的纯洁友谊首先是建立在艺术之上，人与人之间的友谊都是有基础的。如果是空中楼阁的友谊，都将会随风飘散。豆粒喜欢唱京剧，无论多难，也无论多烧钱，杜山虎说了，我的肩膀就是我大女儿豆粒跳舞的舞台。这么大的决心，一个夏彩莲是阻挡不住的。

夏彩莲立刻眼泪掉下来，杜山虎真的是被倪铁美迷住了。夏彩莲忍气吞声地说，整个葵花街，没听说谁家的孩子学啥京剧，简单地学点唱歌跳舞得了，还能拿这当真事呀。再说，就算是学成了，葵花街哪儿能让你唱啊，没有唱的地方啊。

杜山虎他就是这么个人，他认准的理，八头牛也休想拉回，当年他见到夏彩莲想与之结为夫妻，也是这个道理。现在他又认准了，豆粒学唱戏。夏彩莲说啥都白搭，他临出门的时候告诉夏彩莲，这事就这么定了，倪铁美都把老师找好了，不去的话，不仅失信，还失去机会。他大踏步走在院子里，夏彩莲在身后小声问，你又干啥去呀，在家吃饭。杜山虎说，我去给你挣钱，你在家好好养这几个孩子。夏彩莲望着杜山虎走出院门的身影，感叹，是呀，山虎子是比以前带劲了。她也叹息，咋样阻止豆粒去哈尔滨学戏呢？对了，让豆粒自己说，不去哈尔滨。

哎呀，我们家的大姐豆粒可不是好商量的主，你说她不是杜山虎亲生的吧，你说她那脾气性格咋就那么随他呢，她要是想怎么着，也不管家里有钱没钱，非得要到手罢休。麦穗就不这样，性格软绵，学习又好，年年是学校的三好学生，在班级里当学习委员。也可能啊，豆粒是让杜山虎惯坏了，脾气见天地噌噌蹿。六一儿童节，就她最能嘚瑟，要上台演节目，大合唱她不参加，要独唱。独唱要穿连衣裙，学校也没有服装，她回家管夏彩莲要，夏彩莲回答得干脆利索，又言简意赅，"没有，你看谁像连衣裙你找谁去。"

要不还有这一句，"我看你像连衣裙。"反正，你说要啥，她就说你是。要是我们，得了，不给就拉倒。豆粒不行，满院子打滚，直打到杜山虎回来，那杜山虎一听说上台唱歌，砸锅卖铁也要给豆粒倒腾到连衣裙，实在不行，买花布，到成衣铺做上一条。每个六一儿童节，豆粒都有新白球鞋穿，我们是将就去年的白球鞋，顶出脚指头的，缝块白布，小了的，顶着，将就一天。顶这一天，差点把大脚指头顶出血。你说夏彩莲够狠吧，夏彩莲还说，我们这当爹妈的，对你们姐妹兄弟几个，那是一碗水端平，没偏没向，十个手指头，咬咬哪个都疼啊。

咋样？听着，说的比唱的好听吧。她咋不说，十个手指头，伸出来还不一边齐。我杜志龙，就是我家十个手指头，咬着最不疼的那个。爹妈要是偏起心眼来，那叫一个邪乎。我家最打腰的是豆粒，会喊冷的孩子有衣穿啊。豆粒从小就矫情，一点也不将就，衣服小一点，破一点都不穿，这都是让杜山虎惯的。所以，豆粒每年"六一"都有新的白布衫、蓝裤子和白球鞋。凭啥只有她六一儿童节整齐划一，我们几个就新三年旧三年缝缝补补又三年啊？杜山虎给豆粒买新衣服时说："你们谁都别眼馋，咱家豆粒这是艺术需要。"他转头向豆粒求证，"是不是老师要求买的，为了演出节目？"他接着对我们说，"看见了吧，豆粒是学校的文艺人才，给豆粒买新衣服登台演出，也是本着对艺术的尊重啊，上台演出嘛，必须认真对待。"

冠冕堂皇地说完了，杜山虎心安理得地示意豆粒去试穿新衣服。麦穗仰着脸，百思不得其意地问："爹爹，麦穗学习还好呢，为啥不给麦穗买新衣服哇？"

"等爹爹有了更多的钱，指定给麦穗补上，买最漂亮的连衣裙。"说到底，杜山虎不给麦穗买新衣服，还是没钱。他不给我买，毋庸置疑，是因为他恨我，讨厌我。他还骂我是杂种呢，这我没告诉夏彩莲。告诉也没啥用，我不愿意看见他们打仗，打了也不记仇，到最后变成你哄我、我哄你的游戏，没劲。谅她夏彩莲也不敢离开杜山虎，她拉扯着四个小张口兽呢。

我都不爱听了，只有麦穗好哄，仔细听她爹爹糊弄她，"麦穗，你将来呀，是要做大学问的。你姐姐豆粒呢，除了学戏，她啥也学不会。她将来是艺术家，先从小了开始算，先比文工团的倪铁美强，然后才是艺术家。"

说这话，好像这艺术家是他杜山虎给颁发的，自家的，无须到别处取。偏心眼，现在他可有钱了，不说买衣服的事了，要供豆粒去哈尔滨学戏。哈尔滨是啥样的，比葵花街大多少？我一概不知，我还没坐过火车呢。

我就没管住嘴，欠欠儿地说："喂，我还没坐过火车呢？"那意思，你可不可以顺道带我也去哈尔滨，坐坐火车。

"我就是喂呀？志龙你就管我叫喂？小鳖犊子。"杜山虎看见我是分外眼红，气不打一处来，"我是你爹，叫爹。"

我咬紧牙关，一声不吭。

夏彩莲不会帮我说话的，帮杜山虎补刀，"这个熊孩子，煮熟的鸭子，光剩下嘴硬了。别搭理他。"

为啥杜山虎这次有钱了？原来他跟着倪铁美发财去了，应该说是倪铁美收留了他。倪铁美在葵花街租了文工团的两间房子，开录像厅。别小看了这录像厅，也是人员混杂的地方，三教九流的。一个女人开这么个录像厅，显得身单力薄。倪铁美时刻在暗处观察着杜山虎，他啥时候从佳木斯局子里回葵花街的，谁接的他，啥时候被水泥厂开除的，啥时候变成了家里蹲，她都掌握得门儿清。不为别的，只为关心吧。她打怵夏彩莲，那小娘儿们，心眼多，是个狠人，叫她倪铁美，一口一个狐狸精。她都寻思到了，夏彩莲背后没少骂她狐狸精。自己教她女儿豆粒唱戏，不但不领情，还认为是她让豆粒误入歧途。你说她跟杜山虎啥事没有，真是白背一黑锅。自打开上录像厅，她立马想到了杜山虎，能打呀，让他来当"保卫科长"啊。相当于门卫，但不能那么说，那杜山虎指定不来。她趁着夏彩莲去糖厂包糖，眼瞅着从葵花街走过,进了糖厂的,她才去的杜山虎家。

还没进大门,就听见成财哭了。倪铁美像做贼似的,看四下没人,快步溜进杜山虎家屋门。成财在抱着杜山虎大腿哭呢,杜山虎正在做饭,系着围裙,真像那么回事。倪铁美把他的围裙摘了,甩在地上,"这是老爷们儿干的吗?你要干事业。夏彩莲这是软刀子虐待你呀。"

"我要干事业我得有的干哪,我已经落魄这样了,夏彩莲能收留我已经不错了。"杜山虎对倪铁美喊了声,"不像你,怕沾包,离我远远的,从佳木斯回来连个声儿都不敢吱。"

倪铁美抱起地上的成财,把成财放到炕上,从包里拿出饼干,给成财吃。等成财吃上饼干消停了,她开始讲:"我永远是你的后备军,我现在开了录像厅,等你去给我当保卫科长,我给你开工资,咋样?"

"呀嘀,你还挺先进,"杜山虎的眼神已经流露出羡慕,"这录像厅好哇,我在佳木斯的时候进去看过,本少,收益大。你别说那么好听,还保卫科长,不就是个保安吗?相当于工厂看大门的。"他拉硬,"我不干,你爱找谁找谁去。"

倪铁美讥讽地笑,"那咋的,你还想当老板啊?那你得入股,得有钱,那属于咱俩合伙。否则,你就是给我打工的。别总把自己当盘菜,啥年头了。"

杜山虎有他的想法,他在工厂受人管制,出了工厂还受别人管制,那还出这个工厂有啥意义?现在改革开放了,让你进入市场的大海中扑腾,那有机会,为啥不能自己做回主?我也给夏彩莲当回真正的爷们儿。杜山虎想到这儿,从箱子底下拿出一个手绢包,打开,杜山虎使劲在大拇手指头上啐两口吐沫,咔咔点钱,两百多块。

"走,我给你入股,咱俩都是老板。"杜山虎拉着倪铁美就走。

倪铁美甩掉他的手,"就这点钱,太少了。不行。"

杜山虎指着门口,"好,那你走,从此以后,你走你的阳关道,我走我的独木桥。井水不犯河水。我媳妇还不让跟你在一起打连连呢。以后有人到你那录像厅闹事,别来找我,找我也不管,少巧使唤人。"

"行,我同意咱俩同为老板。"倪铁美说,"挣的钱平分,但你不能对我有二心。"

杜山虎高兴地笑笑,"我对钱没二心,对你更没二心。我说的这个二心是指做生意上没二心。走,快,等夏彩莲回来别想走。"

在炕上玩儿的成财喊了声爹爹,并向杜山虎挥挥手里的饼干,爹爹,给你吃饼干,好吃。

杜山虎咧着嘴乐了,"这小子,还挺孝顺,我儿子,"他看看倪铁美,骄傲地又说,"我儿子。"

"没人跟你争。"倪铁美说。

杜山虎随手拿过一根绳子,熟练地把绳子拴在成财的腰上,另一头拴在窗户上。看着手里操作的熟练程度,不是他第一回这么干了。小家伙也很配合,一副习惯了的样子。哈哈,他是经常这样被人家捆。成财吃着饼干说:"爹爹,我不使劲挣,我不下炕。"

杜山虎说:"好儿子,乖啊,爹爹给你挣钱去,给你买饼干。"

倪铁美嘱咐杜山虎,等她走远了,他再出门。杜山虎喊了声,说他不在乎。倪铁美说她在乎,她被人骂狐狸精骂怕了。

就这样,从这天开始,杜山虎被倪铁美的录像厅勾搭走了,用杜山虎的话说,他从此告别贫穷,下海经商。从这,杜山虎彻底游荡在外面了,也是从这开始,他在葵花街打仗算是出名了。他以前也是打,但绝没有现在出名。他和倪铁美开录像厅,这地方就是个是非之地,就是闹事的地方。倪铁美没有食言,利润对半分。她当然不会吃亏的,有杜山虎撑门面,保安都省了。所以,杜山虎身上的伤不断,小伤,他就在倪铁美那养几天,说白了,边养边经营。大伤,杜山虎一般都回家,他相信夏彩莲,他也想夏彩莲无微不至的照顾。要叫平常,夏彩莲找他都不会回来,他的借口永远都是,我给豆粒挣学费呢。也的确,那段时间,他隔三岔五地往家拿钱,撂下钱就走,千嘱咐万叮咛夏彩莲,给豆粒留着上哈尔滨学戏,将来再上京城学唱戏。他坚信,他的女儿豆粒,一定会成角儿。最可气的是,他临出门还撂下一句狠话,别给志龙那个小王八犊子花呀,你就是给他花也白花,他不带有出息的,烂泥扶不上墙。

我都听得一清二楚的，杜山虎这些损话，他不背着我，唯恐我听不见。说完，他还得看看我是啥反应。我故意不在乎。他恶狠狠地说，没心没肺的玩意儿。

录像厅那地方我经常去，但我是做好隐蔽的，藏在哪个角落，不让杜山虎和录像厅的人看见我。我不光去录像厅，葵花街各个角落我都去遍了。老吴头儿的修车摊，每天我不知道光顾多少遍。老吴头儿笑着侃，哈哈，这儿还有接班的呢。志龙啊，你可真是你爹杜山虎的儿啊，他不来了，你接着来。我说，我不是他儿子。老吴头儿挺烦人啊，他说，光说不是不行啊，看你说话的神态都跟杜山虎一模一样。我说，那是你老眼昏花了。老吴头儿也不生气，他嘿嘿笑着说，就这说话的损犊子样，也是一模一样的。

我到录像厅几次了，偷着看每一个进录像厅的人，瞅着都没啥好人。大喇叭裤，花衬衫，戴着大蛤蟆镜。有的男女，搂着抱着进录像厅。我看见杜山虎了，那时候都下午四五点钟了，天都暗了，他还戴着大墨镜，看见来看录像的人，我看见他在空中打个响指，可响了，我都听见了。嘴里喊着哈喽、哈喽。他的头发卷卷的，在头顶爆炸成了鸡窝。嗯，我在想，哈喽是什么意思？没等我合计完哈喽是啥意思，只见有个人跟他不知道说了啥，他热情地往屋里挥手请，连喊着，欧尅、欧尅。一会儿从录像厅走出个人，他又空中挥手，对那人喊，拜拜、拜拜了。模仿别人说外语呢。无非会这么两句英语，全用上了。把自己往时尚人那靠。

哦，倪铁美出来了，递给杜山虎一根冰棍，他俩一人一根嗍啦着。杜山虎那根吃一半就扔地上了，浪费。他搂着倪铁美的腰进录像厅了。我为那半根冰棍可惜，当我咽下口水的时候，同时也骂了一句臭流氓。看见他搂着倪铁美的腰，还搭着倪铁美的肩，我心里可不得劲了。

本来我是想到照相馆去看树苗的，走着走着，走过了，也不知道自己合计啥呢。等到家了，我才想起来了，我为啥急着回家，没去成照相馆了。我噘个嘴，径直往屋里走，看见夏彩莲在院子里晾衣服，我声都没吱。夏彩莲就跟在我身后，我开屋门，咣当一声把门关上。

只听夏彩莲在外面门口骂我,你这小鳖犊子,差点儿打着我脸。还知道回家呀？到处疯跑,你回来还跟我赌气了,咋的,你还玩儿出理了？

成财见到我,抱住我的大腿,耍贱儿,让我一脚踹个跟头。随着成财哇哇大哭,夏彩莲狠呆呆地踹我一脚。

夏彩莲是我妈,我不能照她撒气,我指着成财的脑门喊,都是你爹,不是啥好玩意儿。

咋说你爹爹呢？夏彩莲照我肩膀头就是一巴掌。你爹爹挣钱养家,养活你们,长点人心吧。

我肩膀头被打得火辣辣地疼,但我不能表现出来我很疼的样子,我梗着脖子说:"你就跟你的孩子有能耐,你知道吗？杜山虎跟女的勾肩搭背。"

说完,不相信勾肩搭背是我说的,是我说的吗？我咋会成语了,准确吗？我最头疼用成语造句了。妈呀,咋嚓冒出一句成语,连带造句,一百分。这、这都是让杜山虎气的,气得会用成语了。

说完我伸下舌头,好像是做错事的样子。其实,我心里根本不承认做错事了,大家总骂我撒谎,这回我做个诚实的孩子,有啥不好的,有啥可害怕的。我愣愣地看着夏彩莲,心里翻江倒海,我告诫自己,我要做诚实的孩子。夏彩莲也愣愣地看着我,咬牙切齿,总想伸手打我,又不知从何处插手打,她围着我转圈,像是狗咬刺猬插不上嘴的劲头。呸呸,我不能骂人,我错了。我知道,她总能找到插嘴的地方,挨打是避免不了的了,看她是以哪种方式打了。夏彩莲比画两下手,最后她握住拳头,伸出一根手指头,戳在我的脑门上。真是对我客气啦,居然点下我的脑门。但是,我最烦点我脑门,我喊一声:"你咋不管他呢？就有能耐欺负小孩。"

夏彩莲像鸡刨食似的,又连续点几下我的脑门,"你呀,打小就爱扒瞎,到现在你也不改。你哪只眼睛看见你爹爹勾那啥了呀？你瞅着,你要是撒谎,看我不打你的。"

"我两只眼睛都看见了。"我坚定地说,"我要做个诚实的孩子,老师说了,好孩子不撒谎。"

夏彩莲痛苦地拍下脑门，苦笑加讥讽的表情，好像她这会儿倒不希望我是个好孩子，或者，我这个好孩子纯粹是个冒牌货。以前她可不是这样的，她总是掐着我的耳朵嘱咐，"志龙，你要做个好孩子，让我省省心，行不？"

这大人们的心，真是难以捉摸呀。我算看透了，夏彩莲就是向着杜山虎，惯得他没边没沿。在这个家里，同样是男人，夏彩莲从来没惯过我，待遇相差太大。我都不稀罕说夏彩莲，她现在可势利了，看上杜山虎能往家拿钱了，明显对杨景升爱搭不理。

我说的勾肩搭背，夏彩莲表面嘴硬，据说她为了勾肩搭背这句话，已经打将上去了。只不过，她压根没找到将要打的人。那是个黄昏，录像厅哩哩啦啦正上人，夏彩莲也挺尖的，她强压怒火，把要喊出的"你个狐狸精"关在嘴里，咬得这几个字咯嘣咯嘣响，愣是没喊出来。她装成看录像的人，随着大流往录像厅里走。她以为这是赶集呢，随流走。她被人拦住了，问她要票。夏彩莲没买票，她想混进录像厅，活捉杜山虎和倪铁美现行。拦住夏彩莲的小青年留着长头发，总有一撮头发挡住半拉眼睛，他就用嘴吹气，把那撮头发暂时吹开，继续拦住夏彩莲不让她进。夏彩莲随口来一句："咋的呢，还要票啊？"

一撮毛说："你少给我装傻充愣，挺大个老娘们儿，不买票，想溜进去看录像。磕碜不？"

夏彩莲真想给他一巴掌，教育教育他。看那样，典型的待业小青年。唉，这年头可咋整，满大街都是待业青年，没事干。瞅着了吧，到这不三不四的地方当把门狗，好孩子也学坏了，说话都没礼貌。夏彩莲怒了，"呸，你个小王八犊子，你敢拦截老娘，我告你，我老爷们儿在这上班。哦，不是，是老板。你给我滚，快点让我进去，啥事没有，要不，有你好果子吃。"她说着，就往屋里闯。一撮毛不吃她那套，没被镇住。

夏彩莲喊出杜山虎的名字，更完了。一撮毛先是愣会儿神，立马恢复理智，一口咬定，没这个人。找谁都白扯，不让进。夏彩莲说行，我买票总该行了吧。一撮毛说，你千万别买票，白花钱，到现在了，我是不会让你进的，凡是找人的，闹事的，一律不让进，买一百张票也白搭。真有意思，要不我们把门的干啥吃的？

话都说到这份儿上了，夏彩莲绝对不买票了。她实在是气坏了，破马张飞地喊，你让我进去，我要找狐狸精倪铁美，你给我出来，有能耐你给我出来。

没一个有能耐的，没见倪铁美，更没见杜山虎。两个警察骑着三斗电驴子来了，突突，停在她面前，说她扰乱社会秩序，劝其回家。

夏彩莲是沿着警察给的台阶下来的，从录像厅蔫巴回家了。东北人，不管男人女人都要面子，既然警察请我回家转了，那我就回呗，给警察个面子。其实夏彩莲是给自己找台阶下，她回到家气不顺，正看见我在熊成财，又把我一顿胖揍。说我撒谎，说我爹爹根本没在录像厅，去佳木斯出差了。倪铁美也不在录像厅，上哪儿勾肩搭背去？她说她严重怀疑，录像厅不是倪铁美开的，要是倪铁美开的，她在录像厅那把子吵吵把火，叫谁也搂不住脾气，早就出来跟她理论了。指定，百分之一百二，倪铁美不在录像厅，或者，那里已经不是倪铁美的录像厅了。

夏彩莲最后跟我说，我就不该信你的，你爹爹早就跟我说了，他跟那个倪铁美是哥儿们，是生意上的合伙人，就是搭伙做生意。这是你爹爹的原话。以后，看你再说你爹瞎话的，小心撕你嘴。

看了吧，夏彩莲总是维护杜山虎的形象。她还后悔今天去录像厅闹腾了，念叨，冲动啊，多丢人。

我在心里使劲地嘲笑夏彩莲，揣着明白装糊涂。找碴儿骂我，以解心头之恨。我是想啊，我应该是立功啊，最起码得到表扬吧。我算看好了，我在夏彩莲这儿，就没有对的时候。你等着，看我怎么拆愣夏彩莲。

第二十七章

　　之所以我还愿意上学,那是因为,我每天能和树苗搭伴上学。我每天吃完早饭,背着书包先跑到照相馆,树苗一准在照相馆门口等我。她每天早晨跟着她妈妈从家到照相馆,正好从照相馆去学校是顺路。树苗也就让她妈妈带她到照相馆,剩下的上学路,等着和我一起走。黛梦娜总要说一句,志龙,牵好妹妹的手。我也会干脆响亮地回答,放心吧。我说放心吧的时候,牵着树苗的手,已经走在了葵花街上。早晨的太阳照在葵花街上,也照在树苗的头发上。她梳着两把高高的小刷子,扎着粉色的头花。她的头发又黑又亮,在太阳光下闪亮。整个小学期间,我都是这样牵着树苗的手上学。我上小学,仿佛就是为了护送树苗上学,我俩一同走进学校,一同走进教室。原来我俩在一个班级的,后来不知道为啥,莫名其妙地分开了,她在一班,我在二班。我只好把她送到一班的门口,她每次都对我说,志龙哥哥再见。然后,她就进教室了。我也回到教室,有几个小子看我的眼神异样,捂嘴,憋住笑。我狠歹歹地看他们几眼,他们连笑也不敢了。我啥也不怕,反正我也是差学生,好像还给我个处分。那是因为打架,我把隔壁班乱说话的那个小子揍了，鼻子打出血了。他喊糊涂街，冲着树苗喊，小媳妇，小媳妇。虽然他没指名道姓，我能听出他是啥意思。我正牵着树苗的手进学校，他就在喊。我要上前揍这小子，树苗拉住我说，别理他。我可不惯包，上去不由分说，一拳打在那小子的鼻子上。他还嘴硬，说，我没点名没道姓，你心里有鬼。我说，有你个大头鬼，紧接着又一拳。这拳把他打趴下了，上课铃响了，他还不起来，我差点被学校开除，还是杨景升到学校找校长说的情。

开除我不怕，反正我是整天逃学。我早晨早早上学，就是为了和树苗搭伴，把她送进班级，之后我多半逃之夭夭了。我只被学校停了几天课，对不爱上学的我来说，停课的日子爽。在我的记忆里，这是我杨爸第一次捞我，找校长谈，再给我一次机会。孩子太小，是棵小树嘛，不修理、剪枝，怎么能长高呢？怎么着也得给孩子一个修剪树枝的机会啊。那时候，杨爸在水泥厂已经升任车间主任了。校长听杨景升介绍自己，多少还是水泥厂的负责人，算是给了杨景升面子，而不是给一个坏小子成长的机会。杨景升第一次捞我成功，我是应该感谢他呢，还是恨他？

后来我终于知道了，为啥我和树苗不在一个班级了，是杜山虎瞎说话，他在葵花街上见到了林桦树，其实他和林桦树是不大熟悉的，就算他俩熟悉，也不会成为朋友，甚至见了面都懒得说话那伙的。那天，杜山虎故意在友谊照相馆门前来回走了好几趟，而且那天林桦树正好休班，从江河屯林场回到了葵花街。他一般都在照相馆帮黛梦娜的忙。他终于把林桦树晃出来了，林桦树看见杜山虎来回走，影子在窗户上一忽闪过去，一忽闪回来的。林桦树气呼呼地奔出门，冲着杜山虎喊，你啥意思，阴魂不散的，晃荡啥呢？

杜山虎笑，笑得可假了，招手让林桦树到他这边来。他是不愿意看见黛梦娜，他觉得见到那个高冷的女人不知道如何打招呼，心里还莫名地慌张。所以，他总是敬而远之。他这是避开黛梦娜，连黛梦娜的一个表情或者一个眼神他都不想看，觉得寒冷得受不了。林桦树走到杜山虎的跟前，大有我倒要看看你憋的啥宝的意思。杜山虎皮笑肉不笑地说:"我自己的儿子呀,不该这样说。"他停顿下,像是等林桦树的反应。

果然,林桦树皱皱眉头问:"你儿子?"林桦树着实费了点劲想,他拍下脑门,"哦,志龙,对,他也是你儿子,居然是你儿子?他怎么啦?"看林桦树的反应比较复杂,提到志龙,想到的格外多。

杜山虎对林桦树的也是你儿子、居然是你儿子,很反感,很生气,但他还一时半会不知道咋发火,咋怼回去。干脆,他直说,震慑住林桦树,杜山虎说:"我儿子志龙,有超强的,啊,破坏力。你听懂了吗?"

"有破坏力跟我有啥关系吗?"林桦树摊开手,耸了下肩,刚转身走,又折回来,"请你离照相馆远点,别在窗户那转来转去的。"说完,林桦树扭头不解而好奇地看了眼杜山虎,心里说,真是奇怪。林桦树和杜山虎确实不熟悉,几乎没有打过交道,只是彼此听说过而已,不曾有交集。志龙最早到照相馆来,也是杨景升领来的。就说现在,志龙每天和树苗上学,这么说吧,志龙的任何事情,杜山虎都是漠不关心、嗤之以鼻。所以,他根本也没有机会,也不必要到照相馆来,也可能,生活中林桦树和杜山虎在刻意躲避对方。

杜山虎站在原地,看着林桦树走远,他转动着眼珠子,想,好不容易把他叫出来,他就这么又回去啦?他又喊住林桦树,"喂,话还没说完呢,你想听吧?"

林桦树对杜山虎龇牙一笑,表示,我不想听。

杜山虎哼哼了两声,轻声说,但很坚决,"这关乎你女儿树苗的前途命运。"

林桦树迅速转过身,直视着他,"你真烦人。"

"我儿子志龙,他会带坏你的闺女树苗,你难道看不见吗?"杜山虎轻蔑地哼了声,带着讽刺意味,"你这个亲爹是怎么当的?"

于是,我和树苗分开了。是不在一个班级了。是我从树苗的一班,搬到了二班。我是不想走的,是二班的老师来领我的,他是个男老师,他把我的书本摔进书包,像是跟我的书本有仇似的。书包侧棱着拎在男老师的手里,他抓住我的脖领子,把我拎出座位。不赖老师,是我赖着不走,我不是赖着这个班级,我是留恋着树苗。我眼巴巴地看着树苗,老师拉着我,往教室外走。突然,树苗从座位上跑过来,抱着我的腰,哇哇哭。我也哭了,这也是我第一次在老师和同学们面前哭。我是被拖进二班的,男老师说,我还整不了你了,真是的。

在学校我第一次哭,是为了树苗。想想也没啥的呀,不在一个班级,还在一个学校呢,我还可以跟树苗一起上学,一起放学。大不了,放学的时候我到她班级门口等呗。不知道咋的了,突然间就是哭,仿佛一下子离树苗十万八千里了。反正也是,每次树苗在我的前排坐,我个子高,在最后一排。每天上课,我能看见树苗的后脑勺,心里别提多高兴、多踏实了。

从此,我和树苗不在一个班级了。

刚把我分到二班的那天,我逃课了。约莫着下午放学,我狂奔到学校,站在学校大门口,等树苗。那天风特大,刮出了我的眼泪。树苗看见我流泪,她说,志龙,你别哭,我在一班也挺好的,这不,我们一样一块放学啊。她却不知道,我又逃学了。其实,我是立志不逃学的,我知道是杜山虎使的坏,心里难过得没边没沿的,我恨杜山虎,于是又逃学了。老师曾经这样教导我,有志者立长志,无志者常立志。我就属于经常立志那伙的,立完了,转眼又犯了。我说,我没哭,风把沙子吹到我眼睛里了。

等我再去找树苗,扑了个空。林桦树提前用自行车把树苗驮到学校去了,总是早我那么几分钟。那我就提前几分钟,正赶上林桦树驮着树苗刚要走。林桦树对我拉着脸说,志龙,以后不要跟我家树苗一起上学了。我还不知深浅地问为啥。林桦树嘴里骂着说:"为啥?你爹杜山虎说,你不是啥好鸟,滚蛋,以后离我家树苗远点啊。有多远滚多远。"林桦树说完,骑着自行车,驮着树苗,一溜烟地从我的眼前奔向远方。

那天我很生气,本来我是不想去上学了。转念一想,不对呀,为啥我和树苗分开班级?与我们二班的那个男老师也有关系,那天我是

267

被他拖拉着走的，他硬是把我拖走的。我是那么不愿意走，就差求他了。难道他的心是石头做的吗？那天我就想给他点颜色看看，但是，太明显了，他一猜就是我干的。我才不那么傻呢，明目张胆地让他来抓我。我今天去把这事办了，让他骑自行车回家，骑到半路就掉沟里。这件事拱着我，迈开两条腿向着学校走去。我走到学校大门口，在不远处溜达。等上课铃一响，我贴着墙根溜进学校。我认识他的自行车，车座上带个小棉垫子，花的，他闺女在学校读二年级，放学他就驮着他闺女回家。

我瞅准了那个小棉垫子自行车，我等着教室里传来琅琅的读书声，我猫着腰，几乎贴着地皮爬行。我要报仇，拔掉男老师自行车的气门芯，让你骑，骑沟里去。我拔掉了自行车气门芯，听着哧哧的冒气声，心里别提多解恨了。按理说，这个仇应该找杜山虎报，可我逮不着他，就是逮着他，我也不敢把他咋的。让他给我吓住了。等我长大的，看我咋收拾你。我那时候，是那样的渴望长大，就是为了打败杜山虎。

拔气门芯事件，一开始老师没怀疑到我头上，因为那天我逃学了，不在场。但我第二天去上学了，而且去得很早，安稳地坐在教室里，等着老师来上课。老师是来了，这个男老师吧，他是个急性子，从来也不检查自行车，叉上腿，问声女儿坐好了吧，伸腿就开蹬。中间也觉出自行车咯咯噔噔的，他以为是路不平，继续骑，有个下坡。前面轱辘没气，后面轱辘有气，老师又在前面，下坡，失衡，自行车大头朝前，翻了过去。用我的话说，男老师摔了个狗啃屎。脸上磕破了皮，脑门磕个大紫包。活该。幸好，他女儿在自行车后座也翻到了地上，但土地爷爷受累接住了，全须全尾，没事。

男老师脸上青一块紫一块，站在讲台前。我坐在下面，大气不敢出。但我心里有底，昨天我逃学了，打死他也查不到我头上，我就不承认。打死我也不说，我是英雄，不当狗熊。男老师说，咱们这堂课啥也不上了，昨天，谁把我的气门芯拔了，你痛快承认，啥事没有。我心话，别听他白话，还啥事没有？承认就是死路一条。直到下课铃响了，也没有同学承认。老师鼻子都气歪了。老师说，行，你们就挺住哇，今天拔气门芯的同学不站出来，中午放学谁也别回家，晚上放学谁也别回家。老师声音大的，震得玻璃嗡嗡响。我看见树苗正趴在我们二班的玻璃往里看，我知道，她在看我。

真的出乎我的意料，我正得意扬扬，我向贴在玻璃上树苗的小脸努下嘴。意思，看咋样，他们抓不着我吧。树苗连报告都没喊，推开教室门冲进屋，对着男老师说，老师，我知道是谁拔的气门芯。老师说，你快说，是谁？别怕，老师给你撑腰。树苗站在我们班面前，我心里说，完蛋了，树苗要出卖我。我不用告诉树苗是我拔的气门芯，她猜都能猜到是我，她比我还了解我。

树苗哭着对我说，志龙，你就承认了吧，别让其他同学给你陪绑了。

我无语，我只有握住拳头，狠狠地看着她的眼睛。她哭得更凶了，我想她是让我给看哭的，心就软了。树苗说，志龙，我爸爸说，好汉做事好汉当。

听了这句话，我的脑袋耷拉了，好吧，我承认了是我拔的气门芯。主要，我是不想看见树苗哭，为这个气门芯哭不值当的。大不了，我承认呗，反正也是我拔的。我不承认，就是想看男老师暴跳如雷，看他急得像猴似的团团转。

还好，杜山虎没时间打我，改由夏彩莲代劳了。夏彩莲都懒得用手打我，她直接把我绑在拴晾衣绳的树桩上，用棍子削我，真疼啊。但我就是不哭，越打我越笑，气得夏彩莲蹲在地上，她自己哭上了。我是不稀的挣脱，就夏彩莲捆我系的那个扣，我指定能挣开。但我就是跑了，我总还得回来吧，她一样会剥了我的皮。行啊，一口气让她打完吧。是杨景升及时回来救了我。那天，哼，臭不要脸的夏彩莲，居然扑进杨景升的怀里哭，打了我，像是受了多大的委屈。她这不是借着打我的理由，往杨景升怀里扑吗？也是多亏了树苗，放学回家就哭，说是她害我了。林桦树问怎么是你害了志龙呢，志龙就是个害群之马。学校把他开除就算对了，连他亲爹杜山虎都说他不是个好玩意儿，是他亲口告诉我，不让树苗跟志龙一起上学。

我没说树苗的坏话，也没说是树苗指认的我。夏彩莲问我到底咋回事，我说是我自己承认的，好汉做事好汉当。夏彩莲骂我咋那么傻呢，没查到是你，瞎承认个啥？完蛋犊子，你呀，就没有杜山虎那聪明劲儿。

黛梦娜听树苗说完，心想，不好，这么严重，是要被学校开除的。黛梦娜到水泥厂找的杨景升，黛梦娜是怕我被夏彩莲打死。

夏彩莲见到杨景升更来能耐了，说你别管，今天非得打死这个犊子不可，他被学校开除了。我接话说，才不是呢，学校正研究要不要开除我。杨景升说那就好说，只要没开除就好说，我想办法让志龙继续上学。我说，不上更好，我跟老吴头儿学修自行车，整天坐大街上卖呆，挺好。

夏彩莲生气地说，学校开除我是轻的。

我杨爸终于从树桩上把我救下来了。杨景升直接找的校长，我又能上学了。其实，我是不待见能上学，像夏彩莲说的那样，开除我才好呢，省得逃学了。我倒无所谓，而树苗却哭得不行。这几天我也不想和她一起上学，她爸林桦树总是对我虎视眈眈。以前不这样，这都是杜山虎的功劳哇。他说我坏话，立马起作用了。我为了不去讨人嫌，当然也就不去照相馆了。无形中，树苗认为我不搭理她了，认为她告密，我记恨她了，其实也有点。黛梦娜截住了我，拍拍我的肩说，志龙，你是男子汉，要和树苗和好如初哇，树苗这几天很伤心。我真不懂，我说，她都胜利了，成功地揪出了我，为啥还伤心呢？在这件事上，我有点小肚鸡肠了，我是跟树苗赌气，有意不去找她上学，但我还在她家的照相馆门口走，有时候，我还顺着窗户往里看一眼。我不怕树苗看见我，我就是让她看见我，我还不搭理她，也是为了引起她的注意，要是她不注意我，我会从心里感到失落。

有一天早上，我斜背着书包从照相馆门口路过，昂着头，一眼都没看树苗，噌噌走过。树苗也背着书包，整装待发的样子。能看出来，她就是提前在照相馆门口等我，她指定是没吃饱，约莫我快来了，放下碗筷。因为她手里还拿着半块馒头。其实，我真想停下来，牵着她的手走。可是，我不能，就是她的揭发，我差点被夏彩莲打死，差点被学校开除。我硬着心肠，无视她可怜巴巴的小眼神，梗着脖子通过。只听见，身后哨子一般响亮的哭声，震得我耳朵生疼。是树苗哭，她就这样，哭起来可吓人了。我听见身后有跑步的声音，那我也没回头看，爱谁谁吧。回头就输了。是黛梦娜从后面跑来了，她先抓住了我的书包带，问我，你没听见树苗哭哇？她一大早连饭都没吃，在门口等你。

我说，我看见了，她不是等她爸爸用自行车送她吗？我故意这样说，我知道，林桦树已经去林场上班了，不可能天天回家。

黛梦娜说，你这孩子学得这么尖刻呢？你不知道你林叔叔得回林场上班啊？你没听见树苗哭？都哭几天了。她说都不想去上学了。你是男子汉，你是哥哥，快回去，跟树苗一起上学。树苗犟，就在门口哭。

我又跟树苗和好了，但树苗始终不承认她错了，她说她没错，不能让那么多同学跟着我吃挂落。我不跟她犟了，我不服气的是，我干点坏事，逃不过她的眼睛。

杜山虎的录像厅干黄了，不是他和倪铁美经营得不好，而是倪铁美丈夫去公安局举报，说她放映黄色录像。绝非大义灭亲，而是对杜山虎来气。能不来气吗？自己的媳妇，整天跟别的男人混在一起。倪铁美懒得跟她丈夫解释，能过就过，不能过就离。她丈夫还不离，不是对倪铁美感情深厚，而是倪铁美擅长做生意，会赚钱。她丈夫是一边享受着金钱带来的富足，一边搞破坏，搞污蔑。公安局给录像厅查封了，再加上倪铁美的单位，瞅开录像厅挣钱了，总涨房租，要不你就别租。单位早就想收回来自己整录像厅。倪铁美也不是善茬子，告诉单位，你别看人家挣钱红眼珠子，你干不一定挣钱，没准还赔钱呢。单位说了，剧团正开不出工资呢，你不涨房租，就把房子交给剧团管理。剧团是看倪铁美开录像厅挣钱了，后悔把这么好地段的门面租给她了，所以，想着法儿地涨房租。这倪铁美和杜山虎商量，都忍了，涨房租就涨，让正常营业就行。要叫往常，就杜山虎这暴脾气，早就拿拳头解决了。他也劝倪铁美，涨房租就是给钱，并不紧要。时间就是金钱，时间就是效率，哪有时间跟他们磨嘴皮子？杜山虎要供豆粒在哈尔滨上学，这是他挣钱的动力。至于往家里拿钱，他是心疼他亲儿子成财。自从杜山虎开录像厅，成财的小食品就没断过。每次他都叮嘱夏彩莲一番，别让志龙那小鳖犊子偷吃成财的好东西呀。这小子吃啥啥不剩，干啥啥不行。

第二十八章

　　一九八五年夏天，杜山虎给家里搬来一台黑白电视机。这个时候，他已经很少回家了。我看见过他一次，那是个夏天的傍晚，太阳在西面山上刚落下去一半，橘黄色的光线从西面的天空洒到大地上，柔和而温暖。在百货大楼的门前，老吴头儿的自行车摊也笼罩在晚霞的金光下。我站在他的自行车摊边上，他还说让我坐在小板凳上，一会儿看节目。我问他，有演节目的，在这儿？老吴头儿说，对呀，在百货大楼门前的小广场。看着吧，快来了，花花绿绿的男女小青年，跳那个什么来着，哦，对了，迪斯科。
　　我在脑子里飞快地想迪斯科，那迪斯科是个什么舞呢？我很好奇，文艺方面我不陌生，我大姐豆粒学京剧，她还喜欢跳舞，是倪铁美教的。起头，是杜山虎带领着他的两个女儿去看文工团演出，这样接触了戏剧。在我想象当中，那是比大姐跳的舞还要好的舞，因为我从来都没听说过迪斯科。连老吴头儿都知道迪斯科，我居然不知道。从没听老吴头儿说过这舞那剧的，露天的不要电影票的电影，他都不看。看起来，这迪斯科能让老吴头儿有兴趣，那定是不简单。我正畅想着呢，只听老吴头儿说来了。

谁来啦？啥来啦？我还在傻了吧唧地寻思呢，我听见身后有放大喇叭一样的声音。嘿，奇了怪了，那歌词我听完就记住了。还有那旋律，震撼得我心一蹦一蹦的，而当时，我脑海里蹦出俩字，树苗。确切地说，当我听到这首歌，大脑第一反应，想起了树苗。至于为什么，不知道。至于问是什么那么强劲地嵌入的大脑，因为这歌声，既不是儿歌"小燕子穿花衣"，也不是豆粒总唱的京剧"我家的表叔数不清"。

随之我回头看，迎面走来一个男人，高大、帅气、与众不同。他的身边跟着五六个男男女女，打眼看，一句话，花枝招展。哦，这个高大的男人手里拎着一个录音机，这个我知道，我在照相馆看见过录音机，树苗都会摆弄，她还给我录过我唱的《我们是共产主义接班人》。放录音，那感觉，好像我第一次听到我自己唱歌。他拎的这个录音机太大了，有枕头那么大。这时候，太阳已经落山了，火烧云在西面的天边热烈地燃烧着。那个拎录音机的帅气男人，像是从火烧云里走来，他身上嵌着金色的光芒。他穿着花格子衬衫，一条蓝色帆布大喇叭裤，把他的屁股包裹得浑圆，顶着一脑袋大波浪鬈发，一看就是烫的，不可能是自来卷。头发挺长，搭到后脖颈子。老吴头儿说，看啥看，你爹不认识了？老吴头儿又反复絮叨，是应该不认识了，我都不认识了，你上哪儿认识去。

哎呀，真是杜山虎。他有几个月没回家了，我都忘了有他这么个爹了。唉，不对呀，他是虎背熊腰的，这咋腰勒得那么细了，屁股是让喇叭裤勒小的？他的花格子衬衫扎进腰里，从屁股到腿弯，都紧绷在身上，从腿弯开始变成喇叭的形状。这样，杜山虎的腿显得特别长。这会儿我看清了，他身边抹着大红嘴唇的女人是倪铁美，居然穿了一条火红的大喇叭裤子。好像那个傍晚整个在燃烧，火苗烧到了老吴头儿的修车摊，老吴头儿正在补胎，他的脸也是红彤彤的，年轻了许多，他的修车摊也光芒万丈。我就这么傻愣愣地看着杜山虎大步流星地向我走来，他手里拎的那个录音机格外显眼而诱惑，一路走一路唱。我

274

也是第一次，用仰慕的眼光看他，看着，看着，入了迷，也想加入他的队伍。只见，杜山虎从我的面前压倒似的走过来，可能我挡住了他的去路，他顺手推了我一把，我正好坐在了老吴头儿的修车摊里，幸亏老吴头儿接了我一把。

那震颤的音乐也从我的身边飘过，吸引着我的眼神，随着那录音机飘动，我立刻站稳了脚跟。杜山虎已经走到了百货大楼的门前广场，他把录音机放在一个方桌上，然后，跳上了传说中的迪斯科。像变戏法似的，呼啦来了一群小年轻的，围成一圈跳迪斯科。我认为跳得最好的还是倪铁美，我还听到了他们打的响指，啪啪响，脆生生的。我只看杜山虎的脚尖和眼角的皱纹。他穿了个三接头的黑色皮鞋，铮亮，只见他的脚尖在一个点转几圈，再拧几下屁股。我都担心，他的屁股会从紧绷的喇叭裤里爆炸出来。呸，不嫌磕碜。我还看见他眼角的皱纹了，他看见倪铁美就笑，眼角的皱纹就愈加多，都笑成了花。围观的人多了，杜山虎把胸前挂着的蛤蟆镜戴上，愈加酷得没边没沿。

让杜山虎推我这一把，我差点坐在老吴头儿的水盆里，那是试验自行车胎哪里漏气用的。老吴头儿把我接起来说，你呀不长眼睛，挡道，碍着人家起飞了。看吧，这就是迪斯科，啥玩意儿啊。我已经顾不上杜山虎推我那一把，眼睛已经不够用了，被杜山虎的舞姿征服。不对，是被那震撼心灵的音乐征服。反正，各种被征服吧，迪斯科魅力无穷。我第一次觉得，杜山虎不着家就算对了，那个家，那个夏彩莲，已经配不上他的喇叭裤，配不上他的蛤蟆镜，更配不上他的时髦。时髦这个词还是老吴头儿告诉我的。你看，老吴头儿每天都能看迪斯科，也变得时髦了。

我回家的时候，已经没有了霞光，天已经麻黑了。录音机还在不知疲倦地响着，跳迪斯科的人，汗流浃背，但兴致盎然。我回家时，饭桌子摆上了。夏彩莲在院子里见到我，没好气地说，你死到哪去啦？吃饭了知道回来了。我神秘地招呼夏彩莲，妈，你来，我告诉你一件新鲜事。你从来都没听说过。

是的,此刻,我确实要想和人分享我的喜悦和新奇。此刻我非常想和夏彩莲说话,我想告诉她今天我看到的新鲜事。夏彩莲懒得搭理我,烦躁地说,还不滚屋吃饭去?而我却拉着她的手急切而神秘地说,妈妈,我告诉一件事,你从来没看过,你听说过迪斯科吗?还没等夏彩莲回应,已经迫不及待地说杜山虎跳迪斯科如何的酷,他和倪铁美在一起跳的。不是,不是,还有很多男男女女,我嘻嘻地笑,他们都扭屁股。我像个小女孩儿似的,羞羞答答,捂着嘴,咯咯笑。我比画着,杜山虎和倪铁美像两只公鸡掐架一样跳,难舍难分。

夏彩莲吼我,闭上你的臭嘴。

我心情特别愉快,我庆幸看到了迪斯科,讲真的,我都会跳了。我说,妈,你咋这么老土呢,迪斯科你都不知道。我真看见我爹爹跳迪斯科,老吴头儿都看见了,还是老吴头儿告诉我的。说着,我情不自禁地扭了几下屁股。

啪,脸上挨了一巴掌,是夏彩莲打了我的脸。我捂着脸呜呜哭。

夏彩莲说,该,让你整天说瞎话,让你咯咯傻笑。到了,她还是很认真地问我,你在哪儿看见的。

我就不明白了,只要我说的杜山虎啥事,明明是真话,她非得说我扒瞎。我咧着嘴大哭,在百货大楼的小广场,不信你明天晚半晌看去。

我可不在院子里等着她打我,没那么傻。现在不能往外跑了,我往屋里跑,我要吃饭,不给夏彩莲省饭。

第二天,又是晚霞漫天的时候,我先在照相馆陪着树苗写作业。今天老师给树苗下的任务,务必看着我把作业写完。树苗那个认真劲,差一个字也不让我离开。写作业的时候我就惦记着百货大楼那儿的迪斯科,我甚至想到,今天杜山虎会穿啥样的喇叭裤呢?我很期待。一想到那个录音机里放出的"亲爱的小妹妹……"我就想抖搂两下腿。终于写完了,我撒腿往百货大楼那跑,这事我想应该瞒着树苗,是啥坏事吗?也不是,但我就是不想让树苗知道。

到了百货大楼那已经黑天了。老吴头儿自行车摊也收摊了,他推着地排子车刚要走。我拉住了他的车，失落地问，吴大爷，迪斯科散场啦？老吴头儿说，刚开场，就散场了。我问，为啥呀？老吴头儿说，也不知道哪个缺德玩意儿，给举报了，说录音机太吵了。我说，吵啥呀，多好听啊。老吴头儿说，还有人举报说，光天化日下耍流氓。

哦？这我就不懂了，我努力地回忆耍流氓的事。老吴头儿说，跟你小屁孩说这你也不懂啥叫耍流氓。我说，我知道，亲嘴。

呸，老吴头儿呸了声说，谁说你是杨景升的儿子，就是打死我，我也不信。你活脱脱随杜山虎哇，你是杜山虎的儿子呀。我不能完全理解是谁儿子这件事，我随口说，我可不想是杜山虎的儿子。老吴头儿哼哼了两声，那可由不得你，你还小啊，啥也不懂。他又呵呵了两声，这回杜山虎得眯几天了，嘚瑟得太厉害了，他的喇叭裤被公安局治安人员豁开了，就刚才，他跟治安人员叫板，说他没犯法，看谁能把他咋的。咋样？喇叭裤腿让人豁了。

听了治安人员把杜山虎的裤腿豁了，我应该高兴才是，可是，我却很气愤，为他的喇叭裤惋惜。心想，谁这么恨杜山虎呢？除了我。突然，我脑子闪过三个字，夏彩莲。我昨天告诉她了，她是说我一天可能瞎叭叭了。她这是心里有数哇，除了她，还能有谁呢？我问老吴头儿，想求证一下，吴大爷，你知道谁是告密者吗？老吴头儿笑我，哈哈，你还知道告密者？

我迫不及待地说，吴大爷，我告诉你，我猜到是谁告的密了，不要对别人说，是夏彩莲。老吴头儿还真认真思考了一番，嘟囔了一句，她不恨杜山虎哇。

天完全黑了，还下起了雨。而我不想回家，我真想消失在这雨夜里，让夏彩莲彻底找不到我。老吴头儿说，志龙啊，上地排子车坐着，我拉着你。

我爬上了老吴头儿的地排车，他在前面拉着慢慢地走，像个老牛。唉？我还发现，老吴头儿一条腿有点瘸。哦，难怪他修自行车，可以坐着呀。我仰头看天，漆黑的，我喜欢的星星已经被雨浇跑了，雨落满了我的脸。真想让老吴头儿把我拉到一个遥远的地方,一个比葵花街更大的城市,街边琳琅满目,热闹非凡。我们的车上拉满了各种好吃的,我就坐在好吃的中间。老吴头儿变得像杨景升一样健硕和年轻,他轻而易举地拉着地排车飞了起来,飞过雨雾,飞过黑夜,见到了星星和月亮。后来,努力了一下,飞到了星星和月亮上。

志龙,你该回家了,下车,从这回家吧。老吴头儿喊我。原来,我趴在地排车上睡着了,老吴头儿变成吴小伙和我飞到了星星和月亮上,是我做的梦。我伸个懒腰,跳下车,打个哈欠说,吴大爷,晚安,祝你做个好梦。刚才我就做了个好美的梦。老吴头儿满意地哈哈笑,志龙啊,你说你得有多疲乏,这一会儿就睡着了,一天天疯跑不上学。

我忽然拉住老吴头儿的手问:"吴大爷,你说夏彩莲为啥要告密呀?"

老吴头儿慢吞吞地拉着地排车往前走,说:"你不懂,爱之深,恨之切呀。"

"你咋说话跟我们语文老师似的。"我好奇地问,老吴头儿突然文绉绉的,有点不适应。

伴随着体制改革和变化,开始,一些有能耐的人离开了葵花街的厂子,比如水泥厂、木器厂、酒厂、砖厂……这些人离开厂子到市场上去单干。像有的人在厂子里叫业务员,当时属于厂子里的能人吧,他们推销厂子里的产品,走南闯北,闯着闯着就自己闯市场了。杜山虎就属于这样的人,他之前是在佳木斯给水泥厂跑业务。如果说他是能人,我是不会同意的,充其量也就是赶上了吧。大伙认为的能人杨景升最应该离开水泥厂单干的,夏彩莲也是这样认为的,从杜山虎挣了钱,供豆粒在哈尔滨上戏校开始,她心里对杨景升有了微词,虽然没说出口。她第一次认为,杨景升在改革开放的浪潮中退缩,落伍了,甚至赶不上杜山虎。唉,真像人说的,三十年河东,三十年河西。

有一次我问杨景升:"杨爸,你咋不去跳迪斯科?"我注意了,他也穿了一条工作服布做的喇叭裤。

杨景升很正经地说:"因为我不会。等我有时间的,也去学,你是不是觉得杨爸落伍啦？"

嗯，我看着他的喇叭裤说："杨爸，你不跳迪斯科为啥还穿喇叭裤呢？"在我想法中，只有迪斯科才配得上喇叭裤。

杨爸笑，"这喇叭裤是别人送我的，不穿对人家不礼貌啊。"

"那，杨爸，是女的送的，还是男的送的？"我非得想知道。

"这很重要吗？"杨景升抚摸着我的头说，"看你急的，脸都红了。是位阿姨送的。"

听到阿姨，我心咯噔一下，"是我叫阿姨？"我非得整明白了。

"对，她是我们水泥厂的技术员。"杨景升说，"你学习上这么较真儿该多好。"

提到学习，我把话题给他岔开，"杨爸，你为啥不下海呀？对了，下海经商。"

杨景升惊喜，"啊，你听谁说的下海呢，小脑瓜聪明啊。还知道下海。"

"老吴头儿都知道下海，他总跟我说新鲜词。"我说着，看着隔壁院的夏彩莲，她正晒洗干净的被里、被面。成财站在院子哇哇哭。我愿意跟老吴头儿唠嗑，别看他修自行车，他的摊位正处在葵花街的商业中心，热闹、繁华，各类人物云集的地方。老吴头儿现在也不遭罪了，杨景升给他用细钢筋焊接个铁棚子，四周用塑料布绷上，夏天遮太阳，冬天遮风雪。每天修自行车都有收入，不像以前，净给人家白修，现在谁也不好意思不给钱了。气管子就扔在路边，谁逮着谁用，这是不要钱的，方便大伙，但也有扔下几毛钱的。按理说，焊修自行车棚子这活应该是杜山虎的，以前他总跟老吴头儿黏在一起，老吴头儿还白给他组装了个自行车。现在他说没空搭理老吴头儿之类的人和事，时间就是生命，效益就是金钱，有那工夫多挣点钱。我还听老吴头儿说，那天治安人员把杜山虎给抓进派出所了，他就是这样的人，牛烘烘的，进派出所还嘴硬。咋的了，我妨碍着谁了？我跳迪斯科这是我的自由。听说还是杨景升把他领出来的，这我相信，只要他被抓，他准说，他是葵花街水泥厂的职工。其实我说这些，我就是想证明一件事，百货大楼前，杜山虎那天领人跳迪斯科，是夏彩莲告的密。我就直接告诉杨景升，"杨爸，就是我妈告的密，头天晚上我看完杜山虎跳迪斯科，就告诉我妈了。因为吧，杜山虎跳迪斯科的时候，亲倪铁美的嘴了。我告诉夏彩莲了。其实吧，我撒谎了，添油加醋了。他俩只是面对着面跳了迪斯科，其他的啥也没有。"

杨景升摇头，不说话，只说，把你的书包拿来，晚上我要给你补课。你们老师说了，你又逃课了。

我手指放在嘴上，嘘了声，指指夏彩莲，意思是别让夏彩莲听见。杨景升这样打马虎眼，我就知道了，那就是夏彩莲告密的。我心里特恨夏彩莲。杜山虎怎么了，不就是跳个迪斯科吗？他愿意浪，你就让他浪去呗，他还给你家挣钱。是，也怨我嘴欠，为啥要告诉她呀，显摆。因为那天傍晚，我看见倪铁美跟杜山虎像斗鸡似的跳，心里是有点不得劲，为我妈吗？说不清。倪铁美跳迪斯科其实很美呀，比夏彩莲强百套，夏彩莲被落下了十万八千里。我有可能想是气气夏彩莲，让她别那么张狂，还得我给她通风报信。反正各种吧，说不清，对对磨磨的，就告诉她了。把杜山虎跳迪斯科的事说完之后，看夏彩莲那表情，不笑也不怒，没表情，我就有不祥之感。行，杜山虎这件事算我对不起你，那你打我那么多次，也算扯平了。

杜山虎进过派出所之后，尽管没啥大事，但以此为引子，牵扯出杜山虎的录像厅营业执照过期，有放黄色录像的嫌疑，再加上文工团要把门市房收回，杜山虎和倪铁美的录像厅就这样歇菜了，听老吴头儿说是查封。咋说也白搭了，杜山虎的录像厅关门大吉了。那之后，杜山虎有很长一段时间没回家。他又上哪儿去下海了，不得而知。

第二十九章

　　水泥厂效益不景气，这句话，我是从杨景升嘴里第一次听说的。他已经几个月不开工资了。见到夏彩莲总是歉意地笑，不再说话。夏彩莲每天去糖厂包糖，风雨不误。她以前可能一个月只去十多天，有时三五天。现在她带着成财一块去，包糖不是啥技术工种，也没危险性，带着孩子无妨。很多这样没有正式工作的家属，孩子小，是允许带孩子的，只要不影响工作和别人就行。那段时间，我家的生活是很艰苦，但夏彩莲做的一日三餐虽然是粗茶淡饭，但也有汤有水、热热乎乎。水泥厂的食堂也解散了，杨景升不好意思到这院来吃饭，每天自己对付一口，最多的时候是在照相馆里吃饭。每次他走到照相馆，不是树苗等在照相馆门口，就是黛梦娜等在那里。这是树苗跟我说的，她说杨景升大爷只要到照相馆吃饭，妈妈都蒸馒头，说杨大爷爱吃面食。
　　我嘴欠的毛病是改不了了，把杨景升到照相馆吃饭的事一五一十地跟夏彩莲说了。我没有什么恶意，都是为她好哇，意思让她别势利眼，看杨景升不挣钱了，就不搭理了，是吧，连饭也不让吃了。

夏彩莲听到这个情况，忽然勾起她多年前的一件心事。当初，黛梦娜和杨景升是要结婚的了，后来才和林桦树结婚的。黛梦娜和林桦树结婚的具体原因夏彩莲不想去确定，她也回避知晓。可是，杨景升没有和黛梦娜结婚的原因她是心里有数的，想起这事，她心里隐隐地难过，憋在心里她不会说的。她时常宽慰自己的心，杨景升原本是她的丈夫哇，阴差阳错的，是命运让他们没成为真正的夫妻。她打心眼里深深地不舍。她认为她没错，她这辈子，也有追求幸福的权利。

夏彩莲骂我完蛋，不知道告诉杨景升回家吃饭啊？看见了吧，我咋做，夏彩莲都骂我。但夏彩莲交代给我的任务还是要完成的，告诉杨爸，回家吃饭。从此，每天杨景升早上去上班，夏彩莲在身后都会喊，回来吃饭啊，别在外面花钱吃饭。

"忽如一夜春风来，千树万树梨花开。"不管此梨花是不是真梨花，遍地都开起了小工厂。比如砖厂，恨不得挖个坑就成立砖厂。比如木器厂，两个木匠便蹿腾起个木器加工厂。而原来的国营厂，正在减员增效。开不出工资，你就是不减员，有点能耐、有技术的也纷纷离厂，有的到私营企业去了。

就这样情况，我没看见夏彩莲愁眉苦脸。她心里最大的底是，她的大女儿豆粒有杜山虎供着上学，他就是砸锅卖铁，也让豆粒有学上。这个不用担心，那她就去掉了一大半心思。二女儿麦穗本来挺省心的，遵守学校纪律，学习上进。不知道啥时候，她偷看各种小说，说是向同学借的。上课她也看，把课本放在外面，要看的小说放在里面，立在课桌上，两手把着。就这点伎俩，早被火眼金睛的老师看穿，从讲台，向她飞了几个粉笔头，她才幡然醒悟。赶紧把书扣在书桌上，但为时已晚，老师把她的《射雕英雄传》没收。这是从水泥厂工会借阅的，还是求杨景升借的，她说同学们都在谈论武侠小说，我一本都没看过。杨景升说，那好办，杨爸给你从我们水泥厂借一本《射雕英雄传》不就得了？不过看过要归还，杨爸也是要打借条的。麦穗是向杨景升打了保证的，看完指定完好无损地归还。如今你看，被老师没收了，咋向杨爸交代呀？没法交代，也得向杨爸求援，这事还不能让夏彩莲知道，她说得最狠的一句话，不想念就别念了，省得你爹爹为了你们到处拼命打工。夏彩莲的好性格都给杜山虎了，无论如何，她都觉得，是这个家拖累的杜山虎，要不他能飞翔得更远更高。

麦穗把老师没收书的事告诉了杨景升。麦穗是个安稳文静的女孩，还没等杨景升说啥呢，眼泪先流了两行。杨景升赶紧说，放心吧麦穗，杨爸不会告诉你妈妈，但杨爸要说你呀，这小说是要用业余时间来看的，你上课也看，那不是找挨批评嘛。还有哇，你已经是初三的学生了，要考高中吧，把精力用到学习上。麦穗一说就通，她只是担心老师不还给书，那样，杨爸咋向厂子说呀，真是给杨爸添麻烦了。杨景升看她忧心忡忡的样子，安慰她说，杨爸一定会把书要回来的，你是小孩儿，一切都有大人来处理。你只管学习好，快乐成长就行了。麦穗怯懦地说，杨爸，我错了，我书包里还有从同学那里借来的《碧云天》，我到学校就还给同学。杨景升夸赞麦穗，我们麦穗就是太懂事了。麦穗到了高中，又迷恋上了诗歌，读徐志摩的诗，读舒婷的诗，海子的诗……自己也胡乱地学着写。她是个听话的孩子，这些诗伴随着她成长，不但没影响她学习，还成了她减压的抒情诗。她走在葵花街上，小声地朗读，"我要做个幸福的人""挥挥手不带走一片云彩"。

二十世纪九十年代初，葵花街出现了一个新鲜词，下岗工人。我听说林桦树下岗了，当然，这个不是什么奇怪的事。一时间，木材厂有下岗的，水泥厂有下岗的，砖厂有下岗的，林场也有下岗的。突然间，修自行车的摊位也多了好几个，但谁也干不过老吴头儿。于是，市场竞争这个词经常挂在下岗工人的嘴上。老吴头儿说他不跟市场竞争，他守着他的一亩三分地修车，以前咋样，现在还咋样。如果说老吴头儿有啥变化，那他的修车摊旁多了个卖茶叶蛋的小锅，整天热气腾腾的。离远看，老吴头儿像是在雾里，腾云驾雾的感觉，哈哈，要成仙了。老吴头儿旁边卖茶叶蛋的女的，打扮得像老太太，她那是怕别人认出她来，夏天也蒙花头巾，戴个口罩，遮住了大半拉脸。她一开始吆喝声很小，茶蛋，卖茶蛋了。听说她才四十多岁，是副食品厂下岗工人，叫宋桂琴。后来干脆，老吴头儿帮她吆喝，那是嗓门高，半拉葵花街都能听见，他为自己修车也从来没喊过呀。为个卖茶叶蛋的，真卖力。我沾了不少光，能蹭到茶蛋吃，是老吴头儿给我买的。我问他，你为啥花钱给我买茶蛋吃呀？我当然疑惑了，老吴头儿从来不舍得自己吃茶蛋。有一天，宋桂琴将他买茶蛋，说他抠门，宁可吃鹅卵石都不舍得吃茶蛋。老吴头儿说，你等着，志龙那小犊子来了，我准买。宋桂琴撇嘴说，备不住志龙是你私生子吧？老吴头儿就不吱声了，整那沉默的表情，好像真是似的，其实跟哪儿都沾不上边。我吃着茶蛋，一边咝哈着，因为热烫嘴。我咝哈着问老吴头儿，吴大爷，我备不住是你失散多年的儿子呢，你是我老爹，要不咋对我那么好哇？老吴头儿哈哈大笑，我就没听过他那么大声地笑过，把旁边树上的树叶都震掉了好几片。他笑出了眼泪说，我哪有那福气呀，能有你这么个儿子。你说我咋对你那么好？你给我这个老头儿带来了多少快乐呀。我要是个有钱的老头儿，准认你当干儿子。

"不用，只要给我买茶蛋吃就行。"我趴地上，虎了吧唧地给老吴头儿磕头，"老爹。"我就是为了能吃到茶蛋。

老吴头儿这回不是笑哭的，是真哭了，他抹着眼泪，说："我的干儿子。"顺兜掏出两块钱给我。我不敢要那么多钱，我说，再给我买个茶蛋就满足了。老吴头儿扭头对宋桂琴说，你这锅茶蛋我包圆了，钱我慢慢给。老吴头儿硬把两块钱塞进我兜里。宋桂琴爽朗地笑，她说，老吴头儿，给你个棒槌就当真（针），这小犊子比猴都精，他骗你呢，就想哄你俩茶叶蛋吃。你一天挣几个钱啊，还买我一锅？不卖。老吴头儿说，那先买你一个。宋桂琴说，那也不卖。我趁他俩吵吵的时候，用小笊篱捞起两个茶蛋就跑了。我都给老吴头儿磕头了，再吃两个蛋也应该。我听见身后宋桂琴吵吵，看见了吧？这小子不是啥好玩意儿。

当时对我来说，管谁叫个爹那都不算啥，我恨不得管葵花街的男人都叫爹，唯独就不想管杜山虎叫爹。不关乎他是不是爹，也不关乎什么真爹假爹的，反正，他不配我叫爹。

那段时间总跟杨景升联系的水泥厂技术员潇雅，居然到杨景升家做客了。三十几岁吧，人很年轻，从佳木斯调过来的。为啥到凤翔县葵花街这样的小地方？是为了躲避她的丈夫。她的丈夫嫌做小买卖来钱慢，参加了抢劫团伙，最后干了个大的，抢劫银行，被抓进监狱了。他们已经离婚了，这个婚好离，他们没有孩子。是的，进了二十世纪八十年代，年轻人更倡导自由恋爱，潇雅当初选择她这个丈夫是遭到家里反对的，因为他当时是待业青年，整天无所事事，打仗斗殴，留着大长头发，纠集一伙人，都是待业青年，晚上偷工厂的铁之类的，能卖钱。哪儿需要他们维护场子，跟哪伙干架，就找他们这伙人。潇雅就觉得他酷，潇洒。家里越反对，她越逆流而上，为爱情奋不顾身，她认为自己很英勇。潇雅当时是技术学校毕业，是工厂的正式工人，比工人还高一截的技术员。最后潇雅家里妥协了，说如果他能进工厂当工人，就同意他们结婚。她这个男朋友拿着刀子架在自己的脖子上，逼自己的父亲让他顶替进工厂接班当工人。他父亲原本是要把这个接班名额给自己的小儿子，知道这个大儿子不成器，早对他不抱希望，放弃他了。这个男人说的最狠的一句话是，不让他接班，就把他弟弟废了。具体咋个废法，就不得而知了。反正怕了，就这样他进工厂当了工人。刚有下岗苗头的时候，厂里就把他列为第一批下岗的，他自己选择了一次性"买断工龄"，因为可以一次性领到几万元钱。这几个钱很快挥霍干净，他又重操旧业，打砸抢。他入狱前向潇雅撂下句狠话，等我出狱了再找你算账，你等着吧。潇雅也是为了躲避他，从佳木斯到了凤翔县水泥厂。潇雅的恋爱和婚姻，真应验了那句话，不听老人言吃亏在眼前。其实她也是为了躲避周围熟悉人歧视的眼光，正好葵花街水泥厂缺少技术人员，潇雅是想躲开过去和熟悉的环境，重新开启自己的人生。这时候的杨景升已是水泥厂副厂长了，又是单身，且长得又俊朗。而潇雅见到杨景升，仿佛看见了杨景升青年时期的灵动、活泼和朝气蓬勃，她的心像沐浴春风的花蕾，次第开放。潇雅还惊奇地发现，自己是这样的清爽而美丽，连自己都感到惊讶。原来她因为爱情的萌芽而一扫往日的阴霾，心情豁然开朗。

水泥厂来了技术员，杨景升相当珍惜，分秒必争搞水泥科研。杨景升和潇雅在一起，多数是研究工作，研究各种水泥，适合建造桥梁的水泥，适合建造高楼大厦的水泥，浇筑更坚固的水泥。

这时候有人是笑话他们的，水泥厂都快黄了，还研究水泥。现在民间挖个坑都能生产水泥的时候，恨不能直接把土装进牛皮纸袋子里充当水泥卖，你还在研究如何让水泥更加坚固。

葵花街水泥厂已经快被一些小水泥厂挤黄了。这些小厂的水泥便宜，且又打着薄利多销的旗号，销售得非常快，他们是萝卜快了不洗泥呀。厂里一些工人看到这种情况，也是牢骚满腹，厂子里开不出工资，小作坊的水泥都卖得火热，咱们还在研究水泥质量，真是火上房不着急呀。要你们这些技术人员有啥用？咱们的水泥也降价吧？可是降价就亏本。水泥厂方厂长最后决定，降价促销。

水泥厂这次降价，着实亏了本，但给工人开了工资。杨景升是不同意降价卖水泥的，他说咱们是国营厂，信誉至上，质量第一。这个时候，连方厂长都从鼻子里哼了一声，还国营厂呢，现在谁还讲究国营厂？可杨景升只有一个信念，无论什么时候，国家需要高质量的水泥。我们的建筑工程，我们的国防工程，我们的百年大计，都是离不开水泥的。水泥绝不是豆腐渣，是百年大计。他接受潇雅，不是因为潇雅年轻漂亮，而是因为潇雅和他一样，在用心钻研水泥的质量，一心钻研出高质量的水泥。

两个人在工作中产生了感情，再加上潇雅又大方，敢爱敢追，穿着时髦。每到星期天，如果杨景升休息，潇雅准来。梳着高挑的马尾辫，穿着红黑相间的格裙子，雪白的白衬衫扎在腰里，腰身挺立。哼唱着流行歌曲，像一只快乐的百灵，飞过夏彩莲的大门口，再飘进杨景升的院子里。也不管夏彩莲刚把杨景升的衣服、床单刚洗过，刚铺上，她一律再冲洗一遍。她来时是从来不做饭的，总是带来现成的，在百货副食品柜台买最新鲜的熟食和饼、包子或馒头，有时是在饭店买的水饺，有时干脆买带果酱的面包。潇雅根本也不跟夏彩莲说话，看见了，当她是空气。可能也怪夏彩莲这段时间忙碌，平时在糖厂包糖，周六周天去苗圃干活。她这算干两份工作。说工作真是抬举自己，两份工都不是正式工作，充其量就是个临时工。还真多亏了她这个临时工，有收入，这个家能维持。自从录像厅被查封，杜山虎是天天不见面了，杨景升也开不出工资。有时，夏彩莲就干看着潇雅登堂入室，一点办法没有。有时想想，何苦呢，杨景升不可能在你身边一辈子，他总有一天要和某个女人结婚的，不是潇雅，也会是另一个张花、李叶什么的。

有一天我回家，书包还没放下，肚子饿得咕咕叫。我就到厨房拿了块干粮吃，那是个两掺面的干粮，饿了啥都好吃。我正吃呢，夏彩莲冲着我没头没尾地骂，"志龙不是我说你，你就是属猪的，就知道吃。啥也不知道。"她骂我，手指着那院，"养你还不如养条狗，狗都知道家里进生人了汪汪两声。"

骂我贪吃我还清醒，我是太能吃了。骂到这儿，说我不如狗，我就不明白了。哪个生人需要我汪汪啊。我蒙了，这夏彩莲她就是一天没事爱骂我。不对呀，她手指头咋指那院呢？那我杨爸也不是生人啊？我真是百思不得其解。哎呀，夏彩莲啊，你玩啥弯弯绕哇，你就明挑呗，有啥张不开嘴、磨不开面的呀？

夏彩莲看了眼那院，没动静，大失所望的样子，又开始骂我，"你今天咋哑巴了，以前说你一句八句话等着我，你今天光瞪个傻眼看我，咋不说话呀？"

是，我今天是没跟她犟嘴，我光合计，啥意思呀？到底为啥呀？我蒙啊。我正蒙的时候，夏彩莲一脚把我踹倒，我杀猪般地大哭。

这回那院有响动了，杨景升首先冲了出来，夏彩莲的第二脚正抬在空中，还没落下来。杨景升连忙喊："住手，没事打孩子干啥呀。"

夏彩莲用脚比画了我一下，还行，挺给杨景升面，没踢到我身上。看见我杨爸，我哭得更来劲了，连哭带蹬腿。

夏彩莲也莫名其妙地哭了，"我自己的孩子，打死了跟谁也挨不着。"

杨景升直接从墙上跳到这院来，把我抱起来。给我擦眼泪，拍着我身上的土。夏彩莲委屈呀，我就不明白了，她打了我，倒委屈的是她，哭得抽抽搭搭的，对杨景升哭诉，"我们娘儿俩的死活，你还有心管啊?"

忽然，我只觉得，那院一道亮丽，一道耀眼。潇雅从杨景升的屋里走出来，是轻快的步子，有跳跃，显得那样活泼。高挑的马尾辫也跟着轻快的步伐飘忽着，是那样的洒脱，那样的阳光。她的白衬衫耀眼，她的红格裙子漂亮。我看见了，夏彩莲的眼睛红了，她没哭，为啥眼睛红，都说仇人相见分外眼红。那潇雅是夏彩莲的仇人？不对，是生人。哦，我终于明白了，生人在这儿呢。不怪夏彩莲骂我，养我还不如养条狗，狗看见家里来生人了还知道汪汪两声呢。真的，我真不如狗能看家啊。我见过潇雅，杨景升还让我叫阿姨了。潇雅说，我有那么老吗？叫姐姐。我什么也没叫，我斜睬着眼睛问她，你是谁呀？你算老几呀？还姐姐？

杨景升喝住了我，说我没礼貌。我也就走了，玩去了，谁管他们的破事，跟我有啥关系？

可是，等到我晚上回到杨景升的炕上睡觉时，突然，杨爸跟我说："志龙，你已经是大小伙子了，不能总跟我住在一起，明天啊，明天，你就搬回家住吧。"

我都快睡着了，突然他这么说，像是在做梦，既然是做梦我还在意什么呢？我就哼了声，"杨爸，我还小呢，我还要跟你睡，要不我睡不着。那睡不好觉，上课打盹儿，老师该批评了。"

"啊，是这样，志龙。"杨爸停顿了会儿，他怎么突然怕得罪我似的，语重心长地说，"志龙，你看啊，杨爸呢是个男人，要有自己的生活。啊，这么说吧，要结婚，那么呢，有个女人会到我的家里来，所以呢，志龙，你要回家里住了。"

我都快睡着了，我说："杨爸，你咋像夏彩莲似的唠叨哇，我有个狗窝猫窝都能住，夏彩莲说的，我只配住狗窝，猫窝都不配。"

杨景升拍我两下，以防我睡着，"志龙，杨爸跟你明说吧，你要回那院去住了，晚上不能跟我睡在一起了。"

这我着急了，那我上哪住去呀，我在这都住习惯了。我更小的时候，也留恋妈呀，也往夏彩莲的被窝里钻，可是夏彩莲一脚把我踹出来。我哭着跑到杨爸这来睡。我猛地坐起来问:"杨爸,那你要跟谁睡?"

哑口无言,杨爸愣在那里,他在瞪我,把我推倒在枕头上,烦躁地说:"行了,快睡觉吧。跟你睡。"

哦?现在想起来,会不会是因为潇雅呀?会的,她是生人,我要汪汪两声。潇雅就是杨爸口中的那个女人。

潇雅站在那院,俏皮地跳了两下脚,嘻嘻笑着,"大嫂,你教育孩子太粗暴了。你骂人的声音整趟房都听见了。"她轻摆了下头,无奈的表情,"居然有这么大嗓门的女人。"

我站起来,胡噜了两下裤子上的土,冲着潇雅说:"喂,你是谁呀?我们家不欢迎你。烦人,我乐意让我妈打我,你管得着吗?"

潇雅被我突如其来的顶撞一时整蒙了,看了我半天,涨红了脸说:"我没去你家。"

我指着那院说:"那院,这院,都是我家。咋的吧?你就去我家了,你要没啥事走吧,我家不欢迎你。"

杨景升看了夏彩莲一眼,看夏彩莲耷拉个眼皮,没有要教育我的意思,也没有再踹我两脚的意思。我估计,杨景升此刻指定想,这你咋不打骂志龙啦?这时刻是应该有教育孩子的声音。潇雅已经被我的话怼噎了,一句话也说不出来。杨景升虎着脸呵斥我:"志龙,你简直不像话,太没礼貌了。向潇雅阿姨,不,潇雅姐姐道歉,快点,听见了没?"

我从来没见杨景升这么严肃过,没见他这么生气过。我对着潇雅说,对不起。

夏彩莲却说,完蛋货。说完气冲冲地进屋了。她这句完蛋货是说我的,别看她没提名没提姓,我自己觉警,说的是我。这时候的潇雅一声对不起已经不起作用了,她已经气得说不出话了。只见她猛地转身,马尾辫在脑后甩了一个弧度,很好看。潇雅进屋去拿她的包了,很快从屋里出来,目视前方,踩着高跟鞋,咯噔咯噔地往院门外走。杨景升喊了她一声,她连头都没回。杨景升还追了出去,追了几步站住了,他可能是怕别人看见,怕有看热闹的。本来没热闹,他这么一追,热闹便演变出来了。夏彩莲把我晾在一边,说你不准进屋,进屋我打折你的腿。她还向杨景升的方向撇了下嘴,急忙忙进屋了。

  那天晚饭,夏彩莲给杨景升包的饺子,给我们每人分了两个饺子。还骂我们是张口兽,就知道吃。杨景升把那碗饺子又端回来了,夏彩莲把饺子端到他那院吃,就是怕他看见我们没吃饺子而吃不下去,但他还是把饺子原封不动地端回来了,往桌子上一放,让我们吃,说我们正是长身体的时候。夏彩莲看杨景升没吃,脸就拉着。其实我知道,她是心疼我杨爸,整天干工作,还开不出工资,又吃不上饭。本来潇雅时常会给他带好吃的,让她这么一闹,这点待遇也泡汤了。她看着那碗饺子,没发火,默默流泪。杨景升说,你看,我也吃两个,剩下的让孩子们吃,夏彩莲点点头。我说,杨爸,你再吃两个,我们才吃,夏彩莲又对杨景升点点头。就这样,这碗饺子,我杨爸又吃了两个,然后我们一窝蜂地把剩下的饺子吃光了。

第三十章

　　从那以后，我再也没见潇雅来过，但听说他俩还是在交往，多半是研究水泥的质量和标号。

　　杜山虎能有几个月没有音讯了，当然也没往家寄钱。但他有一次把地址告诉了夏彩莲，现在是否还在那儿住，也不得而知了。夏彩莲是拿着这个地址到佳木斯去找杜山虎，她此刻不是为了要生活费，她是惦记他，怕他出啥差错。杜山虎就像他的名字，虎了吧唧的，夏彩莲是怕他跟别人又打仗了，在哪儿猫着养伤，不敢回家。他平常是这样，打伤了，就回家养伤，夏彩莲照顾得无微不至的，他尝到了甜头，伤了立马回家。我听到夏彩莲和杨景升在门口说的话，夏彩莲说她去佳木斯找找杜山虎去，自己家养的狗丢了还知道找一找呢，何况是个大活人呢。杨景升说，行，你去找吧，家里这几个孩子由我来照顾。夏彩莲是带着成财去，她最偏心成财，放在谁那她都不放心。杨景升又说，你也不用着急，他不回来说明他好着呢，没伤着。夏彩莲说，我是怕他被人打了，再脸皮薄，不敢回家。杨景升哼了声，他脸皮厚得机关枪都打不透。夏彩莲就摔门走了，屋里一片寂静，好一会儿，杨景升才进里屋。

　　四五天后，夏彩莲从佳木斯回来了，灰头土脸的，还是走的时候那套衣服，一看从杜山虎那就没整到钱。我翻她的提包，里面就几件破衣服。她对我说，你爹说了，等他回来的时候给你们带好吃的，你爹给我钱了，我没舍得给你们买好吃的。

　　这话我信，杜山虎不管穷成啥样，只要他从外面回来，指定有好吃的，饼干啊，糖啊，苹果啊。

　　杨景升问她杜山虎的情况，夏彩莲才说，我这回算是开了眼界了，你知道杜山虎开的啥公司，他说开公司，我以为多大的公司呢。我说你领我看看你的公司去，他躺在那个破烂的床上说，公司呀，远在天边，近在眼前。他看我不懂，嘿嘿笑着说，我开的是皮包公司。他的桌上正好有个皮包，我拎起来说，你买卖皮包吗？他大笑，让我拉开皮包看看。我真拉开皮包了，里面啥也没有。他说那就对了，我开的就是这样的公司。对外说公司，整个公司就我一个人，公司里面是空的，全凭我一张嘴，我在中间对缝。我说，你是在骗吗？他说，你别把话说得那么难听，将来做大了，就不是骗了，现在是过渡嘛。谁叫咱没有雄厚的资金支撑呢。我说，你的公司，就是空手套白狼呗。他还满不在乎地说，这叫本事，不光我这样干。过几年，或者过几个月，我会有自己真正的公司。

　　我光听夏彩莲在那说了，口气是担忧、哀怨。杨景升算是往宽心了说，让他折腾去吧，他没有那么傻，不会干违法的事。现在水泥厂也不景气，有能耐的和不着调的都离开厂子了。有能耐的，人家到大单位应聘去了，或者自己下海做买卖。不着调的呢，本来就不愿意挣那几十元工资，现在更要逃离了。夏彩莲那口气又担心杨景升了，那么说，就剩下你们这些二不楞子了，上不着天，下不着地，那咋整？啥时候是个头哇，有没有打翻身仗的时候？杨景升说，那是指定的了，方厂长说了，他是不会扔下国营厂的。他是位老军人，他是看着水泥厂从无到有的，生产的水泥源源不断地运往全国各地，建设我们的社会主义国家。夏彩莲像是受到了杨景升的鼓舞，她说，我说的不一定对啊，我觉得吧，你们水泥厂，应该说产品，太单一了。这我还是从糖厂听来的，糖厂的车间主任跟他们厂长说，他们的糖果要再开发一个品种，像啥，糖果似的饼干，巧克力糖，牛奶糖，不能是单一的几种水果糖。这是我包糖时听来的。杨景升还表扬夏彩莲，说她在时代浪潮中成长了。夏彩莲大声地笑，说她再成长脸上的皱纹更多了。她还说，这没啥奇怪的，就像我吧，我的时间，就适合打零工。在糖厂包糖，挣的是计件钱，灵活，有时间就多包一会儿。苗圃吧，急需用人的时候，给的工钱就高，那这个时候我就不在糖厂包糖了，去苗圃育苗，累点，但挣钱多呀。夏彩莲又深情地看了眼杨景升，轻声而甜腻地说，我是不怕苦的，只要你过得好好的，比啥都强。

杨景升夸夏彩莲，说，三日不见，当刮目相看，你将来会成为什么样？现在最时髦的说法，女强人。杨景升说完，在等待着夏彩莲更多的高谈阔论。可夏彩莲倒说反调，她说，她不想当啥女强人，她刚才说不怕苦，那是没办法呀。她从山东嫁到这来，就是为了享福的。谁叫家里没有收入了，那我这个女人只能去工作了。如果这个工作是坐办公室，那我愿意做，可惜不是。

我就想笑，就我妈，夏彩莲，也想坐办公室？不是看不起她，主要是因为她没文化。如果说我学习不好，那是随她。

人和人相处，说来也是怪了，夏彩莲和杨景升能相处这么长时间，当然是夏彩莲有可取之处。凡是她认为值得的，她会不辞辛苦、竭尽全力争取，还有她关心人，心地善良。对我那就另当别论了，那也是杜山虎拐带的。杜山虎横竖看不上我，我俩犯相。他还骂杂种，听听，多难听啊。夏彩莲听到，就跟没听到一样，你别指望夏彩莲给我撑腰做主。我就等着长大了，能打过杜山虎，我非得一脚把他闷到墙角上，让他半天喘不上气来，让他想起来就疼，想起来就胆战心惊。看他还敢骂我一句吗？欠削。夏彩莲对我吆五喝六的，她可能是后悔生了我，如果能回到我婴儿的时候，估计她能掐死我。可惜呀，时光不会倒流，有杨爸罩着我，他们俩也不敢把我咋的。好在我现在还有点用处，见到生人能汪汪两声，要不夏彩莲更半拉眼珠子看不上我，反正我已经习惯。倒是夏彩莲对我和颜悦色，会令我发毛，心里合计，这是笑里藏刀吧？我今天在学校打仗的事，老师又告诉她啦？

夏彩莲对我大姐豆粒的学业是放心的，她这次从佳木斯回来还对我说呢，你爹爹呀，无论自己多苦，你大姐豆粒的学费是从来不打折扣的，按时给交上。不光是学费嘛，还有日常开销呢。你大姐花钱又大手大脚的，她以为你爹爹是开银行的。豆粒是爱美爱穿的女孩儿，唉，就是不懂事呀，不知道体谅父母的不易。

我不知道夏彩莲跟我说这个有啥意义，又不是给我花钱。我吃块杜山虎买的糖，他都恨不得掰了我的牙。我对夏彩莲说，你跟我说不着，他不是我亲爹，跟我有啥关系？

夏彩莲拿手指头点下我的脑门，你呀，恨不得管葵花街的老爷们儿都叫爹，你亲爹反倒是不叫了。

确实是这样，但凡对我有一点好处的老爷们儿，他们只要说，你管我叫爹，我就给你买冰棍。不用费劲，我张口就叫。但我叫完了，你要是不兑现，那我能跟到你家去，别想消停。嘿，就那熊孩子，逮谁管谁叫爹，为了吃个茶蛋，管修自行车老吴头儿都叫爹。

为这管人家叫爹的事，夏彩莲没少打我，说我哪辈子缺着爹了。我说这辈子就缺爹，给夏彩莲气的，举起手，终究没落下，她说，不想打了，累得慌。但她这口气没发泄出来，她也憋得慌。正赶上杨景升下班，她就急忙赶过那院，隔着矮院墙，用手指头狠狠地指着我，压低声音，恶狠狠地说，杨景升，你也管管志龙，我是管不了了。她说了我的不是，杨景升不在意地说，小孩子，没长那么多心眼，他自己都不知道说的啥，再大几岁就好了。

冬天对我有莫大的吸引力，我喜欢在雪地里打滚，最喜欢滑冰。学校后窗外，是一片黄豆地，到了冬天，男同学们在学校老师的带领下，平整黄豆地，再放水浇灌，直到浇灌出一片滑冰场。妥了，一冬天的体育课就有着落了。冬天，我们学校的体育课是最省心的，也是最自由的。喜欢滑冰的同学都到学校房后的冰场滑冰，冰刀鞋随便放在地上，低年级的，拣小号的冰鞋，高年级的拣大号的冰鞋。像我这样的孩子，穿的冰鞋都大，只能将就着穿。初学的同学，把教室的椅子拿来放在冰面上推着走，这样，脚穿冰鞋，前面推着椅子，往前出溜，保准不卡倒。我是不用这样笨招学滑冰的，好像我生来就会滑冰。树苗也不用借助椅子学滑冰，有我呢，我是她最可靠的滑冰教练。她是我手拉手教会的，从小我俩就在冰上滑冰。记得她刚穿上冰刀的时候，我拉着她还跌了几个跟头，把她吓得嗷嗷叫，狠劲地拉着我的手，那时候，我俩都六七岁。那是树苗第一次穿着冰鞋站在冰上，战战兢兢。至于我嘛，已经是个老滑冰的了，没上学的时候，捞不着穿着合适带冰刀的冰鞋。我最早穿的冰鞋是杨景升给我做的，两块像鞋那么大的长方形木板，能有三厘米厚，用八号铁丝在木板的下面平行着，拦两道铁丝，两道铁丝间隔六厘米。木板的上面绑两道鞋带。这个很简单，就穿着棉鞋踩在板上，再用鞋带把鞋和木板固定住。在冰上滑吧，一样滑得很远。比那些用鞋底打出溜滑的孩子不强百套啊。我有这滑冰板打底，何惧滑冰鞋呀？穿上滑冰鞋如虎添翼，在滑冰场滑得嗖嗖的，像低飞的燕子。

只要是一到冬天，那我的世界便来了。杨爸还给我做了冰爬犁，那玩意儿费裤子，需要跪在爬犁上，一只手握住一个冰钎子，两个冰钎子往冰上一扎，向后使劲，冰爬犁就往前蹿出好远。冰爬犁下面也是八号铁丝。冰爬犁是木板子做的，磨裤子，没几天棉裤外面的单裤就磨出窟窿了，有时候把棉裤里的棉花都磨开花了。滑起冰来，我是全然不顾的，有时候回到家都不知道裤子磨破了，挨夏彩莲打是免不了的了。已经被她打习惯了，不挨打，我反而皮痒痒。

在葵花街西北边有一条河，说河有点太辽阔了，充其量是条河套子，叫亮马河。这条河也怪了，每到入冬快要上冻的时候，河水倒饱满了，浪滔滔的，亮汪汪的，溢到了河岸边。这样，冬天河流封冻，冰冻得厚实又宽阔。等亮马河的冰冻瓷实了，你就在上面尽情地滑冰吧。到数九寒天，亮马河的冰面热气腾腾，整个河面像刚掀开的蒸馒头锅。那是河岸边，或者冰的缝隙中流出的河水，我们都叫淹流水，水流在冰上，又遇到冷空气，形成了雾。有时候，滑冰的时候不光把棉裤磨破，或者摔在冰上磕破裤子，遇到淹流水，棉鞋也会湿透。而我就愿意在淹流水上滑冰爬犁，河上面的淹流水在严寒的空气里浅浅地凝固，下面是坚硬的冰面，你的冰爬犁噌地把那浅浅凝固的淹流水划开，带着冰碴的水向爬犁两边分开，你的冰爬犁势不可挡地向前滑去，那种感觉像在冰上起飞。这一下子我的棉裤、棉鞋就悲催了。棉鞋湿了，棉裤波棱盖那开花了。每家的孩子几乎都是这样，这一冬天棉裤一条，棉鞋一双，湿了，没的换。只能睡觉之前，放在炕头上，放在火墙子上烤。第二天，看运气了，烤干了穿，半干不干将就着也得穿。

为这，杨景升省吃俭用给我买了新棉鞋，留着备用。记得第一次为了穿杨爸给我买的新棉鞋，我故意把脚上的棉鞋整湿了。那天，我的棉鞋滑爬犁没整湿，又穿滑冰鞋在淹流水上滑冰，穿着那种用八号铁丝自制的滑冰鞋，那玩意儿比带冰刀的滑冰鞋矮，从淹流水上滑过去，流水就直接溅到棉鞋上了，但湿得不厉害。夏彩莲看了指定说，湿这点换啥新棉鞋，那么的吧。我干脆脱下滑冰鞋，使劲地在淹流水上踩，这回湿透了。我背着爬犁，拎着滑冰鞋往家里蹽，怕跑慢了脚冻鞋上。刚进大门口，我开始喊，妈，脚冻鞋上了，快冻死我了。我已经做好了挨打的准备。夏彩莲看一眼我的鞋，看一眼我的棉裤，水已经冻成冰碴了。再看我滴里当啷背的、拎的，都给她气乐了，撑了我几拳，不搭理我了。我高声说，我要穿新棉鞋，我冻脚。

夏彩莲给我打了一盆热水，让我把脚洗干净了，又给我找出干净的袜子穿上，这才拿出新棉鞋。棉鞋故意买大两号，因为脚长得快，能多穿些时间。夏彩莲又往棉鞋里垫了两层棉鞋垫，这样，新鞋就不那么大了，既软和，又暖和，把我美得都想哭了。夏彩莲打轻了我都不哭。我也是第一次感觉到，美还能把人美哭了。我都不舍得往地上踩，恨不能搬着脚走。

真正让树苗仰慕我，也是缘于滑冰。那时候，我们已经是初三的学生，我的个头一下就蹿到一米七八，瘦高个，受杜山虎的影响，我也喜欢留长头发，因为头发长没少挨老师的批评。上体育课的时候，我换上滑冰鞋，在学校的冰场上，自由地滑翔。很多女生都给我呼喊加油，树苗也在女生的队伍里，她没有呼喊，只是看着我微笑，看见别人看她，她又把眼神移到远处。但放学的路上，她先在学校大门口等着我，主动和我一起走。树苗问我，今天你滑冰，好帅啊，那么多女生给你加油，你是不是特别激动？我说，没啥激动的呀，我都没听见。其实我撒谎了，我听见了，只是树苗没喊加油。她多小的声音，我都能辨识出来。树苗撇嘴，爱搭不理地说，得了吧，听女生给你喊加油，你心里都嘚瑟死了吧？我辩解，没有哇，我可真没有，我不是那种人。树苗说，我可不信，看到这些女生，你眼花缭乱，你心花怒放。我说，我谁都没看，就看你了，你不够意思，根本都没给我喊加油。这回树苗信我了，抿着嘴笑，不说话了。我和树苗有说有笑地走到了照相馆跟前，离老远就看见林桦树站在照相馆门口，大概是等树苗放学。他不是在佳木斯跑运输吗？咋又回来了。我倒是盼着他不要总回来了，他总用一双恶狠狠的眼睛监视着我。他是监视着我不要和他的女儿树苗在一起。听说，树苗这个名字就是他给起的，可见，他对树苗有多么的喜欢。他是桦树哇，那他女儿就是树苗了。

　　现在，又让林桦树看见我和树苗一起走在回家的路上，我心里真有点打鼓，这个恶狠狠的家伙要对我咋样？树苗像是没有看见林桦树，依然和我说着话，居然还挎了下我的胳膊。这个时候，这不是给我加料吗？果然，林桦树向我呼喝着，声音是恐吓。树苗在我身边，那我也不能退缩呀，我昂首挺胸，迎面走向他。树苗喊了声爸爸，然后，撒娇地向林桦树跑去，张着双臂扑进林桦树怀里。林桦树眼睛盯着我，象征性地拍拍树苗的背，说，快回家吧，你妈给你做好吃的了。树苗说，爸爸回来一定有好吃的。她还回头招呼我，志龙，到我家吃饭吧。我等着看林桦树怎么回答，林桦树那眼神，怎么会允许我去他家里吃饭？算了吧，在一条护崽子的公狼面前，我不会硬碰硬的，我要迂回地和他对付。树苗蹦蹦跳跳地往照相馆跑去，林桦树走向我，揪着我的衣领说："小子，长点记性，我已经警告你了，离树苗远点，不然，小心我削你。"我推掉他的手说："警告？哼，还不一定谁削谁呢。"然后，我大步走开。

我再说下夏彩莲啊，回到她从佳木斯回来那时候。当时，夏彩莲到佳木斯找杜山虎，发现他的公司是个皮包公司，公司里外就他一个人。当时夏彩莲便想，这不是骗人吗？夏彩莲忧心忡忡地回来了。杜山虎开的这个皮包公司确实是赚到钱了，他赚得的钱有一半都供豆粒上学了，他不想让豆粒受一点委屈，他也经常去哈尔滨看豆粒，只要看见学校里有女孩儿穿时髦衣服，他不管那衣服有多么的贵，跑遍哈尔滨也要给豆粒买回来。不论练功服，还是戏服，一样都不会少。他还给豆粒承诺，她考上北京的戏曲学院，他一样供她。他表示无限期地培养她，让她有出息，成为角儿。有时豆粒都怀疑自己，望着从杜山虎手里接过的真金白银，对杜山虎说："我家祖祖辈辈没有出现一个有文艺细胞的人，让我学戏剧，唱京剧，爹爹，你觉得可行吗？如果到头来我成不了角儿呢？那不白瞎了你那么多心血了。再说，爹爹，我不是你的亲生女儿，我俩没有血缘关系呀，你到头来会不会后悔？爹爹，你后悔了，女儿可无以偿还啊。"

这还用说什么亲不亲生啊，豆粒说着的时候，已经是一口一个爹爹，一口一个女儿。有比这还亲的吗？杜山虎听完豆粒的话，已经激动得不行了，他说："豆粒，你啥都不用回报为爹的。就你这一声声爹爹，已经让为爹的心满意足了。闺女，你就尽管学，尽管霍霍为爹的钱，为爹的挣钱就是让你霍霍的，要不为爹的都没有成就感了。爹爹坚信，你会站在更大的舞台上唱戏的。到时候，你送给爹爹一张戏票就行了。"

其实豆粒就是鬼心眼子机灵，之前她答应杜山虎学戏，也是因为她的学习成绩赶不上麦穗，想给自己找个捷径，既可以享受学戏的种种好处，还不用在家里干活。她都想好了，她是家里的老大，再加上她学习啥也不是，就夏彩莲那样，指定会让她早早辍学在家带弟弟妹妹，或者跟她一样，打零工，上苗圃，进糖厂，补贴家用。所以，她灵机一动，杜山虎是那样欣赏倪铁美，她便投其所好，举手表示我也要学唱歌跳舞，像倪铁美似的，站在舞台上，光芒四射。杜山虎听了，好，有抱负，有理想，他和倪铁美一商量，可行。还是倪铁美给指的方向，学京剧。倪铁美"样板戏"唱得精通，她先从"样板戏"教起，后来还是她帮忙联系的哈尔滨的老师，让豆粒考进了哈尔滨。豆粒的最终目标是要考进北京的戏曲学院，她这样提前说一下，是真的怕自己成不了才，杜山虎埋怨她花了他那么多钱。而杜山虎听来，豆粒就是个懂事的孩子，知道替父母着想的好孩子。真的应验了那句话，事物从不同的角度看，会获得不同的结论。

第三十一章

　　那次夏彩莲从佳木斯回来之后过了多半年吧，杜山虎也从佳木斯回来了。他拎着走时的帆布提包，戴个帽子，依然戴着蛤蟆镜。对，你说对了，这次他又是回来养伤的，脑袋被人开瓢了，缝了十多针，脸上也有一道伤，不重，医生说不会留疤。他暗自庆幸，没毁容。他自我安慰，过个夏天，脸上这道疤会自动消失。这次挨削，杜山虎心服口服，他把人家给坑了。他说自己不是骗，他是诚心让双方成交，可是，那家跟他一样也是皮包公司，压根没货。可是，人家买家已经把货款打来了，杜山虎也把打来的一半货款给了那家皮包公司，也不是不给货，而是还要向下一家寻找货源。寻找的时间很长，打钱的买家已经识破了他们的伎俩，所以打上门。杜山虎得到了一半货款，也没有多少钱，他得到了能有两千多元。钱只要进了杜山虎的腰包，那是绝对不能再拿走了，他是舍命不舍财的。这次是他提出来，要钱没有，要命一条。你们不可能真要我的命，那我提出来吧，你们打我吧，只要给我留条小命就行，那我就无限感激了。钱我已经花了，我有女儿要去北京念书，她需要学费。果然，人家结实地打了他一顿，三个小伙子打的。杜山虎说了,兄弟几个,打死我不值个,你们要偿命,我的命不值钱,你们的命值钱。这算是求饶了。那几个人说,行,今天就到这儿,明天不还钱,接着打。

当天晚上,杜山虎拎着提包去医院包扎,他都没再回住的地方,直接从医院就撩杆子了。他坐晚车回到了葵花街,那些人根本也不知道他的地址。干皮包公司的,信息都是假的,从佳木斯要经过鹤岗才能到葵花街,山高水远的,他们上哪找去呀?杜山虎心安理得,这是打我的医药费。

那天我回家看到了杜山虎躺在炕上,没看出他有多么悲伤,也没看出他有多么疼痛,他脑袋缠着纱布,躺在床上,还跷着二郎腿,翻看一本《大众电影》。我已经见怪不怪了,他就那样,即使死到临头了,他也是倒驴不倒架。他在那儿故作轻松,我就不信,他不疼?满脑袋纱布。也不知他从哪儿划拉来的破录音机,一会儿有声,一会儿没声的,吱吱啦啦放着《成吉思汗》。倒是挺好听,放的效果太次。我站在里屋停留了一会儿,不是为了看他,而是为了听《成吉思汗》。我拍拍录音机,果然顺畅了些。杜山虎不干了,低声吼我:"滚犊子,拍坏了呢?好听吧,这叫东方摇滚。"

啧啧,还知道摇滚了,这顿打没白挨。

我拍那两下,录音机顺溜了,但我听他说滚犊子,来气了。我抬起脚,咣当一脚把录音机踢到地上了,杜山虎猛起身,又捂着脑袋倒下。我对他冷冷嘲笑了两声,转身离去。录音机挣扎着吱啦作响,真的卡壳了。我知道,杜山虎这回是一时半会儿爬不起来了,让人家削得不轻,在我面前拉硬。要叫往常,他非得跳下炕来撵我,这回他头疼的,估计站都站不起来。那他咋从佳木斯逃回来的呢,激劲吧。

夏彩莲回来的时候,录音机还在地上吭哧呢,已经听不出个了。给夏彩莲气的,恨不能揍我一顿。可惜,我没在她跟前。这种情况,我往往去树苗家混饭了,如果赶上周六、周天,那我怎么也得晚上回家了,到这时候,夏彩莲也没兴趣打我了。

二十世纪九十年代，林桦树彻底下岗以后，他开始和别人合伙搞运输。为啥和别人合伙？因为林桦树自己买不起大解放。就是合伙入股的钱，也是黛梦娜给他的。黛梦娜从二十世纪八十年代中期承包了友谊照相馆，其间生意不温不火，有时是亏损的。而黛梦娜还是一如既往地我行我素，按着她自己的想法和技术拍照。人家都说她拍的照缺少现代元素，不像小爪的照相馆，布置得花花绿绿的，照出的相也鲜亮。小爪做的也活络，婚宴场所，婴儿百岁宴席，老人的寿筵，都能看见小爪拍照的身影。无论多远，无论啥事，小爪随叫随到。所以，小爪的照相生意要比黛梦娜红火得多。小爪碍于师徒的面子，曾经找黛梦娜谈过自己影楼红火的事，他也没办法，为了养家糊口，为了挣钱，他就是这个风格。说白了，怎么挣钱怎么拍。照相的人，让咋拍就咋拍，只要照相的人高兴，雅俗共赏嘛。

无论小爪的影楼如何红火，也无论小爪如何邀请黛梦娜和他一起联合经营，黛梦娜都无动于衷。她说她已经过了激情澎湃的年龄了，让小爪自己折腾去吧。小爪问她，师傅，你不怪我吧？黛梦娜说，净说傻话，你不经营照相馆，别人也一样做这个生意，比我照相馆生意好得多了。那我都生气呀？好了，放开手脚，大胆地做吧，跟着我，束缚了你的手脚和才华。

在这个经济大潮中，友谊照相馆就这么寂寂静静、稳稳当当地向前走着。她不在乎啥营业额，只在乎摄影艺术。有人说友谊照相馆这个名字太土了，太落后了。黛梦娜不这样认为，她认为这是像人家说的老字号。虽然这个照相馆的名字是新中国成立后取的店名，但再过个几十年，时代变迁，友谊照相馆便成了老字号，是曾经的国营照相馆。有人说黛梦娜另类、隔路，以前友谊照相馆是国营的，现在也是国营照相馆。她之前总是到厂矿、林场、农场去照相，现在她也去，不是给人照相，而是用相机对社会的变化做影像记录。她抓拍街上的人，抓拍街上的事物，抓拍工厂的变迁和锈迹，抓拍葵花街的春夏秋冬。没人向她付费，也没人欣赏。因为她随意抓拍的人物都是未加修饰的人物，多半是没有笑容、本色、素面的众生。而照片拍的又多半是黑白色，偶尔用彩色。都二十世纪九十年代了，还继续拍黑白照，未免有点太古板、太守旧了。但有一个人欣赏，这个人就是林桦树。说来也可笑，一个林业工人，文艺范儿得像个写诗的。如果你真是个诗人，也不枉你的文艺范儿。黛梦娜也是因为他流露的文艺范儿，才和他结婚的。有时林桦树文艺得忘记了自己的工人身份，到现在也是这样，特别讲究穿戴，讲究仪式感。文艺的，无论到哪个年龄段，都像个文艺小青年。他即使给黛梦娜买条大前门烟，也要用相应的彩纸包装起来，上面别朵红玫瑰。有时黛梦娜看了，欣慰的同时，也无奈地摇头，嘴角挂着一丝笑，俏皮？不屑？都说不准。但林桦树爱死了她这个样子，令人捉摸不透，女人没有这种神秘的捉摸不透的韵味，也就失去了吸引男人的神韵。林桦树就爱她这种韵味，爱了！爱得义无反顾。

　　人心啊！真是难伺候和满足哇，林桦树认为他给了黛梦娜最美的仪式感，却未让黛梦娜全心全意地爱他，她的心依然属于杨景升。但这又区别与和他结婚，如果说杨景升现在向她求婚，她会毫不犹豫地拒绝。到了这会儿，杨景升只是她的远水，不解近渴，但望着他心里就有个念想，他的存在令她无比舒心。惆怅的时候，他在那儿，畅想的时候，他在那儿，令她无比大哭的时候，他还在那儿。反之，他不在那儿，心是空的。杨景升就在那儿摆着，她看着，欣赏着，心里装着，这就是浪漫的最高境界。

　　对于黛梦娜的心理活动，林桦树都了如指掌，但他从年轻的时候就喜欢黛梦娜身上的那种艺术气息，喜欢她的摄影技术和艺术造诣，更喜欢她给他拍照。林桦树属于这个世界上最欣赏仿古的黑白照片的粉丝，前提是黛梦娜拍摄的，那些黑白照片能瞬间把他带回青春年少的时节。这么多年，黛梦娜的照相馆没有跟着时代大潮俗不可耐地演变，她始终在做自己的摄影风格，不为外界市场的喧嚣所动。雷打不动的是，她每年都给杨景升和林桦树拍摄一张艺术照，挂在橱窗里。

　　黛梦娜的第一张艺术订单来自于豆粒。有一天，豆粒带着哈尔滨戏曲学校的赵老师来到葵花街，这位赵老师也是倪铁美曾经的老师。赵老师这次来也是为了顺路看看自己的徒弟倪铁美。赵老师很想出版自己的剧照艺术摄影集，目前还没找到合适的摄影师。有摄影的给她拍过，但不太理想。这次是豆粒推荐的，让她到友谊照相馆拍照，可以拍生活照。这位赵老师还没等拍照，已经被友谊照相馆橱窗的照片吸引住了。这才是她要的照相馆和照相风格，现在的照相馆已经进化得不成样子，时代速度是有了，但年代艺术却淡化了。人物拍摄出来的效果，风格被机器手段修饰得千篇一律，面容表情虚假。

豆粒的京剧老师到了葵花街，这千载难逢的机会，倪铁美怎么能错过？倪铁美现在已经有商人的头脑了，她征求了赵老师的意见，通过她在葵花街演艺圈的人脉，为赵老师组织了一场演出晚会，也算是走穴吧。那台晚会，算是葵花街从二十世纪八十年代到九十年代最异彩纷呈、无与伦比的晚会，用倪铁美的话说，真正的百花齐放、百家争鸣。晚会上，有赵老师的传统京剧，有倪铁美的现代京剧，有当前最流行的电影歌曲、流行歌曲。豆粒在这台晚会上算是最出彩的了，可以说是挑大梁的主角、台柱子。事先没有安排，算是临时救场。赵老师刚唱完一出戏，回到后台，忽觉嗓子不舒服。剩下的《霸王别姬》和《穆桂英挂帅》两出戏，决定让她的学生豆粒顶场。这两出戏的难度比较大，豆粒是否能唱好赵老师心里没底。毕竟豆粒没登台唱过这两出戏，也不能换成别的戏，节目单列着呢，不唱不行啊。再说，节目单已经发得满大街都是。事先宣传广告，这是非常有必要的呀，不然谁知道有哈尔滨的京剧老师来唱戏呀，不知道票卖给谁去。豆粒精精神神地站在赵老师面前说，平常听老师唱，她偷着唱得滚瓜烂熟了，只是没敢告诉老师，因为觉得唱得不太好，韵律还是不如老师拿得准。赵老师听了，高兴啊，咱就别在这谦虚了，这就行了，赶紧上台唱吧。登台锻炼的机会啊，把握住。

那时候人胆大，敢想，敢干，遇事果断。哈尔滨戏曲学校愣是被半道宣传成北京京剧学院，这事是杜山虎干的，他负责宣传这方面。他不认为这是虚假宣传，只是提前给他女儿宣传了，女儿豆粒早晚会考到北京学戏的，到那时就有北京的老师了，迟早的事。再说，葵花街的人，没人较真儿真假。

果然奏效啊，那么偏远的葵花街，离首都北京远隔万水千山，大家都向往北京啊，有的人一辈子都没去过，听听北京都觉得激动和自豪，心潮澎湃。何况北京来了老师，到咱葵花街唱戏，听了戏，就算去了北京。再加杜山虎那煽呼劲，他们自己印的节目单加宣传单，杜山虎不辞辛苦，每一家，每一个店铺、工厂、机关单位都送到了。杜山虎的煽呼力不可小觑，都发动起来了。连黛梦娜都替他发传单，当然她不会跑街上发宣传单，是在自己的照相馆里发。来人照相了，就多发几张，并告诉照相的人，演出的那天，她被邀请给京剧名家拍照。

还有一些人，什么北京、哈尔滨的，没人在乎这个，都一样，反正是外地来的演员，在葵花街演戏，去看就完了。

夏彩莲为了女儿，把宣传单发到糖厂和苗圃。这回杨景升也参与了，并未反对，他觉得应该支持一下豆粒，为孩子出把力。他主动要求给他些宣传单，他发到了水泥厂、木材厂和砖厂。

这个发宣传单的活动我也参与了，这活儿我爱干啊，不就是发宣传单嘛，我骑着自行车，后车座坐着树苗，在葵花街里穿行。宣传单没发多少，我带着树苗倒是转悠了几圈，拉风啊。那是个星期六，树苗穿件白色的上衣，穿了条浅蓝色碎花的裙子，我骑自行车，骑得有些快，树苗搂住我的腰，一个劲地说："志龙，你慢点儿骑，要不我跳下车了。还有，我们要发宣传单的，这样咋发呀？"

我迎着风，继续不减速，大声说："树苗，你听我的，你就往空中扔，谁捡谁看呗。真有意思，他杜山虎花多少钱雇咱发宣传单，一分没有，谁给他发？啥年头了，经济社会了。"

"那我扬啦？"树苗把宣传单撒在空中。

意想不到的效果产生了，街上的人先是看见了撒在空中的宣传单以为是啥呢，然后再映入他们眼帘的是一对少男少女，骑着自行车，优美地穿行在葵花街上。翩翩少年、少女啊，美妙得像一幅画。大伙都放下手里的活，来抢宣传单看。

这台晚会成功了,观众爆满,与发宣传单是分不开的。豆粒也在这台晚会上崭露头角,她赢得了年轻人的喜爱。她唱了当前流行的电影插曲,唱了自己应该唱的京剧曲目,还接替老师唱了京剧。

黛梦娜负责照相,她选的摄影角度和亮度独特,恰到好处。那次给晚会照相是前所未有的成功,可以说,也是黛梦娜检验自己照相技术的试金石。过后,黛梦娜给赵老师和豆粒每人制作了一部影集。有的照片在外行人看来也非常好,但黛梦娜觉得不过关,只能废弃。摄影方面,她只要求最好,绝不将就。

黛梦娜的友谊照相馆从这场晚会起步,走向了辉煌,佳木斯和哈尔滨慕名来拍照的名人越来越多。但黛梦娜的照相馆是照艺术照的,不会像小爪的照相馆,照相的人像赶集似的络绎不绝,价格也相对便宜。友谊照相馆可能这一天只能给一个人拍照片,价格是小爪影楼几天的收入。每月黛梦娜要去佳木斯和哈尔滨一两次,受邀给人拍照。有人建议她在哈尔滨开照相馆,黛梦娜认为,她摄影的灵感在葵花街,也可以说摄影的魂在友谊照相馆,她离不开友谊照相馆和葵花街。黛梦娜说,豆粒是她的贵人,她还夸下海口,等豆粒成角儿了,豆粒的海报她承包了,并且都是免费的。豆粒高兴地说,就为了您的免费海报,我也要努力成角儿啊。

这个时候是一九九三年,我十五岁,我也是从那年开始暗暗下决心,长大了我要娶树苗。可能大人们认为我还小,我对树苗好是最纯洁的好,但我能从他们的眼神里看出反对。林桦树就不要说了,看见我和树苗在一起,他的眼神恨不能把我杀了。杜山虎是那样轻蔑的眼神,意思,小子,你轻点嘚瑟。包括黛梦娜,她的态度不明朗,睁一只眼闭一只眼的意思,她总说,志龙啊,树苗好哇,就当她是你的亲妹妹啊。他们的眼神随他们去吧,我就是美少年志龙。从我骑着自行车在葵花街飞奔,从老吴头儿的赞叹中知道,我是葵花街最美的少年。老吴头儿还守着他的修车摊,旁边还是卖茶蛋的宋桂琴。我的自行车在老吴头儿的修车摊停下,树苗跳下车,笑呵呵地看着老吴头儿,然后她跑去买了冰棍送给老吴头儿和宋桂琴。我和树苗也一人一根冰棍。

当时不叫冰棍了，已经进化到叫雪糕了。我送给老吴头儿一张戏票，可我只能送一张，我也只有一张票，多了送不起。老吴头儿和卖茶蛋的宋桂琴相互推让，你去看吧。最后我说了，让我吴大爷去看吧，是杜山虎他闺女豆粒唱戏，吴大爷得去捧场。老吴头儿很幸福的样子，他说："你爹杜山虎办得最对的一件事就是供豆粒上学，学戏。他跟我说了，豆粒考到哪儿他都供，砸锅卖铁都要供。这不，这孩子还真有出息，真就供出头了。"

我哼了声，嗤之以鼻，"那都是拿钱砸的。"我说的一点都不假，豆粒可不省心了，仗着杜山虎给他撑腰，吃好的，喝好的，穿好的。因为她爱穿，除了买戏服，她净穿时髦的衣服，时兴蝙蝠衫，买蝙蝠衫，时兴红裙子，买红裙子。为了穿，她还给杜山虎支着儿，卖服装啊。她的同学父母有在沈阳五爱街批发服装的，杜山虎可以在哈尔滨租个门店卖服装，从沈阳五爱街倒腾服装。货源也是现成的呀，直接从她同学父母那拿服装。杜山虎听了不但没批评豆粒胡闹，还夸赞豆粒有经济脑瓜，随他。那段时间，正好录像厅被停业了，他就跑到哈尔滨，拿着自己手里攒的钱，又从倪铁美那借些钱，再从工友那骗点儿钱，就开启了倒卖服装的生意。他还说，在他最绝望的时候，是豆粒拯救了他，给他指出了一条明路。倪铁美咋劝都劝不住，说隔行如隔山，他倒腾不了服装，劝他跟她开歌厅或者舞厅。这时候他怎么能听进倪铁美的话？录像厅刚停业整顿，还开这厅那厅的，他要做正经生意。结果咋样？不用我说，大伙也都知道结果了，赔个底朝天。他是开服装店赔了钱，才去开的空壳皮包公司。这豆粒明明是来坑他的，他还把她当成了救世主，没整。老天有眼，还不如说，老天可怜，总算把豆粒供出来了。反正也是，他要是不豁命地供豆粒唱戏，就凭豆粒那学习水平，考啥大学估计都够呛。像她自己说的，初中毕业，也或者高中毕业，像夏彩莲似的，在糖厂或者苗圃打零工，也可能给杜山虎开的不三不四的歌厅录像厅打工。

豆粒那天在晚会上的成功不光是因为她唱得好，什么都能拿得起来，还因为她在唱的时候，不是死定定地在哪儿站着，而是加上动作。

这不是简单的动作，是舞蹈，是载歌载舞。这得益于她小时候跟着倪铁美学跳舞的成果。再有，她的演出服装新颖，这得益于杜山虎没有卖出去的那些服装。为啥卖不出去？不实用。他进的多半是舞台上穿的服装，要么一身亮片，金光闪闪；要么一身玻璃球子，珠光宝气；要么轻纱曼舞，飘飘忽忽；要么拖地长裙，袒肩露背。这平常工作生活能穿吗？平常人家能有几回穿这种衣服的？所以呀，杜山虎的服装店不黄，天理难容啊。唉，这就成全了豆粒，那时候演出，多半是自己张罗演出服装，借不来，租不来的，就得穿自己的旧衣服上台。那谁愿意看啊？那天晚会，豆粒唱一首歌，换一套衣服。特别那长裙子，穿在舞台上，仙气得很。

正说话呢，旁边崩爆米花的嘭的一声，吓人一跳，一锅爆米花崩出锅了。老吴头儿起身，对崩爆米花的人说，这锅爆米花他买了，送给志龙。

我非常高兴，我爱吃爆米花。我五六岁的时候看着崩爆米花的炉子就好奇，跟老吴头儿说："吴大爷，等我长大了也买这个粮食扩大器，也崩爆米花。"粮食扩大器是老吴头儿说的，他总挂在嘴边，好哇好哇，那么一捧苞米，崩出一堆爆米花。这粮食扩大器真好。

老吴头制止我说："没出息，干啥也不能崩爆米花，还有不能修自行车。"

我认为挺好的呀，我手握粮食扩大器，我还怕啥呀？我就想啊，有了崩爆米花的机器，粮食扩大器，多好，还简单，还实用，还能挣钱。学都不用上了，直接上岗都没问题。当修车匠更好，一年四季知晓葵花街所有的事，葵花街的美景尽收眼底。葵花街所有的事和景色，都逃不过老吴头儿的眼睛，我觉得他知道得可多了。小时候，我都想坐着他修车的地排车，跟他过去了。

老吴头儿指着宋桂琴的茶蛋说："志龙啊，想吃茶蛋自己拿。"

我看着老吴头儿，调侃着说："吴大爷，您真不把自己当外人了？"

奇怪的是，我这样说，老吴头儿像似羞涩了，低下头，摆弄自行车，不言语了。到底让不让吃茶蛋了呀？

宋桂琴拿着两个茶蛋，给我和树苗一人一个，撇眼看着老吴头儿，快人快语地说："都啥年代了，九十年代了，你还不好意思了。拉我上你炕的时候咋好意思啦？"

老吴头儿抬头说："别守着俩孩子瞎说。"

我恍然大悟，我吴大爷有知己了，他和宋桂琴好上了。我哈哈笑着说："我啥都懂。"

文艺演出后，豆粒又跟老师回哈尔滨了。豆粒的成功，最高兴的当然是杜山虎，钱没白花。他继续鼓励豆粒，闺女，你就考吧，考北京去，考哪儿爹爹都供。

小时候我看到豆粒练功了，有时候腿放在把杆上，有时候单立，另一只脚举过头顶，稍微举得弯了，倪铁美就用一根小棍敲她腿一下。她疼得眼泪在眼圈里打转，她撇了几下嘴，愣是没哭。我狠狠地看杜山虎说："她打你闺女了。"

杜山虎恶狠狠地骂我："你懂个屁，严师出高徒。"

我踢了倪铁美一脚，杜山虎把我踹个跟头，我站起来，握着拳头说："杜山虎，你就窝里横，等我长大了，第一个打的就是你。"

倪铁美突然咯咯笑，我踢她一脚她没生气，她笑弯了腰，笑着说："哎呀我的妈呀，你家这小犊子够倔的，小土匪一个。说的话像个小大人，活脱脱就是你。"

"别抬举我，"杜山虎用眼角蔑视我，"我没那福气，谁知道他妈的是谁的儿子？"

倪铁美用既喜欢又气恼的眼神看着我说："你看那小样，跟你一模一样。哈哈，你看他握着拳头坚定的目光，小老样。"

豆粒还真行，挨完打，愣是把那套规定动作做完美了。

倪铁美看完，满意地笑了。倪铁美笑起来真美，像真的李铁梅那么美，是电影里的李铁梅。她拿着毛巾，给豆粒擦脸上的汗，还一边鼓励和夸奖她。

杜山虎那个帆布军挎里，像个万宝囊。他这个万宝囊只是给豆粒准备的，其他人谁都白扯，包括成财和麦穗，我就更不用提了。杜山

309

虎早就说过，我是马尾拴豆腐，提不起来。他贬损我的那些话，可损了。

杜山虎从佳木斯开皮包公司挨打回来后，他没再往佳木斯和哈尔滨疯跑，好像心情也一落千丈，蔫不登地窝在家里。夏彩莲乐在其中，杜山虎终于心稳了。可是问题来了，杜山虎在家吃闲饭了，一个大老爷们儿，整天在家游手好闲的。夏彩莲嘴上不说，但心里着急。这几天杨景升也不着家，听说是整天忙在厂子里。其实，这些年，杨景升一直在寻找自己的幸福。可是，个人幸福却离他越来越远。他不回来，我就一个人住在他的屋里。我倒乐在其中，主要是自由，谁也看不到我，谁也管不着我。如果我屋里的灯亮得太晚了，夏彩莲会来敲我的窗户，让我早点睡觉。自从那次闹得不愉快，潇雅很少来杨景升家，偶尔来一次，也是很快走。无论夏彩莲说啥，旁敲侧击也好，指桑骂槐也罢，潇雅都是挺胸抬头，高傲地从门前走过，连头都不回。凡是来过杨景升家的女人，夏彩莲都叫她们狐狸精。所以来杨景升家的女人越来越少，到现在除了夏彩莲，没有女人光顾。

这时候，我已经十六岁了。我叛逆，我疯狂。夏彩莲已经不敢管我了。杜山虎还试着管我，他算哪门子大尾巴狼啊？那段时间他没啥正经工作干，让他给别人打工，他嫌挣得少，嫌累，嫌人家管着，嫌磕碜。所以，他整天打扮得跟个大老板似的，早出晚归。去哪儿啦，干什么，谁都不知道。他的头发留得更长了，达到肩膀头，从后脑勺往上烫卷，大波浪卷。他喜欢穿皮衣，特别是那种皮大氅，像风衣似的。九十年代又时兴皮衣，无论男女，都想法给自己整个皮衣穿穿。

杜山虎有个黑色皮大氅，挺贵的。不用猜，是倪铁美给他买的。有一天，他气冲冲地从外面回来，我正好在家。我又逃学了，那天刮大风，我没法在街上游荡，就偷着跑回家了。正好是上午十点钟，上班的上班，上学的上学。杜山虎假装上班的，这个点也不在家。杨景升更不用说了，好几天没回来了，他说厂子里现在正改革。究竟怎么个改革法，连夏彩莲都不看好，早晚厂子得易主，早晚都得下岗。而杨景升却说，我们改革是为了不让工人下岗，是为了保住国营厂。

现在整个家就是我的天下了，我都不知道咋样利用这个空间了。杜山虎的短皮夹克正挂在衣架上，是深棕色的，我就拿下来，穿在自己的身上，是带劲。我在大镜子前面照哇照，越看越帅。到这儿，我有点爱不释手了，得了，我把皮夹克偷到杨景升家，明天上学穿。

我正穿着皮夹克臭美呢，后屁股就挨了一脚，我跪着趴在了地上。是杜山虎从身后踹我，幸亏我胳膊撑地，不然就会来个狗啃泥。他不问我摔疼了吗，而是命令我爬起来，赶快把他的皮衣脱了。我握着拳头，瞪着他，真想削他两拳。但我不敢，就凭我现在的力气还打不过他，打仗他是有一套的。我注意到了，他的左眼睛乌眼青，这是又让人家打了，要不指定不能回来这么早。也不能说被打，他的眼睛打青了，对方也得被他打够呛。他愣从我身上把皮夹克脱下来，拿在手里，左看右看，嘴里骂骂咧咧："这要是把我皮夹克整坏了，小心我扒你皮。"哼，他只关心他的皮夹克，不管我的死活。你等着，我暗暗下决心，我要他好看。我望着他一头漂亮的鬈发，浮想联翩，譬如烧焦了的样子，从中间剃一道的样子，各种样子……杜山虎吼我，"你看啥看？"

"看你咋的？"我真想秒变成一条狗，使劲咬他一口，解解恨。

杜山虎又想伸手，"你说咋的？你再看我试试？"我已经看见了他眼露凶光，是的，我先把眼睛移开，我怕他的拳头。我盼望着自己长大，因为我唯一愿望就是打败杜山虎。

我是从他的身边溜走的，溜回到杨景升的家，我是从院墙上跳过去的。到了杨景升家，我趴在自己的被卧卷上呜呜哭，不为别的，我不是杜山虎的儿子，这是多么高兴的一件事呀。但目前，没人向我承诺，我不是杜山虎的儿子，对对，杜山虎已经承认了。

过了能有半小时，我饿了。我跳过院墙，蹑手蹑脚地进屋。先扒头看西屋的杜山虎，他正躺在炕上睡觉。我走近他，那一头漂亮鬈发，

311

铺满了枕头。突然从我的脑海冒出这句话，"烧焦了的样子，从中间剃一道的样子"。我选中了后者，哈哈。从抽屉里拿出剪子，当我再走进屋里，他还在呼呼睡。看他这是真累了，游荡累了。我用剪子，轻轻地把他的鬈发胡乱地剪了几个坑，剪了几道沟。我看着那滑稽的样子，自己差点笑喷。我又轻手轻脚走出去，这时候我也不饿了，我需要尽快离开这个是非之地，离开现场。

开溜，我背着书包，几乎是逃出家门的。我为啥背着书包？我准备一星期不回家了，闯大祸了，相当于摸了老虎屁股。没别的地方去，我先到老吴头儿的修车摊游荡了会儿，正看见老吴头儿和宋桂琴掰一个苹果吃。老吴头儿似乎也比以前年轻了，见到我就笑。我可笑不出来，心里老害怕了，怕杜山虎突然从背后出现。我知道为啥到老吴头儿这来了，我饿了，刚才光顾着剪杜山虎的卷毛了，忘了吃东西。我急吼吼地说："吴大爷，我饿了，来个茶叶蛋。"

宋桂琴抢着说："这孩子，吃茶蛋跟我说呀，来。"她给我捞出两个茶蛋。我示意老吴头儿给钱。老吴头儿说："没事，你吃吧。跟吃自己家的一样。"他俩还心照不宣地相视一笑。

我吃完茶蛋说："吴大爷，我想去你家住几天，杜山虎这几天想揍我。"

还没等老吴头儿说话，宋桂琴怕老吴头儿答应似的，抢话说："不行，你这熊孩子，有家不住，上人家住啥呀？到时候你妈找不到你，还得赖我们呢。"

我笑笑说："桂琴姨，不好意思，我没说去你家住，是去我吴大爷家。"

宋桂琴接我话说："不好意思，你吴大爷家就是我的家，我在你吴大爷家住了。"

嗯，我问老吴头儿："你俩结婚啦？"

老吴头儿随随便便地说："不结婚就不能成为一家了？"

我小声说："不嫌磕碜。"

老吴头儿没恼，还笑。看老吴头儿那愉悦的表情，过得挺幸福。老吴头儿说:"不用说,你又得罪杜山虎了,不敢回家了。你呀,去水泥厂,找杨景升吧。那有厂子食堂,饿不着你。快去吧,不是吴大爷不收留你。"

我指着老吴头儿,后果很严重地说:"行,吴大爷,你等着吧。我再也不搭理你了。"我背着书包向水泥厂的方向奔去。

第三十二章

　　水泥厂已今非昔比，原来的水泥厂已经变为水泥厂办公区，真正生产水泥的水泥厂车间已经搬出了县城，建在了城西的郊区。在杨景升和潇雅的强烈建议下，建厂的时候就安装了环保设施，工业废水和粉尘都经过处理再排出。为这件事，杨景升跟老领导方厂长辩论了几天，方厂长认为，上面没有硬性要求，现在正是改革开放时期，我们要抓紧时间让水泥厂扭亏为盈，全面发展经济，让部分下岗工人尽快返岗。整那环保的玩意儿干啥？劳民伤财，有那份投入不如把产量提高。也赶巧，最近听说哈尔滨的一个什么厂子，因为粉尘堆积爆炸了，炸死炸伤好几口子人。杨景升说，尽管我们当前资金紧张，但我们建厂不是过家家，要长远打算。你不是说，要誓死保住国营厂吗？那么，国营厂就要有国营厂的样子，严格按国家建厂标准执行。最终，方厂长同意了杨景升的建厂方案，水泥厂逐渐走出了低谷。
　　我走进杨景升办公室的时候，正看见杨景升和潇雅头对着头研究什么，办公桌上摊放着图纸。他俩坐对面桌。他们办公室门没关，我就径直走进去了，喊了声杨爸。

杨景升看我，没感到惊讶，他平和地说："唉，志龙，你咋来了？"他看了眼手表，"这也没放学呀？你又逃学了。"

我嗯了声，算是承认了。我看了眼潇雅，她还是梳着干练的马尾辫，腰板拔得笔直，笑盈盈地看着我。

杨景升说："你逃学还敢上我这来，太不把我当回事了。咋的，老虎不发威，你把我当病猫了？我不打你，但我要批评你。大好的时光不念书，瞎跑着玩儿。"

我把杨景升拉到门口，我不想让潇雅听见。我把给杜山虎卷毛剪了的事跟杨景升叙述了一遍，我不敢回家了，找他寻求保护。我把想法也说了，我就住在厂子里，避避风头。都给杨景升说乐了，他说拿我真没有办法。他又说，闯了祸，还知道想办法躲避，也是挺尖，不傻。杨爸答应了，说他大不了多交一份食堂的饭费，让我安心地跟他在厂子宿舍住几天，但有个要求，不准再逃学，必须把落下的功课自己努力补齐。我听了，跺脚立正，敬个军礼说："保证完成任务。"

末了，我还跟杨景升说："杨爸，老吴头儿说他结婚了。不对，他没结婚。他说不收留我，是因为那个卖茶蛋的宋桂琴在他家住了。"我为啥要把这件事告诉杨景升，因为我不明白，从我记事起，老吴头儿就是一个人，都从来没有老婆，没有女人。我把他看成了一个有秘密的人，一个神秘的人，与众不同。他现在跟宋桂琴好了，我真正不理解了。那份神秘感也随之飘散。

杨景升给我分析解释，他说老吴头儿在对的时间，遇到了对的人，这跟年龄和以前想法无关。至于是否结婚的事，那是老吴头个人的生活方式和要求。

我似懂非懂，但我还是说，我懂了。无论我提出什么事，无论是可笑的、愚蠢的、荒诞的、深奥的，杨景升都耐心地给我解释，从不敷衍和呵斥。而夏彩莲和杜山虎却不同了，如果老吴头儿和宋桂琴这件事我问他俩，他们会说，净整那些没用的，跟你有啥关系吗？你咋不学点好事呢，净听这些搞破鞋的事。杜山虎能说出口，他说过。夏彩莲连解释都不会，直接上手，揍我一巴掌那是轻的，随后才是骂人，

315

熊孩子，净听这些乱七八糟的事，能学好不？

行了，我就不学他俩了。反正我现在已经逃出了他俩的魔爪。也别担心他俩会找我，有杨景升，我是丢不了的，闭着眼睛合计，我又跟杨景升在一起了。

我跟杨景升在他宿舍睡觉的那天晚上就合计，杜山虎醒来看见自己鬓发被剪，他得气成什么样？七窍生烟。他肯定里外屋地找我，再到杨景升的屋里找。没有我，他会这样说，你等着小鳖犊子，别让我逮着你，逮着你，我非整死你不可。

夏彩莲看见准笑得直不起腰，她可能还会高兴，这回杜山虎不能到外面瞎跑了吧，且得在家养一阵头发。

哼哼，夏彩莲想错了，杜山虎一天也没有在家窝着，他跟夏彩莲商量，说他在百货大楼早就看上了那种棒球帽，太漂亮了，我没舍得买，你给我买去吧。夏彩莲真就给他买去了，她正好刚开工资。夏彩莲想，是志龙把他的头发剪了，她也觉得可惜，她更爱杜山虎那头蓬松而时髦的鬓发。他怎么打扮都不为过，他打扮起来确实很潮流。都没用杜山虎说第二遍，夏彩莲就去百货大楼给杜山虎买棒球帽了。

那是一顶深蓝色的棒球帽，帽子前面还刺绣着英文字母，非常时尚。杜山虎戴上，乐得在原地蹦跳。原来他是答应的，说要跟杨景升回水泥厂工作，但这话从他戴上棒球帽开始已经不算数了。他可不想再回到水泥厂了，挣钱少，还累。这是他心里想的，当然不能说给夏彩莲听。

可夏彩莲不知道他变得这么快，她还是按着原计划行事。过了几天，我和杨景升一起回家了，我直接进了杨景升家。杜山虎没在家，那我也不想进那个家。吃晚饭的时候，我本来跟杨爸说好了，去葵花街的饭馆吃。夏彩莲死活不让，说她都快做好了，特意过来告诉一声。我壮着胆子说："我不去吃你做的饭，爱谁去谁去。"我是说给杨景升听的，意思让他坚定立场，不去吃她做的饭。可是杨景升答应去吃夏彩莲做的饭，夏彩莲用眼睛剜了我几下。杨景升对我说："志龙，就算杨爸欠你一顿大餐啊，咱给你妈一个面子，她都做好了。"我在心里说，叛徒。

晚饭是红烧鲤鱼和韭菜炒鸡蛋。你说夏彩莲多能收买人心啊，还说她刚发工资，知道杨景升喜欢吃红烧鲤鱼，还焖的大米饭。这饭菜没治了，吃完鱼肉，鱼汤泡饭。

杨景升吃饱了说，还是家里的饭好吃可口。夏彩莲说，那你就晚上回来，我给你做。咋的也是做饭，做了没人吃，那才失望呢。杨景升说，那行，如果厂里不忙了，我每天晚饭回来吃。我没心思听他俩咸一句淡一句的闲聊，我最担心夏彩莲咋收拾我。看着夏彩莲的眼睛，她偷空就剜我一眼。我拉着杨景升，走哇，睡觉去，明天我早点上学，有一道题不会，我要问同学。只要说到学习的事，杨景升立马答应。

夏彩莲一把拉住我，说："你等会儿，我跟你杨爸去他院有话说。"

我一个人走到门口，回头说："你说你的呗，我睡觉，我又听不着。"我向杨景升招手，意思走哇。我看出来了，夏彩莲忍着气呢，碍于杨景升的面，她不敢把我咋的。我回到杨景升那屋，爬到炕上就睡觉了。夏彩莲没进里屋，她在外屋跟杨景升说的话，大概意思我听见了。先说我把杜山虎的头发剪了几个坑，都没法见人了，不怨杜山虎发飙，说杜山虎狂躁的主要原因是他窝在家里无所事事。杨景升说瞅着他在外面混得挺风光的呀，每天早出晚归的，忙得不亦乐乎。夏彩莲替杜山虎辩解，那他不也是没有事干，闲的嘛。这以前总干大事的男人吧，闲下来，有失落感。他是要面子、有尊严的人。杨景升说，你别绕那么大的弯子了，有啥事你就直说吧。夏彩莲说，我想求你呀，给杜山虎找个工作。杨景升说，我没有那么大能耐，他都是当老板的人，哪有地方让他去指手画脚啊？夏彩莲说，现在水泥厂不是有好转了吗？你让他回厂子里上班吧，挣多挣少的，这样省心。杨景升说，水泥厂不是我家的，我说的也不算。夏彩莲说，看你这话说的，一推六二五，你不是厂里的技术副厂长了吗，咋的也比他自己去说管用啊。杨景升说，行，明天我跟方厂长请示下。先把丑话说前面，制造水泥的工人还真需要，回厂里也是到一线生产。夏彩莲说，那也行。听着，夏彩莲挺高兴，她还轻轻笑了声，又更小声地说了几句话。还是杨景升催促她，回去吧，志龙明天要早点上学。

躺在炕上，月光洒在枕头上。杨爸还没睡，他以为我睡了，翻身轻柔，小声叹气。我翻身转向他说："杨爸，你为啥答应她？"我像是说别人家的事，都懒得说我妈，只用她代替。

杨景升说："臭小子，你没睡呀？水泥厂需要生产工人。"

我说："你会坐蜡的。又累又脏的活，他不会干的。"

杨景升说："没啥坐蜡的，他现在已经走投无路。干活挣钱，他还懂技术，等他干一阵子，表现得好，我再跟厂长提议，推荐他做技术方面的工作。"

杨景升就这样，无论我年龄大小，只要我提出的问题和想法他都耐心地讲解，嗯，也就是，好好跟你说话。这很重要，这样你有什么话都想跟他说。我想，在我的青春叛逆期，我没跑，没做出大格的事，这与杨景升的有话好好说有很大的关系。

那天我真有点睡不着了，很生夏彩莲的气，为什么不知道，反正就是生她的气。突然，我想起问这样一个问题："杨爸，如果不是夏彩莲死拉着你后腿，你是不是早就结婚了？或者跟黛梦娜结婚，或者跟潇雅结婚？"我去水泥厂看见杨景升和潇雅在办公桌上看图纸，我就想，杨爸应该结婚了，我也是杨爸结婚路上的绊脚石。

杨景升长叹一声说："你这么点的孩子，别想那么多。我呀，是在寻找我自己的爱情。目前还没有找到，但我不会放弃。放心吧，我会找到我的爱情，谁都不怨。"

我有点困了，眼皮打架了，我问："能找到吗？"

能，杨景升语气平缓又坚定。

我梦呓般地嘟囔，爱情？然后，迷迷糊糊睡着了。

黛梦娜家的生活富裕起来的原因是承包了拉木材的车队。说是车队，也就五六台大挂车。从林场往葵花街和佳木斯拉木头。大挂车无论往葵花街的木材厂拉木头，还是往佳木斯拉木头，都经过友谊照相馆。每次林桦树的车队经过，黛梦娜都拿着相机跑到大门口，抢拍上几张。有一次，林桦树说，你何必抢拍呢，照出的效果不佳，等哪天，车队走到门口，都停下，让你拍个够。

黛梦娜说，那我就不会拍了，意境，是拍摄照片的灵魂。流动，奔驰的汽车车队，几辆大挂车，拉着红松、樟子松，碾过的是四季，留影的是历史。我拍的是一年四季的车队，也是葵花街的缩影，或者说，是北国的风光。

只有林桦树懂得黛梦娜的浪漫，从林桦树赶着马车顶风冒雪地从照相馆门口经过，从黛梦娜按下快门的那一刻起，注定他俩的浪漫会相互交融。为此，杨景升也别有什么懊恼，即使没有夏彩莲，他和黛梦娜也难再续前缘。在有了树苗后，黛梦娜又给林桦树生了第二个女儿树叶，想必，她是想给林桦树生个儿子。现在这个俄式尖顶的照相馆属于黛梦娜了，照相馆亏损，把这个照相馆给房产开发公司搞开发了，所谓开发，就是扒了房子盖楼房。这个照相馆是黛梦娜祖父留下的，听说她祖父早年在俄罗斯做生意，在俄罗斯也是开照相馆。所以呀，这个照相馆黛梦娜怎么舍得扒了盖楼房。照相馆应该属于二层楼，尖顶，算上阁楼，应该是三层。进入阁楼有个半人高的门，从黛梦娜住进来，到后来在这参加工作，这个半人高的拱形门就用水泥砌上了，力争修理得跟其他墙一个颜色，需要仔细看才能看出拱门的轮廓。此处挂了一张比拱形门还大的俄罗斯油画。阁楼是黛梦娜心里永远的谜，她是如何把照相馆小楼保留下来的呢？那得感谢杜山虎。这些年杜山虎走南闯北，钱没挣多少，却总在商海里扑腾，也算见多识广。他对林桦树无意中说了句，可以找文物保护机构和文化遗产保护单位。林桦树放下手里所有的事，为保留友谊照相馆奔走，找相关部门。可能与这方面也有关系，最后葵花街地标式的照相馆保留下来。

我时常想起，黛梦娜纤细修长的食指和中指，夹着香烟，她优雅地坐在照相馆的椅子上，腰板溜直，微眯着眼睛，悠闲地吸烟。烟雾丝丝缕缕，飘在她光滑妖娆的脸庞。为啥说妖娆，因为她长得洋气，她的眼睛和鼻子长得洋气，她的容颜仿佛按了暂停键，从我记事起，直到现在，她的容颜就没变过。

佳木斯有些文艺方面的人才，有的慕名来找黛梦娜拍照。就是当地唱二人转的演员，为了宣传拍摄海报也找上门来拍摄。

小爪的影楼接婚宴的活多，小爪照相只能用接活来形容，这是他自己说的。他说比不了师傅，那是拍摄的艺术，我这是挣钱糊口，真的是师傅赏饭吃。小爪说得也对，像一些婚庆之类照相的活，即使找到黛梦娜，也都推到小爪那儿，一件不收。黛梦娜还说是小爪给她留个空间，让她有的施展。小爪难道不会照像黛梦娜这样的艺术照吗？会，只不过赶不上黛梦娜的光晕掌握得好，那照猫画虎还是行的。但小爪不会画，他就俗到底了，认准了，就拍摄他这样大红大绿的照片。

让我说着了，杜山虎果然不去水泥厂，这是三天后的事了。杨景升已经告诉夏彩莲，他跟方厂长请示了，杜山虎可以回水泥厂上班，到一线生产水泥。想必夏彩莲把这个喜讯告诉杜山虎，他以后不用东跑西颠了。能回水泥厂上班，免不了说杨景升的好话，都是杨景升托人找的工作。还没等夏彩莲说，等你干好了，能调到办公室，坐办公室，杜山虎喊了声，说："就这破活？还挖门盗洞的，我不去。我还不如到建筑工地上搬砖呢，也比这强。我丢不起那人。"

更可气的是，他跑到了院子里说，我都听见了。那是个星闪月朗的夜晚，我已经躺在杨爸的炕上睡觉了，杨爸坐在写字台前翻看报纸，有《人民日报》《参考消息》《佳木斯日报》。这些报纸不知道杨爸从哪儿划拉来的，隔三岔五他就拿回几张。夏彩莲要用报纸点炉子，他坚决不让。留着，在墙角摞了老高。他时不时地给我念上一段，有时让我念给他听。每当我懒得读的时候，他说："不要小瞧这报纸上的文章，你读了，你就会知道国内国际形势。你走路才有方向。"我和杨爸正研究读哪一段呢，只听院里传来杜山虎的喊话："我明天开录像厅，开歌舞厅，我自己当老板。"

声音传进屋里，我和杨爸相互看了眼，眼神比较复杂。我的眼神是，咋样？你看坐蜡了吧？杨爸的眼神是，膨胀。

又传来夏彩莲的声音："祝贺呀，杜老板，走吧，回屋喝茶吧。"夏彩莲的声音真诚，不像讽刺挖苦。是欣赏，是鼓励，是荣耀，是温柔以待。

真是卤水点豆腐，一物降一物。院子传来拖沓的脚步声，开门声，院子里归于平静。

我指着报纸说："杨爸，读这段。"我抬眼看了眼杨爸的眼睛，他正出神，没看报纸，"像演戏似的。"我是指杜山虎和夏彩莲院中的对白。

"这样就不用通知我了。"杨景升眉毛上挑，无奈地说。

我也像个老男人似的说："坐蜡了吧，说你不听。"

"没事，"杨景升故作轻松地说，"大不了我实话实说，人家去当老板了，不来了。他也没招，没准还羡慕呢。"

我看破世事地说："哼，上次录像厅都让查封了，还开，还说我不长记性。他是吃一百个豆都不知道腥。"

杨景升看热闹的口气，"没准这次有经验了。"

我说睡觉，临钻被窝我还说："这回再有啥事，你别去捞了。"

"我指定不捞。"杨景升说完，沾枕头就着了。

原来呀，杜山虎闲逛的几天，又和倪铁美联系上了。倪铁美跑场子唱歌，比如在婚礼上献歌一曲，比如商场开业和房产公司奠基，等等，都需要锣鼓喧天，载歌载舞。葵花街居然还有了小酒吧，是俄罗斯风格的，那个女老板好像有四分之一的俄罗斯血统。夜晚，倪铁美到这个酒吧驻唱，伴奏乐器是手风琴。

我喜欢手风琴，一拉挺老长，从一头又慢慢合拢，再拉开。我们学校有手风琴、脚踏琴和扬琴，学校有音乐老师和学生组成的文艺队，每当六一儿童节有演出。树苗在文艺队，她学的是手风琴，拉起来可带劲了。只要文艺队排练，就在学校的办公室排练，我都趴在窗户上看。老师撵我，那就走得远点，等老师进屋了，我再返回来。不趴窗户了，隐蔽在窗户边上听。脚踏琴有点像钢琴，我认为上面一样，都有琴键，下面需要两只脚踏，没有钢琴豪华。扬琴我最不待见，像是几排细铁丝，用两个筷子敲打，没劲。要说洋气，我还是喜欢手风琴，但我从来没摸过。有一次我冒蒙说："妈，你给我买个手风琴呗。"我是想赶上树苗。

夏彩莲用眼睛剜我,"做梦呢?"

我说:"不是,树苗都拉手风琴了。"我又补充说:"在学校。"

夏彩莲冷冷地哼了声,"有能耐你也在学校拉呗,谁挡着你了。"

我赌气说:"我没能耐。"

夏彩莲说:"没能耐滚一边去。就你最能扯犊子。谁家孩子像你?有吗?啊?"

她又开始列数邻居家的孩子,你看人家谁谁,那老谁家的大小子,那谁谁家的二丫头。啊,学习好,又懂事,净给他妈脸上争光了。

我也会气她,"他家孩子好,管你叫妈吗?"

夏彩莲指着门口,这是让我滚的意思,"我不用你管我叫妈,用不起。滚蛋。"

小酒吧的伴奏也是手风琴,他们说,伴奏的歌曲大多是俄罗斯歌曲,像《红莓花儿开》《莫斯科郊外的晚上》《山楂树》。小酒吧在葵花街百货大楼的东侧,以前是汽水厂的车间,有三间房那么大,因为临街,汽水厂就把这个车间租出去了。后面还有车间,生产汽水也够用。关键是小酒吧每晚能消耗大量汽水,勾兑什么类似鸡尾酒的酒,往里掺和汽水。也有人专门喝汽水。汽水厂还生产雪糕,过去叫冰棍。高档点的奶油雪糕小酒吧也经营,每天销量也可观。汽水厂把这车间租给小酒吧,赚了房租钱,也赚了汽水和雪糕的销量。

小酒吧我进去过一回,那是一个大婶给我的巨款,一块钱,让我进酒吧里面找个人。这活我得接,不费吹灰之力就能挣一块钱。那个大婶让我找里面唱歌的,是个女的。我问叫啥名字。那个大婶说,你看见女的唱歌的,就告诉她,外面有人找她。

一进小酒吧,里面黑咕隆咚,一会儿眼睛便适应了。酒吧中间有个小舞台,能有半尺高,有个长头发的男人在摇头摆脑地拉手风琴,他的长头发可没有杜山虎的好看,杜山虎的长头发也长到肩膀头,但前面是烫的鬈发,大卷,蓬蓬松松,飘飘洒洒,一个字,浪。有个瘦高挑的女人在台上唱着:

田野小河边，红莓花儿开，
　　有一位少年真使我心爱，
　　可是我不能对他表白，
　　满怀的心腹话儿没法讲出来。

　　当唱第二句"有一位少年真使我心爱"时，响起了成片的口哨声。我放眼望去，在黑暗中，坐着男男女女，灯光摇曳，像萤火虫。瘦高个的女人继续唱，好像没有听到口哨声。她过于瘦了，瘦得随时可能倒下的样子。她右手里拿着麦克，左手扯着一根从麦克上捋下来的线，那线长长的望不到头。线还在那女的左手上轻巧地缠绕了一下才扯出去，仿佛成了唱歌的道具，随着优美而忧伤的旋律，在她的左手上收放自如。忽然，有个男的走上舞台，拿起放在旁边的另一个麦克，和她一同唱。此时此景，令我着迷，一时忘了来的使命。我是想等她唱完这首歌再通知她。可是，没完没了了，最后一句总在那重复，那啥时候是个头哇。我就拽了拽那根线，在她的侧身跟她说，外面有人找她。可能光顾着唱歌，她也没看我，在唱的间隙问我，是男的还是女的找她。我忽然想起，那个大婶说如果问你是男的找还是女的找，你就说是男的。我顺口说，是男的。她放下麦克，跟那个男的耳语了声，就往门外走。我看完成了任务，连跑带颠，冲出了小酒吧。跑到酒吧对面的一棵树后面，我想看看他们到底想干啥，好奇。

　　那个女的和那个男的是前后脚走出小酒吧的，女的还在张望。突然上来几个女的，其中有那个大婶，给唱歌那个女的一顿胖揍。薅头发的，拽衣服的，踢肚子的，骨碌成一个蛋了。那个男的在拉，费了好大劲才把那女的从无数双手里抢救出来，我还听见那大婶骂狐狸精。耳熟哇，夏彩莲不是骂黛梦娜狐狸精，就是骂倪铁美狐狸精。听到狐狸精，我条件反射地想看，狐狸精都漂亮，我倒要看看这个狐狸精有多漂亮。猛然间，我看见，狐狸精居然是倪铁美，在台上的时候我居然没认清是她。她正直起腰来，用手理着被抓乱的头发，她不看抓挠她的人，她举目远眺，莫非在找把她骗出来的人？我不是故意的，是

323

看在一块钱的分儿上帮找人的。那个大婶抓住那个跟出来的男人就走，想必那是她的男人。

我心想，这倪铁美被人打得不轻吧。我忽然想到了杜山虎，应该告诉他这事，让他来看看倪铁美是不是没事。这架势的，好像我是罪魁祸首，我只不过是个跑腿的，再加见钱眼开，活该谁叫你们不给我充足的钱了。当时我的思想激烈地斗争啊，告诉杜山虎，我这顿削又得挨上；不告诉吧，于心不忍。最后，我还是告诉了杜山虎，他问我咋知道的，我说放学从那走看见的。他立刻瞪个眼珠子说："我警告你，以后少从那走，那是你走的地方吗？"

没等他说完，我已经从他的眼前消失了。想打我骂我，刨根问底，已经没机会了。

从那时我总喜欢从那个小酒吧门口过，听里面传出的《红莓花儿开》和手风琴的旋律。我能想象出拉手风琴人的风采，拉长，再收回来。拉手风琴的人也随着琴拉长而摆动。有一次，我发现了杜山虎，倪铁美挽着他的胳膊进了小酒吧。倪铁美昂首阔步、傲视群雄，拔着瘦腰板，溜直。可不咋的，有杜山虎给她当保镖，谁敢动她一根汗毛，那得让他跪着扶不起来。哎呀，我这个后悔呀，我咋那么欠呢，告诉杜山虎倪铁美在小酒吧挨打干啥呀？不怪夏彩莲骂我欠，欠蹬，我是真欠呀。

杜山虎说他要开录像厅，那是说得保守了，他已经和倪铁美合计了，准备也开个像小酒吧似的酒吧。他是没在院子喊，怕喊出来吓着夏彩莲。吓着她是小事，就怕她拖后腿，死活不让。

夏彩莲都不知道酒吧到底是啥玩意儿，但听说不是啥好地方。夏彩莲想，录像厅就够不咋的了，好在杜山虎以前开过，也算是有经验，反正也没啥正事，开就开吧，最不济他自己当老板，最不济不再闲逛，也不用在家闲窝着，窝着容易出事，上次爷儿俩剪头发事件，那不就是闲出来的嘛。满脑袋头发剪得一个坑一道沟的，瞅着都心疼，都来气。

第三十三章

　　不管咋说，杜山虎也是下海闯过世界的人，是空手套白狼的先驱者。呛几口水，没淹死，那就号称市场经济的弄潮儿。倪铁美要开个酷毙小酒吧，她说在那驻唱，经营酒吧那套她都学来了。杜山虎说，葵花街就这么大点个地方，有一个酒吧足够了，再加一个，势必有一个惨淡，出来混都不是白给的，你相当于虎口抢食，会遭人暗算，你的生意也不会消停。你会唱歌跳舞，开个像佳木斯那个大众舞厅一样的舞厅，有钱没钱都能去。卖票，有三元钱一张票，有五元钱一张票，有十元钱一张票。舞厅倪铁美当然不陌生，她和杜山虎在佳木斯时经常光顾。

　　葵花街第一家舞厅就这样开张了。很简单，木器厂闲置的厂房，在葵花街的二道街，倪铁美把这个厂房租了下来。里面简单地粉刷了一遍，花花绿绿的灯挂上，五彩缤纷的拉花拉上。正好厂房空旷，周围是散落的茶座，中间是舞池。啤酒是哈尔滨扎啤和哈尔滨大绿棒子，还有葵花街生产的北大荒啤酒，便宜，管够。汽水是葵花街汽水厂生产的橘香露，毛嗑也是当地的大毛嗑，又香又饱满。音响一开，开跳。

什么快三、慢四、迪斯科，随心所欲。再加上，倪铁美自编自导的舞步，或者，在佳木斯学来的双人舞，倪铁美和杜山虎双双在舞池一亮相，很多人都跟着学。倪铁美的舞伴当然是杜山虎，她是先把杜山虎教会，然后才能在舞池里跳。别看杜山虎出大力不行，但学跳舞，一看就会，一教就灵。谁都没看出，他个五大三粗的男人，跳舞还挺有风格。要不咋说，这种人他就是不着调呢。

倪铁美说咱不叫大众舞厅，俗气。杜山虎说你起个洋气的，舞厅叫金海岸舞厅。海就是水，水预示着发财。为了招揽生意，倪铁美把原来歌舞团的兄弟姐妹召集到舞厅，白吃白喝，随便跳。但有一样，来的客人邀请他们跳舞，不得拒绝，要热情洋溢，不会的要耐心教。

新鲜事物，人们蜂拥而至。舞厅从开业那天就火。能不火吗，宣传单都发到老吴头儿手里了，这是打广告。杜山虎答应不要老吴头儿票，他把一些宣传单放在老吴头儿修车摊一些，老吴头儿心领神会，也愿意帮忙。不要老吴头儿票，老吴头儿拨拉脑袋也不去，但他架不住宋桂琴央求，去吧，带我去吧。宋桂琴自己去那是要票。老吴头儿第一次把自己打扮得溜光水滑的，把压箱底的蓝色中山装找出来穿上，其实已经落伍了。宋桂琴穿上了新买的蝙蝠衫，胸前带闪闪发光的亮片。这衣服是在百货大楼买的，是老吴头儿给出的钱，让她去买的，为了进舞厅。

老吴头儿和宋桂琴一起来的，杜山虎把宋桂琴的票也免了。宋桂琴第一天晚上就学会了跳交际舞，别看宋桂琴现在卖茶蛋，她以前是工厂的工人，自然学得快。老吴头儿不跳，在那就着一袋花生米喝哈尔滨扎啤，他看着宋桂琴跳舞，蹦嚓嚓，蹦嚓嚓的，怪好看的。

这次，倪铁美把开舞厅的营业执照和各种证件都办了，吸取开录像厅的教训。也有来闹事砸场子的，但有杜山虎，也能吓唬住他们一阵子。杜山虎在葵花街是打仗出名的，他能硬打出一条血路，其实也就是生死不怕，说白了，虎。要不咋说，横的怕愣的，愣的怕不要命的。

二十世纪九十年代，进舞厅跳舞盛行。舞厅从开业，一直生意兴隆。从这，我家买上了彩色电视机、电冰箱、电饭锅。

奇怪的是，夏彩莲不再过问杜山虎的事，那百毒不侵的神态，仿佛世界一切太平，花儿都静静地为她开放。她从来不提杜山虎开舞厅的事，就当这事从来没发生过。杜山虎往家买的电器，她照收不误，杜山虎往家拿的钱，她一分不少地收。但就是只字不提倪铁美，过去他俩开录像厅的时候，杜山虎每次回来夏彩莲都要骂上一句，那个狐狸精。现在她的那神态，就是花儿自开水自流了。大有我改变不了你，我改变自己。她确实改变了，变得挺狠。她一改过去勤俭持家的风格，恨不得把十个手指头都戴上了金戒指；穿金戴银，把自己整得像个老板娘，更像个暴发户。这不是我说的，是外人说的，哎哟，真是当上老板娘了，与众不同了。其实别人都知道她是个假老板娘，故意这样说。她脸上带着笑，心里不定多难受呢。但她就这么贤妻良母地微笑，在人面前，从不说杜山虎半个不字。杜山虎现在有钱了，再进水泥厂家属院，他手里拎着大哥大，有半拉砖头那么大，一边走，一边架在肩膀头上，喂喂地唠，也不知道那头是真有人说话，还是假有人说话。

杨景升像是成仙了，谁挣钱他都不眼红，就在他的水泥厂没日没夜地工作，科研、创新，挂在他的嘴上。具体怎么个科研、创新，咱也不明白。连夏彩莲都懒得问了，她是最爱打破砂锅问到底的人，如今，她对杨景升也是一言难尽的样子。她叹气，杨景升是比杜山虎聪明百倍的人，也是勤劳百倍的人，他怎么就不知道思变呢？窝在那个水泥厂，啥时候是个头哇？水泥厂现在是正在走上坡路，可凭杨景升的能力，像杜山虎下海扑腾，咋也比杜山虎强百套吧。真是人各有志，勉强不得。

当我们听说有豆腐渣工程的时候，正是葵花街水泥厂的水泥供不应求的时候，通用水泥、专用水泥、特性水泥严格按着标准生产。还有其他各种水泥，适用于高端建筑、油井建设的水泥，总之，凡是你需要的水泥，在葵花街水泥厂总有一款适合你。杨景升既然是技术副厂长，他绝对是充分运用自己的权力，下设了科研室、技术科、质检科。方厂长这个后悔呀，平时瞅着杨景升视权力如粪土，但真给他权力了，他却运用得淋漓尽致。像科研室、技术科、质检科，设一个就行了，浪费呀，没有产量，再科学也是白搭呀。咱卖的是水泥，趁着畅销的时候，加快生产，差一不二的就行啊。可杨景升不这样想，越是水泥畅销的时候，越要把好质量关。这三个科室分工明确，缺一不可，又相互配合，相互促进。改革开放到现在了，我们的水泥厂几经风波能走到现在，没淹没在改革浪潮中，归根结底，靠的就是质量上乘。为什么畅销？也是因为质量上乘。在水泥的科研和质量上，杨景升寸步不让，据理力争，整得方厂长好像只管销售这块了，质量这块他插不上手。方厂长有时也跟杨景升发牢骚，我才是水泥厂的正厂长。杨景升说，没人跟你争。

我说过，夏彩莲对杜山虎已经死心了，愿意开录像厅还是舞厅，随波逐流吧。反正她有钱花，过上了现代生活，家用电器一应俱全。她时常在太阳光下伸出双手，端详、欣赏手指头上戴着的金戒指，闪闪亮。她在杜山虎的金钱面前彻底沦陷了。其实不然，这个结论下得为时过早。有一天我看见家里办了盛宴，宴请的是水泥厂的方厂长和杨景升，当然杨景升这时候那就是个陪客的了。破天荒的，还请了潇雅。听说，潇雅是厂里的部长了，新成立的，大概是市场拓展部的部长，新词。方厂长和潇雅部长，夏彩莲长三头六臂也是请不到的，又是托杨景升请的。她现在条件好了，理应请到饭店去吃，可是，她觉得还是家宴亲切，说起话来也随意和真诚。

那是个星期六，一大早我就找树苗写作业去了。树苗学习好，我不会的数学题可以问她。中午我回来，看见家里已经开饭了。夏彩莲已经给我和成财盛出一些饭菜，放在西屋的桌子上。当时我看见潇雅，心里咯噔一下，夏彩莲疯了，请情敌？我那时候在水泥厂避难待了几天，对潇雅的印象有了彻底的改观，潇雅有文化，懂技术，真挺好。再说，她跟杨景升在办公室的样子真般配。夏彩莲告诉我和成财，吃完饭赶紧出去玩，家里大人商量事呢，别捣乱。我听了一句半句的，大概意思，还是去请求水泥厂领导，让杜山虎回水泥厂继续上班，长远，省心，有保障。在她心里，还是觉得在国营厂上班可靠，当初她从那么遥远的山东到这东北的葵花街，也是听媒人说给她找个在国营水泥厂上班的男人。所以，无论如何，历尽千辛万苦也要奔葵花街的国营厂来。现在水泥厂以前的下岗工人也陆续地回到水泥厂上班了，本着自愿的原则，凡是水泥厂的工人，愿意回水泥厂上班的都可以回来。这也是大多数水泥厂工人的期盼，他们半辈子都在厂里工作，让他们闯荡市场，有些人真不会了。像有的工人，这几年把握好了机遇，激流勇进，真打拼下了一份生意和产业，那就不愿意再回水泥厂受约束了。说到底，夏彩莲是从心眼里鄙夷杜山虎开录像厅，或者舞厅，她也骂自己烧包。她现在也不用去糖厂和苗圃打工了，就在家享受了。可她享受得心惊肉跳，如坐针毡。她骂自己，心病。这不，看下岗的工人陆续回水泥厂上班了，她又心思活络了。主要是想让杜山虎远离倪铁美那狐狸精，跟她在一起准没好。倪铁美无非拿杜山虎当不花钱的保镖，有杜山虎在身边，她这个老板做得稳当。方厂长说杜山虎这个人他是了解的，他现在更是眼高手低，进厂里当工人他不会干的。夏彩莲那意思，请求水泥厂给杜山虎安排个领导的位置，他现在好赖也是个老板，算是有了当领导的基础。方厂长哑然失笑，这夏彩莲可有点生气了，说别瞧不起人，那潇雅一个女同志还能当领导呢，她有啥当领导的基础，还赶不上杜山虎呢。杜山虎算是买卖人吧，在当今论，买卖人就是企业家呀。方厂长说，当领导那是一步步脚踏实地干上来的，是经过组织考验的，不是上来就当领导。当领导不是那么容易的事，要有能力，有素质，现在又加个有文化。方厂长拿眼睛看杨景升，意思是我要知道是这么个事我就不来了。杨景升低个头吃，不敢看方厂长，也不敢看夏彩莲，只偶尔地看一眼潇雅，说让她多吃菜。其实这要怨杨景升，只是说周六到家里吃个饭，他也没说清楚到底到谁家。方厂长以为是到杨景升家，那有啥呀，吃呗，大家一起动手，快。这几天是太累了，还是杨景升想得周到，到他家整两盅，解解乏。方厂长还说路过百货，买点菜和熟食啥的，再买瓶酒，还调侃，不白吃饭。杨景升说，啥都不用买，都准备好了，就等着去吃了。方厂长满怀喜悦，高兴。到了才知到杜山虎家吃饭，方厂长还说，这好吗？

杨景升说没啥，吃个饭嘛。没想到这么个事儿，你说这事儿整的。杨景升也没有办法呀，上次跟方厂长说好了，让杜山虎回厂上岗。可又不来了，当老板去了。这回夏彩莲又求杨景升，让杜山虎回厂上班，还说当什么领导的事。杨景升这回一口回绝了，不行。过了几天，夏彩莲对杨景升说，想请他们厂长到家里吃饭。杨景升也说不行，方厂长不会来的。夏彩莲特别真诚地说，到葵花街这么多年了，还没请厂里人来吃过饭。现在条件好了，我请你水泥厂要好的朋友，比如方厂长和潇雅。杨景升知道夏彩莲的意思，对于夏彩莲的要求他办不到，也好，就让方厂长来办吧，也算是给夏彩莲个交代。吃顿家宴嘛，没啥了不起的。所以，他就这么稀里糊涂地把方厂长和潇雅请来了。至于方厂长那儿，他以后再解释，无论什么样的批评他都接受，诚恳承认错误，不能说是错误，应该是误会，或者过错。哈哈，为这事，杨景升已经做好了充分的思想准备。

这顿家宴的最大受益者是杨景升，最起码，他撇清了自己，不是他不帮助杜山虎回水泥厂当领导，而是能力不够。他向夏彩莲表明了自己想法，剖析了杜山虎何去何从。

夏彩莲也想过了，杜山虎开舞厅咋了，也是靠本事吃饭。瞅目前这样，比以前做的其他事都要长久，也行，能挣钱就行。说是这么说，她心里总是吊个瓶子，不定啥时候掉下来。

金海岸舞厅在葵花街是风生水起呀，咱不用说别人，单说老吴头儿吧，他一周至少有一次到金海岸舞厅，但他不跳舞，只坐在角落里喝扎啤。他为啥？因为舞厅每晚有场二人转，老吴头儿就爱看二人转，他是舍不得这二人转。杜山虎答应老吴头儿了，就凭你在艰苦的年代给我组装一辆自行车，舞厅你愿意啥时候来就啥时候来，永远不要你的门票，但到里面喝啤酒自己消费。其实，细想，老吴头儿是占到了门票的小便宜，而啤酒消费却是天长日久。

葵花街又添了个新鲜事物，网吧，叫赛车风网吧。有电脑的人家少，对青少年来说，网吧有巨大的吸引力。总有爹妈到网吧找孩子，免不了在网吧门口上演父母单打孩子的，也有夫妻双打孩子的。打完孩子也是心疼，还要埋怨几句网吧，孩子到这上网打游戏，都耽误上学了，还耽误睡觉，简直就是不着家了。网吧不干好事，竟引诱孩子走歪路，就应该取缔。这网吧就不该存在，有百害无一利。这样说，网吧负责人也不让份儿啊，谁上你家绑你家孩子来了，还不是自己长腿来的？你别肚子疼怨炕歪，有能耐管好自己家孩子。赶紧走，别在这影响我们生意，损失你赔得起吗？

一到冬天，林桦树的车队就轰隆隆奔驰不停。小兴安岭上的红松源源不断地运往全国各地。林桦树的车队，平时只负责把红松从林场运输到县城葵花街的木材厂，有急需时再从葵花街木材厂运到佳木斯火车站。南方的茶厂特别认小兴安岭的红松，制茶的最后一道工序叫熏茶，熏茶房的地板、墙壁、天棚，都是用的小兴安岭的红松。安徽的一家国营茶厂，五十年代初建厂，厂房用的就是小兴安岭的红松，直到现在，还是用当初红松制成的厂房，不生虫，不腐烂，无异味。当初剩下的几根整红松，就是放在厂子仓库里，也依然完好如初。现在这个茶厂已经是文化遗产，为保持茶厂原貌，不得拆建。直到现在，这个茶厂还在运转、工作，从这里运出的茶叶远销国内外。

从新中国成立到现在，这样一句口号大人小孩儿都知道，建设大东北，支援全中国。比如，大庆的石油，鹤岗的煤炭，北大荒农垦的粮食，小兴安岭的木材，都源源不断地运往全国，支援社会主义建设。

再说我二姐麦穗，她最省心，最稳当，学习还好，考上了黑龙江大学。当初她要报中文系，夏彩莲不让，她说学好数理化走遍天下都不怕。麦穗听话，学了理科。突然有一天，杜山虎接到了大学打来的电话，说麦穗有一周没来上课了，据同学反映，跟几个诗人跑南方去了。没想到，到了大学，她那颗热爱诗歌的心又复燃了，几近狂热。夏彩莲咋也不能理解，那么文静的闺女，咋就迷恋上了诗，还疯狂到跟人家诗人跑到南方去了。我是后来听说的，那天他们大学来了全国最知名的几位诗人，本来是要演讲，可是还没讲到一半，同学们的狂热已经迫使演讲的诗人从教室的侧门逃跑，因为热爱诗歌的同学们已经拥到了讲台上。说是热情，但来势汹汹。学生们像追捧电影明星那样追捧诗人。这几个诗人要在全国几个大学巡讲，麦穗和几个女同学约好了，跟着诗人们行走，沿着诗人的足迹向前，梦想着等踏上归途时会变成一颗诗人新星冉冉升起。

那个对诗、对诗人狂热的年代呀。

麦穗和几个女同学是第十天回到大学的，饥寒交迫，穷困潦倒，花光了生活费和学费，终于熬不住了，很不甘心，很不情愿地回来了。以为诗人很有钱啊，没有。你们可以跟着，食宿自理，这已经仁至义尽了。

麦穗往家写信，告诉家里勿瞎找，她已经回到学校了，放心。还强调，这也是学习，相当于社会实践。只是生活费已经没有了，速寄生活费，否则，还社会实践去。

夏彩莲看了信，可别再社会实践去了。杜山虎之前扬言，只供豆粒上学，谁也不管。可是，接到麦穗的电话，还是火速赶往哈尔滨。麦穗在电话里哭了，打电话的钱还是借同学的。想想麦穗小时候也很乖，一口一个爹爹叫着，嫉妒爹爹对豆粒好，气哭了好几回。两姐妹，是他一手一个从嘟噜河抱回来的，一见面，也不咋就那么亲，她们像两只小燕子似的叽叽喳喳叫爹。从那他信了，信缘分，人和人就是个缘分。就这话，我都听了好几十遍了。

水泥厂这个老国营厂在市场经济大潮中不但保住了，还有了发扬光大和创新发展。水泥厂还联合砖厂和木材厂成立了北方建设股份有限公司，虽然都是些不起眼的厂子，但是一旦联合起来，再加上科学的管理，力量就变大了。联合起来，抱团儿取暖。水泥厂当前的效益好，生产的水泥供不应求。即使供不应求，也绝不接受别的小厂家生产的水泥。用杨景升的话说，自己生产的水泥心里有底，卖给客户放心踏实。成立北方建设股份有限公司，是水泥厂主动联合砖厂和木材厂的，水泥厂有自己的打算，要成立建设公司，还要涉足房地产。这几年也看到了高楼万丈平地起，但楼的质量堪忧，特别是其他建筑公司建的单位家属楼，一部分回迁给职工，一部分作为商品楼出售。有的水泥用手都能抠掉渣。但奇怪的是，哪个楼盘都售罄，气人不？社会在发展，经济在繁荣，要想发展，水泥厂就要与时俱进，打造自己的品牌。砖厂和木材厂负责人接过水泥厂抛出的橄榄枝当然高兴，真是求之不得，砖厂正面临倒闭的危险。砖厂和木材厂的要求就是，让原来厂里的每一个员工都在公司里上班，有工资，有饭吃，将来有退休待遇。联合砖厂和木材厂的工作由杨景升负责，杨景升都答应了，他也是赞同的，他说，老员工是企业的宝哇，他们懂技术，有工作经验。

　　水泥厂成立的建设公司，本来接的第一单生意是给自己的水泥厂家属院盖家属楼，在会上，方厂长说，首先要改善和提高我们自己职工的生活水平。杨景升提出了异议，他说，我们水泥厂的家属院地理位置优越，与葵花街只相隔一条街，看长远规划，将来那就要成为主要街道，我们不一定非得要盖成家属楼，可以盖更有利用价值和经济效益的建筑。家属院那属于我们厂自己的地方，我们放在那里谁也抢不去，看现在的形势，地皮越来越值钱，我们先放着，不要像其他厂子似的，急吼吼地把自己的厂房和家属院卖了，只看见眼前的蝇头小利，却不看未来前景。方厂长也同意杨景升的建议，水泥厂家属院暂时先保住了。水泥厂建设公司接的第一单生意改成给糖厂盖家属楼，把平房推掉，建糖厂家属小区。

　　也是偏得，我们水泥厂家属院依然存在，我家还能和杨景升做邻居，只隔一道矮矮的院墙，存*丝丝*相思。我还能和杨爸躺在一铺炕上，读报纸，谈人生。每当下雪的早晨，我还能听见他扫雪的沙沙声。

　　自从成立了建设公司，杨景升愈加忙碌了，回家的次数也越来越少。

第三十四章

　　初中快毕业的时候，我和树苗离家出走了一次。其实也不能说是离家出走，我是为了树苗，她说没坐过火车，我说没去过哈尔滨，正好，我俩一拍即合，出发，去坐火车，向着哈尔滨前进。我寻思了，如果跟家长商量，说坐火车去趟哈尔滨，那指定行不通啊。我一说树苗也就同意了，还蹦高赞成。当时如果树苗稍微有点犹豫，我立马打住，可是，树苗欢欣鼓舞。所以，到这个程度，我必须挺身而出，勇往直前。我说我回家寻趸摸钱，得买车票啊。树苗还质疑我呢，说我想当逃兵。我说，绝不当逃兵。树苗都这样怀疑我了，我说啥都得去。树苗又眯起眼睛，早有预见地说，啥叫趸摸呀，你就是回家偷钱。我嘿嘿笑着说："偷也得偷点钱，咱不是坐火车嘛，需要钱。"树苗开窍了，神秘地说："我也回家偷钱去。不对，趸摸钱，嘻嘻。"她撒腿往家跑。

　　我没拦着树苗，我需要她趸摸的钱，我回家不一定能趸摸着钱呢。我也撒腿往家跑。要抢时间，今天是周六，争取周天晚上回来，最迟周一到家。我和树苗约好了，不管拿不拿到钱，上午八点准时到汽车站。大人们好像都忙得脚打后脑勺，不管上岗的还是下岗的都瞎忙。夏彩莲在杜山虎开舞厅最辉煌的时候，在家做了一年的阔太太，又去打工了。无非还是去糖厂和苗圃打工，这两个地方不需要什么技术，而且随来随用。她又是以前的老临时工，也算熟练工种了。以前叫临时工，现在叫打工。她说她是天生的劳碌命，不会享福，再让她在家闲一年，她能闲疯了。她还悟到，在家闲着的这一年时间，她感觉与社会脱节了，与杨景升的社会距离越来越远，也与杜山虎无言以对，只剩下金钱关系和夫妻关系。夏彩莲一个家庭妇女，还挺注重自己的社会地位。是的，黛梦娜是她的榜样和女神，她面上排斥，可心里是无比的佩服。黛梦娜漂亮、高傲、知性，不为社会经济形势所操纵，虽然经营的是照相馆，但走的是摄影艺术之道。倪铁美也是改革大潮中葵花街的风云人物，可是她趁多少钱，夏彩莲都不待见她，甚至恨她，无形中，她总是把倪铁美与黛梦娜在眼前比较，越比较，越觉得倪铁美恰恰缺少黛梦娜那份高贵的气质。无论黛梦娜以哪种姿态出现在生活中，都显得那么贵气、洋气。反正大家都忙，只有我是闲人一个。我回家的时候，家里空无一人，正是我下手的好时机。我把东屋写字台抽屉的锁头撬开了。很容易，抽屉镶的是门鼻子，用一把锁头锁着。这锁头相当于聋子的耳朵，摆设。用个螺丝刀就能撬开，不用撬锁，直接把门鼻子从抽屉上撬开，抽屉应声自动开了。里面有一摞十元的人民币，我只拿了五张，共五十元钱。我又把抽屉的门鼻子好赖钉上了。等夏彩莲发现，我已出发了，去往汽车站。

我到汽车站的时候，树苗已经在汽车站等着了。她拿家里钱不容易，照相馆收款专门有收银员，每一分钱都是要入账的，收银员收款后，立刻锁上抽屉。而且，照相馆什么时候都有人，即使黛梦娜不在照相馆，屋里也有人，至少收银员在照相馆。树苗想拿照相馆的钱是不可能的，所以，我就多拿了两张十元的钱，我本想拿三张十元的钱，这样夏彩莲看不出来丢几张，我一下拿出五张，那她指定能发现。嘿，想这些都没用了，抽屉都撬开了，家里是进贼了。家贼，是我，家贼难防啊，让夏彩莲拍大腿后悔去吧。

出乎我的意料，树苗还真拿到钱了。她说是管她爸爸要的，正好她爸爸今天在家，在外跑运输五六天刚回来。还给树苗买了一身衣服，成套的，水蓝色的，上衣是小翻领的。她就穿着这套新衣服，她说要和同学聚会，同学聚餐是AA制，因为都没挣钱，平摊最合理。林桦树给树苗的钱，先是给了十元钱，觉得少，又给了十元。他说，他的女儿必须大大方方，特别在花钱上，绝不能让人家瞧不起。

我俩拿着七十元钱，简直太富裕了。我对树苗说，这把咱俩就是敞开量地吃喝玩乐。钱不花光，绝不回家。

我和树苗先坐大客车到了佳木斯，又坐绿皮火车咣当咣当到了哈尔滨。哈哈，终于走出了凤翔县的葵花街，逃离了这帮人的视线，自由自在地跑在哈尔滨的高楼大厦间。我和树苗打听着，坐公交车到了哈尔滨中央大街。踩在中央大街的面包石上，真想在这面包石上打滚，太干净了，比家里的炕还干净。我想起黛梦娜给我讲的，她说哈尔滨中央大街铺的面包石可金贵了，一块砖能值一块银圆。到底一块银圆值多少钱我也不知道，就是觉得金贵，值钱。我和树苗把中央大街的所有高楼大厦都逛了个遍，我们吃了马迭尔雪糕，吃了哈尔滨秋林大列巴和红肠，更过分的是，我俩还豪饮了哈尔滨大扎啤，那叫一个爽啊，正宗。正值七月炎热的天气，来一杯哈尔滨大扎啤，立马神清气爽。总而言之，出手阔绰，敢花钱。饭店的老板愣怔着惊奇的眼珠子问我，你们爹妈是暴发户吧？树苗干笑，我说，是，是暴发户，暴发得够呛，哈哈，大有这钱不花白不花的架势。在哈尔滨的第一天晚上，我们找个招待所住下了。什么都没考虑，我俩住一个屋，两张床，一个人一张床，卫生间在外面走廊里。晚上去卫生间，树苗也叫我跟她一起去，我在外面等她。临睡觉，我俩就说着去中央大街的各种畅想，吃啥，玩啥，乐啥。树苗还问："能看见俄罗斯人吗？最好是俄罗斯女孩儿，听说俄罗斯女孩儿长得可白了，高鼻梁，洼抠眼。长得可带劲了。"我说："能，指定能，听说中央大街的外国人可多了，不光能看见俄罗斯人，还能看见美国人呢。"说着，说着，树苗倒在枕头上睡着了，根本没有酝酿的过程。这一天，累坏了。我帮她把鞋脱了，给她盖上被子。我回到自己的床上，也是和衣躺下了，瞪着眼睛看着窗外，从窗帘中间的缝隙漏进了亮光，是街道上的灯光。我盯着这微弱的灯光，想着心事，睡着了。第二天早晨我起得很早，早上五点就醒了。我叫醒了树苗，我俩去走廊的卫生间洗脸，然后背着书包，向着哈尔滨中央大街出发。

仅一天，我们就把钱霍霍得差不多了，等到傍晚树苗问我，今晚咱住哪儿啊？我这才想起，我们已经住不起招待所了，不然没有钱买回家的火车票了。

树苗可镇定了，一点儿不惊慌，她眨着眼睛说，没事，咱去火车站，待一晚上，早上就坐火车回家。

我说，那不行，太遭罪了。树苗，我不能让你受苦。我有主意了，我去找我的两个姐，她们都在哈尔滨。不怕，都能给我钱。

树苗说，不行，我不想让别人知道，这是咱俩的事，跟别人没关系。我真的不想让别人参与进来。

我说，那是我姐，不是别人。

树苗很坚决，那也不行，这次是不是咱俩要出来的？你要是不听我的，往后我都不搭理你。

我真没想到树苗那么倔，认死理。行吧，去火车站。也挺好，去火车站待一宿，也挺好玩儿的。我听树苗的，我谁的都不听，就听树苗的。

我们原本想，静静地、偷偷地溜回家，谁都不想惊动。可好嘛，家里都在找我俩。算连来带去，一共三天呗。三天能咋的，还用着这么找啦？跟学校老师没关系，放暑假了，老师就没义务经管我们了。可是家长们太讨厌了，我家倒是没发现我丢了，杨景升整天在水泥厂加班，又成立了建设公司，那不是在水泥厂加班了，是在公司的办公室加班了，需要他管的事老多了。夏彩莲又回糖厂了，据说还当上了车间主任，还真拼。何苦呢？她现在又不缺钱。杜山虎更不用说了，自从开了金海岸舞厅，这家对他来说形同虚设。我说了这帮人的丰功伟绩和日理万机，主要说明一个主题，他们都没有时间关注我，在意我。我从哈尔滨回来也就是回来了，不会掀起丁点波澜。太好了，消停。不管咋说，也是出走了几天，还是不告而别的事。

可是，树苗家就不同，她又是一个女孩儿家。事就出在树苗家，黛梦娜只是简单问了下树苗来龙去脉，问了住的地方和住的方式。也没深究，只是说，以后不能这样办了，要征得家长的同意。林桦树是在树苗回来这天的上午出车回到家的。他进屋就问树苗呢，放假了，咋没见到人呢？上次还说，没坐过火车，趁这次放暑假，要带树苗和树叶坐火车去。树苗是下午回来的，林桦树晚回来一天就好了，可是他偏偏赶到这天回来。当他了解到树苗去哪儿了，跟谁去的，特别是听说跟我住在一个房间里，立刻爆炸了。

说来也欠，杜山虎八辈子也不去友谊照相馆，这天非得去了，是他带着他的一个客户去的，是南方一个驻葵花街的小伙子，业务员，说要参加什么电视综艺节目，需要艺术照，寄给电视台。杜山虎开始给他科普葵花街哪家照相强，自然是友谊照相馆，并吹嘘一番。他不是特意帮黛梦娜打广告，而是自然而然想到了黛梦娜照相馆，出名嘛。那个小伙子非得让杜山虎带着来，自己不熟悉。正赶上林桦树要去找杜山虎，正好，自己送上门，撞枪口上了。林桦树要找我算账，他自己不学好，还拐带着树苗往歪路上走。树苗在旁边接话，啥往歪路上走哇？不就是去了趟哈尔滨吗？有啥了不起的，这不回来了吗？

树苗说得轻描淡写，杜山虎却听得胆战心惊的样子，惊愕地问："就你和志龙俩去的哈尔滨？我的天哪，志龙这小鳖犊子，胆是真肥呀。"

林桦树说："既然你也知道了，我也就不找你去了，你说这件事怎么处理吧？我看你咋处理你家志龙，要不我打他个半死。"

杜山虎连连摆手，事不关己的样子，说："跟我没关系，我不是他爹，我管不了。"

林桦树说："你这人，真没劲。那行，我找夏彩莲去，你得跟着。"杜山虎说行，正好我一星期没回家了。他让那个小伙子自己在这儿照相。

正是傍晚，啥事都赶到一起了。杨景升那天也正在家，在自己的院子里拾掇他那辆永久自行车，他都老长时间不骑了，扔在院子的墙角。他买了一辆新的凤凰自行车，这个老式的永久自行车很笨拙地靠在院子墙角上，风吹日晒，锈迹斑斑。也不知道杨景升在哪整的一小盒枪油，正用那枪油擦自行车。我蹲在跟前，看着他擦自行车，跟他讲我去哈尔滨的趣事，讲哈尔滨中央大街的马迭尔雪糕多好吃。杨景升也问我，你和树苗俩去的？我说是呀，树苗说她没坐过火车。杨景升想了会儿说，以后做事要学会思考，这次去哈尔滨就算了，以后再出远门，跟谁去，都要和家里人商量，最起码要告知家长。做事不要像鸿毛，随风飘，要扎实，稳稳妥妥。

也不知道那天人咋就聚那么齐，杨景升都八辈子不回家属院了，他也不需要那辆永久牌自行车了，让它在墙角风吹日晒了很久，连自行车都已经习惯了这种冷落。唉，杨景升又用枪油在那咔嚓咔嚓地擦。

最先进我家院子的是林桦树，气呼呼地走在前面。跟在后面的是杜山虎，吊儿郎当地走着，穿个带绿色椰子树的花衬衫，还是烫成卷的长头发，戴个蛤蟆镜，镜片是红棕色的。这是个很温和的黄昏，别看是盛夏，但凉风习习，吹拂着院子里的花草，也吹拂着我的面颊和头发。我也留头发了，哪个少年不想留头发，整个酷酷的发型？只是碍于老师的要求，男生一律不准留长头发。我不管那事，我是差生，我的头发比其他男生的长。额前有一绺头发时不时挡住眼睛，我还得用嘴吹开。这晚风善解人意呀，把我的头发一下下地吹向了脑后。

杜山虎的头发被风吹得更爆炸，像蘑菇云。夏彩莲曾说过，你爸帅气就帅在头发上。要不那次我把杜山虎的鬏毛剪了，她怎么会对我恨得咬牙切齿。这时候，杨景升也从自行车旁抬起头，看是他们俩，又把头埋下，兢兢业业地擦他的自行车。

林桦树进院子就喊："有人吧，出来。"

夏彩莲用毛巾擦着手上的水走出来，眯缝着眼睛看走进院子的两个男人，夕阳的光芒正斜着照耀着她的眼睛，晃得她的视线有些模糊。林桦树走在前面，但她先看见了杜山虎。接着，她又迅速地看了眼那院的杨景升和我。

我听到了杜山虎喊："志龙，你个小兔崽子，都是你惹的祸。树苗她爸来找你算账了，给我滚出来。"

还没等林桦树喊，他先替人家喊上了。你看，把他恨成啥样了，我都不知道咋就把他得罪得那么苦。我心里说，你等着，杜山虎，我非得给你作个大妖。这个时候，我是最怕给杨景升丢脸。没事，老吴头儿说了，就凭我这吊儿郎当的德行，随我那个爹杜山虎，一字不差。杜山虎这回你的脸丢大发了，看我咋样回答林桦树的问话。今天我要给杜山虎颜色看看，气死他。

但杜山虎喊我、骂我，还是吓破了我的胆，我迅速躲到了杨景升的身后，也那样蹲着。杨景升根本不搭理他们，继续擦自行车，小声对我说，做了事就不要怕，有我呢。

夕阳刚落山的时候，黛梦娜快步走来，她金黄色的披肩鬈发被微风吹拂着，像电视剧里的女主角在海边漫步的样子，她身后跟着树苗。看见树苗，我立马从杨景升的身后站起来，向树苗招手，树苗，我在这院呢，来，过来。

树苗也向我招手，别看我跟树苗从小要好，我是总去照相馆，但树苗很少到我家来。能看得出来，树苗对这个家属院还是很好奇的，那时，像这样的家属院已经在逐渐动迁。他们建设公司已经把水泥厂家属院列为动迁的项目，但他们建设公司的策略是，先到外围占用土地，进行楼房建设，家属院本来是水泥厂的地盘，先留着，不开发。等土地真正值钱的时候再动用。也有很多开发商相中了水泥厂家属院这片地界，想购买，但杨景升他们建设公司是不会卖的。他们从其他的小工厂购买了一些像家属院之类的土地。

树苗欢天喜地向我跑来，林桦树一把抓住了她说："树苗，别理他，他不是什么好东西。"

树苗可不管那套事，蹦跳着跑到我身边，对我说："志龙，你暑假作业写了吗？语文作业我已经写完了。"

我说："那我照你的抄，快。"

凡是我不对的声音，杜山虎指定能听见，他大声说："志龙，你除了会抄作业，啥也不会。这个学你别上了，还省钱。"

"我上不上学跟你没关系，你算老几啊？"我故意气他。

可能今天傍晚，就是个大聚会的时候。潇雅还来了，她穿着白色的衬衫，扎在淡绿色的格子裙子里面，梳着高高的马尾辫。脚穿一双棕色露脚背的八分跟的瓢鞋。她走路挺胸抬头，亭亭玉立。我都怀疑，她穿着高跟皮鞋，是咋走到我家的，还走得亭亭玉立不走样。她不崴脚吗？潇雅来了说是找杨景升有事要商量，明天订货会的事。也许她是看这么多人，本来是来玩儿的，面上挂不住，临时撒谎，说是单位有事商量。

听潇雅这样说，看得出来，杨景升是想将计就计，和潇雅回单位。他看见这些人，不想蹚这浑水。他直起腰说："好吧，我洗洗手。"

我拉住了杨景升的手，用期待的眼神看他。意思是让他不要走，帮我，杜山虎要收拾我，他想借题发挥。在我拉杨景升的瞬间，我俩对视了一下眼神，杨景升拍拍我的手，意思他知道了。他对潇雅说："这样，我明天早点到单位，你今天晚上通知相关人员，明早七点半开会。"

潇雅没有走的意思，而是走进了杨景升的院子，刚才她是站在大门口的。看她这意思，她是特意来找杨景升闲聊的。

树苗跟我说："你要是真想写作业，也不用照抄，那样你总也不会。明天你去我家照相馆，不会的地方，我告诉你。"树苗把我的话当真了，当真更好，我真应该写作业了，不然开学又得挨老师骂。

林桦树听树苗这么说，更来气了，他是来干啥的，不就是来治我罪的吗？他女儿还邀请我去他们家写作业。我也是替树苗这么没心没肺直着急呀。林桦树大声喊："夏彩莲，你给我个交代，你咋不管管你儿子呢？就由着他胡来。我们都不知道，他把树苗带到哈尔滨去了，这叫什么事呀？"

黛梦娜拉住林桦树的手，让他回家，也喊树苗回家。树苗说等一会儿。黛梦娜是不愿意把事情在这里说，其实有什么大不了的，小孩子们只不过没有和家长请假，私自跑出去了，她是不想让左邻右舍听见。

林桦树来轴劲了，说啥也不走。非得要整明白，你们当家长的，咋就不知道管管孩子呢？他还说了一句，有爹养没爹教育的熊玩意儿。

如果林桦树不说这句话，还引不出夏彩莲的后句话。正是由于话赶话，把事惹大了。黛梦娜对林桦树说，赶紧走吧，跟这家人讲不出道理。

这家人，范围就大了，其中包括夏彩莲。也有可能黛梦娜故意这样说，她就是想把夏彩莲捎带上。

夏彩莲心惊了，好哇你个黛梦娜，搁这等着我呢。夏彩莲接话茬儿说，对，她指着林桦树说，你说对了，找他爹教育去吧，你上我家来找我干啥？她又指杜山虎，你挣那么多钱有啥用，自己的儿子都教育不好。有钱就有理啦？还不叫人家挣不到钱的发发牢骚、发发威？

听听夏彩莲这狂妄的叫嚣，俨然一副暴发户的嚣张模样，这是要和黛梦娜比财富哇。这叫气质够不上，拿财富来凑数。难道林桦树和黛梦娜的日子过得比你差吗？有时候，夏彩莲是肤浅的，有些事她是故意肤浅。

关键时刻杜山虎不懂配合，他就是仇恨我，直接冲我来了。杜山虎昂着头，冲着我喊："让我来教育他，你们听见这小鳖犊子管我叫过爹吗？谁是他爹呀？我不是。"

我现在可也不是三岁五岁，他一脚能给我踢出二里地。我现在已经有一米七多了，不惧他。我说："我现在就管你叫爹，爹，爹。你不是我爹谁是呀？我这德行不随你，对不起别人了。"

杜山虎一副狗急跳墙的样子，"你爹在那院呢，这些年我早就受够了，我今天一吐为快了。"杜山虎指着那院的杨景升。

我仰头看着杨景升，先看见晚霞照在杨景升的脸上，我看见了他眼角的皱纹，很深。但他就是看着杜山虎，没有辩解。

杜山虎又补上一刀，"夏彩莲你给我说，志龙这小鳖犊子是不是应该管他叫爹？你说呀。"

要命的是，夏彩莲轻蔑地笑了两声，谁也不看，只看院子里的喇叭花，又翻了下白眼，不置可否的样子。说白了，那就是默认了。

事情闹到了这个地步，黛梦娜拉起树苗就走，她眼睛里还像是衔着泪花。树苗还不情愿走，她好像还没在这儿玩够，也像是根本没听到大人们在说什么，或者说听到了，也根本听不懂，更是习以为常了。在上小学的时候，我在上学路上总跟树苗说，杜山虎不是我爹，即使是我爹，也不是我亲爹。小的时候树苗会问，那你妈是亲妈吗？我就一时半会答不上来了，对呀，夏彩莲是不是我亲妈呢？想想她和杜山虎对我的男女双打，我一咬牙，一跺脚说，也不是亲妈，我是从雪窝子里刨来的。情急之下，我开始胡咧咧了。树苗就同情地看着我，志龙，你太可怜了。

这时，看夏彩莲不说话，杜山虎更来劲了，"夏彩莲，你等着，我要和你离婚。"杜山虎这才说出真心话，他这是有目的的呀，造声势，酿气氛。他这是翅膀硬了，想飞。

潇雅很失望地看了眼杨景升，转身，甩着马尾辫，踏着高跟鞋，跟谁赌气似的，向院外走去。高跟鞋的嘎嘎声传得很远。

我再看夏彩莲，愣住了。这是她没有想过的，怎么能离婚呢？他们就是这样奇葩地一路走过来的。她惯着杜山虎的性子，让他可劲折腾。这刚刚折腾出个眉目，她刚过了几天有钱的日子，他这又折腾着离婚。不用说，倪铁美在后面等着他呢。

夏彩莲很小声地说："别闹了，回屋。"

杜山虎说："我不回屋。"

夏彩莲说："那你就回你那儿去吧。"

杜山虎说："你别想支走我，我要跟你离婚。"

夏彩莲贼头贼脑地看看四周，低声下气地说："走，咱进屋。"她上前去拉杜山虎，她是怕别人听见笑话。她还向杨景升讪讪地笑了下，我从没看见她如此可怜的样子。

杜山虎甩开夏彩莲的手，对着夏彩莲的脸说："我要离婚，我要和倪铁美结婚。"

没想到杜山虎今天的借题发挥这么严重，上升到离婚了。你离就离，为啥借着我的不争气来离婚呢？你不是我爹就不是，谁也不稀罕当你儿子，但就事论事，你别拿这事来离婚啊。我这火噌地就上来了，新仇旧恨我一块跟他算，我腾空跳过院墙，直接跳到杜山虎面前，我还是没有他高，但我眼睛已经瞪得比他的眼睛大，拳头已经抡圆了。他惊愕地看着，急促地喝道："你干啥，想打你爹？"

"你是谁爹呀？打的就是你。"我一拳打在他的眼眶上，狭路相逢勇者胜，我出拳快。他也不含糊，就势擒拿了我的胳膊，疼得我无法动弹。他又轻轻的一个扫堂腿，把我扫坐在地上。尽管疼，我在心里还是暗暗佩服，杜山虎在江湖上名不虚传啊，有两下子。

我一个鲤鱼打挺跳起来，直接扑到杜山虎的身上，把他扑倒。我俩在地上骨碌成一团。杨景升不知道什么时候过来的，把我从杜山虎身上提溜起来。我还踢腿挣拽，嘴里吼着，来呀，打呀。

只听杨景升在我耳边说："志龙，冷静。"

等我确定打的真是杜山虎，心立马突突跳。夏彩莲恶狠狠地喊："你等着呀，小鳖犊子。你敢打你爹爹，大逆不道。"

我倒没觉得大逆不道，我是害怕，杜山虎又该变着花样收拾我了。再说，我还有自己的打算呢，等初中毕业了，我要请全班的同学到金海岸歌舞厅蹦迪去呢。那要是花门票，那得多少钱啊。我也没钱啊，爱咋咋的，得罪他咋了，打他咋了？他欠打，让他气我妈。我想请同学蹦迪，我就去，我偏不买票。

我看着杨景升，脚终于站在地上了。杨景升要走，去单位，我说："杨爸，这么晚了，你别去单位了呗。"

杨景升说我，瞅你那胆儿，跟我去吧。我愉快地答应了。

再看院子里，夏彩莲已经扶着杜山虎进屋了。他俩就这样，一会儿就好得跟掉蜜罐里似的。你想啊，夏彩莲为了杜山虎，能把她的儿子我舍出去，揍我八百遍，只要杜山虎能出气，她都豁得出去。别说树苗相信我是从雪窝子里捡来的，连我自己都相信了，我是雪窝子里捡来的，要不咋姥姥不亲舅舅不爱的呢。

跟杜山虎打这仗值了，最起码我知道了，杨景升是我亲父亲，他一准是，杜山虎那么说，他都没反驳，夏彩莲也默认了。不反驳对杨景升可是致命的打击，他跟我说过，他从未放弃过对爱情的追求，一天都不曾放弃，他会找到属于自己的爱情。他莫名其妙地成了我的亲爸，那就说明他跟我母亲夏彩莲有扯不断理还乱的关系。潇雅听了都气跑了，明天就能传得沸沸扬扬，杜山虎的大儿子志龙，其实是杨景升的儿子。以前的猜测，今天都成真了。之前打仗的时候，有不少看热闹的，一看是这种情况都撤了。但他们的耳朵没撤，都支棱着听呢，听得一清二楚。从这，杨景升对美好爱情的追求和向往将彻底泡汤了。至少，在潇雅的心里已经大打折扣了。也可以说，他以前是单身贵族，现在就是单身渣男。

哦，好久没提老吴头儿了，老吴头儿的悲剧和喜剧源于杜山虎给他的免费舞厅门票。自从杜山虎开了金海岸舞厅，老吴头儿也迷恋上了舞厅，他去了不跳舞，只是喝哈尔滨大扎啤，等到二人转唱完他才回家。杜山虎的舞厅适合任何人，就拿老吴头儿来说吧，他爱听二人转。那舞台每晚都唱一段正宗经典的二人转。听着那浪不丢的小调，一天的疲劳都烟消云散了。就为了那张免费的门票，宋桂琴也要跟着每晚去歌舞厅，别看她四十多岁的人了，那学跳交际舞才快呢。架不住天长日久，慢慢地宋桂琴离不开歌舞厅了，每天不跳一曲，浑身不自在。老吴头儿想，反正也不搭啥，白天卖一天茶叶蛋了，晚上也没啥事，愿意跳跳去吧。有一天，宋桂琴给老吴头儿留了一封信，告诉他，不要找她，她已经跟一个男人去深圳了，听说那里遍地是钱。这个男人就是从深圳来到葵花街跑业务的人。宋桂琴还写着，这个男人说不准告诉任何人，怕跟着去的人多了不好找工作。宋桂琴还说让老吴头儿放心，她先去一年，等挣了钱回来跟他过好日子，还让老吴头儿务必等着她回来。老吴头是早晨发现的信，他早晨起来就没看见宋桂琴，以为她上街去买油条豆浆去了呢，也就没放心上。洗漱完毕，还没见她回来，就走到外屋的圆桌旁，坐下等宋桂琴，他无意间看见盘子下面压着一片纸。老吴头儿看完这封信，心说坏了，这是宋桂琴大清早跟人走了。老吴头儿先跑到凤翔县的客运站，在候车室里找了半天没找到人。老吴头儿拿着信直接去找杜山虎，十万火急呀。老吴头儿已经意识到，宋桂琴这是鬼迷心窍，被人家骗了。也是，她是挣钱心切呀。特别是信里说，不让告诉任何人。如果是正大光明的事，怕告诉别人吗？老吴头儿找到杜山虎说宋桂琴丢了，赶紧帮着找人。杜山虎哑然失笑，老吴头儿啊，这事你找错人了吧，人丢了，你去找公安局派出所呀，报案啊。老吴头儿急眼了，行，杜山虎，你还能笑得出来，我都急死了。杜山虎说，我不是笑，我是无可奈何呀。你赶紧去报案，我管不了。老吴头儿说，这事真就赖上你了，是在你舞厅认识的坏人。我报案行，但公安局那得是失踪多少个小时才能立案。那宋桂琴不定跑哪去了呢，登上汽车火车的，上哪找去呀？早跑没影了，早晚三春了。这次就算老哥求你了，帮我把宋桂琴找回来，你有办法，老哥就不明说了。老哥就求你这一次，宋桂琴算是我在这人世间最亲的人了。杜山虎调侃，老吴头儿，你懂得也挺多呀。

  杜山虎想了下，昨天晚上跟宋桂琴跳舞的人，哦，对了，猫仔跟她在一起跳了。猫仔实际是葵花街人，在外面跑了几年业务，回来就装港商，会说一口流利的港台话，港台流行歌曲唱得也溜。整天探探个舌头说话，这啦，那啦的。整天谈生意、谈业务挂在嘴上。不知道的，真能让他蒙住，以为他真是港商。他只要来跳舞，根本不搭理像宋桂琴这样年龄大的女人。而昨天晚上，猫仔却和宋桂琴跳舞了。想到这，杜山虎拿上两条红塔山烟，打车直接去找猫仔。电话里说不明白，没准还办砸。因为是早晨，直接把猫仔堵在了家里。杜山虎把两条红塔山往桌子上一拍，开门见山地说，猫仔，帮哥一个忙，宋桂琴去哪儿了？别跟我说不知道，不然我也不会来找你。猫仔看着桌子上的两条红塔山，用港台调说，这个我不知道啦，这个你不要管啦呀。杜山虎扯着一个嘴角讥讽地说，你把舌头捋直了，跟我这演道行呢？我过的桥比你走的路都多，明白不？我只要找到宋桂琴，其他人，其他事，我绝不牵扯。宋桂琴是老吴头儿的老婆，他是我老哥，懂吧。你以前就没用老吴头儿的气管子打过气？想想吧，在江湖上混也是讲仁义的。

猫仔打着哈哈说，虎哥，你看你还给我拿烟干啥，嘻嘻，我就爱抽红塔山，谢谢虎哥呀。

杜山虎拍着猫仔的肩膀说，哪天带着你的哥儿们去我那儿，对酒当歌，扎啤管够，哥请客。

猫仔说，妥了虎哥，我虎哥就是仗义。猫仔说出了宋桂琴去处，如果上午十二点之前赶到佳木斯火车站，有希望找到，他们是上午十二点的火车。猫仔说是有个哥儿们让他帮忙，介绍几个女的去深圳工作，要年轻的，但是找不到年轻的，正好宋桂琴是下岗，她觉得去深圳是个赚钱的好机会，就介绍她去了。

杜山虎当机立断，打车去佳木斯火车站。老吴头儿说这打车钱他出，杜山虎怎么能让他出呢，生活本来不富裕。老吴头儿说他也跟车去，杜山虎说行。杜山虎还带了个哥儿们，人多势众。到了佳木斯火车站，那人乌泱乌泱的。座位上坐满了人，还有站着的，来回走的，还有正准备检票上车的。他们在候车室找了好几圈，愣是没见到人。难道没在候车室？老吴头儿说找工作人员，用喇叭给广播找人吧？杜山虎讽刺老吴头儿，你懂得太多了，不等你广播完找宋桂琴，那人早就藏起来了，那不等于通风报信吗？那你可就真死心了，再也找不到了。不但广播不能喊，咱们也不能喊宋桂琴。继续找。老吴头儿急的，原地转磨磨。忽然，老吴头儿想起来了，他站在候车室的人群里，亮开嗓子喊："茶蛋，卖茶叶蛋了！"老吴头儿一声接着一声地喊。突然，人群里有个女人喊："卖茶蛋的，我买茶蛋！"只见有个男的拽着这个女的往检票口走，压低嗓音说，买啥茶蛋，再出声我整死你。杜山虎循着声音，飞奔到宋桂琴面前，冷不丁拽过宋桂琴。然后，倒退着，向那个男人打着手势，示意他不要抢，也不要追，一拍两散，相安无事。那男的识趣，回身检票，进站，消失在如潮的人流中。

宋桂琴头发被剪短了，戴个帽子，已经伪装得不像她了。宋桂琴扑进老吴头儿的怀里呜呜地哭，说你再来晚了，我就被坏人卖了，等我知道自己上当受骗已经晚了。杜山虎说，走，别磨叽，立刻回葵花街。杜山虎有自知之明，在佳木斯出差错，特别是火车站这个鱼龙混杂的地方，他杜山虎摆不平。

回到葵花街，宋桂琴也是终于看清了自己那两下子，安稳地卖自己的茶叶蛋，跟老吴头儿好好过日子。为了找自己，花了那么多钱，虽然来回打车钱都是杜山虎给出的，那得多大的人情啊。那得卖多少茶叶蛋能把钱赚回来呀。从此，宋桂琴也不去舞厅跳舞了，那不是咱小老百姓经常光顾的地方。也跳过了，也舞过了，也经历过了，也青春过了，够本了。

杜山虎跟老吴头儿说，我欠你的破自行车情还完了，两清。往下别有啥事动不动地找我，我现在是你想见就能见的人吗？你得预约。就我这范儿，这架儿，得拿稳喽。老吴头儿光嘿嘿傻笑，不说话。

从此，老吴头儿看着修自行车摊，宋桂琴看着茶叶蛋摊，在呼呼冒热气的茶叶蛋摊旁，修理着自行车。杜山虎看着老吴头儿愁得慌，对老吴头儿说："我呀，念在你给我组装自行车的分儿上，那台自行车真顶呛，给我出力了。那时候，我是真买不起自行车。你别整这自行车摊了，给我打更吧。不累，你晚上就住在舞厅就行。我给你开工资，咋也比你修自行车挣得多。哈尔滨扎啤你随便喝，不要钱。"

宋桂琴从茶蛋摊后面猛地站起来说："还得住你那，不去。"

杜山虎一时没反应过来，"不住我那，那叫打更啊？"

老吴头儿就不识抬举了，说不去，哪儿都不去，就在这守着自行车摊，守着茶叶蛋摊。你不是说了吗，让我别有事总去骚扰你。杜山虎拍了下脑门，他都无语了，他就没见过这么固执、这么痴情的。他以前不是视儿女情长如泥土吗？这啥时候变得守得云开见日出了，痴情到这份儿上。好吧，这俩人就相互守望吧。

初中快毕业的时候，我变得越来越叛逆，逃学，打仗。别说林桦树不让我跟树苗在一起上学，连夏彩莲都不让树苗搭理我。夏彩莲说，咱树苗是个好姑娘，品貌双全，学习第一，可不能再让志龙和树苗在一起上学，让树苗离志龙远远的，别让志龙影响了咱树苗学习成绩，树苗将来可是咱葵花街的大学生。

听听，还咱树苗，跟你咱得着吗？直到现在，黛梦娜半拉眼珠子看不起夏彩莲。那没办法，在葵花街，顶数黛梦娜洋气，她二十世纪七十年代穿的呢子大衣，九十年代葵花街才时兴。树苗真的不理我了，林桦树也不再往佳木斯跑运输了，林场的树木不让砍伐了，要退耕还林，保护林场的树木，大力造林。也就是说，以后伐木已经不是林场主业了，要保护森林。正是树苗要考高中的那段，林桦树多半时间在家，他主动接过了护送树苗上学的任务，放学也早早等在学校门口。我已经没有机会接近树苗了。我愈加憎恨杜山虎，都是杜山虎到处坏我，败坏我的名声。那时我就立志，我不再上学了，我要在葵花街散混，混社会，当个社会人，混成比杜山虎还厉害的社会人，到时候我彻底收拾杜山虎。

其实有啥呀，就因为我和树苗出了趟远门，是的，我俩就想出门，从小在葵花街长大，像井底的青蛙，能见到的就巴掌大的天地。树苗提议的，要去哈尔滨，那我能不答应吗？我作为一个男人，小伙子，连树苗提出的想法都实现不了，那树苗不得看低我呀。所以，我领着树苗出发了，到了梦想的哈尔滨。我和树苗是住在一间房里，我俩是各睡各人的床，那天晚上，我都没有脱衣服。树苗只是把外套脱掉了。只是树苗要去卫生间，为了安全，我陪着她去的，因为卫生间在外面的走廊里。这有什么呀，相安无事呀。好，他杜山虎不是想知道真相吗？我知道他是啥意思，想诬陷我，但我偏不申辩，不表明，就含糊其辞，让他猜测去，累死他。

我是反面的"青出于蓝，而胜于蓝"的典型。杜山虎打架出名，到了他和倪铁美开歌舞厅，更是出名的狠人，横的怕不要命的。杜山虎就属于那种不要命的主，谁要是在他的舞厅撒野，他能拎个大搏刀追二里地，直到告饶为止。我也学着杜山虎成了葵花街的小混混儿，并且，我手下还有几个小弟，跟我混社会。每每遇到我打不过的人，我就会大言不惭地说，杜山虎知道不？山虎子。那是我家老头儿，厉害不？那时候时兴管父亲叫我家老头儿的。再说，我也懒得叫他爹。狐假虎威，果然好使。

尽管夏彩莲没有明确表态，但已经坐实了，杨景升是我爸，夏彩莲不反驳，不骂街，那就说明她默认了。可是，我怎么也高兴不起来。我是那么渴望是杨景升的儿子，希望着，苦苦追问着，可是这天真的到来了，又仿佛希望破灭了。我真的无限惆怅。希望破灭的不光有我，还有潇雅，她再也不追我杨爸了，她觉得我杨爸复杂化了，突然在她面前变得陌生和深不可测。到这会儿，杨景升也失望了，潇雅的疏离，让他在追求人生美好爱情方面失去了目标，人生也失去了一部分色彩。原来，这些年，他之所以喊着继续寻找爱情，是因为潇雅的出现。只是这爱情的花蕾含苞的时间长了些，到底也没等到春天的盛花期，便凋零了。

这回夏彩莲不打我，也不骂我了。我几次看见她抹着眼泪从杨景升的屋里走出来。不用猜，又是因为我的事去求杨景升，求他管管我，或者，给我找个出路。当然了，又几次落空，没结果。或者杨景升根本不管这破事，一个不争气的儿子，没人要。我也不怎么去杨景升的屋里住了，不一定住谁家，东一晚西一晚的。反正不着家，夜不归宿，野孩子一个。我经常去老吴头儿那蹭住，老吴头儿不撵我。无意中，我在他炕席底下发现一红布包，里面包着的是奖章，那上面写着抗美援朝。我问老吴头儿，这是你的？他否定，说是捡的。让我赶紧放好，别整丢了。我也没仔细看，我想也不会是吴大爷的，怎么可能是他的，就他那熊样。他总跟我说，你得上学啊，你管他是谁的儿子呢，你出生在这个和平的新社会了，多幸福哇。他说他没文化，这不就修自行车了？我都说过了，实在不行，我给他当徒弟，修自行车。宋桂琴坐在炕上织毛衣，一会儿朝我这边撇撇嘴。看天太晚了，我还不回家，就说，志龙啊，快滚西屋睡觉去吧。西屋俨然成了我的卧室。

有一天晚上，我看完电影又到老吴头儿这来借宿了。老吴头儿特别愿意我来他家，他说他太孤单了，如果我是他儿子该有多好。我说，我是谁儿子都行，就不能是杜山虎的儿子。我今天晚上看的电影是战斗片，《英雄儿女》，男孩子们都喜欢看战斗片。看得我兴奋啊，兴奋得睡不着觉。我就给老吴头儿讲《英雄儿女》里故事情节，讲到王成高喊着向我开炮的时候,我看见有两行泪从老吴头儿的眼睛里滚落。他背过脸去,用袖子擦,接着又涌出更多的眼泪。我说,你看,吴大爷,你也被感动了。是,老感人了。你快去看吧,明天电影院还放这个电影。老吴头儿说,他不敢看。我说,激烈的地方,我也不敢看。老吴头儿用他那双粗糙的手抹把眼泪说,志龙,你是男子汉,要直面惨淡,要勇敢,我说的勇敢不是你现在的打架斗殴。

惨淡?老吴头儿刚才说的这些话,我感觉不像他了,他不曾说过这么文雅而又富有哲理的话,倒是像杨景升说的话。现在我不想见杨景升,因为我这个惨淡的样子,怎么配见他。无所谓呀,我还是志龙,葵花街的小混混儿。惨淡是老吴头儿说的,我现在用上了。老吴头儿最近总说,你要真是我的儿子该有多好哇,有人给我养老送终了。我指着自己说,就我?你想我给你当儿子?老吴头儿说,做梦都想啊,可惜,我哪有那福气呀。我说,那有啥呀,我就给你当儿子呗,承蒙你看得起呀。我跳下炕,扑通给老吴头儿跪下,磕了几个响头,喊了一声干爹。老吴头儿这回哭得呜呜的,出溜下地,抱着我一顿哭哇。老吴头儿哭着说,志龙啊,你可不能耍你干爹呀,你可得管我呀。你这头磕下去,我可真就是你爹了。

宋桂琴还是坐在炕头织毛衣,她冲我俩这边撇撇嘴,说瞅你俩,跟演电影似的。志龙啊,你说你用的啥手腕,给你吴大爷迷糊住了呢?就稀罕你。

对我来说,管人家叫爹的多了,今天叫,明天就变卦了。这老吴头儿知道我的脾气,所以他叮对我。以后我没地方住了,我就到老吴头儿这来住更有理由了,我干爹呀,谁也挡不住。只要夏彩莲骂我,给我滚,小鳖犊子,有能耐再也别回家。那我就二话不说,转身就走,心里有底气,去老吴头儿那住,想住多久就多久。老吴头信了,等我给他养老送终。具体啥叫养老送终,我不完全知道这里面的重要性,意味着什么,我更理解不了。随他去吧,爱咋咋的。先有个随来随住的地儿再说,做人不能太老实了。

树苗仿佛离我越来越遥远,我像个觊觎者,在树苗可能出现的地方隐蔽，就是为了看她一眼。看见了也不能说话，因为林桦树在她的身边。上学的路上，树苗有林桦树保护，到了学校，树苗有老师看护。树苗的学习成绩已经排在全学年第一名了，毋庸置疑，树苗一定能考上凤翔县的重点高中。在树苗学习最好的时候，我已经不上学了，我早上是背着书包上学，其实我已经在葵花街乱逛了，甚至已经乱逛到县城的周边。我在旷野中奔跑，我扑进一眼望不到边的葵花地，金灿灿的葵花簇拥着我。说好听点是传说啊，说不好听点是谣传，杨景升和夏彩莲就是在这金灿灿的葵花地里有的我。可悲的是，我没感到悲伤，也没感到荣光，我是麻木的，麻木是没有感情的人才有的状态。而我却莫名地留恋这片一望无际的葵花地，我可以躺在葵花地里，透过硕大的葵花叶的缝隙看蔚蓝的天空，心里像流淌过一条小河般敞亮。我现在所有的看天空和看葵花都是为了坚持活着，活着都是为了见到树苗，是为了等到初中毕业的那一刻，请我们全班的同学，包括女同学，到杜山虎的金海岸歌舞厅疯狂一夜。已经时兴唱卡拉OK了，我知道，好多同学都没进过歌厅。杜山虎的金海岸里面有卡拉OK。为啥去杜山虎的金海岸？纵观葵花街的歌舞厅，只有金海岸够档次。最主要是省钱，杜山虎好意思管我要钱？真是的。

那样的话，同学们都去，树苗没有理由不去。那样我就能见到树苗，可以跟她说说话，告诉她我心里有多难受，问问她我该怎么办。

不是杨景升疏远了我，是我不愿见到杨景升，我躲避着他，让他见不到我，眼不见心不烦啊。这时候，杨景升是很想见到我，给我做思想工作，讲大道理。但我不需要了，已经太晚了，不想浪费他时间了，我就这样了。有一天晚上，杨景升找到老吴头儿家。我听见是他，没等他进屋，在老吴头儿给他开门的时候，我已经跳上炕，从北窗户跳窗逃跑了。老吴头儿看我脱下的衣服放在炕边，显然是穿着背心裤衩逃跑的。他很难过地跟杨景升说，你以后别找志龙了，你们这些大人，从某些方面已经抛弃了这个孩子。你看，你找他是好心，但这孩子为了躲避你，今晚又不知露宿哪儿啦。可能又得遭一宿的罪。就穿个背心裤衩，连个外衣都没穿，晚上能不冷吗？杨景升在炕上抓起我的衣服,说去找我。老吴头儿拦住他说,你别去了,这孩子不想见你,等缓缓的。我去找他,一定把他找回来睡觉,你就放心地回去吧。

其实我没跑远,我没法跑远的原因是,我只穿着个裤衩,没穿裤子。我跳出窗户,就地蹲在了窗根下。我听到老吴头儿要找我去,怎么着我也得跑几步,要不就在窗根找到我,太没面子了,太掉链子了。我猫腰,转身就跑。跑到了离老吴头儿家两百米的墙角,蹲在那里观察着。我看见杨景升走来了,看样子他这是要回去。我立刻隐蔽了起来,不想让他看见我。准是夏彩莲派他来找我的,无非是做我的思想工作,让我学好,上学。嘿,啥都晚了,我也不想听了。我看见杨景升大步流星走过去,他腰板挺拔,走路带风。没过两分钟,老吴头儿走来了。快点来吧,我都冻得手脚冰凉了,虽然是夏天,但晚上气温低。

老吴头儿是老了,眼睛花了,我就在墙角,他就是看不见。他对我这是有自己的私心啊,不管我是真心假心,到时候再说,先把我占下,给他养老哇。你瞧他这眼神,我都快撞到他鼻子尖上了,他还在四处瞭望呢,真愁人。他找不到我,看样子是真着急了,开始喊,志龙,志龙啊,外面冷,快跟干爹回家。

哎呀我的妈呀,我可丢不起这人,你说我认个干爹,是个有头有脸的人也行,这老吴头儿是葵花街最熊的一个人了吧,我认这么一个干爹,他居然当真了,还公开了。是,我管人家叫干爹或者爹的多了,但那是闹玩儿,真真假假的,过后拉倒,没人当真。这大晚上的,寂静得只听见虫子叽叽,他这么吆喝,传出十万八千里。我赶紧冲出来,冲到他跟前,拉住他的手说,你还真把我找到了,要不我是不会回你那儿的了,随便在哪儿不能过夜。从那儿,杨景升也不再找我了,在我心里,他是彻底不要我了。他会和潇雅结婚,可以再生孩子嘛,生个学习好的,优秀的。

353

第三十五章

　　我应该兑现诺言的时候终于到了，初中毕业了。有的同学升入了重点高中，比如说树苗，有的同学像我一样念完初中就不念了。下一步干什么？没谱，走一步算一步，多半说是去打工。又时兴打工了，这个词平地而起，真不知道，什么时候冒出来的。其实我也不愿意打工，但我不上学，又不打工，那我能干什么？迷茫啊。哦，我承诺同学了，等初中毕业，为了庆祝也是为了分别，我请同学们去金海岸歌舞厅唱歌。当然，我们小孩子，就是为了唱歌啊，不是为了跳舞。同学们听了欢欣鼓舞，因为他们从来没进过歌舞厅，好奇心让他们兴奋不已。我们是秘密讨论的，不能让老师知道，更不能让家长知道。那天晚上，同学们统一口径，都说是去看电影。为了省心，讨论中原本是决定不带女同学的，但树苗听说了，非得要跟着。那行吧，带上女同学，我还巴不得呢，要不我也想告诉树苗，问她要不要一起去。树苗之后又跟几个要好的女同学说了，那几个女同学见到我还质问我，说我怕多花钱，不喊她们。但我没法解释，只是笑笑，保持沉默。那地方毕竟是传说中的是非之地。那我不能把话说得那么直白，本来同学们都是天真烂漫,没有一点私心杂念,就是好奇,新鲜。再说,我就是请同学们唱歌,唱完我们就撤。同学们都没拿麦克风唱过歌呢,包括我自己。我学习不好,我请同学们用麦克风唱歌,多提气,也算我在同学们面前露了一小脸。连树苗听了,都对我竖大拇指。

那天晚上,杜山虎不在金海岸舞厅,他和夏彩莲请老街坊老邻居吃饭。像以前水泥厂的门卫老刘、老吴头儿,还有夏彩莲糖厂和苗圃的姐妹们。这是头一回,夏彩莲要求杜山虎请的。在一起工作的姐妹们都知道她男人当老板,怎么着也得表示表示吧。杜山虎听了,说夏彩莲,你都整反了,我对他们表示?他们应该高攀我这个老板啊。我请他们吃饭?能有啥回报哇?夏彩莲不跟他犟,一会儿,杜山虎自己就回过味儿来了,也对,门卫老刘应该请,没少照顾我,没少给我打马虎眼。老吴头儿吧,更别说了,那么难的日子,让我能骑上自行车,人家给组装的,我一分钱没花。按理说,我给老吴头儿买个大汽车都不为过,不过他也不会开,还是算了吧,我还没开上大汽车呢。这我还是听老吴头儿说的,说明天晚上,杜山虎请他们这帮下岗的、扫大街的、修自行车的吃饭。太好了,天赐良机呀,这样就没有阻挠我领同学们进舞厅的绊脚石了。至于倪铁美,她管不着,我有一百句话等着她,这不是她一个人的买卖,有杜山虎的一半股份。

果然,倪铁美只是问了问,我说我爸知道这件事,你就给我们找位置吧。那天我们去了能有十五六个同学,其中有五位女同学。我们几乎占了一半的座位,那我不管,今天我请客,我要特爷们儿,花多少钱眉头都不会皱一下。那天进舞厅的人也很知趣,看见来这么多小孩儿,感觉闹腾,也就自觉早早退场了。倪铁美看着我们这帮半大孩子,也没办法,今晚的营业额算是泡汤了。她也懒得守摊了,交代给一个服务员,拎着包出门了。这世界简直就是我们自己的了,大有胜利会师的感觉。

在舞厅另一边还有一伙儿人,三四个人。从外表看他们的穿戴就不是什么好人。那几个人中,有一个女的手里夹着烟卷,好像特意架着,她的胳膊挂在桌子上,细长的手指,呈兰花指样,架着烟卷。她快吸完了，还能有一少截烟卷吧，就有一个男的，马上给她换上，殷勤地用打火机给点上。她也很享受这样的殷勤，得意地吸烟，得意地笑，得意地瞟一眼周围，好像谁都赶不上她春风得意马蹄疾。她烫的是爆炸头，染成了红色的头发披在肩头，非常醒目。她右手架烟，左手端着啤酒杯，都是一口一干，看着很豪爽。后来那个男的打个响指，喊，服务员上香槟。有个男服务员应声而到，手里拿个大瓶子，是所谓的香槟。其实我听说过那香槟的前世今生，正牌香槟很贵，杜山虎在哈尔滨买回来一瓶，那么贵卖给谁去？但没有香槟，档次不够。杜山虎就跟葵花街汽水厂商讨研究，说白了杜山虎就是想让汽水厂给他特意制造香槟。汽水厂说不会，杜山虎说你们可真笨，照葫芦画瓢，照猫画虎，这都不会吗？真死心眼，会制造汽水，不会制造香槟？笨合计，其实可以在汽水里掺和点北大荒白酒。不过要记得，少掺点北大荒白酒，那玩意儿劲大。然后再把汽水瓶子换个大瓶子，尝尝这瓶香槟是啥滋味。我豁出去这瓶香槟了，看你们还整不成葵花街香槟来吗？从此，葵花街香槟诞生了。说是从哈尔滨进货的香槟，难道没喝出葵花街味儿吗？哈哈。

那几个男人众星捧月般地围绕着那女的转，那样子，伺候着，生怕哪里有闪失。树苗的眼睛看着那个女的，满眼的好奇，并掺杂着羡慕。我把树苗的头挡过来，说别看啊，他们就是一帮流氓阿飞。

他们的耳朵还挺尖，听见了，我是没想让他们听见的，既然听见了，也没办法。有个穿花衬衫戴着蛤蟆镜的男的，牛仔裤把屁股包裹得浑圆。他起身要来教训我们，被那个女的拉住，说别跟那帮小屁孩儿一般见识。在本就灯光昏暗的舞厅戴着蛤蟆镜，我都怀疑他能看见吗？一看就不是什么好鸟。

树苗缩下肩膀头，伸下舌头，意思是差点惹祸。我说，没事，敢！

只有两只麦克风，我们这边始终把着。我像个主持人，让每个同学都能唱上一首歌。可能倪铁美走的时候交代过了，那个放音响的服务生，不厌其烦地给我们搜歌、点歌，照顾周到，服务热情。

蛤蟆镜又急眼了，高喊着，有管事的吧？难道这帮小崽子包场了吗？不然给我们退钱，我们也要唱歌，把麦克风给我。

没人搭理他，服务生更是不敢出声，像是惹不起。我不管那套，照样唱我们的。不料，蛤蟆镜来抢夺麦克风了，正是树苗和另一个女同学在唱歌，他过来给树苗拽一趔趄。我上前一步扶住了树苗，从蛤蟆镜手里夺过麦克风，告诉他，哥儿们我也是社会人。蛤蟆镜哧的一声，你毛还没干呢，小样儿，跟我装啥大瓣蒜，滚。

我是想和他们套近乎，把我们这场同学聚会完美进行下去，然后完美结束。我得给树苗长脸啊，别整得让这帮流氓阿飞给搅和黄了，好好的唱歌比赛。同学们都兴致高涨，俨然唱歌唱成了歌唱比赛。

我说，哥儿们，我跟他们不一样，我早不上学了，在葵花街混江湖很久了。你们应该听说过，我叫志龙。咱们啊，同行吧。

蛤蟆镜喊，滚犊子，狗屁志龙，我看你就是一条虫。

我看也唬不住他们啊，那也不行，还有几个同学没唱呢。我拿出撒手锏，我说我是杜山虎他儿子。山虎子，知道不？

蛤蟆镜哦了声，知道杜山虎，大名鼎鼎啊。他接着阴阳怪气地说，你说你是他儿子，你是他孙子我都不信啊。这么点小孩子，学会唬人了。

我真想跟蛤蟆镜拼了，但不行，我不能连累了同学们，他们都是考上高中的人，万一因为打架斗殴耽误上高中怎么办。我对同学们说，让他们都回家，等有机会我再请他们唱歌。男同学们都不走，他们要跟我并肩战斗。我先把女同学劝走，让树苗带着她们先撤。树苗一向很乖，她领着几个女同学匆忙离开了，我心里舒了口气。

男同学们谁都不走，不走行，我说了，谁要是动手打架，我就立马给这蛤蟆镜跪下，你们不嫌磕碜，你们就动手。我就是被打死，你们只做个见证人，不许动手。男同学们点头，说是陪着我。他们不会动手的。男人嘛，给这蛤蟆镜跪下，那是莫大的耻辱，他们不能逼我那样做。

我趁蛤蟆镜不注意，上去搂了他一拳，正打在他的蛤蟆镜上，他的脸上立刻冒血了。蛤蟆镜片碎了，刮伤了脸。我只听身后有个女生妈呀一声,我回头一看,是树苗。哎呀,这树苗咋又回来了?这是不放心我,给其他女生送走,她又返回了。我一看树苗在我身后,我更不能熊包了,我用上了杨景升教我的军体拳,拉开了架势,跃跃欲试,要和蛤蟆镜决一死战。蛤蟆镜抹了把脸上的血,骂骂咧咧,小子,跟我俩整架势,这回我让你跪地喊爷。他挥下手,其他三个男的一起上。那我也不怕,豁出去了,我冲上去和他们打在一起。我的同学们,一起站在那几个男的面前,跟我说,志龙,我们没伸手打,就是站在这里,你可别给那坏人跪下啊,丢不起那个人。蛤蟆镜看这些小可爱,只站在他面前,看着他,欣赏他,有个孩子还嘿嘿笑,他也下不去手了。但其他三个人可不干啊,让个小犊子把脸打花了,侮辱谁呢?那几个人拽过我,拳打脚踢。

我有点蒙了。这时候,只听我的身后有人喊:"我擦,在这撒野,找死。"我只觉得一股风,从我的耳边飞过,又听到噗噗的声音,站在我眼前的蛤蟆镜应声倒地。他的脸上挨了两拳,倒在地上,捂着脸,挣扎着撑起半个身子喊:"都他妈给我住手。"

蛤蟆镜倒在地上,捂着眼睛喊:"他妈谁呀,狗拿耗子,给我揍他。"

当时我真想大喊他一声爹爹,真是贼拉威武,因为他又把一只大脚踏在了蛤蟆镜的胸前。

我爹爹洪亮地回答:"杜山虎,山虎子。"

蛤蟆镜爬起来,连忙说:"虎哥,虎哥。"

我一看,杜山虎在葵花街真好使呀,佩服。看起来,我还得混啊。我把手搭在杜山虎的肩上,我还有点够不着他,我抖搂着一条腿说:"虎哥,棍儿啊。你收我当徒弟吧,我不上学就算对了,将来在葵花街,我接你的班。你是虎哥,我是龙哥,咋样?我也要立棍儿。"

杜山虎打掉我的手,看我的眼神是可怕的。我心话,杜山虎,我怕你啥呀?你不救我,我真栽蛤蟆镜手里了。杜山虎依然用可怕的眼神看着我说:"不咋样,你给我滚犊子。"

蛤蟆镜擦把嘴角的血问:"虎哥,这小子是谁呀?"

杜山虎不屑地说:"我儿子。"

蛤蟆镜奇怪地看着我说:"哎呀我擦,虎父无犬子,过几年指定干过你呀。"

这时候,我光顾得意了,忘了树苗了,她还在看着我。当我再回头看她的时候,她狠狠地瞪我一眼说:"小流氓,再也不理你了。"

我说:"树苗,我好事变坏事了,你们都快走吧。"我着急地摆摆手,"快走,快走,明天我再找你们。听话,树苗,你领他们走。"我寻思,杜山虎刚把这帮坏蛋摆平,别再把同学们卷进来,他们还要上学呢。我无所谓,反正我不上学了。

爆炸头女人架着烟走来,她飘着眼神看着杜山虎说:"我要报警,这么小的孩子就知道打群架,真是欠教育。"

杜山虎变换了笑脸,仿佛刚见到这个女人,是那样的惊艳,让他眼前一亮的感觉,他喜悦地说:"呀,菲儿,菲老板,你可真漂亮。"他的手向吧台伸开了,服务员给他手里放了一摞钱。他拿着这摞钱,在左手掌拍了下,动作利索,带着清脆的响声。然后他递进菲儿的手里说:"街上流行红裙子,很时髦。"杜山虎还冲爆炸头飞个眼儿,"你懂的。"

轻浮样,恶心。我在心里说。

《街上流行红裙子》这部电影我看过,我是偷偷溜进电影院看的,没买电影票,也没钱买。这么说,哥儿们我看电影就没买过票。红旗电影院我侦察得门儿清,哪个门有门缝,我能侧身挤进去;哪个窗户常年关不严,拿小刀一别就开,我能跳进去;哪个时间段把门的松,我能溜进去。凡是红旗电影院放映的电影,我必看,一场不落。这都是长期摸索的经验。我也机灵,检票员和门卫挡不住我。如果放映露天电影,我喜欢在幕后面看,看反电影。幕后面没人,敞亮,可劲看。

杜山虎又轻描淡写地说:"这是我儿子和他的同学。"

爆炸头架着烟,一步三晃地走了,蛤蟆镜和那几个男的跟在后面。

这么说,杜山虎向外人介绍,我是他儿子。哼,还有这必要吗?他愿意咋说就咋说吧,他保护了我们同学,简直是出乎我的意料。我知道了,他这是怕摊上事,这么多同学,中学生啊,祖国的花朵,在他的歌舞厅都进公安局了。他这不是摊上事了吗?说出去,栽面。杜山虎,我不领你情,感动不了我呀。

我很好奇,一直跟到门口,不是为了送她,而是看她手里架着的烟,什么时候能放下来,难道她就那么一直架着吗?她眯着眼睛吸口烟,又架上,她的左手插在裤兜里,很酷的样子。她上了一辆停在门口的桑塔纳轿车,这是杜山虎告诉我的,我只知道是轿车,但不知道是桑塔纳。杜山虎跟在我身后,我没问他车的事,他在我身边说,小子,这是桑塔纳轿车,男人要懂车。那个爆炸头女人,其实她也就二十出头,后来听说,她父亲是改革开放第一批的暴发户。

树苗还在那儿噘嘴,不愿意搭理我。她走近杜山虎说:"杜叔叔,你要好好教育志龙。我们老师说了,孩子像小树,要培育,要不就长歪了。"

杜山虎乐呵呵地说:"树苗是个好孩子,你提出的建议,杜叔叔是应该好好考虑了。"

我有个同学说:"志龙,我还没捞着唱歌呢。"

这回轮到我叹息了,哎呀,这心得多大,都打得快进局子了,还惦记着唱歌呢。

杜山虎假装正经地说:"同学们,今晚叔叔让你们唱个够,既然是你们的同学志龙请客,那么今晚让你们敞开量地唱,好不好?"

同学们欢呼,好好,谢谢叔叔。

这和着没有啥事了。杜山虎又说:"行是行,但你们在学生时代,不能再进这样的歌舞厅。你们见识过就行了。"

同学们异口同声答应,好的。

杜山虎回身,把剩下的两桌客人劝走,说明了情况,并免了他们每桌十元的消费。

到这时候,世界才真正是我们的。我们唱,让我们荡起双桨,我们唱,太阳光金亮亮,雄鸡唱三唱。

杜山虎坐在高脚凳上,手里端着酒杯,看着是喝的白酒。他很享受的样子，也许是听到了我们的歌声。他赚了，免费听歌。

我走到他的高脚凳前，喂了声，像是跟哥儿们说话。他问啥事？我说，我也想喝点酒。他问，喝白的还是啤的？我说，老爷们儿，啤的谁喝呀？他从酒瓶里给我倒了少半杯酒，他说，喝吧，俄罗斯的伏特加酒，敢喝不？我端过酒杯，跟他碰了下杯，听着玻璃杯清脆的响声，心里无比的愉悦。我喝了一口，烈，但我没咳嗽。这是我第一次喝酒。杜山虎瞅着我，嘴角上翘，说不上是欣赏还是嘲讽。随他去吧，他就这样，咋的都瞅我是阶级敌人。他说，辣不？我摇头，又造了一口。他说，行，尿性。他又说，你说你长得吧，就这么看，还真带劲儿，真像样儿，那你说你咋就认了杨景升当爸了呢？我更正说，不是我认他当爸，而是，他就是我亲爸。气呗，反正他也不把我往好处损，他给我争的这个面子，他这是要绕回去。他把伏特加干了，说，你他妈长得越来越像杨景升了。我说，你等着，我长大了，比你厉害。我也把酒杯里的白酒干了。

树苗和同学们在那边赶上歌唱比赛了，没心思理会我这边。等我出现在他们面前的时候，我已经是满脸通红，走路摇摆不定，还一个劲地嘿嘿傻笑。

那天晚上我回家住的，躺在杨景升那屋的炕上。炕沿下放了脸盆，我就往脸盆里吐，后来光吐绿水了。我恍惚记得，树苗站在我面前，哭得跟泪人儿似的。吐成那样了，我还想，树苗对我好，为我掉眼泪，等我有本事了，我就娶树苗。除了树苗，我谁都不娶。唉，真是可悲呀，早恋啊。

那天晚上我是真的喝断片了，我是被树苗和同学们送回家的。夏彩莲一个劲地唠叨，你说你志龙啊，好事你咋不学呢？你黄嘴丫子还没褪呢，进舞厅，喝大酒，我呸。她看树苗哭得不像样，又对树苗说，树苗啊，傻闺女，你可离他远点吧，你是个好孩子，三好学生，早晚被他拐带歪了。傻闺女呀，快回家吧。她嘱咐那几个男生把树苗送回家。我扑棱跳地上，喊着，树苗我送你。

那个晚上是无比的漫长，我自己躺在炕上。肚子里已经吐得空空荡荡，还莫名地悲伤，哭出声了。杨景升很少再回家属院住了，单位里给他配备了休息室，便于加班。他的加班变成了常态，因为他没家没业的，可以不用回家。夏彩莲让我跟她住一起，好照顾我。真有意思，我说了，不需要，我死了活该，用不着你照顾。

可想而知，夏彩莲是如何的气愤。她气愤跟我有啥关系，我就要睡在杨爸的炕上，只要这房子不扒，我就睡在这炕上，因为从我记事起，我就睡在杨爸的炕上。杨爸给我念过的报纸，每一张都摞在墙角边，摞得都有我高了。可惜杨爸现在非常忙，他们水泥厂扩大成公司了，很久没有再给我念报纸了，当然，我也很久没有见到杨爸了。那么，他知道我现在变成什么样了吗？因为我是他儿子，那么我到底是不是他儿子呢？他也不求证，就这么稀里糊涂的，可我心里想弄清楚点。是，还是不是，我想要个正确答案，可没人搭理我，没人给我正确答案。但因为我是杨景升的儿子这个传说，潇雅终究没有和杨景升结婚，我真对不起杨爸。

第二天，金海岸歌舞厅发生的事，尽管没人报警，消息还是不胫而走。真是，好事不出门，坏事传千里。校方也知道了，凡是参加聚会的同学都被找去谈话了。还好，校方本着治病救人的原则，息事宁人，保障学生们顺利升入高中。真是万幸啊，如果同学们因为这事耽误了上高中，我真是罪过呀。想想都后怕，欠考虑。但细想，有什么呀，不就是进舞厅唱个歌嘛，充其量算是多方接触社会呀。

我和树苗商量好了，第二天去江河屯林场野营。到山区，小兴安岭，看梅花鹿，看蝴蝶，采野菜。那里有大片的葵花地和黄豆地，一望无际。我早就把野营的食物买好了，攒了很长时间。有午餐罐头、带鱼罐头和饼干。这些都白搭了，我想跟树苗野营的愿望已经成为泡影了。我去树苗家照相馆了，压根没见到树苗，我知道，指定被林桦树给看起来了，不让她见我。黛梦娜说，不让我等树苗了，说跟她爸爸去外地走亲戚了。暑假我是见不到树苗了，只能等到开学，树苗上学的路上，我才能看见树苗。我不为自己难过，我是为树苗难过，她一定也非常想见我，也非常想和我去小兴安岭野营。她都说了，最爱吃午餐肉罐头。我给树苗留着，等上学的路上我再给她。

我跑到老吴头儿家，趴在他家西屋的被卧垛上呜呜哭了很长时间。老吴头儿也不劝我，递给我毛巾，递给我水喝，给我饼干吃，他说，哭也是需要力气的。他还说，志龙啊，我的干儿子，这回你是作到头了，你那俩爹……

我打断他说："我一个爹，杨景升。"

老吴头儿接着说："你那俩爹是会想办法收拾你的，就是你那俩爹不下手整治你，你那个妈夏彩莲也会出手。志龙啊，你以后不管到哪儿，都不能忘了干爹，你答应过的，给我养老送终。"

我不耐烦地说："哎呀，我那就是小孩儿放屁打呼噜，你也信，我可不一定有那本事。我都不知道谁管呢。"

晚上九点了，我突然想回家。老吴头儿劝我，太晚了，明天回家吧。我不听，穿上衣服往家走。等我到家的时候，快十点了。杨景升那屋亮着灯，我心想，他多少天都没着家了，今天这是咋的啦？哦，对了，这是回来收拾我呀，真让老吴头儿说着了。

这杨景升是来者不善啊，这是他的家，形式和名义上是，实际已经不是。只有我还固执地睡在那铺炕上，希望出现奇迹，他能突然回来。此刻，我不盼望他回来，他无非就是想对我昨天晚上领同学去舞厅的事兴师问罪。我想去夏彩莲那院睡觉，转念一想，她比谁都想质问我，总是一副恨铁不成钢的样子，我已经看够了。我还是走进了杨景升的院子，刚走到屋门口，听见屋里传来夏彩莲的话："杨景升，你得管，你不管，这孩子就废了。你得想想办法，你没看见吗？这小犊子差点闯大祸，进局子。"

杨景升叹口气说："志龙这孩子很聪明，他目前就是叛逆期，我们做家长的，要引导孩子。我早就憋你们一口气。既然已经是这样，每个孩子都是善良的，都是好孩子，你和杜山虎对他好一点，也不至于这样。"

我能听出来，杨景升说的，"既然已经是这样"，是说我是他儿子的事。哎呀，大人的事太复杂。为什么我的出生会这么复杂？我太倒霉了。可是，我转念一想，幸亏我是杨景升的儿子，我荣幸，如果我是杜山虎的儿子，真丢不起那个人。但是，我现在这个样子，昨天还闯了那么大的祸，杨景升心里会以我为耻了，我给他丢人了，我不配做他的儿子。

夏彩莲带着哭腔说："这孩子太皮了，混蛋，从小淘得没边没沿，就这不打不骂，你这给他个好脸，他更不知天高地厚了，就得打。我现在是打不动他了，你没看吗？那天差点给杜山虎怼个跟头。你快想办法吧，最好不要让我见到他，看见他我就气不打一处来，我早晚要被他气死。你不知道，我今天挨个家去说好话，那人家那些家长还说我，你是咋教育的孩子，多悬啊，我家孩子要是进了公安局，那学生档案里不得写上啊，那不得影响以后发展啊，差点耽误了我家孩子上高中。"夏彩莲还哭出声了，她这是委屈得没法了，"杨景升你听听，我多难啊。"

"谢谢你！"杨景升说，"也有我的责任，这段时间，我真的是太忙了。"

夏彩莲嘤嘤地哭着说："我不要你谢，你是不是在忙着和谁结婚啊？"

杨景升急于分辩的口气，"我跟谁结婚啊？潇雅已经回佳木斯了。"

潇雅到现在还是杨景升追求的人，是我亲手毁了他的幸福，我是夏彩莲的帮凶。你听夏彩莲给杨景升说话，轻声细语，动不动还哭唧唧的。她就是会这套，装的，跟我从来没这样温和过，两面派。不，三面派，还得加上杜山虎呢。她对杜山虎是宠爱有加。哎呀，没办法，杨景升就吃他这一套。

沉默。

杨景升说："我有个办法，就怕你不舍得。"

夏彩莲都没问啥办法，就说没啥不舍得的，你快说，啥办法我都舍得。

杨景升说："让他去参军吧。我的老部队连着几年都到凤翔县来接新兵，只要他身体合格，领走是不成问题的。"

夏彩莲的声音是愉悦的,"参军好哇,这么好的办法你咋不早说呢?"

"早说他年龄够吗?这年龄都将打将。"杨景升哼了声,"你对志龙可够狠的。"

夏彩莲说:"我想多活几年。"她的声音又是飞扬的,她又说,当兵好哇,你看谁家的那小谁,在家的时候,那真是猪不吃狗不啃的,唉,你看让部队给归拢的。那天回来了,人模狗样的,见到谁都打招呼,老有出息了。

我实在听不下去了,推开门进屋。我大声地宣布,我不去当兵,坚决不去。

当然,小胳膊拧不过大腿。我以为自己已经贼拉能耐了,可是,大人们想安排你的生活和前途命运,就跟踩死个蚂蚁那么容易。当年的冬天,在一个大雪纷飞的早晨,我参军入伍了。还是杨景升的老部队来接兵,真盼望我的身体不合格。检查完身体,杨景升问咋样?医生说,没问题,壮得像个牛犊子,好兵料子。亏他还是个医生,说出话来够粗鲁的。

杜山虎说话就打击我,他听说了我要去参军,站在我面前,像是不认识我,上下打量着我说,你小子当兵也是个捣蛋兵,到部队,别说我是你爹。我说,那行,我不姓杜了,我要姓杨,要不我不去了。说完,我坐在雪上蹬腿撒泼,实在不行我就打滚。我要出尽洋相,丢他们的脸。夏彩莲说,停,志龙,你就找碴儿吧,行,你就姓杨,从今以后你姓杨啊。

那时候,改个名改个姓很容易。夏彩莲说了一大堆理由,让我成功改姓了。我觉得好玩儿,姓了十六七年的杜,我又改姓杨了,我叫杨志龙了。这我没有理由了,硬着头皮去参军了。我整不过这帮大人,他们收拾我是真有招啊。我的翅膀啥时候能硬呢?彻底摆脱他们对我的束缚,我不想做他们手里的风筝,我要做展翅飞翔的雄鹰。老吴头儿说,志龙啊,你去参军,才能做翱翔天空的雄鹰啊。这老吴头儿吧,有时说出话来,你还真不能跟那个修自行车的老头儿画等号,他就这样，一阵一阵的，间歇式的。

我胸前戴着大红花，临上车时，杨景升用双手拍着我的双肩，欣赏啊，就好像我已经载誉归来，不是刚参军的新兵蛋子。他语重心长地说："志龙，不管你当好兵还是捣蛋兵，记住我这句话，绝不能当逃兵。听见了吗？"

我说听见了。

你看人家那些送孩子参军的母亲，那个不舍得，一个劲地抹眼泪。你再看夏彩莲，喜笑颜开。我从小长到大，她看我就没这么笑过。她这是巴不得让我远远地滚蛋。

树苗在众目睽睽之下，送我一副皮手套。真是捧在我手里，温暖到我心里。我跟树苗说，我到了部队会给她写信的。树苗说，她也会给我写信的。树苗还说，你到了部队可不能跟人家打架了呀。我说，我都是军人了，还打什么架呀，放心吧。

真正触动和激励我要参军的原因是，之前杨景升带我去了趟他的老部队，那次军营之旅，让我领略了军人的风采。

第三十六章 后来

杨志龙与林树苗

我入伍后，在部队里利用业余时间自学了高中课程，是杨爸给我寄的高中课本。我考上了部队的军事院校，毕业后成为一名中国人民解放军军官。其间，我和树苗书信来往，诉说衷肠。我家这边是夏彩莲反对，树苗那边是林桦树和黛梦娜都反对。我们的爱情从来没得到双方家庭的支持和祝福，我甚至痛恨这样的家庭。树苗大学毕业就结婚了，她是学医的，在佳木斯一个医院工作。可是她婚后三年就离婚了，具体什么原因我不想知道。她带着不到两岁的儿子从佳木斯又调回了葵花街，在葵花街中心医院工作。得知树苗一个人带着孩子在葵花街中心医院工作我从部队转业的时候，主动放弃了留在沈阳的机会，毅然回到原籍凤翔县葵花街，被组织上安排在公安局葵花街派出所工作。树苗上夜班时，我就主动送她去上夜班。我又开始追求树苗，我发的工资基本上都给树苗买衣服和首饰了。树苗也不拒绝我，看见我非常高兴。树苗对我说,她知道我的心思,但她母亲还是极力反对,母亲说她和我想成为夫妻是不可能的。夏彩莲不温不火,像是在看一出好戏,让你演,让你嘚瑟,到最后是黄粱一梦。我看夏彩莲的表情就翻白眼,为什么呀?我难道不是她儿子吗?夏彩莲说了,我是她儿子,千真万确。她说,不是她反对,是黛梦娜反对呀,有能耐去找黛梦娜算账去呀。

绝对不行,我再也不能失去树苗,我背了几首我二姐麦穗写的爱情诗,有一首爱情诗《少年的初恋》,读来令我怦然心动,心潮澎湃。我二姐太有文采了,简直是为我量身打造的一首诗,我都怀疑,我二姐这是照着我写的吧。诗呀,写出了我的心声。我把这首《少年的初恋》背诵得滚瓜烂熟,声情并茂。我要是上学的时候有这精神头,那啥大学考不上啊。这都啥时候了,这是最后的机会。追求树苗,我得使点小手段了。初中的时候,我答应和树苗去江河屯林场野营,由于当年一场唱歌风暴成了泡影,时隔多年,今天我要补上这浪漫的一课。正赶上树苗休班,我再次买了午餐肉罐头,开着摩托车,带着树苗奔驰在小兴安岭的盘山道上风驰电掣。树苗坐在后座紧紧地搂住我的腰,我把麦穗的一首爱情诗《少年的初恋》大声地朗诵给树苗听:

  一夜,听雨,
  风借雨缠绵,
  无眠,有梦,
  看书,写字,
  都无法缓慢我对你的想念,
  唯有雨滴声。
  呵呵,就算我年少轻狂,
  在你路过的地方制造邂逅、闪现,抑或尾随,
  未向你表白,
  已海誓山盟。

我不曾有诗人的浪漫，只会羡慕，
羡慕雨，
雨，可以在你的屋檐下自由的，
啊，自由的徜徉。
淋湿你的双眼，
于是你的眼泪便有了思念。

我不曾有诗人的胸怀，只会嫉妒，
嫉妒雨，
雨可以悄悄地，
悄悄地贴在你的窗户上，
窥看你对镜帖花黄。
多想把你落下的一缕头发梳妆，
于是你的头发便有了我指尖的温度。

我不曾有诗人的笔墨抒情，
只会幽怨，
我哭了，可你却看不见。
而雨可以像恋人般任性地哭泣，
或轻或柔，也可滂沱，
在树绿花开的青春季节，
向你示爱。
无论以哪种姿态恋爱，
天和地及万物生灵都看得见。

你还记得吗？
我曾在你路过的地方制造邂逅、闪现，抑或尾随，
你白我一眼，
嘻嘻，就想让你看见我，

我是追求你的美少年啊！
一夜，听雨，思考，发笑……
嘿，明天，路口，
下决心，
传给你写满诗句的字条。
最好细雨霏霏，
我为你撑把荷花伞。

　　从小兴安岭回来，我们俩双双站在黛梦娜的面前，表明了我们俩非对方不要不嫁的心愿。我要和树苗结婚，我愿意和她共同抚养孩子。万般无奈，在我和树苗面前，黛梦娜说出了一个隐藏在她心中三十年的天大秘密。她说树苗是她和杨景升的孩子，这件事杨景升也不知道。她本来是要永远隐瞒这个秘密的，现在没法隐瞒了，你们非得要结婚啊。原本树苗结婚便完了，谁想到她又离婚了。这不，又把你扯进来了。听了黛梦娜的话，我这回终于知道了，他们为什么要阻止我和树苗结婚，甚至阻止我和树苗的友谊，因为男女之间的友谊往往会变成爱情。这么说，我和树苗是亲兄妹啊！我俩是同一个父亲——杨景升。记得那天下着大雨，开始雨打在窗户上啪啪响，一会儿雨又像瓢泼似的，雨水顺着窗户玻璃哗啦哗啦流，闪电夹杂着雷声。闪电透过窗户，我看见林桦树四平八稳地坐在椅子里，沉稳，泰然，看样子他没有要说话的意思。也许关于这方面的话，当年他们结婚的时候已经讨论和承诺过了，现在已经没什么要说的了。此刻，林桦树的形象在我的眼前迅速高大起来，高大得让我仰视。只有黛梦娜在那里述说着。多么严肃而又严重的事情啊，从黛梦娜的嘴里说出来，又是那么轻描淡写。而树苗立刻拉住我的手，怕我跑掉似的，紧紧的，她微笑着，眼里却闪着泪花，她说："志龙，以后你是我哥哥了，要高兴噢。以后你更有理由照顾我和我儿子了，因为你是孩子的亲舅舅。"树苗忘情地扑进我的怀里，"妹妹真的不能没有你。"

　　树苗还有一次这样扑进我怀里哭，那是她刚离婚，我去看她，见到我,直接扑进我的怀里,号啕大哭。从那我彻底知道了,我和树苗是不可分割的,那时候我已经想好,等我转业后,一定回到葵花街。黛梦娜和林桦树都很平静,他俩互望一眼,欣赏窗外的雨景。只有我,心里好像打翻了五味瓶!只有我,心里好像翻江倒海!只有我,心里汹涌出无限的疼痛!我心疼着树苗,我心疼着那个生了树苗的女人黛梦娜。这无边的疼痛来自树苗和黛梦娜。我此刻仿佛产生了幻想,我就是那个怀了孩子又被男人抛弃的黛梦娜,站在人生的悬崖边,任凭风吹雨打,不知何去何从。

我也没问整个事情的来龙去脉。没什么好问的了,一切的希望已经破灭了。树苗是杨景升的女儿这件事已经把我的希望打得灰飞烟灭了。我直接从照相馆冲到外面,我在雨里奔跑,觉得雨浇得我很痛快。我可不像电影里演的那样,纯粹为了在雨里跑,淋个半死。我是去找杨景升,我要揍他个半死。到了水泥厂大院,这里已经今非昔比,水泥已经不在这生产了,这里盖起了办公大楼。杨景升正从办公大楼里出来,要上车,他打着一把伞。我冲上去,掀飞了他的伞,直接就是一拳头,打在他的脸上,居然没把他打倒。哦,对了,我小时候的军体拳还是他教的。他抓住了我的一只手,我迅速一个扫堂腿,直接撂倒了他,我这才骂出一句,你这个混蛋。他压低嗓音喊:"志龙,你疯了,怎么啦?"

我揪着他的脖领子,举起拳头,真想把他的脸打开花。我看见他的嘴角已经流血了,我忍住了拳头,我告诉他:"什么原因,你去问黛梦娜吧。"

我掉头跑回家,倒在炕上,撕心裂肺地哭。我再悲伤也要躺在杨景升的炕上悲伤。夏彩莲这回毛了,她从没听我这样哭过,我从小就不爱哭,挨打也不哭。我对夏彩莲说:"树苗既然是我的亲妹妹,我也要照顾她一辈子,帮着她抚养她的儿子。反正,你儿子,这辈子就不结婚了,别逼我。"

就这一句,夏彩莲听明白了,她拍着手,一屁股坐在屋地上,哭天抢地,"黛梦娜,你这是使的啥魔法呀,连我的儿子也不放过?志龙，妈实话告诉你吧，我是坚决反对你和树苗结婚。树苗是个好姑娘，冲着黛梦娜，就不行。葵花街那么多的好姑娘，你为啥不找哇？"

我也哭着喊："这跟黛梦娜有啥关系？你还怨上人家了，是你抢了黛梦娜的男人。妈妈，我鄙视你。"

夏彩莲她居然恬不知耻地说："没办法，我爱上了两个男人。"她轻轻笑了声，可以说是嘲讽吧。"要怪就怪那场大雪吧。杨景升原本是我的男人，可以说，我和杨景升才是真正的明媒正娶。"

在她这个年龄，在那样年代的人，居然说爱上。我都没敢说，天啊，我的母亲，对着她的儿子，居然说她爱上两个男人，竟没有一点忏悔之意。母亲啊，我真是服了，请收下儿子的一双膝盖吧。我是看明白了，跟夏彩莲是说不出道理的，我只能蛮横地告诉她，母亲大人，我这辈子不会结婚了。我跟你恰恰相反，我不会再爱上任何女人，别说两个，一个都不会。母亲大人，你满意了吧。

在我高烧两天两夜，拒绝打针吃药的情况下，夏彩莲终于说出了更大的秘密，着实把我镇住了。她拉住我的手，哭着说："儿子，我不能眼睁睁看着你死呀。只要你能活，我所有的一切又算得了啥呢？也该到了说出事情真相的时候了。人保守秘密有何用呢？秘密带进棺材，那秘密就失去意义了。你已经是个顶天立地的男子汉了，你有权利知道自己的身世。儿子你要记住，你第一个应该感恩的人就是你的母亲，你是我生的，是我给的你生命。为了你，我的儿子，我把我的秘密和盘托出。"

因为我的婚事，终于揭开了父母辈的爱情秘密，让它大白于天下。夏彩莲索性把事情说透了，可能也是看我奄奄一息的样子急的。她说，我不是杨景升的儿子，我是杜山虎的儿子。当时我就心里冒出果然如此的想法，龙生龙，凤生凤，耗子生来会打洞。就我这德行，以前葵花街的小混混儿，怎么可能是杨景升的儿子呢？真是太抬举我了。

到此，我都不知道夏彩莲是秉承着怎样的理念，她说得是那样的坦荡和无憾。父辈这些往事里的爱恨情仇跟我都没关系，跟我有密切关系的是，我不是杨景升的儿子，这是最要紧的。唉，人真是难伺候的主儿，因为他们是善变的，就像我小时候，那么想成为杨景升的儿子，现在又拼命地想要逃离。现在，我只想感谢我的母亲夏彩莲，这是她一生说得最完美、最有价值的话。

我突然跳下炕，紧紧地拥抱了夏彩莲，谢谢母亲大人。我冲出了屋门，太阳的光首先刺痛了我的眼睛，我又奔向大门口，我觉得我快要飞起来了，差点撞到门框上。我直奔树苗家，我要告诉黛梦娜，夏彩莲已经把真相告诉我了，我不是杨景升的儿子。所以，我和树苗可以结婚了。听我说完事情的原委，树苗高兴地一下扑进我的怀里。

黛梦娜听了，惊得先是一愣，然后是哈哈干笑，一个眼泪疙瘩都没掉。她款款地坐进沙发，悠悠地吸着烟，一丝烟雾缭绕着从唇边飘过她的眼睛，飘进她的鬓发。那支烟还有半截呢，她像似烫着了，烟掉在了地上。她纤长的手指又夹起另一支烟，我忙上前拿起打火机给她点着。黛梦娜狠狠地吸了口烟，悲伤而镇静地说："谁都没斗过你的母亲夏彩莲，她是葵花街最有心计的女人，我们都被她算计和蒙骗了。杨景升当时说你母亲怀上了他的孩子，我才退步的。这么说我所谓的高尚和清高被你母亲践踏得支离破碎，一文不值。一片渺茫，一片沧桑啊，岁月啊。"

让黛梦娜自己念叨去吧，所有的恩怨，都将随着历史的尘埃飘散。父辈们，谁骗谁的，谁欠谁的，这都跟我没有关系了。我拉上树苗，直奔民政局。当天我们就登记了，领了结婚证。

如何举办婚礼，树苗说了算。这是树苗提出来的婚礼形式，我俩一拍即合。我们等到了冬天，去了江河屯林场，在黑龙江畔，那真是"千里冰封，万里雪飘"。放眼望去，黑龙江的对面是俄罗斯，一样冰雪覆盖。浑然天成一个冰雪世界。只有树苗能想出这样的主意。看到了吧，树苗也挺能作的，那次去哈尔滨也是她的主意，我就是不折不扣的执行者，我倒挨顿熊。我和树苗从小就喜欢滑冰，我们举行的是滑冰婚礼。树苗穿着雪白的婚纱，我穿着深蓝色西服。我们把穿在外面的羽绒服脱在岸边，穿着婚纱和西服，穿着滑冰鞋，走进了黑龙江的冰面。冰面像镜子般光亮，真是冰冻三尺。这个自然而广阔的滑冰场，哈哈，比我们学校的滑冰场可要阔气得多呀。远处的江岸连接着连绵起伏的小兴安岭，白雪皑皑，银装素裹。我借用黑龙江的冬天，还给树苗一个美妙的童话世界。

我带来了音响，打开音响，冰面上飘荡着俄罗斯民歌《三套车》的旋律。只有乐曲旋律，没有歌词，像有一支交响乐队在冰面铺展开来，正在为我们的婚礼演奏一场盛大的交响乐。《三套车》的旋律忧伤、苍凉，而乐曲和我的灵魂碰撞后，迸发的是欣喜、振奋和震撼。我和树苗在这优美的旋律中，在冰面滑翔、冲刺、跳转。我和树苗时而牵手，时而相拥，时而各自分开，滑翔的轨迹构成一个心形，最终相遇。当我们牵着手、滑翔着、起舞着，蓦然回首，看见了黛梦娜正给我和树苗拍照。这场滑冰婚礼我们事先谁都没告诉，就想我们的婚礼我们做主，再也经不起任何人的阻碍。可是我惊喜地发现，我所有的亲人悉数到场，他们站在岸边，欣赏称赞。看我和树苗看见他们了，岸边响起一片祝福的掌声和欢呼声。

然后我们在冰面上各种组合，各种摆拍。黛梦娜把照相机放在冰排支起的雪堆上，拍了全家福。

只有杨景升没来，说是出差了。以后的日子，杨爸的生活和事业仿佛永远在路上。他追求的向往了一辈子的爱情，总是与他擦肩而过，或者遥遥无期，但是仍充满希望。我想，只要他不放弃，也许属于他的真正爱情终有一天会寻到。

倪铁美与杜山虎

自从我请同学们到杜山虎的金海岸歌舞厅唱歌并打了一架，我就立志要成为葵花街后起之秀，长大在葵花街立棍儿。十天后，杜山虎就离开了他和倪铁美精心经营的金海岸歌舞厅。他跟倪铁美挣了些钱，倪铁美又分给他一笔钱，他盘下了向阳饭店，从此，他退出了江湖，做起正经生意。夏彩莲曾劝过他，把这钱存到银行，让他再回水泥厂上班。过去下岗的正式工人基本都回到原单位了。杜山虎说，他还是愿意做买卖，别看他这些年没挣到大钱，但凭借着闯荡、折腾，还是成功供豆粒和麦穗上大学了。

再说倪铁美。大家见过做事执着的，但没见过这样倪铁美做一件事亘古不变的。杜山虎撤离了金海岸歌舞厅，她却始终留在那里。话又说回来了，倪铁美以前无论干啥都是三天打鱼两天晒网的，包括作为一名文艺工作者，她不辞辛苦地教会了徒弟，到最后她自己却放弃了舞台。也不能说放弃舞台，她经营的舞厅，难道不是一个更大的舞台吗？她还是主角，还是导演，无拘无束，任由她歌唱和舞蹈。只要她高兴，她会扮上，就在舞厅的小小舞台上，唱上一段京剧，同样赢得满堂彩。说到最后，她是没放弃自己。她最值得骄傲的是，豆粒成角儿了，是她的功劳。无可厚非，这个功劳谁也别想抢去，包括豆粒后来师从的哈尔滨的京剧老师和北京的京剧老师。不管夏彩莲是否承认，倪铁美是豆粒永远的师傅。

自从杜山虎离开金海岸歌舞厅另立门户，着实给倪铁美一个不小的打击，大家都以为她会把歌舞厅关门大吉，结果她的歌舞厅一直开到现在，而且进入金海岸歌舞厅门票一直是十多元钱，社会变迁，门票价钱不变，哈尔滨扎啤随便喝，可劲造。只要你有盛酒的家伙什儿。服不，真是够劲儿。但有区别，二十世纪九十年代，到这里来消费的都是社会风云人物，说白了，就是人五人六的、五马长枪的人物。可是现在，进这个歌舞厅的，都是些中高档饭店消费不起的，干一天力气活的力工、出租车司机、工厂的工人……想消遣放松的，十多元钱，进入歌舞厅，扎啤管够。包括歌舞厅的装修，还都是最初的老样子，有品位的人说，有种怀旧的感觉。有人问倪铁美，你为啥不把歌舞厅重新装修一下？这样客人会多些。倪铁美白那人一眼，一脸的嫌弃，一脸的瞧不起，那意思，就你也配说这种轻飘的话？进我的歌舞厅只花十来块钱，多一分都不消费。可劲喝扎啤，干拉，有的人连根一块五毛钱的火腿肠都舍不得买，你也配跟我讨论重新装修的事？我装修了，焕然一新，门票不得提高？扎啤不得要钱？你肯掏钱吗？你们这帮穷鬼到哪儿去消费，到哪儿去浪？倪铁美真正做到了薄利多销，真正做到了细水长流，真正做到了地久天长。金海岸歌舞厅虽然是废弃厂房改造的，无论从里面的装饰，还是外观，都有异域风情。这是一个蘑菇顶的建筑，房顶还有烟囱。烟囱早已经不用了，成了摆设。这些都成了标志和装饰。金海岸歌舞厅现在的经营方式让人仿佛置身于欧洲某乡镇的酒馆，惬意而放肆。

偶尔有起刺闹事的，倪铁美还是拿杜山虎当挡箭牌，她会轻蔑而厉声地说，我告诉你呀，给姑奶奶老实点，别嘚瑟。你信不？我吱一声，山虎子立马跑过来，削你个半死。你看好使不？

倪铁美年轻的时候就瘦，这会儿愈加瘦了，因为瘦，显得脸上的皱纹密集而深沉，过深的法令纹拉长了她的脸，曾经的美人已经不在。但驴倒架不倒，她依然穿得亮丽光鲜，穿当前最流行最前卫的衣裙。但人老了，穿得再光鲜亮丽也没人留意了。她依然化着浓妆，嘴唇永远抹着最鲜红的口红，好像她从不吃饭，也从不喝水，因为，无论你什么时候看，那口红都像是刚抹上似的，唇线清晰，颜色艳丽。她的头发是烫过的鬈发，然后再高高绾起，别上闪闪发亮的头卡。她的手指戴着各式各样的镶嵌宝石的戒指，有镶嵌着蓝宝石的，玛瑙的，钻石的，有的镶嵌的宝石有鸽子蛋那么大，手指都不堪重负了。她戴的这些珠宝，你永远分不清是真的还是假的。她的手指常年抹着指甲油，红色的指甲油、粉色的指甲油……脖子上戴着大金链子，没有最粗，只有更粗。耳朵上戴着钻石耳环，或者黄金镶嵌着绿色翡翠的大耳钉，夸张地遮住半拉耳朵。冬天，她身上总披着件貂皮大衣。条件差的时候，她说宁可不吃不喝，宁可吃咸萝卜条子，也要买貂皮大衣。屋里热，里面穿丝质的小衫，穿长丝袜，她也是穿着貂皮大衣。她喜欢把这些年的富足一股脑儿地穿戴在身上。无论你什么时候看见她，都是精致的盛装打扮，你会以为她正要赴一场隆重而盛大的舞会，或者浪漫的烛光晚宴。

谁都以为，杜山虎离开了她，那她还不找十个八个男人气气杜山虎。没有，她孑然一身，独来独往，几乎永远长在歌舞厅。为了节省开支，她自己当起了收银。她的丈夫和儿子都不认她了，但花起她的钱绝不含糊。葵花街以前那些舞厅都转行了，一是时代变了，已经不时兴了。二是不挣钱了，谁还干赔本的买卖。葵花街到现在，只留下了金海岸歌舞厅，像活化石般屹立在葵花街上，从二十世纪九十年代一直到今天。倪铁美不像是在经营金海岸歌舞厅，她的固执和坚毅像是在等，在原地等，等待云开雾散、鲜花盛开的一天，等待一个属于她的一天，她生命里曾丢失的一天。

豆粒只要回葵花街就到金海岸陪着倪铁美，因为倪铁美不舍得休一天班。她见到豆粒，像见到了亲人，喜悦的眼泪擦一把又流出。有一次，豆粒接着倪铁美去北京长安大戏院看她演出的戏，倪铁美那个知足哇，说她这辈子活得值了。一个生活在葵花街的人，到祖国首都北京看戏，能有几人啊？她是沾了徒弟豆粒的光了。豆粒说，师傅，是我沾了你光，这都是你教我的，你是我的启蒙老师。倪铁美说，我教你不是冲你，是冲你爹爹杜山虎，是他求我教的。

还有份执着在倪铁美身上表现得淋漓尽致，那就是对杜山虎的爱。她就邪心入理了，对杜山虎那叫一个忠贞不渝。就像那句话说的，我爱你，与你无关。

在杜山虎离开金海岸舞厅之际，倪铁美要举办自己的演唱会，在金海岸舞厅。惊奇吧，而杜山虎支持，他还为倪铁美印刷了海报，倪铁美的玉照赫然闪亮在海报上。倪铁美的玉照是请葵花街的摄影师黛梦娜拍摄的，够档次。还印了请柬，凡是倪铁美想请的人，都收到了请柬。不管这场演唱会是否成功，首先仪式感安排得到位。这些前期工作都是杜山虎来做的，他要为这么多年来在生意上的最佳搭档做点贡献，以表示自己的谢意。倪铁美的演唱会为他表谢意提供了最佳的契机，所以他要完美表现。倪铁美看着杜山虎的表现和安排这样到位，不觉有些悲凉，她深深地知道，杜山虎表现得有多好，离开她的决心就有多大。杜山虎对倪铁美承诺，你什么都不用管，一切由我来安排，你就是大牌明星，就等着上台演唱就行。我就是为你保驾护航的。

那天晚上，金海岸舞厅装点得真是金碧辉煌，葵花街有头有脸的人都来了，座无虚席。黛梦娜一家子都到位，夏彩莲也来了。水泥厂来人了，文工团来人了，糖厂来人了……请的是电视台当红主持人。以前文工团倪铁美的同事，有为她伴唱的，有为她伴舞的。黛梦娜负责拍照，小爪负责录像，小爪的影楼早就开展了录像业务，他的妻子是在一次摄影培训班上认识的，小爪是事业爱情双丰收。杜山虎给倪铁美租了十多套裙子，有袒胸露背拖地晚礼服，有迷你超短裙，有飘逸的纱裙，倪铁美真是光彩亮丽。倪铁美这场晚会唱的歌曲很全面，有革命歌曲，有京剧选段，有二人转小调，唱得最多的是流行歌曲。她本身功底是唱京剧的，又唱现代京剧"样板戏"，后来又唱流行歌曲。反正这些年，她唱的歌曲是随着时代潮流走，唱的曲目比较多，但全面发展，不管通俗的、传统的，拿来就唱，这也算偏得。

唱到中场的时候，倪铁美邀请杜山虎和她一同唱《心雨》。杜山虎也给自己租了一套舞台服装，黑色西装，在灯光下满身闪着星光。看起来杜山虎是有准备的，他是穿着这套闪闪发亮的西服坐在夏彩莲身边看倪铁美演出。杜山虎应邀大大方方地走上舞台，小爪递给他麦克风。现在的麦克风已经是无绳的了，无论跑多远，跳多高，做多么复杂的动作，都不受羁绊。杜山虎和倪铁美楚楚动人地站在台上，悠扬动听的音乐响起，倪铁美唱出了第一句，杜山虎接唱的第二句，衔接得娴熟、默契，一看两人平常没少对唱。

倪铁美唱：我的思念是不可触摸的网，我的思念不再是决堤的海。

杜山虎唱：为什么总在那些飘雨的日，深深地把你想起。

倪铁美唱：我的心是六月的情沥沥下着心雨，

杜山虎唱：想你想你想你想你最后一次想你，

倪铁美唱：因为明天我将成为别人的新娘，

合唱：让我最后一次想你。

这首《心雨》结束后，大家还沉浸在男女对唱深情优美的歌声里。夏彩莲第一个带头鼓掌，她是给杜山虎鼓掌，她是第一次听杜山虎唱歌。她在心里呼喊，杜山虎咋这么有才艺呢？要不是我拖累他，是不是他飞得更高。这个歌呀，她总听美发店门口的音响里唱，她上街总路过美发店，她都不知道叫啥歌，但听的遍数多了，自然旋律就有记忆了。敢情这首歌叫《心雨》呀，还第一次听见真人唱。那歌词咋也那么戳人的心窝子呢，令人眼里噙满泪水。她平时也没大听倪铁美唱歌，今天听来，真是名不虚传，号称葵花街的叶倩文，唱得是真好哇，怪不得能把豆粒一直教到北京去。等杜山虎坐回夏彩莲身边时，夏彩莲轻轻地握住了杜山虎的手，并附在他耳朵上说，你是被我耽误的歌星。

一会儿台下有人起哄点歌了，点的歌是不在节目单里的。考验的是唱歌人的应变能力和掌握歌曲的熟练程度。林桦树挑头，他利利整整地站在观众的前面，带领大伙有节奏地打着拍子喊。

林桦树喊：倪铁美唱得好不好！

大伙喊：好！

林桦树喊：再来一个要不要！

大伙喊：要！

林桦树喊：来，大伙呱唧呱唧。

大伙有节奏地鼓掌。

林桦树喊：《潇洒走一回》，倪铁美，来一个！

大伙喊：来一个，来一个，倪铁美，倪铁美，《潇洒走一回》！

这种拉歌林桦树轻车熟路，每年林场的春节联欢会都有拉歌这项活动，组与组之间，队与队之间，相互拉歌，场面热烈。这回拉歌用到了倪铁美的演唱会，别具一格，活跃气氛，热烈而隆重。

大伙喊的节奏和热情度都在林桦树指挥的手上，喊声都是整齐划一的。林桦树掌握着热情的火候，然后他两手在空中摆住，大伙的喊声戛然而止。

这期间，倪铁美只需要在台上等着，自豪地笑着，满足地笑着，还可以谦虚、羞涩地笑着。实则，她已经胸有成竹。《潇洒走一回》的音乐响起，倪铁美随着音乐舞蹈，哪个音节上伸左胳膊，哪个音节上转身，都跟香港歌星叶倩文原版一模一样，唱腔和神态模仿得惟妙惟肖，简直到了炉火纯青的地步。这应该说是艺术加技巧，不是每个会唱歌的人都能做到的。倪铁美有唱现代京剧的功底，京剧基本要求每

379

一个眼色，每一个动作，每一句唱腔，都要与原版对上，那才算合格。达到优秀还需要努力，因为在京剧的艺术道路上，优秀是不封顶的。即使进行改编和发扬拓展，也是在原版的基础之上。谈到京剧，倪铁美奉行的是，戏比天大，京剧艺术至高无上。

杨景升虽然未到场，但委托花店送来了一捧鲜花，献给倪铁美，并附上贺词，写在蓝色的彩纸上：葵花街的民间歌唱家，祝演出成功。倪铁美捧着鲜花，她的面容映衬得也像鲜花一样漂亮。主持人朗诵的贺词。

倪铁美唱最后一首歌时说，现在我把我要唱的这首歌，《我曾用心爱着你》献给杜山虎。为什么呢？因为我要还给他清白。其实我是无须向任何人解释的，但今天借此机会，我要向葵花街的人解释，为了杜山虎。我和杜山虎的关系，用过去的表达方式来形容，是纯洁的革命友谊，而且，我们的友谊已经升华到精神层面，是至爱的亲人。如果非要承认点什么，我承认，是我对他一厢情愿。那么，今晚都将随这首歌结束和飘散，让我们各自开启新的人生征程。谢谢杜山虎，这么多年来一直坚守纯洁的革命友谊，让我们在以后的岁月里还有朋友可做。

在这个真情流露、令人感动的时刻，如果杜山虎无动于衷，可能所有葵花街人都瞧不起他。杜山虎就是杜山虎，一个闯荡社会经济大潮的弄潮儿，用他自己的话说，江湖仗义。他坦荡，从不看任何人的说道、脸色和看法活着，他活出自己的模样，我就是我，世界上独一无二的杜山虎。出乎所有人意料，也在所有人期盼中，杜山虎大步走上舞台，拥抱了倪铁美。这一刻，时间凝固了，台上像演绎着别人家的偶像剧，所有人都鼓掌，送去祝福和善解人意。杜山虎拥抱倪铁美的时候，在她的耳边说，谢谢你，衷心谢谢你！也替我的女儿豆粒谢谢你！倪铁美期待这个拥抱，也惧怕这个拥抱，她知道，这个拥抱是她和杜山虎的分水岭。但倪铁美太需要这个拥抱了，在大庭广众之下，给了她无与伦比的尊严，给她长脸了。

一分钟后，杜山虎回到自己的座位上，全神贯注地欣赏倪铁美歌唱。

倪铁美已经泪流满面，她深情地唱着：

我曾用心来爱着你，为何不见你对我用真情。
无数次在梦中与你相遇，惊醒之后，你到底在哪里。
不管时光如何被错过，如果这一走你是否会想起我。
这种感觉往后日子不再有，别让这份情换成空。
你总是如此如此如此的冷漠，我却是多么多么多么的寂寞。
事隔多年，你我各分东西，我会永远把你留在生命里……

杜山虎与夏彩莲

现在的杜山虎只有他的向阳饭店，其他的什么年轻时候的所谓的红颜知己呀，美丽艳遇呀，都随着岁月的缝隙溜走了，他只剩下夏彩莲了。他又是那样的依恋夏彩莲，没有夏彩莲日子一天都过不了。夏彩莲对他用的是老招，要想拢住男人的心，先要拢住男人的胃。这个胃呀，不单指吃好吃的、可口的，也指生活当中诸多的无微不至，嘘寒问暖，甜言蜜语。她对杨景升用的是同样一个手段，屡试屡准，从未失手。这就是夏彩莲的执着，她对生命中的两个男人，可以说用尽心机，煞费苦心，爱得无私豁达。但对她的孩子们的爱，远没有她对这两个男人爱的十分之一。她生我是为了将来拢住杜山虎的心，也是对杜山虎的爱情表达。都说他们那代人重男轻女，可夏彩莲不这样，正相反，她把豆粒和麦穗当成掌上明珠，对我恨不得一脚踹多老远。因为豆粒和麦穗相当于她的吉祥物，杜山虎对她俩比亲的还要亲，这无形中奠定了她在杜山虎心中的位置。无所谓，我从不评价也不在乎父母辈爱情，他们有他们那一代人的浪漫情怀，某种程度上，他们的风花雪月更加朦胧迷人、情真意切而璀璨夺目。

老吴头儿与杨志龙

当初轻轻松松的一句，我当你的干儿子，老吴头儿便牢牢抓住了，他让葵花街的人都知道了，志龙是他的干儿子，将来给他养老送终。谁叫我嘴欠呢，为了能在他家住这点蝇头小利，把自己卖给老吴头儿当干儿子。但也只是说说呀，谁想到就被老吴头儿赖上了。夏彩莲说我，活该。我当干儿子也无妨，可是到老吴头儿这就拐弯了，有事了。还记得卖茶蛋的宋桂琴吧，她的第二春从四十六岁开始，她居然怀孕了。她就是因为不生孩子，前夫才跟她离婚的。因为下岗卖茶蛋，才遇到知冷知热、关心爱护她的老吴头儿。怀孕出乎宋桂琴的意料，这真是"有心栽花花不开，无心插柳柳成荫"。宋桂琴犹豫了，她觉得自己年龄大了，担心对孩子身体不好，也担心自己有危险。去医院打掉吧，又不舍得。就这样在家闹心，还哭天抹泪，茶蛋摊也不出了。老吴头儿就跟我说，志龙，你叫你妈到我家来一趟。我问有啥事。老吴头儿说，你管那么多干啥，你叫夏彩莲来一趟得了。等夏彩莲到他家一看这架势，这是两口子打架了，一个坐在炕上哭，一个坐在炕沿边垂头丧气。夏彩莲上来就给老吴头儿一顿臭损，我不是说你呀，老吴头儿，你瞅你老眸咔嚓眼的，宋桂琴能跟你就不错了，你还打架，烧包，啥人那？老吴头儿竟然对着夏彩莲嘿嘿笑了两声，又羞答答地微微低头，还偷着笑。多大岁数了，还整这出。宋桂琴说行了，夏彩莲你别骂老吴头儿了，是这么回事，我怀孕了。夏彩莲听了，稍微愣了会儿，然后哈哈大笑。她说这是喜事呀，老吴头儿你挺厉害呀。宋桂琴说，可别扯了，我都愁死了，我担心……还没等宋桂琴说担心啥，夏彩莲说我知道你担心啥，现在医学那么发达，大龄产妇不用怕，实在不行，医生给你剖腹产，不用你生，直接就把孩子抱出来了，一点不遭罪。宋桂琴不是我说你，生个孩子你还前怕狼后怕虎的，哪个女人不生孩子，这都是老吴头儿给你惯的。

让夏彩莲这顿欻白，宋桂琴心里反倒敞亮多了。十月怀胎，宋桂琴生了个男孩儿，老吴头儿喜当爹。老吴头儿特意跑到水泥厂找杨景升给他儿子起名字。在老吴头儿心中，杨景升是工人阶级的代表，是力量的象征。将来，他儿子能当个工人就行啊。他这辈子，是多么羡慕工人啊。杨景升想都没想就说，这不是现成的名字嘛，就叫，吴颂福。颂，是歌颂的颂。杨景升又把名字写在一张纸上，说行了，上户口去吧。老吴头儿如获至宝。他明白吴颂福的含义，这个名字起到他心坎上了。在老吴头儿儿子三岁的时候，老吴头儿得了一场大病，好在治好了。病好了，你就好好修你的自行车得了呗，唉，这老吴头儿突发奇想，把他三岁的儿子托付给我帮着养活。理由是他年龄大了，不定哪天死了，宋桂琴只会卖茶叶蛋，收入微薄，且又心眼实，容易上当受骗，都得需要有人引领着过日子。现在就给儿子找好主，培养感情，以后儿子不遭罪。听听这是啥逻辑？到这会儿，老吴头儿这心眼是真多呀，我这个他的干儿子，算是抖搂不干净了。这是让我加倍偿还他给我的那点恩情啊。可我还是个大男孩儿呢，并是葵花街有名的混蛋小子。老吴头儿说这事的时候，是去的我家。夏彩莲像看别人家的热闹，那看我的眼神，分明写着，让你嘚瑟，让你到处认爹，这回认回个小累赘吧，活该。老吴头儿可不是说说而已，是认真的托付。老吴头儿的逻辑是，这个孩子在葵花街除了他和宋桂琴，只有我是他的亲人了，我是他干哥哥，这就是亲人的关系。我脑袋都听爆炸了，关系？唉，对了，关系。我也会找关系呀。我拉着老吴头儿，把他爷儿俩推到杜山虎的面前。对老吴头儿说，我接受你儿子。我对那小孩儿说："来来，管我叫哥哥。"

那小孩儿抱着我大腿喊我哥哥，他是想跟我玩儿。我推开他说："滚一边去，管这个人，"我指着杜山虎，"叫爹爹。"

那小孩儿响亮地喊："爹爹。"

"行了，你归他了。"我指着杜山虎，"吴大爷，这回你该放心了。好了，我走了，有啥事你跟我爹杜山虎说吧。"

老吴头儿如释重负，哈哈笑着说："还是我干儿子心眼多，这叫借力打力呀。"他又对那小孩儿说，"以后跟你志龙哥哥学习，啥困难也难不住。好哇。"

宋桂琴也来了，她坐在椅子上光笑，不说话。我看了一眼宋桂琴，还是老样子，她又对我撇撇嘴，都不知道她这个表情是烦我，还是待见我。自从杜山虎从佳木斯把宋桂琴救回来，她就认为杜山虎是葵花街最有能耐的人，是大拿，一万分地信任他。宋桂琴实诚劲上来了，她说，我会煮茶蛋，会卖茶蛋，勤劳致富。我就这点能耐，我守家待地，哪都不去，会养育好孩子的。老吴头儿会长命百岁的，他以前受了那么多苦，还没享到福呢，我会让老吴头儿享福的。

给老吴头儿感动的，一个劲地说，我已经很享福了。这也是老吴头儿第一次听宋桂琴说这发自肺腑的话。有宋桂琴这过日子心气，他也放心了，再有杜山虎帮衬着，他儿子会茁壮成长的。

杜山虎也感慨呀，说他上辈子是做了多少坏事，这辈子让他净帮别人养活孩子了。感慨归感慨，杜山虎说，就凭老吴头儿给他当年组装的自行车，他也心甘情愿帮老吴头儿养儿子。在那么困难的时期，老吴头儿给他组装的自行车，着实让他潇洒了整个葵花街，那辆自行车驮过豆粒，驮过麦穗，驮过夏彩莲，还偷偷驮过倪铁美。

老吴头儿死在一个大雪纷飞的早晨。那时候我还在部队，我请假回来了，坐的是晚车，早晨到的葵花街。为啥让我回来？老吴头儿有交代，我是他干儿子，他有东西要交代给我。杜山虎说，你这是何苦呢，你不是有儿子吗？我是帮你养着，但不耽误他是你儿子，他姓吴。你等那个混蛋干啥呀？再说，他有军务在身啊。老吴头儿还是等到我回来了，把他的奖章和一些证书交给我。原来，他是抗美援朝回来的老兵？在葵花街隐姓埋名生活了半辈子。按理说他应该是英雄，可是他在战场上被俘了。当时整个阵地被炮火削掉了一米高。老吴头儿被炮火震晕了，他是这样被俘的。他羞愧还活在这个世上，他的战友都死在了那个高地上。我给老吴头儿敬个军礼，我大声说："新兵杨志龙给老兵吴大爷敬礼了，请您指示。"老吴头儿老泪纵横，他努力举起右手，给我还了个军礼。

我答应老吴头儿了，等他儿子长大成人了，我把他的奖章转给他儿子。会告诉他，他的父亲是位英雄。老吴头儿的后事都是以我的名义办的，实际上，都是我爹杜山虎操办的。老吴头儿走得很安详，他说知足了，比起他牺牲的战友，他相当于活了两辈子，他说他享福了。老吴头儿去世的那天雪下得可真大呀，铺天盖地，白茫茫一片，很悲壮的样子。老吴头儿最后的眼神还是落在了杜山虎脸上。杜山虎说，老吴头儿你放心吧，我一定把你孩子吴颂福养大成人，我向你保证，向天保证。

杨景升与杨志龙

葵花街上的木材厂现在生产的家具已经销往全国，杨景升正去往哈尔滨，与外商洽谈出口家具的事宜。杨景升提议，凤翔县葵花街太小了，我们公司的门面要往大了开。水泥厂在哈尔滨买了临街的二层楼的办事处。杨景升不再关心家属院的事，包括夏彩莲的事，他只关心公司的事。他的心力都放在了工人身上，他们已经下岗一次了，只要把公司的利益搞上去，工人们就永远在岗，这是他的愿望。所以他的经营理念是，做大不铺张，致富不贪多。有多少厂子都想和他们合并，杨景升坚持目前的规模。就拿糖厂来说吧，也想合并进来，杨景升是不同意的，糖厂属于食品了，那他们属于跨界了，隔行如隔山。至于家属院，大伙都盼望着动迁，能得到一笔动迁费。可是，到最后，杨景升宣布了，他当初留下来的这块宝地，不动迁了，要变成工人村，成为一个时代的艺术建筑保留下来，见证那段如火如荼的工人岁月。外地或者外商来了，这个工人村算是凤翔县葵花街工业发展的景点和标志，相当于时代在说话，发出最强音。至于我，杨景升更不管了，甚至我结婚的时候他都在外出差。他也有他的道理，他该做的已经做了，比如让我去当兵，先不管我是否能考上军校，最起码让我经风雨了，长见识了。是的，我真的长了见识。他还说，该放手的时候就放手，不然孩子永远长不大，光长岁数，不长出息。我曾经问过杨景升，我不是你儿子，你对我付出了无私的爱，你后悔吗？杨景升说，你就是我儿子，已经深入我的骨髓了，无法改变。

瞬间，我热泪盈眶，杨爸猝不及防地拥抱了我，两个大男人紧紧地拥抱在一起。我姓杨，永远的杨志龙。谁的年少不疯狂，谁的年少不跑题，归来仍少年，诠释人生的主题。

杜豆粒与杜麦穗

豆粒最后考上了北京戏曲学院，她时常登上长安大戏院的舞台唱戏，也在北京成了家，算是成了角儿。豆粒几次想接杜山虎到北京居住，都被杜山虎婉拒了。他说，只要他还能动弹，绝不靠别人。他还要经营饭店。但只要豆粒在长安大戏院登台演戏，杜山虎指定提前一天到北京，准备第二天看豆粒演出。过后，他能在北京玩上一天两天的，然后就回葵花街，谁留他也没用。年纪大了，他依然爱戴墨镜，装酷。可能也是习惯了，豆粒给他买了各式各样的墨镜，他也不嫌多，每天都换着戴。

麦穗大学毕业后留在了哈尔滨，她在哈尔滨成家了，留在一所重点中学当语文老师。业余时间写诗，还出版了一本诗集。能出一本诗集是麦穗最大愿望，管咋的，在新华书店和图书馆，都能找到麦穗的诗集。这是人活着的最大意义，普通人不能万古流芳，但作品可以留在世上，替你万古流芳。

杜成财与林树叶

成财和树叶是同一年考的大学，都到北京读大学了。要说最顺风顺水的要数弟弟成财了，所以我也不爱提他，也许是出于对弟弟的羡慕和嫉妒。从小，杜山虎和夏彩莲都宠着他。人家成财也争气，从小学习好，家长们眼里的别人家孩子。长得帅气，又懂事，安静得像个小姑娘。按部就班地上学，从小学、初中上到高中，最终考上了大学，而且还是人人都向往的清华大学。树叶考上了北京师范大学。

  黑龙江省凤翔县坐落在小兴安岭脚下，四周围绕着江河高山。笔直参天的落叶松和静谧梦幻的白桦林，让人瞬间寻回所有童年的奇思妙想。一入秋，小兴安岭就变成了多彩世界，树叶渐次变得五彩缤纷，你想要的色彩在这些树木和树叶之间都能找到，满足你的审美享受，并陶醉其中。到了凤翔县葵花街，你就到了小兴安岭。葵花街天空湛蓝，葵花在大街小巷盛开，小县城特色建筑鳞次栉比，掺杂着尖顶和蘑菇顶的俄式建筑。友谊照相馆那尖顶的房屋，在葵花街显得格外出挑和悠久。远处的水泥厂家属院，已经变成了工人村，在葵花街的深处诉说着那火红年代的燃情故事。这是生我养我的地方，往日时光浮现我的眼前。那个少年杨志龙骑着自行车，驮着少女林树苗，像历史的剪影，从我的眼前奔过、回放。有人说过：世界上若没有女人，这世界至少要失去十分之五的真、十分之六的善、十分之七的美。感谢我的母亲，她把我生在这片硬朗而宽厚的土地上，在林海雪原的淬炼中，我的成长忧伤并快乐着，伴随着幸福的成长疼痛，也伴随着少年的烦恼。感谢在我生命中出现的所有人。我心里自豪地赞叹我的母亲夏彩莲，她是葵花街最聪明的女人，也是最风骚的女人，她把短暂的青春过得无限光彩照人，过得无限光芒四射，过得果敢而美丽。母亲给我的启发是，精彩的人生和幸福不是等来的，是争取来的。夏彩莲是伟大的母亲，养育了我们兄妹四人，不管我们是谁的儿女，我们都是她亲生的，都是她身上掉下来的肉，都齐刷刷地管她叫妈。她才是人生赢家的典范，我爱我的母亲。往后余生，母亲可以不用奔波，可以坐在庭院的摇椅里，欣赏她的杰作，杜豆粒、杜麦穗、杨志龙和杜成财，她优雅而惬意地老去。她的人生从不缺少精彩，没有一丝丝遗憾。

  人生的道路多漫长，我爱这万花筒般的生活，犹如打开潘多拉魔盒，有滋有味，又惊又喜。我的葵花街，我的大千世界，我的冰天雪地，我的父亲、母亲和亲人、伙伴，他们经历人生百态、磨难和成功，终究没有被大浪淘沙般的社会变革所摒弃。无论跌宕起伏，还是平庸、卓越，他们仍然努力生活、认真生活，最终都各得其所，生活百味皆成金。

听啊，冰雪融化的声音，来自巍巍的小兴安岭。冬天的句号是春天，春暖花开的春天。

向伟大的北大荒精神致敬！